U0591488

中国社会科学院文库
**文学语言研究系列**
The Selected Works of CASS
**Literature and Linguistics**

# 蒙古英雄史诗研究者照片

约·科瓦列夫斯基

卡·郭尔斯顿斯基

阿·波滋德涅也夫

格·波塔宁

左起阿·布尔杜克夫、帕尔臣、文书玛扎尔
（1910年，蒙古）

［波］弗·科特维奇

［芬］格·拉姆斯特德(兰司铁)

诺·奥奇洛夫

左起阿·卢德涅夫、格·拉姆斯特德

策·扎木察莱诺

鲍·雅·符拉基米尔佐夫

[比]阿·莫斯塔特(田清波)

阿·科津

宾·仁亲

尼·波佩(左)

莫·霍莫诺夫

策·达木丁苏伦

阿·科契克夫

格·米哈衣洛夫

尼·沙尔克什诺娃

宾·仁亲与学者和艺人

阿·乌兰诺夫

斯·洪德拉特也夫（左）

沙·嘎旦巴

# 德国波恩蒙古英雄史诗会议照片

蒙古英雄史诗会议代表合影
（1980 年,波恩）

参加会议的各国蒙古学者
（1980 年,波恩）

1985 年蒙古英雄史诗会议部分参加者
（波恩）

# 蒙古英雄史诗研究者照片

瓦·海希西中年时代

瓦·海希西教授
荣获蒙古国北极星奖章(2003年)

瓦·海希西主持会议
(1992年,乌兰巴托)

作者与达·策仁索德那木(右)

[蒙]哲·曹劳

卡·萨嘉斯特在乌兰巴托与作者(2004年)

[俄]谢·尤·涅克留多夫

巴·布林贝赫

巴·卡托

［匈］格·卡拉

［蒙］普·好尔劳

# 作者照片

于法兰克福
（2010 年 9 月 27 日）

在撒玛尔罕（1986 年）

蒙古国立大学毕业
（1960 年 6 月 24 日）

在《江格尔》国际研讨会上
（1990 年，埃利斯塔）

阿勒泰
和布克塞尔
博尔塔拉
伊犁
巴音郭楞
肃北县
海西州
乌拉特
鄂尔多斯
布里亚特
巴尔虎
阿巴嘎
察哈尔
扎鲁特

蒙古英雄史诗在我国的分布地区
（注地名的为史诗流传分布地区）

# 新疆著名江格尔奇冉皮勒
## 演唱的《江格尔》曲调

仁钦道尔吉　录音

<蒙古>额尔德尼其美格　记谱

[中速]

13

# 新疆著名江格尔奇普尔布加甫
## 演唱的《江格尔》曲调

仁钦道尔吉　录音

&lt;蒙古&gt;额尔德尼其美格　记谱

〔较快速〕

# 新疆著名江格尔奇李·普尔拜
# 演唱的《江格尔》曲调

仁钦道尔吉　录音

<蒙古>额尔德尼其美格　记谱

[快速]

15

# 蒙古科布多省厄鲁特人阿拉坦格日勒
# 演唱的《江格尔》曲调

<蒙古>额尔德尼其美格　记录

中国社会科学院创新工程学术出版资助项目

中国社会科学院文库 · **文学语言研究系列**
The Selected Works of CASS · **Literature and Linguistics**

# 蒙古英雄史诗发展史

THE DEVELOPMENTAL HISTORY OF THE MONGOLIAN HEROIC EPIC POETRY

仁钦道尔吉　著

中国社会科学出版社

**图书在版编目（CIP）数据**

蒙古英雄史诗发展史 / 仁钦道尔吉著. —北京：
中国社会科学出版社，2013.10
ISBN 978 - 7 - 5161 - 3409 - 2

Ⅰ.①蒙…　Ⅱ.①仁…　Ⅲ.①蒙古族—英雄史诗—
诗歌史—中国　Ⅳ.①I207.209

中国版本图书馆 CIP 数据核字（2013）第 243893 号

| | |
|---|---|
| 出 版 人 | 赵剑英 |
| 责任编辑 | 门小薇 |
| 责任校对 | 王雪梅 |
| 责任印制 | 戴　宽 |

| | |
|---|---|
| 出　　版 | 中国社会科学出版社 |
| 社　　址 | 北京鼓楼西大街甲 158 号 （邮编 100720） |
| 网　　址 | http://www.csspw.cn |
| | 中文域名：中国社科网　　010 - 64070619 |
| 发 行 部 | 010 - 84083685 |
| 门 市 部 | 010 - 84029450 |
| 经　　销 | 新华书店及其他书店 |

| | |
|---|---|
| 印刷装订 | 三河市君旺印装厂 |
| 版　　次 | 2013 年 10 月第 1 版 |
| 印　　次 | 2013 年 10 月第 1 次印刷 |

| | |
|---|---|
| 开　　本 | 710 × 1000　1/16 |
| 印　　张 | 27 |
| 字　　数 | 465 千字 |
| 定　　价 | 68.00 元 |

凡购买中国社会科学出版社图书，如有质量问题请与本社联系调换
电话：010 - 64009791
版权所有　侵权必究

# 《中国社会科学院文库》出版说明

　　《中国社会科学院文库》（全称为《中国社会科学院重点研究课题成果文库》）是中国社会科学院组织出版的系列学术丛书。组织出版《中国社会科学院文库》，是我院进一步加强课题成果管理和学术成果出版的规范化、制度化建设的重要举措。

　　建院以来，我院广大科研人员坚持以马克思主义为指导，在中国特色社会主义理论和实践的双重探索中做出了重要贡献，在推进马克思主义理论创新、为建设中国特色社会主义提供智力支持和各学科基础建设方面，推出了大量的研究成果，其中每年完成的专著类成果就有三四百种之多。从现在起，我们经过一定的鉴定、结项、评审程序，逐年从中选出一批通过各类别课题研究工作而完成的具有较高学术水平和一定代表性的著作，编入《中国社会科学院文库》集中出版。我们希望这能够从一个侧面展示我院整体科研状况和学术成就，同时为优秀学术成果的面世创造更好的条件。

　　《中国社会科学院文库》分设马克思主义研究、文学语言研究、历史考古研究、哲学宗教研究、经济研究、法学社会学研究、国际问题研究七个系列，选收范围包括专著、研究报告集、学术资料、古籍整理、译著、工具书等。

中国社会科学院科研局

2006 年 11 月

# 目　录

## 第一编　单篇型英雄史诗

# 第二编 串连复合型英雄史诗

# 第三编　并列复合型英雄史诗

# 第四编　英雄史诗演唱艺人

# 序

　　仁钦道尔吉教授撰《蒙古英雄史诗发展史》即将付梓。这是史诗学方面颇有分量的一部学术著作。它由单篇型史诗、连串复合型史诗和并列复合型史诗三个部分组成，分别从英雄史诗的三个发展阶段论述蒙古英雄史诗的发展史。它涵盖流传于中国、蒙古国、俄罗斯三国的蒙古英雄史诗，涉及蒙古英雄史诗三大体系，即布里亚特体系、卫拉特体系、喀尔喀—巴尔虎体系；七大中心，即中国的三大中心——内蒙古呼伦贝尔盟巴尔虎至鄂尔多斯部族中心，内蒙古哲里木盟扎鲁特—科尔沁部族中心，新疆、青海一带的卫拉特部族中心和中国以外的四大中心——俄罗斯的布里亚特部族中心，俄罗斯的卡尔梅克部族中心，蒙古国的喀尔喀部族中心，蒙古国西蒙古卫拉特部族中心。这部著作如此全面、系统地论述蒙古英雄史诗的发展历史，而且论述如此精准，视野如此开阔，资料如此丰富，在中国国内并不多见。它显然具有填补空白的意义，对于我国史诗学建设卓有贡献。这部学术著作的出版，无疑会引起学界的广泛关注。

　　仁钦道尔吉教授早年留学蒙古国，回国以后，一直在国内外知名的文学研究机构从事民间文学研究，数十年来主攻史诗学，成为国内外著名的史诗学专家。他的学术研究的功底相当深厚、扎实。他是中国国内记录、出版蒙古英雄史诗比较早、比较多的学者之一。他曾经深入我国蒙古英雄史诗蕴藏最为丰富的内蒙古巴尔虎草原（蒙古英雄史诗三大体系之一的喀尔喀—巴尔虎体系英雄史诗的主要流传地区）、新疆巴音郭楞州（蒙古英雄史诗三大体系之一的卫拉特体系英雄史诗的一个主要流传地区）调查活态史诗的生存、流布状况，采录了许多口传的英雄史诗，为其研究工作积攒了大量的第一手资料。可以肯定地说，这在我国目前的蒙古史诗研究学界，

无出其右。不仅如此，他曾经多次参加在德国、蒙古国召开的国际蒙古英
雄史诗学术讨论会，在会议上宣读论文。他还数次应邀赴德国与著名蒙古
学家、波恩大学教授瓦·海希西等进行合作研究，并且在国外以英文、德
文、俄文、土耳其文、蒙古文发表 30 多篇论文。他熟知长达 200 余年的国
内外蒙古英雄史诗的采录史和研究史，眼光敏锐，积累丰厚，学术素养甚
高。因此，他的著述有独特的学术见解，有较高的学术追求和造诣。这些
在《蒙古英雄史诗发展史》中都有比较充分的体现。

　　我和仁钦道尔吉教授相识、相知已经半个世纪有余。我与他是 20 世纪
50 年代末 60 年代初先后到中国科学院文学研究所（今中国社会科学院文学
研究所）从事研究工作的。自 1962 年至今，我们在学术上互相关心，互相
帮助，不断进行合作。我们首先于 1962 年夏天，结伴去呼伦贝尔盟的巴尔
虎草原做蒙古族民间文学调查、采录工作。在随后的漫长岁月当中，我们
一起翻译、整理蒙古族的英雄史诗、民间故事，一起合写论文、大百科词
条，一起合作撰写一卷本《中华民间文学史》和多卷本《中国民间文学
史》。在前面 20 多年里我们在同一个研究室工作，在后面 30 多年里我们分
属两个研究所，工作单位的变更丝毫不影响我们的合作，丝毫不影响我们
的友谊，丝毫不影响我们成为不可多得的合作伙伴和朋友。可以说，这部
《蒙古英雄史诗发展史》，是他进行史诗研究带有总结性的著作，也是我们
二人合作与友谊的见证。对于这部著作的出版，我感到由衷的高兴。

祁连休

二〇一二年八月于北京

# 绪 论

## 蒙古英雄史诗的采录史和研究史

中、俄、蒙三国的蒙古语族人民的英雄史诗，已经记录的有550部（包括异文）以上，其中有举世闻名的长篇史诗《江格尔》和《格斯尔》。在国际蒙古英雄史诗研究领域里，这两大史诗的研究已经成为独立的"江格尔学"和"格斯尔学"。因此，蒙古史诗研究分为总体研究、《江格尔》研究、《格斯尔》研究和其他史诗研究。仁亲桑布（1960）、涅克留多夫（1984）、沙尔克什诺娃（1987）等学者都谈到过蒙古史诗研究，涅克留多夫详细地介绍了俄罗斯和其他国家学者的蒙古史诗搜集史和研究史。从策·达木丁苏伦开始（1957）不少学者谈到了《格斯尔》研究，笔者在《〈江格尔〉论》（1994）中较系统地论述了国际"江格尔学"。这里着重谈《江格尔》和《格斯尔》以外的其他史诗研究，而且重点介绍重要学者、重要著作的搜集和研究概况。

## 一、国外史诗的搜集出版

19世纪初，德国旅行家贝格曼以德文发表了《江格尔》的两个故事（1804—1805）。其他中小型英雄史诗是学术界从19世纪80年代开始注意的。但起初发现中小型史诗的学者波塔宁（1881，1883，1893）、汉嘎洛夫（1890—1903）没有记录文本，而是以俄文转述了史诗的内容。尽管在他们的著作中看不到史诗的形式和诗歌艺术特征，但研究者还是从中获得了重要信息价值。波塔宁在两卷《西北蒙古概况》（1881，1883）和《中国唐古特——西藏边缘和中央蒙古》（1893）中用俄文转述了喀尔喀、鄂尔多斯、青海卫拉特、达尔哈特、阿金布里亚特等蒙古部落的 10 多部史诗的内容，还有杜尔伯特艺人萨日森演唱的史诗《好汉三岁的莫克勒》和阿拉尔布里亚特的《格斯尔》。

从 20 世纪初开始，芬兰学者拉姆斯特德（汉名兰司铁）、俄国学者策·扎木察莱诺和鲁德涅夫等从语言学角度以音标记录了蒙古英雄史诗文本，为后来的记录工作打好了科学基础。在搜集和研究蒙古英雄史诗方面，著名学者扎木察莱诺（1880—1942）做出了突出贡献。作为霍里布里亚特人，他不仅搜集了大量的布里亚特史诗和喀尔喀史诗，而且还到内蒙古来搜集了察哈尔史诗和阿巴嘎史诗。

扎木察莱诺于 1914 年 1 月 1 日在库仑撰写的"搜集者的序"，包括"关于蒙古民间文学的搜集"和"关于蒙古英雄史诗笔记"两部分，都具有重要资料价值和学术价值。

芬兰著名的蒙古学家拉姆斯特德（1873—1950）在 1900—1909 年间以音标记录了大量民间文学作品，在搜集蒙古英雄史诗方面做出了重要贡献。为纪念这位学者诞辰 100 周年，芬兰学者哈里·哈林于 1973—1974 年编辑出版了两卷《北蒙古民间文学》，其中有拉姆斯特德记录的 16 部小型的喀尔喀史诗及哈里·哈林的德译文。这 16 部史诗是：《阿古伦汗》、《阿盖乌兰汗》、《巴金达瓦汗》、《博克多诺谚章格莱汗》、《博克多道格森章格莱汗》、《老人劳莫尔根汗》、《巴拉廷莫尔根汗》、《呼仁莫尔根巴托尔》、《好汉仁亲莫尔根》、《汗青格思博克多》、《阿尔莫尔根博克多》、《额尔德尼诺谚呼图克图》、《策文哈尔努登胡》、《阿尔泰臣伯尔胡》、《三岁的古南哈尔莫黑勒》和《布尔哈尔山的布哈哈尔》。此外，还有一批散文体史诗或英雄故事。在喀尔喀史诗记录领域没有人超过拉姆斯特德。

在蒙古英雄史诗的搜集、翻译和研究方面，著名的蒙古学家、苏联科学院院士鲍·雅·符拉基米尔佐夫（1884—1931）做出了不朽的贡献。他的著作至今还有重要的学术价值。他曾多次（1911，1913—1915，1925—1926）到蒙古巴亦特人、杜尔伯特人和喀尔喀人中进行民间文学调查，并于 1923 年出版了《蒙古—卫拉特英雄史诗》，1926 年编选出版了一本《蒙古民间文学范例》。在第一本书中除了研究性的长篇序（第 7—53 页）外，有著名的巴亦特艺人帕尔臣演唱的六部史诗的散文体俄译文。这六部史诗分别是：《宝玛额尔德尼》、《岱尼库尔勒》、《黑根奎屯呼和铁木耳哲勃》、《鄂格勒莫尔根》、《鄂尔格勒吐尔格勒》和《沙尔宝东》。在第二本书中，

以俄文音标发表了五部巴亦特史诗文本，除《鄂尔格勒吐尔格勒》（1724
诗行）、《黑根奎屯呼和铁木耳哲勃》（1022 诗行）、《鄂格勒莫尔根》（1815
诗行）三部史诗外，还有《汗青格勒》（856 诗行）和一种散文体《江格
尔》故事。这两本书的序言因具有重要信息资料价值和科研价值而受到
赞誉。

　　符拉基米尔佐夫于 1925—1926 年率蒙古语言调查组到蒙古考察时搜集
到了许多第一手民间文学资料。其成员班巴也夫以音标记录并俄译发表了
史诗《好汉扎鲁岱莫尔根》（1929）。尼·波佩后来成为国际著名的蒙古学
家和史诗学家。他一生中记录和翻译了大量的蒙古英雄史诗，而且最早撰
写了史诗研究专著——《喀尔喀蒙古英雄史诗》（1937）。他在 1928 年以拉
丁音标和德译发表过喀尔喀小型史诗《恩和宝力德汗》（《希林嘎拉珠巴托
尔》的异文）。他搜集的《喀尔喀蒙古民间文学作品集》（1932）中有拉丁
音标写的史诗《阿木尔扎尔嘎勒汗》、《好汉仁亲莫尔根》、《博克多诺谚扎
嘎尔汗》、《乌仁高娃达格尼》、《巴彦宝尔勒昭依汗》、《我们旗里的玛尼巴
达尔章京》和《好汉亚干达尔》。他于 1955 年在德国再版此书时，增加了
这些史诗的德译文。此外，波佩还用德文翻译了仁亲、仁亲桑布、好尔劳、
扎格德苏伦和扎木察莱诺等出版的英雄史诗共 40 部。除了这种空前大规模
的英雄史诗翻译工作外，他先后发表了许多重要的史诗研究论文。

　　俄国学者阿·布尔杜克夫从十几岁起即在蒙古生活，在西北蒙古巴亦
特、杜尔伯特人中生活近 30 年。阿·布尔杜克夫请当地文书玛扎尔记录的
巴亦特著名艺人帕尔臣演唱的史诗《宝玛额尔德尼》、《岱尼库尔勒》、《汗
哈冉贵》和《汗青克》，现藏在俄罗斯科学院东方学研究所圣彼得堡分部的
图书馆。蒙古学者乌·扎格德苏伦于 1972 年作序出版了玛扎尔用回鹘式蒙
古文记录的两部史诗《宝玛额尔德尼》和《岱尼库尔勒》。书中附有阿·布
尔杜克夫、帕尔臣和玛扎尔三人工作合影。布尔杜克夫为后人留下了 1911
年拍摄的著名艺人帕尔臣像和后来照的几位卡尔梅克江格尔奇像，十分珍
贵。布尔杜克夫于 1940 年发表的论文《卫拉特和卡尔梅克史诗演唱艺人》，
为学术界提供了许多重要信息。

　　语言学家嘎·桑杰也夫在布里亚特和图瓦先后发现了著名的英雄史诗
《汗哈冉贵》的多种手抄本，早在 1937 年出版了布里亚特阿金地区的手抄
本《汗哈冉贵传》，并把它译成俄文，撰写了研究性文章《汗哈冉贵传与蒙
古史诗》。后来于 1960 年发表了在图瓦共和国首都克兹尔发现的另一种手

抄本。他于 1957 年交给内蒙古人民出版社的另一种手抄本《汗哈冉贵传》，经铁木耳策仁整理和作序后，于 1962 年在呼和浩特出版。此外，阿姆斯特尔丹斯卡娅、本尼格森等人也发表和转述了一些蒙古史诗，对蒙古史诗研究有一定的参考价值。

蒙古科学院院士宾·仁亲（1905—1977）搜集出版的英雄史诗文本非常突出，他从 20 世纪 20 年代至 60 年代搜集的五卷《蒙古民间文学》和三卷《蒙古萨满教资料》，刊载在德国由瓦·海西希教授编的《亚细亚研究》丛书中。第一卷（1960）是仁亲于 1927—1929 年记录的洛布桑胡尔奇演唱的本子故事《宝迪莫尔根汗》的一部分。第二卷里有喀尔喀艺人奥诺勒特演唱的《少年博克多诺谚江格莱汗》和《昭岱莫尔根》，哈拉金德勒格演唱的《汗青格思》、《骑白马的老乞丐丹萨楞》、《七岁的东金布夫》、《哈尔努登巴托尔》和《卫拉特的萨音莫尔根和喀尔喀的萨音莫尔根》。第三卷中有仁亲于 1928 年发现的西喀尔喀史诗《好汉韩布岱莫尔根》，1957 年记录的布里亚特史诗《好汉萨亚岱莫尔根和诺奥岱策辰姑娘》，1928—1930 年间喀尔喀艺人登德布讲述的长篇史诗《一百五十五岁的老人劳莫尔根汗》及其另一种短小异文。第四卷（1965）里有《占据西北方的巴金达赉汗》、《青其和尔汗》、《占据西南方的宝彦达赉汗的属民巴彦巴拉丹老人》及手抄本《汗哈冉贵》的片段等小型史诗。第五卷（1972）中收入了 1917 年布里亚特艺人沙格利诺夫演唱、巴拉达也夫记录的较长的史诗《乌奈什海亨胡本》和 1909 年策·扎木察莱诺记录的布里亚特史诗《孟也勒特莫尔根》。

从 20 世纪 40 年代起，在蒙古国出版了大量的史诗文本，最早发表的有著名的英雄史诗《仁亲莫尔根》（1944）、《宝玛额尔德尼》（1947），前者由朝依吉勒苏伦整理，后者是诗人策登扎布整理的。1949 年由巴嘎也娃整理，诗人拉哈姆苏伦主编的《民间文学集》出版。这是一本很有特色的著作，书中的 21 篇故事和史诗都是一位盲艺人楚·陶格陶勒于 1946 年夏天讲述和演唱的。这位艺人当时才 24 岁，居住在乌兰巴托。他原是库苏古勒省人，从小喜爱民间文学，他说自己生来就是瞎子，听优美的民间故事是他唯一的乐趣。

从 20 世纪 50—60 年代起，蒙古科学院语言文学研究所成为蒙古国的民间文学和英雄史诗搜集和研究中心。他们以走出去和请进来两种方式搜集史诗，也就是说，一方面常派方言和民间文学调查组到地方上去记录，另一方面请著名的史诗演唱艺人苏·朝依苏伦、希·宝音、阿毕尔米德等到乌兰巴托来演唱并制作录音。譬如 1965 年到西三省考察的学者们访问近 10 名陶兀里奇（史诗演唱艺人），记录他们演唱的近 20 部史诗，其中 10 多部是从未记录过的新发现的史诗。考察组还得到了近 20 名古今陶兀里奇传略资料和相关信息。又如科布多省著名的乌梁海陶兀里奇苏·朝依苏伦在乌兰巴托先后演唱了 10 多部中小型英雄史诗。

在蒙古国史诗的搜集和研究方面，除宾·仁亲院士外，还有策·达木丁苏伦、普·好尔劳、达·策仁索德那木等院士以及学者格·仁亲桑布、哲·曹劳、乌·扎格德苏伦、娜仁托娅、散皮勒登德布和巴·卡托等，他们做了许多重要工作。策·达木丁苏伦和乌·扎格德苏伦的主要工作集中在长篇史诗《格斯尔》和《江格尔》方面。

从 1960 年起在乌兰巴托创办了《民间文学研究》丛刊，该刊先后发表了许多史诗文本。在蒙古国出版的史诗文本中，作为该刊第一卷发表的仁亲桑布整理的《蒙古民间英雄史诗》（1960）占有重要地位。书中收入三部中型史诗：蒙古科学院语言文学研究所的方言和民间文学调查组于 1957 年记录的前杭爱省喀尔喀牧民策·登德布演唱的史诗《石心的胡拜赛音布伊达尔胡》（1840 诗行），蒙古科学院语言文学研究所在 1958 年记录的科布多省著名演唱艺人苏·朝依苏伦演唱的史诗《阿尔嘎勒查干老人》（2180 诗行）和《额真乌兰宝东》（3289 诗行）。除史诗文本外，仁亲桑布在长篇序《蒙古民间英雄史诗》（第 3—21 页）中较系统地论及蒙古英雄史诗的搜集和研究以及史诗的起源、人物和演唱艺人等问题。

上述苏·朝依苏伦演唱的另外四部中型史诗，由哲·曹劳和乌·扎格德苏伦以拉丁音标转写出版，书名为《西蒙古英雄史诗》（1966）。这四部史诗分别是：《那仁汗胡布恩》（3190 诗行）、《巴彦查干鄂布根》（3805 诗行）、《汗策辰珠尔海奇》（4780 诗行）和《嘎拉珠哈尔呼和勒》（2280 诗行）。这是语言学家以音标拼写并在蒙古国出版的第一部英雄史诗文本。书中还有前言、朝依苏伦简历、方言词汇注释和一部史诗的演唱曲调。哲·曹劳还整理出版了两本史诗文本，即《蒙古民间文学丛刊》之二《蒙古民间英雄史诗》（1982）和该丛书之九《阿尔本古尔班胡勒根道温》（1987）。前一本共有六部小型史诗：东戈壁省人关·杜格尔苏伦讲述的史诗《呼和德格伦》；南戈壁省曼嘎拉讲述的《三岁的古南乌兰巴托尔》；哲·曹劳根据中戈壁省杜·策仁索德那木、科布多省胡·旺格尔二人演唱的两种异文整理的史诗《二十四叉长角的四岁惨白色鹿》；乌布苏省古·海恩占演唱的

《汗青格勒巴托尔》；科布多省乌梁海陶兀里奇希·宝音于 1958 年演唱的《好汉赫楚勒尔赫》和科布多省土尔扈特人玛·普尔布扎拉于 1978 年演唱的《汗希尔》，后者是长篇史诗《江格尔》中的一部长诗。这些文本前有史诗序诗和曹劳的序《关于蒙古史诗》。后一本有科布多省乌梁海艺人希·宝音于 1958—1959 年间到乌兰巴托演唱的著名史诗《珠拉阿拉达尔汗》。

普·好尔劳院士在搜集、出版和研究蒙古史诗方面成绩卓著。他主编了 1967 年出版的《喀尔喀民间史诗》，整理者是曹·罗布桑旺丹等四人。该书收录有 1966 年在巴彦洪格尔省记录的八部小型史诗：《好汉汗哈冉贵》、《好汉鄂格勒莫尔根》、《好汉仁亲莫尔根》、《海尔图哈尔》、《博克多诺谚江格尔》、《额尔德尼哈巴罕曹姚》、《窝鄂迪莫尔根汗》和《布尔格德巴托尔》。好尔劳于 1969 年又主编了乌·扎格德苏伦整理的《蒙古民间故事》，其中有史诗《好汉哈尔努登策温胡》、《阿拉坦嘎鲁诺谚》和《阿贵乌兰汗》。尤其值得提出的是，好尔劳于 1956 年在科布多省记录的希·宝音演唱的史诗《珠拉阿拉达尔汗》（4922 诗行）及其克·科佩的德译文于 1992 年在德国出版。

达·策仁索德那木院士在英雄史诗和说书故事（本子故事）的搜集、整理和研究方面做出了一定贡献。他整理出版了大型说书故事《钟国母》（1963）和内蒙古著名艺人毛依罕演唱的《呼尔勒巴托尔胡》（1961）。这些故事至今在我国还未出版。在这之前策仁索德那木记录的史诗《希林嘎拉珠巴托尔》就已经问世（1959）。后来他与阿·罗布桑登德布一起整理出版了《蒙古民间故事》（1982），其中收录了《好汉哈尔努登策温胡》、《嘎拉珠沙尔巴托尔》和《三岁的古南乌兰巴托尔》等英雄史诗和英雄故事。此外，在他同沙·嘎丹巴编辑的《蒙古民间文学范例》（1978）中收有达米雅演唱、策尔勒记录的史诗《阿尔泰海拉赫》以及《汗哈冉贵》的韵文和散文两种片段。

娜仁托娅在研究和出版史诗方面也做了许多工作。她于 1991 年整理出版的史诗集《喀尔喀民间史诗》收有 13 部小型史诗，其中有一批文本是韵散结合体。该书的特色是整理者从众多异文中选择最好的一种为主，以其他异文补充的方法予以整理：

1.《阿贵乌兰汗》是以前杭爱省占·陶木班迪记录的《占据北方的阿古乌兰汗》为主，并用东戈壁省道·乃丹讲述的《阿贵乌兰汗》加以补充整理形成的史诗。

2.《阿尔泰诺谚嘎鲁胡》是以前杭爱省呼·伊勒好尔劳讲述的异文为主，以南戈壁省策·沙尔巴讲述的异文为补充整理而成的。

3.《阿拉坦古尔嘎勒岱》是后杭爱省劳·策尔玛讲述的作品，这次出版时作了文字加工，并调整了诗行和诗段。

20世纪80—90年代，巴·扈特陶兀里奇雅达玛讲述的小型史诗《不会死的乌伦替勃与不会干枯的哈坦哈巴哈巴托尔》和《呼尔勒岱莫尔根巴托尔》以及扎哈沁人巴雅尔赛汗讲述的《额真腾格里汗》、《不会死的乌伦替勃巴托尔》和《二十四叉长角的四岁惨白色鹿》等史诗。在卡托记录整理的史诗集《杜尔伯特史诗》（1996）中有《骑烟熏枣骝马的汗策尔根鄂布根》、《骑灰青马的奎屯昭日格诺谚》、《骑白鼻梁青马的呼和勒岱莫尔根汗》、《鄂格勒莫尔根》和《汗青格勒》等史诗和有关杜尔伯特史诗和陶兀里奇的信息。他还撰写了一本《蒙古史诗的象征》，谈到了史诗中的数字、颜色和方向等方面的象征。他后来还出版了《阿尔泰乌梁海史诗》等几本书。

此外，在蒙古国出版的各种民间文学作品集里有不少小型史诗，诸如那达米德（1957）、达西道尔基（1958）、班迪（1966）、普尔布道尔基（1967）、罗布桑巴拉丹（1982）和乌力吉胡塔嘎（1982，1989）等先后发表了10多部史诗。

德国著名学者波恩大学教授瓦·海希西在出版和研究蒙古史诗方面作出了重大贡献。他主编的两套丛刊《中央亚细亚研究》和《亚细亚研究》成为发表蒙古史诗文本及研究著作园地。据笔者所知，《中央亚细亚研究》先后发表了蒙古科学院院士宾·仁亲用拉丁字母转写的蒙古史诗文本五卷（1960，1963，1964，1965，1972），而且还出版了尼·波佩用德文翻译的蒙古史诗十多卷。它们是《中央亚细亚研究》第2卷（1968）、第6卷（1972）和第12卷（1978）以及《亚细亚研究》刊载的尼·波佩德译的蒙古史诗其中包括：宾·仁亲于1963年和1964年发表的两卷（第42卷，第43卷）；仁亲桑布于1960年出版的《蒙古英雄史诗》（第47卷，1975）；普·好尔劳在1967年出版的喀尔喀民间史诗（第48卷，1975）；乌·扎格德苏伦1968年出版的《史诗江格尔》（第50卷，1977）；扎木察莱诺记录的《布赫哈尔胡本》（第53卷，1977）。此外，还有伏·法依特博士翻译的内蒙古三部作品。这三部作品分别是：甘珠尔扎布记录的史诗《三岁的古纳罕乌兰巴托尔》、《汗特古斯的儿子喜热图莫尔根汗》和韵文体故事《扎嘎尔布尔图汗》（第 64 卷，1977）。《亚细亚研究》第 92 卷（1985）收录了谢・涅克留多夫、昭・铁木耳策仁的记录，1982 年在莫斯科出版的《关于格斯尔可汗的蒙古故事》的音标转写和德译文。可以肯定地说，在蒙古英雄史诗的外文译本中，德译本的数量远远超过了其他任何一种文字。组织翻译的功劳归于瓦・海希西教授。他根据这些蒙古史诗文本撰写了《蒙古英雄史诗叙事资料》两大卷（1988），以母题索引方式详细介绍了 54 部蒙古英雄史诗。

# 二、中国蒙古族史诗的搜集出版

我们知道，早在康熙五十五年（1716）《格斯尔汗传》就已在北京出版。但是中国蒙古族其他史诗的搜集出版却是 19 世纪末和 20 世纪初才开始的。波塔宁在《中国唐古特——西藏边缘和中央蒙古》（1893）里用俄文转述了鄂尔多斯史诗《好汉古南哈尔》以及青海卫拉特史诗《东吉莫洛姆额尔德尼》、《好如勒岱莫尔根博克多》和《威伦汗》的内容。同样，本尼格森也转述了喀剌沙尔土尔扈特的《布金达瓦汗》的内容（1912）。当然，正式记录中国蒙古族史诗的是扎木察莱诺，他于 1904 年用俄文转述了查干讲述的察哈尔史诗《莫尔根汗与乌尔图沙尔汗》和《占据西南洲的陶道伊汗》。后来他在 1909—1910 年间以音标记录了察哈尔史诗《占据东方的四岁的阿日亚图诺门汗》、《章嘎德巴托尔》和《道林海巴托尔》以及阿巴嘎史诗《希林嘎拉珠巴托尔》和《好汉哈冉贵和兄弟鄂赫乌拉岱》。尽管上述史诗尚未发表，但由于藏在圣彼得堡俄罗斯科学院东方学家档案馆里，已经有学者转述过其中一些史诗的内容。这说明 20 世纪初，察哈尔有过不少史诗，其中包括至今在各蒙古部族中广为流传的"乌尔图沙尔"的史诗。此外，笔者听内蒙古著名的察哈尔胡尔奇罗布桑（出身于察哈尔八旗的巴尔虎部族人）说，他在小时候听老乡们讲述过《达古图莫尔根汗的儿子杜贵查干巴托尔》（婚事型单篇史诗）和《阿拉坦德布尔汗》（婚事加征战型史诗）等史诗。可是后来记录的察哈尔史诗只有《嘎拉蒙杜尔汗》等个别作品。史诗《希林嘎拉珠巴托尔》直到 20 世纪 70 年代还在阿巴嘎人中流传，但是扎木察莱诺记录的《好汉哈冉贵和兄弟鄂赫乌拉岱》已被遗忘。根据哈冉贵和兄弟乌拉岱的名字看，无疑这是著名的史诗《汗哈冉贵》，说明了 20 世纪初《汗哈冉贵》史诗尚在阿巴嘎人中流传。

著名蒙古学家、比利时传教士阿·莫斯塔特（汉名田清波）于 1937 年在北京出版的《鄂尔多斯民间文学》中有史诗《阿如印德都阿日亚胡》（史诗的序只有 37 诗行）以及史诗与英雄故事结合体作品《好汉温迪》和《珠盖莫尔根》等。这是他从 20 世纪初开始在鄂尔多斯工作的 20 多年间用音标记录的作品。1938 年，丹麦学者格廖恩贝克请文书拉哈巴苏隆扎布、贡奇克二人记录了察哈尔史诗《嘎拉蒙杜尔汗》，这是以散文形式转述的作品。瓦·海希西教授于 1977 年将其影印发表于《中央亚细亚研究》上，随后他又发表了文本的音标转写和德译文。1930 年，尼·波佩发表了达斡尔散韵结合体作品《阿拉坦嘎拉布尔图》的音译文和俄译文，这是有人于 1927 年记录的作品。从 20 世纪 50 年代开始，中国学者记录出版了大量的中小型英雄史诗。1956 年，语言调查组的图白、曹洛孟二人以音标记录了肃北县的史诗《胡德尔阿尔泰汗》，笔者在 1978 年出版的英雄史诗集《希林嘎拉珠巴托尔》中首次发表了该史诗文本。据涅克留多夫说，俄罗斯学者托达也娃在新疆记录过史诗《汗哈冉贵》的一个异文，但至今没有出版。

由于当时的人力和出版条件所限，在中国出版的史诗文本一般都是经过整理和修改，作为文学读物出版的，其中有不少记录整理者和编辑的话。首先记录出版英雄史诗的功劳属于已故文艺工作者甘珠尔扎布。他记录的史诗《三岁的古纳罕乌兰巴托尔》和《汗特古斯的儿子喜热图莫尔根汗》以及《扎嘎布尔图汗》收录于 1956 年出版的民间文学集《英雄古那干》。由于出版时间较早，这些作品在国内外均产生了很大的影响。德国蒙古学家伏·法依特博士将它们翻译成德文，与音标转写的原文一起发表在《亚细亚研究》第 54 卷（1977）上。20 世纪 50—60 年代，中国还以蒙古文出版了曾在乌兰巴托出版的史诗《宝玛额尔德尼》（1956）和《好汉仁亲莫尔根》（1962）。

在中国，道荣尕和仁钦道尔吉记录出版的英雄史诗较多。内蒙古蒙古语言文学研究所 1960 年编辑出版了《英雄史诗集》，几年后又编印内部资料《蒙古族文学资料汇编》第三卷《英雄史诗》（一）和第四卷《英雄史诗》（二）。在《英雄史诗集》中有五部小型史诗：《阿拉坦格日勒图汗的勇士阿布拉嘎朝伦》（琶杰演唱、道荣尕记录）、《镇压蟒古思的故事》（琶杰演唱、黑勒整理）、《古纳罕乌兰巴托尔》、《巴图乌力吉巴托尔》（巴彦淖尔盟史诗）和《忠毕力格图巴托尔》（乌力吉德力格尔、色登达瓦记录）。在上述《英雄史诗》（一）中有 12 部小型史诗，其中道荣尕记录整理的史诗《阿拉坦舒胡尔图汗》（1960 年鄂尔多斯乌审旗人孟和巴图演唱）、《喜热图莫尔根》（1962 年 8 月新巴尔虎右旗女牧民策尔格玛演唱）、《阿吉格特努格巴托尔》（1962 年 9 月新巴尔虎右旗女牧民好尔劳演唱）、《三岁的古纳罕乌兰巴托尔》（1962 年 8 月新巴尔虎右旗 73 岁的女牧民罕达演唱）、《阿拉坦嘎鲁巴胡》（1962 年 7 月新巴尔虎右旗 64 岁的牧民巴扎尔演唱）、《巴彦宝力德老人的三个儿子》（1962 年 7 月新巴尔虎右旗牧民 62 岁的巴达玛演唱）、《十三岁的阿布拉尔图博克多汗》（1962 年 7 月新巴尔虎右旗 64 岁的牧民巴扎尔演唱）共七部。此外，还有特·乌尔根记录整理的史诗《希林嘎拉珠巴托尔》（斯钦孟和讲述）和《十八岁的阿拉坦嘎鲁海》（散巴勒胡尔奇演唱），额尔敦陶克陶记录的《道格森哈尔巴托尔》、其木格记录的《赫希格图胡》和《达尔扎巴托尔》。在上述《英雄史诗》（二）中有扎鲁特—科尔沁地区的一部史诗《杰出的好汉阿日亚夫》（著名艺人毛依罕演唱，巴达尔胡整理）和两部蟒古思故事《阿斯尔查干海青巴托尔》（扎鲁特旗胡尔奇朝鲁、那顺铁木耳二人演唱，巴达玛整理）和《道喜巴拉图巴托尔》（巴拉吉尼玛演唱，道荣尕、索雅拉图整理）。这个内部资料中发表的《道喜巴拉图巴托尔》后来于 1982 年民族出版社出版了单行本，书名相同，但整理者是道荣尕一人。1984 年民族出版社出版了道荣尕、特·乌尔根等整理的史诗集《阿拉坦舒胡尔图汗》，在这本书中没有新记录的史诗，只收录了上述内部资料中已发表的道荣尕记录整理的史诗和特·乌尔根整理的两部史诗以及巴达玛整理的《阿斯尔查干海青》等九部作品。

1962 年对于中国蒙古族巴尔虎英雄史诗的搜集而言是个黄金时代，是最丰收的一年。除了上述道荣尕等人记录的巴尔虎史诗外，中国科学院文学研究所的研究人员仁钦道尔吉、祁连休二人比他们早一个月于 1962 年 6—8 月，下到陈巴尔虎旗和新巴尔虎右旗进行民间文学调查，记录了九本英雄史诗和许多篇民间故事等口头文学作品。其中有 11 部史诗的 23 种异文：

1.《阿贵乌兰汗》或《阿贵乌兰汗的儿子阿拉坦嘎鲁》、《阿拉坦嘎鲁诺谚》等名称的史诗的七种异文，演唱者是陈巴尔虎旗人乌尔根毕力格、达木丁苏伦、呼和勒、巴尔嘎宝、宝尼以及新巴尔虎右旗的罕达和巴扎尔。

2.《巴彦宝力德老人》或《巴彦宝力德老人的三个儿子》等名称的史诗的六种异文，演唱者是陈巴尔虎旗的扎哈塔、道尔吉昭都巴、本豪、宝尼、达木丁苏伦和新巴尔虎右旗的好尔劳。实际上这是同名不同内容的几部史诗。

3. 新巴尔虎右旗图布岱演唱的《宝彦斯尔古冷》。

4. 新巴尔虎右旗僧德玛演唱的《不会劳动的十来户人家》。

5. 《阿布拉尔图博克多汗》的讲述者是陈巴尔虎旗潘布伦（其木德的母亲）和新巴尔虎右旗的宝吉格。

6. 新巴尔虎右旗的图布岱演唱的《乌孙扎里布汗》。

7. 《希林嘎拉珠巴托尔》的演唱者是陈巴尔虎旗潘布伦和新巴尔虎右旗的米德格。

8. 新巴尔虎右旗米德格讲述的《古纳罕乌兰巴托尔》。

9. 陈巴尔虎旗拉玛岱讲述的《珠盖米吉德夫》。

10. 新巴尔虎右旗罕达演唱的《陶干希尔门汗》。

11. 新巴尔虎右旗丹金扎布讲述的《阿拉坦曾布莫尔根夫》。

根据这些史诗，笔者整理了《希林嘎拉珠巴托尔》（汉译为《英雄希林嘎拉珠》）、《阿布拉尔图汗》、《珠盖米吉德夫》和《阿拉坦嘎鲁夫》四部史诗，并把它们收录了自己编的史诗集《英雄希林嘎拉珠》（1978）。笔者还与祁连休、丁守璞一起把其中的三部史诗翻译成汉文，由文学研究所各民族民间文学组把这个译文作为《民间文学资料》第一集《蒙古族英雄史诗专辑》编印成册（内部资料，1978 年）。其中仁钦道尔吉、祁连休整理翻译的《阿拉坦嘎鲁》发表在《民间文学》1978 年第 6 期上。在史诗集《英雄希林嘎拉珠》里还收录了图白和曹洛孟记录的肃北史诗《胡德尔阿尔泰汗》。1981 年民族出版社出版了仁钦道尔吉、道尼日布扎木苏搜集整理的史诗集《那仁汗传》，其中有笔者记录的巴尔虎史诗《陶干希尔门汗》和《巴彦宝力德老人》的两种不同内容的文本。此外，还有 1978 年 8 月新疆巴州和静县江格尔奇额仁策给我们演唱的三部史诗《那仁汗传》、《钢哈尔特勃格》和《骑红沙马的额尔古古南哈尔》。笔者记录的《蒙古民间故事集》（1979）中有散韵结合体的巴尔虎史诗《阿拉坦曾布莫尔根夫》。

在内蒙古史诗较多的是巴尔虎、布里亚特和乌拉特三个部族地区。扎鲁特—科尔沁有不少蟒古思故事，其他各部族史诗很少。除了上述 20 世纪 60 年代道荣尕、仁钦道尔吉记录的史诗外，陶克涛胡在 20 世纪 80 年代记录了一批巴尔虎史诗。他记录出版的《勇士布扎拉岱汗与卷鬃马》（1995）里有小型巴尔虎史诗《不会劳动的十来户人家》（新巴尔虎左旗苏嘎尔扎布老人演唱）、《岗根乌兰巴托尔》（原为《古纳罕乌兰巴托尔》，陈巴尔虎旗巴彦德勒格尔演唱）和《希林嘎拉珠巴托尔》（新巴尔虎左旗达瓦老人演唱）。在这本《勇士布扎拉岱汗与卷鬃马》里还有布里亚特史诗《骑卷鬃红沙马的布扎拉岱汗》（鄂温克旗拉·云登演唱）和《阿拉坦乃和胡日叶勒岱》（鄂温克旗巴·毕兹雅演唱）以及三篇诗体故事。已故学者巴图孟和记录他父亲鄂温克牧民尼玛于 1959 年演唱的布里亚特史诗《阿尔泰孙布尔阿拜夫》和 1978 年演唱的《宝尔勒岱莫尔根夫》，已收录达·布道海选编的史诗集《英俊的巴塔尔》（1985）一书。在这本史诗集里还有几部史诗：琶杰演唱的《孤儿灭魔记》以及符拉基米尔佐夫在 1926 年出版的《蒙古民间文学范例》中的《鄂格勒莫尔根》和《黑根奎屯呼和铁木耳哲勃》。此外，在道·乌兰夫搜集整理的布里亚特民间故事集《阿拉坦沙盖》（1988）中，有史诗《十五岁的阿斯拉格桑汗》（鄂温克旗阿·杜格尔扎布讲述）、《十三岁的阿布拉尔德都博克多夫》（鄂温克旗达·扎拉桑讲述）和《哈尔勒岱莫尔根夫》（鄂温克旗达·扎拉桑演唱）以及散文体史诗异文《阿拉坦沙盖夫》（策尔吉达·策德布讲述）。

在莫纳编辑整理的乌拉特民间故事集《阿斯尔莫尔根汗的故事》中有六部史诗，这就是乌拉特前旗 70 岁老人额尔德尼莫尔根在 1980 年演唱的《阿斯尔莫尔根汗的故事》、《昂苏米尔的故事》和《十岁的阿勒莫尔格勒岱的故事》，乌拉特前旗 60 岁的老太太其木格草于 1979—1980 年间演唱的《阿拉坦沙盖的故事》、《阿本莫尔根的故事》和《阿日亚夫的故事》。

扎鲁特—科尔沁地区的韵文体蟒古思故事除了上述作品外，还有波·特古斯整理的《阿斯尔查干海青》（1980），色楞口述，瓦·海希西、佛·法依特、尼玛搜集整理的《阿拉坦嘎拉巴汗》（1988），却吉嘎瓦、桑布拉敖日布、陶·青柏等整理的《宝迪嘎拉布汗》（1990）和希日布扎木苏口述，乌云格日勒、博·巴彦杜楞整理的《英雄阿勇干散迪尔》（这是《阿拉坦嘎拉巴汗》的郭尔勒斯异文）等书。因蟒古思故事与英雄史诗不同，本书不准备讨论。

中国新疆、青海等地区的卫拉特人的英雄史诗很丰富。在青海和甘肃省肃北县的和硕特史诗方面，首先应当提及的是齐·布仁巴雅尔主编的内部资料《德德蒙古民间文学精华集》（1986）里发表了史诗《汗青格勒》（敖德斯尔讲述，才仁巴力整理）和短小散文体作品《征服七方敌人的道利精海巴托尔》（海西州伊赫德夫讲述，才仁顿都布整理）。此外，还有一批英雄故事也当作"史诗"发表。在才仁巴力搜集整理的《英雄黑旋风》

（1990）中除了上述《汗青格勒》外，还有史诗《道利精海巴托尔》（海西州的苏赫讲述，才仁巴力整理）、《艾尔色尔巴托尔》（乌兰县嘎旦讲述，林宝吉于 1980 年记录，曾发表在《汗腾格里》1984 年第 1 期）和短小散文体作品《道格森哈尔巴托尔》（乌兰县桑劳讲述，才仁巴力整理），还有另外两篇英雄故事。在肃北县斯·窦步青搜集整理的《肃北蒙古族英雄史诗》（1998）中，除了《格斯尔》的七种片断外，还有他根据扎吉娅老太太唱本为主，以古莱、扎格楚、查干夫和扎道依唱本为补充整理的《汗青格勒》以及《道利精海巴托尔》（扎吉娅讲述）。青海史诗还有查来加甫讲述、朝克图整理的《那仁赞丹台吉》（《汗腾格里》1985 年第 3 期）。

在新疆卫拉特史诗方面，除上述笔者记录收录《那仁汗传》的三部史诗外，最早出版的是阿·太白整理、其兄吉格米德演唱的《骑银合马的珠拉阿拉达尔汗》（1980，书名为《祖乐阿拉达尔汗传》）和托·巴德玛、道尔巴二人根据和静县江格尔奇额仁策演唱的《那仁汗传》和另一名当地江格尔奇道尔吉拉的唱本整理的《那仁汗克布恩》（1981）。格日勒玛整理的《策日根查干汗》（《汗腾格里》1981 年第 1 期）、乌珠玛整理的《十五岁的阿尔勒莫尔根》（《汗腾格里》1981 年第 1 期）和满吉记录的《永不死的乌润图勃根汗》（《汗腾格里》1981 年第 3 期）。此外，还有韵文体故事《哈兴汗和机智的大臣》以及所谓"托·巴德玛整理"的《钢哈尔特勃赫》。《钢哈尔特勃赫》原本是笔者和道尼日布扎木苏于 1978 年从和静县江格尔奇额仁策那里记录并发表在《哲里木文艺》1981 年第 4 期上的。笔者曾把这本《哲里木文艺》送给了托·巴德玛，而托·巴德玛把这部史诗转写成托式文发表在《汗腾格里》1982 年第 1 期（第 81—157 页）时竟变成了"托·巴德玛整理"。托·巴德玛把我们发表的额仁策演唱的另一部史诗《骑红沙马的额尔古古南哈尔》转写成托式文并稍微加工后，又以"托·巴德玛演唱"的名义发表在《汗腾格里》（1987 年第 2 期）。

尼玛、门德搜集整理的卫拉特民间故事集《阿尔泰台吉与他的栗色骏马》（1986）中的《孤独的努台》和《阿拉坦希格西尔格》很像英雄史诗，但整理者认为是"韵文体民间故事"，故而本书没有论述。

中国社会科学院少数民族文学研究所旦布尔加甫多次深入新疆蒙古族牧区和农业区，不仅记录了上百篇较长的英雄故事，而且搜集了很多英雄史诗。例如他记录的著名的江格尔奇珠乃演唱的史诗《汗哈冉贵的婚礼》，是在中国搜集的这部史诗的最好的异文。《汗哈冉贵》是一部著名的史诗，国外搜集到的手抄本和口头唱本有数十种。且布尔加甫在蒙古国乌兰巴托出版了《卫拉特英雄史诗》（1997），书中有《骑金黄马的阿拉图杰诺谚江格莱汗》（和静县巴·科舍演唱）、《八岁的那仁汗巴托尔》（演唱者是巴·科舍）、《那仁巴托尔汗克布恩》（演唱者是和静县占巴拉劳瑞）、《布萨尔阿拉达尔汗》（尼勒克县阿·赫木其格讲述）、《好汉米莫勒哲赫》（演唱者同上）、《青赫尔查干汗》（博尔塔拉县江格尔奇普尔布加甫演唱）和《格斯尔》的一篇韵散文结合体故事。

新疆人民出版社于1981年创办的《汗腾格里》（托忒文）至今已经出版50多期，成为发表卫拉特民间文学和英雄史诗作品的重要园地。除了上述《卫拉特蒙古史诗选》（1987）收入的几部史诗外，还刊载了哈达宝拉格记录的青海蒙古族史诗《汗青格勒台吉》（1981年第4期）；乌珠玛整理的《有八只白雁的那木吉勒查干汗》（1982年第2期）；朝依莱讲述，满吉整理的《那仁达来汗和他两个儿子》（1982年第4期）；嘎旦讲述，林宝吉记录的青海史诗《艾尔色尔巴托尔》（1984年第1期）；托·巴德玛整理的《哈尔查莫尔根》（1984年第4期）；查来加甫演唱，朝克图整理的青海史诗《那仁赞丹台吉》（1985年第3期）；乌珠玛整理的《骑豹黄马的班巴勒汗》（1986年第2期）；托·巴德玛转写，而没有交代演唱者和记录者姓名的史诗《伊勒德格格汗的儿子额尔　古南哈尔》的完全相同的一稿，在一年多时间里先后两次发表（1986年第3期和1987年第4期）；伊瓦演唱、贾木查记录的《巴彦班巴勒汗的儿子好汉赫布赛音》（1987年第1期）。如前所述，1978年8月和静县江格尔奇额仁策演唱，笔者和道尼日布扎木苏记录和发表的史诗《骑红沙马的额尔古古南哈尔》，被转写成托忒文刊登在《汗腾格里》（1987年第2期）上竟变成了"托·巴德玛演唱"的史诗了。

自20世纪90年代以后《汗腾格里》只出版了几期，但其中也有少量史诗。如在1993年出版的《汗腾格里》（总第48期）上有宝·奥其尔讲述、巴特尔整理的史诗《好汉米米勒吉赫》。同年出版的第50期刊载了且布尔加甫记录的《汗哈冉贵》和库开讲述、阿木尔达来记录的《乌伦体勃汗与蒙根图杜格结义》等。

此外，在内蒙古、新疆、青海等省区的各级蒙古文文艺刊物和蒙古语文刊物上发表的史诗也不少，在此恕不一一介绍。

## 三、国内外蒙古英雄史诗的主要研究成果

蒙古中小型史诗的研究与长篇史诗《江格尔》和《格斯尔》的研究相比，起步较晚。对它们开始进行介绍和研究，是和史诗文本的陆续发表紧紧地联系在一起的。19世纪末20世纪初，俄国和欧洲学者波塔宁、拉姆斯特德和策·扎木察莱诺最早谈到蒙古史诗的一些问题。他们的文章有一定的信息资料价值。扎木察莱诺于1918年发表的《布里亚特民间文学作品集》一书的序言撰写于1914年，由两部分组成：一是"关于蒙古民间文学文献的搜集"，另一是"关于蒙古英雄史诗的笔记"。后者是一篇具有重要学术价值的论文。作者对一些重要问题所发表的见解相当精辟，有些问题连后人的研究中也尚未注意到。

扎木察莱诺是苏联科学院通讯院士，是俄罗斯学术界学术地位最高的一位布里亚特学者。他掌握了多种东西方语言，学术素质高，在蒙古英雄史诗和蒙古学研究方面做出了重要贡献。扎木察莱诺深刻而正确地论述了史诗与历史事件的关系、史诗的欣赏价值和教育意义、古人对史诗和史诗英雄的崇拜、史诗演唱习俗等问题。他还记载了当年80岁高龄的扎雅罕·扎温萨满讲述的有关史诗起源的传说，较详细地分析了史诗的内容和人物。

20世纪20—30年代，苏联出现了一批研究蒙古史诗的著名学者。他们是符拉基米尔佐夫、波佩、桑杰也夫和科津等。众所周知，符拉基米尔佐夫院士的《蒙古—卫拉特英雄史诗》（1923），不仅有巴亦特著名史诗演唱艺人帕尔臣演唱的六部史诗的俄译文，而且还有长篇序言（第7—53页）。这是迄今人们经常引用的重要著作。符拉基米尔佐夫首先简要地谈到了蒙古史诗的产生时代、分布、存在形态、演唱状况、史诗的内容和反映的社会生活、布里亚特史诗及其外来影响等问题，接着着重论述了卡尔梅克《江格尔》。在后半部分中，结合他发表的西蒙古卫拉特史诗，分析了卫拉特氏族联盟、史诗时代和史诗思维的依旧存在、专门演唱史诗的艺人（陶兀里奇）和一般演唱者、演唱场所、演唱艺人的地位、草原贵族对史诗和陶兀里奇的崇敬、寺庙在史诗发展中的作用以及西蒙古史诗模式，尤其是较深刻地谈到了陶兀里奇，其中包括巴亦特著名陶兀里奇帕尔臣的事迹等问题。符拉基米尔佐夫认为，蒙古人中存在过的史诗思想、史诗主题到12

世纪末 13 世纪初得到了发展，并获得固定形式，产生了较长的叙事诗、神话传说，甚至出现了较大型的史诗。蒙古人的征战和战功为史诗发展创造了适当的条件。他说，过去学者们不了解蒙古史诗，近 20 多年来的发现说明了蒙古各部落的英雄史诗仍然完整地存在着，并处于不同的发展阶段。有的部落还拥有专门背诵史诗的职业陶兀里奇，他们的史诗得到了进一步的发展，在保存古老的史诗的同时还形成了新的史诗。他指出蒙古英雄史诗有三大中心，即伊尔库茨克和贝加尔湖附近的布里亚特、伏尔加河的卡尔梅克（包括 18 世纪从俄罗斯迁徙到准噶尔、天山的卡尔梅克）、西蒙古卫拉特（包括与突厥部落有血缘关系的蒙古部落）。此外，喀尔喀、察哈尔、和托辉特人中也有叙事歌和个别史诗及小型神话传说。这些小型神话传说是早期演唱的较长的史诗的片断，它们不属于哪一个氏族、部落和学派。

关于布里亚特史诗，符拉基米尔佐夫认为，与其他蒙古和突厥史诗相比较，它是在原始社会产生的原始时代诗歌，在数百年悠久的传承过程中得以生存下来。再过一段时间，布里亚特史诗也会变成像喀尔喀和南蒙古史诗那样的形态。他认为，布里亚特史诗非常古老，但后来发生了一定的变化，在漫长的流传过程中得到了另一种形式。布里亚特史诗像法兰西史诗一样是真正的史诗。它没有得到文学加工，尽管其中存在着新增加的成分，但仍然保持着纯粹原始的面貌。

符拉基米尔佐夫较详细地谈了西蒙古卫拉特史诗及其相关问题。他说，科布多省的卫拉特人是 18 世纪从准噶尔及西蒙古其他地方迁徙过来的。因他们至今很好地保留着氏族联盟，一切旧东西照旧存在。这些卫拉特人至今仍然处于史诗时代，他们具有史诗心理，在他们的生活中史诗模式依旧存在。符拉基米尔佐夫还说，在史诗演唱者行列中不仅有专门演唱家和普通百姓，也有小范围内讲述的妇女，还有会演唱史诗的个别贵族诺谚。卫拉特贵族非常重视和崇拜英雄史诗及演唱艺人，他们认为英雄史诗反映了卫拉特贵族的思想、愿望和理想。他提出了西蒙古卫拉特英雄史诗的"贵族起源说"。他说："尽管西北蒙古卫拉特英雄史诗反映草原贵族的思想，歌颂诺谚们的英雄事迹，产生于贵族中间，官吏和富人们很支持史诗，但在普通民众中也广泛流传，成为他们非常喜爱的作品。"他还说："在西北蒙古贵族创作和发展的英雄史诗不仅仅是一个阶级的作品，而且也是全民族的史诗。"符拉基米尔佐夫的这种看法，虽然曾被著名的民间文艺学家弗·普洛普所运用，但也受到不少人的谴责。在笔者看来，如果说西蒙古卫拉特贵族改变传统的英雄史诗，使之变成符合他们利益的作品的话，这是可以理解的。但是把原始社会产生的史诗说成是贵族的创作，就未必是正确的了。虽然有一些缺点和错误，但符拉基米尔佐夫的著作至今仍然具有重要的学术价值和资料价值。尤其是史诗文本以外的一些信息，是今天的学者们从当代卫拉特社会中难以找到的重要资料。嘎·桑杰也夫不仅发表和俄译史诗《汗哈冉贵》的几种文本并写了研究性序言，而且从 20 世纪 30 年代开始写了不少有关蒙古史诗的论文。他对《汗哈冉贵》进行研究，谈到了关于蒙古史诗总的看法以及《汗哈冉贵》的结构、形态学和人物等问题。他对蒙古英雄史诗的起源和发展提出了自己的见解，认为史诗起源于萨满文学，开始是神话史诗，后来发展成为英雄史诗。史诗不断地发展，反映不同时代、不同阶级的理想。蒙古史诗产生于 12—13 世纪，当时蒙古人由狩猎生活进入游牧生活，氏族制解体，早期封建关系确立，后来在表面上受到了佛教的影响。他还认为史诗把英雄称作莫尔根和汗，这些与萨满称号一致。桑杰也夫明确指出，英雄史诗具有综合性质，其基础是神话传说，还有关于氏族首领和著名萨满的传说、流行故事情节和魔法程式。所有这些通过蒙古史诗演唱艺人的演唱而融合在一起。

尼·波佩是国际知名学者，他精通东西方 10 多种语言，对国际蒙古学的发展做出了重大贡献。他曾任苏联科学院通讯院士，第二次世界大战后移居美国，任西华盛顿大学教授。波佩在自 1925 年以来的 60 年中，不断地翻译和研究蒙古英雄史诗，在德国出版了 10 多本蒙古史诗文本，早在 1937 年发表了第一部蒙古史诗研究专著——《喀尔喀蒙古英雄史诗》，后来还撰写了许多论文和序言。尼·波佩的专著共分八章：古代蒙古书面叙事作品、蒙古封建战争时代、现代喀尔喀蒙古英雄史诗的起源、喀尔喀蒙古史诗与其他蒙古史诗的关系、喀尔喀蒙古史诗的人物和结构、喀尔喀蒙古史诗的陪衬人物、喀尔喀蒙古英雄史诗的共性和喀尔喀蒙古英雄史诗的作品形式，非常详细地从各方面探讨喀尔喀史诗。蒙古英雄史诗的共性形成于 17 世纪以前，因为那时候内蒙古、喀尔喀、卫拉特和布里亚特还没有相互分离。接着波佩比较了各部族史诗的内容，还指出这些史诗的结构相似。卫拉特、布里亚特、喀尔喀和内蒙古（察哈尔和阿巴嘎）史诗的主要情节结构如下：

敌人向勇士家乡进攻；
勇士亲自或他儿子战胜敌人；

关于勇士的婚事。

波佩认为，现有史诗的共性，还不能证明各部族英雄史诗的同一起源，但很值得注意的是一些情节和插曲都相同，还有许多诗句和描写相对应。

波佩将蒙古史诗分为单一情节的史诗、两个或多个情节的史诗，并指出多个情节的史诗是由单一情节的史诗构成的。如两个情节的史诗《巴彦宝尔劳岱汗》，它由勇士征服蟒古思和勇士的婚礼两个部分组成，实际上它是由两个不同的单一情节的史诗构成的。他举的多个情节的史诗是《好汉雅干达尔》和《好汉扎鲁岱莫尔根》，说多个情节的史诗中有许多共同性的部分，连细节也相同。笔者多年的研究结果与他这种见解相一致，所不同的是笔者以史诗母题系列（早期英雄史诗的情节框架）为单元把蒙古英雄史诗分类为单篇型史诗、串连复合型史诗和并列复合型史诗。

20世纪70年代，尼·波佩研究蒙古英雄史诗的母题，发表了《对蒙古史诗母题的研究》、《蒙古史诗中的天鹅姑娘》、《蒙古史诗中的叛变与谋杀母题》、《以贫苦小伙子形象出现的勇士》等重要论文，探讨了这些母题在许多史诗中的存在及其来龙去脉。

格·米哈伊洛夫原来主攻蒙古国现代文学，可是在20世纪60—70年代发表了一系列研究蒙古英雄史诗的论著。他提出了蒙古英雄史诗的神话起源说，认为蒙古英雄史诗在古代神话基础上形成。他将一些史诗与《蒙古秘史》和《史集》中的传说进行了比较（如"额尔古涅昆的传说"），认为它们的内容有联系。米哈伊洛夫指出，蒙古史诗产生于8—9世纪至12—13世纪。与早期传说相对应的是喀尔喀史诗（包括内蒙古史诗），卫拉特史诗产生于成吉思汗时代，而布里亚特史诗的产生较晚。

阿·科契克夫在谈到《江格尔》古老母题时涉及了其他蒙古英雄史诗。其中最重要的是他发现了《江格尔》以及其他蒙古和突厥英雄史诗中经常出现的天鹅姑娘治愈母题与在西伯利亚发掘的公元前5—3世纪的金腰带上的图案之间的联系；他认为《史集》对合不勒合罕、忽图剌合罕等的描绘具有史诗的艺术风格；他把卡尔梅克英雄故事的情节结构分为12大类型。科契克夫的这些发现具有重要学术价值。

20世纪80年代在国际蒙古英雄史诗研究领域出现了两部重要著作。这就是俄罗斯学者谢·尤·涅克留多夫的专著《蒙古人民的英雄史诗》（1984）和著名的德国蒙古学家瓦·海希西的两卷本《蒙古英雄史诗叙事资料》（1988）。我们早已组织人员汉译并出版了涅克留多夫的著作（1991）。因此，中国国内的同行对这部专著比较熟悉。这部专著最突出的特点是，非常认真地论述了各国蒙古史诗的采录史和研究史，尤其是详细地介绍了俄罗斯和苏联的搜集和研究。这部著作为各国学者提供了他们以往所未曾了解的许多信息和资料。此外，涅克留多夫着重分析了蒙古史诗体裁和题材的构成、中心人物、演唱和形式等重要问题，提出了许多富有启发性的见解。他认为，史诗的产生和发展特点说明了个别史诗与史诗群之间存在着十分明显的差别。这种差别是某个体裁和史诗产生的社会历史状况所决定的。氏族结合过程、部落自我意识或国家自我意识的形成、经济结构的变化等，都直接影响正在形成的艺术机体的类型面貌。史诗古老形式是在神话观念基础上产生的。较晚期的"国家"史诗曲折地反映了构成民众命运的历史事件。

　　涅克留多夫谈到了蒙古英雄史诗的共性、产生时代、发祥地、各部落史诗产生的阶段性等问题。他说，现有的蒙古语族人民的叙事传统极其相近，这种现象使人们有理由设想：在中央亚细亚曾经有过蒙古叙事共同体，后来分离成一系列"分支"。涅克留多夫认为，就起源和本质而言，蒙古英雄史诗属于"国家前"的形态，是"史前"时期的产物；蒙古史诗可以分为狩猎民的（西布里亚特史诗）和游牧民的（蒙古、卡尔梅克的史诗），卫拉特史诗处于两者之间的发展阶段，其中反映古老神话因素和氏族部落社会关系的因素占有极其重要的位置。关于史诗发祥地，他推断蒙古史诗共同体的核心地带是南西伯利亚的原始森林，也许是阿尔泰地区。

　　在英雄史诗的题材方面，他介绍了许多学者的看法后，认为从森林狩猎人的氏族史诗、部落史诗，走向歌颂草原游牧民的理想王国的军事史诗的过程中，史诗的情节未变，叙事中心仍然是勇士的求婚、勇士同恶魔或异族的战斗。

　　现有各国蒙古学家中影响最大、成果最辉煌的要数德国波恩大学教授瓦·海希西。他在蒙古文献、文化、文学，尤其是在英雄史诗的研究方面做出了巨大贡献。他在 1972 年出版的两大卷《蒙古文学史》，用较多的篇幅详细地论述了当时人们所能了解到的全部蒙古英雄史诗，包括巴亦特、杜尔伯特、乌梁海、喀尔喀和内蒙古的史诗和蟒古思故事，将它们分为古典史诗（18 世纪以前）和后古典史诗，指出了二者的联系和区别。他说后者是利用前者共有的题材，为演唱而创作的各种不同故事的综合体，其中除古代内容外，还有《格斯尔》的情节以及印度故事、西藏故事情节。他分析了勇士到远方娶妻的史诗和勇士与恶魔斗争的史诗的内容，认为史诗反映了万物有灵观念和图腾观念。海希西指出，蒙古英雄史诗是在游牧民中形成的，战马在史诗中起重要作用。他还分析了史诗的艺术性、诗歌和程式，并一一论述了史诗中反复出现的情节共性和程式模式等问题。

　　海希西教授领导的波恩大学中央亚细亚语言文化研究所于1968—1988年间承担了一项叫作"特别研究项目12"的项目，其主要研究对象是蒙古英雄史诗。起初在海希西教授领导下，后来在海希西教授和卡·萨嘉斯特教授的共同领导下，于1978—1988年间在波恩先后召开了六次蒙古英雄史诗学术讨论会（1978、1979、1980、1983、1985、1988）。海希西主编的《亚细亚研究》先后六期都刊登了提交给这些会议的学术报告。波恩大学中央亚细亚研究所成为国际蒙古英雄史诗研究中心。海希西教授结合每次会议讨论的中心问题都发表了具有重要学术价值的论文。诸如：《关于蒙古史诗的母题结构类型的一些看法》（第68卷，1979）、《蒙古史诗中的起死回生和痊愈母题》（第72卷，1981）、《从石头里诞生和对山的崇拜》（第73卷，1982）、《关于杀死蟒古思妻子与儿子的叙事模式的内在联系和历史事实》（第91卷，1985）、《蒙古史诗中的蛇和牛母题》（第101卷，1987）和《东蒙古史诗的神话化问题》（第120卷，1992）。海希西在第一次会议上发表的《关于蒙古史诗的母题结构类型的一些看法》是一篇纲领性论文。海希西从20世纪40年代起几乎收集了各国出版的蒙古英雄史诗的全部文本及研究著作，并组织尼·波佩、伏·法依特等学者翻译出版了49部史诗，当然后来还有克·科佩等人翻译了几十部史诗。笔者曾在《〈江格尔〉论》等论著中介绍过海希西对蒙古史诗情节结构的分类，在此也作个简要介绍。在掌握大量史诗文本的基础上他对近100部史诗的情节结构和母题一一进行分析，第一次建立了划分蒙古英雄史诗情节结构和母题分类体系。他把蒙古英雄史诗的情节结构归纳为14大类型：

1. 时间
2. 英雄的出生
3. 英雄的家乡
4. 英雄（外貌、性格及财产）
5. 与英雄有特殊关系的马

6. 起程远征

7. 助手及朋友

8. 受到威胁

9. 仇敌

10. 遇敌作战

11. 英雄的计谋、魔力

12. 求婚

13. 婚礼

14. 返回家乡

　　海希西把每个大类型又分为若干个小类型和母题，共有 300 多个母题和事项。诸如："英雄"这一大类分为 22 个小类，又将小类分为 30 多个母题和事项；"助手和朋友"中共有 10 个小类、30 个母题和事项；"遇敌作战"分为 6 个小类、30 多个母题。兹以"10. 遇敌作战"为例，它包含：

10.1　相遇地点

10.1.1　眺望敌方领地

10.2　敌营

10.3　敌人逼近

10.4　勃然大怒/灭敌的誓约

10.5　询问方式和作战要求

10.6　作战及作战形式

10.6.1　张弓

10.6.2　变换作战

10.6.3　同灵魂作战

10.6.4　逃跑

10.6.5　打败敌人

10.6.6　敌人讨饶

10.6.6.1　通过第三者讨饶

10.6.6.2　与蟒古思相遇

10.6.7　要求及最后的愿望

10.6.8　杀敌

海希西进一步深入研究蒙古英雄史诗，以母题索引形式论述史诗文本，于1988年出版了两大卷《蒙古英雄史诗叙事资料》。书中有54部史诗及异文非常详细的内容提要，还有学术性序言和蒙古英雄史诗的结构母题类型表。海希西的《蒙古英雄史诗叙事资料》是具有重要资料价值的著作，为各国蒙古史诗研究者，尤其是为不懂蒙古语的西方史诗学者提供了系统的蒙古英雄史诗资料。

1978—1988年间，在当时的西德首都波恩举行的六次蒙古史诗学术讨论会，在国际蒙古史诗史研究史上具有重大意义。这是各国蒙古史诗研究的黄金时代。参加会议的是各国著名的蒙古学家和史诗学家：前西德W. 海希西、K. 萨嘉斯特、K. 赖希尔，英国蒙古学家 C. R. 包顿、突厥学家 A. T. 哈托，美国蒙古学家 N. 波佩、A. 保尔曼什诺夫、史诗学家 A. B. 洛德、W. 艾伯哈德（汉名艾伯华），法国蒙古学家 R. 哈玛铺、史诗学家 A. 列维，意大利的满学家 G. 斯大里，芬兰蒙古学家 P. 阿尔托，匈牙利蒙古学家 L. 劳仁兹，前东德蒙古学家 H-P. 菲兹，苏联汉学家 B. 李福清、蒙古学家 S. J. 涅克留多夫，蒙古人民共和国科学院院士 Ts. 达木丁苏伦、P. 好尔劳、D. 策仁索德那木和中国的仁钦道尔吉、宝音和希格等，他们多次参加会议，并宣读蒙古英雄史诗及相关史诗研究论文。此外，有些学者未参加会议，但提交了论文。海希西主编的《亚细亚研究》共6期（第68、72、73、91、101、120期）发表了会议论文133篇。这是一个惊人的成就，说明了国际蒙古英雄史诗研究进入了崭新的高层次的发展阶段，它同其他先进的社会科学研究同步前进。

笔者应邀出席后四次会议，并在这四次会议上宣读了论文，同时组织一批学者翻译了这些论文中的重要论文近30篇，以中国社会科学院少数民族文学研究所名义编印了两本内部资料：《民族文学译丛》——史诗专辑（一），1983年；史诗专辑（二），1984年，向中国学者推荐了国际蒙古英雄史诗及相关史诗研究成就。

在上文中一直没有提到的俄罗斯和欧洲学者还有数十名，其中俄罗斯学者巴姆巴也夫（1929）、科津（1948）、布尔扎诺娃、李福清，德国学者卡谢福斯基、法依特、塔乌贝，匈牙利学者卡拉、乌拉依，波兰学者申凯维奇等都发表了一些重要论文。

从20世纪50年代起，蒙古策·达木丁苏伦、宾·仁亲、普·好尔劳等院士及其他学者仁亲桑布、嘎旦巴、散皮勒登德布、娜仁托娅、曹劳、扎格德苏伦、罗布桑巴拉丹以及卡托、图雅巴特尔等人发表了各种不同性质的史诗研究著作。达木丁苏伦除了着重研究《格斯尔》外，还发表了研究《江格尔》、《希林嘎拉珠巴托尔》和蒙古史诗演唱艺人的著作。他在《新时期的蒙古史诗演唱艺人》一文中简要介绍蒙古国的史诗和演唱艺人，并重点分析了著名的老艺人苏·朝衣苏伦（1911—1979）、比他晚一代的天才艺人巴·阿毕尔莫德和民间故事家僧·道尔基苏伦的生平事迹和艺术特点。如前所述，仁亲院士在德国出版的五卷《蒙古民间文学》的德文、法文译本，在其序言中谈及史诗，此外还发表了著名的论文《我国人民的史诗》（1966）。他主编的《蒙古人民共和国民族学、语言学地图》（1979），具有重要的学术价值，其中有仁亲、扎格德苏伦和沙格德尔苏伦编的史诗《江格尔》、《格斯尔》、《汗哈冉贵》、《希林嘎拉珠巴托尔》、《阿尔泰孙本胡》、《好汉仁亲莫尔根》、《骑白马的老乞丐丹萨楞》以及本子故事（说书）分布图。仁亲于1959年最早提出本子故事是蒙古民间文学的一种体裁，并进行了分析。

普·好尔劳院士研究蒙古民间故事和英雄史诗的著作较多。他先后发表了《蒙古史诗研究中的一些问题》（1963）、《喀尔喀人民的史诗及其特点》（1969）、《蒙古人民的英雄史诗的传统和特征》（1985）和《关于蒙古英雄史诗发展历史问题》（1992）等论文。他把蒙古国英雄史诗分布地域分为西南部、中部和东南部。

策仁索德那木从大学生时代开始研究蒙古史诗。1959 年，他为自己记录发表的史诗《希林嘎拉珠巴托尔》写了序言，后来又发表了《胡琴的旋律与史诗的关系》（1977）、《关于蒙古史诗的起源和发展变异问题》（1982）、《关于史诗〈汗哈再贵〉的名称的来源》（1985）、《关于蒙古史诗研究问题》（1987）和《蒙古叙事文学中的神话观念》（1988）等不少论文。

仁亲桑布记录出版的《蒙古人民的英雄史诗》（1960）的序，是蒙古最早较系统地论述蒙古史诗搜集出版和研究概况的文章。序言涉及了蒙古英雄史诗的体裁特点、产生时代、艺术特点、反映的社会生活和史诗起源等方面的问题。他在 1964 年发表的论文中提出了对蒙古英雄史诗发展过程的分期问题。他认为，蒙古英雄史诗发展的第一个阶段是从远古至 13 世纪；第二阶段为 13—17 世纪；第三阶段是 17—20 世纪；第四个发展阶段为 20世纪。

沙·嘎旦巴的《蒙古人民的英雄史诗》（1988）是一部较高水平的研究著作。他谈到了蒙古史诗的特点、阶级和社会内容、史诗思想内容的基本倾向、史诗中的神话因素、史诗中社会关系的反映、史诗反映的人民生活以及史诗形式和艺术等许多问题，有不少新的见解和信息。

娜仁托娅发表了许多研究《江格尔》和其他蒙古英雄史诗的文章。她编写的《蒙古史诗统计》是具有重要资料价值的著作，为国际蒙古史诗研究界提供了关于蒙古国全部史诗的系统的资料。娜仁托娅做了在蒙古国境内记录的 82 部史诗的 273 种异文的内容提要。

年轻学者卡托和图雅巴特尔等人在研究卫拉特史诗和喀尔喀史诗方面做了一定的工作。

关于俄罗斯境内布里亚特英雄史诗的搜集出版和研究问题，谢·尤·涅克留多夫讲得很详细。正如符拉基米尔佐夫院士所述，由于策·扎木察莱诺搜集和研究布里亚特英雄史诗，他带动许多人投入到这项工作中，才发现了布里亚特英雄史诗宝库。当然，在他之前莫·汉嘎洛夫曾转述过《阿拜格斯尔》、《乌尔图查干巴托尔》、《安嘎海莫尔根》等近 10 部史诗的内容。许多著名的布里亚特英雄史诗是扎木察莱诺记录和出版的，其中有《阿拉木吉莫尔根》、《艾杜莱莫尔根》、《叶仁赛》、《哈奥希尔》、《阿拜格斯尔》、《奥希尔博克多和胡荣阿尔泰》以及后来出版的史诗集《布赫哈尔胡本》（1972），等等。此外，从 20 世纪初开始，布里亚特民间文学工作者斯·巴勒达也夫曾记录过 100 多部英雄史诗，其中很少一部分后来发表于他编的《布里亚特民间文学选》（1960）、《文选》（1961）和《阿拉坦杜莱莫尔根》（1970）。

著名蒙古学者扎木察莱诺、桑杰也夫、波佩等人不仅研究整个蒙古英雄史诗，而且还深入探讨了布里亚特英雄史诗的许多重要问题。扎木察莱诺把贝加尔湖西部的埃和里特—布拉嘎特史诗与外贝加尔湖的霍里史诗进行比较，指出了它们的共性和特性。他认为埃和里特—布拉嘎特史诗在各个方面都显得比霍里史诗更古老，较完整地保存着狩猎部落史诗特征。后来的学者接受了这种看法，但桑杰也夫等学者也比较了温戈史诗与前两种史诗的异同。

从 20 世纪 50—60 年代起，学者们进一步深入研究了布里亚特史诗，其中阿·乌兰诺夫和尼·沙尔克什诺娃的成就颇为显著。乌兰诺夫的论著有《布里亚特英雄史诗评述》（1957）、《布里亚特英雄史诗》（1963）、《布里亚特乌里格尔》（1968）和《布里亚特古代民间文学》（1974）等，《布里亚特英雄史诗》是从社会历史角度研究史诗的著作，探讨了史诗所反映的布里亚特经济生活特征、布里亚特古代观念的特点、布里亚特社会特征等问题。此外，他还在长篇序言中谈到了研究对象、关于布里亚特英雄史诗的搜集和研究、研究方法和历史前提等问题。沙尔克什诺娃研究布里亚特英雄史诗、蒙古英雄史诗和《格斯尔》，先后发表了许多论著，其中包括专著《布里亚特民间文学》（1959）、《布里亚特英雄史诗》（1968）、《布里亚特民间诗歌创作》（1975）和《布里亚特英雄叙事诗歌》（1987）。她在《布里亚特英雄叙事诗歌》里深入分析了布里亚特史诗的各个重要问题，诸如：乌里格尔（史诗）研究史、英雄故事的总特征、布里亚特乌里格尔与突厥—蒙古各民族史诗、布里亚特史诗的思想和形象、生活特征、乌里格尔所反映的父系氏族关系、美学观念和信仰观念以及乌里格尔的艺术特色。书后附有图书目录。总之，布里亚特英雄史诗研究比其他蒙古英雄史诗的研究开始的早，对许多重要问题进行了深入的探讨，出现了不少重要研究成果。

蒙古英雄史诗在世界各民族英雄史诗中占有重要位置，它的研究不仅局限于国际蒙古学界范围，而且，各国史诗理论研究者、突厥史诗学家和汉学家的著作中也常常见到蒙古英雄史诗的例子。苏联的著名学者弗·普洛普、弗·日尔蒙斯基、叶·麦列丁斯基、瓦·嘎察克、鲍·李福清和伊·普郝夫等人的著作中大量引用和提及蒙古英雄史诗文本和研究成果。因为蒙古英雄史诗在西伯利亚的布里亚特人和伏尔加河下游的卡尔梅克人中广为流传,许多英雄史诗早已译成了俄文,在俄罗斯先后发表了数以百计的论文和专著。因此,不懂蒙古语的学者也能直接阅读和间接引用这些资料。麦列丁斯基在《英雄史诗的起源——早期形式和古老文献》(1963)一书中专门列一大部分(第247—374页)论述《西伯利亚的突厥——蒙古人民的英雄史诗》。普郝夫也发表了《西伯利亚的突厥——蒙古英雄史诗》(见《民间史诗的类型学》,1975),汉学家李福清在研究蒙古英雄史诗和说书故事方面发表了不少著作。有些早期研究者把东西方的史诗进行了比较,有的把俄罗斯勇士歌与蒙古英雄史诗加以比较,他们发现了其中的不少相似性,因而有的提出俄罗斯勇士歌起源于东方的蒙古英雄史诗和突厥英雄史诗的见解。有的学者不同意这种观点,他们认为这种相似性不属于起源问题,而是类型问题,这种研究对历史类型分析提供了有益的材料。

中国学者在长篇英雄史诗《江格尔》和《格斯尔》的研究方面取得了重大成就,出版了近10部专著,比较深入地探讨了各个主要方面的问题,尤其是分析了这些史诗的产生和流变规律。同长篇史诗的研究相比,其他中小型英雄史诗的研究存在着一定的差距。"文化大革命"前,结合一些史诗的出版,铁木尔其林、托门、梁一孺、阿斯拉尔图等人发表过一些序言和评介性文章。在内蒙古语言文学研究所20世纪50年代末编写的《蒙古族文学史》讨论稿(内部)中列有英雄史诗章节,分析了甘珠尔扎布记录整理的史诗《三岁的古纳罕乌兰巴托尔》和《汗特古斯的儿子喜热图莫尔根汗》。实际上20世纪80年代出版的多种蒙古族文学史是以此为基础的。

在中国许多高等院校和科研单位都有从事蒙古族文学教学和研究工作者。研究者中有布林贝赫、宝音和希格、那木吉勒舍旺、纳·赛西雅拉图、宝音巴图、波·特古斯、拉西奥德斯尔、梁一孺、赵永铣、乌尼乌兰、满昌、却日勒扎布等老教授,也有中青年学者唐吉斯、丹碧普力吉德、呼日勒沙、巴雅尔图、扎格尔、芒莱、孟金宝、斯琴以及专门研究科尔沁史诗的乌仁其木格,新疆史诗的额仁切和青海史诗的才仁巴力等人。当然,也有一批内容重复的文章和将别人的观点作为自己见解的现象。

20世纪80年代,宝音和希格同巴德玛一起搜集整理15章本《江格尔》

（1980）并写序言外，还发表了《谈史诗的特征及其价值》、《关于蒙古史诗的开篇母题》和《关于蒙古史诗的宫帐》等论文，较深入地探讨了一些母题。他与布林贝赫教授一起编的《蒙古族英雄史诗选》（1988）中介绍了海希西的蒙古史诗母题分类法，并按照该分类法编了50多部蒙古史诗和英雄故事的母题索引。

布林贝赫教授除发表一些蒙古史诗研究论文外，还撰写了从诗学角度研究史诗的专著——《蒙古英雄史诗的诗学》（1997）。作者是蒙古族当代著名诗人，在这之前出版的探讨蒙古诗歌美学问题的书中也谈到了英雄主义诗歌问题。他深刻地了解蒙古族古今诗学，他的著作有较高的学术价值。在《蒙古英雄史诗的诗学》中，作者站在诗学的理论高度上简要地论述了英雄史诗的特征、时空结构、正反面人物、骏马形象、人与自然的关系、变异形态的文化中史诗的发展和诗歌特征等问题。有些问题前人很少涉及，作者提出了很多新见。

笔者1962年到巴尔虎地区进行民间文学调查，在当年发表的调查报告中提到了巴尔虎英雄史诗的一些问题。"文化大革命"后，笔者在史诗集《英雄希林嘎拉珠》（1978）的序言中进一步探讨了巴尔虎史诗及其他蒙古史诗的某些重要问题。1980年在波恩举行的国际蒙古英雄史诗学术讨论会上笔者宣读了《巴尔虎英雄史诗的产生、发展和演变》。此后，笔者专攻蒙古史诗，在国内以蒙古文和汉文发表了100余篇史诗研究论文，在国外以英文、德文、土耳其文、俄文和蒙古文发表了30多篇论文。其中除了研究《江格尔》的论文外，还有《中国蒙古族英雄史诗》、《巴尔虎英雄史诗与卫拉特英雄史诗的共性与特性》、《蒙古英雄史诗情节结构的发展》、《阿尔泰语系民族英雄史诗、英雄故事的一些共性》、《〈江格尔〉与蒙古英雄史诗传统》和《蒙古—突厥英雄史诗情节结构类型的形成与发展》等论文。此外，笔者编写了《中华文学通史》中的蒙古族《古老的英雄史诗》和《蒙古族英雄史诗〈江格尔〉》等章节，《中华民间文学史》之《英雄史诗的形成和发展》、《早期蒙古英雄史诗》和《江格尔》等章节。

荣·苏赫等主编于1994年出版的《蒙古族文学史》（一）的第五章是《中短篇英雄史诗》（第219—260页），这一章的作者是色道尔吉、斯琴。在这个篇幅特长的一章里，作者们谈到了蒙古英雄史诗的分布，搜集、出版和研究，中短篇英雄史诗的产生、发展及其分类，思想内容、结构分布、形象描绘以及艺术特色、历史地位和对后世文学的影响等多方面的问题。

在蒙古族英雄史诗方面，中国学者发表的论文和评介性文章有数百篇，由于篇幅限制，恕不一一介绍。

# 第一编

单篇型英雄史诗

史诗是继神话之后，在人类文化史上产生的另一具有划时代意义的文化现象和文学体裁。史诗的出现显示了人类自我意识的觉醒。从神话时代到英雄史诗时代，是人类从不了解自然力，不认识自身的力量，转向以自身的力量战胜自然力和社会势力的新阶段。世界著名的古希腊史诗和印度史诗，大约在两千年前便开始有文字记录，并且很早就着手对其研究，它们在世界文学史上得到了应有的位置。史诗学界认为，在古希腊史诗《伊利亚特》和《奥德赛》形成之前几百年间，有关特洛伊战争的传说和零散的史诗篇章凭借古希腊乐师的背诵流传下来。大约于公元前9—8世纪盲艺人荷马（或某人）根据有关的传说和零散的史诗篇章整理、编纂成《伊利亚特》、《奥德赛》两部史诗。然而，荷马整理、编纂这两部史诗都是以口头形式进行的。大约公元前6世纪才开始出现一些繁简不同的抄本，史诗的内容和形式因此得以基本固定下来。同样，印度两大史诗《罗摩衍那》和《摩诃婆罗多》起初也是口头产生和流传的作品，最早的部分产生于公元前4—3世纪，它们的成书却在公元以后。

我国各民族的史诗也是在神话、传说、祭词、萨满诗歌等原始文学体裁的基础上以口头形式产生和发展的。与希腊史诗和印度史诗不同的是，我国史诗缺乏一两千年以前的文字资料。学术界发现很晚，直到20世纪中叶都未能对我国北方和南方各民族的史诗从整体上进行系统全面的研究。值得特别指出的是，我国史诗是以口头产生发展并流传至今的活态史诗。这种生存状态，就是我国史诗与印欧史诗的主要区别。希腊两大史诗、印度两大史诗和欧洲中世纪史诗，早已被文字记录成为书面史诗，而且早已退出了民间艺人的演唱舞台，被广大民众遗忘。因而，给探讨它们的发展流变、演唱艺人及其演唱规律带来不少困难。可喜的是，我国各民族民众中至今还流传着数百部史诗。而且，与我国蒙古—突厥史诗相似的史诗，尚在蒙古国、西伯利亚和中亚的蒙古语族人民和突厥语族人民中普遍流传着。

　　各国学者先后记录的蒙古语族人民的英雄史诗和西伯利亚突厥语族人民的英雄史诗总数远远超过 1000 部。蒙古英雄史诗，除长篇巨著《江格尔》和《格斯尔》外，已记录的其他中小型英雄史诗及其异文达 550 部以上。多数是小型史诗，每部由数百行诗所组成，但它们都有一个较完整的小故事。中型史诗有数十部之多，每部长达数千诗行，还有几部中型史诗长达上万诗行。从分布区域来考查，中国蒙古族英雄史诗有 120 多部；据娜仁托娅统计，在蒙古国境内搜集的中小型英雄史诗有 80 部，241 种异文（第33—273 异文）[①]；俄罗斯境内的布里亚特英雄史诗约有 200 多种异文。[②]此外，在中国、蒙古国和俄罗斯境内的卡尔梅克人中记录的《江格尔》由 200 多部相对独立的长诗组成，而且每部长诗都像一部中小型史诗，全诗长达 20 多万诗行。蒙古文《格斯尔》有 10 多种手抄本、木刻本和口头唱本，有散文体和韵文体，其中有几种韵文体异文超过 10 万诗行。同样，西伯利亚突厥语族民族阿尔泰、图瓦、哈卡斯、朔尔和雅库特的英雄史诗也非常丰富。例如：俄罗斯科学院西伯利亚分院雅库特分部藏有奥隆霍（雅库特人把英雄史诗叫做"奥隆霍，OLONHO"）各种手抄本 200[③] 多册。现已登记的雅库特奥隆霍有 396 部，其中史诗《神速的纽尔贡巴托尔》长达 36600诗行。[④] 史诗学家苏拉扎克夫编辑出版的"阿尔泰英雄史诗丛书"《阿尔泰勇士》（10 卷）共有 73 部史诗。[⑤] 他在研究著作中运用了 222 部史诗。[⑥] 此外，其他西伯利亚突厥史诗和中亚突厥史诗也有数百部之多。在这些活态英雄史诗中，具有不同时代、不同内容、不同类型、不同形态的史诗并存的特殊现象。从这不同程度上保存着各个发展阶段的特征当中，可以窥见

---

　　① ［蒙］娜仁托娅：《蒙古史诗统计》，见《民间文学研究》，第18 卷，科学院出版社 1988年版。

　　② ［俄］沙尔克什诺娃：《布里亚特英雄叙事诗》，俄文，伊尔库茨克大学出版社 1987 年版。

　　③ ［俄］叶麦利雅诺夫：《雅库特奥隆霍的情节》，俄文，科学出版社 1987 年版。

　　④ ［俄］普郝夫：《雅库特英雄史诗奥隆霍》，俄文，苏联科学院出版社 1962 年版。

　　⑤ 苏拉扎克夫主编：《阿尔泰勇士》，阿尔泰文，1—10 卷，戈尔诺—阿尔泰图书出版社1958—1980 年版。

　　⑥ 苏拉扎克夫：《阿尔泰英雄史诗》，俄文，科学出版社 1985 年版。

蒙古—突厥英雄史诗的总体发展过程。

当然，在原始氏族社会产生的英雄史诗，不可能原封不动地口头流传到今天。它们在1000多年的口传过程中不断地发展与变异。一方面主要的核心部分逐步向前拓展，在古老传统的基础上，不断产生新的因素和新的篇章。另一方面，次要的或过时的因素自然退出历史舞台，一些古老史诗逐渐被人们遗忘。也就是说，有的早期史诗（原始史诗）没有流传到今天，有的早期史诗尽管存在，但其中添加了晚期因素。可以说在现有活态英雄史诗中，哪一部也没有完全保留着早期史诗或原始英雄史诗的本来面目。但这并不是说，学术界不可能了解和研究早期史诗。在对于国内外数百部史诗进行比较研究的过程中，我们发现了史诗的重要共同性。各国蒙古—突厥史诗在体裁、题材、形式、情节、结构、母题、内容、人物、创作方法、表现手法、艺术风格等方面都保留着一定的共性。而且，这些共性都是古老传统的因素。研究斯拉夫各民族史诗的学者认为，东部斯拉夫史诗和南部斯拉夫史诗所共有的因素都是斯拉夫人共同的创新。因为那些共同性的因素都是产生于斯拉夫各民族形成以前的时代，即各斯拉夫氏族、部落在共同地域生活的那个时期。同样，我们也可以说，蒙古—突厥史诗的主要共同性的因素是他们共同的创作，它们具有共同的起源。早在1500年前，蒙古—突厥各部落共同居住于南西伯利亚和中央亚细亚的毗邻地域。他们在政治、经济和文化方面都曾有过密切联系。从匈奴、鲜卑到蒙古汗国的1000多年间，北方民族先后建立了大小不同的多民族汗国，他们常常生活在同一个汗国境内；在那个时代，他们有相似的自然条件和气候条件，在原始森林地带和辽阔草原上从事渔业、狩猎业和畜牧业生产；他们经过了相似的社会发展阶段，在"英雄时代"各氏族、部落之间发生连绵不断的掠夺战争，抢劫骏马和牛羊，掳掠奴隶和美女成为男子汉的骄傲和荣耀；他们有过共同的萨满信仰和相似的风俗习惯，并实行族外婚制度；他们创造了共同的音乐、舞蹈、绘画、文学等文化艺术遗产；尤其是他们有共同的阿尔泰祖语，各部落之间直接对话，进行文化交流，相互学习，共同创造了森林和草原特色的狩猎文化和游牧文化，并运用他们的祖语创作了具有划时代意义的英雄史诗。这样他们的聚居地域成为蒙古—突厥英雄史诗的发祥地和广阔的史诗带。在这个辽阔的史诗带里，许多蒙古部落和突厥部落的聚居区无疑都成为史诗发生点或史诗中心，各点的史诗相互影响共同发展成为最初的英雄史诗。蒙古—突厥英雄史诗是在这一史诗带里产生，并得到了初步发展。这些英雄史诗成为北方民族史诗的起初的传统、模式和典范，成为他们史诗继续发展的基础和核心。蒙古—突厥英雄史诗是在这种早期史诗的框架上进一步拓展和充实而来的。后来随着蒙古—突厥各部落的迁徙，他们的史诗在原有传统的基础上，在欧亚各地继续发展，出现了现有的1000多部史诗及其异文，并具备了史诗的民族特征和地域特征。

尽管史诗数量极其多，它们各具民族特色和地域特色，但绝大多数英雄史诗在不同程度上保存着古老的阿尔泰传统和共同性的核心。根据史诗的古老传统和共同性的核心，我们大致可以了解到早期史诗的基本面目。所以，我们所指的早期英雄史诗，就是通过比较、归纳和综合各民族各个时代史诗的共同性因素而讲的，而不是具体指某一史诗或某一部落史诗。当然，在这一类史诗当中，有些民族的史诗所保存的古老因素较多，有些却保留的相对少一些。史诗学家麦列丁斯基①、普郝夫②等人把西伯利亚的蒙古—突厥史诗作为古老史诗的范例进行了史诗起源研究，这是很有道理的。因为那些史诗既古老又非常丰富。我们也不能不以蒙古—突厥史诗为例，探讨我国早期英雄史诗。

除上述众多的口头史诗外，还有不少近七八百年以来有关史诗的记载和手抄本、木刻本史诗，可以作为我国史诗研究的文献资料。例如：13—14世纪的历史学家编写的《蒙古秘史》（1240）和波斯人拉施特主编的《史集》（1304）等重要历史著作亦可以作为研究早期蒙古英雄史诗的文献。《蒙古秘史》采用了英雄史诗的表现手法和母题。《史集》记载了成吉思汗的祖先合不勒汗、合丹把阿秃儿、忽图剌合罕的英雄事迹，其中不但包含了不少英雄史诗的情节、母题和表现手法，而且还保留着忽图剌合罕的英雄史诗的基本面貌。忽图剌合罕系成吉思汗父亲也速该的叔父，生活在11世纪末至12世纪上半叶。《蒙古秘史》称："全蒙古、泰亦赤兀惕部众大会于翰难河的豁儿豁纳黑主不儿地方。会议的结果，推选忽图剌为合罕。"（谢再善译文）《史集》不仅证明当时的诗人创作了歌颂忽图剌合罕英雄业绩的史诗，还记载了史诗的主题、内容和形式，其中说："蒙古诗人们写了许多诗颂扬他（指忽图剌合罕），描写了他的勇敢大胆。"根据多方面的分

---

① ［俄］叶·麦列丁斯基：《英雄史诗的起源》，俄文，东方文学出版社1993年版。
② ［俄］伊·普郝夫：《西伯利亚突厥—蒙古人民的英雄史诗》，见《民间史诗的类型学》，俄文，科学出版社1975年版。

析，上文中所说的"诗"就是英雄史诗，因为英雄史诗赞颂英雄的力量与勇气。"诗"运用英雄史诗中常见的夸张和比喻，并借用英雄史诗中的诗句形容忽图剌合罕道："他的声音洪亮极了，以致他的喊叫隔开七座山也能听到，就像是别座山里传来了回声。他的手犹如熊掌：他用双手抓起一个无比强壮的人，毫不费力就能将他像木杆似的折成两半，将脊梁折断。……烧红的炭掉到了他身上，烧着了他，但他对此毫不在意。当他醒过来，他以为是蚊子咬他，他搔了搔身子，又睡着了。他每餐要吃（整整）一大只三岁牛和一大碗（囊——引者）酸马奶，但仍未吃饱。"又说："他那胳膊的力量胜过三岁的熊掌，他的攻击的猛烈，可使三河的水翻腾起来，他的打击（所造成的）创伤，使得三个母亲的孩子都要哭起来。"《史集》记载的忽图剌合罕与敌人的战斗场面，也像英雄史诗中的二勇士交锋："忽图剌合罕用长矛向秃伦黑—忽勒丹猛刺过去，刺穿了他的锁子甲，刺进了前臂的肉里，并且穿过锁子甲和臂底，一直刺到他的腿下部。由于受伤很重，他（全身）紧张起来，（用力）拉紧缰绳，而免跌下，以致马的舌头都被衔子弄裂了，但他（最后还是）跌倒了。"（《史集》第一卷第二分册，第45—52页）有关忽图剌合罕的史诗是一部征战型英雄史诗，取材于忽图剌合罕与塔塔儿人的战斗。创作这部史诗时，诗人们借用了古老英雄史诗的框架和表现手法。

此外，还有数百年前用文字记录的突厥英雄史诗集《库尔克特书》和史诗《乌古斯》。《库尔克特书》现今有两种手抄本，一种保存在德国的德累斯顿图书馆，书中有12篇叙事故事，另一种存放在梵蒂冈图书馆，它包含六部叙事诗。关于那些作品的形成时代和成书年代，说法不一。有的学者认为，库尔克特这个人物生于7—8世纪，而有关他的传说也正是始于那些年代。其后，于12世纪时，这些传说的阿拉伯文本出现，而它的最初文字记载依然来自居住在锡尔河畔的乌古斯—柯卜恰克部落。① 这是根据民间传说和现有两种版本推论的一种见解。可是，弗·日尔蒙斯基说，巴托尔德指出，德累斯顿手抄本《库尔克特书》的最后一页上记载了奥斯曼帕沙的卒年——995（1585）。梵蒂冈手抄本记载了比它稍早的年代，即一位统治者萨努勒拉哈的卒年——956年（1549—1550）。这说明了上述两种手抄

① 泰里南拜·卡巴也夫：《库尔克特简介》，见湖南翻译《库尔克特与乌古斯可汗的传说》手稿。

本是 16 世纪后半叶出现的。巴尔托德认为，诗歌形成的年代是 15 世纪，但是有些传说的情节可能更早些。① 由此可知，在《库尔克特书》中的 12 部史诗是 15—16 世纪以前的作品。这本书里的史诗与蒙古—突厥口传史诗一样，描写了勇士们的征战和婚事斗争。例如，《关于康乐之子坎吐拉勒的传说》（第 6 篇）是一部婚事型史诗，描绘了少年勇士坎吐拉勒到异教徒统治区，通过三项危险的考验，即赤手空拳杀死三大猛兽野公牛、雄师和公驼，从而得到美丽的妻子，并在携带妻子返回途中，打败追击的敌军的英雄事迹。再如，《关于拜包尔之子巴木斯巴依拉克的传说》（第 3 篇），与蒙古婚事加征战型史诗（$A_2 + B_2$）相近。它以年迈无子的拜包尔通过祈子仪式获得子嗣为始端，继而描写了其子巴木斯长大成为勇士后，通过三项比赛，即与未婚妻赛马、射箭和摔跤比赛，获得爱情的故事。这部作品的下半部分故事情节较为曲折：勇士巴木斯在新婚之夜遭敌人袭击并被俘，在敌营关押 16 年后返乡，家乡遭劫。他杀死欲霸占其妻的敌首，后又战胜入侵之敌。其他篇章也大多反映了勇士的一次征战或两代人的几次征战。如在《关于别格尔之子艾莫列的传说》（第 9 篇）中，勇士别格尔打猎时受重伤，敌人乘机进攻，其子艾莫列替父出征，打败来犯之敌；《关于萨拉尔卡赞阿吾尔被侵袭的传说》（第 2 篇），描绘了萨拉尔卡赞在牧羊人的帮助下，战胜掠夺者，夺回被劫的母亲、儿子、兵丁和财产的事迹。《库尔克特书》提供了珍贵资料，显示了 15—16 世纪蒙古—突厥英雄史诗的真实面貌。同时，这些史诗在各个方面相似于近一二百年来记录出版的口传史诗。这种实事证明了蒙古—突厥史诗的神圣性和稳定性。通过对这种手抄本史诗与口传史诗的比较研究可以发现古老史诗的基本特征，探讨早期史诗的产生和发展规律。

有关我国三大史诗的记载是从 16 世纪开始的。15—16 世纪生活在锡尔河畔的柯尔克孜人赛夫丁·依布·大毛拉及其子大约于 1494—1592 年间用波斯文撰写了《史集》。《史集》的早期手抄本尚未找到，现有 19 世纪的三种手抄本。尽管 19 世纪的手抄本中难免有一些后期增加的因素，但它们不会不保留原著的基本面貌。《史集》没有提到史诗《玛纳斯》，它把玛纳斯当作历史人物，叙述了玛纳斯的英雄业绩。可是，这种英雄业绩与史诗

① ［苏］弗·日尔蒙斯基：《突厥英雄史诗》（俄文），科学出版社 1974 年版，第 526—527 页。

《玛纳斯》的情节基本一致。而且，二者的主要人名相同，诸如：玛纳斯及其父亲加克普、叔父加木额尔奇、玛纳斯的40名勇士以及玛纳斯的主要敌人交牢依。① 由此可知，《史集》是根据史诗《玛纳斯》的情节论述英雄玛纳斯英雄事迹的，它可以提供四五百年前史诗《玛纳斯》的主要情节和人物等方面的信息资料。

在蒙、藏两个民族史诗《格萨（斯）尔》方面，最早成书的是康熙五十五年（1716）北京木刻版蒙古文《格斯尔传》。此外，还有数十种蒙古文、藏文的手抄本和木刻本。蒙古族英雄史诗《江格尔》的记录出版有200多年历史。1802—1803 年间，德国学者贝格曼到卡尔梅克地区进行考察，并于1804—1805 年用德文发表了《江格尔》的两篇故事。

除北方史诗外，南方傣族英雄史诗《兰戛西贺》和《粘响》也有15—16 世纪以来的文字资料。当然，在纳西族《东巴经》、彝族《毕摩经》等经籍中也记载了创世史诗、迁徙史诗和英雄史诗。

总之，我国除有数百部口传英雄史诗外，还有 12 世纪以来，尤其是15—16 世纪以来记录出版的史诗及相关资料。这些大量的丰富资料，为我国史诗研究提供了依据和资料基础。

过去，我国的史诗研究起步较晚，史诗研究是我国学术研究领域的空白或者薄弱环节。研究中国文学和外国文学的学者们了解古希腊荷马史诗《伊利亚特》和《奥德赛》，或者知道印度两大史诗《罗摩衍那》和《摩诃婆罗多》，但他们往往不知道中国自身的史诗。我国各民族史诗主要是从 20世纪50 年代开始搜集出版的。到了 20 世纪 80 年代，随着我国三大史诗及其他蒙古史诗、突厥史诗和南方史诗的大量出版，经过从事少数民族文学研究的一些学者专心研讨，在较短的时间完成了一批研究我国三大史诗、南方史诗、蒙古史诗和柯尔克孜史诗的各种个案专著。我们主编出版了一套《中国史诗》共七本：《格萨尔论》、《江格尔论》、《玛纳斯论》、《南方史诗论》、《蒙古英雄史诗源流》以及《江格尔与蒙古族宗教文化》和《居素普·玛玛依评传》。学者们对自己个案研究的对象进行了全面系统的介绍和分析，科学地评价了它们的意义和价值，并提出了许多理论问题。但是，也存在着一些问题。诸如在史诗资料方面，除《玛纳斯》史诗有柯尔克孜

---

① 阿地里·居玛吐尔地：《16 世纪波斯文〈史集〉及其与〈玛纳斯〉史诗的关系》，见《民族文学研究》2002 年第 3 期，第 70—75 页。

文版本和部分汉译文外，新疆的柯尔克孜族其他史诗、哈萨克族史诗和其他民族的史诗资料缺乏。在研究方面，上述一批重要著作是最近几年才出版的，还没有来得及将这些个案研究成果进一步加以概括和总结，使其升华为我国史诗理论体系。

众所周知，史诗是在人类社会不发达阶段上，以在世界史上划时代的古典形式创作出来的。史诗有其产生、发展和消失的过程。尽管史诗的发展不一定与社会发展同步，但它的产生有社会生活和文化基础，并且在一定的时期内随着社会生活和民众思想意识的变化，史诗的内容和形式在各个方面都得到发展和变异。到了科学文化比较发达的国家和民族中，史诗失去存在的条件，因而逐渐退出文化艺术舞台。

那么，我国史诗是在什么时代、怎么样的社会环境中产生和发展的呢？我国南方和北方的10多个民族有英雄史诗流布，但是南方民族与北方民族、北方民族与北方民族、南方民族与南方民族，各个不同民族的社会发展不平衡，甚至在同一民族的不同地区的社会发展也不相同。史诗是史前阶段上产生的文学艺术体裁，史学界对许多民族的史前阶段的社会状况缺乏比较一致的看法。各民族原始社会、奴隶社会和封建社会的产生有前有后，相距1000多年，甚至对于某些民族是否经过奴隶社会阶段的问题，学术界也存在着不同的见解。同样，我国各民族英雄史诗的产生和发展时代的跨度很大，无法知道谁先谁后，难以确考其具体年代，而只能用社会发展阶段来大体上确定它们的时代范围。我国有英雄史诗的各民族都经过了原始社会的各个阶段和阶级社会。我们将各种类型的英雄史诗，根据它们的内容和相关资料，把它们放在相应的社会阶段上进行论述，而不能像早已采录的汉族民间文学各种体裁的作品那样摆在各个朝代背景下研究它们的发展过程。

我国一些研究者，仅仅根据马克思主义经典作家关于荷马史诗的某些论述，不考虑他们有关中世纪欧洲史诗的评价，更未与我国各民族史诗的实际相联系，而一概把各种类型的英雄史诗，包括我国三大史诗都说成原始社会末期的作品。这种观点不符合客观事物的实际情况，因而是不科学的。有人认为，英雄史诗描绘的是部落战争，这就是原始社会"军事民主时期"或"英雄时代"的部落战争。确实，马克思和摩尔根指出，荷马时代的希腊部落、罗马建立前的意大利部落和恺撒时期的日尔曼部落，都处于野蛮期的高级阶段。氏族、部落、部落联盟形成于原始社会，总体上它们随着原始社会的解体而解体，但根据不少国家、民族和地域的实际看，到了奴隶社会和封建社会，部落还没有消亡，在一些国家和民族的偏僻地区、森林和山谷里，氏族和部落制度仍然起着一定的作用，尽管他们上头已有封建政权。众所周知，至今在阿富汗、巴基斯坦、伊拉克等国家，部落及其长老还起着重要作用。当然，早期部落是血缘性部落，后来的主要是地域性部落。在中华人民共和国成立后，在南方一些少数民族中发现了不少早期部落。甚至早已形成民族、建立过汗国，并经过了长期封建社会的蒙古、柯尔克孜等民族，直至20世纪初一些地区还存在着氏族制度和史诗时代。1923年，苏联科学院院士符拉基米尔佐夫曾指出："当今居住在西蒙古科布多省的卫拉特人，是18世纪从准噶尔和西蒙古其他地区迁来的。……这个省的绝大多数卫拉特人，至今非常惊人地保留着氏族联盟，因此，他们的一切东西照旧保存着。"他又说："卫拉特人，迄今仍然处于史诗时代，他们富有'史诗'观念，在他们生活中依然存在着'史诗'模式。"[①] 我国年轻学者阿地里·居玛吐尔地在其博士论文中指出："阿合奇县柯尔克孜族属于游牧生活方式所形成的部落社会，至今还保留着古老的部落制度的遗风。"他还说："随着社会生活的不断发展，人们意识中根深蒂固的传统部落观念虽然比过去有所淡化，但它在人们的日常生活、社会交往中依然起着十分重要的作用。"[②] 当然，封建时代的部落、近代部落与原始部落有很大区别，他们有比较先进的生产力，也有较高的文化素质，但他们的部落意识浓厚，一旦部落利益受到危害，常常发生部落之间的战争。此外，到封建割据时期，有的民族的部落和部落联盟形成大大小小的封建领地，他们之间爆发频繁的战争，这种战争也像原始社会后期的部落战争那样具有掠夺性。由此可知，我国南方和北方各民族不同类型史诗反映的部落（部落联盟、部族、勐、寨等）战争是复杂的，甚至同一个民族不同类型史诗里的征战也分为氏族社会的部落征战与阶级社会的部落征战。而且，现有口传史诗中存在着不同时代、不同社会的因素。在我国既有氏族社会产生的英雄史诗，也有阶级社会中形成的史诗。史诗的产生和发展是复杂的，不能断定英雄史诗都在原始社会末期产生，都反映当时的部落战争，应当

---

① ［苏］鲍·雅·符拉基米尔佐夫：《蒙古—卫拉特英雄史诗》序，1923年版。

② 阿地里·居玛吐尔地：《玛纳斯奇研究》，中国社会科学院研究院博士学位论文，2004年，第21页。

对不同民族的不同类型的史诗进行具体分析。

尽管许多英雄史诗产生于原始社会末期，但并不是没有在这之前和之后产生的英雄史诗。欧亚各国史诗的事实证明，从原始社会到封建战争时代都可以形成新的英雄史诗。众所周知，古希腊史诗《伊利亚特》和《奥德赛》是原始社会末期的作品。除此之外，在中世纪欧洲许多国家产生了不少英雄史诗，诸如法国的《罗兰之歌》、德国的《尼伯龙根之歌》、盎格鲁—撒克逊人的《贝奥武甫》和俄罗斯的《伊戈尔远征记》等都是封建时代产生的史诗。我国三大史诗《格萨尔》(《格斯尔》)、《江格尔》和《玛纳斯》以及其他一批史诗，是在早期史诗的传统上形成于封建时代的英雄史诗。因为从原始社会到封建社会，都存在着史诗产生的社会条件。封建社会的封建领地之间的混战、民族之间的战争、佛教徒与伊斯兰教徒之间的战争，都像原始社会后期的部落战争一样，掠夺战败者的牲畜和财富，俘获女子和劳动力作战利品，并占领其领土，统治其百姓。当然，封建时代的史诗已不是在世界史上划时代的古典形式创作出来的史诗。

在野蛮时期高级阶段上产生的史诗和中世纪封建时代形成的史诗，都反映了在财富积累、私有制出现、阶级分化以后为争夺牲畜、财富、奴隶、属民百姓和领土等战利品而进行的征战。这两大类英雄史诗，我们统称作争夺财富型史诗。但是，除了这些史诗外，在我国蒙古族史诗和早期突厥史诗中，还发现了比它们更为古老的英雄史诗。这种早期史诗在神话、传说、祭词、萨满诗歌、祝词、赞词和古歌谣等早期文学的土壤上产生，主要反映了前阶级时期人类同自然界的斗争及由于争夺女子而引起的婚事斗争。这类史诗所反映的是氏族复仇战，而不是掠夺财富战。恶魔与勇士斗争的起因也和婚事斗争一样是争夺女子，即恶魔抢劫勇士之妻而发生搏斗的。这一类史诗的产生早于野蛮期高级阶段，是在父系氏族社会的族外婚时代，反映了男子到氏族外去抢婚的现象。"在以前的各种家庭形式下，男性从不感到缺乏女性，自从对偶婚发生时起，便开始有抢劫和购买女性的现象出现而成为普遍征兆——但也只不过是征兆——表明当时发生了深刻转变。"[①] 对偶婚产生于野蛮期低级阶段，在那时人的尊严、正直、勇敢、刚毅等优秀品质已形成，残酷、奸险和狂热等恶劣性格也随之而来，也产生了神话、传说、祭词、萨满诗歌等口头创作。史诗的产生时代肯定晚于

---

① 《马克思恩格斯文选》，两卷集，第二卷，人民出版社 1958 年版，第 207 页。

对偶婚的产生，约于野蛮时代中级阶段从对偶婚中产生一夫一妻制家庭时期，随后便形成争夺女子型史诗。在我国早期史诗中存在着对偶婚的痕迹，在一些史诗中同一可汗的两个儿子到远方去聘娶另一可汗的两个女儿的现象，实际上就反映了氏族之间的联姻关系，因氏族之间有婚约，一个氏族男子是另一氏族女子的丈夫。这类早期英雄史诗是世界史诗史上的一种罕见的现象，它的存在和被发现无疑丰富了国际史诗理论宝库。野蛮期高级阶段以前产生的这类史诗与神话显然不同。如果说神话是通过想象征服自然力的话，那么在这类史诗中人则是以自身的力量和智慧战胜自然力和社会上的敌对势力，最终取得了胜利。可以说，这类早期中小型英雄史诗是在我国历史上以划时代的古典形式创作出来的。

总之，以产生时代和内容而论，我国英雄史诗经过了三大发展阶段：第一，在前阶级时代或野蛮期中级阶段上产生了起初的史诗，它们反映了人类同自然界的斗争和氏族复仇战。第二，到野蛮期高级阶段或英雄时代，史诗进入了发展繁荣阶段，我国南方和北方的各民族多数英雄史诗的产生属于这一时期。它们叙述了部落之间的掠夺战争。第三，在封建混战时期，在早期史诗传统上形成了另一批新史诗，这类史诗表现了封建领主之间的征战、民族战争和宗教战争。

以情节结构而论，我国北方英雄史诗有三大基本类型，代表着三个发展阶段：第一，最初产生的是单篇型史诗，描述了英雄人物的一次重要斗争，其基本情节框架成为一种固定的母题系列，它由一批基本母题组成，各个母题都有一定的排列顺序。因为只由一个史诗母题系列构成，我们称其为单篇型史诗。这类单篇型史诗有两种类型，一是勇士婚事斗争型史诗，另一是勇士与恶魔斗争型史诗。前者被分为抢婚型史诗和考验型史诗。后者也有两种类型，即勇士与多头恶魔斗争型史诗和勇士与独眼巨人斗争型史诗。第二，后来在这些单篇型史诗的基础上，形成了串连复合型史诗，因它以前后串连两个或两个以上史诗母题系列而组成，称其为串连复合型史诗。串连复合型史诗有两种基本类型，一为婚事母题系列加征战母题系列所构成，另一是以两种不同内容的征战母题系列为核心形成。当然，在一些史诗里征战次数增多，出现了一批多次征战型英雄史诗。第三，其后以单篇型史诗和串连复合型史诗二者的情节框架为核心形成了并列复合型史诗，学术界通常称为长篇英雄史诗。我国三大史诗和世界最长的史诗《摩诃婆罗多》一样，篇幅都超过 20 万诗行。为了与三大史诗相区别，我们将其他所有的英雄史诗称作中小型英雄史诗。

除北方史诗外，在南方民族中还有几种不同类型的史诗，即原始社会的人通过神话世界观和原始宗教观解释天地万物形成的创世史诗（或称神话史诗）；怀念民族发祥地和远离故乡漫游各地经受艰难困苦生活的迁徙史诗；反映氏族社会末期的部落掠夺战争及封建领主之间斗争和民族斗争的英雄史诗。

根据我国各民族史诗的产生时代、内容和形式，现将它们分为三大发展阶段分别进行论述：

第一编早期史诗，包括南方创世史诗、迁徙史诗以及北方前阶级时代的英雄史诗；

第二编中小型英雄史诗的发展，其中包括南方英雄史诗以及除三大史诗和早期史诗以外的全部北方英雄史诗；

第三编长篇英雄史诗的形成与发展，着重论述三大史诗《格萨尔》（或《格斯尔》）、《江格尔》和《玛纳斯》。

# 第一章

## 史诗产生的社会文化背景

关于英雄史诗的起源，众说纷纭，学术界至今还没有一致的看法。欧洲和苏联学者探讨了印欧史诗、俄罗斯勇士歌和蒙古—突厥英雄史诗的起源，他们提出了种种重要见解。叶·麦列丁斯基评述了恰德威克兄弟以"历史学派"方法研究史诗并提出的史诗的赞词来源和借用论（由古代东方传播到西方），鲍勒的萨满教诗歌与赞词、哀歌的综合而得到发展说以及列维提出的史诗的情节和结构起源于献词仪式，起源于对死去的神和死而复生的神的崇拜等观点，提出了多源论。他说："史诗的起源问题要充分谈起来是十分复杂的。英雄史诗很可能与故事、神话、仪式、编年史、传说、萨满教传奇、颂歌和哀歌有某些具体的联系，但这不应该使我们在解决英雄史诗体裁形成的基本道路问题时迷失方向。我们在划分史诗形成的主要途径时，必须考虑到它的来源是多式多样。"[1] 嘎察克等人批评了普洛普和麦列丁斯基的某些提法，他们强调提出史诗存在的条件是神话世界观的存在和个人从集体中分离，这是只有在原始社会中以及从原始社会分解出来时的现象。

英雄史诗是原始综合性艺术体裁，其起源和形成发展过程极其复杂。对于蒙古英雄史诗的起源而言，就有种种说法，诸如天神起源论、贵族起源论、神话传说起源论和萨满诗歌起源论等。我们认为，英雄史诗的起源是由多种复杂的因素构成的。英雄史诗与神话世界观、原始宗教观、社会文化艺术前提、社会历史背景、创作史诗的诗人等都有密切联系。

---

① 叶·麦列丁斯基：《当代外国史诗理论问题》，见中国民间文艺研究会研究部编《民间文学参考资料》，第九辑（内部参考），马昌仪译，1964 年版，第 3—34 页。

# 第一节  史诗与神话、宗教世界观

史诗是人类童年时代的文学样式，其时以"万物有灵"为核心的神话世界观和原始宗教观统治着人们的心理。古人通过想象描绘了各种神话现象和塑造了神话形象。原始宗教运用了神话，并创造了对超自然的灵魂和神的崇拜和祭祀仪式。南方原始宗教和北方萨满教都有自然崇拜、图腾崇拜和祖先崇拜及其祭祀活动。和宗教祭祖的祭词一样，史诗起初也具备了祭祀祖先的功能。南方许多民族迄今还保留着祭祀仪式上演唱创世史诗、迁徙史诗和英雄史诗的风俗。中国学者刘亚虎在《南方史诗论》①中系统地论述了这种祭祀风俗。他说："南方各民族大型的祭祖等祭祀仪式一般都在民族专门的祭祖节日或其他节日进行。许多民族都有祭祀从图腾信仰到祖先崇拜的各个时期以不同方式积淀下来的'祖灵'的仪式，这些仪式的主题是缅怀民族的祖先，宣扬民族的历史，一项重要的内容就是唱诵民族的史诗。"他举了不少实例，诸如：有的地区的苗族有"鼓社祭"仪式，祭司唱诵原始史诗《枫木歌》，歌颂祖先蝴蝶妈妈的功绩；在广西侗族祭祀萨天巴的仪式上吟唱史诗《嘎茫莽道时嘉》，黔东南侗族征战前歌唱史诗《萨岁之歌》；瑶族、畲族和苗族祭祀以"龙犬"形象出现的始祖盘瓠并唱《盘瓠歌》、跳"长鼓舞"；云南彝族在开荒、打猎、放牧时，请贝玛歌唱史诗《梅葛》；彝族罗罗支系在"跳宫节"纪念活动中，祭救护祖先的勇士金竹，跳铜鼓舞，唱史诗《铜鼓王》。

南方各民族为什么在祭祀仪式上吟唱史诗呢？这与史诗的内容和起源相关。学术界对南方史诗的称呼不一，或称为原始史诗，或称为神话史诗，或称为创世史诗，都不无道理。因为这些史诗都产生于原始社会早期阶段上，叙述神和祖先的创世活动，创世的内容是神话，颂扬他们的功绩。这些史诗都是由许许多多的零散神话和祭词融合在一起发展成为长诗的。各民族史诗中都包含天地形成、人类起源、万物起源等方面的神话母题，但具体内容不同，都有民族特色和地方特色。在南方史诗里还有不少关于民族迁徙、民族生活和斗争历史、民族部落征战方面的传说和故事。南方史

---

① 刘亚虎：《南方史诗论》，内蒙古大学出版社1999年版，第29—42页。

诗中的一些重要神话类型与汉族和其他民族的神话类型相似。诸如：关于人类起源或祖先的奇孕型神话、洪水后人类繁衍神话以及射日型神话和斗雷型神话，等等。各民族神话相互补充成为较完整的神话体系。

不仅南方史诗如此，北方民族早期英雄史诗也同样是用神话世界观和萨满教世界观创作的作品。史诗在各个方面都贯穿着萨满教思想观念。古人认为，萨满教神是英雄史诗的创作者和起初的传授者，史诗的英雄是神的化身或者本身就是神，史诗歌颂神的英雄事迹。因此，演唱史诗使天神和山神高兴，让他们保佑人们并带来幸福。因此，史诗演唱成为一种特殊的祭祀仪式。扎雅罕·扎本是一位罕见的萨满兼史诗演唱艺人，当年80岁。著名学者策旺·扎木察莱诺于1914年记录了布里亚特老人扎雅罕·扎本谈及英雄史诗的来源和史诗英雄的出身等问题的一席话。他讲：据说有一次在萨彦岭的蓝色高峰上空响起了朗诵优美动听的史诗的声音，有一位哈姆尼干布里亚特诗人听到并背熟，后来他向世界，包括向布里亚特的史诗演唱艺人传授了史诗。老人还说，英雄史诗起初的英雄出现在创世时代，后来每个时代都产生了其他英雄，到离我们愈近的时代，英雄就愈像我们这种凡人，但是起初的英雄是伟大的，如布里亚特史诗中的呼和勒岱莫尔根、布赫哈尔胡本等英雄是天神的化身，甚至本身就是天神。[①] 这种英雄史诗的"天神起源说"是以萨满教观念创作的。而此类看法在各个蒙古部族和在藏族人民中都普遍存在着。譬如，在蒙古国西部卫拉特人中就有类似说法。学者阿·布尔杜克夫在蒙古国西部地区曾生活近30年，他记述了许多有趣的说法。1910年在巴亦特，著名陶兀里奇帕尔臣给布尔杜克夫讲了他听到的关于史诗《宝玛额尔德尼》起源的传说。帕尔臣说，他是向布拉尔·色斯仁学唱了这部史诗的，色斯仁则是向关其格学唱的。据说，关其格小时候在那林河流域放羊，突然看见一位巨人出现在眼前，巨人骑着一条巨龙，从嘴里往外喷火。巨人问关其格：

小伙子，你愿意学唱史诗吗？
愿意。
我教你演唱史诗，你给我什么？

---

① 扎木察莱诺：《关于蒙古英雄史诗的笔记》，见《蒙古民间英雄史诗的原理》，蒙古国文，科学院出版社1966年版，第113—126页。

我给你什么呀？

你给我那只带彩带的大青山羊吧。

那么，你就要那只大青山羊吧。

说了一声"好"，巨人拍了关其格的肩膀。

就这样，小关其格便学会了演唱《宝玛额尔德尼》；可是，巨人不见了，巨人骑的龙也不见了，只见一条狼正在吃大青山羊。[①]

这则传说形象地说明了吃大青山羊肉的狼是巨人的化身，巨人就是神，神教会了小关其格演唱英雄史诗。

阿·布尔杜克夫又讲，西蒙古巴亦特艺人们说听史诗演唱既有趣又有益，在早期史诗里山神是以勇士形象建立功勋的，史诗颂扬的就是他们的事迹。人们聚集在一起听史诗演唱的时候，山神也同样来听。山神听到史诗演唱后对人们产生好感，他们会缩短严寒的冬季，给人们带来温暖，使人和家畜免遭疾病和死亡，帮助民众过上幸福生活。上述各部族的传说，充分展示了古人对英雄史诗的理解和解释，他们把英雄史诗看作神创作的神的颂歌。这就说明了英雄史诗在古人心目中的地位和人们对英雄史诗的崇仰，这也就是英雄史诗得到迅速发展和广泛流传的动力。

古人的上述观点，同英雄史诗的起源和内容有密切联系。史诗是以神话和萨满教的世界观创作的。策旺曾指出，史诗中的一切事物都有生命，连英雄的弓箭也听得懂人语，战马、猎狗、猎鹰等都会说话。萨满的世界观渗透到英雄史诗中，伊都干（女萨满）和宰冉（男萨满）在史诗中起着一定的作用。布尔杜克夫认为，当古代社会分化，以萨满教方式祭祀祖先的现象发生的时候，英雄史诗与萨满祭祀诗歌相互丰富，出现了有密切联系的两种艺术样式。符拉基米尔佐夫也指出，史诗中有时出现原始萨满教的翁衮，有时天神成为史诗的勇士。

可以肯定地讲，北方英雄史诗是在萨满教世界观指导下形成和发展起来的，而且在某种程度上借用了萨满祭祀诗歌的内容和形式。英雄史诗的一切，包括时空概念，对自然界的神奇山河和凶禽猛兽的描写以及白老翁、仙女、占卜者、巨人、妖婆形象，尤其是对正面英雄和反面蟒古思形象的

---

① 阿·布尔杜克夫：《卫拉特—卡尔梅克史诗演唱艺人》，见《蒙古民间英雄史诗的原理》，蒙古国文，科学院出版社1966年版，第80—101页。

塑造，对战马、猎狗、猎鹰的特殊的智慧和行动，乃至对没有生命的弓箭、刀枪的神力的刻画等，无一没有渗透萨满教观念，无一不是在神话和萨满教世界观影响下创作的。我们首先看一看英雄史诗与萨满教时空观念的关联。

英雄史诗一开头就交代史诗英雄诞生时代，把这个时代说成是创世时代：

> 从前，在一个美好时代里，
> 太阳初次升起来的时候，
> 叶儿初次发绿的时候，
> 月亮初次升起来的时候，
> 果树初次结果的时候，
> 天空的星星还稀少的时候，
> 世上的生灵还不多的时候，
> 孙达赉海像水塘大的时候，
> 孙布尔山只有土丘高的时候，
> 银色的羚羊还是小羔的时候，
> 野马和野驴还是小驹的时候……①

英雄史诗描绘这个古老时代的时候，不仅运用了萨满教"万物有灵"观念，认为如同世上的动植物一样，高山、大海和天上的日月星辰都经历从小到大、从少到多的发展过程，而且还借用了萨满火神祭祀诗歌的结构模式和程式来揭示这个发展过程，所不同的是，作品以英雄出世时代取代了火神诞生时代。

在萨满教《火祭经》里说：

> 当杭爱山像土丘一样的时候，
> 当哈敦达赉海似水塘一般的时候，
> 当黑花公盘羊还是幼羔的时候，
> 当海青老鹰还是雏鸟的时候，

---

① 仁钦道尔吉、祁连休搜集翻译：《英武的阿布拉尔图汗》，内部资料，1978 年。

当榆树尚为幼苗的时候，
诞生的火神母亲，
向您洒肥油祭祀。①

英雄史诗的正反面人物都有一定的神性，都是半人半神式的人物。反面人物多头的蟒古思及其神力、变身术、体内外的几种灵魂等与世间的人和动物不同。英雄史诗中蟒古思的外貌使人想起萨满教的恶神形象。在萨满祭祀诗中对恶神古吉尔腾格里的描写如下：

我的古吉尔腾格里，
你吞食炽热的火焰，
你以火蛇作手杖，
以疯狼为坐骑，
以人肉为美食。

你具有青铜石之心，
你偷偷地靠近，
如同狼潜伏一般，
你像狼一样吞噬。②

在巴尔虎史诗《阿拉坦嘎鲁》中塑造的 12 个脑袋的安达赉沙尔蟒古思的形象是：

它有四只弯曲的腿，
它有扁扁的黄铜嘴，
它有镐头似的长鼻子，
它有深深的三角眼睛，
它骑着黑鬃黄骒，
骒背上没有鞍子，

---

① ［蒙］策·达木丁苏伦：《蒙古文学史》，内蒙古人民出版社 1957 年版。
② ［德］海希西：《蒙古的宗教》，耿升译，天津古籍出版社 1989 年版。

一袋袋人肉干，

驮在骡背上，

一条条红花蛇，

缠在它脖子上，

它手拿的红棍子，

粘满了千万人的鲜血。

史诗的英雄是半人半神式人物，他们在各个方面都具有神性，诸如勇士的特殊身份、奇特的怀孕、神奇的出生、神速的成长、非凡的力气、刀枪不入、特殊变身术和死而复生，都与世间人类不同，都是按着神话和萨满教世界观创作的。

## 第二节　英雄史诗与口头创作

英雄史诗的起源，与各种原始文学艺术样式有着有机的联系。英雄史诗出现，是吸收了在它之前存在的各种口头创作艺术成就的结果，在其流传过程中又不断地接受其新的艺术成就，因而使自己得以充实和发展起来。麦列丁斯基说得好："在英雄史诗的形成中，前阶级时代以及早期阶级时代的各种形式的民间创作都发生过作用。"（《民间文学参考资料》第九辑，1964 年）

在英雄史诗产生前，已有神话、传说等散文体文学体裁，也有祭词、萨满诗歌、祝词、赞词、古歌谣和谚语等韵文体裁。英雄史诗是把远古散文体作品的叙事传统与韵文体作品的抒情传统和格律相结合而形成的原始叙事体裁。在民间口头创作中，英雄史诗是最大的综合性形式。以蒙古语族人民的英雄史诗为例，在史诗的序诗和正文中，常常交代和颂扬故事发生的时间、地点、英雄及其妻子（或未婚妻）、家乡、宫帐、战马、盔甲、武器，等等。这里用的都是抒情诗，而且借用了蒙古萨满祭祀诗、祝词、赞词等远古诗歌形式。试看，对骏马奔驰，在史诗《阿贵乌兰汗的儿子阿拉坦嘎鲁》中有这样的描述：

它摇摆着自己的脑袋，

> 看见尘埃就跑惊，
> 它玩弄着自己的尾巴，
> 看见影子就狂奔。
>
> 龙驹的四蹄不停腾，
> 点踏着金色的大地，
> 龙驹的长鬃随风舒展，
> 飘拂着絮状的白云。

英雄史诗的这一段诗与古老的马赞颇为相似，在《冠军马赞》中这样描述道：

> 从千万匹快马中，
> 它跑到最前头，
> 它玩弄着自己的脑袋，
> 它看见蹄下的尘埃就跑惊，
> 它玩耍着自己的尾巴，
> 它看见自己身影就狂奔。

下面看一看，在赞词和英雄史诗中夸赞名摔跤手与战马的诗句。在《摔跤手赞》（见《蒙古族历代文学作品选》，内蒙古人民出版社 1980 年版）里，这样歌颂获第一名的摔跤手身材魁伟：

> 从前面猛一看去，
> 犹如一只斑虎，
> 从后面乍一看去，
> 好似一只狸虎。
> 他有雄狮般的力气，
> 他有巨象般的身躯。

在史诗里把类似诗句用在战马身上，在《三岁的古纳罕乌兰巴托尔》（见《蒙古族文学资料汇编》，内部资料，内蒙古语言文学研究所编，1963

年）中，这样赞美勇士的沙栗马：

> 从前头初初一瞅，
> 你以为是一座沙丘，
> 你要是看到它的胸脯，
> 才能分辨出它原来是一匹骏马。

> 从后面初初一望，
> 你以为是一堵城墙，
> 你要是看到它的后胯，
> 才能分辨出它原来是一匹骏马。

　　总之，英雄史诗的序诗和基本情节里的抒情诗是仿照萨满诗歌、祝词、赞词等古老诗歌创作的，其中甚至直接借用了那些作品的套语和程式化诗句。

　　除了同古老口头诗歌有关联外，英雄史诗与神话、传说和民间故事的关系更为密切，在它们之间存在着许多共同性的情节、母题和人物等。尽管各国著名学者所运用的资料和研究的侧重点不尽相同，但都肯定这些民间文学体裁之间有着紧密联系。弗·普洛普说："史诗诞生于神话并非通过进化的途径，而是由于对神话及其全部思想体系的否定。神话与史诗在情节与结构上有某些共同之处，但在思想倾向上却是彼此完全对立的。"克·达甫列托夫、瓦·嘎察克二人批评这种看法，他们说："这样我们看到英雄史诗发展中出现了一种矛盾的现象：一方面，史诗一旦产生，就反映出人对自然界的胜利，这种胜利归根结底导致了神话的消失；另一方面，作为一种艺术形式，它是在神话世界观的基础上产生的，并且与它有着紧密的联系。"另一位学者叶·麦列丁斯基对一些文化较落后的民族的民间文学进行比较之后指出："这些民族的史诗还处于原始状态，而且英雄史诗的早期形式与神话、传说，与该部族的历史生活有着非常明显的联系。原始形式的英雄史诗与故事和神话都是十分近似的。原始的'共同性情节基础'——与魔鬼的斗争，英雄的婚姻，在异地漫游等等就说明了这一点。然而这种相似的原因不是因为英雄史诗是由神话或故事演变而来的，而是因为它们有着共同的源泉。"①嘎·桑杰也夫强调指出英雄史诗开始就具有的综合性质，由关于氏族领袖和著名萨满的传说、流行神话故事、巫术咒语等成分结合而成，它们与"蒙古行吟诗人"的创作中融为一体。（见徐昌汉等译《蒙古人民的英雄史诗》）

古老英雄史诗的两大题材是勇士与恶魔的斗争和勇士的英勇婚事。其中勇士与多头恶魔蟒古思、杰勒玛乌兹的斗争、和独眼巨人的斗争，都是从神话、传说中借用到英雄史诗里面来的，成为英雄史诗的主要情节核心。尼·波佩在《喀尔喀蒙古英雄史诗》中，针对勇士与蟒古思斗争的史诗写道：蟒古思是多头人身的怪物，与它斗争的人，尽管有超人的体质和本领，实际上他还是人。因此，在这类史诗中出现了人与给人类带来灾难和死亡的神话形象之间的斗争。这种情节的史诗产生于前阶级社会，它既反映了人与自然界的斗争，同时又表现了氏族、部落之间的战争。这种斗争来自早期的神话和传说。我们认为，蟒古思乃是从神话、传说借用到史诗中来的反面人物形象。起初可能产生了使人恐惧的庞然大物蟒古思的神话、传说，它身上长着许多脑袋，吃人肉，活吞人，甚至一口气活吞成群结队的人和动物。在英雄史诗中不但有这一类描写，而且出现了人们通过自己的力量和智慧逃脱蟒古思的残害和战胜巨人蟒古思的描写，当勇士捅破蟒古思的肚皮时，像爆发似的从里面走出一批批人和一群群牛羊马群。在新疆卫拉特史诗《钢哈尔特勃赫》中，英雄钢哈尔特勃赫在远征求婚途中，在大山谷里碰见一个躺在那里吃过路人的十五头的阿塔嘎尔哈尔大蟒古思，当它张嘴生吞英雄的时候，英雄便把一座小山头连根拔出来堵死了它的嘴。这种蟒古思是非人格化的自然界的凶禽猛兽的化身。在早期传说和史诗中，有人格化的蟒古思，也有未人格化的蟒古思，前者是人类社会上的掠夺者的化身，后者则是自然界危险的动物。在早期的民间传说中，蟒古思是自然界的恶势力，后来它逐渐被人格化，成为社会上的野蛮残忍的人物形象。这种人格化现象，在野蛮期低级阶段就有过。那时候人们通过想象力已经开始创作神话和传说。后来英雄史诗借用了人格化的蟒古思形象，将它塑造成为社会上的抢婚者和掠夺者的化身。

除了上述勇士同主动进攻的蟒古思斗争的神话、传说外，还有勇士与自然力、凶禽猛兽、妖怪等斗争的神话、传说，这些内容在英雄史诗中都

---

① 这几位学者的论文，见上述《民间文学参考资料》，第九辑（内部参考）。

有一定的反映。

在各类英雄史诗中，主要有以下几类凶禽猛兽或者邪恶势力：

1. 征战型史诗中勇士为了杀死蟒古思，必须先消灭它那化作各种凶禽猛兽和其他物体，藏在深山密林和人们难以找到的遥远地方的灵魂。如在《阿贵乌兰汗的儿子阿拉坦嘎鲁》中阿拉其哈拉蟒古思有五种灵魂，即藏在东西南北四大山林中的老虎般大的毒蜂、粪筐般大的蜘蛛、白胸的黑狗、短尾的大牤牛及其致命灵魂——一口"当当"作响的青铁锅。在另一史诗《汗特古斯的儿子喜热图莫尔根汗》里的阿塔嘎尔哈尔蟒古思有 10 个灵魂藏在周围的大山上，其中有：像骆驼般大的蜘蛛精、疯山羊精、疯绵羊精、老虎精、狮子精、巨蛇精、种马精、牤牛精及其致命的灵魂——从蟒古思鼻孔中出来的两条黑金龙或者金蛇和银蛇。

2. 在婚姻型史诗中，当勇士向某可汗的女儿求婚时，某可汗为了考验未来的女婿，或者为了谋害求婚者，便派其去杀死或者活捉种种凶禽猛兽。在史诗里常见的这种恶势力化身有：吞噬人的野骆驼、抵死人的铁青牤牛、吃人的野狗、踢死人的野公马、活吞人的大蟒蛇和凤凰等。求婚的勇士通过自己的勇气、力量和智慧将它们杀死，把它们的心肺带回来交给可汗。有时活捉猛兽，把它们牵着回来拴在可汗的门口。可汗吓得求勇士将其放走时，勇士驯服了这些野物，使它们变成家畜。在这里，有勇士与猛兽搏斗的传说、故事因素，也有驯养野生动物为家畜的文化英雄传说成分，又有牤牛图腾神话等多元多层次结构。在一些史诗里，这些猛兽是非常神奇的庞然大物。这种庞然大物中有牤牛、公驼、白胸黄狗（或凤凰），它们是：

> 能看到远离一昼夜路程的人，
> 能吞食远离一天路程的一切生命。

英雄史诗这样描绘凶恶的牤牛：

> 用一支角搅动着上天，
> 用一支角刮破了大地，
> 双角上挂着被抵死的尸体，
> 携带弓箭的勇士们变成了肉干。

这种神奇形象在蒙古、布里亚特和突厥的萨满唱词中存在，而且在某些藏文《格萨尔》中也有类似的描述。

3. 在家庭斗争型史诗中，背叛勇士的妻子、妹妹和后母等勾结敌人密谋杀害勇士，她们装病躺倒后以取回宝物治病为借口，派勇士远征与凶禽猛兽和蟒古思搏斗。她们所需的治病宝物有：凤凰羽毛、凤凰蛋、凤凰脑浆；天上食人的白骆驼奶、白象奶、公驼的峰肉；横跨两座山的大蟒蛇的舌头和尾巴；蟒古思的脑浆、心肝、鲜血和帽子；沸腾的海水泡沫、喷火的泉水以及大可汗凶残的宝马角，等等。她们所用来害勇士的措施，与可汗谋害向女儿求婚者的办法如出一辙。勇士经过艰难困苦的斗争，终于战胜各种凶暴势力，带回所需要的宝物交给装病的亲人。这些都很像寻找长生不老药和找金羊毛那样的故事。

4. 考验勇士的措施有：高举卧牛石、双肩扛两座山、吃三岁牛肉、喝三泉水、吃一百只羊、一箭射死天上的飞鹰、从奔驰的马背上捡起地面上的金扣子，等等。这些情节都同传说和故事有一定的联系。

5. 英雄史诗中出现的神仙、妖孽和怪人，诸如天神、山神、白老翁、天女、三仙女、凤凰的三个女儿、起死回生的纯洁的女子以及以美女面貌诱惑人的妖精、黄铜嘴黄羊腿的妖婆，还有那种身高一尺的机智勇敢的小老头，他骑着兔子大小的小马。这些原来都是神话、传说和萨满教中的形象。

6. 英雄史诗里的自然现象，譬如从远处来回相撞的两座大山、听懂人语滚动的磨盘石、见人就会震动的妖山以及突然出没的原始森林、无底大海和悬崖绝壁，等等，都常常出现在传说和故事中。

总之，上述英雄史诗中存在的各种情节、母题，都与神话和传说有这样那样的关联。毋庸置疑，这些都是客观存在的现象；但问题在于如何解释它们的关系，在这方面学术界的意见不一致。有的说，史诗的产生否定了神话及其全部思想体系；有的认为，史诗一旦产生，便导致神话的消失；有的却认为，史诗与神话、传说相似，它们都有共同的源泉。笔者以为，任何事物的发展，包括文学体裁的发展，并不是绝对化的。不能说一种新体裁一定要同它相关的旧体裁相对立或者相互排斥。实际上它们在一个相当长的时期内同时并存，相互影响。新体裁的作品是继承旧传统，吸收其合理的因素，充实和发展起来的。这些作品的相似性难以只用"共同的源泉"来解释，因为神话的产生肯定早于英雄史诗，无法排斥它们对英雄史诗的影响与被借鉴。这个问题是极其复杂的，只有将多方面的因素综合起来考虑，才可能得出比较符合客观情况的结论。

　　除了神话、传说外，与英雄史诗有着密切联系的是英雄故事。英雄故事不仅在拥有很多英雄史诗的蒙古—突厥各民族中普遍流传着，而且还在通古斯—满洲语族人民中传播。通古斯—满洲语族同样存在着大量的英雄故事。笔者在论文《关于阿尔泰语系民族英雄史诗、英雄故事的一些共性问题》（1989）中论述了这些民族的英雄史诗与英雄故事，阐述了它们在题材、情节、结构以及正面人物、反面人物等方面的共性。总的来说，这些民族的英雄史诗与英雄故事的内容非常相似，人们往往难以看出它们的区别。英雄史诗与英雄故事有时相互转变，有些英雄故事变成韵文体之后，被当成英雄史诗出版。与此相反，有时英雄史诗在被遗忘过程中变成散文体作品，被看作民间故事。

　　上述情况说明，英雄史诗与英雄故事之间存在着密不可分的联系。二者之间的关系难以准确定位。谢·尤·涅克留多夫在《蒙古人民的史诗和民间文学的相互联系问题》[①]一文中认为，因为蒙古语族人民和突厥语族人民都有英雄史诗，可是阿尔泰语系的通古斯—满洲语族人民没有英雄史诗，但是英雄故事在整个阿尔泰语系人民中都存在着，而且它们的内容都很相似。由此他认为，英雄故事的产生早于英雄史诗，当时可能是阿尔泰语系人民共同居住在毗邻地域。笔者认为，这种观点具有科学性，符合阿尔泰语系民族的各个语族人民口头创作的实际情况。

## 第三节　英雄史诗与社会现实

　　英雄史诗是在父系氏族社会的一定的发展阶段上产生的原始文化艺术现象或原始文学体裁，其中存在着原始萨满教因素，也有神话、传说成分，但更重要的是它反映了自己产生的氏族社会的现实斗争和婚姻习俗，也反映了某些氏族英雄的事迹和氏族、部落首领的丰功伟业。研究者早已注意到了英雄史诗反映社会现实和历史事件的问题，它的产生有一定的历史依据。学者策旺在20世纪初介绍了民间对英雄史诗的一种看法。在那时，伊

---

① 《民族文学译丛》，史诗专辑（一），内部资料，中国社会科学院少数民族文学所编印，1983年版，第334—351页。

尔库茨克一带的布里亚特蒙古人认为，英雄史诗是经过艺术加工的历史事件。他们把当时发生的俄日战争与史诗创作联系起来，以为将来也许有人把这次俄日战争也改编成英雄史诗演唱，他们将给史诗的男女主角随便起名，战争的起因可能会成为争夺日本国或者其他某一国的公主。

策旺认为，某一个时代的历史事件经过民间诗人的艺术加工，就变成为另一种关于英雄行为的艺术作品。策旺的观点同著名的民间文学家弗·普洛普所说的话相似，普洛普指出："人民在史诗中不是按照事件发生的真实样子去描写它，而是表现出自己的历史渴望。"

英雄史诗是在古代社会生活和历史事件的基础上产生的，但它是通过艺术想象再现的口头文学作品，与原来的历史现实有很大的区别。史诗最初产生于史前文化期，今天的人无法考证它到底反映哪一种历史事件。当然，在有的古老著名史诗和晚期史诗中人们发现了一些历史根据。关于古希腊史诗的历史根据，杨宪益在《中国大百科全书》（"荷马"条）中说："关于史诗《伊利昂纪》所说阿凯亚人攻打伊利昂城的传说是有一些历史根据的。从过去一世纪西方考古学家的发现看来，荷马史诗中许多描写并不完全是诗人的想象。在 19 世纪末，德国学者施里曼在小亚细亚西岸的希萨里克发掘一座古城的遗址，这个古城就是古代特洛伊人的都城伊利昂。它曾在公元前 2000 年到公元前 1000 年间至少被焚毁过 9 次，其中第 7 次被毁可能就是攻打伊利昂城战争的依据。"关于蒙古英雄史诗的历史根据，策·达木丁苏伦曾指出，北京木刻版《格斯尔传》第 5 章的故事是根据 10 世纪安多一带一位领主的事迹创作的。当然，最早报道英雄史诗与历史人物联系的是 14 世纪初波斯史学家拉施特主编的《史集》，书中说："蒙古诗人们写了许多诗歌颂扬他（忽图剌合罕——引者），描写了他的勇敢大胆。"忽图剌合罕是成吉思汗的父亲也速该的叔父，生活在 11 世纪末至 12 世纪上半叶。我们根据《史集》记载的这种诗的内容、形式和忽图剌合罕的事迹，证明了这个"诗"就是关于忽图剌合罕的英雄史诗。

尽管有些古老巨型史诗和晚期史诗所反映的一些历史事件可以考证出来，但最初产生的原始小型史诗所反映的具体历史事件是无法考证的。但它们所描写的社会现实是可以考证的。克·达甫列托夫、瓦·嘎察克说的很好，"事情的真谛并不在于英雄史诗反映了某些真实的历史事件，并且常常保留了个别历史人物的名字（嘎伊瓦达、罗兰、查理大帝、道勃雷尼亚，等等）。这里主要的是，史诗尽管离开真正的历史事实，但通常仍然真实地，以概括的形式反映出主要的历史过程，在其中包括了最准确的社会关系史、家庭史、文化史等等方面的资料"（《民间文学参考资料》，第九辑，1964 年）。

各国著名学者指出，英雄史诗最古老的题材有两种，一是勇士为妻室而远征，二是勇士与恶魔的战斗。笔者认为，为妻室而远征题材的英雄史诗反映了父系氏族的族外婚风俗，抢婚、考验婚等都属于族外婚的范围。

英雄史诗里的抢婚现象是氏族社会掠夺婚的艺术再现。在人类社会发展史上曾出现过抢婚或掠夺婚阶段。在对偶婚以前的各种家庭婚姻形式下男子不感到缺乏女人，可是自从野蛮期对偶婚发生到文明期一夫一妻制建立的一段时期，因缺乏女性，便出现了抢婚和购买女子的现象。在世界大多数民族，包括我国许多民族的婚姻发展史上都曾有过抢婚阶段，抢婚遗俗甚至通过各种形式一直保留到了近代。我们无法知道，到底从什么时候社会上开始出现抢婚现象，但是史料证明直到 11—12 世纪的蒙古社会还保留着抢婚遗俗，族外婚风俗依然存在。鲍·雅·符拉基米尔佐夫在《蒙古社会制度——蒙古游牧封建主义》（1934）中指出："11—12 世纪的蒙古氏族社会与原始氏族的生活状态距离很远。……可以说，在那个时候的蒙古部落里，氏族已经处于瓦解阶段。"他又说："11—13 世纪的蒙古人为了娶妻，有时不得不到很远的地方去，以便在远方的氏族中缔结婚约。……成吉思汗的父亲也速该把阿秃儿为了给他的长子定亲，跑到远离自己游牧地客鲁连河对岸的戈壁地方的斡勒忽讷兀惕部落里去。由于这个原因，以及根据老人们的回忆，妇女常常被人乘各种机会诱拐或以暴力抢去。"当然，蒙古抢婚型英雄史诗所反映的是比这个早数百年以前的社会现象。在唐代的史书中出现了一个北方氏族叫作"室韦"。室韦便有过抢婚的习俗。学术界认为，室韦是蒙古人的祖先。笔者以为，蒙古英雄史诗反映了室韦时代以来的抢婚习俗。早期抢婚型史诗或抢婚情节，长期在民间流传，并影响后期史诗。如在氏族社会末期形成的傣族英雄史诗《厘俸》中几次战争都是争夺女子所引起的。俸改一人先后抢劫海罕的妻子和桑洛国王的妻子，海罕也占有别的女子。除早期中小型史诗外，晚期形成的长篇史诗《江格尔》和《玛纳斯》也继承了传统的抢婚情节。抢婚是一种世界性史诗情节，希腊史诗和印度史诗中抢夺美女的情节，同样渊源于原始抢婚风俗。抢婚的起源复杂，起初其文化内涵可能与男子无力偿还妻子的身价有关。

随着社会的发展，婚姻和家庭制度起了变化，在古老的婚姻型史诗里出现了描写考验女婿的内容，也就是产生了一种新的考验女婿型史诗。这种题材的产生显示出社会的进步，反映了人们新的社会意识和婚姻观。考验女婿是在抢婚盛行时代过去以后发生的一种比较文明的现象。女子的父亲对未来的女婿进行考验，考验的方式与古代蒙古人选拔男子汉的做法一样，让他们参加"好汉三项比赛"，在赛马、射箭、摔跤三项比赛中全胜者才有资格做女婿。女方考验女婿的目的，不仅是为了女儿的个人前途，抬高双方名声和宣扬他们的荣誉，更重要的是通过联姻同强有力的氏族建立联盟，壮大自己氏族的力量，进而巩固和加强势力。史诗描绘了岳父率领自己的民众，赶着牛羊马群迁徙到女婿家乡附近去生活的现象。在这些史诗中，婚姻已经成为氏族联合的联姻。考验型史诗便是建立氏族联盟和部落联盟时代的社会现实和思想意识在口头文学中的反映。

史诗里还反映了另一种建立氏族联盟的方式。我们在国内外卫拉特英雄史诗中常常看到这样的情节：一位勇士在远征求婚途中碰见另一位或几位不相识的勇士，高傲的勇士们一见面就互相较量，先用弓箭，接着以刀枪，最后赤手空拳肉搏，长时间难分胜负的时候，或者互相羡慕对方，或者听从机智的战马的劝告，二人和好，互相交换戒指或耳环（古代男人也戴耳环），誓做结拜兄弟（蒙古语叫做"安达"）。在后来的战斗中，他们相互支持，协同作战，以共同的力量战胜来犯之敌，他们迁徙到一起居住。

蒙古—突厥英雄史诗里的考验或比赛是社会现实生活和民间风俗的反映。弗·日尔蒙斯基曾说过，在世界各民族故事和史诗中广泛流传着未婚夫与岳父之间、未婚夫与未婚妻之间、未婚夫与其他求婚者之间进行比赛的情节。他还指出，在古希腊和古罗马的神话、传说和史诗中的比赛，与现实中的体育比赛和军事比赛相似，这样的考验或者赛跑，或是射箭，或是摔跤。如果说在其他民族史诗中比赛是像日尔蒙斯基所说的那样只有一次的话，在蒙古—突厥英雄史诗中则有固定的赛马、射箭、摔跤三项比赛，而且三项比赛必须一个接一个地进行。在历史上，大约从匈奴时代起，在北方游牧民族社会上就出现了类似的比赛，到辽金元时代更进一步盛行。在历史上，这种选拔好汉和骏马的三项比赛不仅成为民间传统的体育和娱乐活动，而且真的出现过像史诗中描绘的那样未出嫁的女子与向她求婚的男子摔跤的现象。据《马可·波罗游记》记载，在海都的后裔中出现了著名的女摔跤手，她同前来求婚的男子们摔跤，一次也没有被摔倒过。

勇士与恶魔蟒古思斗争的史诗，是借用神话、传说形象来反映现实社会斗争的作品。在现实生活中，从来没有像蟒古思那样在人身上长着许多脑袋的人和动物，蟒古思是原始人通过想象力塑造出来的超自然的艺术形象。但这种想象中也不无现实的影子。譬如，关于蟒古思吃人肉、活吞人的情节，也有其生活依据。在人类历史上，大约从蒙昧期中级阶段起，由于人数众多，食物匮乏，曾发生过人吃人的现象。到野蛮期中级阶段，随着社会生产力的发展，食人现象逐渐消失，但作为一种宗教习俗后来在一个相当长的时期继续存在过，尤其是人祭现象在不少民族中一直保留到中世纪。活吞人的来源与蛇的特征和关于蟒蛇传说有关联。

关于蟒古思多头的来源，有人说，古代北方民族有的首领戴的战盔上插有象征他们势力的标志，插的东西越多就表明他们的势力越大。这同蟒古思的脑袋越多，它的力量越大相符。瓦·海希西说，考古发掘证明了古代阿尔泰人崇拜权角面具的现象，这个权角肯定是鹿角。① 公元3—6世纪的鲜卑人曾用过带角的马头面具和牛头面具，近年来在乌兰察布盟出土的文物证实了这种面具。这种面具在其他地区也曾发现，考古证明了阿尔泰一带的人约在公元初几世纪曾用过类似的面具。蒙古史诗保留了这种带有人形或兽形战盔存在的历史真实因素。

在有关勇士与蟒古思搏斗的英雄史诗中，蟒古思代表着勇士的敌对氏族，通过这种斗争艺术地再现了氏族社会的血缘复仇现象。在原始英雄史诗的发展过程中，勇士的敌对势力，除了多头的蟒古思外，还有现实生活中的人——他们被叫做某某汗、莫尔根、巴托尔、布赫和艾尔，等等。英雄史诗里的此类斗争都是由蟒古思挑衅的，它们向勇士进攻的主要目的是为了抢夺和诱拐勇士的妻子或其他妇女。斗争的结果，进攻者蟒古思被杀死，甚至它的整个家族都遭到灭顶之灾。在英雄史诗中，人们看到的是勇士与恶魔一对一的斗争，或者一个家庭与另一个家庭之间的斗争，但实际上勇士和恶魔不是个人，而是他们代表着氏族群体的力量。史诗的创作者把群体的力量和智慧赋予了这些个人。史诗学家瓦·嘎察克等人说："英雄史诗的形象所反映的不是个别人的思想和行为，而是整个民族的命运，因而英雄史诗应当是具有历史意义的。"又说："史诗英雄是民族的化身，他们常常能建树若干功勋，取得一些成就，而这些功勋与成就往往是该民族

---

① ［德］瓦·海希西：《蒙古英雄史诗中的历史真实因素》，见《内蒙古大学学报》（蒙古文）1988年第1期。

在几百年间或者甚至几千年间所取得的，这一点是不足为奇的。"（《民间文学参考资料》，第九辑，1964年）

早期史诗通过勇士与蟒古思的斗争，反映了氏族或部落复仇战争，这种氏族复仇型史诗的产生早于私有制和阶级的出现。后来随着社会生产力的发展，出现了氏族所有制和私有制，同时产生了争夺财产的现象。这样就在征战型史诗里增加了描写争夺财产的新内容，也就逐步形成了财产争夺型史诗。如果说在前一种史诗里蟒古思是作为氏族代表出现的话，那么在后一种史诗里蟒古思则具备了一些奴隶主的特征，他们掠夺牲畜和其他财产，并抓去勇士的父母和百姓做奴隶。

关于英雄史诗所反映的社会斗争，尼·波佩在《喀尔喀蒙古英雄史诗》中说：在英雄史诗中勇士与蟒古思争夺女人的斗争具有原始社会的氏族战争性质。后来史诗里的勇士和敌人（蟒古思）有了封建统治者的特征，敌人不仅是抢劫对方的妻子，而且还掠夺牲畜和属民百姓，这样他们的斗争具备了封建战争性质。

在北方民族英雄史诗中，英雄人物在自己名字的前头或后头都有一种称号，诸如可汗、莫尔根、巴托尔、艾尔、布赫，等等。这些名词属于北方民族共同的基本词汇。"莫尔根"意为神箭手或智者，"巴托尔"是英雄或勇士，"艾尔"意为男子汉或好汉，"布赫"是摔跤手或力士。但是，在11—12世纪前后，这些名词除了上述意思外，还具有了特定的含义。那时，氏族、部落首领被认为是具有很大本事的人，有的身兼萨满、巫祝。在那种情况下，上述种种尊重的称号成为氏族、部落首领和萨满巫祝的头衔。英雄史诗中的这些称号与现实社会中的酋长、首领和萨满大师的头衔相一致。

史诗英雄的称号，相当于现实社会的氏族、部落首领的头衔，史诗里正面英雄与反面勇士的斗争，实际上表现了不同的氏族之间的战争。笔者认为，有些英雄史诗是根据一些具体的氏族首领的历史功勋创作的。当然，除了首领外，在普通的氏族成员中也不会不出现出色的英雄人物。

## 第四节　英雄史诗的产生与原始口头诗人

考证英雄史诗的作者问题，是国际史诗理论界的一个比较棘手的问题。关于闻名于世的古希腊史诗《伊利亚特》和《奥德赛》的作者，印度两大史诗《罗摩衍那》、《摩诃婆罗多》的作者，在其本国人民中都有过一些传说和猜测。古代研究者们肯定了古希腊两大史诗的作者是盲艺人荷马，认为《罗摩衍那》的作者是蚁垤，另一部印度史诗《摩诃婆罗多》的创作者是毗耶娑（广博仙人）。但是随着科学研究的深入，后来学者们对有没有这些人的问题出现了分歧。目前，学术界一般认为，荷马不可能是《伊利亚特》和《奥德赛》的作者，他只是根据口头流传的篇章整理这两部史诗的人。同样，学者们认为，蚁垤是对《罗摩衍那》全书进行加工的人。毗耶娑则是个传说人物，不一定是历史人物。关于蒙古英雄史诗《格斯尔传》的作者，也有一种说法。在蒙古文《瞻部洲雄狮大王传》（简称《岭格斯尔》）的后面写道：岭部落的班迪诺尔布·达格其勒的喇嘛诺尔布·朝依勃巴，把雄狮大可汗的历史完完整整地编写成书向岭部落的全体民众传诵。策·达木丁苏伦院士曾考证这一蒙古文本是从藏文翻译过来的，其作者是朝依勃巴。实际上朝依勃巴不一定是创作者，也许是整理者或者是将口头作品写成文字的人。

　　毫无疑问，把蜚声世界的史诗的著作权归结到某一个人物身上，是不符合原始社会的实际状况，也不符合民间口头文学的发展规律的。近代学术界有一种意见认为，大史诗是集体创作，开始是以口头形式产生的零散的传说和诗篇，在流传过程中不断地充实和发展，经过有才华的艺人们的加工和整理而变成长篇史诗的。我们赞成这种意见，不仅长篇史诗是集体创作的，而且，原始小型史诗也是氏族民众的集体创作。

　　关于蒙古英雄史诗的作者，学术界看法也不一致。符拉基米尔佐夫院士早在 1923 年的著作[①]中提出了卫拉特英雄史诗的"贵族起源"说，他认为："西蒙古卫拉特英雄史诗表现了草原贵族的思想愿望，歌颂了诺谚们的英雄事迹，产生于贵族中间，官吏和富人们大力支持英雄史诗。"

　　阿·布尔杜克夫[②]于 1940 年指出，符拉基米尔佐夫过分夸大了草原贵族对英雄史诗创作的作用。他认为，不能从贵族阶层中找英雄史诗的起源，应当到民众中去寻找其起源。蒙古和卫拉特的英雄史诗是广大民众的创作，史诗在氏族制度的较早期阶段产生，并以氏族杰出的首领的民间传说样式

———————

　　① ［苏］鲍·雅·符拉基米尔佐夫：《蒙古——卫拉特英雄史诗》，莫斯科—列宁格勒，1923 年。

　　② ［俄］阿·布尔杜克夫：《卫拉特和卡尔梅克的史诗演唱艺人》，见上述《蒙古民间英雄史诗原理》。

形成。这些早期传说的创作者和保存者都是天才的、有雄心壮志的人，这与他们的社会出身没有任何关系。笔者认为，阿·布尔杜克夫的观点具有科学价值。

有些学者的观点很有见地，认为蒙古早期英雄史诗的创作者是原始氏族社会的广大民众，尤其是其中有才华的口头诗人。蒙古族人民有 1000 多年的创作和演唱英雄史诗的传统。14 世纪初波斯历史学家拉施特主编的《史集》记载了蒙古口头诗人们创作关于忽图剌合罕的英雄史诗这一史料，为我们提供了非常重要的信息。忽图剌合罕就是成吉思汗的父亲也速该的叔父，生活在 11 世纪末至 12 世纪上半叶。1240 年成书的《蒙古秘史》说："全蒙古、泰亦赤兀惕部众大会于斡南河的豁儿豁纳黑主不儿地方。会议的结果，推选忽图剌为合罕。"（谢再善译文）《史集》不仅证明当时的诗人创作了歌颂忽图剌合罕英雄业绩的史诗，还记载了史诗的题材、内容和形式，该书指出："蒙古诗人们写了许多诗颂扬他（忽图剌合罕——引者），描写了他的勇敢大胆。"我们根据多方面的分析，认为这"诗"就是英雄史诗，因为英雄史诗称赞英雄人物的力量和勇气，同样这个"诗"也描写了忽图剌的"力气和胆量"。"诗"里运用了英雄史诗里常见的夸张和比喻，并借用英雄史诗的诗句形容忽图剌合罕。（《史集》，第一卷第二分册，第 45—52 页）忽图剌合罕的史诗是一部征战型英雄史诗，取材于忽图剌合罕与塔塔儿人的战斗。创作这部新史诗时，诗人们借用了古老英雄史诗的框架和表现手法。这部史诗的创作年代是约 12 世纪中叶，地点是成吉思汗的发祥地克鲁伦、鄂嫩、土拉"三河"源头。后来随着蒙古各部落的迁徙，在不同地区出现了不同名称的史诗演唱艺人。俄罗斯一些学者深入研究和高度评价了卫拉特陶兀里奇及其演唱的英雄史诗，他们明确指出陶兀里奇不仅是史诗的演唱者和保存者，而且也是创作者。鲍·雅·符拉基米尔佐夫于 1923 年出版的《蒙古—卫拉特英雄史诗》中，针对卫拉特陶兀里奇及其史诗说："在蒙古一些部落中有专门背诵英雄史诗的陶兀里奇，因此，有的地区的史诗作品，不仅迄今还完整地保存着，而且继续发展着，旧史诗被更替，新史诗还在产生。"这位学者曾多次到蒙古西部卫拉特人中去进行长期调查，他记录了巴亦特著名陶兀里奇帕尔臣给他演唱的九部史诗（有些史诗达四五千诗行），而且，他还报道了帕尔臣为他创作新史诗的情况，也就是根据他的要求帕尔臣于 1913 年编创了反映 1912 年科布多之战的英雄史诗。蒙古学家阿·布尔杜克夫曾在蒙古西部卫拉特人中工作 30 年之久，并去伏尔加河卡尔梅克地区和吉尔吉斯斯坦的萨尔特卡尔梅克人中去考察过。他在《卫拉特和卡尔梅克的史诗演唱艺人》一文中说："上世纪末至本世纪的史诗演唱艺人，不仅是原有史诗的保存者，而且也是史诗的创造者。"他指出，西蒙古的帕尔臣、卡尔梅克的沙瓦利·达瓦、萨尔特卡尔梅克的巴克哈·萨尔皮克夫等陶兀里奇是天才的口头诗人，他们创作了许多新作品。在我国新疆蒙古族卫拉特人中，同样出现过许多著名的陶兀里奇和江格尔奇。相传 17 世纪以前在和布克赛尔地区曾有过一位江格尔奇，他演唱过《江格尔》的 70 部长诗。19 世纪下半叶至 20 世纪，曾出现过南部土尔扈特汗满楚克加甫的江格尔奇扎拉、和布克赛尔的奥尔洛郭加甫王爷的江格尔奇胡里巴尔巴雅尔、道诺洛甫才登王爷的江格尔奇西西那·布拉尔等闻名于各地的大诗人，他们中有的认为"在演唱中自己编"，有的根据听众的爱好确实创作过一些情节。

很显然，卫拉特和卡尔梅克的史诗演唱艺人具有史诗创作能力，他们既是史诗的演唱者，又是创作者。符拉基米尔佐夫认为，卫拉特陶兀里奇是一种特殊的"职业"歌手，他们有高度的文化素养，了解本民族的历史和文化，经过一定的演唱训练，并得到有名望的老艺人的选拔和听众的承认，才能成为陶兀里奇。卫拉特陶兀里奇演唱的史诗与其他地区的史诗有所不同，是一种"文学"加工的作品，其结构严谨和谐、优美雅致，比起其他地区的史诗向前发展了一步。

总之，从 12 世纪忽图刺合罕时代到 20 世纪中叶的 800 年间，蒙古民族出现了无数天才的口头诗人和陶兀里奇，他们不断地演唱和创作英雄史诗。卫拉特陶兀里奇们不仅创作了数以百计的单篇型史诗和串连复合型史诗，而且，在并列复合型长篇史诗《江格尔》的形成过程中，还起到了古希腊诗人荷马那样的作用。

目前，在我国和邻国相关民族中存在着各种名称的史诗演唱艺人，诸如陶兀里奇（蒙古、图瓦）、乌里格尔奇（布里亚特、蒙古）、朝尔奇（内蒙古东部）、江格尔奇（卫拉特、卡尔梅克）、仲肯（藏族）、赞哈（傣族）、吉尔什（哈萨克）、阿肯（柯尔克孜、哈萨克）、玛纳斯奇（柯尔克孜）、卡依奇（阿尔泰）和奥隆霍苏提（雅库特）。这些史诗演唱艺人是在早期艺人的传统基础上出现的。笔者认为，大约在英雄史诗产生前，在各民族先民中，包括祭司、萨满中出现了不少有才华的诗人，他们不仅有口才，能滔滔不绝地朗诵祭祀神灵和祖先的诗歌，而且还创作了各种祭祀诗、祝词、赞词和古歌谣。这种诗人完成了由传说到史诗、零散到完整、散文到韵文的最初的创作过程，也就是他们把原有英雄传说与自己时代的社会现实联系起来加以整理，并运用创作神话传说形象和萨满神灵形象等方式，赋予勇士神性，创作了最初的英雄史诗。这也就是创作了抢婚型史诗和与恶魔斗争的史诗。英雄史诗最初产生时，已具备了祭祀功能。由于优美动听的叙事诗歌比其他形式的作品更有吸引力，同时又有祭祀功能，它引起了先民们极大的兴趣和崇拜，被不断地传诵，像雨后春笋般地很快在各氏族中涌现了朗诵英雄史诗的人和热心听众，史诗得到不断地发展和充实。这样英雄史诗诞生，并以划时代意义的古典形式屹立在人类文化史上。

# 第二章

# 抢婚型英雄史诗

## 第一节　社会文化背景

　　各国学者普遍认为，英雄史诗最古老的题材有两种，一是勇士为妻室而斗争，二是勇士与恶魔的战斗。弗·普洛普说："史诗最古老的题材包括求婚、寻找妻室，以及为妻室而斗争的题材，此外还包括与各种恶魔，其中包括与毒蛇搏斗的题材。这些题材不是一个人所创造出来的，也不是在某一固定年代里所创造出来的，它们是人类与自然界的斗争，是人类一定发展阶段上的世界观的合乎规律的产物。它们是由全民所创造的。"① 勇士为妻室而斗争的史诗，产生于父系氏族社会的族外婚时代，其中包括抢婚型史诗和考验婚型史诗。在人类社会发展史上曾出现过抢婚时代或掠夺婚阶段。在对偶婚以前的各种家庭婚姻条件下男子不感到缺乏女人，可是自从野蛮期对偶婚发生到文明期一夫一妻制建立的一段时期，因缺乏女性，便出现了抢婚和购买女子的现象。在世界大多数民族，譬如古代希伯来人、阿拉伯人、印度人、希腊人、条顿人都曾盛行此种婚俗。现代世界上有些地区也仍然保留了这种婚俗。② 在中国古代历史上，室韦、靺鞨等族有过抢婚习俗。直到中华人民共和国成立前后，有些民族还不同程度地保留着这种遗俗。云南的傣族、景颇族、阿昌族及贵州荔波的水族中，抢婚曾是婚姻形式之一种。例如景颇、哈尼等族曾有"偷婚"、"拉婚"习俗。"偷婚"

---

① 中国民间文艺研究会研究部编：《民间文学参考资料》，第九辑，1964年，第133页。
② 《中国大百科全书·民族卷》，中国大百科出版社1986年版，第373页。

指求婚被拒后，想法引出被其父母藏匿的女方，带她回家同居一日，待事实既成后再通知女方家。① 不同民族的抢婚时代及其延续时间不同。如室韦是蒙古族的先民，从唐代开始出现了有关它的文字记载，当时室韦人有过抢婚风俗。可是到11—12世纪的时候，蒙古族的抢婚时代早已过去，但族外婚习俗和抢婚遗俗依然存在。符·雅·符拉基米尔佐夫院士在《蒙古社会制度——蒙古游牧封建主义》（1934）中指出："11—13世纪的蒙古人为了娶妻，有时不得不到很远的地方去，以便在远方的氏族中缔结婚约。……由于这个原因，以及根据老人们的回忆，妇女常常被人乘各种机会诱拐或以暴力抢去。"② 在11—12世纪，由于生产力的发展，游牧民和狩猎民都有了一定的牲畜和其他财产，在社会上产生了贵族与黑头百姓的差别，氏族处于瓦解阶段。在婚姻制度方面，虽然实行族外婚制，但出现了送彩礼及各种有偿的和有条件的婚姻方式，抢婚已成为现实生活中的个别现象。可是作为古老的风俗，它在社会上仍然普遍存在着。13世纪中叶出使蒙古的西方传教士鲁不鲁克在《东游记》中提到蒙古婚俗时说：父亲为女儿安排婚宴时，"姑娘则逃到亲戚家里躲起来。这时父亲便宣布：'现在我的女儿归你所有了，你在哪里找到她，就把她带走。'于是他和朋友们到处寻找她，直到找到了她；这时他必须用武力把她抢过来，并把她带回家去，假装使用暴力的样子。"③ 抢婚型史诗所反映的是这种古老的婚姻形式和婚俗。日尔蒙斯基讲得好："英雄求婚远征的最古老形式，是同父系氏族社会中异族婚姻相联系的，从另一部族寻得未婚妻常常是同抢婚一并发生的（姑娘同意或遭到她的反对），因而反映在民间故事或史诗中，就应当有英雄性格，应当证实年轻勇士的勇敢、体力和进取心。"④

　　史诗产生于氏族社会，当时人们信仰萨满教、本教和其他原始宗教。以万物有灵为核心的萨满教观念统治着当时的北方民族。他们以神话和萨满教观念创作了早期史诗。史诗运用了神话、传说、祭词、萨满教文化等早期文化艺术的内容和形式，因而，成为具有划时代意义的文学体裁。抢

---

　　① 张紫晨主编：《中外民俗学词典》，浙江人民出版社1991年版，第484—485页。

　　② ［苏］鲍·雅·符拉基米尔佐夫：《蒙古社会制度史》（内部），刘荣俊译，中国社会科学院民族研究所社会历史室1978年版，第68—39页。

　　③ ［英］道森编：《出使蒙古记》，吕浦译，周良霄注，中国社会科学出版社1983年版，第122页。

　　④ 《民间文学参考资料》第九辑，第45页。

婚型史诗从头到尾渗透了神话和萨满教思想观念：

首先，史诗反映了萨满的祈求、预兆、象征和奇异生长等观念和行动。例如：在史诗《巴彦宝力德老人》中，失去生殖能力的 85 岁老头和 75 岁老太婆祈子，出现了得子的预兆——他们家一匹多年不产驹的母马生了一匹神奇的宝驹。老头到远方去，问占卜者骑宝驹的小主人是否诞生？卜者告诉他们在三年内生三个儿子，并且指出了三个儿子的使命，还给他们起名，说老大将成为可汗，宝驹是他的坐骑。如同卜者所说的那样，三年内老太婆奇迹般地生了三个儿子。他们有奇特的生长过程，老大生来双手持双剑，双脚带肉圈，其他两个儿子生来双手持双矛，双脚拖着双轮，他们神速长大成人。

其次，抢婚型史诗表现了巫术和萨满的变身法术、梦卜、灵魂、起死回生、腾云驾雾、呼风唤雨等观念和功能。例如：在傣族史诗《厘俸》里，俸改施展法术变成陌生人去抢海罕的妻子，后又化作马鹿逃跑失踪；在蒙古史诗中，勇士远征途中遇到神奇老头，他手拿白木棍来打仗，向勇士抛去木棍时，木棍变成一条蛇，老头变成了蟒古思；勇士杀死蟒古思的时候，先消灭其灵魂——吹灭长生灯和折断长生针；岳父不愿嫁女儿，他放烟雾让勇士迷路或者岳父运用寒风和热风害死勇士；未婚妻以彩带作翅膀飞过去，暗地让未婚夫死而复生，等等。

在抢婚型史诗中存在着许多神话、传说形象和情节。在北方民族传说中，普遍存在着独眼巨人的传说和头上长着许多脑袋的蟒古思的传说。传说中独眼巨人和多头蟒古思吃人肉，甚至活吞人，它们最初是古人通过想象塑造的神话形象，是自然界危害人类的凶禽猛兽的化身。在史诗里它们一方面保留着原有的自然界的恶势力的特征。如勇士在远征途中，在深山密林中，在无人烟的山沟里发现这些恶魔，它们有的是从一日路程远处将人和牲畜吸入嘴里，连人带马活吞下去，捅破恶魔肚皮时，走出来无数的人和牛、羊、马群。另一方面，史诗里有人格化的蟒古思，它们有语言和思维，有与人类同样的生活方式。这种多头恶魔成为人们的敌对氏族的象征，也就是人们将自己的敌人比做恶魔。在史诗中，勇士毫无恐惧心理和举动，终于战胜并消灭了恶魔。例如在《巴彦宝力德老人》里，勇士们战胜了挡路的那个头上乱长角、胸前长一只眼睛的小妖，接着与多头大蟒古思搏斗。大蟒古思有神力，勇士将它杀死后它立即变出 20 个同样的蟒古思。但是勇士们了解大蟒古思的奥秘，先消灭它的几个灵魂，最后再消灭它的肉体。

此外，在早期史诗中还有各种神奇的凶禽猛兽和妖魔鬼怪形象。

总之，早期抢婚型史诗是在原始氏族社会生活的基础上，古人通过神话观念和原始宗教观念创作的口头文学样式。它形象地反映了父系氏族社会的一种族外婚制度和人们的世界观。

## 第二节　抢婚型英雄史诗类型

史诗产生于各民族史前阶段，原始抢婚型史诗不可能原封不动地流传到现代，经过不同社会的发展和流变，其中还渗透了阶级社会的因素和藏传佛教的影响。但是，其核心仍然没有消失，在各民族史诗中保留着抢婚型史诗的基本特点，尤其是存在着不少抢婚情节，如母题。著名的蒙古学家瓦·海希西指出，蒙古史诗是描绘主人公出征，为得到未婚妻而作战，完成使命的典型的求婚史诗。描写蒙古勇士求婚远征的史诗确实很丰富，其中有抢婚型史诗和考验婚型史诗，它们反映了父系氏族的族外婚习俗。在蒙古史诗中常常描述勇士单枪匹马或者携带一两个亲兄弟远征求婚，长途跋涉，越过悬崖峭壁，跨过汹涌澎湃的大海，击退凶禽猛兽和恶魔的进攻，到远方氏族中去，通过威胁、恫吓和征战，挫败岳父的阻挠，迫使其同意嫁女，带着妻子胜利返回的英雄行为。这种类型的英雄史诗，我们叫作抢婚型英雄史诗。譬如巴彦宝力德老人型史诗和阿拉坦舒胡尔图汗型史诗，在内蒙古巴尔虎地区和鄂尔多斯地区以及蒙古国喀尔喀地区以各种不同的名称流传。它们较多地保留着早期英雄史诗的特点。

巴尔虎抢婚型史诗如下：

1. 陈巴尔虎旗扎哈塔（男，1962 年 27 岁）演唱的《巴彦宝力德老人》，仁钦道尔吉、祁连休记录（1962.7.4），见仁钦道尔吉等搜集整理的《那仁汗传》（民族出版社 1981 年版）。

2. 新巴尔虎右旗僧德玛（女，1962 年 60 岁，牧民）演唱的《不会劳动的十来户人家》，仁钦道尔吉等记录（1962.7.28）。

3. 陈巴尔虎旗道尔吉昭都巴（男，1962 年 25 岁，牧民）演唱的《巴彦宝力德老人的儿子希林嘎拉珠巴托尔》，仁钦道尔吉等记录（1962.7.5）。

4. 陈巴尔虎旗本豪（男，1962 年 52 岁，牧民）讲述的《巴彦宝力德老人》，仁钦道尔吉等记录（1962.7.4）。

5. 新巴尔虎右旗苏格尔扎布演唱、陶克涛胡记录（1983 年秋）的《不会劳动的十来户人家》，见《勇士布扎拉岱汗与卷鬃马》（内蒙古文化出版社 1995 年版）。

举例来讲，扎哈塔唱本这样描述道：

从前，有巴彦宝力德老头子两口，他们晚年得了三个儿子，老大叫做乌云毕力格、两个弟弟是希林嘎拉珠和阿吉格特努格。两个弟弟请老大做了可汗，并为他修建汗宫。听父母讲，乌云毕力格有个未婚妻，是遥远的西南方巴尔斯铁木耳汗的女儿宝尔玛央金。父母让他们去请北方的查干巴嘎师占卜，看看可否去娶这个姑娘。查干说途中有危险。三勇士不听父母的劝告，便骑着战马、携带武器向西南进发。他们在途中遇到独眼小蟒古思，说是要去抢劫巴尔斯铁木耳汗的女儿宝尔玛央金做妻子。三勇士闻言忙去挖它的独眼，小蟒古思立即逃走了。大蟒古思来对付他们，他们杀死了大蟒古思。三勇士向前走碰见了巴尔斯铁木耳汗，可汗听说他们是来聘娶公主的，便一口回绝了他们，并且躲进烟雾中往家里跑去。三勇士追赶几天几夜，终于追到他家，把他压倒在脚底下，逼着他答应了亲事。举办婚礼后，三勇士携带宝尔玛央金返回了家乡。巴尔虎抢婚型史诗的其他异文与此大同小异。

和上述巴尔虎史诗不同的是，在鄂尔多斯史诗中，勇士们并没有施展拳脚，而是由一位勇士按照可汗的吩咐，用双手举起一大石槽井水，把它一口气喝下去后，可汗惊慌失措，不得不答应这门亲事。以《阿拉坦舒胡尔图汗》为例，现有 20 世纪 60 年代记录的异文和 70 年代末记录的异文两种，它们的内容与巴尔虎史诗《巴彦宝力德老人》的一批异文大同小异。1960 年 7 月，乌审旗牧民孟和巴图（男，当年 72 岁）讲述、道荣尕记录整理的《阿拉坦舒胡尔图汗》[①] 是一部以韵文为主、散文为辅的小型史诗（韵文约有 250 行诗行），描绘了阿拉坦舒胡尔图汗的婚事斗争。恩和宝力德汗有两个老婆，一老婆生了一个神奇的儿子，他生来双手持双剑，双脚带肉圈。占卜的喇嘛（在这里萨满教的卜者被后来的喇嘛代替）说，他是统治瞻部洲的汗，名叫阿拉坦舒胡尔图。另一老婆生了两个儿子，他们生

① 内蒙古语言文学研究所编：《蒙古族文学资料汇编》，第三册，英雄史诗（一），蒙古文（以下简称《资料汇编》第三册英雄史诗）。

来双手持双矛，双脚拖着双轮。喇嘛说，他们是可汗的两个勇士，先出生
的是阿吉嘎特努格，第二个是希林嘎拉珠。两勇士七岁那年为阿拉坦希胡
尔图汗修建了铜墙铁壁的华丽宫殿。接着，他们说可汗应该娶汗后。可汗
说他的未婚妻是西方可汗巴彦宝力德的女儿宝尔玛央金，让希林嘎拉珠去
问喇嘛可否去娶新娘。喇嘛说不能向西方去，希林嘎拉珠生气砍死了喇嘛，
竟回家说喇嘛同意他们去。兄弟三人向西出征，来到一座山上休息、睡觉。
希林嘎拉珠一下惊醒了，看到有两个姑娘骑着一匹灰毛驴走过。姑娘回家
告诉人家，有一老头带着白木棍来打仗。老头向勇士们抛去木棍，木棍却
变成一条蛇，老头变成了蟒古思。阿吉嘎特努格抓住了飞来的蛇，将它扯
断，并到蟒古思家吹灭了长生灯，折断了长生针，结束了蟒古思的性命，
饶恕了被蟒古思抓去的两个姑娘。三兄弟向前走到了一口井边，碰见了骑
黑公驼的老人。老人知道他们的来意后，指着一大槽水说：“请你们喝这槽
水试试看。”阿吉嘎特努格抬起水槽一饮而尽。老人吓得求饶，答应把女儿
嫁给阿拉坦舒胡尔图汗，并举办婚宴。于是，三兄弟带着汗后胜利归来。

　　早期抢婚型史诗或抢婚情节，在民间长期流传，并影响了后期史诗。
除早期中小型史诗外，长篇史诗《江格尔》也继承了传统的抢婚情节。譬
如，在《江格尔》里有一部《乌琼阿拉达尔汗以武力强娶古尔特木斯琴汗
的女儿丹巴草，遭到北方凶恶的蟒古思的扫荡》（见《江格尔资料本》第8
册，第4章）。其中，乌琼阿拉达尔汗是通过战斗打败岳父的。在无力阻挠
的情况下，岳父才同意这门亲事。史诗里说，乌琼阿拉达尔汗在黎明前做
了一个梦，为了知道这梦是什么征兆，他像上战场一样跨上战马，携带着
弓箭宝刀去找邻近部落的好友西克锡力克老人，请老人圆梦。老人夫妇告
诉他说，托梦给他的那个人与他有婚约，她是古尔特木斯琴汗的养女，名
叫聪明贤惠的丹巴草。她家在遥远的地方，连黄头天鹅不停地飞也过三年
才能飞到的地方，养父不答应她嫁人，你等三年以后去办亲事。

　　乌琼阿拉达尔汗不听他们的劝告，说：“如果岳父答应办喜事，我就按
规矩娶她，如果不肯答应，我凭男子汉之力抢她。”说罢，立即远征求婚，
他经过艰难险阻走到半路，这时古尔特木汗发现他来娶亲，当即命令把他
消灭在半途上。霎时间便迎面刮起寒风透过他的胸腔，背面刮起热风透过
他的腰背。勇士坚持15天，已经筋疲力尽，于是连人带马摔倒在地。这时
先知丹巴草以彩带作翅膀飞过去，以神药使勇士复活。勇士苏醒后继续向
前走到了未婚妻家，向她养父古尔特木斯琴汗说明了来意。古尔特木汗坚

决不答应，他说："如果你有胆量，凭你的勇气把她带走。"乌琼阿拉达尔汗大怒，立刻走出去"放火烧了汗父的檀林，吸干了嘎勒巴海水，推倒了甘迪克山头，捣毁了巴尔斯城垣，砸烂了神圣的庙宇，洗劫了古尔特木汗的臣民和家园。汗以成千上万勇士团团围住时，小勇士打得滚落的人头堆积如山，挡住了战马的去路，流淌的鲜血汇集成河，熏昏了人们的头脑"①。无奈之下，古尔特木斯琴汗不得不让女儿出嫁。勇士携带妻子在返回家乡的途中，又战胜敌人的多次进攻，回到家后举行了盛大的婚宴。

抢婚型史诗，不仅在我国巴尔虎、鄂尔多斯、卫拉特等部族中存在着，而且俄罗斯境内的布里亚特人也有此类史诗。如在布里亚特史诗《阿拉坦沙盖胡本》②中，勇士阿拉坦沙盖胡本远征求婚，他骑着银合马携带弓箭向西北方出发，走到一座高山上，看到了金光闪闪的大汗宫。汗宫前的人像草木那样多，满山遍野是牛羊马群。勇士想到如此有势力的大可汗不会答应将女儿嫁给自己。但他鼓起勇气向汗宫射去一支箭，射中了汗宫大门，发出了雷霆般的声音，震动了大汗宫，恫吓了大可汗。可汗命宫里人拔出这支箭，谁都拔不动。这时阿拉坦沙盖胡本来到汗宫前，他用一只手拔出了箭，把它装进箭筒。看到这位勇士，可汗怕得发抖，勇士向他问好后才松了一口气。可汗听到勇士来向他女儿求婚，他无条件答应嫁女儿，并举办了盛大婚宴。

除蒙古史诗外，我国突厥史诗和南方史诗中也有抢婚情节。譬如《玛纳斯》在描写英雄玛纳斯与卡妮凯的婚姻时，就有以武力抢婚风俗的情节。在傣族史诗《厘俸》中，还出现过几次抢婚和诱拐妇女的情节。战争的起因，就是俸改抢走了海罕的妻子嫱崩。海罕说：艾哈腊（指俸改）变成一个陌生人走进宫里，抱着一只凶猛的斗鸡来和我较量。他运用法术，暗中使计，打败了我的斗鸡。他忽然又变成了一只美丽的马鹿，向远处奔跑而去。我骑快马追击，马鹿忽然不知去向，我失望地回到宫廷，发现妻子已不在原来的地方。艾哈腊抢走了我的嫱崩，他变鹿是为了调虎离山。后来，就是这一俸改又抢走了桑洛国王的妻子娥宾。③

抢劫女子是国际性史诗情节，在世界著名的希腊史诗《伊利亚特》和

①　引文见黑勒、丁师浩译《江格尔》（第一册），新疆人民出版社1993年版，第35—36页。
②　见伊玛达逊整理《布哈哈尔胡本》，布里亚特文，布里亚特图书出版社1972年版。
③　刀永明等翻译整理：（傣族英雄史诗）《厘俸》，云南民族出版社1987年版。

印度史诗《罗摩衍那》里，抢劫美女也是爆发大战的起因。我国史诗较多地保留着古老的抢婚情节，反映了父系氏族社会的氏族外抢婚制度，丰富了世界史诗宝库，为研究古代社会及其婚姻制度提供了罕见的口碑资料。

## 第三节　抢婚型史诗的勇士形象

早期抢婚型史诗的人物很少，主要是一位勇士及其未婚妻和岳父，有时出现勇士的父母、兄弟和情敌等陪衬人物。父母主要是起着养育儿女和传递信息的作用，往往由他们提供勇士未婚妻的信息。在有的史诗里勇士有一两个亲兄弟，但其中只有一个发挥主要作用，另一个是助手。在个别史诗里，与勇士一起去的两个兄弟都能得到妻子，他们与同一位可汗的其他女儿结婚。这也许是对偶婚时代以来一个氏族的男子同另一氏族的女子结婚习俗的反映。勇士的未婚妻是先知，她们忠于勇士，千方百计保护勇士。勇士遇难时，她们能够起死回生。人格化的战马成为史诗的一种特殊的艺术形象，往往起着助手和参谋的作用。主人公是一位青少年勇士，他的对立面是未婚妻的父亲（以下简称岳父），因岳父不兑现婚约（指指腹婚），拒绝将女儿嫁给勇士而发生矛盾。他们之间有时产生对抗性的矛盾，甚至岳父害死了女婿。但勇士通过武力战胜岳父并得到未婚妻之后，矛盾得到调和。勇士不追究岳父的过错，岳父为他们举办婚礼，让勇士携带妻子返回家乡。只有在西伯利亚的阿尔泰族的史诗《阿勒普玛纳什》里，勇士阿勒普玛纳什本来为了战胜残暴的阿克汗，娶他美丽无比的女儿鄂尔克－卡拉克奇而远征。阿克汗不但害死了许多向女儿求婚的英雄好汉，而且勇士本人也遭到了暗害。不过，勇士最后打败了穷凶极恶的阿克汗，将其活捉并折磨死，还杀死了他的女儿和妻子。这是罕见的特殊现象。在这里史诗的主题变了，英雄最终不是娶姑娘，而是为民除害，为被残忍的阿克汗害死的求婚者们报了仇。

所谓英雄史诗就是描述古代英雄人物经过艰难困苦的战斗打败与他作对的自然界和人类社会强敌的史诗。这种史诗的主人公，蒙古和突厥各民族叫做"巴嘎图尔"（Bagatar）、"巴塔尔"（Baatar）、"巴托尔"（Batur）、"巴提尔"（Batiir）等，尽管发音不同，但原来都是一个词，汉译为"英雄"或"勇士"。蒙古抢婚型史诗、考验婚型史诗、勇士与恶魔斗争型史诗等各种类型的早期英雄史诗的主人公（勇士）在各个方面都很相似。下面集中论析早期史诗中的勇士形象。

早期史诗只有一位主人公，他是个天下无敌的常胜将军。虽然勇士也曾遇难，但仙女或神奇的未婚妻（或妻子）却使他死而复生。勇士苏醒之后，又返回战场打败敌人。蒙古英雄史诗不曾有悲剧结局，总是以勇士的胜利而告终。早期史诗的勇士是神性与人性相结合、理想与现实相结合而产生的人物，是氏族社会广大民众集体的化身。史诗的编创者们总是把群体的力量和智能赋予这种勇士，通过他们体现民众的思想愿望和理想。

早期史诗的勇士是以神话、萨满教观念塑造的人物形象，他们既是现实生活中的人，又是超自然的人，既有人的性格，又有神的功能，是神性与人性相结合的神奇人物。一方面，他们有神奇的出生、神速成长、特异的变身术、刀枪不入、死而复生等超自然性，这是世间人类不可能具备的奇特现象。另一方面，史诗勇士富有现实社会的英雄人物性格。如果说在神话中神占主导地位的话，在史诗中则是以人占主导地位。史诗的主人公是人，他们通过人们可以具备的勇气和力量战胜一切自然界和社会上的敌对势力。神性与人性相比较，在史诗勇士身上人的特征占优势。古人崇尚人们的力气和胆量，他们按照这种要求塑造了史诗的勇士形象。史诗的勇士个个都是勇敢无畏的大力士，他们是天不怕、地不怕、不达目的死不回头的硬汉。

早期史诗的勇士都属于同一种勇猛型勇士类型，他们很勇敢，同时也非常暴躁。俄罗斯史诗学家谢·尤·涅克留多夫说得好：蒙古—突厥英雄史诗的勇士，是英勇善战，性情暴躁、精力过人和作为其后果是放荡不羁，以及伴随这些品质的郁郁寡欢。他还说，勇士的愤怒是叙事故事的核心。从另一方面看，正是这种状况使其理智错乱，也可以说是愚蠢。① 确实，古老史诗的英雄性情暴躁。这种性格真实地反映了氏族社会英雄人物的共同性格特征。

史诗将主人公放在古代社会的氏族斗争和婚事斗争中去描绘，当时这是最有利于表现勇士英雄性格的环境。在那艰苦的环境中，以勇士的语言和行动刻画了他们的勇气和力量。在《巴彦宝力德老人》中，当勇士提出

---

① ［俄］谢·尤·涅克留多夫：《蒙古人民的英雄史诗》，徐昌汉等译，内蒙古大学出版社1990年版，第121—125页。

求婚远征时，卜者劝告说："通过我们的疆域时，会遇到蟒古思，走到他乡异地时，会碰见危险的故人，向那西南方向，绝不能去娶亲。"听到此话暴躁的小勇士，或者谴责卜者，甩门而去，或者一怒之下将他砍成两半。他回家告诉父母说，途中没有危险，卜者叫我们赶快出征。此时父母劝告说：

> 那是雄鹰飞不到的远方，
> 那是快马跑不到的地方，
> 有无法越过的悬崖，
> 有无法跨过的大海，
> 你的年纪还小，
> 尚未长大成人。

可是，小勇士毫不动摇，表示决心说：

> 男子汉不能不达到目的，
> 骏马不能不跑到终点。

说罢，小勇士全副武装，跳上战马向西南方向飞驰。这里只用寥寥几句，活脱脱地描绘出一个暴躁、鲁莽的勇士所具有的坚强意志和大无畏气概。勇士在途中碰见一个头上乱长角、胸前长有一只眼睛的小妖，他毫不畏惧，一怒之下举起宝剑砍掉了它头上的角，并将挖出它的独眼时逃窜。接着向前走，他凭借勇气、力量和武艺杀死了小妖的父亲——十五个头的大恶魔。

早期史诗的一种重要的艺术特征是运用富有神话浪漫主义色彩的艺术夸张，突出地刻画人物性格。诸如：蒙古人常常在井上用大石槽饮一群牲畜，谁都不会相信一个人能喝一大槽水，可是勇士奇迹般地举起石槽一口喝下去；勇士从远处向岳父的汗宫射去一支箭，箭射中汗宫门，发出雷霆般大的响声，汗国的人都拔不动，可是勇士只用一只手就拔起箭枝并放进箭筒里；勇士吸干了海水，推倒了山头，捣毁了城堡，成千上万的对手被他杀得人头落地，流淌的鲜血汇成河，等等。古人通过这种现实与理想相结合的艺术夸张地塑造了人与神合为一体的英雄形象。

早期史诗，包括抢婚型史诗的特点是短小精悍，篇幅一般都只有几百行诗，在诗歌中间插有简短的散文叙述。尽管短小，但它借用了许多神话、传说、祭词、萨满诗歌、祝词、赞词、咒语和谚语等古老体裁的素材和程序。诗歌富有神话浪漫主义色彩，有大胆的想象和虚构，运用了天马行空般的艺术夸张和优美动听的比喻和修饰语。当然，每个民族的诗歌都具有独特的民族性，具有民族诗歌的韵律节奏。史诗属于演唱艺术，它不仅是诗歌，而且还有表演艺术特点，即它有自己的唱词唱腔、旋律节奏、艺人的器乐伴奏、形体动作和情态声色等特点。也就是说，史诗是一种早期的综合性艺术。早期史诗为史诗体裁的发展奠定了基础，成为史诗进一步发展的模式和传统，它以具有划时代意义的体裁走向人类社会的历史舞台。

# 第三章

## 考验婚型英雄史诗

### 第一节　社会文化背景

　　婚事型史诗是在父系氏族社会的现实生活和婚姻家庭制度基础上产生的。抢婚型史诗和考验婚型史诗反映了氏族社会的不同婚姻制度和婚姻习俗。前者取材于族外婚制度下的抢婚现象。抢婚有各种原因，其中一种重要原因与男子无力偿还女子的聘金有关。同时，在氏族、部落战争的"英雄时代"，男子汉为战利品而战斗，获得牲畜、财富和美女越多，他们越感到荣耀。抢婚对男方而言非常省事，只要他具备了掠夺女子的力量，就不需要其他条件，不用支付聘娶女子的身价。抢婚型史诗反映了这种现实。在抢婚型史诗中勇士占主导地位，决定权在他身上，勇士可以通过武力按照自己的意志掠夺同他有婚约或没有婚约的氏族的女子作妻子。但是随着社会生产力的发展和人们对家庭婚姻意识的变化，抢婚已不利于社会发展，便渐渐退出历史舞台，随之而产生了种种有条件的、有偿的婚姻制度。考验婚型史诗就展现了这种新的婚姻制度。在考验婚型史诗中勇士处于被动状态，决定权在女方氏族首领（岳父），他通过考验达到目的之后，将女儿嫁给自己满意的男子。在各民族英雄故事和史诗中，勇士偿还女子身价的方式多种多样，比如勇士为未来的岳父除害，消灭恶魔、妖怪和凶禽猛兽，以此为娶他女儿的代价。在蒙古史诗《海尔图哈拉》中，勇士为岳父打死了七只野狼和五个蟒古思；在《四岁的呼鲁克巴托尔》里的勇士消灭了九个蟒古思；达斡尔族《绰凯莫尔根》的主人公为岳父活捉了叶勒登克尔蟒古思和有害的雄狮，因而得到了未婚妻；勇士打败了抢走姑娘的恶魔和妖怪，从它手中拯救姑娘，姑娘的父亲将她许配勇士。布里亚特史诗《骑金黄马的阿拉塔乃胡本》、蒙古史诗《额尔德尼哈布斡索雅》，就是这种失而复得式史诗，勇士战胜或感动凤凰、大鹏，从它们那里夺回岳父失去的宝马驹，以此作为娶其女儿的代价。在《额真腾格里》和《图嘎拉沁夫》中主人公夺回金银马驹，在《绰凯莫尔根》中主人公收回 70 匹白马驹；在李·普尔拜等人演唱的《洪古尔的婚礼》中，勇士为岳父活捉并驯服了害死人的野骆驼、撞死人的铁青牤牛和吃人的白胸黑狗之后，得到岳父的同意，携带妻子返回自己的氏族。

勇士的那些英雄事迹，一方面偿还了将未婚妻带到自己氏族中去生活的身价，另一方面考验了他们的勇气、力量和武艺。

在我国英雄史诗中，尤其是在北方的蒙古—突厥史诗中，常常出现岳父（女方）让女婿（求婚者）完成艰险任务，而且，这些任务常常是以三项为一组的三三制方式提出来的。诸如：先后战胜三大猛兽，取来神话中的三种宝物，在三项比赛中获全胜，等等。在有的史诗里，只有一种三项考验（如先后同凶猛的公牛、雄狮和公驼搏斗），有的史诗中却前后出现两组不同内容的六次考验（如先同三大猛兽搏斗，接着参加赛马、射箭、摔跤三项比赛）。这些艰巨任务具有一定的考验性，学术界故将这种内容的史诗称为考验女婿型英雄史诗。

这种史诗的社会文化根源与人类社会家庭婚姻史上的服役婚和早期神话有联系。服役婚是"原始社会母系氏族向父系氏族转变时期的一种婚俗。男子在婚前或婚后住在妻方劳动一段时间，作为代价偿还妻方劳动力的损失，换娶妻子到本氏族或本家族中来。……关于服役婚的产生，有的认为源于妻方父母不愿无偿嫁女，有的认为女方在婚前通过服役，对求婚男子进行考验、磨炼，以期选择佳婿"[①]。亚洲、非洲、美洲的许多民族都曾盛行服役婚，我国的汉、傣、彝、瑶、壮、佤、纳西、拉祜、黎等族都曾有过这种婚俗。从蒙古文古籍、民间风俗和口碑文献看，蒙古族也有过服役婚遗俗。在服役中求婚者常遇到饥饿和危险的考验。

在古希腊、罗马的历史上曾有过勇士同猛兽搏斗的游戏或体育运动，不知道有多少万奴隶和勇士在搏斗中丧身。

勇士同凶禽猛兽斗争，完成种种危险的任务，经受各种考验是世界性

---

[①]　《中国大百科全书·民族卷》，中国大百科全书出版社 1986 年版，第 123 页。

的神话、传说和史诗的共同性情节。希腊神话中的大英雄赫拉克勒斯为欧律斯托斯服役期间，完成了 12 件苦差，其中他先后捕捉、征服或杀死了神奇的铜筋铁骨猛狮、金角铜蹄牡鹿、大野猪、疯公牛、吃人的马群、凶猛的红牛、怪鸟、九头水蛇和三头狗等凶禽猛兽，还取来强有力的女人首领的腰带以及金苹果。这种神话英雄的许多功绩与我国史诗勇士的行为相似。当然，其中有地域特征和民族色彩。我国史诗中勇士常见的凶禽猛兽和神话形象有：吞噬人的野骆驼、抵死人的铁青公牛、踢死人的野公马、吃人的野狗、活吞人的大蟒蛇和凤凰。勇士通过战斗打败幻想中的各种强大势力，克服困难而取回的宝物有：凤凰羽，凤凰蛋，凤凰的脑浆，上天的吞食人的白骆驼的奶，白象的奶，公驼的峰肉，横跨两座山躺着的大蟒蛇的舌头和尾巴，多头的蟒古思的脑浆、心肝、鲜血和帽子，沸腾的海水泡沫、喷火的泉水以及凶残的汗王的宝马角，等等。这些考验都有生命危险，也可以说是对方采用的一种借刀杀人的措施。我国史诗中的这些情节和母题，一方面有一定的现实的影子，另一方面来自神话和传说。

除上述危险的考验外，我国北方民族史诗中还有一种较文明的考验，是让求婚者参加赛马、射箭和摔跤比赛，蒙古人叫做"好汉三项比赛"。如果说勇士同凶禽猛兽搏斗是狩猎时代考验勇士的重要措施的话，那么，参加三项比赛则是游牧时代生活的艺术再现。在游牧民族的祭祀敖包、圣树等活动中，在喜庆节日活动中，在日常的体育娱乐活动中，在练兵过程中，赛马、射箭和摔跤都是不可缺少的最基本项目。这三项比赛是选拔男子汉和快马的方法，古代演唱艺人把它吸收到英雄史诗中，因而加强了史诗的感染力，使它成为民众喜闻乐见的艺术作品。

总之，史诗中勇士与凶禽猛兽搏斗，参加赛马、射箭和摔跤比赛等情节是在古代社会的现实生活和风俗的基础上产生的，是刻画英雄人物的勇气、力量、毅力和武艺的最有效的方法。

## 第二节　不同类型的考验婚型史诗

有关勇士远征求婚题材的史诗，除了抢婚型史诗外，还存在着考验婚型史诗。在我国各民族史诗中保留到今天的抢婚型史诗和抢婚情节较少，因为抢婚现象早已不复存在。后代人们并不提倡翁婿斗争，抢婚现象只作为旧风俗保留在少量的古老英雄故事和史诗中。可是，流传下来的考验婚型史诗很普遍，因为勇士同凶禽猛兽和恶势力斗争是永恒的题材。赛马、射箭和摔跤比赛同北方游牧民族生活有着紧密的联系，反映这些现象的史诗有永久的艺术魅力。作为古老的艺术传统，它世世代代都具有艺术的审美价值。现存考验婚型史诗处于两种形态之中，一是单独存在着，另一种是作为婚事加征战型史诗的一部分而存在。起初只有单篇型考验婚史诗，后来将考验婚型单篇史诗和征战型单篇史诗结合在一起，形成了婚事加征战型复合史诗。在单篇型史诗和复合型史诗并存和发展的过程中，复合型史诗日益增多，相反，单篇型史诗逐渐减少，但单篇型考验婚史诗作为一种早期类型仍然存在至今。诸如蒙古族和硕特史诗《道利精海巴托尔》，乌兰察布史诗《喜热图莫尔根汗的儿子》，巴尔虎史诗《阿吉格特努格巴托尔》，乌拉特史诗《昂苏米尔的故事》，卫拉特史诗《钢哈尔特勃格》、《好汉米莫勒哲赫》和《布萨尔阿拉达尔汗》以及西伯利亚的布里亚特史诗《奥希尔博克多胡本》和《胡荣阿尔泰胡》等都是单篇型史诗。乌古斯史诗集《库尔阔特祖爷书》（以下简称《库尔阔特书》），现有两种手抄本都是16世纪本记录的。弗·巴托尔德认为"诗歌的创作年代"属于15世纪，同时，他还说这种传说的情节产生得可能更早些。[1] 抄本中有12篇史诗，其中的《关于康乐之子坎吐拉勒的传说》属于单篇型考验婚史诗。

首先看看《关于康乐之子坎吐拉勒的传说》。[2] 它描述了小勇士到遥远的异教徒部落中娶回妻子的英雄事迹：在乌古斯时代有一位英雄名叫康乐，他有个独生子名叫坎吐拉勒。坎吐拉勒要求娶一位英雄妻子，父子二人走遍内外乌古斯从未找到这种女子。后来得知异教徒卡拉布森部落的塔高沃尔汗有个非常俊秀的独生女，她是个神箭手。塔高沃尔汗提出允婚的三个条件，即同野性十足的凶猛的公牛、雄狮和公驼搏斗，说谁若能满足那三个条件，姑娘就许配给谁，谁若满足不了三个条件，谁就会被杀死。已有32名勇士为求婚而丧了命。坎吐拉勒决心一定去聘娶那位姑娘，可是，他父亲劝告说：

---

① ［俄］弗·日尔蒙斯基：《突厥英雄史诗》，俄文，科学出版社1974年版，第526—527页。

② 《库尔阔特与乌古斯可汗的传说》，胡南译自1986年哈萨克斯坦版本，手稿未出版。

你的征途有千难万险，
横亘着座座冰雪高山，
要跋涉百里泥泞沼泽，
要经过茫茫林海雪原，
你去的部落，
筑有城垣，
它的官门狭窄，
高耸云天。
……
那里有大刀，
长矛和弓箭，
有不容分说，
置人死地的刀斧团。

　　坎吐拉勒不听劝告，走了七天七夜到达塔高沃尔汗家。可汗听到他的来意之后，安排他到擂台上赤手空拳先后同三大猛兽公牛、雄狮和公驼搏斗。勇士不是以神力战胜猛兽，而是以勇气和力量先后杀死了三大猛兽。

　　勇士与雄狮搏斗有这样一段描述："当雄狮吼叫着猛扑过来的时候，坎吐拉勒把早已准备好的山羊扔到雄狮的面前，狮子向山羊侧扑而去时，坎吐拉勒凭着自己崇高的信念趁机向雄狮的耳根猛击一拳，狮子随之趴卧在地。坎吐拉勒立刻猛扑上去打断了狮子的脊梁，结果了狮子的性命，接着将其折成了两断，扔到塔高沃尔汗的面前。"这样写实的手法，寥寥几笔便使勇士无所畏惧的勇气、力量和智慧跃然纸上。坎吐拉勒完成了艰巨任务，满足了岳父的要求，并得到了英雄姑娘的爱情，于是岳父为他们准备婚宴。但是勇士以为在外氏族中举办婚礼不符合本氏族的风俗，他不顾岳父的反对，竟带着妻子往家乡走。途中他们遭到岳父追击，尽管勇士受了伤，但他们最终战胜岳父，返回家乡举行了盛大的婚宴。

　　这是四五百年前记录的突厥英雄史诗，它同近一二百年来记录出版的蒙古—突厥史诗很相似，其情节框架和核心内容颇为一致，说明了北方民族史诗的古老性和相对稳定性。在许多蒙古—突厥史诗中，都存在着这种勇士同三大猛兽搏斗和在携带妻子返回家乡途中遭到岳父或其他势力袭击的情节。例如，在旦布尔加甫记录出版的姊妹史诗《好汉米莫勒哲赫》和

《布萨尔阿拉达尔汗》① 中，勇士远征向沙尔格日勒汗的女儿求婚时，先后打死了向他们进攻的三大猛兽：大黑公驼、黄母狗和黄头公羊。勇士在带妻子返回家乡途中，沙尔格日勒汗又耍阴谋折磨勇士，但最终勇士战胜一切困难而凯旋。在卫拉特史诗《骑红沙马的额尔古古南哈尔》和《骑金黄马的阿拉图杰诺谚江格莱》中，勇士们战胜了神奇的三大猛兽铁青公牛、黑公驼和白胸黄狗（或凤凰）。这种三大猛兽都是庞然大物，而且非常神奇，它们：

> 能看到远离一昼夜路程的人，
> 能吞食远离一天路程的生灵。

　　勇士与凶禽猛兽搏斗，是考验婚型史诗的一种早期类型，它反映了狩猎时代人们英勇无畏的斗争。后来产生了另一种类型的考验婚型史诗，其中主要是通过勇士参加赛马、射箭和摔跤比赛的考验。这一类型的史诗在蒙古—突厥人民中颇为常见。比如，乌兰察布史诗《喜热图莫尔根汗的儿子》讲道：从前，占据东方的喜热图莫尔根汗与占据西方的那仁汗为子女订了指腹婚。喜热图莫尔根汗的儿子长大后梦见自己有未婚妻，于是向父母打听到未婚妻的家乡，备好坐骑和武器向西方远征。途中遇到两个男女青年称赞他和他的未婚妻，又碰见未婚妻家的牧童，与其结为朋友。勇士变作骑两岁劣马的秃头儿到未婚妻家，他说谜语，女方不会猜。牧童猜着了，对大家说秃头儿是来向可汗女儿求婚的。那仁汗提出举行三项比赛，获全胜便可以娶他的女儿。在摔跤比赛中，小勇士与上天之赫赫有名的摔跤手铁木耳较量，将其举起转动无数次，并摔进了地缝里。赛马比赛中，牧童骑着勇士的两岁劣马超过可汗的多匹快马，首先跑到了目的地。射箭比赛的靶子放在三年路程远处，那仁汗的射手一个也没有打中，可是小勇士的箭射破了羊般大石头，射中了牛般大石头，并穿过金针眼，钉在倒插地上的银针尖上。小勇士在三项比赛中均获全胜，于是恢复英俊的勇士原貌，携带妻子返回家园。

　　除以上勇士与三大猛兽搏斗、勇士参加三项比赛等类型的考验婚型史诗外，在有的史诗中还先后出现这两项三三制的考验情节，有的史诗的三

---

　　① 见旦布尔加甫搜集整理《卫拉特英雄史诗》，蒙古国文，1997 年。

项考验中，既有勇士同猛兽搏斗，又有勇士参赛的现象。当然，还有各种考验勇士的力量、勇气和智慧的措施。例如，青海省海西州苏赫讲述、纳·才仁巴力记录的史诗《征服七年敌人的道利精海巴托尔》（见纳·才仁巴力搜集整理的《英雄黑旋风》，内蒙古文化出版社，海拉尔，1990 年。）是韵文体作品（约 1100 行）。这部婚姻型史诗描写了勇士道利精海及其弟弟乌兰班达莱二人聘娶那古郎汗的两个女儿那日郎贵和萨日郎贵的故事。道利精海在野外放牧时，从东北方飞来一只乌鸦，它碰到勇士的马鞭杆就死去了。勇士回家把这件事对母亲讲了。母亲告诉他乌鸦带来了未婚妻的消息，她就是住在离此有 99 年路程的那古郎汗的女儿。道利精海不听父母劝告，独自骑着大黄马向西北方向出发。途中他克服了缺水的困难，在战马的帮助下突破了挡住去路的高山，走了很远的路程。可是勇士在途中突然头晕，原来他母亲又生了一个儿子，起名为乌兰班达莱。这个婴儿神速长大，过了三天便询问哥哥到哪里去了，他的未婚妻在什么地方。得知情况后，他立即骑云青马携带武器去追赶哥哥。见到哥哥后，他与之角力，以试探其力量。结果二人平分秋色。勇士在求婚途中的遭遇与其他史诗不同，主要考验的是勇士的力量。他们遇到一个骑黑骆驼的人，说前面有两个熊抬着两座山，并促请勇士与熊较量。道利精海与熊搏斗不分胜负，乌兰班达莱上来先后摔碎了东山和西山。接着他们按骑白骆驼人的指点，摔碎了高山，倒下了海水，胜过了 12 头蟒古思的两名大臣。他们来到那古郎汗家，向可汗说明来意。此时，12 头阿尔扎嘎哈尔蟒古思也来争聘。通过三项比赛（头两项是常见的射箭、赛马，第三项是杀掉上天的铁青牛，并带回铁青牛的心肺）战胜了蟒古思，兄弟二人分别娶了那古郎汗的两个女儿，胜利返乡。乌兰班达莱先走，他告诉哥哥路上不要回头看。但道利精海两次回头，结果被一对老头和老太婆毒死。然而他的大黄马找来草药和神水救活了主人。最终二人携妻回家见到父母，举行盛宴，过着幸福生活。另一异文，肃北县 90 岁的老太太扎吉娅演唱、斯·窦步青整理的作品《道利精海巴托尔》（见斯·窦步青搜集整理的《肃北蒙古族英雄史诗》，蒙古文，民族出版社，1998 年。）是韵文为主、散文为辅的故事。其主要情节与苏赫等人讲述的异文相似，道利精海与弟弟古利精海通过三项比赛战胜上天之摔跤手，道利精海与扎黑尔马布拉尔汗的女儿赞妲高娃举行了婚礼。肃北异文中勇士古利精海在赛马途中克服了种种障碍。上天之摔跤手派 100 匹快马参赛，勇士古利精海骑自己的战马参赛。首先对方派 10 个骑手在前方挡路，20 个骑手在左右挡路；接着用石头雨、沙漠山和黑雾阻止他，又派三条狼和一个妖婆妨碍他。勇士通过坐骑的智慧和力量突破障碍，取得赛马的胜利，保证了道利精海的婚礼。

在这里勇士前往求婚时，途中没有遇到敌对势力的进攻，但经受了力量的考验。在岳父提出的三项考验中，既有好汉三项比赛的两项，又有与凶禽猛兽搏斗的情节。

早期史诗具有民族特征、地域特征和部族特征，有的史诗反映草原游牧部落的生活，有的表现森林部落的生活，有的史诗着重描绘对勇士的种种考验，有的则论述勇士远征求婚途中的艰苦斗争，史诗中的考验也极其丰富多彩。如俄罗斯贝加尔湖一带布里亚特人的史诗《奥希尔博克多胡本》和《胡荣阿尔泰胡本》①反映了森林部落的生活和婚事斗争，突出地描述了勇士远征中的千难万苦，其中对勇士的考验也与上述史诗有所不同。奥希尔博克多得知，未婚妻的家在遥远的西方高山上，他的坐骑也在这个山鹰飞不上去的高山上，为了寻找坐骑，小勇士步行数日走到此山下，来到人和动物从未上去过的悬崖绝壁。在山下死人骨头堆成山，血流成河，到处是为上山求婚而失败的残疾人，但这可怕的景象没有吓倒勇士，反而让他下决心一定要到达目的地。他不停地往山上爬，磨破了手脚；于是他施展法术先后化身为松鼠和黄鼠狼爬山，又磨破了爪子；他再变作山鹰，飞到山上便晕倒了。他醒来后，找到长生水和圣树叶，经过医治才恢复了健康。他隐蔽在圣水旁等着宇宙九匹铁青马来饮水时，揪住了小铁青马的耳朵，与小马搏斗数日，最后各自羡慕对方的本事而和好。史诗这样表现勇士战胜自然界的斗争，同时，这部史诗中的考验也有特色。姑娘的父亲让奥希尔博克多和其他六名求婚者去找回三年来先后失去的三匹神马驹，其他六人未能经受考验，奥希尔博克多先后打死300个脑袋的蟒嘎德海（恶魔）、500个脑袋的蟒嘎德海及其灵魂和父母，夺回来了恶魔们三年来偷盗的三匹神马驹，因而得到了美丽的妻子。另一勇士胡荣阿尔泰经受了拉大神弓上弦的考验，接着又完成了三项艰巨任务，即抓来了外海岸上吃人的神奇黄狗，带来了凶残的凤凰的羽毛，又消灭了向他进攻的恶魔，最终与美丽的姑娘喜结良缘。

除单篇型考验婚史诗外，在串连复合型史诗的婚事斗争中，同样有勇

---

① 《布里亚特格斯尔传》（下），内蒙古教育出版社1989年版。

士同猛兽斗、找来罕见的贵重物品、参加各种比赛等情节。当然，复合型史诗的内容比单篇型史诗更为复杂多样，并且包含晚期的因素。例如，《关于拜包尔之子巴木斯巴依拉克的传说》(《库尔阔特书》之三)① 是婚事加征战型史诗，其上半部分描述勇士的婚事，内容较复杂，有为子女订指腹婚、少年勇士的成长仪式、勇士与未婚妻之间进行三项比赛以及冲破未婚妻哥哥的阻挠。在汗宫摆设的酒席上，富翁拜包尔来哭诉他无子女的痛苦。还有一位巴依甫森说，他想要女儿。在座者为他们祈祷，并商订如果巴依甫森有了女儿，将她嫁给拜包尔之子。拜包尔的儿子长到 15 岁，成为武艺高强的青年。但他只有经过在战场上浴血拼杀才能定名为勇士。他外出打猎时听说，为他家买东西的商队被 500 名异教徒洗劫一空。小勇士与商队的人一起打败歹徒，夺回了财物。父亲听到信息，知道儿子已成为勇士，便请来名流给他起名封爵。库尔阔特老人来起名封爵，称他为骑拜舒巴尔宝马的巴木斯巴依拉克。有一天勇士到阿拉套山打猎，追赶野兽到了未婚妻的家乡。二人相识之后，未婚妻提出要和他进行三项比赛，结果勇士在赛马、射箭和摔跤比赛中大获全胜，得到了她的爱情，订婚时勇士给姑娘带上了金戒指。可是，未婚妻捣蛋的哥哥提出无理要求，他要的彩礼是1000 只无尾无脖的小狗。智慧老人库尔阔特送去 1000 只跳蚤咬他，哥哥不得不答应了妹妹的婚事。尽管这一部分的内容与上述几部单篇型史诗有一定的出入，但都描绘了勇士通过考验得到未婚妻的英雄事迹。

各民族史诗中比赛的内容和方式方法不同，与勇士进行比赛的对手也不一样。在大多数情况下，是在女方父亲与勇士之间进行三项比赛，这也就是女方的氏族与求婚者的氏族之间直接举行赛马、射箭和摔跤比赛。在另一种情况下，不是在女方父亲与勇士之间进行比赛，而是按着女方父亲的要求在两个或更多的求婚者（情敌）之间比赛，他们争夺同一位姑娘。也有勇士与未婚妻二人直接进行赛马、射箭和摔跤比赛的情节。上述史诗《关于拜包尔之子巴木斯巴依拉克的传说》以及巴什基里亚故事《阿勒帕米沙和巴尔森黑卢》和喀山鞑靼的《阿勒帕米沙》② 等作品中出现了求婚者与未婚妻之间的比赛。在巴什基里亚和鞑靼的作品中出现了这样的情节：阿拉尔汗与布拉尔汗，两个汗在其子女未出生前就已经为他们指腹为婚，

---

① 见上述胡南译手稿。
② ［苏］弗·日尔蒙斯基：《突厥英雄史诗》，第 168—182 页。

然而一位汗早逝，另一位汗拒绝将女儿嫁给那个遗孤。这时姑娘巴尔森黑卢（或巴尔森美女）宣称："谁能在斗争中战胜我，我就嫁给谁为妻。"此后，这位姑娘出了家门，在山顶上搭起帐篷，住在那里。为了娶到这位姑娘，勇士们从四面八方赶来。这位姑娘却从山顶上滚下许多石头，把他们都砸死了。有一天阿尔帕米沙正和一位同伴在山下拉网捕鱼，一块像干草垛那么大的石头朝他滚来。同伴对他说，这块石头是巴尔森黑卢从山顶上推下来的。谁要能把这块石头扔上山去，或者能在战斗中战胜巴尔森黑卢，她就嫁给谁。阿尔帕米沙听说后，用脚一踢，那块石头就飞向山顶。他上山又与姑娘搏斗七天七夜，终于战胜了她，并立即使她成为自己的妻子。再如，在哈萨克史诗《阔布兰德巴托尔》[1] 里，记录了较特殊的射箭和摔跤的考验。史诗里说，大富翁托合塔尔拜到 80 岁仍然无子，便祈求和祭祀神灵，于是他 60 岁的老婆生下了一男叫阔布兰德，一女叫哈丽卡西。阔布兰德到六岁就提出要枣红宝驹，并同英雄叶思铁米斯一起住在野外。有一天露宿在一座山里，午夜听到喧闹声，他从叶思铁米斯那里得知，山后住着霍克提姆可汗，他有个女儿叫库蒂哈。在月色中，霍克提姆可汗让人们射击挂在一根柱顶上的金币，谁若射落金币，谁就可以娶库蒂哈为妻。小勇士不听叶思铁米斯的劝告，骑着马穿上铠甲，佩带着利剑和弓箭出发。他到达目的地后，可汗让他射箭。他抽出一支钢箭，从马背上射去，将在月光下吊在柱杆上的金币一下射成两半。可汗不敢食言，举办了 30 天游戏、40 天婚宴，把女儿库蒂哈许配给好汉阔布兰德。正要出嫁时，守护姑娘的四丈半高格子的红发英雄来说，如果小勇士在摔跤中把他摔倒，才能娶库蒂哈为妻。小勇士和他摔跤时，他让小勇士和他脚摔跤，并伸一只脚给他。阔布兰德把 60 庹长的绳索套在他脚上，跳上枣红马将他拖走，拖得他皮肉绽开，鲜血流淌。这个不可一世的对手终于断气身亡。前来解救父亲的红发英雄的两个儿子也被小勇士砍死。

上述例子说明，史诗中的比赛也不算平静，勇士随时可以遇到危险，通过勇士在三项比赛中的英勇行为，可以更为鲜活地刻画出英雄人物勇敢无畏的战斗精神和超人力量。

---

① 《英雄阔布兰德》，苏联麦尔干拜演唱、马立克·哈布都拉整理，佟中明汉译手稿。

## 第三节　考验婚型史诗的主要人物形象

考验婚型史诗与抢婚型史诗都属于族外婚型史诗，二者有共同性的英雄人物形象，他们的性格特征和艺术原型也很相似。考验婚型史诗的主要人物也是一位勇士及其未婚妻和她的父亲。在抢婚型史诗一章里对早期史诗勇士的评价和分析，同样适合于考验婚型史诗的英雄人物。在这里不再重复，只作一些补充。因考验婚型史诗及其考验方式多种多样，对英雄人物进行了多方位、多层次的刻画，生动地表现了他们的英雄性格。史诗的一种主要表现手法是把英雄人物摆在矛盾斗争中，在危险的环境里，通过他的语言和行动来揭示其英雄性格。譬如英雄道利精海听到未婚妻信息后，立即提出要去找未婚妻，母亲认为他年纪小，还未长大成人，远征成亲过早。可是，小勇士坚定地说："男人会生在家里，应该死在野外。"说罢，鞴马出发。他在小兄弟乌兰班达莱协助下，在途中先后跟举山的大熊和排山倒海的勇士进行力量比赛，取得胜利后，来到未婚妻家，又同情敌 12 头的蟒古思进行射箭比赛，获胜后一举杀死凶残的铁青公牛并拿到了它的心肺。在赛马比赛中，他突破了数十名勇士的阻挡，躲过了对方制造的石头雨、沙漠山和黑雾，还战胜了三条狼和老妖婆等的进攻。史诗如此安排一连串的考验和斗争，反复刻画英雄人物的胆量、力气、意志、武艺和智慧。再如，奥希尔博克多胡本为了寻找未婚妻和坐骑，不怕艰难困苦，不怕牺牲生命，下决心向山鹰飞不上去的高山走去。他步行数日到了那座陡壁悬崖下，看到山脚下死人的骨头堆成山，血流成河，到处碰见从山上摔下来的残疾人。这种恐怖的环境也没能使小勇士回头，他往山上爬行了数日，手脚都磨破了。后来他化身为松鼠和山鹰终于到了山上。上山后他通过智慧和力量，捉住了宇宙九匹神奇的铁青马中最淘气的小马，作了自己的坐骑。史诗通过行动和语言绘声绘色地反映出英雄人物大无畏的英雄气概和顽强的意志，歌颂了人类战胜自然界的伟大功绩。

史诗里常见的一种表现英雄性格的措施是让勇士同三大猛兽，包括神话中的凶禽猛兽展开争斗，并且一一战胜和驯服了它们。如前所述，古希腊、罗马人曾有过勇士斗猛兽的游戏或体育运动，史诗艺术地再现了古代人类现实生活，把它加以夸张和理想化。史诗描绘勇士斗猛兽的形式多种多样，有时运用浪漫主义的方法，让勇士通过神力取胜；有时却运用写实手法，让勇士完全通过自身的力量和勇气征服猛兽。例如在乌古斯史诗中勇士与公牛搏斗时，坎吐拉勒来到擂台的中央，可汗的女儿巴依拉克也来观看。当把被铁链锁住的公牛放到角斗场时，勇士挥起拳头，便朝着扑过来的公牛前额打去，打得它晕头转向，趔趔趄趄地向后倒退了几步。公牛重新站稳时，被勇士推到了擂台的中央。人推着牛头，牛顶着人的手掌，这样各不相让地一直持续了许久，公牛气喘吁吁、口吐白沫。公牛猛然冲过来时，勇士向一侧闪去，公牛随着惯性栽倒在地。这时坎吐拉勒拉住牛尾巴，把它摔死在地，并扒下牛皮放在可汗的面前。

在这里除了以夸张手法描绘勇士的力量外，其余都是英雄人物可以做到的事情，如同西班亚斗牛士的勇敢行动。

在婚事斗争型史诗里，主要是发生在勇士与岳父之间的斗争。在现有史诗中以岳父身份出现的人物实际上起初都是女方氏族的首领。勇士与岳父的矛盾实际上是一个氏族与另一个氏族间婚姻问题上产生的矛盾。在北方史诗里常常提到的婚约或指腹婚，与中国封建时代两个家庭之间的指腹婚并不相同，它是氏族婚约。在人类古代历史上的族外婚时代，中外许多民族都曾有过氏族与氏族之间的联姻关系。当时两个氏族之间制定的婚约规定，一个氏族的女子生来就是另一固定的氏族男子的未婚妻，女方氏族不应该将女子嫁给没有婚约的氏族男子。因此，勇士与岳父的斗争实际上就是女方氏族违背婚约而引起的两个氏族之间的斗争。女方氏族不履行婚约有多种原因，主要是随着社会的发展，原有的氏族婚约已不适应社会需求，人们出现了新的婚姻观念。女方氏族希望得到更有利于他们的联姻方式。所以，岳父（女方氏族酋长）不满意原有联姻关系的氏族的男子做女婿，于是尽量回避婚约，刁难男方，甚至企图用各种方式杀害求婚的勇士。随着氏族婚约退出历史舞台，史诗演唱者们以自己时代的婚俗，将其说成了两个家庭之间的指腹婚而已。

早期史诗的岳父形象主要有两类：其一是残暴的坏岳父，他企图杀害前来向他女儿求婚的勇士；其二是好岳父，他想通过考验女婿的英雄行为，宣扬自己氏族与女婿氏族的好名声。当然，晚期在史诗中出现了以近代民间风俗嫁女儿的人，这里的岳父与传统的岳父不同，在女婿与岳父之间没有矛盾冲突，因此这种婚事已经失去了传统的英雄婚事的含义。

坏岳父形象与好岳父形象是在人类社会的不同发展阶段发生的现象，

有其产生的社会历史根源。残暴的岳父形象的出现早于文明的好岳父形象，前者是野蛮时期的人物形象，后者是建立氏族联盟时代的人物形象。英雄史诗里刁难女婿和让他完成危险任务的文化内涵，很可能是服役婚遗俗的反映。中国许多民族历史上曾有过服役婚习俗。男子娶了妻子，为了让她到自己氏族里来劳动，必须先向女方氏族交彩礼，男子若无力偿付彩礼，就到女方氏族中去服役，以此来换取妻子的身价。男子服役期满后，才能携带妻子回自己氏族。男子服役时间的长短由女方决定，少则一两年，多则十几年。男子在服役中常常受到虐待，甚至经受生命危险的考验。英雄史诗里通过残暴的岳父形象艺术地再现了服役婚中女方氏族首领对女婿的迫害，称颂果敢无畏的勇士凭借勇气、力量和智慧，战胜种种害人的凶禽猛兽和妖魔鬼怪，征服残暴的岳父，得到美丽的妻子，携带妻子返回自己氏族的英雄行为。坏岳父交给勇士艰巨任务的目的，是为了自己氏族的利益。这也就是说，岳父派勇士去战胜威胁他的敌人和猛兽，给他带来贵重的猎物和药材，更多地付出娶妻的代价。坏岳父对求婚者无情，置其生死于不顾，这符合野蛮时代人的心理。如果勇士不能付出足够的报酬，他是不会把女儿白白地交给勇士带走的。求婚者无力完成岳父交给他的使命时，岳父宁愿让他死去，另找有本事的女婿。

除了坏岳父外，英雄史诗里还有许多好岳父，他们不是故意伤害勇士，而是通过赛马、射箭和摔跤三项比赛的考验，让广大民众了解女婿的本领，从而宣扬男女双方氏族的名声，并且通过这种联姻建立氏族联盟，壮大自己的势力。这是文明期的岳父形象，当女婿带女儿返回家乡的时候，他或者把自己属民和牲畜的一半作陪嫁，或者自己带着全氏族民众和牲畜财产迁徙到女婿家乡共同居住，与坏岳父的态度有天壤之别。

# 第四节　考验婚型史诗的情节结构

在情节结构方面，考验婚型史诗与抢婚型史诗一样由三大部分组成，即勇士求婚远征途中的战斗、求婚成亲过程中的斗争（勇士受到残酷的折磨和考验）以及携带妻子返家途中的遭遇和斗争。考验婚型史诗的这些情节极其复杂，它不仅反映了勇士的婚事斗争，而且，通过远征求婚往返途中的种种危险和不幸遭遇，甚至通过勇士的死而复生过程，从多角度、多层次、反复描绘了勇士以自己力量战胜一切自然界和社会敌对势力的英雄气概。在史诗中，勇士经过千难万险，越过无边无际的辽阔草原和干旱的大沙漠，爬过山鹰飞不到的陡壁悬崖，跨过毒海和沸腾的火海，打败凶禽猛兽和妖魔鬼怪的进攻，才能到达未来岳父家的领地。接着为得到未婚妻而受到种种考验，进行激烈的搏斗，战胜上天之英雄和大地之英雄，打败人间不可战胜的勇士才能得到可心的妻子。在返乡途中，挫败岳父势力的追击和情敌的暗害，终于凯旋。当然，这些斗争在不同的史诗中有不同的反映，甚至有的史诗中缺乏前往求婚途中的斗争或者缺乏返回家乡路上的遭遇一类情节，但是大多数史诗都由这三大部分组成。考验婚型史诗的产生晚于抢婚型史诗，它是在抢婚型史诗的情节框架上形成的，因此，晚期产生的史诗的情节结构较复杂，勇士所遇到的困难和危险较多，尤其是在求婚、成亲过程中的斗争多种多样。但是，考验婚型史诗的情节结构也大体上有一定的共性和模式。其情节框架都由一种固定的母题系列构成，各个母题都有一定的排列顺序。考验婚型史诗的基本情节框架通常有下列共同性的母题：

1. 时间
2. 地点
3. 勇士及其亲人
4. 未婚妻的信息
5. 勇士决定去成亲
6. 勇士鞴马、全副武装
7. 父母劝告
8. 勇士不听劝说出征
9. 远征途中的经历
10. 勇士看到岳父家
11. 化身为骑两岁劣马的秃头儿
12. 到岳父家受到歧视
13. 岳父提出苛刻条件
14. 勇士逐一完成任务
15. 岳父同意亲事
16. 举办婚礼

17. 勇士携妻返家
18. 返乡途中战胜各种危险
19. 凯旋
20. 举办盛宴

以上便是在考验婚型史诗中常见的母题、情节和事项。当然，不可能所有的同类作品都全部拥有这些母题和情节，但大多数作品都包含此类母题和情节。其中有的不仅是一个母题，而且是一种较大的情节。诸如远征途中的经历、勇士完成任务和返乡途中的遭遇等都是很复杂的情节，其中有各种不同的母题群。在不同的史诗中，相同的母题和相同的母题群的内容都有一定的区别。尽管有各种不同的状况，总的来说，早期考验婚型史诗的基本情节框架成为一种史诗母题系列，那种母题系列由上述一批母题所组成。此外，在一些史诗的开头还提到无儿无女的老两口离奇怀孕及其儿子的神奇生长等母题，也出现两个可汗为子女订指腹婚等情节。

如前所述，在情节结构方面，考验婚型史诗与抢婚型史诗，除了勇士到达女方家族求婚、成亲阶段的斗争不同之外，其他方面基本上大同小异。当然，考验婚型史诗更复杂多样。考验婚型史诗是在原有抢婚型史诗的情节框架上形成，二者同时并存和共同发展下来的。它们的情节框架及其史诗母题系列成为蒙古—突厥英雄史诗进一步发展的基础、传统和模式。串连复合型史诗及并列复合型史诗等类型的史诗都是在这种史诗框架上形成和发展起来的。

早期英雄史诗具有重大社会意义，甚至可以说有"划时代"的意义。如果神话是以想象征服自然力的话，在史诗中尽管有一定的神话因素，但其中主要是人通过自身的力量和智慧战胜自然力和社会敌对势力。史诗反映了人类自我意识的加强，塑造了不朽的英雄形象，他们有永久的艺术魅力，不断教育子孙后代，鼓励他们的战斗意志，让人们勇往直前。

# 第四章

# 勇士与多头恶魔斗争型英雄史诗

## 第一节　口头创作中的多头恶魔

在我国许多民族的史诗中普遍存在着多头恶魔（蟒古思）、独眼巨人、地底下妖和以各种不同形象出现的恶魔形象。此类恶魔在神话、传说和民间故事中也同时存在。在如何解释史诗与这些文学体裁的关系方面，学术界的意见不尽一致。关于史诗与神话的关系，弗·普洛普说："史诗诞生于神话并非通过进化的途径，而是由于对神话及其全部思想体系的否定。神话与史诗的情节与结构上有某些共同之处，但在思想倾向上却是彼此完全对立的。"克·达甫列托夫、瓦·嘎察克二人不同意这种看法，他们说："这样我们看到英雄史诗发展中出现了一种矛盾的现象：一方面，史诗一旦产生，就反映出人对自然界的胜利，这种胜利归根结底导致了神话的消失；另一方面，作为一种艺术形式，它是在神话世界观的基础上产生的，并且与它有着紧密的联系。"另一位学者叶·麦列丁斯基对一些文化较落后民族的民间文学进行比较之后指出："这些民族的史诗还处于原始状态，而且英雄史诗的早期形式与神话、传说，与该部族的历史生活有着非常明显的联系。原始形式的英雄史诗与故事和神话都是十分近似的。原始的'共同性情节基础'——与魔鬼的斗争，英雄的婚姻，在异地漫游等等就说明了这一点。然而这种相似的原因不是因为英雄史诗是由神话或故事演变而来的，而是因为它们有着共同的源泉。"①

---

① 以上学者们的论文，见《民间文学参考资料》第九辑。

　　这些作品的相似性，难以只用"共同的源泉"来解释，因为神话的产生肯定早于英雄史诗，无法排斥神话对英雄史诗的影响与被借鉴。人们难以解释所谓"共同的源泉"到底在指什么。连麦列丁斯基本人也没有做出解释。如果说，这个"共同的源泉"指的是原始社会的现实斗争，那么，史诗与神话的相似性就不属于起源上的共性，也不属于相互影响，而是属于类型学问题。也就是说，这些作品彼此之间缺乏联系，只是在相似的社会背景上出现的类型而已。看来不能从这个方面解释英雄史诗与神话、传说的联系问题。

　　研究蒙古英雄史诗起源和各国史诗起源的学者们都谈到了史诗与神话、传说和故事的联系问题。谢·尤·涅克留多夫曾系统地论述了俄罗斯境内的蒙古学家嘎·桑杰也夫、尼·波佩、格·伊·米哈伊洛夫、阿·科契克夫等学者在这方面的观点。涅克留多夫说：桑杰也夫强调指出英雄史诗从一开始就具有综合性质，指出它的基础是神话、传说、关于氏族领袖和著名萨满的传说、流行神话故事、巫术咒语等成分的结合，它们在"蒙古行吟诗人"的创作中融为一体（见徐昌汉等译《蒙古人民的英雄史诗》）。我们认为，早在 1936 年桑杰也夫已看出英雄史诗的多源文化结构。当然，著名的布里亚特学者扎木察莱诺曾于 1914 年说过，英雄史诗具有历史传说性质，也具有优美动听的萨满诗歌性质。尼·波佩在《喀尔喀蒙古英雄史诗》中，针对勇士与蟒古思斗争的史诗说：蟒古思是多头人身的怪物。与它斗争的人，尽管有超人的性质和本领，这个怪物实际上还是人。因此，在这类史诗中出现人与给人类带来灾难和死亡的神话形象之间的斗争。这种情节的史诗产生于前阶级社会，它反映了人与自然界的斗争，同时表现了氏族、部落之间的战争。这种斗争来自早期的神话和传说。

　　毋庸置疑，这个问题是极其复杂的，应当考虑多方面的因素；而在学者们的不同看法中，都有不同程度的合理因素。任何事物的发展，包括文学体裁的发展，并不是绝对化的。不能说一种新体裁一定要同它相关的旧体裁相对立或者相互排斥。实际上它们在一个相当长的时期内同时并在，相互影响。尤其是新体裁的作品继承旧传统，吸收其合理的因素，因而充实和发展起来的。

　　除了神话、传说外，与英雄史诗有着密切联系的是英雄故事。以蒙古族作品为例，英雄故事不仅在拥有很多英雄史诗的巴尔虎地区和卫拉特地区广为流传，而且在其他蒙古族地区的人民中也同样有所流传，甚至连达斡尔族也有一系列莫尔根的故事，诸如《绰凯莫尔根》、《昂格尔莫尔根》、《库楚尼莫尔根》、《洪都勒迪莫尔根》和《阿拉坦嘎拉布尔图》。当然，除了蒙古语族人民外，在阿尔泰语系的突厥语族人民和通古斯—满洲语族人民中同样发现了大量的英雄故事。笔者在论文《关于阿尔泰语系民族英雄史诗、英雄故事的一些共性问题》（1989）[①] 中论述了这些民族的英雄史诗与英雄故事在题材、情节、结构以及正面人物、反面人物等方面的共性。总的来说，这些民族的英雄史诗与英雄故事的内容非常相似，有时甚至难以看出它们的区别。英雄史诗与英雄故事有时相互转变，有些英雄故事变成韵文体之后，被认为是英雄史诗而出版的现象不少。这类当作史诗出版的英雄故事有《扎嘎尔布尔图汗》、《赫希格图夫》、《达尔扎巴托尔》、《哈兴汗和机智的大臣》、《阿尔达希迪汗和阿玛嘎希迪汗》、《阿利亚莫尔根汗》和《有八只白雁的那木吉勒查干汗》等；实际上它们不是英雄史诗，有的是民间英雄故事，有的是外来故事，有的来源于手抄本故事。与此相反，有时英雄史诗在被遗忘过程中变成散文体作品，这类作品有我国呼伦贝尔盟巴尔虎史诗《阿拉坦曾布莫尔根夫》、布里亚特史诗《阿拉坦沙盖胡本》和青海史诗《道格森哈尔巴托尔》。我们根据其他异文和史诗的内容和风格确定它们为英雄史诗。还有一种形态的作品，如青海和肃北的"道利精海巴托尔型史诗"有几种散文体异文，也有韵文体异文，我们难以确定它到底是英雄史诗还是英雄故事。因而根据韵文体异文将它当作英雄史诗进行了分析。当然，也有故意把散文体作品改写为韵文体发表的情况，尤其是在家庭斗争型史诗中存在着这种现象。

　　上述情况说明了英雄史诗与英雄故事之间存在着密不可分的联系。二者之间的界限往往难以确定。谢·尤·涅克留多夫在《蒙古人民的史诗和民间文学的相互联系问题》[②] 一文中认为，因为蒙古语族人民和突厥语族人民都有英雄史诗，可是阿尔泰语系的通古斯—满洲语族人民没有英雄史诗，但是英雄故事在整个阿尔泰语系人民中都存在着，而且，它们的内容都很相似。由此他认为，英雄故事的产生早于英雄史诗，当时可能是阿尔泰语系人民共同居住在毗邻地域。可是，到英雄史诗产生的时候，通古斯—满

---

　　[①] 见《民族文字研究》1989 年第 6 期，第 21—26 页。又见仁钦道尔吉、郎樱编《阿尔泰语系民族叙事文学与萨满文化》，第 9—20 页，内蒙古大学出版社 1990 年版。

　　[②] 见《民族文学译丛》，史诗专辑（一），中国社会科学院少数民族文学所 1983 年版，第 334—351 页。

洲语族人民已离开了共同地域。我们觉得这个见解是有一定道理的。也许是英雄史诗与英雄故事有同源异流关系，它们是在原始短小英雄传说的基础上形成和发展的两种文学体裁，英雄传说早于英雄史诗和英雄故事。

## 第二节　多头恶魔形象的来源

　　勇士与多头恶魔斗争是在神话、传说、民间故事和英雄史诗中普遍存在的国际性题材。古希腊神话英雄赫拉克勒斯的 12 件大功中就有杀死勒尔涅沼泽为害人畜的九头水蛇和将冥府的三头狗克尔柏罗斯带到人间，后又送回冥府的故事情节。印度史诗《罗摩衍那》里有 10 首罗刹王罗波那。在我国南方的傣族史诗《兰嘎西贺》中出现 12 头魔王。在我国北方的阿尔泰语系民族叙事文学中有一种多头恶魔，其名称、外貌、吃人、神力和灵魂等方面都与前述的恶魔形象有一定的相似性。例如，它的名称古蒙古语叫做"蟒古思"（Manggus），现代口语说"蟒嘎思"（Mangas）。对于这一名词的来源和含义，学术界有各种不同的解释。有的学者认为，这个词来自印度梵文或佛教词汇；也有人说，这是中期突厥语（包括中期维吾尔语）借词。确实，在维吾尔和新疆其他一些民族语言中，迄今还有"蟒古兹"（Mangguz）或"杰勒玛乌兹"（Jelmauz 或 Jelmoguz）这个恶魔名称。同时，其他北方民族也都有相近的叫法。例如，蒙古语布里亚特方言叫做"蟒嘎德海"（Manggadhai），除辅音交替（s 与 d）外，词根与其他地区蒙古人的叫法相同。达斡尔语叫做"蟒盖"（Manggai），鄂温克语、鄂伦春语和赫哲语都叫"蟒猊"（Mangni），有时也叫"蟒盖"，在撒拉族英雄故事中叫做"莽（蟒）斯"。它们的词根"Mang"都相同。"Mang"这个词根在阿尔泰语系各民族语言中普遍存在着，是借词还是共同词汇有待进一步研究。

　　我们将这种多头人身的恶魔通称为蟒古思。蟒古思的头数在不同民族的不同作品中各不相同。在突厥史诗中常见七头女妖杰勒玛乌兹。蒙古史诗中常见的是 12 头、15 头、25 头、35 头或 95 头蟒古思，在达斡尔族故事里经常出现七头蟒盖，维吾尔族《轻·铁木尔英雄》中有七头妖怪，柯尔克孜族《骑着飞马的阿斯力别克》中的魔鬼有七头，撒拉族故事中有九头莽斯罕尔，等等。尽管它们的头数不等，但在各个民族中都被描绘成多头的。蟒古思的头数开始可能有一定的象征意义，后来人们以为头越多势力越大，在布里亚特史诗中甚至出现了 200 头的蟒嘎德海和 300 头的蟒嘎德海。多头的蟒古思是古人通过想象塑造的神话形象。但在这一神话形象中也有现实生活的影子。

关于蟒古思具有多头的来源，有人说，古代北方民族有的首领戴的战盔上插有象征他们势力的标志，插的东西越多就表明他们的势力越大。这同蟒古思的脑袋越多，它的力量越大相符。瓦·海希西认为，考古发掘证明了古代阿尔泰人崇拜权角面具的现象，这个权角肯定是鹿角。公元 3—6 世纪的鲜卑人曾用过带角的马头面具和牛头面具，近年来在乌兰察布盟出土的文物证明了这种面具。这种面具在其他地区也曾发现过。考古证明了阿尔泰一带的人约在公元初几世纪曾用过类似的面具。蒙古史诗保留了这种带有人形或兽形战盔存在的历史真实因素。①

史诗中的蟒古思，是从神话、传说中借用来的反面人物形象。起初可能产生了使人恐惧的庞然大物蟒古思的神话，它身上长着许多脑袋，吃人肉，甚至一口气活吞成群结队的人和动物。后来产生了人们通过自己的力量和智慧逃脱蟒古思的危害和战胜巨人蟒古思的传说。除口头文学外，在 1240 年成书的历史文学文献《蒙古秘史》中也有几次提到"吃人的蟒古思"和"活吞人的蟒古思"。这种蟒古思是非人格化的自然界的凶禽猛兽的化身。除多头蟒古思外，还有一种吃人肉的妖婆叫做毛兀思婆（Muus hogshin）。卡尔梅克和卫拉特人有时把蟒古思叫做"毛兀思"。这种毛兀思（Muus）与突厥语的玛乌兹（Mauz，maguz）可能有同一个来源。在内蒙古人中"毛兀思"是一种妖婆，说她是蟒古思的老婆，她的外形使人厌恶。这种妖婆常常把左边的乳房驮在右肩上，把右边的乳房驮在左肩上行走。老妖婆有时装作"坐下去后起不来，起来后不能坐下去"，因而使小孩子上当被她捉住。

在现实生活中，从来没有像蟒古思那样在人身上长着许多脑袋的人或动物。蟒古思是原始人通过想象力塑造的超自然的艺术形象，但在这种想象中也有现实的影子。如关于蟒古思吃人肉、活吞人也有生活来源。在人类历史上，约从蒙昧期中级阶段起，由于人数众多，食物匮乏，曾发生过人吃人的现象。到野蛮期中级阶段，随着社会生产力的发展，食人现象逐

---

① ［德］瓦·海希西：《蒙古英雄史诗中的历史真实因素》，见《内蒙古大学学报》1988 年第 1 期，蒙古文。

渐消失，但作为一种宗教习俗后来在一个相当长的时期继续存在过，尤其是人祭现象在不少民族中保留到中世纪。

此外，史诗中的蟒古思还有几个灵魂。阿尔泰语系民族英雄史诗和英雄故事最初产生于这些民族信仰萨满教时期，他们按着萨满教灵魂观念塑造了蟒古思的形象。不少北方民族都认为人有三种灵魂。蒙古学者达赖指出，蒙古萨满教观念中人有以下三个灵魂（苏尼斯）：一是生存的灵魂，人死它不死，照样和人们一起生存，帮助子孙后代。二是临时性灵魂，它可以附身，也可以暂时离开人体。在睡眠中它离开躯体去各处进行活动，返回来附体时人便睡醒。三是投胎转生的灵魂。[①] 学者秋浦指出，赫哲族和鄂温克族也有类似观念。[②] 恶魔的灵魂是在这种观念支配下出现的。蟒古思有附体的或脱身而独存的几个灵魂，不先打死这些灵魂就不能消灭其躯体。北方民族叙事文学作品中出现的蟒古思都有各种形象化的灵魂，其中有附身的、脱身的、化为各种凶猛动物的、化作岩石的或铁锅的，有时灵魂藏在蟒古思的大拇指里或者肚脐里，有的却放在多层金属盒里。例如，在蒙古族英雄史诗《阿拉坦嘎鲁》中有个阿拉其哈尔蟒古思，就有脱身而独存的五个灵魂，即藏在东西南北四大山林中的老虎大的毒蜂、粪筐大的蜘蛛、白胸的黑狗、短尾的公牛以及致命灵魂是一口"当当"作响的青铁锅。有时恶魔的灵魂放在非常严密的地方，处在层层保卫之中。在维吾尔族英雄故事《英雄艾里·库尔班》里有个魔王，既长着许多脑袋，又有灵魂。英雄库尔班用宝剑砍魔王的脑袋，一连砍下五六个脑袋，可是砍下一个又长出一个，魔王始终没有死。后来他在魔王女儿的帮助下发现了魔王的灵魂所在的地方。这就是在飞禽猛兽守护的三道门内放着一个箱子，箱子里有一条金鱼，金鱼肚子里有蛋，蛋里有小盒，小金属盒里放着魔王的灵魂。著名学者弗雷泽指出："许多民族的民间故事里都有这样一种思想，以为灵魂可以在或长或短的时间内寄存于体外某一安全的地方，至少可以藏在头发中。"他又说："从人体移到动物体内的灵魂，都是由男女巫师运用特殊法力进行的。譬如，西伯利亚的雅库特人相信每个巫师或男巫都把自己的灵魂或自己几个灵魂中的一个附在一个动物身上，并把这个动物小心地隐

① ［蒙］达赖：《蒙古萨满教简史》，蒙古国文，科学出版社1959年版，第13页。
② 秋浦主编：《萨满教研究》，上海人民出版社1985年版，第46页。

藏着，不给世人知道。"①

从一些英雄故事来看，不仅人有灵魂，蟒古思有灵魂，而且一切动物都有灵魂。如鄂伦春族《吴达内的故事》中说，蟒猊抢走了所有野兽的灵魂，猎人得不到猎物，英雄经过艰难曲折的斗争，打败老蟒猊而夺回野兽的灵魂。上述情况，完全证明阿尔泰语系民族英雄史诗、英雄传说和故事是在萨满教"万物有灵"论观念下产生的。

总之，蟒古思是一种象征性形象，它经过了几个发展阶段，在不同时期有过不同的含义。起初在传说里它是危害人类的凶猛动物的化身，后来在史诗中它有了双重性，既是自然界猛兽的化身，又是氏族社会里敌对氏族的象征。随着生产力的发展和私有制的产生，它成为掠夺者和奴役者的象征。在晚期史诗《江格尔》和《格斯尔》里，蟒古思变成了封建领主和异族掠夺者等反面人物的象征，甚至连反面人物也称正面人物为蟒古思。

## 第三节　勇士与恶魔斗争型史诗的思想内容

在我国的蒙古、维吾尔、哈萨克、柯尔克孜等民族的英雄史诗中，普遍存在着勇士与多头恶魔斗争的情节。蒙古史诗的蟒古思形象尤为丰富。在他们的早期史诗、中世纪史诗和长篇史诗《江格尔》和《格斯尔》里出现多种不同性质的蟒古思。其中，早期单篇型史诗较好地保留着原始勇士与恶魔斗争型史诗的内容和情节。这些史诗中的蟒古思形象具有双重性，一方面它保留着恶魔特征，另一方面，它已经具备了现实社会中的人的性格。也就是说，蟒古思作为传统的艺术形象，仍然有多头和多种灵魂，此外，它还有了人一样的语言、思维、生活和斗争方式。后来的史诗中蟒古思被现实生活中的掠夺者形象取代了。早期勇士与蟒古思斗争型史诗反映了原始氏族社会的人与自然界的斗争和氏族斗争。诸如：巴尔虎—喀尔喀体系的"阿贵乌兰汗型史诗"、"阿布拉尔图汗型史诗"、"陶干希尔门汗型史诗"和"古纳罕乌兰巴托尔型史诗"，都属于这种内容的史诗。

《阿贵乌兰汗》、《阿贵乌兰汗的儿子阿拉坦嘎鲁》、《阿拉坦嘎鲁诺谚》、《阿格乌兰汗的儿子阿拉坦嘎鲁巴》和《阿古兰汗》等名称的英雄史

---

① ［英］詹・乔・弗雷泽：《金枝》，中国民间文艺出版社1987年版，第959—966页。

诗，在我国呼伦贝尔盟巴尔虎地区以及在蒙古国喀尔喀地区广为流传。1962 年 6—8 月仁钦道尔吉和祁连休到巴尔虎地区考察时，记录了许多史诗；另外，道荣尕等也记录了一些史诗。采录自巴尔虎地区的文本有六种。据蒙古国学者娜仁托娅介绍，关于阿贵乌兰汗或阿拉坦嘎鲁诺颜的英雄史诗，在蒙古国的东戈壁、中戈壁、南戈壁、戈壁阿尔泰、巴颜洪郭尔、肯特、前杭爱、布尔干、库苏古勒和苏赫巴托等省广泛流传，已记录的异文有 30 多种，其中 28 种异文都描绘了勇士的一次征战，它们的内容与巴尔虎史诗相似。

在这些异文中，1962 年 7 月 30 日内蒙古呼盟新巴尔虎右旗罕达老太太（女，演唱时 68 岁，牧民）演唱、仁钦道尔吉和祁连休记录的史诗《阿贵乌兰汗》的内容较完整，长达近 700 诗行。这部史诗和其他巴尔虎史诗一样，一开始运用了程式化的描写，交代了古老时代、勇士及其妻子、宫帐、属民百姓和牲畜及战马。其主要故事情节是：从前，有个占据西南方的可汗叫做阿贵乌兰汗，他有美丽的妻子乌孙宝力尔和儿子阿拉坦嘎鲁。夜间乌孙宝力尔梦见蟒古思来犯，清晨将梦境告诉阿贵乌兰汗，可汗不相信女人的梦，生气给了妻子一个耳光。（在其他异文中，乌孙宝力尔是阿贵乌兰汗的儿子阿拉坦嘎鲁的妻子。梦见蟒古思来犯的是阿贵乌兰汗自己。）可是，第二天夜里可汗做了同样的梦，天亮后可汗急忙爬上高高的梯子，果然看到了敌人来犯。他立即命儿子阿拉坦嘎鲁前去迎敌，阿拉坦嘎鲁非常高兴。接着出现了一些程式化的描写：勇士唤马、抓马、考查马的奔跑本领、吊马、勇士设宴、酣睡、穿戴盔甲、携带弓箭、宝刀等。阿拉坦嘎鲁召唤战马，三次摇晃马鞍和马嚼，大红马先来，但勇士对它奔跑的本领不满意，选了孔雀枣骝马。他把马拴在马桩上，不让它吃草喝水，使它变得筋肉结实。阿拉坦嘎鲁酣睡一年、两年，起来后见到战马很健壮，遂给它戴上贵重的马笼头，鞴鞍，自己全副武装。他还在出发前供佛、点佛灯、烧香、磕头，一跃跳上战马向东北方出征。家人祝福他。勇士走了很远，碰见 15 头的安达来沙尔蟒古思。对于这个蟒古思，史诗里面有如下描绘：

> 它有四只弯曲的腿，
> 它有扁扁的黄铜嘴，
> 它有镐头似的长鼻子，
> 它有深深的三角眼睛，

它骑着黄花骡，

骡背上没有鞍子，

一袋袋人肉干，

驮在骡背上，

一条条红花蛇，

缠在它脖子上，

它手拿的红棍子，

粘满了千万人的鲜血。

勇士与蟒古思互通姓名和出征目的，约定交手。勇士同意让蟒古思先动手，他挺胸站立在高地上，蟒古思口念咒语向勇士抛去火红的铁棍，但没有打中勇士。接着勇士也念着咒语向蟒古思射箭，射穿了敌人的胸膛，箭带着它的心肺出来。但蟒古思没有死，它用绸缎和毡垫子堵住了胸口，接着与勇士扭打。经过长时间搏斗，勇士终于把敌人摔进地里。蟒古思向勇士求饶，勇士毫不留情地将它剁成肉条和肉末，可是那些肉条和肉末变成了长虫和蚊子。勇士又到蟒古思的老窝打死了它的父母、喇嘛和大肚子妻子。从蟒古思妻子的肚子里跳出未满 10 个月的小妖，勇士经艰难斗争杀死了它。小妖临死前说了三句话：一是遗憾在母亲肚子里未满 10 个月，二是遗憾没有吃上母亲的奶，三是遗憾没有见到父亲的脸。最后，勇士灭绝了蟒古思的家族，返回家乡，欢庆胜利。

数百年间，在这部以口头传承下来的单篇型迎敌作战式史诗里存在着古今不同时代的成分，尤其是有近代风俗、生活和佛教的影响，但它仍然较好地保留着早期勇士与恶魔斗争型史诗的基本情节和主要正反面人物形象。它通过多头恶魔企图抢劫勇士的妻子而发动进攻，勇士迎战消灭恶魔及其家族的战斗，形象地反映了古代社会的氏族复仇战争。本来氏族战争是无法分为正义战与非正义战的，但是口头流传下来的蒙古史诗里都谴责恶魔，说斗争是由蟒古思挑衅的，其目的是抢劫或诱拐勇士的妻子。看来早期史诗的战争都是抢婚所引起的前阶级时期的斗争。在《阿贵乌兰汗》型史诗和《阿布拉尔图博克多汗》型史诗里蟒古思抢劫的目的没有得逞，勇士得知消息，于半路上迎敌消灭了恶魔。可是，在失而复得式史诗《陶干希尔门汗》、《古纳罕乌兰巴托尔》和《嘎拉蒙杜尔汗》里蟒古思则偷走了勇士的妻子。

1962 年 8 月 4 日，仁钦道尔吉与祁连休记录了新巴尔虎右旗达来公社牧民罕达演唱的史诗《陶干希尔门汗》①，共约 400 诗行，内容简单：

从前，在阿尔泰山和杭爱山以东，生活着一位可汗，名叫陶干希尔门汗，夫人阿拉坦舒胡尔是一位 18 岁的光鲜的美女。在东北方的雪山上住着一个 15 个脑袋的蟒古思，名叫安达来沙尔。有一天它从雪山上用望远镜看到了美丽的阿拉坦舒胡尔夫人，便派手下的一个蟒古思夜间偷走了这位美女。天亮后，陶干希尔门汗发现夫人失踪，忙去请北方的活佛喇嘛占卜。喇嘛告诉他，夫人被 15 头的安达来沙尔蟒古思抢走了，赶快去救回。可汗依靠宝驹的力量越过无法跨越的陡山和毒海，在雪山上碰见一个蟒古思，便向它打听安达来沙尔的住处，并将它砍死。可汗到达安达来沙尔家，见到了阿拉坦舒胡尔夫人，夫人没有背叛丈夫，她帮助丈夫，并告诉他蟒古思的去处。陶干希尔门汗上山碰见了安达来沙尔，互通姓名后，经过一场惊天动地的战斗，最终消灭了蟒古思，夫妻二人返回家乡过着幸福的生活。

在史诗《陶干希尔门汗》中尽管有一些晚期因素（如望远镜和请喇嘛占卜），但其主干却仍然保留着早期史诗的大致面貌，反映了早期失而复得式史诗的基本内容和形式。

此外，在 1956 年出版的甘珠尔扎布记录整理的史诗《三岁的古纳罕乌兰巴托尔》② 和 1936 年在丹麦学者格廖恩贝克的委托下，内蒙古察哈尔人拉哈巴苏荣和贡乔克记录的史诗《嘎拉蒙杜尔汗》③ 等失而复得式史诗里，都有蟒古思抢走勇士的妻子而失败的故事。前一部史诗说：

在一个阴暗的山里住着吃人的 12 头的阿尔扎嘎尔哈尔蟒古思，它早已企图侵犯古纳罕乌兰的家乡，霸占其美丽的夫人。有一天乌鸦传来勇士离家出猎的信息。蟒古思非常高兴，趁机出击，在旋风中捉来勇士的妻子。蟒古思向她求爱未成，以金银财宝引诱也被拒绝，最后竟以刀威胁。勇士回家后得知妻子被劫的消息，立即带着弓箭和宝刀追击敌人。正当蟒古思威胁夫人的时候，勇士已到门前叫它出来较量。蟒古思跳出与勇士搏斗，当其失去力量企图逃跑时，勇士砍掉它的 12 个脑袋，将尸体剁碎焚烧。最后勇士带着妻子凯旋，过着幸福生活。

---

① 仁钦道尔吉、道尼日布扎木苏搜集整理：《那仁汗传》，蒙古文，民族出版社 1981 年版，第 1—13 页。

② 甘珠尔扎布编：《英雄古那汗》，内蒙古人民出版社 1956 年。

③ ［德］瓦·海希西主编：《中央亚细亚研究》，第 11 卷，1977 年。

史诗《嘎拉蒙杜尔汗》开头交代了勇士嘎拉蒙杜尔汗及其妻子、坐骑、猎狗和猎鹰。敌人是占据北方的 12 头的阿尔扎盖哈尔蟒古思。它携带弓箭，骑着黄花骡子，走向勇士家乡，趁机抢走了勇士的妻子、猎鹰和猎狗。蟒古思把勇士的妻子盖林达丽带回家，向她求爱时，她用妙计拖延时间，并要求蟒古思把秘密告诉她，否则不嫁。这样她看到蟒古思的三个灵魂（黄花骡、蜘蛛和卜卦的线），还拿到灵魂存放处的钥匙。夜里，她写信并让猎鹰捎给嘎拉蒙杜尔汗，告知实情并约勇士第二天夜里去杀死黄花骡和蟒古思，而她则将烧掉卜卦的线并打死蜘蛛。当夫人消灭蟒古思的两个灵魂后，蟒古思感到不适，但它还是骑骡去看牲口。夜里勇士去见妻子，按她的吩咐躲起来。等蟒古思进屋后，他杀死骡子并射伤蟒古思。蟒古思与他搏斗，正当难解难分时，夫人砍掉蟒古思的 12 个脑袋，结果了它的性命。夫妻二人带着战利品回到家乡，过着幸福生活。

这种史诗反映了古代社会的氏族血缘复仇现象。一方面，在氏族社会中盛行血缘复仇制，蟒古思抢劫了勇士的妻子，勇士应当杀死它。另一方面，又怕敌对氏族为被杀死的蟒古思报仇，出现了勇士到蟒古思占据区消灭其家族的情节。氏族战争的一种主要原因是原始氏族复仇制度所决定的。在原始社会，蒙古和其他北方民族中普遍存在过氏族复仇制度，蒙古语叫做"斡思"（OS），图瓦语叫做"斡什"（OSH），指亲人、子孙和氏族民为牺牲者或被伤害者报血仇。在《蒙古秘史》（1240）中有不少典型的氏族复仇实例。孛儿只斤氏族与塔塔儿部落历来有血仇，俺巴孩合罕被塔塔儿人捉走后，他派人回去告诉儿子合答安太子和合不勒汗的儿子忽图剌说："……就是十个指甲磨尽了，十个指头坏完了，也要给我报仇！"后来他的几代后人作战都没有战胜塔塔儿人，到了成吉思汗时代才消灭了这个塔塔儿氏族，为祖先报血仇，把塔塔儿人中"像车轴高的人"都处死，其余的妇女和儿童分给各家做了守门的奴隶。符拉基米尔佐夫说："像在其他民族那里一样，我们在古代蒙古人当中也发现有氏族复仇制度，而且这个制度已处于衰落的阶段。不过，可以看到，当时蒙古人把复仇当作一种世代相传的义务，复仇所针对的不一定是当事者，但只限于他的亲属或子孙。"①在蒙古英雄史诗中，消灭侵犯的蟒古思及其家族的描绘类似于上述氏族复仇现象，这类情节是在现实社会斗争的基础上产生的。

---

① ［苏］鲍·雅·符拉基米尔佐夫：《蒙古社会制度史》，刘荣焌译，第 74 页。

　　早期史诗通过勇士与蟒古思的斗争，反映了氏族复仇战争，这种氏族复仇型史诗的产生早于私有制和阶级的出现。后来随着社会生产力的发展，出现了氏族所有制和私有制，同时，产生了争夺财产的现象。这样就在征战型史诗里增加了描写争夺财产的新内容，也就是逐步形成了财产争夺型史诗。如果说在前一种史诗里蟒古思作为氏族代表出现的话，在后一种史诗里它则具备了一些奴隶主的特征，他们掠夺牲畜和其他财产，并抓去勇士的父母和百姓做奴隶。在巴尔虎、布里亚特、乌拉特、青海的和硕特和新疆的卫拉特等各部族史诗中，都有蟒古思乘英雄不在家之机侵犯，破坏英雄的家乡和宫帐，抢走牛羊马骆驼群，活捉英雄的父母和百姓做奴隶的情节。在这些史诗中，最终以英雄消灭蟒古思，夺回失去的一切，返回家乡重建家园而告终。波佩在《喀尔喀蒙古英雄史诗》中说：在英雄史诗中勇士与蟒古思争夺女人的斗争具有原始社会的氏族战争性质。后来史诗里的勇士和敌人（蟒古思）有了封建统治者特征，敌人不仅抢劫对方的妻子，而且还掠夺牲畜和属民百姓，这样他们的斗争就具备了封建战争性质。

## 第四节　人物形象的艺术成就

　　早期勇士与恶魔斗争型史诗的人物很少，除了反面人物蟒古思外，主人公是一位青少年勇士，还有他的妻子。在前几章里，笔者较系统地分析了整个早期史诗勇士形象的特征和文化内涵。在这里主要是论述早期史诗在塑造人物形象，尤其是塑造勇士形象方面的艺术成就。早期史诗的勇士是以神话、萨满教观念塑造的艺术形象，是神性与人性、理想与现实相结合而产生的形象。古人将氏族社会广大民众群体的力量和智慧赋予了这种个人，通过他体现了民众的思想愿望和理想，歌颂了人们战胜自然界和社会敌对势力的英勇顽强的斗争精神和英雄行为。

　　史诗运用浪漫主义方法、优美动听的语言、富有韵律节奏的诗歌，并通过丰富多彩的表现手法，相当鲜活地刻画出英雄人物形象。早期史诗的勇士具有传奇色彩，史诗描述他们一生下来就具有了战胜恶魔的资质：

　　　　他身着铁盔甲诞生，
　　　　生来就祸害于敌了，

他身着钢盔甲出生，
出世就灾祸于恶魔。

他在出生的时候，
手持钢铁宝剑，
他在诞生的时候，
手握敌人的心脏。①

由此可知，勇士卓然不群，是天神派他降生到人间为民除害的。尽管这样，在勇士身上人的特征仍然占优势，史诗通过他们的行动和语言，反映了勇士大无畏的勇气、超人的力量和顽强的意志，并在一定程度上反映了他们的智慧。当勇士听到凶恶的蟒古思来犯的信息时毫不畏惧，反而乐观地说道：

要是来了劲大的敌人，
正好驱散我双手的寒痹！
要是来了力大的敌人，
正好消除我双脚的酸痛！
讲完话，拍了拍两腿，
哈哈大笑。

勇士追赶到蟒古思占据区时，蟒古思不在家，却见到自己被劫去的妻子。妻子表示对丈夫的忠贞和爱情，并告知蟒古思力大无比，劝丈夫不要为她牺牲自己，请他返回。这时勇士表明决心说：

作为一个男人出生，
一定要达到目的，
作为一匹骏马生下，
一定要跑到终点。
说罢，快马加鞭，

———————————

① 以下所引用的几段诗均出自仁钦道尔吉、祁连休译文，见《民间文学资料》第一集。

上雪山寻恶魔进行较量。

史诗运用萨满教诅咒诗的形式，一方面歌颂了勇士的勇气、力量和箭法，另一方面，反映了人们对恶魔的刻骨仇恨，描述勇士向恶魔发射的箭时说道："勇士父亲时代起用的，那支白色宝箭，离弦时化为火红，半途中化为炽焰，刚到时化为烈火，飞到后化为雷电，射穿了它的脊梁，打断了它的骨髓，射破了它的胸椎，切碎了它的板油，打碎了它的股骨，切断了它的筋骨。"这是蒙古史诗中形容勇士箭法的一种程式，有着古老的艺术传统。

蒙古史诗描绘勇士与恶魔搏斗时，通过天马行空般的浪漫主义程式化诗歌，表现长期反复进行的艰苦战斗场面：

> 勇士与蟒古思，
> 搏斗了几天几夜，
> 扭到天空中去，
> 较量了星星那样多次，
> 扭到了地底下去，
> 较量了草根那样多次，
> 扭到山上去，
> 较量了石头般多次，
> 扭到海里去，
> 较量了鱼儿那样多次。

这是一代代传下来的富有想象力的优美动听的诗歌，它作为经典出现在许多史诗里，成为一种程式。有些史诗运用这种程式诗歌，反映小勇士与他坐骑的搏斗，以说明勇士及其战马的非凡本领。

除了这种浪漫主义的手法外，史诗里还用写实的方法显示勇士的勇气和力量，如：

> 阿布拉尔图汗本人，
> 愤怒万分，
> 愈战愈增长力气，

安达来沙尔蟒古思，
筋疲力尽，
嘴里吐出血块，
勇士将蟒古思，
举起来不停地挥动，
使它微缩成大拇指大，
抱起来不停地转动，
使它变成了顶针般大，
压倒在膝盖骨底下，
听取了它的求饶声。

蟒古思是力大无比的庞然大物，勇士把它抱起来转动，使它变成一种细小的东西，通过这种描写反映了勇士的英武非凡。

史诗是叙事诗，但在叙事中还插入了不少抒情诗，以抒情方式歌颂勇士的英雄事迹。如在《关于康乐之子坎吐拉勒的传说》中，以抒情方式赞美勇士：

坎吐拉勒英雄，
人迹稀疏的戈壁沼泽，
留下你百折不挠的身影。
那冥顽不化的劲敌，
你曾同他们浴血抗争。
你不畏横飞的大棒，
你不惧刀光剑影，
你不畏乱箭穿梭，
你不怕强敌重重。
这一切何所惧，
你是生就的虎胆英雄。①

早期史诗运用了多种精湛的艺术手法，形象地描写了背景和人物形象。

---

① 胡南译：《库尔阔特与乌古斯可汗的传说》。

诸如：通过勇士的坐骑、铠甲、弓箭、宝刀等表现勇士的威力；把恶魔形容得不可一世，以勇士战胜那样强有力的敌人，突出勇士的力量；制造环境气氛，通过别人的话，刻画英雄性格，等等。当然，史诗惯常运用的仍然是浪漫主义的艺术夸张和优美动听的比喻。

在早期史诗里，有勇士的未婚妻和妻子，随着社会的发展和婚姻家庭斗争的复杂化，这两类人物形象也处于不断的发展与变异之中。在早期史诗里，未婚妻和妻子是先知，她们是女萨满式的神性与人性相结合的人物。未婚妻和妻子都是美丽、善良、忠实于勇士的；当勇士在远征途中迷失方向或者遇难的时候，有特殊本领的未婚妻想方设法使勇士摆脱困境或者使他起死回生；当勇士化身为秃头乞儿骑着两岁劣马到岳父家求婚的时候，人们都歧视他，唯独未婚妻同情和协助他。她想种种办法，不让父亲欺负他，并说服父亲让这个秃头乞儿参加争夺未婚妻的赛马、射箭和摔跤比赛；在赛马比赛中，未婚妻派她手下儿童替勇士骑那匹两岁劣马，为勇士赢得胜利；岳父派勇士与凶禽猛兽和妖魔鬼怪搏斗的时候，未婚妻出谋划策，告诉勇士战胜对手的办法；婚礼结束后，岳父阻挡女婿携妻返乡，又是妻子坚决支持勇士，终于逃脱其父的阻挠，夫妻二人返回家乡；在勇士的家乡遭到破坏，其父母被蟒古思抓去的紧急关头，刚刚跟着丈夫归来的妻子或者跟丈夫一起去与敌搏斗，或者勇士跟踪追击敌人，妻子留下来重建家园。早期史诗中的未婚妻不是被动的被人争夺的对象，而是积极主动地参加斗争，帮助勇士战胜对手而达到目的的巾帼英雄。

早期史诗中的勇士妻子，大多首先发现蟒古思进攻的凶兆，并及时告诉勇士；尽管丈夫不听她的话，她受到蔑视甚至挨打，但她始终忠于丈夫，敢于同敌人进行斗争。在丈夫外出，敌人来犯，她和家人被俘之前，她机灵地给丈夫留下信，并在火堆下藏好羊肉和奶茶，以便丈夫回来休息时能增强体力，去追击敌人。她被俘后决不屈服，机智地与蟒古思进行各种形式的斗争，时刻探听敌情，琢磨战胜蟒古思的办法，等着丈夫来报仇。当勇士化身为秃头儿来找蟒古思的时候，她暗地里透露消灭敌人的办法。最终夫妻二人战胜敌人，救出父母，夺回失去的一切，胜利返回，重建家园。

史诗里常用阳光和火红色形容女人的美丽和善良，这些描绘无不反映出古人的审美观念和对美的追求。在史诗《阿布拉尔图博克多汗》里，对勇士妻子有如下描写：

　　她有海螺般洁白的牙齿，

　　她有圆圆的黑眼睛，

　　她有闪闪发光的红脸蛋，

　　她的光辉能透过蒙古包，

　　她有鲜花般的红脸蛋，

　　她的光辉能透过围墙，

　　借着她身前闪射的光华，

　　夜里也能挑针绣花，

　　借着她身后闪射的光华，

　　晚间也能放牧牛马。

　　早期史诗勇士的妻子，非常善良，而且始终忠于丈夫，坚决反对第三者插足。在许多史诗中，出现乘勇士远征长期不归或遇难之机，第三者插足的现象，但那些忠贞不移的女子永远不变心，有力地抵制引诱她的第三者，等待丈夫回来团聚。譬如在古老的巴什基里亚故事《阿尔帕米沙和巴尔森黑卢》中，勇士阿尔帕米沙远征途中因酣睡不醒被敌人关押在深洞很久，他家的牧马人考尔塔巴妄图乘机霸占他的妻子美女巴尔森。阿尔帕米沙在敌方可汗女儿的帮助下脱险归来，他得到牧羊人和妻子的支持，将考尔塔巴拴在44匹马尾上拖死。在和这篇故事有联系的西伯利亚阿尔泰人的史诗《阿勒普玛纳什》中，阿勒普去征服阿克汗时，在途中同样酣睡不醒，因而被关在深洞无法出来。家人请阿克阔别恩前去营救，可是这个坏人竟用大石头堵住洞口，带着一个死人骨骼回去说阿勒普玛纳什已经死去，并威胁其父母，要娶库木洁克阿菇为妻。勇士在坐骑的帮助下出洞并恢复了健康，战胜了残暴的阿克汗，并化身为秃头儿回家试探妻子。他终于在老船夫、通信官和妻子的协助下射死了阿克阔别恩。而在哈萨克的《阿尔帕米斯》中，阿尔帕米斯的妻子古丽拜尔森忠贞不移，她同丈夫、儿子一起杀死了第三者乌尔坦。而在居素变·玛玛依演唱的《艾尔托什吐克》里，勇士的妻子坎洁凯非常聪明能干。她设法探听到妄想霸占她的巨人巧云阿勒普的致命之处，让丈夫去先消灭化作七只麻雀藏在野羊肚子里的巨人的灵魂，最终夫妻二人烧死了这个凶恶的巨人。同样，在1938年记录的察哈尔史诗《嘎拉蒙杜尔汗》中，被蟒古思抢走的盖林达丽，用妙计拖延与蟒古思结婚的时间，并让蟒古思说出了自己三个灵魂的秘密，最终她和丈夫一起消灭了敌人。

# 第五节　史诗的情节结构模式

勇士与恶魔斗争型史诗的情节结构简单，篇幅短小，一般都长达 500 诗行左右。它只有一个征战史诗母题系列，那种母题系列由 30 个左右母题和事项组成，它们有较固定的排列顺序。这种史诗有两种类型，一是迎敌作战式史诗，如阿贵乌兰汗型史诗和阿布拉尔图博克多汗型史诗。另一是失而复得式史诗，这种史诗有《陶干希尔门汗》和《古纳罕乌兰巴托尔》。阿贵乌兰汗型史诗的母题系列如下：

1. 古老时代
2. 勇士及其妻子和父亲
3. 地点、宫帐
4. 坐骑
5. 父做恶梦
6. 望见蟒古思来犯
7. 父召见勇士迎战
8. 勇士唤战马
9. 抓马
10. 吊马
11. 出征宴
12. 勇士酣睡
13. 战马鞴鞍
14. 穿战袍战靴
15. 携带弓箭宝刀
16. 出征
17. 途中之遇
18. 遇见蟒古思
19. 互通姓名和目的
20. 约定较量

21. 敌人没有打中

22. 勇士射中，敌人未死

23. 肉搏

24. 蟒古思战败求饶

25. 杀死蟒古思

26. 消灭蟒古思的父母和妻子

27. 小妖破腹而出进攻

28. 灭绝小妖

29. 凯旋

30. 庆祝胜利

　　阿贵乌兰汗型史诗的情节框架是由上述母题系列组成的。其他迎战式史诗的母题系列也基本上与此相似，当然会出现母题的繁简不同以及增减几个母题的现象，但其中的绝大多数母题是共有的，而且它们的排列顺序是固定的。

　　失而复得式史诗的母题系列与它有一定的区别，但其中还有许多共同的母题。《陶干希尔门汗》的情节框架由以下母题系列构成：

1. 古老时代

2. 地点

3. 宫帐

4. 勇士及其美丽妻子

5. 蟒古思得到她的信息

6. 恶魔派人偷勇士之妻

7. 恶魔求爱

8. 勇士发现妻子失踪

9. 请卜者占卜

10. 卜者告知事情真相

11. 勇士唤战马

12. 战马鞴鞍

13. 勇士穿战袍战靴

14. 携带武器

15. 出征

16. 勇士休息吸烟观察

17. 途中遇到悬崖和大河

18. 以战马本领战胜自然力

19. 碰见一恶魔并杀死

20. 乘蟒古思上山之机见到妻子

21. 妻子劝丈夫不要为她牺牲

22. 勇士上山追恶魔

23. 找到蟒古思

24. 恶魔先射箭未成

25. 勇士射掉其多头

26. 蟒古思求饶

27. 消灭恶魔

28. 夫妻回家过幸福生活


　　迎战式史诗与失而复得式史诗在情节方面的主要区别在于前者中蟒古思抢劫勇士的妻子未成，后者却乘机抓走了勇士妻子，因而有一批相关的母题不同，其他方面则大同小异。

　　以上分析了勇士与恶魔斗争型史诗的情节框架，其框架由一个较固定的史诗母题系列组成，即迎战式史诗母题系列或失而复得式史诗母题系列所构成，故称它为单篇型（单一情节结构）史诗。单篇型史诗形式是蒙古—突厥史诗最初的、最简单的，也是最基本的情节形式。整个蒙古—突厥英雄史诗都是以早期单篇型史诗的情节框架为基础，以它为核心、以它为模式、以它为单元不断地向前发展的。这也就是说，勇士与恶魔斗争型史诗的情节框架是各类征战型史诗继续产生和发展的基础。同样，勇士求婚远征型史诗的情节框架也是各种婚事型史诗产生和发展的基础。以下我们将在这种前提下研究蒙古—突厥各类史诗的情节结构框架。

# 第五章

# 勇士与独眼巨人、地下恶魔斗争型英雄史诗

## 第一节　口头创作中的独眼巨人

关于独眼巨人的神话、传说和史诗在我国许多民族中流布，在北方阿尔泰语系人民中尤为常见。在希腊神话和史诗里也出现过同样的形象。著名学者尼·波佩指出：蒙古、突厥，包括哈萨克、吉尔吉斯和阿尔泰的史诗具有一些共同的成分，甚至在古希腊史诗中也常常能找到类似于它们的成分。例如，我曾经指出，《奥德赛》里的独眼巨人的情节在一些布里亚特史诗中也可以见到，独眼巨人母题也在突厥不同的史诗中出现。① 中外文献中有不少关于独眼巨人、三眼人、独眼人和巨人的记载，甚至在公元前 7 世纪希腊器皿上出现了独眼巨人画，并且，在叶尼赛河流域也发现了独眼巨人的岩画。可以说，独眼巨人传说已成为欧亚大陆共同性传说之一，其中也许斯基台人起到了媒介作用。

在希腊神话中库克洛普斯（独眼巨人）是女神乌拉尼（Urania）的儿子，他们弟兄三个都是力大无比的野蛮人。他们的名字同雷、电和灾祸联系在一起，是自然力的化身，属于远古时代的神，宙斯把他们从冥府里解放出来，并在与泰坦的斗争中利用了他们的力量、威力和技能，他们为宙斯制造了强有力的武器。② 可是，《奥德赛》里的独眼巨人是吃人的恶魔。"他们没有议事的集会，也没有法律，他们居住在挺拔险峻的山峰之巅，或

---

① ［德］瓦·海希西主编：《亚细亚研究》，第 68 卷，威斯巴登，1979 年，第 28—29 页。引自祁志琴译文，见内部资料《民族文学译丛》，史诗专辑（一），1983 年，第 376—377 页。

② 《世界各民族神话》，俄文，苏维埃百科全书出版社 1980 年版，第 648—649 页。

者阴森幽暗的山洞。"奥德赛等人走到一个小岛上，碰见住在高大的山洞里的巨怪，他到远处牧放羊群，晚上背着一大捆干柴、赶着羊群回来，将所有的羊都赶进洞里，抓起一块巨石搁下堵住洞口。那巨石大得即使用 22 辆精造的四轮大车也难以拉动。这个独眼巨人非常野蛮残酷，他发现山洞里来了奥德赛等人，便先后几次两个两个地将他们抓走，撞地杀死，还把他们的尸体扯成碎块，把内脏、骨头和肉统统吃尽。可是，奥德赛等人通过他们的勇气、力量和智慧，用烧红的橄榄树枝捅瞎其独眼，并乘他开洞门放羊群出洞之机，钻进毛茸茸的羊肚下面，双手牢牢抓住绺绺弯曲的羊毛逃出山洞，他们没有被坐在洞口用手摸着每只羊搜寻他们的巨怪发现，成功脱险，离开了小岛。①

希腊神话与史诗中的独眼巨人，尽管外貌相似，但功能各不相同，有时是神，有时却变成了吃人的恶魔。在我国各民族叙事文学中的独眼巨人形象也是多种多样的，在不同的作品里具有不同的功能。他们主要是以三种不同面貌出现：

1. 史诗里出现各种巨人母题，但这种巨人不是独眼。人们运用巨人身材高大和力大无比的特征，塑造了正反面人物的形象。譬如《江格尔》② 里有一位雄狮大将古恩拜，就是个巨人③：

> 他舒展款坐，
> 独占五十二人的位置，
> 他蜷曲而坐，
> 也占二十五人的位置。

这位勇士及其黑铁叉的威力非凡："他手执五十二庹长的铁叉，这铁叉有三节，三十六般叉刃闪射着火花。他挥舞铁叉怒吼咆哮，山呼海啸，地动天摇。七国的魔鬼，心惊胆战，垂首降服。"

在拉德洛夫记录的哈萨克英雄故事《杰尔科勒得克》中有一位非常高大的巨人叫陶柏库里，90 张羊皮不够做他的皮帽子。他的白胡子是由白桦

---

①　荷马：《奥德赛》，王焕生译，人民文学出版社 1997 年版，第 170—192 页。

②　《江格尔》，色道尔吉译，人民文学出版社 1983 年版，第 11 页。

③　同上。

树构成的，黑胡子是松树构成的。热天红褐色种马为头马的 90 匹马在他胡子里乘凉。骑马的人从他胡子中走过时，他感觉到"虱子在我的胡子里爬"。①

有时巨人被描绘成神仙，教人学唱英雄史诗。1910 年俄国学者阿·布尔杜克夫记录的蒙古艺人关其格学唱史诗《宝玛额尔德尼》的传说②讲道：关其格小时候在那林河流域放羊，突然看见一位巨人出现在他眼前，巨人从嘴里往外喷火，他骑着一条巨龙。巨人对关其格说：

> 小伙子，你愿意学唱史诗吗？
> 愿意。
> 那么，我教你演唱史诗，你给我什么？
> 我给您什么呀？
> 你给我那只带彩带的大青山羊吧。
> 那么，您就要那只大青山羊吧。
> 说了一声"好"巨人拍了关其格的肩膀。

小关其格学会了演唱史诗《宝玛额尔德尼》，可是，巨人不见了，他骑来的巨龙也不见了，只见一条狼正在吃那只大青山羊。

在有的史诗中，巨人的表现并不好。在居素普·玛玛依演唱的史诗《艾尔托什吐克》里，出现几个巨人的斗争，艾尔托什吐克救出被关在地牢里受尽磨难的巨人巧云阿勒普，并派人把他带到自己家中让妻子照顾。但是，这个险恶的巨人企图霸占勇士的妻子而被杀死。

2. 以独眼人形象出现，但不是巨人。学术界认为，所谓独眼人实际上是三眼人，除了正常的两只眼睛外，在前额上还有一只竖的眼睛（或痕迹），如同四眼狗（两眼上端各有一个目状毛斑）。在这种情况下，人们强调的是其远望的功能，有独眼的好人，也有独眼恶魔。在巴尔虎巴彦宝力德老人型史诗中，勇士们在求婚远征途中碰见一个独眼小蟒古思，它企图去抢劫勇士的未婚妻，勇士们准备将挖掉其额中的一只眼睛时它逃走了。可是，在历史文献中却出现能望见远处的独眼人的传说。例如，《蒙古秘

---

① ［苏］弗·日尔蒙斯基：《突厥英雄史诗》，第 182—185 页。
② 见《蒙古英雄史诗原理》（蒙古国文），科学院出版社 1966 年版，第 83—84 页。

史》讲成吉思汗的一位祖先"都蛙·锁豁尔额中只有一只眼睛，能看三程远的地方"。①

3. 以独眼巨人形象出现。从希腊史诗到我国各民族叙事文学中都有此类独眼巨人。我国北方民族和希腊的神话、史诗中的独眼巨人有如下共性：有一只眼睛、巨人、居住在山洞（或大石屋）、他有羊群（或其他家畜）、吃人肉、勇士用烧红的铁棍（或烧红的木棍）捅瞎其独眼，以及勇士抓住大羊肚皮下的羊毛逃出洞（或混在家畜中出洞）。②

## 第二节　勇士与独眼巨人斗争型史诗

史诗《关于巴萨特杀死独眼怪的传说》（《库尔克特书》第八篇）③ 是一部散韵结合体小型英雄史诗。与《奥德赛》里有关独眼巨人的描述不同，在这部史诗里，无畏的英雄巴萨特是主动去同巨人斗争的。他听到独眼巨人的危害，不但不惧怕，反而为民除害，不听劝告去同巨人搏斗，终于杀死了对手。在这部史诗里，人们的自我意识更为加强，认识到人类不但能够摆脱庞然大物的危害，而且通过自身的力量和智慧能够消灭这种恶势力。

史诗先交代了勇士巴萨特奇特的身世，他的父亲是一位有地位的乌古斯人，叫阿鲁孜，在敌人进攻时的逃难中巴萨特不幸遗失，后来发现他和狮子一起生活，他被从狮子洞里抓回来后反复跑回洞，但终于还是和家人一起生活。接着介绍了独眼怪的来历，这个怪物是仙女所生。阿鲁孜的牧马人叫萨尔绍潘，他抓住一仙女强奸后，仙女怀了孕，仙女上天时对他说，一年后你会得到留在我身上的遗物，会给乌古斯人带来灾难。一年后牧马人到原处看到一个肉囊，他拿大石头砸掉后回去。乌古斯的可汗、别克们听到有怪物去那里，看到一个无头无尾的怪物，有人去踢，越踢越大，踢开后出来一个小孩子，小孩前额上生了一只眼睛。阿鲁孜带他回家收养，但独眼怪害死了几个奶妈，长大后又吃和他一起玩的孩子们的鼻子和耳朵，阿鲁孜把他赶出家门。那时仙女下来给了他一枚戒指，并说他是刀枪不入

---

① 札奇斯钦：《蒙古秘史》，新译并注释，联经出版事业公司，第7页。
② 呼日勒沙：《蒙古神话新探》（蒙古文），民族出版社1996年版，第91—111页。
③ 胡南译：《库尔克特书》。

的人，从此独眼怪上山行窃。人们向他进攻时，他连根拔起一棵粗大的白杨，向冲杀而来的人们一扔，一下砸死五六十人。他像多头恶魔蟒古思一样，吃了很多人和家畜。人们请智者库尔克特与他洽谈，他提出每天给他吃60人，后商定每天给他两人和500只羊。乌古斯著名的勇士们先后去战斗，他们都没有战胜独眼怪，不少人受伤致残。

这时雄狮般的勇士巴萨特远征归来，他听到了独眼巨人的罪恶，对弟兄们的遭遇深表同情。他哭诉道：

> 草原上建立的家园，
> 兄弟呵！被那恶棍捣烂。
> 一群群肥壮的马群，
> 兄弟呵！被那恶棍驱赶。
> ……
> 欢天喜地的姑娘，
> 兄弟呵！是被他强行霸占。
> 白发老人之子啊，
> 兄弟呵！是被他掠去未还。
> ……
> 恶棍的野蛮行径，
> 使我丧失了臂膀，
> 使我目光暗淡，
> 离去的兄弟呵！何时才能相见？①

为了给兄弟们报仇，巴萨特准备去与独眼怪较量，这时乌古斯著名的勇士卡赞别克劝告说：

> 那个独眼已成了恶龙，
> 我与他多次拼杀未能取胜。
> 那个独眼已成了猛虎，
> 在卡拉套山我与他拼杀未见输赢。

---

① 引诗来自胡南译稿。

　　那个独眼已成了雄狮，
　　我同他用计较量也未能取胜。
　　你虽身为别克、著名的英雄，
　　也莫像我那样同他抗争。
　　劝你莫使你老父伤心，
　　更莫要让慈母哭瞎眼睛！

　　勇士巴萨特不听劝告，下决心说："无论如何我也要去！"他向父母告别，携带弓箭、大刀扬长而去。他来到独眼怪处，看见它正躺在那里晒太阳。巴萨特向怪物连射两支箭，箭射到他身上便断掉了。这时独眼怪被惊醒，翻了个身，轻蔑地将对方比作蚊子："这里的蚊子太多了，也不让人安静"，说着又睡了过去（这种将对手比作蚊子、跳蚤等程式语，至今还在蒙古—突厥史诗中存在着）。勇士向他射去第三箭时，独眼怪猛然起身，把巴萨特捉住带进山洞，塞进皮靴筒中，又躺下熟睡。勇士用匕首捅破靴筒爬了出来，发现对方的致命处在眼睛里，便用烧得通红的熨铁烫怪物的眼睛，疼得怪物发出了惨叫。巴萨特猛然一跳远离了怪物。这时独眼怪跑到洞口叉开双腿站着，摸着从它双腿间出洞的羊，在每只羊背上寻找巴萨特。可是，机智勇敢的巴萨特早已抓住一只公羊，将它连头带尾地整个皮剥了下来，自己钻进羊皮里，准备从独眼怪下边溜走，此时公羊犄角被怪物抓住，而巴萨特则从皮子下边溜走，但他没有逃走，却留下来与独眼怪搏斗。

　　史诗把独眼巨人描述得很有力气，但非常愚蠢。接着出现了一些奇怪的较量方式，独眼怪先后三次试探巴萨特会不会死，诸如：他将仙女给他的戒指事先给巴萨特戴好，使其刀枪不入之后，用匕首向勇士刺杀；怪物告诉巴萨特，能够刺杀他的宝剑挂在洞里，让他去把它带来，他以为巴萨特会上当被挂在上边的剑砍死。但勇士没有被那宝剑砍死，他射断系剑的绳索让剑落地后再带走。独眼怪无法杀死巴萨特，他便求饶道：

　　我亲自目睹到，
　　老翁为我肝肠断。
　　我亲眼看见了，
　　老母为我泪涟涟。
　　我自己闯下了，

> 吞食男人的滔天罪。
> 我自己堆砌了，
> 吞食女人的罪恶山。

尽管巴萨特与独眼怪在阿鲁孜家一起长大，但对这个罪大恶极的恶棍却毫不留情：

> 你使我阿爸苦不堪言，
> 你使我老母泪水涟涟。
> 你让我胞兄命丧黄泉，
> 你让我嫂嫂孀居遭了难。
> 你使多少孩子双亲命断，
> 不把你捉拿到手，
> 不使你尸首离分，
> 不让你血流在地，
> 不为我克彦兄报仇，
> 不同你拼到底誓不甘！

说罢，勇士抽出独眼怪的宝剑砍去，一举结束了独眼怪的性命。类似敌人失败后，说出能够杀死他的宝刀，让勇士用此刀结束其生命的母题，至今在蒙古—突厥英雄史诗中仍然屡见不鲜。

史诗《关于巴萨特杀死独眼怪的传说》是反映古代人类同自然界恶势力斗争的作品。矛盾是由一乌古斯牧人强奸仙女而引起的，仙女为报复生了怪物，独眼巨人一出世便开始害人，后来仙女使其具备了刀枪不入的魔力，从此独眼怪吃掉大量的乌古斯人及牲畜。独眼怪的罪恶活动是由仙女操纵的，在史诗里仙女成为人类的敌人。但是，在欧亚大陆共同性的天鹅姑娘型故事和史诗中，仙女是富有爱情、喜欢世间生活的形象，被普通人抓住之后产生爱情，她与凡人生的儿子是顶天立地的英雄，能够战胜一切掠夺者和压迫者。例如在笔者记录的史诗《那仁汗传》里有个英雄叫作伊尔盖，他是仙女的儿子。仙女玛努哈尔下凡与凡人吉顿布尔衮哈尔有了爱情，仙女生了伊尔盖，将他留在人间独自一人上了天。伊尔盖长大后战胜入侵者，拯救了被敌人害死的勇士那仁汗。其他叙事作品中的仙女也都是

正面人物，她们成为人类的朋友和支持者。使人感到奇怪的是，这部史诗
中的仙女却成为人类的仇敌，她像妖精一样危害百姓。但是勇士巴萨特得
到真主的保佑战胜了独眼巨人，这种现象说明，史诗是崇奉真主而反对仙
女的。我们知道，《库尔克特书》是乌古斯人放弃萨满教，接受伊斯兰教这
一转折时期的作品，其中有教派斗争，提倡信仰伊斯兰教的观点。由此推
论，史诗里可能将仙女看作萨满教神灵去加以丑化和鞭笞。

这个独眼巨人危及人们的生命财产，而且嗜血成性，爱吃人肉，在这
方面同多头恶魔和其他妖怪相似，但它缺乏魔法，不会变身，也不会在暗
中害人。独眼巨人是身材高大的大力士，但它很愚蠢。这是古人由幻觉所
产生的对自然力的幻象。

主人公巴萨特是在特殊环境中长大的雄狮般的英雄，他富有正义感，
热爱家乡和民众，为保卫家乡和乌古斯民族的利益，不惜牺牲自己的一切。
在为民除害的战斗中，他表现出大无畏的勇气、超人的力量和聪明才智。
在巴萨特身上集中凸显了古代人民群众集体的智慧和力量，通过这个形象
说明人类能够战胜自然界的任何恶势力。这部史诗具有重要的教育意义，
能够鼓舞人们的战斗意志，树立他们战胜自然力的信心。

《关于巴萨特杀死独眼怪的传说》是一部短小精悍的史诗，其结构严
密、语言精练，富有形象性，并运用了优美的比喻和夸张等艺术手法，它
成为早期镇魔史诗的一种典范。

## 第三节　勇士与地下妖孽斗争型史诗

在我国许多民族的神话、传说、史诗和民间故事中常常出现各式各样
的女妖形象。北方民族叙事文学中的女妖大体上可以分为两大类：一为蟒
古思类，一为希勒姆斯类。蟒古思的老婆大多为多头的大肚黄婆，勇士踢
破其大肚皮时，突然从肚子里跳出来一个未满10个月的铁青小蟒古思。他
同勇士搏斗，最终被勇士消灭。在某些地区的故事中有一种"毛兀思婆"，
人们认为她是蟒古思的老婆。她的外貌很特殊，两个乳房非常大，她把右
边的乳房驮到左肩上，把左边的乳房驮到右肩上行走。她爱吃人肉，尤其
是爱吃儿童肉。另一类女妖有多种叫法，譬如在蒙古史诗中有舒尔玛、希
姆奴、希勒姆斯、奇特古尔、亚嘎查（夜叉）等。这类女妖暗中害人，并

随时应变，有时化身为日月般光彩的美女，有时变成钢嘴妖、有时化作黄铜嘴黄羊腿妖婆、有时变为羊肺在水中飘浮，人们上当后被她吸血吃肉。

　　在北方英雄史诗中包含着不少勇士与女妖斗争的母题和较大的情节，它们来自神话、传说和民间故事。诸如在维吾尔、柯尔克孜、哈萨克等突厥语族民族中流传的古老史诗《艾尔托什吐克》、布里亚特史诗《阿拉坦乃和胡日叶勒岱》、卫拉特史诗《哈尔查莫尔根》和长篇史诗《江格尔》的《残暴的沙尔古尔格之部》等里都有勇士追击到下界消灭女妖的故事。青年学者阿地力认为，我国著名的玛纳斯奇居素普·玛玛依和吉尔吉斯斯坦的著名艺人萨雅克拜·卡拉拉耶夫演唱的《艾尔托什吐克》是最有代表性的文本。①居素普·玛玛依的异文长达 8000 余诗行，内容极其复杂多变。当然，其中有不少其他传说故事情节。在这一文本中，勇士与下界女妖斗争的情节占很大篇幅。巨人巧云阿勒普汗的大臣库乌勒玛为了篡夺汗位施展阴谋企图借下界巨人太巴斯朵之手杀死巧云阿勒普。艾尔托什吐克到远方娶美丽的妻子坎洁凯，他返家途中在盐池旁过夜，库乌勒玛以法术偷走了坎洁凯，并使她变成了一块石像。库乌勒玛编造谎言，回去对巧云阿勒普说，为他选中的美女坎洁凯已被下界的太巴斯朵巨人抢走，这样他挑起了两位巨人之间的激烈战斗，终于巧云阿勒普被俘虏关押在下界。艾尔托什吐克发现妻子失踪，他按着神奇的坐骑恰勒库依茹克的话，骑着这匹神驹，携带宝物磨石和银羊拐骨去追敌人，在库乌勒玛转入下界之前将其捉住，并折磨他，迫使他把变成石像的坎洁凯恢复原貌。随后，艾尔托什吐克杀死了女妖之子库乌勒玛。勇士带着妻子返回家乡举办盛宴。

　　接着出现了下界巨人太巴斯杂的妹妹，即七头妖介勒莫乌孜（杰勒玛乌兹）为情人库乌勒玛报仇的情节。在这里插进了变作羊肺的女妖的传说和勇士到下界寻人的故事。

　　如前所述，有一种变化无常的女妖形象在北方民族叙事文学中常出现。例如，1962 年笔者和祁连休在内蒙古巴尔虎地区记录了民间故事《达兰台老头和他的小子》②。其中有一个手持赫得热格（月牙刀）的妖婆，她"坐下就不能站起来，站起来就不能坐下"。这个妖婆碰见贪生怕死的达兰台老

　　① 阿地力·朱玛吐尔地、托汗·依萨克：《居素普·玛玛依评传》，内蒙古大学出版社 2002 年版，第 191—196、230—241 页。
　　② 见《民间文学》1962 年第 6 期。

头，说要吃他时，老头求她："不要吃我，要吃，你去吃我的小子得啦。"接着老头与妖婆密谋，将儿子交给妖婆吃的办法，即老头第二天搬家时故意把儿子心疼的金银沙盖（羊踝骨玩具，原来可能是寄魂物）丢下，让儿子一人来找，以便让妖婆抓住他并吃掉。可是机智勇敢的小伙子不但没有被妖婆吃掉，而且取走金银沙盖，骑着神奇的两岁小牛逃走了。当妖婆先后三次追上来的时候，小伙子扔下身上带的三种宝物——磨刀石、梳子和珍珠挡住妖婆的去路，最后扔下的珍珠变成大海将妖婆淹死。

史诗《艾尔托什吐克》也有类似的情节。下界的七头女妖杰勒玛乌兹向艾尔托什吐克复仇，她带着魔棒升到地面找到勇士家，化身为美女了解艾尔托什吐克和他父亲的情况。等到勇士的父亲——贪生怕死的叶列曼放马到野外时，女妖变成一只羊肺漂浮在河中；当贪婪的叶列曼把羊肺捞上来时，她恢复了本来面貌，一下变成七头女妖把叶列曼压倒在地；叶列曼受不了折磨，赶忙求饶，答应将艾尔托什吐克设法交给女妖。叶列曼将儿子交给妖魔的办法跟达兰台老头颇为相似，即第二天老头搬家时，把儿子的寄魂物磨石藏在灰堆下，让儿子回来找时被女妖吃掉。神奇的骏马恰勒库依将此事告诉了主人，艾尔托什吐克骑着那匹神驹，身穿神袍，带着宝物金羊踝骨去找磨石，看到七头妖婆坐在磨石旁等他。他没有下马，机灵地对女妖说："我上了马就下不来，下了马就再上不去。请您把我的磨石拿给我。"说罢，乘机从马背上拾起磨石飞奔而去，女妖赶忙施展各种魔法进行阻挡，但勇士凭借宝物磨石、金羊踝骨和神驹的威力逃离女妖，并先后砍掉了她六个脑袋，女妖保住最后一个头钻进了下界藏身。这样在大地上的战斗结束，出现了类似于上述史诗《阿拉坦乃和胡日叶勒岱》、《哈尔查莫尔根》和《残暴的沙尔古尔格之部》那种追敌到地下世界、消灭下界女妖的故事。艾尔托什吐克追女妖到了下界，碰见并医治受伤的巨人卡拉朵与他结义，二人一起杀死七个头的妖魔。接着同神箭手、飞毛脚、神耳、神眼等多功能的七人合作，并得到感恩动物熊和蚂蚁的帮助，以集体的力量消灭了女妖及下界巨人太巴斯杂，救出了巧云阿勒普巨人。

在各民族史诗中，勇士与下界女妖斗争的情节和母题比较常见。譬如，在长篇史诗《江格尔》的一部长诗里就采用了早期的勇士与地下妖战斗的一段情节。江格尔为了寻找被敌人抓去的勇士洪古尔，亲自走进地下世界。他在下界碰见了举山大力士和吞海勇士两个小伙子，并见到被妖婆捉到地下去的仙女们，在他们的带路下找到下界的一个黄铜嘴黄羊腿妖婆。江格尔受尽地狱的苦难，经过长时间的艰难斗争，先后杀死了老妖婆及其七个秃头儿子和铁摇篮里的婴儿，最后消灭了看守洪古尔的 8000 个妖魔，救活勇士洪古尔，二人一起回到了大地上。那个妖婆的外形特殊，她长着细长的黄铜嘴，两条腿像羊腿那样又长又细，她有三种魔具——能伸缩的红口袋、人筋拧的绳索和一个黑钢锤。江格尔和两个小伙子走进一个毡房看到，火上有一大锅烧开的水，火旁堆着干柴，围墙上挂着很多鹿肉。江格尔躺下睡觉，两个小伙子烧火煮鹿肉时，那妖婆进来了。他们先后两次在锅里把肉煮熟时，妖婆一眨眼间就不见了，锅里肉也没有了。江格尔醒过来后，发现妖婆的三种魔具在外边，赶忙把这些东西藏起来，进屋看着妖婆。当第三锅肉又煮熟时，妖婆未找到隐身的魔具便抱着鹿肉逃走。这时江格尔便将她劈成两段——下身钻进地下，上身腾空不见。江格尔追到下边去看到了七个秃头儿正在缝接劈断的妖婆身躯。当七个秃头儿前来围攻的时候，江格尔用宝剑向七面砍去，把他们都砍死。这时从铁摇篮里跳出来一个婴儿，他大喊大叫，与江格尔扭成一团。这是一个刀枪不入的小妖。史诗这样描绘江格尔与他的搏斗：

> 江格尔和这个小妖精，
> 整整搏斗了十四天。
> 江格尔曾身经百战，武艺高强，
> 他往小妖的细腿上踢了八十二下，
> 把小妖踢倒在地，
> 用巨臂按住他的头压进沙土里，
> 江格尔抽出阴阳宝剑向小妖刺去。
> 这宝剑锋利无比，削铁如泥，
> 砍刺多少魔鬼也从不卷刃。
> 今天却好像遇到了顽石，
> 坚硬锋利的剑刃只是颤动。①

小妖又跳起来与江格尔扭打，江格尔在小妖的头顶、背上、后脑上打了无数次也打不死他。江格尔突然发现在小妖身上有个针眼大的缝隙，他

---

① 《江格尔》，色道尔吉译，人民文学出版社 1983 年版，第 277—278 页。

抽出钢刀刺入缝隙里，砍断肋骨，挖出了小妖的心脏，可是从那颗心上燃起三股烈火，包围了江格尔。江格尔别无他法，呼唤众佛祖，呼唤父母的生灵，祈求降倾盆大雨后，才得以灭魔火而脱身。

英雄史诗里的这些情节是在鬼怪故事和传说的基础上产生的，反映了人类与幻想的鬼怪之间的斗争。起初鬼怪是危害人类的看不见的力量的化身，后来在史诗里逐渐有一定的人的性格。史诗运用将勇敢无畏的人与胆小怕死的人进行对比的表现手法，嘲讽贪生怕死者的可耻行为，说明了人们以自身的勇气、力量和智慧进行抗争，并且团结奋斗，可以战胜任何魔力高强的妖魔鬼怪。英雄史诗不但塑造了能够识破变化多端的阴险毒辣的妖精的英雄人物形象，而且刻画出人格化的神奇的战马形象，战马成为英雄的助手和参谋。这是在蒙古—突厥英雄史诗中普遍存在的特殊现象。史诗《艾尔托什吐克》描写库乌勒玛为了篡夺汗位耍阴谋，通过抢劫来的美女制造人间巨人与下界巨人间的战争，借以反映人类社会的斗争。但这是在勇士与下界女妖斗争的史诗中后来增加的插曲。

在史诗流布和变异过程中，史诗的题材和内容不断发生变化，连妖魔鬼怪形象也越来越多样化了。除了描述勇士与独眼巨人、下界女妖斗争的史诗外，还产生了勇士同化身为狐狸精、黑花野猪、青铜狗等形形色色恶魔斗争的史诗。例如我国青海蒙古史诗《汗青格勒》是描绘勇士的婚事斗争和勇士同传统的蟒古思（毛儿思）斗争的史诗。可是，这部以汗青格勒为主人公的史诗，在蒙古国巴亦特人和杜尔伯特人中却变成了勇士与灰狐狸斗争的史诗。这种狐狸的舌头有三度长，尾巴也有三度长。

上述描述勇士与各类妖魔鬼怪斗争的史诗，积累了古人同自然界斗争的经验教训，反映了他们无所畏惧的勇敢精神和攻无不克的力量。千百年来，在同自然界的斗争和社会黑暗势力的斗争中，这些史诗在鼓舞人们的斗志，树立胜利信心方面无疑发挥了积极作用。不仅如此，这些史诗具有较高的艺术价值，反映了古人的艺术水平和艺术追求。对后来文学艺术的发展，这些史诗同样起了一定的借鉴作用。这些史诗还是研究古代思想和艺术的宝贵资料，因为它们提供了大量的尚未用文字记载的信息，非常值得珍视。

# 第二编

串连复合型英雄史诗

史诗这种古老的文学体裁，有其产生、发展和消亡的规律。在人类社会发展的一定时期内，约从氏族社会到封建战争时代，中国英雄史诗在各个方面都得到充实、发展和繁荣。后来随着科学文化的发展、民间文学体裁的多样化和作家文学的兴起等原因，史诗慢慢地走向被遗忘、演变和衰弱，最终退出历史舞台而消失。

　　中国各民族英雄史诗有 200 部以上，大多数分布于北方的阿尔泰语系民族中，被分为蒙古语族人民的英雄史诗和突厥语族民族的英雄史诗。其中蒙古族有《江格尔》和《格斯尔》两大史诗之外，还有 70 多部中小型史诗（规模为数百诗行到数千诗行）及其异文共 120 余种。突厥语族的柯尔克孜族有我国三大史诗之一的《玛纳斯》，此外，现已知道的柯尔克孜、哈萨克和维吾尔族等民族的英雄史诗有 50 部以上，其中有 15—16 世纪以来以手抄本形式流传下来的古老史诗《乌古斯》和《库尔克特祖爷书》（12 部小型史诗）。此外，前文已述，和我国蒙古—突厥史诗相似的史诗在国外还有数百部。另外，南方的傣、彝、纳西、壮、侗、羌、布依等民族的英雄史诗有 20 部左右，其中公认的傣族英雄史诗有四五部，每部长达数千诗行，有的到一万余诗行。

　　南方民族与北方民族在起源、地域、文化、信仰、风俗、语言、生活和生产方式、社会发展等方面都有很大区别，他们属于不同的文明范围。有英雄史诗的南方民族，分布于云贵川和广西。他们的族源属于古氐羌和百越，语言属汉藏语系的藏缅语族（羌、彝、纳西等）和壮侗语族（壮、侗、傣、布依等）。其中藏缅语族的民族在公元前后数百年间曾居住于陕甘青一带，从事游牧生活，但很早以前南迁与当地民族融合，从事农业生产。

这些南方民族都属农耕文明，与北方的游牧文明有很大差别。南方民族与北方民族的起源，他们的社会、经济和文化的发展显然不同。因此，南方民族史诗与北方民族英雄史诗之间不存在共同的产生和发展规律，它们之间的差别大于共性，共性也纯属于类型学问题。

蒙古—突厥英雄史诗具有共同的起源，并在起初数百年间经过了相似的发展过程。将北方民族的不同时代、不同民族、不同地域、不同类型的英雄史诗在总体上进行比较研究，可以发现它们的产生、发展和流变过程，以便探讨其发展规律。史诗有产生、发展和消失阶段，在发展阶段上，北方史诗是在早期史诗的传统和框架上，以它们为模式和单元，随着社会发展和人们世界观的变化，不断地反映新事物和现象而发展的。古老英雄史诗在流传过程中有的被遗忘，退出演唱舞台；有的向前发展，在题材、主题、内容、形式、情节、结构、人物、语言、艺术手法等方面都得到充实。蒙古—突厥史诗的总体发展是：史诗数量由少数向多数发展，从同一部史诗里出现多种异文，还产生相近的新史诗；史诗的类型由单篇型发展为串连复合型、并列复合型、连环型等类型的史诗。同时，史诗的形式由简单到复杂、篇幅由短篇向长篇发展；史诗的内容从古至今，自从原始社会的前阶级阶段到奴隶社会、封建社会的事物和现象都得到不同程度的反映；史诗的题材，由原始社会的人类同自然界斗争和氏族部落战争向前发展，不断地表现了封建领地之间的斗争、民族斗争和宗教斗争；史诗的人物形象，由少数人到许多人，从原始氏族社会的人物到文明时代的人物发展，他们的神话宗教色彩逐渐减少，人的本色越来越突出。同时，人物类型也由单一勇猛型向勇猛型、智谋型和智勇双全型方向发展。当然，史诗的语言和艺术也不停地发展，带上了各个时代的特征。

蒙古—突厥英雄史诗经过了三大发展阶段。当然，这三大发展阶段缺乏明显的界限。而且，三大发展阶段上产生的史诗没有相互排挤，它们同时流传到现代。在第一编里已经论述，约于野蛮时代的前阶级阶段上，最初的英雄史诗诞生了。起初在神话、传说、萨满诗歌等原始文学的土壤上产生的英雄史诗反映了前阶段时期的生活和斗争，既描述了人类与多头恶魔和独眼巨人等自然界化身的斗争，也表现了由于争夺女子、领土等引起的婚事斗争和氏族复仇战。这里反映的氏族征战具有为氏族成员报复的性质，故称这些史诗为氏族复仇型史诗，它与后来的财产争夺型史诗不同。这种史诗的内容单薄、情节简单、表现了勇士的一次英勇斗争，其情节框架只由一个史诗母题系列构成，故称其为单篇型史诗或单一情节结构的史诗。单篇史诗有两种类型，一是由婚事斗争母题系列所组成的婚事型单篇史诗，另一是由征战母题系列为核心构成的征战型单篇史诗。这类早期史诗的产生标志着中国英雄史诗的第一个发展阶段，也就是最初的阶段。早期史诗是口头产生和流传的创作，它处于不断的发展和流变之中，随着各民族社会的发展以及人们思想意识和风俗习惯的变化，早期史诗的形式和内容在各个方面都得到充实、发展和变化。同时，在早期史诗的传统和框架上不断地形成新的英雄史诗和新史诗类型。

原始社会末期，由于生产力得到进一步发展，积累了较大的财富，产生了贫富分化，出现了阶级。氏族长、部落酋长、军事首领等部落贵族为了掠夺其他部落的牧畜、财富、美女、俘虏和扩张领土，部落间爆发了频繁的掠夺性战争。学术界通常把这一时期叫做英雄时代，英雄时代的勇士们为战利品而战斗，获得战利品成为英雄人物的荣誉和奖赏。到英雄时代，中国各民族史诗进入了第二个发展阶段，南方民族和北方民族的多数英雄史诗形成于这一时代，并迅速出现了英雄史诗发展繁荣的景象。这种史诗取材于部落之间的掠夺战争，目的是抢劫财产和俘虏奴隶，故称它为财产争夺型史诗。财产争夺型史诗是在氏族复仇型史诗的框架上形成的。如果氏族复仇型史诗的矛盾是由于抢劫女子而产生的话，财产争夺型史诗里，不仅是抢劫女子，更重要的是争夺牲畜、财产和奴隶。前者反映了前阶级时期的婚事斗争，后者描绘了阶级出现后的奴役与反奴役的征战。这类英雄史诗是在早期史诗的传统和框架上，以它们为核心、模式和单元向前发展的。它的基本情节以两种不同的单篇型史诗的情节框架为核心形成，故称其为串连复合型史诗。串连复合型史诗有两种基本类型，一类是由婚事斗争母题系列和征战母题系列二者为核心形成的婚事加征战型史诗（A + B），另一类是由两种不同的征战母题系列为核心构成的两次征战史诗（$B_1 + B_2$）。单篇型史诗和串连复合型史诗是在蒙古—突厥英雄史诗中普遍存在的两大类型。串连复合型史诗的出现标志着蒙古—突厥英雄史诗第二个发展阶段，也就是中国英雄史诗的第二个发展时期。后来这两种类型的史诗的情节结构和思想内容得到了进一步发展与变异。在情节结构方面，征战次数增多，出现了多次征战型史诗（$A + B_2 + B_3$ 或 $B_1 + B_2 + B_3$……）。南方英雄史诗也反映了两大军事势力之间的多次征战，它们也属于多次征战型史诗。在思想内容方面，这些史诗流传到封建时代后接收了一些新的内容，其中有封建领主之间的战争、民族与民族之间的战争、伊斯兰教与佛教的斗争、地方势力与封建政权的斗争，等等。

第二发展阶段是中国英雄史诗的发展和繁荣时期，我国绝大多数英雄史诗属于这一发展阶段，其中包括除三大史诗之外的著名史诗，诸如哈萨克、乌兹别克等民族的《阿尔帕米斯》，哈萨克族史诗《阔布兰德巴托尔》、《艾尔赛音》、《艾尔塔尔根》，柯尔克孜族史诗《库尔曼别克》、《托勒托依》，柯尔克孜、哈萨克等民族史诗《艾尔托什吐克》等都描写了主人公的婚事斗争和两次或多次征战。蒙古语族人民的这类史诗也非常丰富，著名的婚事加征战型史诗有巴尔虎的《汗特古斯的儿子喜热图莫尔根汗》和《珠盖米吉德夫》，布里亚特的《阿尔泰孙布尔阿拜胡本》和《阿拉坦沙盖胡本》，卫拉特的《胡德尔阿尔泰汗》（或《汗青格勒》）、《骑红沙马的额尔古古南哈尔》和《巴彦班巴勒汗的儿子好汗赫布赛音》。两次或多次征战型史诗有巴尔虎的《阿贵乌兰汗的儿子阿拉坦嘎鲁》和《古纳罕乌兰巴托尔》，卫拉特的《那仁汗胡布恩》、《骑银合马的珠拉阿拉达尔汗》和《汗哈冉贵》。当然，在这一时期产生的还有南方史诗，诸如：傣族的《厘俸》、《相勐》和《兰戛西贺》，彝族的《英雄支格阿龙》和《阿鲁举热》，壮族的《莫一大王》，纳西族的《黑白之战》，侗族的《萨岁之歌》和羌族的《羌戈大战》。

此外，在这一阶段上还出现了一种特殊类型的英雄史诗，它的内容和情节结构与众不同，但它是借用早期英雄史诗的部分情节形成的，也属于串连复合型史诗类型。前面讲过的早期单篇型史诗和串连复合型史诗都描述了氏族外的斗争：氏族与氏族、部落与部落之间的矛盾和斗争。可是这一类型的史诗则不同，它反映了氏族内部的斗争、家庭内部的斗争，是亲人之间的谋杀事件，故称为家庭斗争型史诗。家庭斗争型史诗的产生有社会历史根源，也有文化前提。由于私有制的产生和发展，发生了贫富差别和阶级分化，氏族成员内部的不平等导致了他们之间的矛盾和斗争。在家庭婚姻制度方面，由于一夫一妻制得到巩固，家庭内部实行家长制，出现了男女不平等，男子有决定权和财产继承权，妇女受到歧视和排挤，便发生了家庭内部的矛盾，出现了家庭内女子勾结外来男人暗害家长的现象。这种现象成为一种公害，受到社会舆论的谴责，便出现了反映这种现象的"淫荡的妹妹"型故事，这种故事在长期传承过程中，有的变成韵文体被人们看作史诗。家庭斗争型史诗的情节结构以"淫荡的妹妹"（符号为 C）型故事为基础，并借用考验婚型史诗的部分情节（勇士与三大猛兽斗争情节）而构成（$C + \frac{1}{2}A_2$ 为符号）。

到封建战争时代中国英雄史诗进入了第三个发展阶段，也就是最后的发展时期。众所周知，古希腊史诗《伊利亚特》和《奥德赛》是野蛮期高级阶段产生的史诗，但这并不能说明各国各民族史诗都产生于这一时期。前面已说过，中国前两大类型的史诗的产生时代，其中早期史诗产生于野蛮期中级阶段，财产争夺型串连复合史诗与希腊史诗一样形成于野蛮期高级阶段。古希腊的英雄时代或史诗产生的条件早在原始社会末期结束。可是，中国游牧民族古代社会发展与古希腊社会发展不同，他们史诗的产生和发展延续了几个不同的社会发展阶段。虽然蒙古族、柯尔克孜族和藏族早已建立过封建国家，但是他们的一些地区氏族、部落制度尚未消失，尤其是他们统一的国家灭亡之后，各部落处于封建割据状态之中，封建领主之间的混战、民族战争和宗教战争连绵不断。和野蛮期的氏族、部落战争一样，封建混战照样成为英雄史诗形成的土壤。和中世纪史诗法国的《罗兰之歌》、德国的《尼伯龙根之歌》等一样，中国三大史诗《格萨尔》（或《格斯尔》）、《江格尔》和《玛纳斯》是在封建战争条件下形成的。当然，三大史诗不是那种"划时代"的早期史诗，它们是英雄史诗的最后发展阶段出现的作品。随着封建时代社会矛盾、民族矛盾和宗教矛盾的尖锐化，在蒙古—突厥史诗发展过程中发生了一个飞跃，形成了反映封建时代社会生活和矛盾的长篇史诗《江格尔》和《玛纳斯》。如果说前两种类型的史诗是氏族史诗、部落史诗的话，长篇史诗则可称为民族史诗或国家史诗。《江格尔》和《玛纳斯》经过了相似的形成和发展过程。13 世纪以前，柯尔克孜族和蒙古族卫拉特部落曾居住于贝加尔湖以西的叶尼塞河、安加拉河一带，后来他们西迁到新疆和中亚地区，并卷入了当地错综复杂的民族斗争和宗教斗争中。在这种情况下，他们中那些有才华的史诗演唱艺人运用原有的单篇型史诗和串连复合型史诗的模式和情节框架，将其加以改编赋予自己时代的社会斗争内容，创作了这两部并列复合型史诗或长篇英雄史诗。它们初具长篇英雄史诗规模后，在口头流传过程中不断得到充实、发展和变异，出现了多种异文和变体，成为现有这种由数百部长诗组成的长篇史诗。这两部长篇史诗的情节结构很相似，甚至蒙藏《格萨尔》（《格斯尔》）的情节结构也和它们相近。这种特殊结构是由分散状态的游牧民族生活决定的。它们缺乏从头至尾贯穿始终的统一情节，三大史诗各自都由数百部诗篇组成，其中每一部诗篇都像一部单篇型史诗或串连复合型史诗，多数在情节上缺少有机的联系，都可以独立成篇，可以单独演唱。它们是以英雄人物为中心形成的巨著，一群英雄人物形象贯穿所有诗篇，使数百部诗篇成为统一的长篇史诗。

　　总之，蒙古—突厥史诗经过了上述三大发展阶段，它们有共同的起源和发展规律，但是后来随着许多蒙古—突厥部落西迁，在欧亚不少国家里他们的史诗在古老阿尔泰传统上得到了不同的发展，出现了史诗的民族区别和地域区别。西伯利亚的阿尔泰、图瓦、哈卡斯、朔尔和雅库特等民族史诗与蒙古语族人民的史诗一样较多地保存着古老的阿尔泰传统。可是新疆和中亚的突厥各民族史诗，正如谢·尤·涅克留多夫所说，它们有了历史化和现实化倾向。如中亚突厥民族著名的史诗《玛纳斯》、《阿尔帕米斯》、《阔布兰德》和《艾尔托什吐克》中出现勇士们同卡勒玛克人的战斗。对卡勒玛克一词存在着不同的理解和解释。一为卫拉特蒙古部族名。17 世纪 20 年代"四卫拉特"之一土尔扈特部首领和鄂尔勒克率部众离开原来的牧地新疆的塔尔巴哈台西迁到欧洲伏尔加河下游一带游牧。人们称他们为"HALIMAG"，蒙古语意为"离开家乡的人"，也有人翻译为"漂落异域的人们"，汉文有不同的写法：喀尔木克、喀尔玛克和卡尔梅克。狭义指居住于伏尔加河下游的卡尔梅克人。广义上还指在 1771 年从伏尔加河下游回归新疆的卫拉特人。历史上卫拉特与中亚的突厥民族之间发生过数百年的频繁战争。因此，我们一些研究者认为，突厥史诗中的卡勒玛克就是卫拉特。可是，吉尔吉斯斯坦的学者作另一种解释。他们说："卡勒玛克"一词意为"留下来"的人，就是没有入伊斯兰教而留下来的人，即非伊斯兰教徒。他们的解释与帕拉斯等学者的观点相同。"帕拉斯曾介绍过卡尔梅克人名称的土著辞源，即用 chalimak 来解释，其意为'留在后面'。但无论如何也应读作 chalimak 或 qalmak，其意在突厥文中为'留下来'（qalimak 的本义为'跳跃'）。"[①] 由此可知，中亚突厥史诗中的"卡勒玛克"，无论是指卫拉特人，还是非伊斯兰教徒，那些史诗都一样反映了突厥民族西迁到新疆和中亚并接受伊斯兰教后的民族斗争和宗教斗争。以《阿尔帕米斯》为例，在西伯利亚阿尔泰族异文《阿勒普玛纳什》、俄罗斯境内的巴什基里亚异文《阿勒帕米沙和巴尔森黑卢》和喀山鞑靼版本《阿勒帕米沙》等早

---

① ［法］伯希和：《卡尔梅克史评注》，耿升译，中华书局 1994 年版，第 27 页。

期作品中根本不存在与卡勒玛克人的斗争。早在 16 世纪记录的手抄本《库尔阔特书》的 12 篇故事中也没有出现同卡勒玛克人的搏斗，却描述了乌古斯与异教徒频繁的战斗。这一事实证明了西伯利亚突厥史诗与中亚突厥史诗的地域区别和民族区别。

蒙古史诗一方面与西伯利亚突厥史诗很接近，另一方面同早在 16 世纪记录的突厥史诗和很早迁徙到俄罗斯境内的突厥民族叙事文学相似，这说明蒙古英雄史诗与突厥英雄史诗越久远，其共性越大、区别越小。相比之下，蒙古史诗和西伯利亚突厥史诗更多地保存着古老的阿尔泰叙事文学传统。

当然，蒙古语族人民的英雄史诗也有一定的部落特征和地域特征。它们分为三大体系，即布里亚特体系的史诗、卫拉特体系的史诗和喀尔喀—巴尔虎体系的史诗，其中喀尔喀—巴尔虎体系的史诗在题材和情节结构等方面较多地保留着早期传统。卫拉特史诗和布里亚特史诗得到了更进一步的发展，出现了内容较复杂、情节曲折的多次征战型史诗。在喀尔喀—巴尔虎体系的史诗中，扎鲁特—科尔沁史诗较特殊，近 200 年来，蒙古史诗与印度西藏文学和汉族说书相结合，出现了蟒古思故事和本子故事等体裁的作品。

蒙古—突厥史诗不仅在题材、体裁、情节结构和母题等方面有一些共性，而且在人物形象、人物类型、表现手法和程式诗歌等方面也有许多相似性。史诗的正反面人物都是以萨满教观念创作的神性与人性相结合的半人半神式人物。

史诗的主要英雄人物，在自己名字的前头或后头都有一种受人尊重的头衔，叫做"可汗"、"巴托尔"、"莫尔根"、"艾尔"和"别克"等，这与中世纪蒙古—突厥的氏族、部落酋长和萨满巫祝的称号相似。英雄人物有以萨满教观念创作的其父母祈求得子、奇特怀孕、英雄诞生的吉兆、神奇出生、神速成长、刀枪不入等神奇的特征。勇士及其坐骑有共同性的奇异的变化，为了隐蔽身份勇士常常化身为"秃头儿"、"浑身长满疥疮，鼻涕挂在唇边"的穷苦小孩子面貌出现，使战马变为"马粪糊在后腿上，身上长着长毛的两岁劣马"。勇士的人格化的战马成为史诗的一种特殊人物，它会说话，有人一样的思维、语言和智慧，有时它的智慧超过主人，起着勇士的得力助手、参谋和军师的作用。一方面，主人公是天不怕地不怕、刀山敢上火海敢闯的大无畏的勇士，他们有超人的勇气、力量、毅力和武艺，是个无敌于天下的常胜将军。另一方面，暴躁的性情，使他理智错乱，有时做出一些蠢事。三大史诗外的中小型史诗的英雄人物都属于勇猛类型，在三大史诗中出现了勇猛型、智谋型以及智勇双全型等类型的人物。

在蒙古—突厥史诗的反面人物中，出现了一种恶魔，它在名称、外貌、性格、神力和灵魂等方面都很相似。蒙古语叫做"蟒古思"、"毛兀思"（Manggus，Muus - Magus），中期突语为"蟒古兹"（Manggsz），有时也叫做"杰勒玛乌兹"（Jelmauz - Jelmoguz），这些叫法有共同起源。这个恶魔是个多头的人身怪物。它的头数不等，突厥史诗中常见的是七头妖和九头妖，蒙古史诗中有12头、15头或更多头的蟒古思，都说明了它有多头。这个恶魔是由神话、传说中借用到史诗中来的反面形象。在史诗中，它是神性与人性相结合的人物，一方面它有各种变身术，是一种庞然大物，会吃人肉，甚至活吞人和牲畜，另一方面，它像人类一样生活，抢劫主人公的妻子做老婆，是一种掠夺者和奴役者形象。这种恶魔有多种形象化的灵魂，其中有附身的、脱身的、化作各种凶禽猛兽的，化为岩石或金属的。有的灵魂可以寄存于体外，放在不易被人发现的安全秘密之处。除了主要正反面人物相似以外，勇士的未婚妻或妻子、岳父和其他一些人物也有不同程度的共性。

上述蒙古—突厥英雄史诗的共性和相似性，说明了它们有共同的起源和发展规律。可是，由于地理历史原因以及民族起源和发展不同，南方史诗与北方史诗有很大区别。

首先，南方民族的英雄史诗与北方史诗的结构有很大区别。多数南方史诗反映了固定不变的两大军事集团之间进行的多方位的多次征战，它们有贯穿始终的统一的情节线索，情节发展有前后顺序。以傣族史诗为例：《相勐》里，勐荷泰王子沙瓦里和勐瓦蒂王子貌舒莱为一方，同勐维扎王子相勐进行了多年多次的残酷战争，最终是小勐的王子相勐取胜。《厘俸》中，海罕、桑洛联军与勐景罕王子俸政之间发生了多条战线的多次惊天动地的战斗。抢劫别人妻子的俸政以失败告终。《兰戛西贺》里的多年神奇的大战也是在勐兰戛的十头王奉玛加与召朗玛二者之间进行的。许多北方英雄史诗的多次征战不是在固定不变的两大势力之间进行，而只有一方是固定不变的，每次战斗他的对手不同。如《哈尔查莫尔根》、《策尔根查干汗》、《青赫尔查干汗》、《永不死的乌润图勒根汗》等史诗中，出现一位勇士先后战胜若干个不同掠夺者的英雄事迹。长篇英雄史诗《江格尔》和《玛纳尔》的多次征战也和它们一样，前者描绘了江格尔为首的宝木巴汗国的勇士们同形形色色的敌人之间的殊死战。后者反映了英雄玛纳斯家族与周围各民族之间频繁的征战。这些北方史诗缺乏贯穿始终的统一情节，各次征战缺乏情节上的有机联系，有些征战可以独立成篇，民间艺人可以单独演唱。它们是以正面形象连接在一起的史诗。如《哈尔查莫尔根》描写了哈尔查莫尔根的七次征战，前三次是哈尔莫根杀死了先后来犯的三个不同敌人，接着消灭了他们的家庭。最后一次在儿子帮助下他消灭了蟒古思恶魔。《永不死的乌润图勃根汗》反映了乌润图勃格汗先后征服侵犯者哈巴哈、布和孟根图杜格、查格希古尔以及弟兄三个蟒古思的战斗。当然，也有个别史诗，如《骑银合马的珠拉阿拉达尔汗》和《汗哈冉贵》与南方英雄史诗相似，其中的多次征战是在固定不变的两大势力之间爆发的。

其次，南方史诗和北方史诗都有一定的神话色彩和原始宗教影响，史诗人物常常是神性与人性相结合的艺术形象，但是，南方英雄史诗，尤其是傣族史诗的宗教色彩远远超过北方史诗。其中神决定正反面人物的生与死、战争的胜与负，人与神联合作战，佛祖派天兵天将下凡同英雄人物一起打败邪恶势力。南方史诗大多以宿命论贯穿始终，其中神的作用类似于希腊史诗中的俄林波斯山上的众神。南方史诗中的天兵天将有时也被人间的勇士击败，甚至打死，最终最高天神使他们死而复生。与此不同，在北方史诗中，人间的英雄人物起主导作用，勇士们主要依靠自身的勇气、力量、毅力和智慧战胜恶魔和侵略者。只有在勇士处境困难的时刻或者遇难时，具有特异功能的未婚妻、伊都干（女萨满）和仙女等才去帮助他渡过难关或者起死回生，而且，往往勇士与帮助他的仙女结为夫妻。

在南北英雄史诗中都有神话、宗教色彩的人物，不同的是，在傣族史诗中英雄人物都是佛教天神下凡转世投胎于世间的。北方史诗的勇士，如同瓦·海希西所说：由人世间的父母正常生育、石生、自生、非尘世间产生等多种出身，除了在藏传佛教影响下形成的蒙古文《格斯尔》外，在其他北方史诗中没有天神转世的人物。原来北方萨满教的最高天神是孟克腾格里（长生天），后来蒙古人称做霍尔穆斯塔天神。奇怪的是在《格斯尔》里，把最高天神霍尔穆斯塔降为释迦牟尼的手下神，佛陀对他下令。说五百年后天下必将大乱。到那时为民除害，让天神从三个儿子中选派一名下凡投胎，使他当人间的帝王。霍尔穆斯塔派次子威勒布图格奇下凡投胎，他成为人间的格斯尔汗，征服各种邪恶势力，完成释迦牟尼的法旨后返回天界。这种转世现象是佛教转世论的反映，是佛教传入傣族地区和蒙古民间之后出现的新母题。它同史诗人物的神话、原始宗教色彩的神奇诞生有很大区别。显而易见，在这里佛教天神取替了原始宗教神灵和萨满教天神。

　　中国南方史诗与北方史诗经历了不同的产生和发展过程。在它们之间很难找到共同的发展规律。但是作为同一种史诗体裁的作品，它们有一些相似性和共性。这一时期的史诗是古人以神话观念和原始宗教观念创作的，它们都有浓郁的神话宗教色彩，有神奇的现象、神奇的情节和神奇的人物。南北史诗人物有相似的生长过程，如无儿女的老两口向神求子，已失去生殖能力的老婆子神奇的怀孕、勇士奇异诞生、神速成长、刀枪不入、水火不惧、酣睡不醒等情节普遍存在。史诗的时空观念相似，事件发生于神界、人界、动物界和龙界，人物有人、神、鬼和动物，他们在上界、中界和下界三界中随意活动。人物有灵魂，而且灵魂可以转世，反面人物死后灵魂变成伤害人类的动物。

　　在这一编中将叙述第二个发展时期的英雄史诗，它们起初产生于野蛮期高级阶段，取材于部落之间的战争，形象地反映了氏族社会末期人们的生活、思想、风俗和斗争，为后期人们提供文字资料中看不到的信息。后来有些史诗在不同程度上表现了封建时代的部族斗争、民族斗争和宗教斗争。当然，也会有在封建时代产生的英雄史诗。这类史诗的浪漫主义色彩浓郁，有天马行空般的艺术夸张和优美动听的修饰语和程式化的诗歌。因为有这些相似性，我们将它们同放在第二编中探讨其形成和发展规律。

# 第一章

## 蒙古英雄史诗的特征

### 第一节　蒙古英雄史诗的蕴藏和分布

蒙古英雄史诗产生于氏族社会，其时蒙古民族尚未形成，各个蒙古部落聚居于南西伯利亚和中央亚细亚毗邻地域。后来随着蒙古汗国的建立和扩张以及民族大迁徙，蒙古部落分布在欧亚大陆，他们的英雄史诗也在新的居住地域流传和发展。因此，现今在中国、蒙古国和俄罗斯三国境内的各蒙古语族民众中普遍流传的英雄史诗，都属于同源异流作品。在蒙古语族人民的英雄史诗中，除举世闻名的长篇史诗《江格尔》和《格斯尔》外，其他中小型英雄史诗及异文已记录的达 550 部以上。具体来讲，笔者在《蒙古英雄史诗源流》①中，列举了我国蒙古族 64 部史诗的 113 种异文（其中包括国外异文 10 多种）；据娜仁托娅统计，在蒙古国境内记录的中小型史诗有 80 部，241 种异文（第 33—273 异文）②；俄罗斯境内布里亚特蒙古人的史诗也极其丰富，据说巴拉达也夫一个人就记录了 100 多部史诗及异文③，现已纳入研究领域的布里亚特史诗有 200 多种。此外，在中国、蒙古国和俄罗斯境内的卡尔梅克蒙古人中所记录的《江格尔》由 200 多部相对独立的长诗组成，而且每部长诗都像一部中小型英雄史诗，全诗长达 20 多

---

① 仁钦道尔吉：《蒙古英雄史诗源流》，内蒙古大学出版社 2001 年版。
② 娜仁托娅：《蒙古史诗统计》，见《民间文学研究》，第 18 卷，第 70—154 页，科学院出版社 1988 年版。
③ ［苏］谢·尤·涅克留多夫：《蒙古人民的英雄史诗》，内蒙古大学出版社 1991 年版，第 19 页。

万诗行。蒙古文《格斯尔》有 10 多种手抄本、木刻本和口头唱本，有散文体和韵文体，其中有的韵文体异文超过 10 万诗行。

外国学者过去对中国以外的蒙古英雄史诗进行了较深入的研究。他们把布里亚特、卡尔梅克以及蒙古国的喀尔喀和西蒙古卫拉特称为蒙古英雄史诗分布的四大中心。笔者曾于《论巴尔虎英雄史诗的产生、发展和演变》①一文中提出中国蒙古族英雄史诗分布有三大中心，即内蒙古呼伦贝尔盟巴尔虎至鄂尔多斯等部族中心，哲里木盟扎鲁特—科尔沁部族中心和新疆、青海一带的卫拉特部族中心。外国学者承认并常常引用笔者有关中国蒙古族英雄史诗三大中心的论断。这样就可以说，目前世界上存在着蒙古英雄史诗分布的七大中心。

根据各蒙古部落的迁徙史和上述七个中心史诗特征，我们可以把整个蒙古英雄史诗归纳为三大体系。

（一）布里亚特体系的英雄史诗。它包括贝加尔湖周围居住的布里亚特人的史诗、蒙古国境内布里亚特人的史诗以及我国呼伦贝尔盟布里亚特人及其毗邻鄂温克人向他们学唱的英雄史诗。

贝加尔湖周围布里亚特人的史诗非常丰富，研究者也比较多。从 20 世纪初扎木察莱诺开始研究，随后阿·乌兰诺夫、尼·沙尔克什诺娃等学者先后发表过一批研究布里亚特史诗的专著。他们根据史诗发展阶段和地域特征，把布里亚特英雄史诗分为埃和里特—布拉嘎特史诗、温戈史诗和霍里布里亚特史诗。已经记录的布里亚特史诗有数百部，其中发表的有六七十部。除《格斯尔》外，史诗《叶仁赛》、《阿拉木吉莫尔根》、《艾杜莱莫尔根》、《哈奥希尔胡本》、《奥希尔博克多》、《胡荣阿尔泰》、《布赫哈尔胡本》等也都有较大影响。

（二）卫拉特体系的英雄史诗。其中除了我国新疆、青海和甘肃卫拉特人的史诗外，还包括俄罗斯的伏尔加河下游居住的卡尔梅克人的史诗和蒙古国西部各省卫拉特人的史诗。在卡尔梅克人中主要流传的史诗是《江格尔》。19 世纪初在卡尔梅克人中最早记录了这部英雄史诗的一些篇章，至今已搜集出版的有 30 多部长诗，长达 3 万诗行。在蒙古西部卫拉特人中发现的英雄史诗中，除了《江格尔》和《格斯尔》的一些异文外，据统计卫拉特其他史诗还有：巴亦特、杜尔伯特史诗 17 部 30 种异文，乌梁海、土尔扈

---

①　见《文学遗产》，1981 年第 1 期，第 21—32 页。

特史诗16部26种异文①。在西蒙古卫拉特史诗中有与我国卫拉特史诗同名作品《那仁汗胡布恩》、《汗哈冉贵》、《汗青格勒》、《鄂格勒莫尔根》、《珠拉阿拉达尔汗》、《乌延孟根哈达逊》、《塔林哈尔宝东》、《额真乌兰宝东》、《汗色尔宝东》、《永不死的乌伦替布》等。此外，还有著名的史诗《嘎拉珠哈尔库克勒》、《阿尔嘎勒查干鄂布根》、《布金达瓦汗》、《和楚勒尔赫》、《胡德尔蒙根特布恩》、《胡尔勒阿拉坦杜希》等。蒙古学家符拉基米尔佐夫曾在20世纪20年代搜集出版了巴亦特英雄史诗《宝玛额尔德尼》、《岱尼库尔勒》、《沙尔宝东》、《鄂尔格勒·图尔格勒》、《鄂格勒莫尔根》、《汗青格勒》、《盔腾库克·铁木耳哲勃》，并且进行了介绍和研究。

（三）喀尔喀—巴尔虎体系的英雄史诗。其中包括喀尔喀、巴尔虎、扎鲁特—科尔沁三大中心的英雄史诗。巴尔虎史诗的分支察哈尔、阿巴嘎、乌拉特、鄂尔多斯等地的史诗也属此系统。据一些研究者说，在青海除了卫拉特体系的史诗《汗青格勒》等外，还有过巴尔虎体系的史诗《三岁的古纳罕乌兰巴托尔》等作品。

在喀尔喀人中，除了有《江格尔》、《格斯尔》和《汗哈冉贵》的一些异文外，还发现了其他177部史诗②，其中有《阿贵乌兰汗》、《阿拉坦孙本夫》、《阿拉坦嘎鲁诺谚夫》、《三岁的古南乌兰巴托尔》、《吉勒尔米吉德汗的儿子珠盖米吉德》、《扎纳扎鲁岱》、《155岁的劳莫尔根老可汗》、《好汉仁沁莫尔根》、《希林嘎拉珠巴托尔》、《好汉鄂格勒莫尔根》，等等。我国巴尔虎和其他部族史诗的数量超过120部。巴尔虎和喀尔喀有不少共同的英雄史诗，它们不仅名称相同，而且内容也相似，都是同源异流作品。

在蒙古史诗的七个中心里，所发现的史诗远远超过550部，它们除有地区特征和部族特征外，还有一种渊源上的共性。一方面，在决定史诗的核心因素，如题材、主题、人物、情节、结构、母题和艺术手法等方面，许多史诗有一定的共性。另一方面从整体类型看，除特殊类型的家庭斗争型史诗外，其他蒙古英雄史诗分为三大类型，其中的单篇型史诗和串联复合型史诗两大类型均在七个中心里普遍存在。目前分别居住在外贝加尔和伊尔库茨克一带的布里亚特人、伏尔加河西岸的卡尔梅克人，居住在我国呼伦贝尔的巴尔虎人、哲里木的扎鲁特人，新疆一带的卫拉特人和居住在

---

① 见娜仁托娅《蒙古史诗统计》。
② 同上。

蒙古国的喀尔喀人、西蒙古卫拉特人,虽然彼此相隔数千公里,在过去数百年中也很少联系,但他们的民间史诗都普遍存在着极其重要的共同特点,这是无法用"影响说"来作解释的。这恰好证明整个蒙古英雄史诗存在共同的起源。我们知道,研究斯拉夫史诗的学者们,把在各个斯拉夫民族史诗中共有的因素都看作为斯拉夫人共同的创作。因为那些共同的因素,恰恰是产生于斯拉夫各民族形成以前各个斯拉夫部落在一起居住时期。同样,我们也认为蒙古英雄史诗产生于蒙古民族形成以前的历史阶段。现有各蒙古史诗中心里的英雄史诗都有同一渊源,它们都是在同一时期共同地域产生的,并得到初步发展。据历史记载,蒙古民族形成以前,约在 11 至 12 世纪,许多蒙古部落聚居在南西伯利亚和中央亚细亚。例如当时卫拉特各部落生活在贝加尔湖西部安加拉河一带的八河流域。巴尔虎部落居住在贝加尔湖以东巴尔古津地区。各布里亚特部落基本上生活在贝加尔湖周围。蒙古国的喀尔喀人是后来形成的一种地域性共同体。据《蒙古秘史》和拉施特《史集》描述,当时的各蒙古部落分为森林部落和草原部落。虽然由于生活方式的差别,森林部落以狩猎为主,草原部落以放牧为主,但仍然还有难以避免的、较多的交叉现象。现有蒙古史诗的七个中心和三大体系也恰恰来源于森林和森林边缘地带。根据这些情况,我们认为 11 至 12 世纪的森林部落居住区及其相毗邻的草原部落居住区是一个相当辽阔的"史诗带"。在这个"史诗带"里,许多部落的聚居区无疑都是史诗的发生点或中心。因而在各个中心几乎都会出现蒙古英雄史诗的雏形,它们相互影响,逐渐发展成为初期英雄史诗。在那时单篇型史诗和串连复合型史诗两大类型的史诗已初具规模,只是尚未进一步发展成为大型英雄史诗。布里亚特人没有远离家乡,他们的英雄史诗继续在原地区获得进一步发展,增加了不少新的内容和形式。在《格斯尔》的影响下,出现了长达几万诗行的民族英雄史诗。大约从 13 世纪成吉思汗时代起,卫拉特各部落南迁,15 世纪左右他们到阿尔泰山一带去游牧,和土尔扈特、和硕特、杜尔伯特等部落一起建立四卫拉特联盟。卫拉特英雄史诗的共性就形成于 15 世纪早期"四卫拉特联盟"的建立至 17 世纪初土尔扈特部首领和鄂尔勒克西迁以前。当时,不但单篇型史诗和串连复合型史诗得到进一步发展,而且,在这两种类型史诗的基础上,又出现了蒙古英雄史诗新的第三种类型,即并列复合型英雄史诗《江格尔》。巴尔虎部落 13 世纪以后向东游牧,经过多次迁徙,终于在 18 世纪 30 年代脱离喀尔喀人,到了现在居住的呼伦贝尔。这一体系的史诗共性，可能就发生在喀尔喀、巴尔虎和扎鲁特各部族人民密切联系的时期。现有巴尔虎—喀尔喀体系的英雄史诗同它们 13 世纪以前的面貌相比，很可能已经发生了一些变化。但同卫拉特体系的史诗相比，它们的发展、变化并不大，多数史诗仍处于短篇形式之中，最长的也有两千诗行左右。尽管如此，这些作品仍然是完整的作品，而不是像有人所说那样，只是原有的长篇史诗被遗忘之后留下来的残缺部分。

为了便于说明整个蒙古英雄史诗的发展过程，我们以图表形式表示如下：

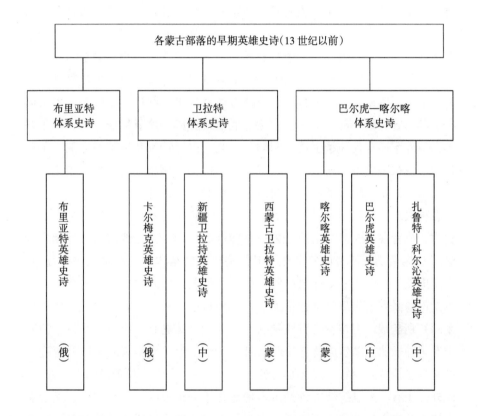

## 第二节　蒙古族英雄史诗的部族特征和地域特征

各地区、各部族、各国的蒙古英雄史诗都有共同的起源和相似的发展规律，它们都是在早期英雄史诗的基础和传统上，以其题材、情节、人物和叙事艺术为核心和模式向前发展的。但是，蒙古族人分布在中、蒙、俄三国的广大草原和森林地带，他们数百年间很少来往，信息闭塞。因此，各部族的生活条件和史诗发展不平衡，出现了蒙古史诗的地域特征和部族特征。其中，喀尔喀—巴尔虎体系的英雄史诗在情节结构上保留着早期英雄史诗的特征。当然，它也得到相当的发展和流变，但到了一定的阶段处于停顿状态之中，没有像卫拉特史诗那样向前发展。这一体系史诗的故事情节简单，一般都是直线式发展，没有多少曲折的发展过程。其结构严密，通常基本情节由一二十个主要母题组成；篇幅不长，多数达数百诗行，最长的也就 2000 诗行左右。其主人公往往单枪匹马出场，或者带有一两个亲弟兄或一名助手；敌人是一个具有神话色彩的多头蟒古思，勇士与它进行一对一的较量。巴尔虎史诗和喀尔喀史诗可以成为蒙古英雄史诗早期发展时期的重要依据和珍贵资料。而卫拉特体系的史诗则进入了较高的发展阶段，其内容和形式都有了很大变化。卫拉特史诗的情节复杂曲折，除了基本情节外，还有各种派生情节和插曲。鲍·雅·符拉基米尔佐夫院士早已指出：卫拉特史诗"……情节极为复杂，因为史诗叙述英雄的大半生，常常从出生开始，然后把他们引向其他领域和汗国，到外界经受考验，去克服各种艰险，让他们对付所遇的各种人……有时会遇到超自然的神奇的恶势力，或者在主要情节中插进去一些辅助的母题，并把他们描写得相当细腻。"[①] 随着史诗情节的复杂化，卫拉特史诗的结构也比巴尔虎史诗复杂。巴尔虎史诗一般由一个母题系列（征战型母题系列或婚事型母题系列）或两个母题系列（婚事型母题系列加征战型母题系列，或者两种征战型母题系列）所构成。卫拉特也有这种由一个或两个母题系列组成的史诗，但其中有多种插曲。巴尔虎没有发现家庭斗争型史诗（或淫荡的妹妹型史诗），可是在卫拉特人中有一批这类晚期产生的史诗，它们取材于民间生活故事。此外，还有一批卫拉特史诗是由多种母题系列组成的。不仅如此，卫拉特史诗的结构十分严密，每一部分之间都有内在的逻辑联系，整部史诗成为一个有机的整体。长篇史诗《江格尔》的结构方式更为突出，它丰富和发展了蒙古英雄史诗的情节结构，使之成为并列复合型情节结构的史诗。并列复合型史诗《江格尔》的形成，标志着蒙古英雄史诗的第三个发展时期，

---

①　[苏] 鲍·雅·符拉基米尔佐夫：《蒙古—卫拉特英雄史诗》序，国家出版社 1923年版。

这也就是最后一个发展阶段。

有的卫拉特史诗只有一位勇士，有时一个勇士带一两个兄弟或安达（结拜兄弟）出场。在一批史诗中通过一代又一代人的斗争才最终战胜同一个顽敌；也有两三代英雄与不同的几个敌人进行多次征战的情况。《骑银合马的珠拉阿拉达尔汗》、《汗哈冉贵》等史诗中描述了较大的军事冲突。当然，在长篇巨著《江格尔》中出现了许多汗国之间的大规模的战争，形象地反映了封建割据时期蒙古社会的军事斗争。因为情节复杂、人物众多，卫拉特史诗的篇幅比喀尔喀—巴尔虎史诗长，产生了一批长达四五千诗行的史诗。更值得指出的是，《江格尔》由 200 多部长诗组成，全诗长达 20 多万诗行。它被誉为中国三大史诗之一，可以同世界四大史诗古希腊的《伊利亚特》和《奥德赛》、印度两大史诗《罗摩衍那》和《摩诃婆罗多》相媲美。

卫拉特地区有素质很高的史诗演唱艺人陶兀里奇和江格尔奇，他们都是有名望的艺术家。陶兀里奇和江格尔奇不仅保存、传播和演唱英雄史诗，而且还会补充、丰富史诗情节，也会创作新史诗。因此，卫拉特史诗有了更进一步的发展，达到了蒙古英雄史诗的高峰。符拉基米尔佐夫在同一本书中，针对卫拉特陶兀里奇说："在蒙古一些部落中有专门背诵英雄史诗的陶兀里奇，因此，有的地区的史诗作品，不仅迄今还完整地存在着，而且继续发展着，旧史诗被更替，新史诗还在产生。"① 他接着又指出，卫拉特陶兀里奇是一种特殊的"职业"歌手，他们有高度的文化素养，了解本民族的历史和文化，经过一定的演唱训练，并得到富有名望的老艺人和听众的承认和选拔，才能成为陶兀里奇。卫拉特陶兀里奇演唱的史诗与其他地区的史诗不同，是一种"文学"加工的作品，其结构严谨和谐，优美雅致，比起其他地区的史诗又向前发展了一步。

同喀尔喀—巴尔虎体系史诗和卫拉特体系史诗相比较，布里亚特体系的英雄史诗处于二者之间的发展形态之中。布里亚特史诗有 200 多部，缺少《江格尔》那种长达 20 多万诗行的并列复合型史诗，但它有上万诗行的史诗《叶仁赛》和不少数千诗行的史诗。还有几种不同版本的《阿拜格斯尔》，其中有的长达 3 万行诗行。布里亚特人把史诗叫做"乌里格尔"，在

---

① ［苏］鲍·雅·符拉基米尔佐夫：《蒙古—卫拉特英雄史诗》序，国家出版社 1923 年版。

内蒙古许多部族中也有这种说法。布里亚特地区出现了不少著名的乌里格尔奇（史诗演唱艺人），有的人兼有萨满与乌里格尔奇双重身份。因此，布里亚特史诗的萨满教色彩浓厚，较多地保存着古老因素和原始宗教习俗。值得特别注意的一种倾向是：布里亚特人早已有传统的史诗《奥希尔博克多胡本》和《胡荣阿尔泰胡本》，这两部均是反映狩猎时代生活的古老英雄史诗。但是，康熙五十五年出版的北京木刻版《格斯尔传》在布里亚特地区广泛流布，它的影响超过布里亚特传统的史诗，在格斯尔可汗被神化和偶像化之后，有的艺人把散文体《格斯尔传》改写成为诗体作品传播。同时，有的乌里格尔奇把奥希尔博克多当作格斯尔可汗的长子，胡荣阿尔泰说成其次子，便将这两部史诗接在韵文体《格斯尔传》后，这样出现了伊莫格诺夫·曼舒特唱本三部曲《阿拜格斯尔》（22044 诗行）。除了把上述两位勇士说成是格斯尔的儿子，格斯尔让他们求婚远征，史诗结束时格斯尔上天成佛等先后连接的一段话外，上述两部史诗与《格斯尔传》实际上没有多少联系，迄今还是独立的史诗。国内发现的布里亚特史诗近 10 部，其中存在着复杂的状况。因为布里亚特人、鄂温克人和达斡尔人共同居住于同一个鄂温克旗内，鄂温克旗与巴尔虎地区相邻，他们的关系密切，所以除了布里亚特人演唱自己的史诗之外，有的鄂温克人也演唱了几部布里亚特史诗。布里亚特史诗，一方面与巴尔虎史诗有一定的联系，另一方面都保留着布里亚特史诗的特征。布里亚特史诗中有单篇型史诗、串连复合型史诗和家庭斗争型史诗。和巴尔虎史诗相比较，它们的内容复杂、情节曲折、有许多插曲。同时，增加了许多民间传说故事情节和母题。诸如：史诗勇士常常遇难，保护勇士的是其坐骑、猎狗和猎鹰，他们请勇士的未婚妻或仙女来，使他死而复生。布里亚特史诗中还有许多民间故事的情节和母题。诸如：天鹅姑娘型的故事情节、大鹏偷盗金银马驹的故事情节、凤凰与蛇型的故事情节、动物感恩母题、地下深洞寻人传说、勇士被害掉进陷阱情节和女扮男装争夺美人情节。这一切都是在卫拉特史诗和许多部族的英雄故事中常见的情节。还有一种在中国蒙古族史诗中罕见的情节，这就是女佣冒充公主嫁给勇士而受惩罚的故事情节。这可能是在其他民族民间故事的影响下出现的。

此外，在同一个喀尔喀—巴尔虎体系的史诗中也存在一些地域和部族的特征。如在扎鲁特史诗中有近代好来宝、蟒古思故事和本子故事影响。乌拉特史诗中存在着不少佛教影响、汉族影响和近代社会内容。

# 第三节　蒙古英雄史诗的类型分类

　　蒙古英雄史诗是活态史诗，最初产生于原始氏族社会，至今550多部史诗及其异文流传在各国蒙古语族民众中。原始英雄史诗不可能原封不动的口头流传到今天，它们在1000多年来的口传过程中，不断得到发展与变异。一方面主要的核心部分逐步向前发展，在这古老传统的基础上，新的因素和新的史诗不断产生。另一方面，次要的或过时的因素自然退出历史舞台，一些古老史诗被人们遗忘。在这种活态英雄史诗中存在着不同时代、不同内容、不同类型、不同形态的史诗同时并存的特殊现象。这种现象展现了蒙古英雄史诗总体的发展过程，在一定程度上保存着各个发展阶段的特征。

　　英雄史诗这一种体裁很特殊，在整个蒙古英雄史诗各部作品的情节结构中都存在着许多相似的因素。蒙古学家瓦·海希西、尼·波佩等学者以母题为单元分析了蒙古英雄史诗的情节结构类型。值得特别指出的是，瓦·海希西教授建立了蒙古英雄史诗结构和母题分类体系。他对在中、蒙、俄三国境内搜集到的上百部蒙古英雄史诗进行详细的分析、综合，把蒙古英雄史诗的结构类型归纳为14个大类、300多个母题和事项。除以母题为单元外，笔者曾采用一种比母题大的情节单元，即以史诗母题系列（早期英雄史诗的情节框架）为单元的方法，分析蒙古英雄史诗的情节结构类型的发展。

　　那么，什么是"英雄史诗母题系列"呢？蒙古英雄史诗一般都由抒情性序诗和叙事性故事两部分组成。各类史诗的序诗都不太长，它们有共同的模式和母题。史诗的主体是叙事部分，其中除有作为史诗框架的基本情节外，还有各种派生情节和插曲。派生情节和插曲是史诗里晚期产生的因素，它们像民间故事一样复杂。基本情节是史诗的骨架，蒙古史诗的古老传统情节及其周期性和规律性都体现在其中。笔者曾对国内外蒙古英雄史诗进行比较分析，发现了在基本情节中除有作为英雄史诗的最小情节单元母题外，还普遍存在着一种比母题大的周期性的情节单元。我把这种情节单元叫做"英雄史诗母题系列"，并根据内容将其分为婚姻型母题系列和征战型母题系列。两种英雄史诗母题系列有各自的结构模式，都有一批固定的基本母题，而且那些母题都有着有机联系和排列顺序。归根结底，这两种母题系列来自早期英雄史诗。蒙古早期英雄史诗有两种类型，一是勇士远征求婚型史诗，另一是勇士与恶魔斗争的史诗。

在前一部分中，我们阐述了这两种早期英雄史诗，分析了它们的基本情节框架，并展示了由它们的情节框架所组成的史诗母题系列。蒙古英雄史诗的传统题材分为婚事斗争和征战两大类。勇士远征求婚型史诗属于婚事型史诗，它的基本情节框架由婚事型母题系列（A 为符号）所组成，它分为抢婚型史诗（基本情节框架为 $A_1$）和考验婚型史诗（基本情节框架为 $A_2$）。勇士与恶魔斗争型史诗属于征战型史诗，其基本情节框架由征战型母题系列（B 为符号）所构成。它也有两种类型，一是迎敌作战式史诗（基本情节框架为 $B_1$），另一个是失而复得式史诗（基本情节框架为 $B_2$）。这四种早期史诗都描绘了勇士的一次英勇斗争，它们的情节框架只由一种史诗母题系列组成，故称其为单篇型史诗。我们以图表的形式显示如下：

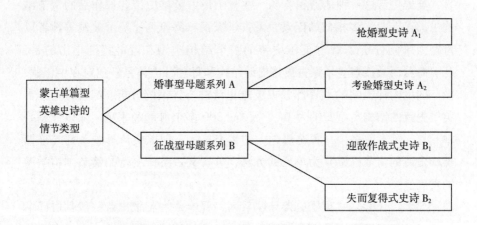

早期单篇型史诗的情节简单，但它有一个较完整的小故事情节，其基本情节框架成为一种固定的史诗母题系列，这种母题系列由一批基本母题组成，而且，各个母题都有一定的排列顺序。当然，在不同的史诗母题系列中，母题的数量和相应的母题内容有一定的出入，但多数母题是必不可缺少的，因为它们是史诗框架的骨架。

早期单篇英雄史诗是整个蒙古史诗中最初的、最简单的、最基本的史诗类型。蒙古英雄史诗是以它为基础、以它为单元向前发展的，它像一条红线始终贯穿着整个蒙古英雄史诗的发展过程。史诗内容的发展、情节结构的发展和人物形象的发展都是如此。蒙古口传史诗在形式方面，从小到大、从最简单到复杂、从单一情节到两个或两个以上的情节（即单篇型史诗到复合型史诗）、从一部史诗文本到它的多种异文、从少量作品到数百部作品，都是以早期史诗为基础逐渐充实和发展的。史诗的内容也随着时间的远近、社会性质和阶级关系的变化以及演唱者思想观点和文化素质的不同而发生变化。其中神话色彩越来越少，具体的现实成分越来越多；古老的早已过时的事物和现象，逐渐被人们遗忘，后期各个时代的新东西不断增加，这样由前阶级社会到封建时代的各种事物和现象在蒙古英雄史诗中得到了不同程度的反映。

　　为什么说整个蒙古英雄史诗是以早期史诗为基础，以它为核心、以它为单元向前发展的呢？史诗的形成和发展有社会历史根源和史诗本身的发展需求。随着社会生产力的发展，私有制得到了进一步发展，同时产生了阶级分化现象。部落首领和奴隶主们为了掠夺财产和俘获奴隶，在社会上普遍爆发了连绵不断的部落战争。我们不清楚从什么时候开始蒙古社会进入这种"英雄时代"，但我们却知道直到11—12世纪蒙古社会上还存在着部落战争。当时的社会状况正如13世纪上半叶成书的历史文学名著《蒙古秘史》所记载的：

　　　　星天旋转，
　　　　诸国争战，
　　　　连上床铺睡觉的工夫也没有，
　　　　互相掠夺、掳掠。

　　　　世界翻转，
　　　　诸国攻伐，
　　　　连进被窝睡觉的工夫也没有，
　　　　互相争夺、杀伐。

　　在这种尖锐复杂的社会形势下，勇士们参加的当然不只是一次战斗。正像串连复合型史诗所描写的那样：或者乘勇士离开家乡到远方娶妻的机会，或者利用他离家同敌人打仗和围猎之机，敌人去破坏勇士的家乡，赶走他的牲畜，俘获他的父母和百姓去做奴隶的现象时有发生。勇士取得一次胜利返回家乡后也不得不再次去追击敌人。史诗是社会现实的曲折反映。

这种新的社会生活在史诗里面必然有所反映，但是原有的单篇史诗形式无法容纳，人们不得不去寻找创作新的史诗形式的道路。这样他们便动用现成的原有两种单篇史诗的材料，即利用婚姻母题系列和征战母题系列，以前后衔接的方式串连两个或两个以上的史诗母题系列为核心创作了串连复合型史诗。这种串连复合型史诗有两种基本形式，第一种是以婚姻母题系列加征战母题系列为核心构成的串连复合型史诗，它的上半部分是由考验婚史诗母题系列组成，下半部分是财产争夺型史诗的母题系列（$A_2 + B_2$）。当然，衔接两种母题系列的时候，不能不做一些加工。第二种则由两个不同的征战母题系列为核心形成，这也就是说，第二种类型的串连复合型英雄史诗是以迎敌作战式史诗母题系列和失而复得式史诗的母题系列为核心形成的（$B_1 + B_2$）。除了这两种基本形式外，也有由它们延伸的以两个以上史诗母题系列为核心产生的史诗。当然，在串连复合型史诗中普遍存在的是以婚姻母题系列加征战母题系列为核心构成的形式（$A_2 + B_2$），其他形式的史诗不普遍，但卫拉特有不少多种母题系列组成的史诗。

我们知道，长篇英雄史诗《江格尔》被称为并列复合型史诗或并列复合型情节结构的英雄史诗。这种史诗的情节结构与希腊史诗和印度史诗不同。其情节结构分为总体结构和各个诗篇（或章节）的结构两种。总体情节结构是在情节上独立的200多部长诗的并列复合体，故称作并列复合型史诗。它的各个诗篇的基本情节被归纳为四大类型（A、B、$A_2 + B_2$、$B_1 + B_2$）。这四大类型与前述类型相一致，即单篇型史诗的两种类型（A、B）加上串连复合型史诗的两种类型（$A_2 + B_2$、$B_1 + B_2$）。

以上几种串连复合型史诗的基本情节是以早期史诗的母题系列（婚事型母题系列和征战型母题系列）为单元，几种母题系列的不同组合而成并加以拓展的，它们的形成和发展都有一定的规律性。此外，还有一种较晚出现的特殊类型的英雄史诗。根据其内容可称作反映家庭斗争的英雄史诗，我们称为"家庭斗争型史诗"。这种史诗来源于民间故事，是一种民间生活故事与英雄史诗的混合体，有些学者称其为"淫荡的妹妹型"故事或"淫荡的母亲型"故事。此类民间故事在各地蒙古族故事中都不难找到，但有些已经变成韵文体，被人们叫做英雄史诗。因此，我们也将其视为英雄史诗。这种由民间故事演变而来的家庭斗争型史诗，不全是由史诗母题系列组成的，它有独特的情节结构。它描述了勇士（主人公）的后母（或妹妹、妻子等，下同）心怀叵测，躺倒装病，勾结勇士的敌人，施展借刀杀人之计，以治病为名先后三次让勇士远征，同凶禽猛兽搏斗或者杀死凤凰、蟒蛇、蟒古思，取来它们的舌头、尾巴和鲜蛋作药治病。但是，她们的阴谋未能得逞，勇士不但没有被害死，反而带着后母所需要的东西归来。这时后母给勇士服毒，或者采用其他手段将勇士杀害，然后带着牲畜和财产跟敌人一道逃到远处生活。最后，勇士的坐骑、猎狗和猎鹰保护勇士的骨肉，并请来仙女使勇士死而复生，随即向敌人复仇，并且惩治了后母。这种史诗的主要部分是"淫荡的妹妹型"故事的情节（字母符号为 C），同时，它还继承和借用了考验婚型史诗的部分情节（可以说是 $A_2$ 的二分之一，即$\frac{1}{2}A_2$）为符号。

上述三大类型的史诗和特殊的家庭斗争型史诗的情节框架，以图显示如下：

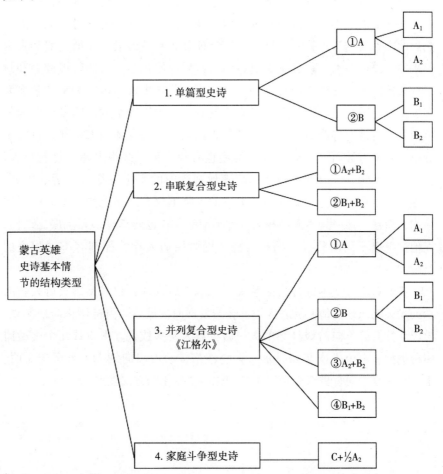

# 第二章

# 英雄史诗人物和情节的发展

蒙古英雄史诗自从产生至今，在悠久漫长的口头流传过程中，处于发展和变异形态之中，一方面早期的因素越来越少，甚至有些过时的后人不熟悉的因素被淘汰，另一方面，它不断地吸收新的因素，逐渐充实和发展起来的。总体而论，蒙古英雄史诗中的原始氏族社会、初期阶级社会和封建社会的因素都得到不同程度的反映。蒙古英雄史诗的内容和结构是多元多层次的，因此，史诗的人物形象也具有多元多层次结构。笔者以国内外整个蒙古英雄史诗为背景，对我国蒙古族全部史诗文本（120 种）进行了分析，其中有数百个人物，人物类型也有数十种。这些史诗人物包括人、神、妖和动物。可以说，神话、萨满教观念中的宇宙三界（上界、中界、下界）中的生灵齐全。蒙古英雄史诗的人物不仅在总体上具有多元多层次结构，而且，某一具体人物和某一种类型的人物也同样有多元多层次结构，在他们身上不同时代、不同社会和不同阶层的人物特征都有不同程度的反映。

我们对史诗文本进行全面系统地分析之后发现，蒙古英雄史诗人物的总的发展趋向是：他们随着人类社会的发展而发展，即由神话化向现实化、由氏族社会的人向阶级社会的人、由少数人向多数人、由少数几个类型向多种类型、由个人向集团发展。人物性格描绘由粗向细、由野蛮向文明、由单一勇猛型向智勇双全型、由类型化向个性化的方向发展。

# 第一节　早期史诗的勇士

蒙古英雄史诗的整个人物形象体系是以早期史诗的人物形象为核心向前发展的。这也就是说，一方面早期史诗的人物形象渐渐得到充实和发展，另一方面围绕着早期史诗的人物，不断地产生新人物形象和新的人物类型。据笔者考证，蒙古英雄史诗的情节结构是以原始单篇型英雄史诗的情节框架为核心，以它为模式和单元向前发展，先后出现了单篇型史诗、串连复合型史诗和并列复合型史诗等不同类型的史诗。蒙古英雄史诗的人物结构的发展与情节结构的发展一样，也是以原始单篇型史诗为基础的。原始单篇型英雄史诗是整个蒙古英雄史诗的开端，后来的史诗在体裁、题材、情节、人物等方面都继承了它的传统，在这个传统的基础上不断发展。因此，探讨蒙古英雄史诗的产生和发展规律，包括人物形象的发展规律，必须先从原始单篇型史诗入手，并顺应人类社会的发展，分析史诗及其人物的发展阶段，说明英雄史诗的总体发展规律。原始英雄史诗分为婚事型单篇史诗和征战型单篇史诗两大类型，这两种题材的史诗人物形象有一定的区别。婚事型单篇史诗的人物形象有：勇士及其战马、未婚妻和岳父，有时出现勇士的父母、兄弟和情敌，其主要矛盾和斗争出现在勇士与岳父之间，他们的矛盾一般都是考验性的，有时也是对抗性的。征战型单篇史诗的人物是勇士、妻子、战马和蟒古思，主要人物形象是勇士及其敌人——多头的蟒古思（恶魔），二者的斗争是对抗性的。这两种原始史诗的人物形象概括起来有以下几种类型：正面主要人物形象是勇士，主要反面人物形象是蟒古思，岳父也是勇士的对手，但不一定是敌人。勇士的妻子或未婚妻是争夺的对象，她们是主动帮助和忠实于勇士的陪衬形象。人格化的战马是勇士不可缺少的助手和参谋，勇士的丰功伟业是在马背上建立的。有的史诗里出现勇士的一两个亲兄弟，他们起着勇士助手的作用，有时他们的作用很大，但并不是普遍存在的人物形象。有时出现勇士的父母，他们主要起着养育儿女和传递信息的作用，他们往往能提供勇士敌人来临的预兆和未婚妻的信息。除了这些人物形象外，有时还出现山神、天女、卜者等正面人物形象以及被蟒古思或岳父所控制的种种害人的凶禽猛兽。

现在我们分析一下史诗的勇士及其发展与变异过程。所谓英雄史诗就是描述英雄人物经过艰难困苦的战斗打败与他作对的自然界和人类社会的强大势力的史诗。每一部原始英雄史诗只有一位勇士，他是天下无敌的人，是个常胜将军。在后来的史诗里，尽管勇士有时遇难，但仙女或者神奇的妻子（未婚妻）会使他死而复生，勇士复活之后，再次上战场打败敌人。蒙古英雄史诗缺乏悲剧结局，总是以勇士的胜利告终。原始英雄史诗的勇士是理想与现实相结合产生的人物形象，是氏族社会广大民众的化身。创作史诗的民众把群体的力量和智慧赋予这一人物形象，通过他体现民众的思想愿望和理想。

史诗的勇士是以神话、萨满教观念创作的人物形象，他们既是现实社会中的人，又是超自然的人物，既有人的性格，又有神的功能，是神性与人性相结合的半人半神式人物。譬如，在巴尔虎史诗《巴彦宝力德老人》，卫拉特史诗《巴彦班巴勒汗的儿子好汉赫布赛音》、《骑金黄马的阿拉图杰诺谚江格莱》、《骑银合马的珠拉阿拉达尔汗》和喀尔喀史诗《阿尔嘎勒查干鄂布根》等作品都保留着勇士形象的神奇色彩，诸如：勇士的非凡出身，无儿无女的老两口祈求得子，老太太的特异怀孕，勇士的神奇的出生、神速成长、超人的力量、非凡的本领、刀枪不入的身躯、神奇的变身术和死而复生等超自然性是世间人类不可能具有的特殊现象。《巴彦宝力德老人》中的勇士是世间父母所生，但其父母是早已失去生育能力的 85 岁和 75 岁的老两口。关于勇士的上述种种神性，笔者曾在《关于阿尔泰语系民族英雄史诗、英雄故事的一些共性问题》一文中指出，这不仅是蒙古英雄史诗所独有的特征，而是整个蒙古—突厥英雄史诗和英雄故事的一种重要共性。突厥语族人民的著名史诗《乌古斯》、《玛纳斯》、《阿勒帕密斯》和《艾尔吐斯特克》中的勇士也有类似特征。例如《艾尔吐斯特克》里的那扎尔老人和老伴突然发现挂在天窗上的马胸肉，他们吃了这块肉后，像返老还童似的容光焕发、精力倍增。更奇怪的是那扎尔 60 多岁的老伴儿竟然怀了孕，很快就生了一个儿子，这就是勇士艾尔吐斯特克。他刚生下来就像一岁的孩子一样，一个月以后就会走路，两个月后就会说话。他一年以后就像十五六岁的小伙子一样魁梧健壮了。在蒙古英雄史诗里有许多勇士是从三岁起便上战场屡立战功的。尤为奇特的是，勇士遇难之后，他的儿子替父报仇，这个在母亲肚子里未满 10 个月的胎儿突然破腹而出，神速长大向母亲打听父亲的下落，立即骑着他那天配的金胸银背宝驹，携带弓箭、宝刀上战场，一举消灭敌人及其儿子，救活被害死的父亲，父子二人胜利归来。

在蒙古人的风俗中，特别重视给男孩子起名和剃胎发的事情，这是由有名望的老前辈完成的仪式。在英雄史诗里，给勇士起名和剃胎发的往往是神仙。小勇士的父母举办盛宴，正当找不到给儿子起名的人时，忽然从外面走进来一位白发白胡子、身着白皮衣的老人，他主持仪式，给小勇士起名，剃完胎发之后便无影无踪了。这就是说，神仙来给小勇士起名和剃胎发，这个小勇士当然不是凡人了。给小勇士起名和剃胎发是成人仪式，从此以后，勇士开始他的业绩，既可以上战场打仗，也可以远征求婚。

蒙古—突厥英雄史诗的勇士具有天生的刀枪不入的身躯。譬如，对英雄希林嘎拉珠有这样的描绘：

> 他生来佩带着铁盔甲，
> 他将歼灭罪恶的敌人，
> 他生来佩带着钢盔甲，
> 他将消灭来犯之敌，
> 他生来手持钢剑，
> 握着敌人的心脏出生，
> 他生来脚着青铁靴，
> 握着敌人的胆囊出生。

勇士与蟒古思较量的时候，往往答应蟒古思先向自己射箭，他脱下钢铁铠甲挺胸屹立在高处等着，蟒古思嘴里念咒语，费九牛二虎之力向勇士射去毒箭，可是敌人的利箭碰到勇士的胸膛之后便粉碎了。有时候即使敌人的利箭射透了勇士的胸膛，但勇士只轻轻地摇动身躯，伤口便愈合了。类似现象在突厥英雄史诗里也常见。在勇士阿勒帕密斯出生前，化缘老人告诉他父母说："你们的阿勒帕密斯将是一位刀山敢上，火海敢闯，刀枪不入，长生不老的超越群伦的英雄。"

史诗的勇士与凡人的不同之处在于他们会变成各种鸟类或其他动物，与蟒古思斗争。在蒙古英雄史诗和西伯利亚突厥英雄史诗中，勇士走进他乡异地时，为了隐藏面貌，往往将自己变成一个秃头乞儿，把战马变为两岁劣马。在各种不同的史诗里，大多有这种固定的程式。比如，勇士阿拉坦嘎鲁走进蟒古思领地时有以下变化：

阿拉坦嘎鲁施展妙计，

把自己变成个穷小子，

腿上拖着邋遢的烂布，

腿根上搭拉着破黑毡，

浑身长满疥疮，

鼻涕挂在唇边，

把龙驹变为两岁劣马，

马鬃又脏又乱，

马粪糊在马腿上面，

把弓箭变为小孩玩具，

芦苇杆代替了金弓，

茇茇草代替了宝箭，

他装着找牲口的样儿，

走向蟒古思的宫殿。

(仁钦道尔吉、祁连休翻译)

值得指出的是，在史诗《阿勒帕密斯》中，提到了一个"秃头、疥疮的儿子"，但他已经不是蒙古—突厥英雄史诗传统观念中的勇士的化身，而是害阿勒帕密斯的一个老妖婆的坏儿子。这种现象说明了古老史诗中勇士的传统化身被人们遗忘，后人以自己的看法误认为这是反面人物形象了。

以上分析了史诗勇士的超自然的神性问题。这是按照神话、萨满教世界观创作的萨满及其神所具有的特征。可是，史诗的勇士不是神，而是现实生活中的人。如果说在神话里神占有主导地位的话，在史诗里占主导地位的则是人。史诗的主人公通过自己的勇气和力量战胜一切自然力和社会上的敌对势力。神性与人性相比较，在史诗勇士身上人的特征占优势。总的来看，随着人类社会的发展和人们世界观的变化，史诗人物的神性逐渐减弱，反而他们越来越接近于现实生活中的人。

早期蒙古英雄史诗的勇士是氏族广大民众的化身，他们代表着民众群体的力量。古人崇尚勇士的力气和胆量，他们按照这种要求塑造了史诗的勇士形象。史诗的勇士个个都是勇敢无畏的大力士，他们是天不怕地不怕、不达到目的誓不罢休的硬汉。创作史诗的民众通过理想与现实相结合的方法，从各个方面突出地表现了古代勇士的胆量，在那个氏族、部落战争连绵不断的年代，害怕战争是没有出息的，只有英勇战斗才能保证自己的生存。在这种形势下，小勇士们说：

> 为什么听不到，
> 好汉大喊大叫的声音，
> 为什么听不到，
> 兵器相撞相碰的声音，
> 为什么听不到，
> 骏马蹄奔腾的声音，
> 我这个魁梧的身躯，
> 快要被埋没了，
> 我那矫健的骏马，
> 快要变成僵尸了。

这不是企图发动战争的好战分子的话，相反表现了保卫乡土和保卫民众同来犯之敌英勇作战的决心。

勇士们不仅在敌人面前如此英勇无畏，而且远征求婚斗争中同样反映了他们的决心。在史诗里，往往父母向小勇士透露其未婚妻的信息之后，因他年纪尚小未长大成人，而未婚妻的家乡遥远，途中会遇到艰难险阻，所以劝他暂时不能去，他们说：

> 有翅膀的山鹰，
> 飞不到的远方，
> 有四蹄的快马，
> 跑不到的地方，
> 有无法渡过的大海，
> 有不能攀登的高山，
> 有凶恶的蟒古思，
> 有危险的猛兽。

听到这种劝告，勇士不但不灰心，反而坚定不移地回答：

> 男儿不能不达到目的，
> 骏马不能不跑到终点。
> 人会生在帐房里，
> 好汉应死在野外。

说罢，抓马备鞍，携带弓箭、宝刀，便出征求婚去了。

　　史诗里通过种种不同的艺术手法，有声有色地描绘了古代鲁莽勇士的勇气、力量和武艺，反映了他们特定的智慧。在《英雄希林嘎拉珠》（仁钦道尔吉、祁连休搜集，仁钦道尔吉、丁守璞翻译整理）里有如下描写：

> 绣在绸缎上的蛟龙，
> 岂能呼风唤雨？
> 贪婪残暴的蟒古思，
> 岂能战胜勇敢的英雄？

　　于是两个对手厮杀起来，直打得天昏地暗，高山峻岭变为平地，大河长江化作泥潭，山谷盆地一片汪洋，森林树木一扫而光。英雄不停地举起宝剑，向蟒古思砍杀。蟒古思用血红的魔棍不住地抵抗招架。……凶恶的蟒古思数数它的头，那十四个小脑袋早已无影无踪。蟒古思心慌意乱无心恋战，朝着东北方向逃窜。英雄希林嘎拉珠拿出大黑羊角弓，搭上那雕羽神箭，朝着蟒古思射去。雷霆般呼啸的神箭射穿了蟒古思的心肺。这里采用夸张手法反映了现实生活中的勇士应有的勇气和力量。

　　在蒙古英雄史诗里描绘勇士与蟒古思（或其他勇士）的战斗有一种固定的模式和程式——先从马背上以刀枪刺杀，长期较量胜负难分时，又用弓箭对射，最后赤手空拳肉搏。

　　在各地卫拉特英雄史诗中常常出现一种固定的二勇士搏斗模式和程式诗歌。如在《胡德尔阿尔泰汗》、《那仁汗胡布恩》等史诗中，二勇士先从马背上举起钢鞭向对方的钢盔上打来打去，接着在马背上扭打，用弓箭对射，最后跳下马赤手空拳肉搏。史诗这样描写他们的搏斗：

> 二勇士变换角斗方式，
> 用父母赋予的身躯拼厮，

把那野马皮裤，

裤腿挽到膝盖上，

把那鹿皮裤，

裤腿卷到小腿上。


从一昼夜的路程跑过来，

捡起羊大的石头，

向对方宽广的胸膛，

互相打来打去。


从一天的路程跑过来，

拾起牛大的石头，

向对方宽大的额头，

互相打来打去。


从抓到的地方，

撕下锅毡大的肉，

从碰到的地方，

扯下车轱辘大的肉。


　　尽管这些描写带有极度的夸张色彩，但却生动形象地描绘出英雄人物的力气和胆量。

　　在各国、各地区蒙古英雄史诗中有各种不同名称的勇士，他们或多或少保留着原始英雄史诗的勇士传统和特征。原始史诗的勇士个个都是鲁莽英雄，他们都属于同一种勇猛型勇士类型。蒙古学家符拉基米尔佐夫、桑杰也夫和涅克留多夫等人较深刻地分析了史诗勇士的性格特征。涅克留多夫在《蒙古人民的英雄史诗》中介绍了符拉基米尔佐夫的意见：卫拉特史诗中所有主人公统统属于一种类型，实际上彼此没有什么区别。他们是高尚的勇士，鄙视狡计阴谋，但有时不得不使用它。他们诚实、急躁和任性。我们认为，这种急躁、愤怒和任性是古老史诗勇士的一种重要特征。涅克留多夫认为，蒙古—突厥英雄史诗的勇士形象，多英勇善战、性情暴躁、精力过人和作为其后果的放荡不羁，以及伴随这些品质的郁郁寡欢。他还说，勇士的愤怒是叙事故事的核心。从另一方面看，正是这种状况使理智错乱，也可以说是愚蠢。确实，古老史诗的英雄是性情暴躁、心性憨直的人物。这与原始狩猎民和游牧民单纯的性格相似。史诗的勇士常常处于愤怒状态，他们有时不分青红皂白，不问好人坏人，碰见人就先动武。勇士在远征途中发现路边躺下睡觉的另一位勇士时，掏出剑刀便在对方大腿上连捅三刀。睡觉的勇士醒过来后不生气，反而蔑视对方说，野外的跳蚤咬得让人睡不好。有时他们看到另一位勇士就上去和他打起来，别人和神仙来说和也不听从，过了长时间胜负难分的时候，听自己坐骑的劝告或确实证明其为好人之后，才放下武器，互相谅解，甚至结拜为兄弟。有时这种鲁莽汉把仙女也当作妖精折磨。因为有类似失去理智的行为，史诗里称他们为"特努格"（Teneg，愚蠢）、"额尔古"（Erguu，糊涂）和"嘎拉珠"（Galjüü，狂人）。但这些称呼没有恶意，而是对小勇士的爱称，史诗夸奖和宣扬了他们那种无所畏惧的行为。

## 第二节　勇士以外的其他人物

蟒古思是早期史诗的主要反面人物，是勇士的死对头。笔者在前面已多次运用很大篇幅对蟒古思形象进行了多方位、多角度、多层次的分析，指出了古人以神话、萨满教世界观创作的蟒古思的神性，他的外貌和功能特征，这个多头吃人的形象产生的古代社会的现实基础，蟒古思形象从神话经过传说进入史诗的发展过程及其内涵，这个反面人物形象的象征意义的变化等问题。总之，古老英雄史诗是借用神话、传说中的蟒古思形象，反映了氏族社会的人们同自然界的斗争和氏族战争。蟒古思形象，起初在神话、传说中是自然界的凶禽猛兽的象征，后来又成了杀人的刽子手和敌对氏族的象征。随着私有制和阶级的产生，蟒古思成为掠夺者和奴役者的象征。在《江格尔》和《格斯尔》等晚期史诗中，"蟒古思"这个词变成了主要反面人物的代名词。蟒古思形象一直处于发展与变异形态之中。早期史诗中蟒古思可能是独自一人，它企图抢劫勇士的妻子或牲畜而被勇士打败。由于氏族社会中盛行血缘复仇制，怕被打死的蟒古思报仇，出现了勇士到蟒古思的老窝消灭其家族的情节，即勇士先后杀死进攻的蟒古思的父母、妻子及其胎儿的情节，更为明显的还有打死为蟒古思祈祷的喇嘛的母题，这肯定是喇嘛教传入蒙古地方以后的现象。后来蟒古思也有了助手，它往往派手下的一蟒古思去乘机偷来勇士的妻子。此外，在卫拉特史诗和布里亚特史诗中常常出现兄弟三个蟒古思，在打仗的时候他们也有一定的分工。例如，在布里亚特史诗《十三岁的阿布拉尔·德都博克多夫》中勇士通过英勇顽强的斗争先后杀死了来犯之敌99头的大蟒嘎德（蟒古思）和75头的蟒嘎德，并消灭了他们的老婆和儿子。可是，乘他们战斗之机，15头的狡猾的小蟒古思去霸占了勇士的妻子。这个妻子背叛丈夫，勾结敌人，企图杀害勇士。但是在坐骑的帮助下勇士不但没有上当，而且消灭了15头的蟒嘎德。在有的史诗中，蟒古思还有了一批魔兵，如安达莱沙拉蟒古思带着98个伙伴向阿布拉尔图汗的家乡进攻。后来随着社会的发展，蟒古思形象由神话化向现实化方向发展，在许多史诗中蟒古思被现实社会中的人物形象所取代。在各部族英雄史诗中蟒古思的神性有所不同，嘎·桑杰也夫认为：随着由布里亚特史诗经喀尔喀史诗向卫拉特史诗，接着向卡尔梅克史诗的过度，蟒古思妖怪的作用逐渐减弱。

在描绘婚事斗争的英雄史诗里，勇士的主要对手是未婚妻的父亲（未来的岳父，简称岳父）。现有史诗里都以未婚妻父亲身份出现，实际上他是代表着女方氏族的首领，勇士与岳父的矛盾是一个氏族与另一个氏族的矛盾。早期史诗的岳父形象主要有两种类型，其一是残暴的坏岳父，他企图杀害前来向女儿求婚的勇士。其二是好岳父，他想通过考验女婿的英雄行为，宣扬自己氏族与女婿氏族的好名声。当然，晚期在史诗中出现了以近代民间风俗嫁女儿的人，这里的岳父与传统的岳父不同，在女婿与岳父之间没有矛盾冲突，因而，这种婚事已经失去了传统的勇士婚礼的含义。

坏岳父形象与好岳父形象是在人类社会的不同发展阶段上发生的现象，有其产生的社会历史根源。残暴的岳父形象的出现早于文明的好岳父形象，前者是野蛮时期的人物，后者是建立氏族联盟时代的形象。我曾经多次指出，史诗里刁难女婿和让他完成危险任务的文化内涵，可能是服役婚遗俗的反映。我国许多民族历史上曾有过服役婚习俗。男子娶了妻子，为了让她到自己氏族里来劳动，必须先向女方氏族交彩礼，男子因无力偿付彩礼，便到女方氏族中服役来换取妻子的身价。服役期满后，男子才能携妻子回自己氏族。男子服役期的长短由女方决定，少则一两年，多则十几年。男子在服役中常常受到虐待和经受生命危险的考验。史诗里通过残暴的岳父形象艺术地再现了服役婚中女方氏族首领对女婿的迫害，反映了勇敢无畏的勇士们凭借勇气、力量和智慧，战胜种种害人的凶禽猛兽和妖魔鬼怪，征服残暴的岳父，得到美丽的妻子，携带妻子返回自己氏族的英雄行为。坏岳父交给勇士艰巨任务的目的，是为了自己氏族的利益。也就是说，岳父派勇士去战胜威胁他的敌人和猛兽，给他带来贵重的猎物和药材，更多地付出娶妻的代价。坏岳父对求婚者无情，不关心他的生与死，这符合野蛮时代人的心理状态。如果勇士不能付出女儿劳动的报酬，他便不想把女儿白白地交给他带走。求婚者无力完成岳父交给他的使命时，岳父宁愿让他死去，可以另找有本事的女婿。

除了坏岳父外，史诗里还有许多好岳父，他们不是故意伤害勇士，而是通过赛马、射箭和摔跤三项比赛的考验，让广大民众了解他女婿的本领，宣扬男女双方氏族的名声，并且通过这种联姻建立氏族联盟，壮大自己的势力。这是文明期的岳父，当女婿带女儿返回家乡的时候，他或者把自己的属民和牲畜的一半作陪嫁，或者自己带着全氏族民众和牲畜财产迁徙到女婿家乡居住。

在婚事型史诗里有勇士的未婚妻和妻子的形象，随着社会的发展和婚姻家庭斗争的复杂化，这两类人物形象也处于不断的发展与变异之中。在早期史诗里，未婚妻和妻子是先知，她们是像女萨满那样神性与人性相结合的人物。未婚妻和妻子都是美丽、善良、忠实于勇士的，在史诗里起着勇士的保护者和助手的作用。当别人向勇士的未婚妻求婚，企图抢劫的时候，未婚妻捎信把这个坏消息通知勇士；当勇士在远征途中迷失方向或者遇难的时候，有特殊本领的未婚妻想方设法使勇士摆脱困境或者亲自去使他起死回生；当勇士化身为秃头乞儿骑着两岁劣马到岳父家求婚的时候，人们都歧视他，唯独未婚妻同情和协助他。她想出种种办法，不让父亲欺负他，并说服父亲让这个秃头乞儿参加招亲的赛马、射箭和摔跤比赛；在赛马比赛中，未婚妻派她手下儿童替勇士骑那匹两岁劣马，为勇士赢得胜利；岳父派勇士与凶禽猛兽和妖魔鬼怪搏斗的时候，未婚妻出谋划策，告诉勇士战胜对手的办法；婚礼结束后，岳父阻拦女婿携妻返乡时，又是妻子坚决支持勇士，终于逃脱其父的阻挠，夫妻二人返回勇士的家乡；在勇士的家乡遭到破坏，其父母被蟒古思抓去作奴隶的紧急关头，刚刚跟着丈夫归来的妻子，或者跟着丈夫一起去与敌人搏斗，或者勇士跟踪追击敌人，妻子留下来重建家园。早期史诗中的未婚妻不是被动的被人争夺的对象，而是积极主动地参加斗争，帮助勇士战胜对手，不达目的誓不罢休的巾帼英雄。

　　早期史诗的勇士妻子也是先知，她常常发现蟒古思进攻的凶兆，尽管丈夫不听她的话，她受到蔑视，甚至挨打，但她始终忠于勇士，与敌人进行斗争。趁勇士不在家之机，敌人侵犯她们的家乡，家人和她被俘之前，她机灵地给丈夫留下信，并在火堆下藏整只羊肉和奶茶，以便等丈夫回来吃完增强体力之后，追击敌人夺回失去的一切。尽管她被蟒古思抓去，但她决不屈服，发挥她的聪明才智，与蟒古思进行各种形式的斗争，时时刻刻探听敌人的秘密，琢磨战胜蟒古思的办法，等着丈夫来报仇。当勇士化身为秃头儿来找蟒古思的时候，她认出丈夫，并暗地里告诉勇士敌人的一切秘密及杀死他的办法。最终夫妻二人战胜敌人，救出父母，夺回失去的一切，胜利返回，重建家园。

　　以上讲的就是早期史诗里勇士的未婚妻和妻子形象，她们是追求自由婚姻、忠于爱情、忠于丈夫、保卫家乡的伟大事业的善良女子。

　　后来在英雄史诗里出现了背叛丈夫、勾结敌人的坏妻子及其他坏女人形象，还产生了专门描写家庭斗争的新英雄史诗类型。夫妻矛盾和家庭斗争原来是生活故事的内容，可是在生活故事中借用英雄故事中常见的坏岳父迫害勇士的情节后，产生了生活故事与英雄故事相结合的散文体作品。在这种作品中，坏妻子（或坏后母、坏妹妹，下同）取代了坏岳父，也就是妻子背叛丈夫，勾结被丈夫打败的仇敌，她们为了害死勇士，采用了坏岳父对付女婿的措施，让勇士到危险的远方去，与凶禽猛兽搏斗。如果坏岳父让勇士完成危险任务是带有一定考验性质的话，坏妻子这样做的目的，纯粹属于借刀杀人。当这种借刀杀人计不成功，勇士不但没有死，而且杀死猛兽带着珍贵的药材来交给她的时候，她凶相毕露，给丈夫服毒，并伙同敌人直接杀害勇士，带着全家及牲畜财富，和敌人一起逃到远方生活。这种散文体故事被改变成韵文体作品后，便出现了家庭斗争型史诗。在家庭斗争型史诗里，有时坏妻子杀害丈夫，有时坏后母及其女儿勾结敌人杀死勇士。这种史诗的形成有其社会历史根源。社会上出现妻子、后母等谋害户主的现象，是由于男女不平等、妇女地位低和财产继承权的不合理等原因造成的。史诗形象地反映了这种社会矛盾斗争。

　　总之，蒙古英雄史诗的人物是以早期史诗的几种人物类型为中心，逐渐发展成为数百个人物及其数十种类型。一方面，早期史诗人物随着人类社会的发展而得到了各种不同的发展和变异，在他们身上或多或少打上了氏族社会、奴隶社会和封建社会各个不同阶段的人物的烙印。另一方面，围绕早期史诗人物，以他们为核心增加了许多新人物和新的人物类型。蒙古英雄史诗的人物结构是多元多层次的，其中有不同社会、不同时代、不同地区的因素；有蒙古神话、传说和故事人物的影响；有萨满教世界观创作的各种人物，也有在佛教影响下产生的坐禅的喇嘛、行脚僧等新人物形象；有突厥叙事文学来源的马倌阿格萨哈勒等人物及其他因素；有印度、西藏和波斯史诗和故事的影响；也有汉族传说、评书和民间故事等的因素。蒙古英雄史诗的人物是不断地吸收本民族的和其他民族、甚至外国叙事文学的成就而充实和发展的，这也是英雄史诗的发展规律。

## 第三节　英雄史诗情节的发展

在蒙古英雄史诗的第二发展阶段上，形成了多种类型的串连复合型史诗，但它们没有取代单篇型史诗，反而在一个很长的时期内，二者同时并存，相互影响，共同繁荣和发展起来。甚至到了第三发展阶段，形成了长篇英雄史诗（或并列复合型史诗）《江格尔》和《格斯尔》之后，三大类型的史诗也同样同时流布和发展。

单篇型史诗是蒙古英雄史诗的最初类型，其中最初产生的是抢婚型史诗和勇士与恶魔斗争的史诗（包括氏族复仇型史诗）。抢婚型史诗的情节框架或母题系列，是整个婚事型史诗发展的基础和最初的类型。同样，勇士与恶魔斗争型史诗的情节框架或母题系列成为整个征战型史诗发展的基础和第一个类型。英雄史诗的发展是以这两种史诗母题系列为框架的，在第一编中我们分析并展示了抢婚型史诗母题系列和考验婚型史诗母题系列，这二者有着源流关系。先产生了抢婚型史诗，随着蒙古社会的发展，婚姻和家庭制度起了变化，人们有了新的社会意识和婚姻观念，这样在最古老的抢婚型史诗框架内出现了考验女婿的情节，也就是产生了考验婚型史诗。我们对这两类史诗的母题系列进行比较就可以看到这种现象。

| 抢婚型史诗母题系列 | 考验婚型史诗母题系列 |
| --- | --- |
| 1. 时间（从前） | 1. 时间（从前） |
| 2. 地点 | 2. 地点 |
| 3. 老两口祈求得子 | 3. 勇士及其父母 |

4. 三个儿子奇特诞生

5. 老大当可汗（户主）

6. 两个弟弟修建汗宫

7. 获汗的未婚妻信息

8. 占卜可否去成亲

9. 卜者劝说途中危险

10. 对卜者不满

11. 决定去成亲

12. 不听父母劝告

13. 准备坐骑和武器

14. 出征求婚

15. 途中战胜多种危险

16. 碰见未婚妻之父

17. 岳父拒绝亲事并逃走

18. 三勇士追到家

19. 威胁或恫吓

20. 岳父被迫允婚

21. 举行婚礼

22. 勇士携妻凯旋

23. 举办盛宴

4. 获未婚妻信息

5. 决定去成亲

6. 不听父母劝告

7. 准备坐骑、武器

8. 出征求婚

9. 途中战胜多种危险

10. 看到岳父汗宫

11. 勇士化身为秃头儿

12. 到岳父家受歧视

13. 岳父提出苛刻条件

14. 勇士完成任务

15. 岳父允婚

16. 举行婚礼

17. 携妻启程

18. 返乡途中遇险

19. 勇士携妻凯旋

20. 举办盛宴

这两类史诗母系列的根本区别在于完婚的方式，在第一类史诗中有抢婚情节（第16—20母题），在第二类史诗中却出现考验情节（第10—15母题）。除了这些区别之外，这两类史诗母题系列在其他方面大同小异，多数母题是一致的，而且它们的排列顺序也相似。抢婚型史诗的产生早于考验婚型史诗，上述实例证明考验婚型史诗情节是在抢婚型史诗情节框架上形成的。这也就是第二类史诗的第10—15母题取代了第一类史诗的第16—20母题而产生了考验婚型史诗。

征战型史诗是在原始社会的勇士与蟒古思（恶魔）斗争的各种神话传说的基础上形成的。它一方面包含了前史诗期的神奇内容，另一方面在某种程度上反映了社会现实。早期史诗通过勇士与蟒古思的斗争，除了反映人类同自然界斗争外，还反映了氏族复仇战，这种史诗就是氏族复仇型史诗。它的产生早于私有制和阶级的出现。后来随着社会生产力的发展，出现了氏族所有制和私有制，同时，产生了争夺财产的现象。这样就在征战型史诗里增加了描写争夺财产的新内容，也就逐步形成了财产争夺型史诗。如果说在前一种史诗里蟒古思作为氏族代表出现的话，在后一种史诗里它则具备了一些奴隶主的特征。在后一种史诗里，除了蟒古思以外还有各种残暴的可汗和勇士，他们掠夺牲畜和其他财产，抓去勇士的父母和百姓做奴隶。勇士与恶魔斗争型史诗里，包括氏族复仇型史诗和财产争夺型史诗，这两类史诗母题系列基本上相似，不过在财产争夺型史诗里多了几个母题（敌人掠夺牲畜、财产、捉勇士的父母做奴隶）。这类史诗的框架有迎敌作战式母题系列（$B_1$）和失而复得式母题系列（$B_2$）之别，其他方面都颇为相似。

　　婚姻型史诗和征战型史诗虽然属于两种不同类型，但在二者之间存在着不少共同的情节和母题，诸如故事发生的时间、地点、勇士的生长、坐骑、武器、对手、勇士的英雄事迹及其胜利，等等。它们都有相似的艺术表现手法、固定的程式和形容词。这都是英雄史诗所独有的情节结构特征。

　　总之，单篇型史诗的基本情节都有统一的模式，是由一个固定的母题系列构成的。在这种母题系列内部有一批共同的母题，它们有严格的排列顺序和不可分割的有机联系。

　　不同类型的单篇型英雄史诗可以相互转化，有时由一种类型的史诗脱胎出其他类型的史诗。例如史诗《巴彦宝力德老人》的 13 种异文，它们可以被分为四种类型。在这部史诗的异文 1—6 中都有抢婚痕迹，它们属于抢婚型史诗。可是，1962 年道荣尕记录的另一种异文（异文 7），它的其他部分与这六种异文相似，只有那种强迫姑娘的父母嫁女儿的情节被通过好汉三项比赛选女婿的情节所代替了。这样异文 7 成为考验女婿型史诗，它脱胎于抢婚型史诗。上述七种异文（异文 1—7）都属于婚事型史诗，可是后六种异文（异文 8—13）都变成了征战型史诗，但它们之间也存在着共同性，即后六种异文的头七个母题与前几种异文相同。后六种异文又分为两种类型，其中达木丁苏伦演唱的异文（异文 8）反映了勇士与蟒古思斗争的传统情节，其他五种异文都有了近几百年的新内容，它描述了勇士同安本诺谚（都统）的斗争。由此不难窥见，同一部史诗的多种异文及不同史诗的相同情节是如何产生的。

　　那么，单篇型史诗的情节框架是怎样发展的呢？

第一，史诗母题系列内在那些共同性的母题之间嵌入新的母题。嵌入的母题数量越多，史诗的内容便得到进一步扩充和完善，其篇幅越长。我们对同一部史诗的多种异文进行比较之后，发现了这种现象。

第二，在史诗母题系列的前后增加新母题，形成各种不同的序诗和结尾。例如，在史诗《巴彦宝力德老人》的六种异文中，在异文2和异文4的史诗母题系列前多了三个母题，即无儿无女的老两口、他们的马群中生了一匹金胸银背马驹、老两口请占卜者占卜会不会生男孩，这是其他四种异文缺少的部分，它们成了史诗的故事前奏。再如许多征战型史诗里只有一个杀死来犯者蟒古思的母题，可是在其他一些史诗中除了有这一母题外，还出现了杀死蟒古思的父母、妻子（大肚女魔）及其肚子里跳出来与勇士搏斗的小蟒古思的母题。这样史诗的结尾更加复杂化和引人入胜。

第三，在一个史诗母题系列内不但可以嵌入个别母题，而且同样可以嵌入其他史诗母题系列和母题群。史诗的派生情节和插曲就是以这种方式出现的。在这种情况下可能在一部史诗中存在两个或两个以上的史诗母题系列，但这与复合型史诗不同。在复合型史诗里，几个不同母题系列以串连或并列的方式相结合成为其基本情节。在这里只有一个史诗母题系列作为基本情节和整体框架连接史诗的始终，其他母题系列和母题群被夹在当中成为附加成分（派生情节和插曲）。以史诗《那仁汗胡布恩》为例。它的基本情节由一个征战母题系列所连接，其内容由那仁汗与来犯之敌特格希沙尔宝东的矛盾开始，以那仁汗对特格希沙尔宝东的胜利告终，可是在当中嵌入了三种派生情节。第一是那仁汗的弟弟伊尔盖后来去找哥哥，他活捉了敌人特格希沙尔宝东的帮手巴拉巴斯乌兰。第二是那仁汗以敌为友，与特格希沙尔宝东拜为弟兄，唆使他去打死弟弟。伊尔盖逃跑途中碰见勇士胡吉孟根图拉嘎，他们通过一场战斗后结为兄弟，胡吉孟根图拉嘎为伊尔盖娶了媳妇。第三件事是伊尔盖为了救哥哥那仁汗返回家乡，叛变投敌的嫂子让伊尔盖和那仁汗服毒致死。胡吉盖孟根图拉嘎救活了兄弟二人，最后他们三人一起战胜了特格希沙尔宝东。

第四，母题内部展开、扩充以及母题内部引入新母题，从而使各个母题发展和变化。也就是每个母题由简到繁、由小到大，有时从一个母题派生出其他母题来。以"蟒古思"这一母题为例来看，关于勇士的敌人蟒古思，在史诗《陶干希尔门汗》里只用一句话描述"十五头的安达莱沙拉蟒古思"。在达木丁苏伦演唱的史诗《巴彦宝力德老人》（异文8）里却增加了对这个蟒古思戮人的爪子的具体描写："它手上长着尖尖的指甲，向外弯曲得像铁耙，它脚上长着长长的趾盖，往外弯曲得像钢钩。"在另一部史诗《阿布拉尔图汗》中不仅有这些部分，而且进一步描绘道：

> 十五头的安达莱沙拉蟒古思，
> 气势汹汹地走在队伍前头，
> 它手上长着尖尖的指甲，
> 向外弯曲得像铁耙，
> 它脚上长着长长的趾盖，
> 往外弯曲得像钢钩。
> 顶人的两只犄角，
> 长在它的胸脯上，
> 戮人的两只犄角，
> 长在它的背脊当间，
> 撞人的两只犄角，
> 长在它的左右两肩。
> 它骑着黑鬃黄骡，
> 坐在木头鞍子上边。
> 骡背上驮有大包的鲜人肉，
> 骡背上驮有整袋的人肉干。

　　这里除了对蟒古思的头、手、脚、犄角等外形描写外，还提到了它骑的怪骡及其背上驮的人肉。在复合型史诗中更详细地刻画了蟒古思的狰狞面目，如在《阿拉坦嘎鲁》里进一步描绘它的嘴、蹄、鼻、眼以及脖子上缠着蛇、手里拿着粘满血污的红棍子等，从各个方面描绘它丑恶的外形，刻画了它的凶残特征。这样古老史诗中关于蟒古思的一句话或几行诗，后来发展成像瓦·海希西所说的那样有关蟒古思的众多母题：蟒古思的出身、动机、外貌、伴随现象（风暴、闪电……）、家庭、帮凶、坐骑、魔性（化身）、灵魂（动物、无机物）、占卜、暴行、喇嘛、妖婆（大肚女魔）及其肚子里出来的小恶魔等。由此我们可以知道史诗的一个母题如何展开和扩充以及从中派生出众多母题，因而使史诗得到充分的发展和进一步的升华。

# 第四节　英雄史诗序诗的发展

　　除了基本情节外，英雄史诗还有序诗及派生情节和插曲。史诗的叙事类型有顺叙、预叙和倒叙，序诗是通过抒情方式预叙部分。起初史诗不一定有序诗，有也只不过是简单的几句话或几行诗。从现有史诗来看，有的史诗没有序诗，如民间故事一样以"从前"作为开始；有的序诗长达数百行诗，长篇史诗《江格尔》的序诗则成为一部独立的长诗。序诗是从无到有、从几行诗到数十行诗，从小到大逐步发展起来的。现有多数蒙古英雄史诗都有序诗，它们有共同的模式，各个事项有固定的排列顺序。以征战型史诗为例，序诗一般都由下列事项所组成：

　　　　时间（古老时代）
　　　　地点（勇士家乡）
　　　　勇士（包括父母）
　　　　妻子
　　　　宫帐
　　　　战马
　　　　……

　　序诗中有十来个叙述事项，通过优美的诗行一一交代和颂扬勇士及其相关的事物，因而衬托出勇士的英武非凡。下面我们举几个例子。

　　关于时间范畴，史诗的故事发生于古老时代，那就是创世时代。

　　蒙古原始英雄史诗一开头就交代英雄生长在古老时代，说这个时代就是天、地、日、月、人、动物、植物等最初产生的时代（"最初的时代"），也就是创世时代。古人按照自己的神话观念和萨满教观念创作了史诗中的创世时代。他们认为连天、地、山河等都有灵魂，它们像动植物一样有从小到大、从少到多的发展过程。例如，在英雄史诗《阿拉坦嘎鲁》里，说：

　　　　从前，有一个时代，
　　　　蔚蓝的天空最初形成，

> 金色的大地刚刚结成，
> 天上的星辰还很稀少，
> 地上的生灵还不太多
> ……

在另一部史诗《英武的阿布拉尔图汗》中，这样写道最初的时代：

> 从前，在一个美好时代里，
> 太阳初次升起来的时候，
> 叶儿初次发绿的时候，
> 月亮初次升起来的时候，
> 松树初次结松子的时候，
> 天空的星星还稀少的时候，
> 世上的生灵还不多的时候
> ……
> 银色的黄羊还是小羔的时候，
> 野马和野驴还是小驹的时候
> ……①

这是蒙古人原始创世观念的反映，其中有幼稚的不符合事物发展规律的因素，也包含辩证法的因素。

后来，佛教传入了蒙古民间，蒙古人接受了印度和西藏的佛教传说中的须弥山和须弥海（蒙古语为孙布尔山和孙达赖海）的概念，在小型史诗的开头部分增加了两句话：

> 孙布尔山还像土丘一样，
> 孙达赖海还像水塘一般。

有的小型史诗中还出现了"佛教弘扬的初期"或"宗教发生的时候"等诗句。

---

① 上述两处诗引自仁钦道尔吉、祁连休搜集整理翻译的史诗，见文学研究所各民族民间文学组编《民间文学资料》（第一集，1978 年）。引用时个别词句略有改动。

19—20 世纪初搜集出版的卡尔梅克文《江格尔》里虽说没有展开描写古老时代，但仍然保留着创世时代的痕迹，也有把创世时代同弘扬佛法相联系的现象。《江格尔》的序诗有几种开头，其中有一种异文这样写道：

> 从前，最初的时代，
> 佛法弘扬的初期。

这种"最初的时代"的概念，包括了上述小型史诗所反映的蒙古原始神话和萨满教观念。同时，同这种古老概念一起还有了"佛法弘扬的初期"这个新概念，它指的不是佛教的产生时代，而是佛教在蒙古地区的传播时代。蒙古人约从 13 世纪起接触到西藏和印度的佛教，但当时佛教尚未传入民间，佛法弘扬时代或佛教在蒙古地区广泛传播，是从 16 世纪开始的。《江格尔》序诗的另一种异文是这样写的：

> 在那古老的黄金①世纪，
> 在佛法弘扬的初期。

在这里"最初的时代"被"黄金世纪"所取代了。从这种现象可以窥见，《江格尔》打上了它形成为长篇英雄史诗时代的烙印。

20 世纪 70—80 年代，新疆记录出版的《江格尔资料》中有多种不同的序诗，其中对创世时代的描绘同小型英雄史诗很相似，譬如：

> 天还像盘子一样的时候，
> 地还似火盆一般的时候，
> 孙布尔山像土丘一样的时候，
> 孙达赖海似水塘一般的时候，
> 嘎拉巴尔·赞丹树②还是树苗的时候，
> 迦楼罗鸟③还是雏鸟的时候……
>
> ——《江格尔资料》（六）

---

① 蒙古语为："额尔德尼"，直译为"宝"，也就是黄金。
② 嘎拉巴尔·赞丹树，即菩提树。
③ 迦楼罗鸟，即凤凰。

　　前两行是蒙古传统诗句，后四行则是在佛教影响下出现的诗句。但它们的意思都一样，说明天、地、山、海等都像树木和鸟禽似的经过了由小到大的发展过程。其中反映了蒙古萨满教宇宙观，也就是表现了古代蒙古人的创世观念。

　　关于勇士的汗宫，勇士的宫殿是以现实与理想相结合的方法创造出来的建筑，开始是一座蒙古包，后来不断地演化为蒙古包与寺庙的结合体，或者像佛塔和城市里的高大建筑似的汗宫。这也是随着蒙古社会和建筑工程的发展而发展变异的，因此，我们称它为宫帐。不同史诗中的宫帐描写繁简不同，建筑材料也不一样。在史诗《希林嘎拉珠巴托尔》里，对于宫帐有这样的描写：

> 在那两座山脚下，
> 在那两条河源头，
> 在那大草原上，
> 有平坦上修建的宫帐。
> 它有黄金帐顶，
> 它有纯银围墙，
> 它有珊瑚顶柱，
> 它有水晶窗口。
> 在围墙外四角上，
> 屹立着凤凰雕塑，
> 在那四根顶柱上，
> 雕刻着凶残的鳄鱼。①

　　由此可知，这是蒙古包与寺庙结合的理想化宫帐。在另一部史诗《阿布拉尔图博克多汗》中对汗宫的刻画文字不同，篇幅较长，而且，还增加了宫帐周围四扇大门的描绘，它反映了宗教观念。例如：

> 在南面的门上，

---

① 译自仁钦道尔吉记录《英雄希林嘎拉珠》（蒙古文），黑龙江人民出版社 1978 年版，第 31 页。

　　　　画着敏捷的蛟龙，
　　　　敏捷的蛟龙的尾巴里，
　　　　藏着水的咒语，
　　　　敏捷的蛟龙有巨大的神威，
　　　　水的咒语能够降伏妖孽，
　　　　南方的一切生灵，
　　　　都恭敬地向它顶礼。

　　　　在西面的门上，
　　　　画着猛虎和金龙，
　　　　猛虎和金龙的尾巴里，
　　　　藏着莲花的咒语，
　　　　猛虎和金龙有巨大的神威，
　　　　莲花的咒语能够降伏妖孽，
　　　　西方的一切生灵，
　　　　都恭敬地向它们顶礼。①

　　在长篇史诗《江格尔》中，汗宫的塑造继承了中小型史诗宫帐的模式，它像高大的佛塔和精制的皇宫，但仍保留着狩猎民和游牧民特色：

　　　　珊瑚玛瑙铺地基，
　　　　珍珠宝石砌墙壁，
　　　　北墙上嵌镶雄狮的獠牙，
　　　　南墙上嵌镶梅花鹿角。
　　　　……

　　　　这宫殿庄严雄伟，
　　　　比青天低三指，
　　　　要是筑到九重天上，
　　　　对江格尔并不吉利。
　　　　……

---

① 仁钦道尔吉、祁连休译文见《民间文学资料》，第一集，第32—33页。

　　　　宫殿的入口,

　　　　嵌镶明亮的水晶石,

　　　　宫殿的出口,

　　　　装饰火红的玻璃,

　　　　祝福北方的人民奶食丰富,

　　　　北墙上裱糊斑鹿皮,

　　　　祝福南方的人民肉食充裕,

　　　　南墙上裱糊梅花鹿皮。①

　　蒙古英雄史诗的序诗是这样有规律性的向前发展的。

　　上面阐述了蒙古英雄史诗的总体状况、部族特征、类型分类、史诗情节和序诗的发展等问题。在下面几章里,拟将蒙古串连复合型英雄史诗分为几种类型进行论述。

---

① 色道尔吉译:《江格尔》,人民文学出版社 1983 年版,第6—7 页。

# 第三章

# 婚事加征战型英雄史诗

## 第一节　婚事加征战型史诗的形成

在蒙古英雄史诗的第二发展阶段，产生了串连复合型史诗。串连复合型史诗的基本情节是以前后衔接的方式串连两个或两个以上史诗母题系列为核心形成的。它有两种基本形式：第一种是婚事母题系列加征战母题系列所构成的（$A_2 + B_2$）。这是串连复合型史诗最初的类型，也是最基本的、最普遍存在的形式。这类史诗不仅在蒙古英雄史诗的七大中心流布，而且在突厥语族人民中也普遍流布。婚事加征战型史诗是由考验婚型史诗母题系列和失而复得式史诗母题系列组成的，也就是说，它是在考验婚型单篇史诗和失而复得式单篇史诗的情节框架上形成的。我们以巴尔虎体系的"喜热图莫尔根史诗"的三种不同类型的异文为例，分析这类串连复合型史诗的情节结构。这部以喜热图莫尔根为主人公的史诗在我国呼伦贝尔盟巴尔虎地区和乌兰察布盟的一些地区流传，它有三种异文：

1.《喜热图莫尔根汗的儿子》，达兰古尔巴整理，见内部资料《乌兰察布民间文学》第一集（乌盟文学艺术界联合会等编辑出版，无日期）。这是一部考验婚型单篇史诗。

2.《喜热图莫尔根》，新巴尔虎右旗策日格玛（女，牧民，当年 58 岁）于 1962 年 8 月演唱，道荣尕记录，见《阿拉坦舒胡尔图汗》（民族出版社1984 年版）。这是一部失而复得式单篇史诗。

3.《汗特古斯的儿子喜热图莫尔根汗》，甘珠尔扎布记录，见《英雄古那干》（内蒙古人民出版社 1956 年版）。这是一部婚事加征战型串连复合型史诗。

这三部史诗有渊源关系,甘珠尔扎布异文是串连复合型史诗,其上半部分是在达兰古尔巴异文的情节框架(考验婚型母题系列)上形成的,下半部分是以道荣尕异文的情节框架(失而复得式母题系列)为核心组成的。为了说明这个问题,将三部史诗作比较,先看一看甘珠尔扎布异文上半部分的内容:

从前,占据东南方的汗特古斯的儿子喜热图莫尔根汗有一天想到找终身伴侣之事,坐骑神奇的竹黄战马让他去向父母打听。父母说他已有婚约,应该到遥远的西南方聘娶那仁汗的女儿美丽的哈丽菇。听到此事喜热图莫尔根汗立即骑着竹黄马,携带武器向西南方出发。他在途中先后见到了赞美他本人的三个青年和羡慕他未婚妻的三个少女;接着向前走,与那仁汗家拾牛粪的牧童交了朋友。他走近汗宫时,施展法术让竹黄马变成一匹身上长癞的两岁小马,东倒西歪,向前爬行。他到那仁汗家却表现异常,把两岁小马拴在不让拴马的马桩上,走进不允许进入的毡房,盘腿坐在不让坐人的垫子上,随手向碗里倒不允许喝的奶茶喝。当他受到谴责时,他竟说得那仁汗的官吏们哑口无言。那仁汗问他为何而来,他以寻找大小骆驼作比喻,说了一个谜语。那仁汗手下人无法解释,这时那位拾牛粪的牧童来解了谜,牧童因而被提升为管家。那仁汗知道他的来意后当即宣布举办好汉三项比赛,讲明如果全胜他可娶哈丽菇,否则就滚回老家。第一项比赛是赛马,他的两岁小马超过那仁汗的1000匹快马,第一个跑到目的地。第二项比赛中他射穿了所有目标。第三项摔跤比赛,他把上天名将铁木耳呼和摔倒了。喜热图莫尔根在三项比赛中获全胜,便与哈丽菇公主成亲,举办了盛大婚宴。那仁汗派已新提升为管家的牧童率众陪同,送他与哈丽菇返回家乡。

1956年版的甘珠尔扎布记录整理的史诗《汗特古斯的儿子喜热图莫尔根汗》的上半部分与20世纪70年代末内部出版的乌兰察布史诗《喜热图莫尔根汗的儿子》非常相似。乌兰察布远离呼伦贝尔数千里,几百年来人们绝少来往,这两部史诗的相似性证明数百年前它们之间就存在着渊源关系。二者的主要人物名字相近。一个是汗特古斯的儿子喜热图莫尔根,另一个是喜热图莫尔根汗的儿子,都有喜热图莫尔根这个人名。在蒙古英雄史诗中,父与子的名字混淆的现象颇为常见。勇士的未婚妻是占据西方的那仁汗的女儿。两部史诗的情节框架所组成的母题系列很相近,绝大多数母题是共同性的，而且，它们的排列顺序也是一致的，不同的是两部史诗的开端、母题繁简和所描绘的诗句。这两部史诗母题系列中有下列共同性的母题和事项：

1. 古老时代
2. 小勇士
3. 勇士梦见或想找未婚妻
4. 父母告诉未婚妻信息
5. 勇士鞴马
6. 淘气马狂奔
7. 休息吸烟
8. 遇到几个青年夸奖勇士
9. 遇到几个姑娘夸奖其未婚妻
10. 见到岳父家的牧童
11. 勇士和战马变身
12. 勇士到岳父家
13. 汗宫官员问来意
14. 勇士说隐喻（谜语）
15. 汗宫官员不会解释
16. 牧童解释他来求婚的隐喻
17. 可汗提出举行三项比赛
18. 赛马
19. 射箭
20. 摔跤
21. 勇士全胜得妻
22. 勇士和战马恢复原貌
23. 勇士携妻返回故里

这种现象说明，串连复合型史诗《汗特古斯的儿子喜热图莫尔根汗》的上半部分是根据考验婚型单篇史诗《喜热图莫尔根汗的儿子》的情节框架形成的。

甘珠尔扎布异文的下半部中存在着失而复得式史诗的内容。喜热图莫尔根走向返乡之路后，向妻子和陪同人员告别，提出他先回家准备迎接新娘。但当他回家乡时，只看见一片凄凉景象，宫帐被焚毁，父母和百姓失踪。突然，他发现父亲在琵琶骨上的留言，方知东北方的敌人阿塔嘎尔哈尔蟒古思来进犯，抓走了父母和百姓。勇士怒气冲天，跳上竹黄马向东北方驰去。他进入蟒古思的疆土后，见到了沦为奴隶的父亲在给蟒古思放羊。父子见面，父亲告诉儿子蟒古思有 10 个灵魂，要杀蟒古思，必须先杀其灵魂。勇士先后到周围山上杀死了骆驼般大的蜘蛛精、疯山羊精、疯绵羊精、老虎精、狮子精、巨蛇精、种马精和公牛精。他又到蟒古思的住处，从窗外射死了蟒古思鼻孔中出来的两条黑金龙，这时蟒古思手持狼牙棍跳出门外与勇士搏斗。连续打了五六天，勇士终于砍掉了蟒古思的脑袋，救出父母和百姓，返回家乡。这时勇士的妻子哈丽菇早已来到，重建了家园，全家团圆，设宴庆贺。

　　道荣尔记录的《喜热图莫尔根》主要内容是征战，但在征战前面还有一段插曲。除了插曲，这部史诗的其他部分基本上与甘珠尔扎布异文的下半部分大同小异。喜热图莫尔根从天上返回家乡时，他的宫帐、父母、妻子和百姓全部不见了。看到妻子在琵琶骨上的留言，才知道他们被阿塔嘎尔哈尔蟒古思赶走。勇士立刻赶到蟒古思的老窝，化身为穷人去见妻子，妻子将他藏在深洞里，等待报仇。蟒古思回家之后，勇士的妻子骗它说出其灵魂所在之处，并告诉了丈夫。第二天蟒古思离家，勇士出洞先一一杀死蟒古思的灵魂，后消灭了蟒古思的肉体及其大拇指里出来的铁青儿，夺回失去的一切，取得了胜利。

　　由此可知，在这部史诗与甘珠尔扎布异文之间存在着下列共同性的母题：

1. 勇士归来
2. 父母、属民和牲畜失踪
3. 发现家人的留言
4. 得知蟒古思抢走一切
5. 追到蟒古思老窝
6. 见到被俘的家人（妻子或父亲）
7. 家人告知蟒古思的灵魂
8. 先后杀死蟒古思的灵魂

9. 消灭蟒古思肉体
10. 夺回失去的一切
11. 凯旋

这些共同的重要母题成为两部史诗的情节框架，尽管母题内容有一定出入，诸如给勇士留信和告诉蟒古思灵魂秘密的人（父亲或妻子）不同，杀死蟒古思的细节有差别，但二者的基本情节和主要人物相似，说明了它们的渊源关系。

由此可见，串连复合型史诗《汗特古斯的儿子喜热图莫尔根汗》是利用了原有两种类型的单篇史诗，即考验婚型史诗《喜热图莫尔根汗的儿子》和财产争夺型史诗《喜热图莫尔根》的现成母题系列组合而成的。当然，在利用原有史诗材料时，显然有一定的取舍、修改和补充。

我们举的这个典型的例子具有普遍性，不仅是串连复合型史诗《汗特古斯的儿子喜热图莫尔根汗》如此，其他巴尔虎、布里亚特、乌拉特、和硕特和卫拉特的婚事加征战型史诗也如此，它们都是由考验婚型史诗母题系列和财产争夺型史诗母题系列为核心组成的。

## 第二节　婚事加征战型史诗的故事梗概

婚事加征战型史诗是中国国内外蒙古语族民众中普遍存在的史诗类型。诸如：巴尔虎史诗"喜热图莫尔根型史诗"、"珠盖米喜德夫型史诗"和"阿拉坦曾布夫型史诗"；布里亚特史诗《阿尔泰孙布尔阿拜胡本》、《骑卷鬃马的布扎拉岱汗》和《阿拉坦沙盖胡本》；扎鲁特史诗《杰出的好汉阿日亚夫》；乌拉特史诗《阿斯尔莫尔根的故事》和《十岁的阿勒莫尔格勒岱的故事》；青海和肃北史诗《胡德尔阿尔泰汗》或"汗青格勒型史诗"、"宝玛额尔德尼型史诗"和《那仁赞丹台吉》；新疆卫拉特史诗《骑红沙马的额尔古古南哈尔》、《巴彦班巴勒汗的儿子好汉赫布赛音》、《策尔根查干汗》和《汗哈冉贵的婚礼》等，无一不是由婚事和征战两大部分形成的英雄史诗。此外，许多著名的突厥语族史诗也属于婚事加征战型史诗。诸如：乌古斯史诗《关于拜包尔之子巴木斯巴依拉克的传说》（《库尔阔特书》之三）、巴什基里亚的《阿尔帕米沙和巴尔森黑卢》、柯尔克孜史诗《库尔曼别克》和《托勒托依》、哈萨克史诗《阔布兰德》和《艾尔赛音》以及乌兹别克、哈萨克等民族的《阿尔帕梅斯》）。

尽管蒙古婚事加征战型史诗都由婚事斗争和征战两大部分组成，但不同部族、不同地域、不同演唱学派的史诗的发展不同，各个相关部分的内容和细节都有自己的特色。我国蒙古族史诗可以分为巴尔虎学派史诗、卫拉特学派史诗和布里亚特学派史诗。

我们在前面分析和比较的"喜热图莫尔根型史诗"属于巴尔虎—喀尔喀体系的史诗。这类史诗的情节较简单，没有什么曲折复杂的斗争，对勇士的考验只是好汉三项比赛或其他三项考验。史诗主人公是单枪匹马的勇士，他以自己的力量在三项比赛中取胜，并战胜掠夺者收回失去的一切。

关于珠盖米吉德或吉勒尔米吉德等人物的英雄史诗在我国巴尔虎地区以及蒙古国喀尔喀地区流传。我们于 1962 年 7 月 1 日记录了陈巴尔虎旗拉玛岱（男，当时 53 岁，会蒙古文和满文的旧知识分子）讲述的《珠盖米吉德夫》。① 娜仁托娅指出，蒙古发现这部史诗的五种异文，即前杭爱省桑旦演唱的《吉勒尔米吉德汗的儿子吉勒尔米吉德》和该省沙·嘎瓦讲述的《吉勒尔汗的儿子吉勒尔米吉德》，巴颜洪郭尔省查·哲斯夫讲述的《都格莫尔根汗的儿子珠格米吉德》和该省策·索德那木讲述的《珠格米吉德汗的儿子乌格米吉德》及苏赫巴托省楚鲁特木演唱的《珠盖莫尔根和杜盖莫尔根》。

我们以拉玛岱异文为主介绍珠盖米吉德夫型史诗。和上述甘珠尔扎布记录的《汗特古斯的儿子喜热图莫尔根》一样，也是一部串连复合型史诗，描写了勇士的婚事和征战（$A_2 + B_2$）。它的上半部分像一部考验型单篇史诗，下半部分类似失而复得式单篇史诗。序诗非常简要地交代了勇士及其父母、宫帐、弓箭、战马和马群。从前，在雪山底下，三大神海岸上，居住着巨莫尔根汗的儿子珠盖米吉德。有一天他放马群回来，向父母打听自己的婚事。父母说有婚约，未婚妻是西南方乌兰罗布桑汗的女儿乌仁高娃。珠盖米吉德闻言就要去娶亲，他不听父母的劝告骑着黑鬃黄马，携带弓箭向西南方出征。在途中他施展法术变成骑着长癞的两岁小马的秃头儿，见到一个毡房里三个青年和三个姑娘正在议论珠盖米吉德的英勇非凡和乌仁高娃的美丽无比。勇士没有暴露身份，继续向前走，依靠黑鬃黄马的神力

① 仁钦道尔吉搜集整理：《英雄希林嘎拉珠》（蒙古文），黑龙江人民出版社 1978 年版。

渡过了无底的大海，到了乌兰罗布桑汗的家乡。珠盖米吉德把长癞的两岁小马拴在不让拴马的马桩上，走进不允许进入的毡房坐下。他向乌兰罗布桑汗问安，并说明来意。可汗看他是个穷孩子，便让他和放牛的牧童住在一起。第二天早晨勇士和坐骑恢复了原貌，可汗和夫人很高兴，可是夫人提出要进行三项考验。首先，勇士到远方的高山上取回凤凰最长的三根羽毛；其次，勇士进行摔跤比赛时，摔倒上天之名将特勃和勒金；最后，勇士到遥远的外海彼岸，抓来姑娘乌仁高娃骑的淘气的金黄宝驹。勇士完成了所有的艰巨任务，于是举行了婚礼。

这部史诗的下半部分与同类巴尔虎史诗和其他部族史诗的下半部分一样，描述蟒古思趁勇士远征求婚之机，破坏了他们的家乡，抓走了勇士的父母做奴隶。勇士归来后，眼前一片凄凉，勇士的汗宫被烧毁，地基上长满了杂草。勇士踢倒木桩发现了父亲的留言，知道了15个脑袋的安达来沙尔蟒古思来犯，抓走了双亲。乌仁高娃坚决要求和丈夫一道去救父母。首先，她打扮成一位衣服破旧的老太婆，走到蟒古思家说自己是周游要饭的人。蟒古思听说来了一个流浪婆子，忙找她打听珠盖米吉德的消息。乌仁高娃故意说珠盖米吉德在途中淹死了。蟒古思闻言非常高兴，让她留下来放牛犊，并和老奴隶夫妇（勇士的父母）住在一起。晚上她趁机向二老说明来意。与此同时，珠盖米吉德化身为骑着两岁小马的流鼻涕的穷孩子，在途中碰见一个做了蟒古思奴隶的老头，原来是他家的马倌。老马倌向勇士透露了蟒古思灵魂所在之处和杀死蟒古思的办法。珠盖米吉德按照老马倌的指点，先后消灭了蟒古思的两个灵魂，让蟒古思晕倒在地。这时乌仁高娃赶忙救出公婆，一起返回家乡。勇士赶去与蟒古思搏斗，他们扭打时房屋倒塌，压死了蟒古思的大肚婆及其胎儿。胜负难分的时候，勇士想起马倌的话，一剑捅了蟒古思的肚脐眼，消灭了它致命的灵魂，结果了蟒古思的性命。勇士终于返回家乡与全家团聚，举办了盛大酒宴。

这部史诗中与众不同之处在于增加了新媳妇跟丈夫一起打败侵略者，救出公婆的情节。看来这样的描述出现在晚期，也许是有文化的讲述者拉玛岱编创的情节。尽管这部史诗与上述史诗不同，但都有一种失而复得式母题系列，多数母题相同。这些例子再次证明，婚事加征战型史诗都是由考验婚母题系列和失而复得式母题系列所组成的。

巴尔虎—喀尔喀体系的史诗，其情节为直线式发展，没有曲折、复杂的发展过程，它们较多地保留着早期史诗的情节框架和核心内容。而卫拉特史诗得到了进一步的发展，出现了许多插曲和复杂的情节，包括勇士在前往求婚途中碰见一两个其他氏族的勇士，经过考验结为义兄弟；勇士经受不止一次的三三制考验，即先后战胜三大猛兽，在三项比赛中获全胜；勇士在同掠夺者的战斗中失败，甚至被敌人杀害，死而复生，再次参战。斗争时间长、空间大、勇士人数增多，第一代勇士遇难，第二代、第三代勇士为前辈报仇，最终战胜敌人，收回失去的一切。例如，新疆巴州和静县巴音布鲁克区牧民额仁策（男，演唱时 24 岁）于 1978 年 8 月初演唱的卫拉特史诗《骑红沙马的额尔古古南哈尔》①。它描绘了勇士的婚事和征战两件大事，但其中勇士的结义斗争也占了相当大的篇幅。勇士的婚事故事，写小勇士夜间梦见与日出方向的那仁达赉汗的女儿固实阿拉坦达格尼同床。第二天他向大喇嘛述说了这个梦，请大喇嘛给他剃胎发并起名，指给他坐骑。喇嘛给他剃胎发，起名为骑红沙马的额尔古古南哈尔。小勇士回家对父母说，他将远征找未婚妻，父母以他年纪小相劝。他不听劝告，说男子汉不能不达到自己的目的。额尔古古南哈尔在路上找到两位义兄弟，在他们的帮助下，先后杀死了向他们进攻的三大猛兽——一头一角触天一角触地的铁青牛、一峰黑公驼和一条白胸黄狗，并打败了那仁达赉汗的勇士。接着三勇士施展法术都变作秃头儿，使骏马变为两岁小马，到那仁达赉汗家时，上天之子铁木耳布斯带着婚宴用的酒肉早已来到可汗家。可汗蔑视三个秃头儿。可是他们表现非凡，每个人都用 70 个人轮着喝的大碗一连喝75 碗酸马奶。接着又喝了 85 碗酸马奶，并走进求婚者铁木耳布斯和固实阿拉坦准备举行婚礼的蒙古包。额尔古古南哈尔抢了婚礼象征——沙盖楚木格②，并说这是他与固实阿拉坦一起抓的吉祥物。看到这种情况，那仁达赉汗宣布，经过好汉三项比赛，全胜者才有资格娶他女儿。古南哈尔在三项比赛中获全胜，对手铁木耳布斯带着婚宴酒肉灰溜溜地回去了。那仁达赉汗举办了盛大婚宴，三勇士带着固实阿拉坦达格尼返回了古南哈尔的家乡。

这部史诗的下半部分有失而复得式的情节，但它的内容非常复杂，其中有不少奇特的情节和母题。当古南哈尔带着妻子回到家乡时，敌人妖将双胡尔已焚毁了他的家乡，抓走他的父母和百姓，赶走牛马羊群。这时固

---

① 仁钦道尔吉、道尼日布扎木苏搜集整理：《那仁汗传》（蒙古文），民族出版社 1981 年版，第 45—68 页。
② 在蒙古风俗中举行婚礼时男女双方一起抓一个羊胫骨（沙盖楚木格）。

实阿拉坦留在老家，由三勇士去追赶敌人，搏斗中三勇士失败，敌人把他们三人的脑袋朝下插进沙漠里。这时马倌阿格萨哈勒去见大喇嘛，请教他有什么办法可救助三勇士。大喇嘛告诉他，赶快让勇士的妻子固实阿拉坦生下腹中的胎儿前去救勇士们。马倌回家后，用牛皮绳裹着固实阿拉坦的肚皮，挤出了三个月的胎儿。胎儿出生后神速长大，生下七天之后就问父亲在什么地方。母亲认为他小，不肯说出父亲遇难的实情。但小儿母亲用铁锅炒米之机，把母亲的手放在铁锅里烫，母亲被迫告诉他父亲的下落。于是小勇士立即去拯救父亲，他在途中变作秃头儿，使战马变为两岁小马，走进敌人的疆界，发现了三勇士的尸身，三人脑袋都插在沙漠里。小勇士用神奇的白药救活了父亲和他的两位义兄弟，他们四个人一同前去与双胡尔打仗。当射倒一个双胡尔时，便出现 10 个双胡尔，射死 10 个时又出现100 个，无法战胜敌人。此时，小勇士离开战场，到一泉水旁，放马吃草，他有幸见到一位挂着金拐棍的白发老人，老人告知消灭敌人的方法。按照老人的教导，第二天日出时，小勇士射死了敌人的 500 名士兵的头领——骑着白鼻梁黄马的黄脸的人。从他戴的竹帽里爬出来三庹长的黄花蛇，这就是妖将双胡尔的命根子（灵魂）。小勇士用尖锐的打火石剁碎蛇肉，并用火镰打的火把它烧为灰烬，又用黑卧牛石压在灰上。接着他们去杀死双胡尔的大肚婆及其腹中的胎儿，收回失去的一切。最终当人们喝早茶的时刻，四勇士回到古南哈尔家，过上了幸福的生活。

除卫拉特史诗外，布里亚特体系史诗的情节也较复杂，有各种插曲，人物也不少，具有独特的部族特色和地域特色。先看一看俄国境内的布里亚特史诗。著名学者策旺于 1906 年 12 月 18—20 日记录了昆都伦地区的艺人哈尼铁润特也娃（绰号"哈尔萨满干"）演唱的史诗《阿拉坦沙盖胡本》(2944 诗行)[1]。这部由婚事加征战型史诗延伸出来的多次征战型史诗的内容极其复杂，它叙述了第一代英雄阿拉坦沙盖的婚事以及两代四个勇士同恶魔蟒嘎德（布里亚特方言称蟒古思为蟒嘎德）家族之间的多次征战，其中有不少派生情节和插曲。史诗的人物有勇士阿拉坦沙盖、他的哥哥和嫂子、勇士的未婚妻塔尔巴吉、勇士同她结婚后神奇生长的两个儿子，其敌人是几名多头的蟒嘎德。史诗的上半部分一开头交代了勇士的高大汗宫及其周围的牛羊马群。阿拉坦沙盖在放牧回家时想到，他哥嫂结婚多年没有

---

① 伊玛达逊整理：《布哈哈尔胡本》，布里亚特图书出版社 1972 年版。

儿子，自己应该结婚生儿育女。他从嫂子那里打听到塔尔巴吉是他未婚妻后，不听劝告径直向西北方奔去。在远征求婚途中，勇士被暗箭射中，他在死之前也射死了对手吉如嘎岱莫尔根。这时勇士的银合马以妙计带来了塔尔巴吉姑娘，让其用神力使勇士死而复生。但在勇士尚未看到她之前，她已回家。勇士经过了赛马、摔跤两项考验，可汗才允婚。塔尔巴吉派女佣去看阿拉坦沙盖的长相，女佣回来谎称求婚者奇丑无比。塔尔巴吉闻言立即穿鸟衣飞上了天空。可汗怕女婿生气，便把女佣假扮成公主嫁给了阿拉担沙盖。不久勇士发现破绽，塔尔巴吉也了解了真相，夫妻二人团聚，勇士把女佣砍成了两半，使她变成了两把扫帚。

史诗下半部分反映了勇士与破坏其家园并抓走其哥嫂的蟒嘎德家族的战斗。阿拉坦沙盖带着妻子回家，发现东北方大黑蟒嘎德的儿子们乘机来破坏他的家乡，抓走了他的哥嫂，他立即跟踪追击敌人。在即将到蟒嘎德住处时，他看到敌人修建的一座桥，立即变作一条大鱼啃坏了桥墩，然后恢复原貌咒骂敌人。蟒嘎德的五个儿子乘坐三驾马车前来应战，过桥时掉入河内淹死了。早期蒙古各部落史诗的主人公是骑马英雄，对手蟒古思的坐骑是骡子或者其他家畜。近几百年来布里亚特人使用了俄罗斯式三驾马车。所以史诗里出现了修桥和乘坐三驾马车上战场的新场景。接着描写了阿拉坦沙盖、吉如嘎岱莫尔根以及阿拉坦沙盖的大儿子巴托尔朝克图、二儿子巴格查尼杜尔嘎等两代四位勇士经艰苦奋斗，先后消灭了75头的、85头的、95头的和105头的蟒嘎德，救出被折磨的阿拉坦沙盖的哥嫂等事迹。

总之，在史诗《阿拉坦沙盖胡本》里，既有蒙古英雄史诗传统的古老情节和内容，又有近代布里亚特社会生活的反映。这说明了英雄史诗随着社会的变迁而处于发展与流变形态之中。

# 第三节　史诗中考验勇士的方式方法

在婚事加征战型史诗中，考验是必不可缺少的核心情节和基本内容之一。所谓"英雄史诗"就是描绘主人公英雄事迹的史诗。英雄事迹主要是在艰巨而危险的考验中，通过勇士的行动和语言表现出来的。本书在《考验婚型英雄史诗》一章里，较详细地论述了史诗中的各种考验方式和方法。其中最主要的是"三三制"的考验方法，这就是勇士突破三大难关或战胜三种猛兽（如野公牛、野公驼和雄狮），完成三项艰巨任务（如取来凤凰的鲜蛋、上天之白驼的鲜奶和蟒古思的心肝），在好汉三项比赛（赛马、射箭和摔跤）中获得全胜。其中，描写勇士同一种神奇的庞然怪物的搏斗，在藏族、蒙古族和突厥的史诗中普遍存在。瓦·海希西指出，在大卫·尼尔和云登喇嘛记录的康区《格萨尔》中，有格萨尔青年时代奉霍尔王之命，进深山密林引虎出山，用天上掉下来的剑把老虎杀死，而后以假虎吓霍尔王和放虎归山的情节。① 在1716年北京木刻版《格斯尔传》里，这样描绘格斯尔征服这种黑斑虎的斗争：

> 有一条高山般大的黑斑虎，
> 它的身长达到一百勃尔，
> 从右鼻孔里发出燃烧的火焰，
> 从左鼻孔里冒着浓烟，
> 它能看到远离一昼夜路程的人，
> 它能吞食半日路程远的人。②

在另一处这样形容一个女巨人：

> 她上面的巨齿触动着苍穹，
> 她下面的巨齿触到金色大地。

在1866年拉德洛夫记录的突厥史诗《阿尔泰·客什》里，描写一个怪兽的形状也和这个女巨人颇为相似：

> 它用上面嘴唇触天，
> 它用下面嘴唇触地。③

---

① ［德］瓦·海希西：《论〈格斯尔〉史诗的一致性》，见内部资料《民族文学译丛》史诗专辑（一），少数民族文学所编印1983年版，第1—8页。

② 《格斯尔的故事》（上册），（蒙古文），内蒙古人民出版社1956年版，第94页。勃尔是民间长度单位，约四华里。引用时文章略有改动。

③ ［德］瓦·海希西：《论〈格斯尔〉史诗的一致性》，见内部资料《民族文译丛》史诗专辑（一），少数民族文学所编印1983年版。

上述例子说明这种庞然怪兽形象带有一定的普遍性。它们在卫拉特史诗和布里亚特史诗里尤为常见，而且是以三个三个为一组，作品总是以勇士战胜这些怪兽而告终。在卫拉特史诗《骑红沙马的额尔古古南哈尔》和《骑金黄马的阿拉图杰诺谚江格莱》中出现神奇的铁青公牛、黑公驼和白胸黄狗（或凤凰）等庞然大物，勇士以大无畏的精神和超人的力量一一战胜它们并将其杀死。那些可怕的庞然大物：

> 能看到远离一昼夜路程的人，
> 能吞食远离一天路程的生灵。

> 那头凶猛的铁青牛：
> 用一只角搅动着上天，
> 用一只角刮破了大地，
> 双角上挂着被抵死的尸体，
> 携带弓箭的勇士们变成了肉干。

> 那些野狗和野驼同样可怕：
> 它的上面的獠牙触动着苍天，
> 它的下面的獠牙触动着金色大地，
> 牙齿缝隙间夹着被咬死的人肉，
> 携带弓箭的勇士们变成了肉干。

这些巨兽的形象源自神话、传说，如果说在神话里人们通过想象征服这些给人恐惧感的庞然大物的话，在史诗里则现实生活中的勇士们以其果敢、力量和武艺杀死那些神奇的怪兽。勇士们捕捉、驯服或杀死凶禽猛兽和贵重动物，有时将贵重猎物和珍贵的药材带回去献给岳父，有时把猛兽牵着回来拴在岳父门口，岳父吓得求勇士放回山时，勇士驯养野生动物，使它们变成家畜和宠物，有时战胜猛兽而夺回岳父失去的宝物和神驹。由此可以看出，通过勇士的英雄行为考验他们的同时，更重要的是以此偿还了未婚妻的身价。这里有驯养野生动物为家畜的文化英雄形象的反映，又有英雄人物的成人仪式或古人对英雄人物的看法，也有动物图腾的影响。但是岳父考验、折磨和伤害女婿现象的社会历史渊源可能与早期服役婚风俗有关。

对女婿的考验，除了让勇士与强敌搏斗外，还有一种方式是通过各种比赛和答疑加以考验。在我国各民族史诗中运用各种不同的方法，考验勇士的胃口、勇气、力量、毅力、智力和武艺，许多考验方法是从民间传说和故事中借用的。诸如：胃口比赛，勇士们比赛吃三岁牛肉，喝三泉水，甚至吃一百只羊肉和吞海水；力量比赛，他们抬卧牛石、举山、双肩扛两座山、倒海水；武艺比赛，勇士们拉大神弓上弦、一箭射掉天上飞的老鹰、射落挂在高柱杆上的金币、射远处挂着的针眼；马术比赛，从奔驰的马背上捡起地上放的金扣子；智力比赛，猜谜、寻找隐藏的未婚妻。当然，在北方游牧民族史诗中有较固定的三项比赛，即赛马、射箭和摔跤。史诗通过这些考验反复表现英雄人物的力量和智慧，反映了古代人们对英雄人物的愿望和理想。这种通过比赛考验女婿是国际性情节，在国内外许多民族传说和史诗中普遍存在。但都有各自的地域特征和民族特色，同该民族的生活和风俗相联系。古希腊和古罗马的神话和史诗中的考验，或者是赛跑（有的异文中是赛马或大型马车比赛），或者是射箭，或者是摔跤。这些比赛同他们现实中的体育活动和军事比赛相适应。[①] 我国北方的蒙古—突厥各民族传说和史诗中的三项比赛，即赛马、射箭和摔跤比赛，是早期狩猎民族和游牧民族现实生活的艺术再现，在他们的儿童游戏、体育比赛、喜庆活动和军事比赛中，这三项是必不可缺少的活动。中央亚细亚史诗的比赛与希腊、罗马作品的比赛，尽管在表现上相似，但具体的描绘不大相同，各有各的民族特色。它们的相似性，不是因相互影响形成的，而是由不同民族类似的历史条件所决定的文学的类型现象。

勇士与猛兽搏斗随时会遇到生命危险，是考验英雄人物最富表现力的场景。相比之下，好汉三项比赛是在日常生活中选拔男子汉和快马的活动，史诗通过赛马、射箭和摔跤考验未婚夫，是比较文明的措施。但是现实生活中的三项比赛和史诗中的比赛也难免出现危险，常常有一些勇士遇难。因为史诗中的三项比赛，不像现代体育比赛或喜庆娱乐活动那样在和平的气氛中进行，往往会出现各种障碍和破坏现象，勇士经过艰苦激烈的搏斗

---

① ［苏］弗·日尔蒙斯基：《斯拉夫各民族的史诗创作和史诗的比较研究问题》，见中国民间文艺研究会研究部编《民间文学参考资料》第九辑（内部）1964 年版。以下简称《民间文学参考资料》第九辑。

才能取得胜利。史诗运用现实和理想相结合的方式，反映了勇士大无畏的英雄气概、过人的力量和高超的武艺。以赛马比赛为例，许多史诗中常常出现一个黄铜嘴黄羊腿的妖婆用种种方法危害对方的马和骑手。如在《巴彦班巴勒汗的儿子好汗赫布赛音》①中，赛马时未婚妻派侍女去骑秃头儿（未婚夫）的两岁癞马，可是对方派一妖婆骑着骆驼赶来用有毒的奶食引诱侍女中毒。在这种危难时刻，两岁小马听到乌鸦的话，带来北山上的金银泉水，救活了侍女。侍女醒过来后又跳上两岁马追上跑在前面的马，此时妖婆又用两种方式阻挡未成。当对方的马鼻子里爬出两条毒蛇扑向小马时，两岁小马神速踢死了两条蛇，终于超过所有参赛马第一个跑到了目的地。此外，在摔跤比赛时，勇士常常折断对手的大腿、摔伤其腰背，甚至将对手摔死或摔个半死。

蒙古—突厥各民族现实生活中选拔男子汉和快马的赛马、射箭和摔跤三项比赛，是在较大的喜庆节日期间举行的群众性文体娱乐活动，蒙古语叫做"好汉三项比赛"或"男子汉三项那达幕"。古人把这种娱乐活动吸收到他们的史诗中并加以神话化和理想化，成为一种富有游牧民族特色的艺术表现手法，栩栩如生地刻画出引人入胜的英雄形象。

---

① 仁钦道尔吉：《蒙古英雄史诗源流》，内蒙古大学出版社 2001 年版，第 266—268 页。

# 第四章

## 两次征战型英雄史诗

### 第一节　两次征战型史诗的形成

在蒙古串连复合型史诗中，除了婚事加征战型史诗外，还有两次征战型史诗。它是由两种类型的勇士与多头恶魔斗争型史诗相串连形成的。这也就是说，两次征战型史诗的情节框架，是以迎敌作战式史诗母题系列和失而复得式史诗母题系列为核心形成的（$B_1 + B_2$）。而且，这类史诗的后半部分（$B_2$）与婚事加征战型史诗（$A_2 + B_2$）的后半部分（$B_2$）相似，二者之间存在着渊源关系。两次征战型史诗的数量比婚事加征战型史诗少，但在各部族中都往往有所发现。同时，还找到了同它的上半部分相似或下半部分相似的单篇型史诗。现已发现的两次征战型史诗有：巴尔虎史诗《阿贵乌兰汗的儿子阿拉坦嘎鲁》和"古纳罕乌兰巴托尔型史诗"的四种异文，布里亚特史诗《宝尔勒岱莫尔根夫》，鄂尔多斯史诗《阿拉坦嘎鲁汗》以及喀尔喀史诗《占据北瞻部洲的阿贵乌兰汗》和《古纳罕乌兰巴托尔》。试以陈巴尔虎旗宝尼演唱的《阿贵乌兰汗的儿子阿拉坦嘎鲁》①为例，来具体探讨两次征战型史诗及其形成问题。它的上半部分同阿贵乌兰汗型史诗相似。下半部分像一部失而复得式单篇史诗，与史诗《古纳罕乌兰巴托尔》的后半部分大同小异，但更加完整，情节发展更合理。同时，它的下半部分同婚事加征战型史诗《喜热图莫尔根汗》和《珠盖米吉德失》的下半部分也

---

① 仁钦道尔吉记录整理：《英雄希林嘎拉珠》（蒙古文），黑龙江人民出版社 1978 年版，汉文整理翻译本见《民间文学》1978 年第 6 期。

很相似。

除宝尼演唱的两次征战型史诗外，与它上半部分相似的"阿贵乌兰汗型"单篇型史诗有以下六种：

1. 陈巴尔虎旗乌尔根毕力格（男，演唱时 25 岁，牧民）演唱的《阿拉坦嘎鲁诺颜》，仁钦道尔吉记录（1962.6.21）。

2. 陈巴尔虎旗达木丁苏伦（男，演唱时 34 岁，牧民）演唱的《阿贵乌兰汗》，仁钦道尔吉记录（1962.6.22）。

3. 陈巴尔虎旗呼和勒（男，演唱时 56 岁，牧民）讲述的《阿贵乌兰汗的儿子阿拉坦嘎鲁诺颜》，仁钦道尔吉记录（1962.6.23）。

4. 陈巴尔虎旗巴尔嘎宝（男，演唱时 65 岁，牧民）讲述的《阿拉坦嘎鲁汗》，仁钦道尔吉记录（1962.6.23）。

5. 新巴尔虎右旗罕达（女，演唱时 68 岁，牧民）演唱的《阿贵乌兰汗》，仁钦道尔吉记录（1962.7.30）。

6. 新巴尔虎右旗当时的达赉公社巴扎尔（男，演唱时 64 岁，牧民）演唱的《阿格乌兰汗的儿子阿拉坦嘎鲁》，道荣尕记录于 1962 年秋。①

这些异文的名称、勇士的名字和一些细节都有一定的出入。罕达和巴扎尔是同乡，演唱的时间也相近，因此他们的演唱几乎完全相同。可是陈巴尔虎旗五个人演唱的五种异文之间存在着一定的差异。在达木丁苏伦异文和巴尔嘎宝异文中，主人公是阿贵乌兰汗，他的勇士是阿里亚道格森，没有出现阿拉坦嘎鲁这一人物。在这方面，它们与蒙古国的许多异文相似。在乌尔根毕力格异文中没有提到阿贵乌兰汗，其主人公是阿拉坦嘎鲁，他的勇士叫希林嘎拉珠。各个勇士在史诗中起的作用也有所不同。乌尔根毕力格异文比较特殊，其中阿拉坦嘎鲁诺颜带着勇士希林嘎拉珠出征，可是希林嘎拉珠途中打猎掉到山缝中，蟒古思趁机抓走了阿拉坦嘎鲁，将他放在热水锅里烫。这时希林嘎拉珠破缝而出，杀死蟒古思，救出阿拉坦嘎鲁。这是后来增加的一种插曲。

尽管有一定的区别，但除宝尼异文外，其他六种异文的基本情节大同小异地描写了勇士的一次征战，都属于迎敌作战式史诗。同时，这六种异文的情节框架（史诗母题系列）与宝尼异文的上半部分也很相似。在单篇

---

① 见内部资料《蒙古族文学资料汇编》第三册，英雄史诗（一）（蒙古文），内蒙古语言文学研究所编（以下简称《资料汇编》第三册，英雄史诗）。

型史诗的章节里，"阿贵乌兰汗型史诗"的内容和情节已作过论述。现在，简要介绍宝尼唱本《阿贵乌兰汗的儿子阿拉坦嘎鲁》上半部分的故事梗概：

　　夜间阿贵乌兰汗梦见蟒古思前来进攻，黎明时他上瞭望塔看到敌人来临，立即叫来儿子阿拉坦嘎鲁迎战。儿子听了，不但不害怕，反而非常乐观。接着勇士鞴马，全副武装出征。勇士见到安达来沙尔蟒古思，互通姓名和出征目的，约定交战。敌人先射箭没有射中勇士，勇士的箭射穿了敌人的胸膛，带着它的心肺出来，但蟒古思没有死。他们扭打了很久，勇士最后将敌人摔进地缝里，将其消灭。这部分的内容和情节与"阿贵乌兰汗型史诗"大同小异，它们的情节框架所组成的共同性母题系列如下：

1. 古老时代
2. 勇士及妻子、父亲
3. 地点、官帐
4. 勇士坐骑
5. 父作恶梦
6. 望见蟒古思来犯
7. 父召见勇士迎战
8. 勇士唤战马
9. 抓马
10. 吊马
11. 出征宴
12. 鞴鞍
13. 穿战袍战靴
14. 出征
15. 途中之遇
16. 遇见蟒古思
17. 互通姓名和目的
18. 约定较量
19. 敌人没有打中
20. 勇士射中敌人，敌人没死
21. 肉搏
22. 蟒古思战败求饶

　　23. 杀死蟒古思。

　　这种相似现象证明，宝尼异文的上半部分是在阿贵乌兰汗型单篇史诗的情节框架上形成的。其下半部分是由失而复得式单篇史诗的母题系列所组成。宝尼异文下半部分的故事梗概如下：

　　当英雄阿拉坦嘎鲁战胜了来犯者 15 头的安达来沙尔蟒古思，正在休息时，他那会说人语的宝驹告诉他：他的家乡遭到阿拉其哈拉蟒古思的袭击，他的父母妻子被俘捉走，牲畜被夺。他火速赶回家，看到家乡成为废墟，宫帐被焚毁，枯焦的马桩还冒着一缕缕余烟。勇士踢倒拴马桩，发现了妻子乌孙宝莉尔留下的信，证实了宝驹的话。他去追击敌人时，在路上阿拉坦嘎鲁遇到金胸银背婴儿和金胸银背马驹，原来这是阿拉坦嘎鲁的妻子被捉走时留下的婴儿和坐骑。但勇士无法带走他们，只好独自前进。进入蟒古思的地界后，他化身为流鼻涕的小孩，骑着两岁癞马。勇士往前赶，看到了做了仆人的父母，但未暴露身份。他装作寻找走失的骆驼，进入蟒古思的宫帐，见到阿拉其哈拉和自己的妻子坐在一起。蟒古思因不认识便向他打听阿拉坦嘎鲁的消息，他故意说阿拉担嘎鲁已被安达来沙尔杀死。于是蟒古思很高兴地款待他。乌孙宝莉尔夫人认出了丈夫，但不敢声张。晚上阿拉坦嘎鲁要求与奴隶睡在一起。蟒古思派乌孙宝莉尔送他，路上夫人告知了蟒古思的五种灵魂及其所在处。勇士又让父母认出自己。第二天勇士向蟒古思借了一匹马到四面的山上去消灭蟒古思的四个灵魂，又上孙布尔山（须弥山）消灭了蟒古思的致命灵魂——一口青铁响锅。因五个灵魂被消灭，蟒古思病倒不能起身，勇士杀死了他。接着勇士按妻子的吩咐杀死了蟒古思的妻子大肚黄婆，又与从黄婆肚子里跳出来的小妖搏斗，正当胜负难分时，路上碰到的金胸银背儿骑着他那金胸银背马驹赶来，打死了小妖。阿拉坦嘎鲁夺回失去的一切，全家团圆，返回家乡设宴庆祝。

　　以阿拉坦嘎鲁或阿贵乌兰汗（阿拉坦嘎鲁之父）为主人公的两次征战型史诗的形成较早，除呼伦贝尔盟巴尔虎地区外，在相邻地区的喀尔喀人和遥远的鄂尔多斯人中也有流布，尽管它们上半部分的内容不同，但都是由迎敌作战式母题系列和失而复得式母题系列二者所构成的。各地区各部族异文说明了同一部史诗的不同的发展和流变方式。鄂尔多斯史诗《阿拉坦嘎鲁海汗》的上半部分中描述了阿拉坦嘎鲁海汗战胜来犯者班巴尔岱汗，并俘获其女儿为妻的事迹。下半部分描述了阿拉坦嘎鲁海汗打败 12 头的阿尔扎嘎尔哈尔蟒古思，夺回被他赶走的妻子和牲畜的事迹。

蒙古国戈壁省曹登德布演唱的《占据北瞻部州的阿贵乌兰汗》也描写了勇士的两次征战，但其内容与《阿贵乌兰汗的儿子阿拉坦嘎鲁》不同，主人公不是阿拉坦嘎鲁，而是阿贵乌兰汗。其主要内容是：敌人赫热岱莫尔根趁阿贵乌兰汗外出打猎之机偷走了他三岁的小弟弟。阿贵乌兰汗知情后出征。路上他烧毁了能压死人的石头碾子，用神箭射断了毒海而得以通过。到赫热岱莫尔根家后，他先见到小弟弟，得知敌人的三个灵魂是狼、蛇和鸟，接着先后消灭敌人的灵魂和肉体，夺回小弟弟，返回家乡。他回家后发现15头的蟒古思抢走了他的财产，勇士第二次出征，打败敌人，夺回财产，胜利还乡。

这些异文说明，同一部史诗在不同时期、不同地域、不同部族中的流传过程中，它的内容和人物都会有一定的变化。

宝尼异文下半部分的内容和情节与另一部巴尔虎两次征战型史诗《古纳罕乌兰巴拉尔》的下半部分在很多方面有相似之处。

在巴尔虎地区记录的有六个人演唱的史诗《古纳罕乌兰巴托尔》，其中只有甘珠尔扎布记录出版的一种异文《三岁的古纳罕乌兰巴托尔》是征战型单篇英雄史诗。我们在前面失而复得式史诗中已作过介绍。其余异文是描写勇士两次征战的串连复合型史诗（$B_1 + B_2$）。我们称它们为古纳罕乌兰巴托尔型史诗。它们是：

1. 《古纳罕乌兰巴托尔》，见蒙古语言文学研究所编《英雄史诗集》（内蒙古人民出版社1960年版）。

2. 新巴尔虎右旗罕达（女，演唱时73岁，牧民）演唱的《三岁的古纳罕乌兰巴托尔》，道尕荣记录（1962.8），见《资料汇编》第三册英雄史诗。

3. 陈巴尔虎旗巴彦德力格尔和奥岱二人讲述的《三岁的古纳罕乌兰巴尔》，这是1983年陶克涛胡记录整理在一起的手稿。

4. 新巴尔虎右旗达赉公社米达格（女，演唱时43岁，牧民）演唱的《三岁的古纳罕乌兰巴托尔》，仁钦道尔吉和祁连休记录（1962.8.4）。

这些异文的主要内容和情节框架相似，都由一种失而复得式史诗母题系列形成，当然，在母题数量和细节上有一定的出入。它们的主要内容如下：

史诗的主人公是古纳罕乌兰，在下半部中他的敌人是胡肯托瓦。古纳罕乌兰打败第一个侵略者，返回家乡便看到一片凄凉景象。家乡被焚烧，家人全部失踪。他看到观音菩萨像躺在地上，生气得要将它摔碎时，菩萨开口说胡肯托瓦妖魔抢走了他的家人和财产。有的异文中勇士看到一根墙柱立在屋基上，勇士把它踢翻，发现了妻子的信及藏在地里的羊肉和奶茶。勇士看信知道了原来是敌人胡肯托瓦妖魔（或者其他妖魔）抢走了父母和妻子，并上山找到马倌阿格萨哈勒岱，让他留守在家乡。勇士第二次出征，他依靠坐骑的神力渡过大海。勇士向前走碰见了妻子留下的金胸银背婴儿和金胸银背马驹，无法把它们带走。他进入敌人的疆域时，化作流鼻涕的穷孩子，把坐骑变为身上长癞的两岁小马。他见到蟒古思之后，说自己是流浪儿前来放牧，被蟒古思留下来。他从一位被抓去作奴隶的妇女那里探听到敌人力量的秘密后，便与胡肯托瓦扭打起来，胜负难分。这时，金胸银背儿骑着金胸银背马驹赶来摔死了敌人。有的异文中说，乘蟒古思离家打猎之机，勇士见到妻子了解了敌人的灵魂，先打死灵魂，后消灭其肉体。有的异文中古纳罕乌兰化身为流鼻涕的穷孩子走进敌人的疆域后的经过与阿拉坦嘎鲁相似。诸如：他先后发现马倌和驼倌背叛，牛倌和羊倌忠于他，父母做奴隶，见到蟒古思骗取信任，与妻子和父母联系，了解杀死蟒古思的方法。

《阿贵乌兰汗的儿子阿拉坦嘎鲁》和《古纳罕乌兰巴托尔》两部史诗的名称和主人公的名字不同，内容和情节上也有一定的出入，但它们的下半部分都像一部失而复得式单篇史诗，二者的情节框架中存在着许多共同的母题。

上述情况说明了两次征战型史诗是以两个不同内容的单篇型史诗为基础形成的。同时，这类串连复合型史诗的下半部分同婚事加征战型史诗的下半部分相似。在它们之间还存在着渊源关系。婚事加征战型史诗和两次征战型史诗是串连复合型史诗最初的两种类型；它们的两大组成部分的界线很清楚，人们不难分辨。

## 第二节　两次征战型史诗内容的发展

早期单篇型英雄史诗产生于阶级分化前的氏族社会，反映了氏族民同自然力的化身各种恶魔的斗争，描绘了族外婚姻制度下的抢婚习俗和服役婚中考验男子的现象。早期史诗中的主要矛盾都是为争夺女子而发生的。

尽管流传到今天的原始史诗中存在着不少阶级社会的因素，但这些并不是不可缺少的东西，是在史诗的长期口承过程中增加的后期内容。串连复合型史诗是在早期单篇型史诗的基础上产生的新史诗类型，它是氏族社会解体以来在社会上出现私有制和阶级分化以后逐渐形成的史诗。史诗的正反面人物，即勇士和蟒古思（或某掠夺者）都不同程度地带上了富裕牧民和领主的特征，他们有汗宫、畜群、放牧人和属民百姓。和早期史诗那种单一抢女子的目的不同，串连复合型史诗中蟒古思或其他掠夺者侵犯的目的除抢女子外，还掠夺属民百姓，活捉勇士的父母做家奴，赶走勇士的牛羊马驼群。例如：阿拉坦嘎鲁有富丽堂皇的汗宫，满山遍野的畜群，有马倌、驼倌、牛倌和羊倌。史诗对阿拉坦嘎鲁的汗宫作了如下描绘：

> 在十条山谷汇合的地方，
> 在凶暴的敌人面前，
> 在二十条山谷汇合的地方，
> 在贪婪的蟒古思面前，
> 有一座红檀木的蒙古包，
> 这便是可汗居住的官帐：
> 团花缎做的包顶，
> 回纹缎做的围墙，
> 红珊瑚做的墙柱，
> 嵌着珍珠的天窗，
> 闪光的蟒缎天窗盖，
> 带饰绦的蟒缎门帘，
> 画着灵兽的四道门，
> 开在官帐的四面。①

这是在蒙古地方出现汗宫、佛教寺庙和城市宫殿以后，在现实的基础上创作的蒙古包与殿堂相结合的理想化的建筑。

串连复合型史诗的主人公有了满山遍野的牛、羊、马、驼群。如对珠

---

① 仁钦道尔吉、祁连休记录翻译整理《阿拉坦嘎鲁》，见《民间文学》1979 年第 6 期，第 20—38 页。以下有关阿拉坦嘎鲁的引文均见此书。

盖米吉德夫的牲畜群有如下描写：

> 他有布满北山的
> 数万匹马，
> 他有布满南河套的
> 数万匹马，
> 他有布满唐哈大草原的
> 黑花红花的绵羊和山羊，
> 他有布满通和山谷的
> 千万头肥壮的骆驼。①

因为史诗主人公很富裕，拥有大量的牲畜、财产和佣人，敌人来犯的目的就是掠夺这一切。在《阿拉坦嘎鲁》中勇士先后遭到两个不同敌人的进攻。第一个敌人宣称他侵略的目的是：

> 我要去把阿贵乌兰汗抓来做奴隶，
> 我要去杀掉阿拉坦嘎鲁，
> 我要把乌孙宝莉尔夫人抢过来，
> 我要去烧掉他们的红檀木宫帐，
> 我要去赶走他们的牲畜，
> 我要去掳掠他们的百姓。

这里安达赉沙尔蟒古思就像奴隶社会或封建割据时代的掠夺者。他的目的没有得逞，阿拉坦嘎鲁消灭了这个蟒古思。可是，第二个敌人进攻的目的得逞了。神奇的坐骑告诉主人：

> 趁您在此杀敌的时候，
> 阿尔其哈尔蟒古思
> 抓走了您的父母亲，

---

① 《珠盖米吉德夫》，见仁钦道尔吉搜集整理《英雄希林嘎拉珠》（蒙古文），黑龙江人民出版社1978年版，第135—222页。

> 霸占了乌孙宝莉尔夫人，
> 抢劫了金银和牲畜，
> 虏掠了所有的百姓，
> 烧毁了雄伟的宫帐，
> 把咱们的家乡蹂躏。

勇士阿拉坦嘎鲁返回家乡，证实了坐骑的话之后，立即去追击阿尔其哈尔蟒古思。在远征途中为了不让别人认出，他化身秃头乞儿，骑着两岁劣马走，先后碰见他的牲畜已为敌人占有，他的牛倌、羊倌、马倌和驼倌都在为蟒古思放牧，其中牛倌和羊倌忠实于阿拉坦嘎鲁，他们仇视敌人，说："残暴的蟒古思，一开口就骂人，一动手就打人，咱们受尽欺凌。"

可是，阿拉坦嘎鲁的马倌和驼倌背叛主人，投靠了敌人。史诗的这种处理，符合阶级社会的高压下牧人生活的状态。

勇士继续向蟒古思领地走，先后看到了已经做了敌人奴隶的父亲和母亲。史诗里说：

> 英雄跨着小马往前赶，
> 望见一个老头在捡牛粪，
> 走到跟前仔细一看，
> 却原是自己的父亲。
> 他肩上紧捆着粪筐，
> 手里紧缚着粪叉，
> 背上满满一筐牛粪，
> 摇摇晃晃，步履艰难。

同样，他母亲也做了敌人的奴隶，给蟒古思挑水：

> 她一只手紧捆着铁桶，
> 一只手紧缚着铜勺，
> 提不动满满一桶水啊，
> 正坐在河边偷偷啜泣。

蒙古英雄史诗的情节、内容和人物，随着社会的发展和变异而适应社会现实，在不同程度上打上了氏族社会、奴隶社会和封建社会的烙印。如果说在单篇型史诗里蟒古思是以抢劫女子的人物身份出现的话，在串连复合型史诗中它有了一些阶级社会的统治者和侵略者的特征，通过这种反面人物形象，深刻地揭露了现实社会中的剥削者和奴役者的罪恶，同情和支持受苦受难的人们。史诗通过英雄人物战胜侵略者和压迫者的英雄业绩，反映了人民大众的力量，并指出人们只有同黑暗势力进行不屈不挠的斗争，才会战胜顽敌，得到解放，创造和平自由的生活。蒙古英雄史诗有重大的教育意义，鼓舞人们勇往直前，战胜一切剥削者、压迫者、侵略者和奴役者，争取解放，过上安定的生活。

# 第三节　主要人物形象的发展和流变

史诗产生于氏族社会，但口传史诗的人物随着社会的发展而发展和变异，在不同程度上带上了氏族社会、奴隶社会和封建社会的人物特征。在早期英雄史诗中出现单枪匹马上阵的勇士，尽管有的史诗中有弟兄三人，但其中只有一位是主要英雄，其他的是助手。早期史诗的勇士个个都是勇敢无畏的大力士，是天不怕地不怕、不达到目的死不回头的硬汉，是天下无敌的常胜将军。他们是氏族社会广大民众的化身，创作史诗的民众把群体的力量和智慧赋予了这种个人，通过他体现了民众的思想愿望和理想。这类人物是人性与神性、现实与理想相结合的勇猛型勇士形象。后来随着蒙古社会和人们思想观念的发展，蒙古史诗中的勇士形象也产生了各种变化。在长期的口头传承过程中勇士身上不同程度地反映了氏族社会、早期阶级社会和封建社会的因素。因此，蒙古史诗的人物形象整体上有多元多层次结构。而且，某一具体勇士也同样有多元多层次结构。不能把史诗的勇士都看作氏族社会的人物，应当做具体的分析和评价，指出勇士身上存在的不同时代、不同社会、不同地域和不同阶层的人物特征。

串连复合型史诗与单篇型史诗比较，人物多、情节复杂，而且，还有财产和奴隶争夺情节。这是在社会上产生私有制和家庭奴隶以后形成的新的史诗类型。当时，畜牧业和手工业得到初步的发展。从那个时期开始，史诗里出现了描述勇士及其敌人的牲畜、财产、手下官吏和家奴等的现象。

早期史诗的斗争主要反映了抢夺女子的现象。不仅抢婚型史诗和考验婚型史诗如此，勇士与恶魔斗争型史诗的矛盾也是由蟒古思抢夺勇士妻子而引发的。与此不同，在串连复合型史诗后半部分中，争夺牲畜财产才是史诗矛盾的核心。这种史诗的勇士像富人一样有满山遍野的牛、羊、马、驼群，他们有华丽堂皇的汗宫，有金银装饰的马鞍马嚼，有蟒缎袍靴和金银盔甲，有贵重的弓箭和宝刀，他们还有佣人以及牛倌、羊倌、马倌和驼倌。勇士手下也有将领和坐禅大喇嘛。在有的史诗中还出现清代的官衔，如安本、章京和扎萨。这一切是在现实社会中产生私有制和阶级分化以来史诗中增加的因素。

如前所述，早期史诗中只有一位主要勇士，后来整个蒙古史诗的英雄人物体系是以早期史诗（原始史诗）勇士为核心，以他为模式和传统，围绕着那种一位勇士，增加了众多的勇士，其中有结义兄弟、主人公手下的将领和勇士的第二、第三代子孙。由于勇士人数增多，原来只有一位勇士承担的重大任务，开始由几位勇士分担了。这种现象说明，后人对早期史诗勇士的理解不同了。他们认为那样重大的任务应该由多人或几代人才能完成。这样他们围绕一位主要勇士塑造了一批英雄形象。尤其是到封建割据时代，形成的巨型并列复合型史诗《江格尔》和《格斯尔》，其中出现了文明时代强大汗国的多种类型的英雄群像。蒙古史诗的英雄人物是这样随着社会的发展而越来越接近现实社会的。

我们下面看一看，婚事加征战型史诗的英雄人物的发展与流变。

首先，史诗的主人公有了几位结拜兄弟，在他们的帮助下主人公最终大获全胜。如在《胡德尔阿尔泰汗》、《骑红沙马的额尔古古南哈尔》、《宝玛额尔德尼》和《汗哈冉贵》等史诗中勇士有了几位义兄弟。勇士在远征求婚途中碰见不相识的勇士，鲁莽勇士们经过一场惊天动地的搏斗，在难分胜负的时候，他们或者听从坐骑的劝告，或者互相羡慕对方的英雄气概，便握手言和，互换戒指、耳环等纪念品，宣誓结拜。这类情节在卫拉特串连复合型史诗中尤为多见。不少史诗都形象地反映了结拜兄弟的重要作用。他们并肩作战，互相协助，以共同的力量战胜困难，打败掠夺者。结义兄弟是没有血缘关系的不同氏族的人。根据历史记载，这种不同氏族的勇士结义是 11—12 世纪蒙古社会中盛行的现象。在那个时代，通过勇士们的结义，建立了氏族联盟和部落联盟。英雄史诗形象地反映了蒙古社会建立氏族联盟和部落联盟时代的现实。

　　结拜兄弟在斗争中起着重要作用。在为争夺未婚妻而举行的马赛、射箭和摔跤三项比赛中，常常是义兄弟替主人公参加一两项比赛，为主人公取得胜利；主人公带着新娘回乡途中，义兄弟协助勇士护送新娘安全到达目的地；当勇士遇难的时候，义兄弟奋不顾身地通过各种方式帮勇士起死回生，并共同作战，消灭凶恶的敌人；反过来在义兄弟的危急时刻，勇士也同样帮助他解脱困境，战胜自然力和人间敌对势力。

　　例如：在肃北史诗《胡德尔阿泰汗》中描绘主人公汗青格勒在远征求婚途中与玛拉兰结义过程如下：

　　汗青格勒向前走了七七四十九天的时候，有一勇士骑着高山般的大骏马赶上前来，从他旁边奔驰而过。汗青格勒两次追去向他问好，可是勇士不但不理睬，还举起钢鞭向他钢盔上打过去，汗青格勒也返他一鞭。接着二人先后在马背上扭打，用弓箭对射，跳下马赤手空拳肉搏，扭打数年，胜负未分。结果汗青格勒占优势，把玛拉乌兰压倒在地，将割断他喉咙的时候，两匹骏马跑过来，劝两位主人和好，见到两匹坐骑相好，两位勇士也停手站了起来，掸掉对方衣帽上的灰土，结为义兄弟。在这部史诗中特别强调了义兄弟的重要作用，义兄弟玛拉乌兰起到了重要作用。在他的帮助下汗青格勒脱离了天下七大红旱獭和天下大青铁蛇的毒害。在三项比赛中，玛拉乌兰射中目标而取胜，摔跤时他压倒了上天之勇士哈尔库胡勒而结为义兄弟。在追击恶魔过程中，他去叫醒酣睡不醒的汗青格勒，二人一起消灭了敌人。另一位义兄弟哈尔库胡勒也起到了一定的作用，他保护汗青格勒的妻子及父母，将他们安全送到汗青格勒的家乡。

　　史诗里出现结拜兄弟之后，他们分担了过去只有一位勇士完成的艰巨任务。同时，主人公的作用逐渐减小。在一些史诗里主人公退到次要地位，甚至起到了一些反面作用。例如，在《那仁汗传》中原来主人公就是那仁汗，史诗是以他的名字命名，他有本事打败来犯之敌特格希沙尔宝东。可是在战斗中，即将战胜敌人的关键时刻，他却放弃斗争，与仇敌特格希沙尔宝东结为兄弟，并唆使敌人追击助手英雄伊尔盖。结果他被特格希沙尔宝东和背叛丈夫的妻子害死。幸亏勇士伊尔盖逃到远方，并同另一勇士胡吉孟根图拉呼结义，这两位勇士战胜敌人，救活了被害的那仁汗。在这部史诗里，伊尔盖和胡吉孟根图拉呼成为主要人物，那仁汗则受到了谴责。许多卫拉特史诗里出现两三个结拜兄弟，有的史诗的勇士人数更多。比如《钢哈尔特勃赫》是一部婚事型史诗，但婚姻在这里已经成为勇士们结义和建立氏族联盟的纽带。史诗通过钢哈尔特勃赫与沙尔格日勒汗的女儿的婚姻，描写了男女双方五大勇士的结义过程。在这部史诗里没有敌对势力也缺乏岳父刁难女婿的现象，但是史诗在那些鲁莽勇士们的盲目搏斗中，生动地刻画了他们的英雄气概。这五大勇士不分高低，他们共同成为史诗的主人公。《钢哈尔特勃赫》是经过著名的吐尔扈特江格尔奇扎拉进行加工的英雄史诗。上述情况论证了在英雄史诗的发展过程中，以原有一位勇士为中心出现了三五个相同类型的英雄人物。

其次，除了结拜兄弟外，史诗的主人公还有手下的将领和勇士。在巴尔虎史诗中很少出现结义兄弟，但有了手下将领。诸如阿贵乌兰汗的勇士阿里亚道格林、阿拉坦鲁诺谙的勇士希林嘎拉珠、阿布拉尔图汗的勇士宝力德老人、阿拉坦格日勒图汗的勇士阿布拉古朝伦。譬如在史诗《阿布拉尔图博克多汗》里，13岁的阿布拉尔图博克多汗带着勇士宝力德老人前往东北方向迎战敌人安达来沙尔蟒古思及其98名随从。当二人站在一座山上看到敌人时，少年可汗有点惊慌，老勇士给他鼓气。宝力德老人先去见到15头的安达来沙尔蟒古思，互相询问姓名和出征目的，约好第二天早晨较量。第二天早晨较量时，蟒古思首先向他们抛来火红的铁棍，二人飞上天，未被命中。接着可汗一箭射穿蟒古思的胸膛，但蟒古思没死，跳上去与可汗搏斗。其间宝力德老人消灭了安达来沙尔蟒古思的98名随从。可汗也把蟒古思压倒在地，将它剁成肉块，喂乌鸦和野狗。这时坐骑提醒勇士还有敌人未被消灭，老勇士于是前去消灭了安达来沙尔蟒古思的父母和大肚妖婆。从妖婆肚子里跳出来未满10个月的金胸银背小妖（在其他史诗里一般都说是青铜小妖），同可汗扭打起来，最终被可汗打死。又如在乌尔根毕力格演唱的史诗《阿拉坦嘎鲁诺颜》中，阿拉坦嘎鲁诺颜带着勇士希林嘎拉珠出征，途中希林嘎拉珠不幸掉进山缝中出不来。这时蟒古思趁机活捉了阿拉担嘎鲁，将他放到热水锅里烫。看到这种残酷折磨，希林嘎拉珠一怒之下破山而出，杀死蟒古思，救出了阿拉坦嘎鲁。在这里，史诗主人公与手下勇士的关系不是平等的兄弟关系，而是从属关系，近似君臣关系。在史诗里这种人物关系出现较晚，我们前面说过，结义现象反映了建立氏族联盟、部落联盟时代的社会现实。那么，这种君臣关系是阶级社会的产物。在这里史诗原有的勇士越来越接近于现实社会中的可汗、诺谙等统治者，他们的英雄性格减退，有时不亲自参战，而他们手下的勇士却继承了古老史诗勇士的英雄性格。古老史诗的勇士有"可汗"、"莫尔根"、"巴托尔"、

"艾尔"等称号,可是,后来的史诗勇士还冠以明清以来的官衔,如"安本"、"章京"、"台吉"等称号。

再次,史诗主人公有了儿子、孙子等第二代、第三代英雄。第一代英雄失败或遇难之后,他的后代战胜了仇敌,并使他死而复生。我们在前面讲的结拜兄弟、勇士与手下的大将等都是同一辈人物。现有巴尔虎史诗中的勇士几乎没有遇难现象。有时勇士杀死来犯的蟒古思及其妻子,但是拿刀捅破蟒古思妖妻的肚皮时,从肚里跳出来一个未满 10 个月的铁青婴儿。当勇士与这个婴儿搏斗面临危险时,或者是被他救过的天女之子,或者是勇士离家后方出生的爱子赶来助阵,父子俩一起战胜敌人的铁青婴儿。可是,在卫拉特史诗和布里亚特史诗中往往出现勇士受挫甚至被杀身亡的情节。在这种危急关头,勇士的第二代、第三代人发挥了重要作用。如前所述,在串连复合型史诗《骑红沙马的额尔古古南哈尔》里,额尔古古南哈尔与结拜兄弟铁木耳杜希、乌伦苏龙嘎三人在争夺未婚妻的激烈斗争中取胜,额尔古古哈尔娶那仁达赉汗的女儿固实阿拉坦为妻。当三位勇士带着固实阿拉坦返回古南哈尔家乡的时候,凶恶的敌人双胡尔乘勇士出征之机,抓走了勇士的父母和百姓。三勇士在追击敌人时不幸战败,敌人把他们的脑袋朝下插进沙漠里。这时马倌把固实阿拉坦肚皮里刚刚三个月的胎儿挤出来,他出生七天之后就去寻找父亲,找到后用神药救活了他们,两代人并肩战斗消灭了双胡尔及其家族,夺回了失去的一切。在另一部史诗《策日根查干汗》中第一代勇士策日根查干汗失败做了奴隶,第三代人孙子巴马乌兰巴托尔和孙女宝尔玛战胜敌人,救出了爷爷策日根查干汗,收回了失去的牲畜和财产。这些后期史诗中强调了勇士的子孙的重要作用。相比之下,老一代勇士反而失去了传统的英雄性格。

蒙古族封建割据时期形成的并列复合型英雄史诗《江格尔》中出现了一个汗国的系列英雄群像,他们是有不同职能和不同性格的不同类型的人物。笔者曾在《〈江格尔〉论》等论著中,把这些英雄人物分为如下几大类型:

1. 理想首领:宝木巴汗国的首领博克多诺谚江格尔汗在史诗中起着汗国的缔造者、组织者和领导者的作用。

2. 勇猛型将领:江格尔汗的左翼首席勇士雄狮大将洪古尔以及其他雄狮大将萨布尔、萨纳拉和明彦等,其中前三位是冲锋陷阵的勇将,他们身上继承了古老史诗的勇猛型勇士传统,他们左右着战争的胜败。明彦是多才多艺的人物,他是天下无双的美男子、器乐演奏家、江格尔的松奇,是汗宫里主管礼宾和外交事务的大臣。

3. 智谋型将领:江格尔的右翼首席英雄阿拉坦策吉以及古恩拜和赫吉拉干等,其中阿拉坦策吉起着江格尔的军师、参谋长和智囊作用。古恩拜是巨人、武将,又是圆梦官,他参加决定政教大事的讨论。赫吉拉干是雄辩家,又是汗宫总官。

此外,还有一大批第二代勇士和顺乌兰、少布西古尔等人物,他们在有些方面超过第一代勇士。

从以上分析的蒙古英雄史诗英雄人物的发展与演变不难看出,随着社会向前发展,史诗里不断增加新的英雄人物和英雄类型,他们分担原来只有一个人物完成的重大任务后,有些史诗原有勇士的作用越来越小,他们蜕变为胆怯无能者,甚至成了被敌人杀戮的对象。但是他们的子孙和手下勇士身上继承了早期史诗勇士的英雄性格,这些人物具有勇敢无畏的精神和不可战胜的力量,一举铲除顽敌,使勇士起死回生,终于报仇雪恨,夺得了最后的胜利。在蒙古英雄史诗中尽管勇士遭到暂时的失败,有局部悲剧情节,但总是有人使他死而复生,击败仇敌而取得胜利。蒙古史诗往往以大团圆的欢乐告终。

上述史诗中的财产争夺型情节形象地描绘了蒙古社会"英雄时代"的斗争。随着社会生产力的发展,私有制得到进一步发展,同时产生了阶级分化现象。部落首领和奴隶主们为了掠夺财产和俘获奴隶,相互之间的部落战争连绵不断。由于蒙古古代社会发展史的许多问题至今尚未搞清楚,我们不知道蒙古社会的这种"英雄时代"是从什么时候开始的,但可以肯定直到11—12世纪,蒙古社会上还继续存在着部落战争。

在11—12世纪的蒙古社会中,氏族复仇制走向衰落,当时,私有制占统治地位,有了明显的贫富之别。这就说明,部落复仇型史诗时代早已过去,财产争夺型情节出现的社会基础业已产生。

关于英雄史诗所反映的社会斗争,尼·波佩在《喀尔喀蒙古英雄史诗》中说:在英雄史诗中,勇士与蟒古思争夺女人的斗争具有原始社会的氏族战争性质。后来史诗里的勇士和敌人(蟒古思)有了封建统治者特征,敌人不仅是抢劫对方的妻子,而且还掠夺牲畜和属民百姓,这样他们的斗争就具备了封建战争性质。

# 第五章

# 家庭斗争型英雄史诗

## 第一节　社会历史文化前提

　　早期英雄史诗的题材有两种，一是勇士为娶妻而斗争，二是勇士与恶魔的斗争。前一种题材的史诗有抢婚型史诗和考验婚型史诗，二者都反映了父系氏族的族外婚习俗。斗争是由于一个氏族的男子到远方另一氏族中去聘娶姑娘，女方的父亲（岳父）反对或刁难而引起的。这是氏族与氏族之间在婚姻问题上发生的矛盾和斗争。第二种勇士与恶魔斗争题材的史诗，起初反映了人类同自然界和幻想的邪恶势力的斗争，后来具备了氏族与氏族之间斗争的性质。总之，早期氏族社会实行生产资料公有，人们共同劳动，平均分配劳动成果，没有明显的剥削和压迫，尚未出现氏族内部的斗争。氏族成为社会基本单位，生产、生活和斗争都依靠集体的力量。当时的主要矛盾是氏族与氏族之间的矛盾和人类同自然界的矛盾，早期英雄史诗反映了这种矛盾和斗争。氏族社会解体后，随着私有制的巩固和阶级分化，出现了财产争夺型英雄史诗。在婚事加征战型史诗、两次征战或两次以上征战型史诗中，都有抢劫牲畜和财富的内容。但这些斗争也同样是在氏族与氏族、部落与部落之间进行的争夺战利品的斗争。

　　家庭斗争型英雄史诗与上述史诗不同，它描述的是氏族内部的斗争，家庭内部的斗争，是亲人之间的谋杀事件。这是家长与母亲或后母、妹妹（后母之女）、妻子之间发生的隐蔽性矛盾和斗争。这种矛盾和斗争的产生有其社会历史根源。到了氏族社会瓦解时期，由于社会生产力的发展，氏族首领们权力的扩大，财富集中在少数人手里，发生了贫富差别和阶级分化，氏族社会走向了解体。由于氏族成员内部的不平等导致了他们之间的矛盾和斗争。在家庭婚姻制度方面，在那个时代一夫一妻制家庭得到巩固，成为社会的基本单位。在家庭内部实行家长制，出现了男女不平等，男子有决定权和财产继承权，妇女地位下降，甚至受到歧视和排挤。在这种社会背景下，产生了氏族内部矛盾斗争和家庭内部的矛盾斗争，有时这种矛盾发展到了不可调和的地步，出现了家庭内女子勾结外来男人暗害家长或其他男子的现象。这种现象成为社会公害，破坏社会生产力的发展，影响社会安定团结，因而受到社会舆论的谴责。在叙事文学中产生了崭新的题材，出现了反映"淫荡的妹妹"型的传说和故事，这些传说和故事在长期传承过程中，有的变成韵文体，因而被称为史诗。

家庭斗争型史诗是在同一种内容的民间故事的基础上形成的。此类故事广泛流传于蒙古—突厥各民族民众中，有些学者称之为"淫荡的母亲"型故事或"淫荡的妹妹"型故事。尽管故事里勾结其他男人，害死主人公的有母亲、后母、妹妹和妻子等女人，但为了便于叙述，我们不妨统称其为"淫荡的妹妹"型故事。史诗学家日尔蒙斯基早已论述此类典型实例，他分析了拉德洛夫记录的哈萨克故事《埃尔凯木爱达尔》和波塔宁记录的蒙古国和托辉特部故事《胡布古和哈旦珠盖》。① 在前一篇故事中说，埃尔凯木爱达尔和妹妹娜仁苏鲁无父母，主人公的坐骑是蒙古—突厥史诗中以身上长满疥疮的劣马形象出现的神奇的褐色宝驹。主人公不在的时候，妹妹娜仁苏鲁爱上了哥哥的敌人乌孙萨日阿勒普。当哥哥回家的时候，敌人藏在他们家的地底下，唆使娜仁苏鲁装病躺倒，妄图借刀杀人，让哥哥冒险到远方寻找仙丹妙药，即先后三次让他去取来七头恶魔杰勒玛乌兹的一勺血、神奇的白母驼奶和没有尾巴的灰狼的胆汁。善良的勇士埃尔凯木爱达尔得到美丽的三仙女的爱情，在三仙女帮助下将药取回。娜仁苏鲁竟伙同乌孙萨日杀死了哥哥，并准备举行婚礼。三仙女施展法术使埃尔凯木爱达尔死而复生，并结为夫妻。接着，为了复仇，勇士化身为秃头儿骑着浑身长满疥疮的小马去参加妹妹的婚礼，参加赛诗时秃头儿取胜，参加拉弓比赛时他将别人的弓都拉断了，这时乌孙萨日交给勇士原先用的弓，并说如果不能拉开此弓，就砍掉他的脑袋。勇士拉起弓一箭射死了500个敌人，

---

① ［苏］弗·日尔蒙斯基：《突厥英雄史诗》（俄文），科学出版社1974年版，第189—190页。

接着歼灭了乌孙萨日和敌军，并把背叛的妹妹处以酷刑。蒙古故事《胡布古和哈旦珠盖》的内容和结局基本与之相似。其中，背叛的妹妹出卖了胡布古，和敌人哈旦珠盖一起将他害死。勇士胡布古的坐骑使他死而复生，勇士随后化身为矮子骑着生疥疮的小马回家。一牧人给他吃绵羊肉，使他恢复了健康。胡布古去参加哈旦珠盖的射箭比赛，说自己是要饭的。他用芦苇作弓，用芨芨草作箭，箭飞的不远，要求拿来好弓箭。人们把胡布古原先的老弓用大车运来给他。此时，他恢复了勇士原貌，抓住哈旦珠盖，把他扯成十块，把自己的妹妹拴在九匹母马的尾巴上撕成碎块。他夺回失去的牲畜、百姓和母亲，并同救他的美女诺云达里胡结为夫妻。

拉德洛夫记录的《埃尔凯木爱达尔》是一篇古老的哈萨克故事，和这种突厥故事非常相似的故事在国内外的蒙古语族民众中广为流传。在我国的布里亚特、乌拉特、鄂尔多斯等部族中，尤其是在新疆、青海和甘肃的卫拉特蒙古民间记录出版的许多故事中，都有这种"淫荡的妹妹"型故事情节和勇士冒险的英雄故事情节。诸如：鄂尔多斯故事《好汉温迪》、《珠盖莫尔根》，乌拉特故事《昂莫尔根的故事》，肃北县蒙古族故事《陶迪斯琴》，青海蒙古族故事《古南布赫扎尔嘎勒》、《好汉哈尔呼和夫》，新疆故事《哈顺乌兰汗》、《道如斯琴莫尔根》等都反映了主人公的母亲、继母、妹妹、妻子和姐姐等女人勾结敌人杀害勇士的故事。

这种"淫荡的妹妹"型故事在蒙古—突厥各民族中普遍流传的事实说明它的产生很早。1000多年前，许多蒙古—突厥部落在西伯利亚和中央亚细亚比邻地带居住的时候业已形成，并逐渐产生出各种同源异流故事。这一类型故事的情节由两大部分构成，其一是母亲、后母、妹妹、妻子等伙同男人害死主人公的生活故事，其二是借用了英雄故事中求婚者的岳父刁难和折磨勇士的情节，这是反映勇士的英雄行为的部分。由此可知，"淫荡的妹妹"型故事是在原有的独立的生活故事中吸收了英雄故事情节，即岳父派勇士去冒险，同凶禽猛兽或危险的神话形象搏斗的情节。有所不同的是，岳父派勇士去冒险带有一定考验性质，而坏女人勾结敌人让勇士同危险的势力搏斗的目的，则是借刀杀人。此类"淫荡的妹妹"型故事在长期流传过程中，因为有英雄故事和英雄史诗的情节，有些演唱者将它们改变成为韵散结合体或韵文体作品。现有这种内容的作品，有纯散文体、韵散结合体和韵文体三种形态，也有同一部作品，如《道格森哈尔巴托尔》则以韵文体和散文体两种形式存在着。现已变成韵文体的"淫荡的妹妹"型作品，人们将其视为英雄史诗。

　　如前所述，家庭斗争型史诗是由生活故事情节与英雄故事（或史诗）情节相结合而形成的。在英雄史诗和英雄故事中有岳父派勇士远征去完成三项冒险行为的情节。而在家庭斗争型史诗中，则借用此种情节描写亲人（母亲、妹妹、妻子等）杀害勇士的行为。由此产生了家庭斗争型史诗的共同性情节结构框架，这种情节框架有固定的史诗母题系列，成为一种新类型的史诗结构模式。

　　家庭斗争型英雄史诗固定的母题系列及其主要母题如下：

1. 古老时代
2. 人物（勇士、后母、妹妹等）
3. 坐骑、猎狗、猎鹰
4. 敌人进攻
5. 打败敌人
6. 把敌人关在洞里
7. 勇士远征
8. 敌人用欺骗手段出洞
9. 妹、母等勾结敌人
10. 勇士归来，母亲装病
11. 母亲索要治病的宝物
12. 勇士第一次冒险取宝
13. 得到远嫁姐姐的帮助
14. 杀猛兽取宝
15. 返回途中姐姐暗中换宝
16. 回家给母亲送宝
17. 母亲索要另一宝物
18. 勇士第二次冒险取宝
19. 仙女前来帮助
20. 拿到宝物
21. 返回途中姐姐换宝
22. 回家给母亲送宝
23. 母亲索要第三种宝物
24. 勇士第三次冒险取宝

25. 勇士化身了解情况

26. 战胜恶势力获得宝物

27. 途中姐姐换宝

28. 回家给母亲送宝

29. 敌人和母女乘机杀掉勇士

30. 他们赶着牲畜出逃

31. 猎狗、猎鹰保护勇士的遗体

32. 坐骑找来远嫁姐姐或仙女

33. 她们用真宝和神水救活勇士

34. 勇士消灭仇敌

35. 惩罚坏女人

36. 勇士与仙女完婚

当然，在家庭斗争型史诗中还有一些插曲和情节，但其基本情节框架及其母题系列大体如此，其中多数基本母题是不可缺少的要素。

## 第二节　家庭斗争型史诗的思想内容

家庭斗争型史诗是后期出现的史诗类型，大多由民间故事演化而成，其内容和情节基本与"淫荡的妹妹"型故事相同。二者的区别主要在于形式方面，一为散文体，一为韵文体。我们将这类作品称为家庭斗争型英雄史诗，因这种称谓的概念性比较强，而且较为文雅。这类史诗计有《哈尔勒岱莫尔根夫》（布里亚特）、《艾尔色尔巴托尔》（青海）、《道格森哈尔巴托尔》（青海等）、《骑豹黄马的班巴勒汗》（新疆）、《十五岁的阿尔勒莫尔根》（新疆）、《那仁汗胡布恩》（新疆）和著名的喀尔喀史诗《仁沁莫尔根》等。当然，也有现代搜集整理者将散文体故事改写成韵文以史诗名义发表的现象。但此类现代人改编的作品，本书并没有当史诗看待。

我国布里亚特史诗《哈尔勒岱莫尔根夫》（约 1650 诗行）的演唱者是鄂温克族人达·扎拉桑，搜集整理者是道·乌兰夫。① 它的内容同"淫荡的

---

① 道·乌兰夫搜集整理：《阿拉坦沙盖》，内蒙古文化出版社 1988 年版，第 250—298 页。

妹妹"型故事相似。这部史诗开头交代了古老时代有个勇士叫哈尔勒岱莫
尔根，他有母亲和美丽的妹妹，还有一位远嫁的姐姐。勇士骑着高大神速
的黑马到野外打猎时得到了可汗的命令，让他去打仗。哈尔勒岱到马群旁，
看到温吉嘎尔沙尔或乌尔塔沙尔蟒嘎德（高个子黄蟒嘎德）杀了他心爱的
两岁马，并正在吃烤马肉。勇士一怒之下把他活捉并压在北山头底下。勇
士回家去准备出征，出发之前他叫哈尔萨莱来看家，并劝告妹妹不要到北
山头去。勇士出征后，他妹妹在山下放牧时天天听到一个人在叫。有一天
她到北山上，看见黄蟒嘎德变成的漂亮小伙子说他五年前被哈尔勒岱关押
在山洞里。他引诱她说，如果把他放出山洞就可与她结婚。姑娘把他放出
来，并带回家中。敌人得到了哈尔萨莱和姑娘母亲的喜欢，做了勇士妹妹
的情人。接着敌人教唆勇士的母亲和妹妹去害死主人公。在这里借用了考
验婚型史诗中岳父派勇士去完成三项危险任务的情节，因而，使故事史诗
化。黄蟒嘎德得知哈尔勒岱快回家来，便让他母亲装病躺倒，还教给她害
哈尔勒岱的办法，又叫妹妹摸清哥哥及其马的力量，自己藏在铁柜子里。
勇士到家之后，母亲按照黄蟒嘎德的旨意，先后几次派他去危险的地方。
第一次勇士在远方姐姐和一位老太太的帮助下，射死大蟒蛇，给母亲带来
了能治病的宝物蟒蛇的尾巴。第二次勇士到遥远的东北方，途中七个姑娘
（或七仙女）送勇士一红缎头巾和木碗，帮助勇士拿到了会治病的火海泡
沫。返回时途经远方姐姐家，姐姐留下了他坐骑尾巴上的七根长毛。勇士
回家把火海泡沫交给妹妹，自己躺下睡觉。这时黄蟒嘎德从铁柜里出来，
吃蟒尾肉，喝火海泡沫，他增加了勇气和力量，将正在睡觉的勇士打死并
剁成七块。黄蟒嘎德与勇士的母亲和妹妹带着全部家产和牲畜逃到远处。
这时勇士神奇的大黑马去向七仙女求救，七仙女立即赶到勇士远方的姐姐
处，把那七根马尾毛当作七匹马骑去使哈尔勒岱起死回生。史诗结尾时用
简短的语言叙述勇士复活后，杀死黄蟒嘎德，七仙女以神水清洗勇士的母
亲和妹妹的身心，然后与勇士喜结良缘。

　　以上这部史诗，是内蒙古呼盟布里亚特人演唱的。如前所述，这类史
诗在远离呼盟的青海和新疆的卫拉特人中也有流传。它们的名称虽然不同，
但情节和人物形象大同小异，可以相互补充。我们将青海省乌兰县的嘎旦
演唱、林宝吉记录整理的史诗《艾尔色尔巴托尔》① 与上述史诗作个比较。

---

① 见新疆民间文学刊物《汗腾格里》1984 年第 1 期。

《艾尔色尔巴托尔》（约 1680 诗行）是一部较复杂的作品，它有多元多层结构。序诗里交代艾尔色尔是一位孤儿，亲生父母早已去世，他与后母及其女儿哈尔尼敦一起生活。天上有他的三位仙姐。他有两匹骏马、两条猎狗和两只猎鹰。后母对他心怀不满，认为艾尔色尔对她女儿前途有害，企图将其害死。勇士的敌人是蒙古各地英雄故事中常见的腾格里之乌图沙尔（意即上天之高个子黄人）。这部史诗的情节较完整，对有的情节作了明确说明和补充。布里亚特史诗中说勇士的母亲和妹妹勾结敌人害勇士，可是在这里说害勇士的是勇士后母及其女儿，这样更合情理。

有一天，艾尔色尔在放牧马群时，从东北方来了一个骑着白鼻梁红沙马的怪人。他的耳朵触地，獠牙触天，名叫腾格里之乌尔图沙尔。他说是来征服艾尔色尔属民百姓的，二人便长时间扭打，艾尔色尔最终把敌人扔到远处。后来敌人与勇士后母及其女儿相勾结，密谋害死勇士。史诗接着描述了其后母装病，施展借刀杀人之计，让艾尔色尔三次历险。首先，派他到遥远的山林取蟒蛇的舌头。他在两条猎狗的帮助下拿到了蟒舌。在回家途中他见到一座大白帐房，原来有三位仙姐下凡在此等他。当他睡觉时，她们用狗舌替换了蟒舌。艾尔色尔到家后把它献给后母治病。第二次又派勇士取凤凰蛋，勇士在两只猎鹰的协助下拿到了凤凰蛋，并射死了追来的凤凰。归家途中三位仙姐用鹅蛋换了凤凰蛋。第三次派勇士取 12 头阿替嘎尔哈尔蟒古思的心。这一段内容较多，与其他故事不同。勇士到达了蟒古思的住处，蟒古思外出不在。勇士与被抓去做奴仆的大法师的女儿相识，了解到蟒古思的去处。勇士变作一只鸟等待蟒古思回家，当蟒古思将鸟生吞时，艾尔色尔用宝刀刺破蟒古思的肚皮将其心脏带了出来。他杀死蟒古思，带着大法师的女儿返家时，三位仙姐又以牛心换了蟒古思的心。三次借刀杀人的毒计未成，后母与女儿伙同敌人乌尔图沙尔杀害了勇士，把他的骨肉拆散扔到山上。可是勇士的两条猎狗和两只猎鹰拾来主人的骨肉，他的马找来三位仙姐，她们带来了神水和三种宝物。仙姐们施展法术，把蟒古思的心挂在银棍上，在勇士的骨骼上转动，使勇士的骨架结成；再用蟒舌和凤凰蛋使骨架上长出肉和皮，又往嘴里滴入神水。勇士复活后，三位仙姐回到天上。最终勇士经过艰苦搏斗消灭了乌尔图沙尔，并杀死逃跑的后母之女以及变成母狗的后母，召集属民百姓举行盛宴，并且与大法师之女成婚。

史诗《哈尔勒岱莫尔根夫》和《艾尔色尔巴托尔》的内容与前面提到

的亲人勾结敌人杀害勇士的所有故事和史诗的内容大同小异，它们在主要方面都有相似之处：

1. 敌人来犯，做了勇士的俘虏，被关押在山底下或山洞里。敌人因引诱勇士的后母、妹妹等亲人而被救出洞，进而得到她们的信任，几人合谋害死勇士而逃走。这个敌人的名字总是与"沙尔"（黄）一词分不开，诸如，腾格里的乌尔塔沙尔（青海）、腾格里的布顿沙尔（新疆）、腾格里的沙尔喇嘛（鄂尔多斯）、温都尔沙尔毛兀斯（肃北）、沙尔阿木奇德（青海）以及温吉嘎尔沙尔或乌尔塔沙尔（布里亚特），等等；某某沙尔这个反面人物是在各地蒙古族人民中普遍存在的较古老的形象。有的作品中说他是"腾格里的沙尔喇嘛"，这是把"沙尔"一词与黄教联系起来的结果，实际上他不是黄教的喇嘛。史诗里说这个怪物："他的耳朵触地，他的獠牙触天"。在考验婚型史诗中常常出现此类怪兽，勇士终于将其杀死而取胜。此类怪兽也会变身，有时化身为漂亮的小伙子引诱勇士的妹妹，有时变为可恶的跳鼠，嘴巴有一庹半长。

2. 勾结敌人谋害勇士的都是女性。她们都是勇士的亲人，其中有后母和她女儿（有时说母亲和妹妹）、妻子和妹妹、姐姐等，实际上都是年轻女子有外遇而害亲人的事件，后母或母亲起到帮助女儿的作用。原先反映现实生活中家庭内部斗争的作品，后来有的作品便把那些害亲人的女子描绘为妖精。例如，在新疆史诗《骑豹黄马的班巴勒汗》里，独眼恶魔派黄铜嘴黄羊腿的妖婆去害死班巴勒汗的妻子，随即化作美女做了可汗的小老婆，企图害死可汗的儿子英雄苏努黑。

3. 敌人唆使勇士的亲人害勇士的措施都很相似，让后母或妻子装病，派勇士到遥远危险的地方去取回所谓治病的宝物。这些宝物指的是神话、传说中凶暴的凤凰的羽毛、心脏、鲜蛋，活吞人的大蟒蛇的心脏、尾巴、舌头，吃人的蟒古思的心脏、脑子，烫死人的火海的泡沫，咬死人的天上的白骆驼的鲜奶以及老虎心、野公牛心和疯驼乳，等等。这是一种借刀杀人的阴谋，企图通过外部势力害死勇士。这些家庭斗争型史诗，借用了早期考验婚型史诗中岳父刁难女婿的情节。在早期考验婚型史诗中，这样的情节有着折磨勇士的含义，但勇士完成任务胜利归来的时候，岳父同意嫁女儿并举办婚宴。可是家庭斗争型史诗中的坏女人更为残忍，她们伙同敌人无所不用其极，竟毫不留情地杀死了亲人，抢劫牲畜和财富而逃走。这说明了隐蔽的内部坏人比公开的敌人还危险。

家庭斗争型故事和史诗的这些相似性说明了蒙古—突厥此类叙事作品的同源异流关系，也证明它们的产生时代很早。这一类型的史诗的形成对早期英雄史诗是一个创新，它揭示了氏族内部和家庭内部的矛盾，说明了人的精神世界的复杂化，挖掘了人们灵魂深处的肮脏和自私。从史诗里可以看到，家庭内部矛盾也是一种社会性的矛盾，如果处理不好会引起家庭斗争，造成家庭破裂，会出现残杀亲人的事件，给社会发展和安定带来灾难。史诗形象地描述了家庭不和引起的严重后果，从而告诫世人，家庭内部应当团结和睦，互相爱护和信任，切不可上坏人的当。这种史诗里的敌人比早期史诗的敌人更阴险毒辣，他们随时应变，有时进行公开斗争，不利时却隐蔽起来耍阴谋，软硬兼施，从内部瓦解对方，因而达到害人的目的。

## 第三节　家庭斗争型史诗的人物形象

家庭斗争型史诗丰富了传统的英雄人物性格，塑造了崭新的反面人物形象。早期史诗的勇士是理想与现实相结合的人物形象，他们为保卫氏族的利益，为氏族的生存而战斗，是氏族社会广大民众群体的化身，在他们身上反映了群体的力量和智慧。当然家庭斗争型史诗的勇士也是同一类型的英雄人物，他们身上继承了那种优秀传统，同时，还具备了新的高尚的品德。他们热爱家庭，相信并关心后母、妻子、姐妹等亲人，为治好她们的疾病，挽救病人的生命，不惜牺牲自己的一切。当勇士远征归来时，后母或妻子装病躺在家里不动，假惺惺地说一种珍宝会治好病，但是在遥远危险的地方，取它回来非常困难。听到这话勇士毫不犹豫，立即跳上骏马为取宝而远征。家庭斗争型史诗和故事，这样塑造了家庭内部针锋相对的、性格鲜明的两类人物形象，好人得到了社会的同情和支持，坏人终于受到了惩罚。譬如哈尔勒岱在远征取大蟒蛇尾巴的途中，得到了远嫁的姐姐（或者仙女）和一位受难的老太太的帮助和指点，才杀死了活吞人和动物的大蟒。当然，勇士主要是依靠自己的勇气、力量和武艺战胜大蟒的。这种史诗的艺术特点之一是运用侧面烘托手法，即勇士战胜可怕的神话形象而表现他的英雄事迹。如史诗这样描绘大蟒蛇：

嘴里喷射着毒素，
它能活吞公驼，
口中吐出毒液，
它能吞食公牛。

巨蟒看到哈尔勒岱骑着骏马来，它暴跳如雷。

在灰石山洞里，
褐色花纹的大蟒翘首，
它嘴里喷射蓝色火苗，
焚毁地上的生灵，
它口中喷吐鲜红的火苗，
烧毁山林的草木，
蟒蛇大声怒吼，
烟雾弥漫天空。

这时，勇士手拿着90只公羊角制作的大黑弓，将那锋利的宝箭上弦，嘴里念着咒语向蟒蛇射去，那雷霆般的宝箭射断了褐色花纹蟒的脖颈。

一眨眼间，
像杭盖山摇晃，
像天崩地裂，
像海水澎湃，
蟒蛇头从洞里掉下来，
堵住了大山沟。
从褐色花纹蟒
胸腔和肚皮里，
跑出一群群羊，
走出一户户人，
从那时刻起，
重新见到了阳光。

　　由此可见，勇士杀死蟒蛇不仅能得到珍贵药材医治亲人的病，更重要的是为民除害，解放受害的民众，史诗的社会意义因而得以增强。

　　史诗反复描写了那些坏女人用种种借刀杀人之计，派勇士去各冒险取宝，从一个特定的角度深刻地揭示了勇士的英雄性格。当勇士将蟒尾送给装病的亲人的时候，她们又提出需要火海的泡沫，勇士再次远征，途中又得到了好心的七个姑娘（七仙女）的帮助，她们告诉勇士那个火红的大海是：

> 会飞翔的鸟类，
> 从来没有靠近火海，
> 能奔跑的动物，
> 从来没有走近火海，
> 沸腾的蒸汽有毒，
> 危害人和动物的生命。

　　尽管如此，勇士毫不动摇，他借助七仙女给的神碗和手帕的威力得到了泡沫。

　　家庭斗争型史诗常常运用这种侧面衬托的手法，把对手描绘得强大而穷凶极恶，从而显示出勇士完成的任务又艰巨又危险，并通过获胜表现勇士战胜大自然力和凶禽猛兽的功绩。同时，运用对比手法，亦突出了善良的勇士同狠毒的女人各自的性格特征。

　　家庭斗争型史诗塑造了同传统英雄史诗中的善良的女子形象完全相反的坏女人形象，丰富了蒙古—突厥英雄史诗的妇女形象的多样性。"淫荡的妹妹"型故事和史诗的母亲、后母、妹妹、妻子等是既荒淫无耻又阴险毒辣的形象，与早期史诗的女子形象形成鲜明的对比。早期史诗中勇士的未婚妻、妻子、姐姐、妹妹和母亲都是美丽、善良、聪明和有预见的女性，她们无限忠诚，千方百计帮助和保护主人公，使其战胜困难取得胜利，是贤惠的妇女形象。当她们被抓去后，从不屈服于敌人的威胁。当勇士来到敌人巢穴后，她们及时提供各种信息和杀死敌人的办法，和丈夫一起打败敌人。此外，在许多史诗中还出现勇士远征不归时，来犯者乘机造谣生事，企图霸占勇士妻子，而那些女子始终忠贞不移，坚决反抗，等待丈夫回来团聚的情节。例如，在西伯利亚阿尔泰人的史诗《阿勒普玛纳什》中，勇士的妻子库木洁克阿茹抗拒坏人阿克阔别恩的威胁，等到丈夫返回家乡后，她帮助丈夫射死了危害勇士生命的来犯者。在哈萨克史诗《阿尔帕米斯》中，勇士的妻子古丽拜尔森坚贞不屈，她和儿子一起帮助阿尔帕米斯消灭了乱世大王乌尔坦。在柯尔克孜史诗《艾尔托什吐克》和察哈尔史诗《嘎拉蒙杜尔汗》中，勇士的妻子坎洁凯和盖林达丽尽管无法摆脱坏人的魔爪，但她们却设法让敌人说出灵魂及其寄存物，让丈夫先打死他们的灵魂，最后消灭了敌人的肉体。在早期乌古斯史诗《关于拜包尔之子巴依拉克的传说》里，勇士巴依拉克在新婚之夜遭到敌人袭击，被俘虏入狱 16 年。在此期间，骗子贾尔塔什科篡夺了别克位置，欺压百姓，造谣说巴依拉克早已死去，企图霸占勇士的妻子巴努谢谢科。在漫长的岁月里，勇士的妻子、妹妹和姐姐们日夜想念勇士，盼望他早日归来。正当骗子贾尔塔什科举办婚礼那天，得救的巴依拉克装成弹唱艺人回到家乡试探情况，姐妹们没认出他。他的小妹妹手提水桶，边走边哭泣道："我的好哥哥，巴依拉克你在哪里啊？我们孤苦伶仃，再也没有欢乐，更不知你的婚事如何啊！"乔装的巴依拉克问：

> 妹妹你为何哭泣，
> 你为什么泪流成河？
> 你句句呼唤着哥哥，
> 像声声敲在我的心窝。
> 你呼唤寻找的是谁，
> 向谁倾吐着难咽的苦果？
> 你的思念如此炽烈，
> 何时才能停止你的诉说？

此时，巴依拉克的小妹唱道：

> 我满身郁闷满眼泪，
> 不愿听你的曲和歌，
> 欢快的歌舞算什么，
> 怎使我逃出愁苦的河。
> ……

接着她向陌生人问：

> 诗人哥哥我问你，
> 你对愁苦人为何胜似哥？
> 你远路周游到这里，
> 可知巴依拉克的下落？
> 你曾越过名山大河，
> 可曾见过我骑马的哥？
> ……
>
> 我哥被掳去离开家，
> 我哭得声嘶泪又涸，
> 你怎知兄妹情深似江河？
> 请莫弹唱费唇舌，
> 我无心同你唱欢歌。

早期史诗如此生动感人地反映兄弟姐妹之间的血肉感情，刻画了善良的妇女形象。

巴依拉克离别 16 年后返回家乡时，遇上骗子贾尔塔什科正在举办婚礼，强迫勇士的妻子巴努谢谢科改嫁。但是巴努谢谢科仍然想念着丈夫。当巴依拉克装艺人弹琴去试探时，她露出了巴依拉克送她的金手镯，说明她仍然爱着丈夫。巴依拉克弹唱着问她："你不退还手镯，莫非你是无违誓言的姑娘？"这时妻子唱道：

> 我泪流满面头发蓬乱，
> 越重山呼喊巴依拉克。
> 我像晚秋冻伤的苹果，
> 多少次毁容血迹斑驳。
> 巴依拉克走后杳无音信，
> 我常年为他泪流成河，
> 你若是手镯的真正主人，
> 你若是我心中的巴依拉克，

快指出手镯的真凭实据，
速把它的标记述说！

听到此话，巴依拉克说道：

黎明时我来到你的阿吾尔，
你不是看到我骑的菊花青马吗？
在你们前我射了一只狍鹿，
不是你让我赠给你吗？
……
我俩曾兴奋地拥抱亲吻，
不是我把金镯戴在你手吗？
我就是你心中的巴依拉克，
难道现在你还不认识我？

　　听到这里，巴努谢谢科拿着头巾、衣物，跪倒在巴依拉克面前。看到巴依拉克回来，骗子贾尔塔什科下跪求饶，并得到了勇士的饶恕。

　　和这些高贵善良的姐妹们完全相反，"淫荡的妹妹"型史诗的女人们，仇视自己的亲人，勾结阴险的敌人，运用软硬兼施的手法，装病躺倒，反复采用借刀杀人的毒计，最后终于杀害了亲人。

　　除了坏女人形象外，在家庭斗争型史诗中还有帮助勇士的远嫁姐（有时是三个远嫁姐）、仙女（常常是三位仙女）、七个姑娘等以萨满教观念塑造的传统的女性形象。她们是萨满教的神仙，在史诗里她们起着同情、帮助和保护被害的小勇士的作用。她们知道过去、现在和未来发生的一切，当后母、妹妹等让勇士去冒险时，她们知道这是害人的阴谋，便主动去找小勇士教他如何战胜强大势力，怎么样取得所需的东西，并为他提供神器。当勇士按她们的教导取得珍贵药材回来时，想到这种药材将来的用途，她们便以相似的替代物换下真品，让那些坏女人得到假药。当勇士被后母、妹妹等害死时，她们带着那些神药和神水使勇士复生。史诗通过这些女性的形象说明正义事业定会得到社会的支持和帮助，阴谋定会暴露，一切邪恶势力都难逃厄运。

　　史诗中还塑造了作为勇士助手和忠实战友的坐骑、猎狗和猎鹰的形象，这些都是早期史诗中出现的人格化的传统形象，具有陪衬作用。它们不仅协助勇士越过高山、跨过大海，而且参加战斗，和勇士一起战胜各种凶恶势力，取得珍贵药材。它们无限忠于主人，珍视和爱护勇士。当勇士被害，骨肉被剁碎扔散时，它们赶忙把剁碎的骨肉一一捡来，从远方找来仙女们令其起死回生。这是狩猎时期产生的情节，绘声绘色地反映了狩猎民和游牧民对骏马、猎狗和猎鹰的深厚感情和美好愿望。

家庭斗争型英雄史诗业已成为蒙古英雄史诗的一种独特的类型。尽管它形成的时间比早期单篇型史诗和串连复合型史诗晚，但它有一定的社会价值和认识意义。家庭斗争型史诗有新题材、新内容、新的情节结构和新的人物形象，并继承和发展了古老的英雄史诗传统，丰富了史诗的内容，开拓了英雄史诗的新领域。它在蒙古史诗发展史上占有一定的位置。

# 第六章

# 阿尔泰乌梁海英雄史诗

在卫拉特体系的英雄史诗中，阿尔泰乌梁海史诗很有特色。此类史诗数量多、篇幅长、内容复杂、有新的发展倾向，可以代表卫拉特英雄史诗的新面貌。

## 第一节　西蒙古卫拉特社会文化背景

13 世纪卫拉特的故乡在西伯利亚安加拉河一带的八河流域。它属于森林部落，从事狩猎业。在它附近居住着埃和利德—布拉嘎特部落和吉尔吉斯部落。13 世纪以来，随着成吉思汗统一蒙古和部落迁徙逐步向南移动，约于 15 世纪到达阿尔泰山和额尔齐斯河流域，成为"四卫拉特联盟"的成员之一。17 世纪 30 年代创建的准噶尔汗国（1635—1757）统治了新疆、中亚东部和西伯利亚西部。18 世纪准噶尔汗国灭亡后，部分卫拉特人居住于我国新疆和蒙古国西部三省。

在蒙古国西部卫拉特人中，英雄史诗蕴藏最多的是乌布苏省的巴亦特部落和杜尔伯特部落以及阿尔泰乌梁海部落。这些部落的史诗丰富多彩，有许多著名作品，不少史诗长达 4000—10000 诗行。我国卫拉特人与西蒙古卫拉特人有许多共同的史诗，诸如《塔林哈尔宝东》、《珠拉阿拉达尔汗》、《乌延孟根哈达逊》、《那仁汗胡布恩》、《汗哈冉贵》、《汗色尔宝东》、《额真乌兰宝东》、《汗青格勒》、《永不死的乌伦替布》（亦作《永不死的乌仁图勃根汗》）等 10 多部英雄史诗。乌梁海人主要分布在蒙古国，但我国新疆也有 2000 多人。在阿尔泰乌梁海史诗的发展过程中，我国新疆的乌梁海人和土尔扈特人也作出了一定的贡献。

科布多省和巴彦乌利盖省以及库苏库勒省的查干乌尔苏木的乌梁海，称为阿尔泰乌梁海部落（蒙古部落），其他地区还有图瓦乌梁海人。据1989年的统计，蒙古国的乌梁海部落有21300人。[①] 阿尔泰乌梁海人主要生活在阿尔泰山中间，他们从事畜牧业和农业，狩猎业在他们的生活中亦占有一定地位。

研究蒙古历史和史诗的苏联科学院院士鲍·雅·符拉基米尔佐夫指出，阿尔泰乌梁海人有独特的生活环境，他们很好地保存着氏族联盟，过去的一切都照旧存在。他们留恋卫拉特汗国时代的主要事件，盼望即将恢复"四卫拉特联盟"，再次过上史诗般美好幸福的生活。他又说，至今卫拉特人处于史诗时代，有着史诗情感，生活中或多或少地存在着史诗模式。

在巴彦乌利盖省宝拉干苏木、科布多省道图苏木和海尔罕苏木乌梁海人中出现了很多著名的史诗演唱艺人，也有史诗演唱世家。现已知道的19世纪末20世纪初的艺人有罕巴嘎、达赖查干、达木丁、沙毕查干、吉力格尔等。吉力格尔见到过鲍·雅·符拉基米尔佐夫，并且向他描述过学唱史诗的经过。史诗演唱家吉力格尔是个摔跤手、猎人。据说他是高个子驼背黄面老人，用左手弹陶布舒尔琴演唱史诗。他们家族是多代演唱史诗的世家。老一代有才华的艺人们很好地继承了前辈艺人精彩的演唱遗产，并传授给后代人。因而一代又一代地涌现出许多著名的史诗演唱艺人。这个家族后来还出现过沙·阿奇勒岱（1881—1959）、希·宝音（1883—1967）、苏·朝衣苏伦（1911—1979）、嘎·希林德布（约生于1900年）、嘎·巴特尔（1903—1946）、巴·阿毕尔莫德（1935—1998）等有着辉煌成就的艺人。其中，巴·阿毕尔莫德得到了最高奖赏，荣膺蒙古国人民史诗演唱家称号。苏·朝衣苏伦是科布多省人，是个受尽痛苦生活的孤儿，他从事狩猎，并以给商队拉骆驼为生。他与同乡达木丁在阿尔泰山打猎时，向他学了《额真乌兰宝东》、《塔林哈尔宝东》和《嘎拉珠哈尔库古勒》等10部史诗，他会演奏陶布舒尔琴。著名的艺人吉力格尔搬到他的家乡后，向他学唱《巴彦查干鄂布根》、《库日勒阿拉坦杜希》、《阿尔嘎勒查干鄂布根》、《那仁汗胡布恩》等史诗。苏·朝衣苏伦演唱的11部史诗都有录音并已出版。他演唱的史诗在各个方面都很有特色，不愧是阿尔泰乌梁海部落中最

---

① 拉·图吉雅巴特尔：《阿尔泰乌梁海英雄史诗》，1995年，第15页。

出色的艺人。我们将对希·宝音、苏·朝衣苏伦和巴·阿毕尔莫德以及新疆土尔扈特人额仁策、吉格米德等艺人演唱的史诗进行分析和研究。

## 第二节　乌梁海多次征战型英雄史诗

乌梁海征战型英雄史诗，除两次征战型史诗外，还有从中延伸出来的多次征战型史诗，其中包括个别人物的婚事。巴尔虎和内蒙古其他部族史诗以及蒙古国喀尔喀史诗，较多地保留着早期史诗的情节结构，它们包含有单篇型史诗、婚事加征战型史诗和两次征战型史诗。这些史诗的情节简单、篇幅不长，最多也只有 2000 诗行左右。这种形态与早期突厥史诗《库尔阔特书》中的 12 部史诗相似。起初蒙古—突厥早期史诗可能都处于这种形态之中。后来，在此基础上增加了英雄人数和征战次数，便发展成为复杂的多次征战型史诗。诸如：卫拉特史诗《那仁汗胡布恩》描写了那仁汗、伊尔盖等勇士的三四次征战；《策尔根查干汗》反映了三代人同一个掠夺者的斗争，其中有两次征战和两代人的婚礼；《青赫尔查干汗》有两代人同几个敌人的多次征战，父亲遇难儿女为他报仇，妹妹女扮男装替被害的哥哥参赛聘娶仙女，仙女使勇士起死回生等复杂的情节；《哈尔查莫尔根》叙述了勇士哈尔查莫尔根同几个敌人的七次战斗；《汗策辰珠如海奇》中表现了弟兄五个勇士的两次婚事和多次征战；阿·台白纪录的《珠拉阿拉达尔汗》描述了三代人的五六次征战。在卫拉特多次征战型史诗中，除了举世闻名的长篇英雄史诗《江格尔》外，还有许多 4000—10000 诗行的英雄史诗。如《塔林哈尔宝东》长达 10075 诗行，《珠拉阿拉达尔汗》有 4930 诗行，《汗策辰珠如海奇》有 4780 诗行。这些多次征战型史诗的内容错综复杂、情节曲折、英雄人物和对手的人数多，甚至出现了老少三代与一批敌人的长期曲折的斗争。

乌梁海多次征战型史诗很有代表性。譬如，史诗《塔林哈尔宝东》有多种异文：蒙古国著名艺人苏·朝衣苏伦演唱的《塔林哈尔宝东》（蒙古国哲·曹劳记录，10075 诗行），蒙古国人民史诗演唱艺人巴·阿毕尔莫德唱本《塔林哈尔宝库》（5220 诗行），还有我国新疆阿尔泰乌梁海人占·玛吉格唱本《骑乌黑马的塔林哈尔宝东》（新疆师范大学巴·巴图巴雅尔记录的有 1374 诗行）。其中，朝衣苏伦唱本最完整，它描绘了塔林哈尔宝东等多人的婚事斗争，在远征求婚途中塔林哈尔宝东的屡次征战，他还通过征战进行结义，结义弟兄们各个迁徙到塔林哈尔宝东家乡居住，塔林哈尔宝东和结义弟兄们一起战胜侵犯他们家乡的敌人杜恩沙尔嘎如迪。这部史诗有引人入胜的长达 600 多诗行的序诗，歌颂了塔林哈尔宝东的父母道本哈尔和哈尔尼顿的家乡、牛羊马驼群、洁白的大宫帐（蒙古包）、道本哈尔的威望与坐骑、妻子哈尔尼顿的本事、盛大宴会等。接着描绘了在宴会上老两口因无儿女感到痛苦的时候，听到震天动地的马蹄声，来了一位顶天立地的少年。他自我介绍说：霍尔穆斯塔天神是他父亲，哈尔劳萨（黑龙王）是他母亲，他们剪了胎发，给他起名为塔林哈尔宝东，并派他来作老两口的儿子。老两口高兴得拥抱儿子，举办盛大的宴会。盛宴结束后，塔林哈尔宝东全副武装，骑马上阿尔泰山打猎满载而归，并向父母打听未婚妻的信息，知道她是阿冉扎汗的女儿阿拉坦索龙嘎之后，便走向了远征求婚道路。途中他经过艰难困苦的斗争，先后打死了接连向他进攻的劳章汗的三名英勇善战的儿子。为了征服其父，他冲上了劳章汗家。看到塔林哈尔宝东，向劳章汗女儿求婚的勇士特勒格阿拉坦珠拉立即逃跑，塔林哈尔宝东追上他，经过搏斗后两人结拜为弟兄，一同回到劳章汗家。看到劳章汗夫妇因失去三个儿子痛哭流涕，塔林哈尔宝东派特勒格阿拉坦珠拉去复活了他的三个儿子。接着塔林哈尔宝东向前走，途中与勇士沙尔勒岱结义，二人走到了阿冉扎汗家向他女儿求婚。和其他史诗一样，阿冉扎汗为了考验塔林哈尔宝东，先后三次派他去战胜了三大猛兽（让他去取疯狂的灰牤牛腰子、牡白驼奶和凤凰小女儿）之后，才把女儿嫁给他。婚礼结束后，塔林哈尔宝东携带妻子返家途中经过劳章汗家，这位可汗及三个儿子带着属民百姓，赶着牲畜迁徙到塔林哈尔宝东的家乡去生活。塔林哈尔宝东回家后，看到家乡遭到敌人杜恩沙尔嘎如迪的抢劫和破坏。塔林哈尔宝东等两代人先后去搏斗，终于消灭了敌人家族，驱赶其牛羊马群返回家乡。最后还描写了塔林哈尔宝东的儿子古南乌兰宝东等人的婚礼，亲家都带着属民百姓搬到塔林哈尔宝东家乡，大家一起过着和平幸福的生活。

巴·阿毕尔莫德唱本，只讲了这部史诗的上半部分，即塔林哈尔宝东远征求婚携带妻子返回家乡的故事，没有叙述塔林哈尔宝东回家后，再次出征消灭破坏家乡的敌人的经过。巴·阿毕尔莫德唱本的内容和人物与苏·朝衣苏伦异文的上半部分大同小异。不同之处在于：

1. 道本哈尔宝东上山打猎时，霍尔穆斯塔天神派来了少年勇士塔林哈尔宝东，二人经过搏斗，相互认识结为义父子；

2. 塔林哈尔宝东未婚妻的名字不同，在阿毕尔莫德唱本中，她是查黑尔宝东汗的女儿奇黑拉干阿拉坦甘珠尔；

3. 塔林哈尔宝东到岳父家时，遇到了其名将独眼勇士道拉乌兰布赫的进攻，在搏斗中将他杀死；

4. 塔林哈尔宝东携带妻子离开岳父家之前，岳父给女婿敬毒酒，因而被塔林哈尔宝东的义兄弟沙尔勒岱砍死。

如前所述，《塔林哈尔宝东》是一部跨国史诗，它不仅在蒙古国西部乌梁海人中流传，而且新疆阿尔泰乌梁海人占·玛吉格也会演唱，我国异文与苏·朝衣苏伦唱本也基本一致，既有上半部英勇婚事斗争，又有下半部消灭破坏家乡的敌人杜恩沙尔嘎如迪的事迹。可惜新疆异文缺少形象的描写，只交代了故事梗概。在这部异文中，塔林哈尔宝东的未婚妻是阿拉奇汗的女儿阿拉坦甘珠尔姗姐。这位阿拉奇汗是个历史人物，名叫黑麻汗（1496—1504 年在位），是蒙兀儿斯坦国汗，因他与卫拉特人多次交战，杀死不少卫拉持人，人们给他取绰号叫“阿拉奇汗”（刽子手）。塔林哈尔宝东完婚携带妻子回家之前，阿拉奇汗给他喝了毒酒，但毒酒从他脚底流入地下，出现了千庹长的深沟。然而塔林哈尔宝东不在乎，他没有惩罚岳父，反而让阿拉奇汗带着属民百姓和牲畜财产迁徙到他的家乡居住。

上述三种异文说明史诗《塔林哈尔宝东》的影响很大，流传较广，反映了蒙古民族统一以前的各部落混战状态，通过被塔林哈尔宝东征服的人们迁徙到他家乡居住的经过，歌颂了部落联盟的创建和国家的统一给广大民众带来和平幸福的生活。

“宝东（BODON）”一词直意为野猪，转意为神仙。学者哲·曹劳认为，宝东是神仙的名称，古代乌梁海人把天、地、人三界的主人叫做宝东嘎鲁。蒙古国人民史诗演唱艺人巴·阿毕尔莫德告诉哲·曹劳说，乌梁海史诗的主人公是五种宝东，五种宝东有五种不同内容的史诗。大地的主人是塔林哈尔宝东，山林的主人是查克尔查干宝东，星辰的主人是腾格里呼和宝东，水流的主人是达赖沙尔宝东，这四种宝东的首领是额真乌兰宝东，其中塔林哈尔宝东是以黑花龙形象出现的神仙。

因此，人们把《塔林哈尔宝东》看作歌颂神仙或山神事迹的英雄史诗，演唱它的威力超过喇嘛们接连三次念金光经。哲·曹劳指出，人们在下列情况下，请艺人演唱这部史诗：祈求子女、得了子女难以养活、预防死亡和传染病、预防自然灾害和猛兽进攻、避免恶神伤害等。

这就说明英雄史诗具有神秘性和神圣性的特征，正是这些特征延长了英雄史诗的生命力和稳定性。

我们不妨再看看另一部影响较大的英雄史诗《那仁汗胡布恩》（或《北方孤独的伊尔盖》）。它是蒙古国乌梁海人的祖传史诗，广泛流传于蒙古国西部和我国南疆的土尔扈特艺人中。现有五六种异文，其中较完整的是苏·朝衣苏伦唱本《那仁汗胡布恩》（3190 诗行）和额仁策唱本《那仁汗胡布恩》（2056 诗行）。额仁策是南疆土尔扈特艺人，他于 1978 年 8 月初给笔者演唱了这部史诗。应当指出，以上两国两个艺人的唱本在内容和人物方面非常相似。但至今人们还不知道，这部史诗是怎样传播到南疆土尔扈特艺人中间来的。较早演唱这部史诗的是南部土尔扈特汗曼楚克加甫的御前江格尔奇扎拉（60 多岁，男，活到 20 世纪 70 年代），他是向曼楚克加甫汗的父亲宝音孟和汗的御前江格尔奇学唱这部史诗的。扎拉是有创造性的艺人，他演唱的史诗里，既有祖传的内容，也有后加的内容，演唱时可以根据情况增加细节。著名江格尔奇李·普尔拜和额仁策、肯舍等人都曾向扎拉学唱《那仁汗胡布恩》等多部史诗。

在卫拉特体系的英雄史诗中，包括整个蒙古语族民众的史诗中，《那仁汗胡布恩》占有特殊地位。其情节独特，代表着蒙古史诗的一个特殊发展倾向，而且，内容复杂，语言优美动听，主人公是仙女玛努哈尔的儿子。

额仁策异文史诗《那仁汗胡布恩》与其他蒙古史诗不同，是以故事中出故事、征战中出征战的方式发展的史诗，它的情节完整、发展顺序合情合理、每次征战不重复，各有各的特色。它是以那仁汗的名字命名的史诗，其实主人公不是那仁汗，而是他天配兄弟孤独的伊尔盖。

这部史诗的主要情节是敌人特格希沙尔宝东来进攻，那仁汗迎战长期不归，此时兄弟伊尔盖向嫂子娜布格日勒借骑黄鬃红马去看哥哥。他看到二勇士搏斗，又通过占卜看出那仁汗的力量超过对手，将在第二天日出时结束敌人的生命。接着出现伊尔盖的征战，他看到了敌人援军头目巴拉巴斯乌兰带着妖军来犯，伊尔盖通过占卜算出他的力量比对方大 40 倍。伊尔盖乘机活捉巴拉巴斯乌兰，但其人不断反抗。此时，伊尔盖的嫂子赶着牛车前来支援，勇士把敌人捆绑在牛车上交给嫂子看管。随后出现了另一个故事，伊尔盖再次去看哥哥，他哥哥却与敌人特格希沙尔宝东结拜为弟兄了。伊尔盖提醒说，不要以毒为食，以敌为友。他哥哥不但不听，反而唆使敌人去杀伊尔盖。伊尔盖远逃，敌人未能追上。接着，伊尔盖出走流浪，来到遭袭的一个领地，那里的百姓和牲畜已被赶走。他遇到了领地主人沙尔格日勒汗的女儿，这个无家可归的少女再三请求把她带走。她忽然化身为火红的珊瑚跳到勇士马鞍上，伊尔盖便将其放入怀里向前奔去。伊尔盖又碰到了勇士胡吉孟根图拉嘎，二人进行了震天动地的搏斗，干扰了天界神仙的生活，霍尔穆斯塔天神派人劝告未能成功。接着，胡吉孟根图拉嘎的妻子带着子女三人去救丈夫，并且说出了伊尔盖的身世：伊尔盖的母亲是玛努哈尔天女，仙女抛弃儿子上天后，是她把伊尔盖抚养长大的，还以他身上的文字作为佐证。于是，伊尔盖、胡吉孟根图拉嘎二勇士结为弟兄，一起走到胡吉孟根图拉嘎家，过着和平生活。在那里，伊尔盖见到了被袭击的沙尔格日勒汗，便把怀里藏的红珊瑚掏出来，红珊瑚变成姑娘跳到父亲身上。胡吉孟根图拉嘎让伊尔盖娶了这位姑娘为妻。

伊尔盖出逃后的内容和人名在苏·朝衣苏伦异文中有所不同。伊尔盖出逃后，碰见了遭袭击的领地，又见到了领地主人宝尔罕乌兰汗（不是沙尔格日勒汗）的女儿查哈拉干姗姐。她化身为红珊瑚跳到勇士身上，还央求勇士营救她那被敌人扔进山缝中的父亲。伊尔盖去救出她的父亲，并把红珊瑚交给他保管，然后去与抢劫他牲畜的敌人胡德尔阿拉坦策吉（不是胡吉孟根图拉嘎）搏斗。伊尔盖与他长时间扭打，将其摔在地上，正要结果他性命的那一刻，他父亲前来为儿子求情，乘机说出了伊尔盖的身世——他父亲是人间勇士道本哈尔布赫，母亲是天女珠顿索龙嘎（这两个人名与前者不同）。得到证实后二勇士结义，一起到达宝尔罕乌兰汗家设宴庆祝。

在额仁策唱本中，伊尔盖结婚三天后去看哥哥那仁汗。可是，那时他的嫂子已经与两个敌人特格希沙尔宝东和巴拉巴斯乌兰相勾结，杀死那仁汗并将尸首扔进了深洞里。伊尔盖没有警惕，他到那仁汗家被嫂子毒死，同样被抛入深洞。在这一紧急时刻，伊尔盖的战马逃回去将噩耗告诉了胡吉孟根图拉嘎。胡吉孟根图拉嘎逼着娜布格日勒说出二勇士遗体所在之处，并以神药将其复活。接着，三位勇士一起追上逃跑的敌人特格希沙尔宝东和巴拉巴斯乌兰，将他们烧死，但没有惩罚那位嫂子。随后大家一起搬到胡吉孟根图拉嘎家乡，过上了幸福的生活。苏·朝衣苏伦唱本与此不同。伊尔盖到那仁汗家看到那仁汗没有被害死，他变成植物人躺着，嫂子让伊尔盖拿去处理掉，可是伊尔盖却使他恢复了健康。此时敌人哈尔巴斯哈尔打猎回来，伊尔盖与敌人搏斗，终于消灭了敌人及其坐骑。于是，他带着哥哥嫂子，驱赶敌人的牲畜回到宝尔罕乌兰汗家乡生活。

毋庸置疑，上述两种异文相互补充，可以使得史诗的内容更为完整。

朝衣苏伦异文生动形象地描述了发现孤独的伊尔盖的经过：那仁汗去打猎，没有看到任何猎物，却在森林中听到了婴儿的哭闹声。

> 有一个婴儿
> 躺在杨树荫下
> 只有猫头鹰哄着
> 桦树皮披在身上
> 桦树枝上的滴汁
> 充当母亲的初乳
> 滴入他的小嘴里
> 抚养着婴儿①

那仁汗将婴儿带到家交给妻子，妻子的两个乳房滴奶，婴儿吃上了奶。朝衣苏伦唱本的这一细节补充了额仁策异文的缺陷。这种对婴儿的描绘中借用了准噶尔部或绰罗斯部族源的传说，其中出现："一位猎人在无人烟的森林中狩猎，捡到躺在一棵树下的婴儿，把他抚养长大了。……树汁滴在婴儿嘴里成为养料，在他附近除了猫头鹰外，未见其他动物。由此称他为以柳树为母亲，以猫头鹰为父亲的男孩。"因为这种身世，他成为准噶尔部祖先。

在额仁策唱本中，对于孤独的伊尔盖的形象，有这样的独特描绘：

> 伴随那仁汗胡布恩
> 出生的英雄好汉
> 倘若问他是什么模样
> 他头戴兔子皮小帽
> 他身穿牛犊皮长袍
> 他有纽扣般小脑袋
> 他有针眼粗的脖颈

---

① 这一章里的引文均为笔者翻译。

他叫文钦伊尔盖

这种特殊的英雄形象是土尔扈特艺人的创作，补充了阿尔泰乌梁海艺人朝衣苏伦唱本的不足之处。

在朝衣苏伦唱本中，伊尔盖与胡德尔阿拉坦策吉搏斗，即将结束对手生命时，对手的父亲突然前来，请求伊尔盖饶恕自己的儿子，并告知了伊尔盖的身世，使二人结为义兄弟。在额仁策唱本中借用印度《玛尼巴达尔汗的故事》，非常生动形象地描绘了伊尔盖母亲仙女玛努哈尔的佣女去说合，让他们成为结义弟兄的情节。[①]二勇士长时间搏斗，让大地上布满了灰尘和烟雾，连天界也受到影响，天上中断了三年的聚会和念经活动。在这危急时刻，胡吉孟根图拉嘎供养的大喇嘛以袈裟作翅膀飞到战场上去观看，发现他的勇士即将失败。他连忙上天请求霍尔穆斯塔天神帮助。霍尔穆斯塔天神让他带上金壳的神水去媾和。大喇嘛带着金壳的神水去见二勇士，请他们尝神水停止搏斗，但伊尔盖坚决不接受神水。这时大喇嘛又想到另一种办法，他去找胡吉孟根图拉嘎的妻子，喇嘛让这位仙女携带子女三人，手拿大碗鲜奶去请求伊尔盖救她丈夫胡吉孟根图拉嘎的命。原来胡吉孟根图拉嘎的妻子是伊尔盖的母亲玛努哈尔天女的侍女，天女玛努哈尔下凡与凡人吉顿布尔衮哈尔有情，她生下勇士伊尔盖，上天时把他留在人间，就是这个女人抚养他的。伊尔盖听到这个女人讲他的身世，并发现自己腰背上的文字之后，才相信她的话，手接着鲜奶与胡吉孟根图拉嘎一起喝下并结为忠实的战友。这样合情合理地描述了二勇士的结义过程。

史诗《那仁汗胡布恩》具有重要的社会意义。它不仅通过结义弟兄们搬迁到一起生活的实际，反映了部落联盟的创建和势力加强，而且，揭露了背叛丈夫勾结敌人的女人的卑鄙行动，同时表现了轻信敌人而遭到杀害的男人的无知，因而拓展了英雄史诗的主题，使人们受到了教育。

## 第三节　同名不同内容的多次征战型史诗

在蒙古英雄史诗中，同一部史诗常常出现多种异文，既有同名不同内

---

① 仁钦道尔吉：《蒙古英雄史诗源流》，内蒙古大学出版社 2001 年版，第 272—273 页。

容的史诗，也有不同主人公的相同内容的史诗。这种现象说明蒙古英雄史诗在千百年来的发展过程中经过了极其复杂的道路。

乌梁海史诗《珠拉阿拉达尔汗》有三种异文，即蒙古国普·好尔劳院士于 1957 年 9 月 20 日记录、艺人希·宝音演唱的《珠拉阿拉达尔汗》（4930 诗行）和哲·曹劳记录、同一位希·宝音于 1958—1959 年到乌兰巴托演唱的《珠拉阿拉达尔汗》（除散文外，诗文长达 4000 余诗行）、我国学者阿·太白记录了其兄吉格米德演唱的《珠拉阿拉达尔汗》（3523 诗行）。这原本是阿尔泰地区艺人伊和那尔演唱的史诗，20 世纪 30 年代吉格米德向他学唱了这部史诗。

在这三部史诗中，希·宝音先后演唱的两种异文的内容大同小异，可是蒙古国异文与我国唱本之间除了史诗名称《珠拉阿拉达尔汗》外，几乎没有什么联系，完全是独立的两部英雄史诗。

我们对同一人希·宝音在不同年代演唱，不同学者普·好尔劳和哲·曹劳整理出版的两种异文进行比较后，发现主要人物名称相互对应，基本情节大同小异，描绘的繁简不同，在细节上有一定的出入。但早几年演唱的普·好尔劳异文比哲·曹劳异文在情节上更为完整，语言更优美动听，从头至尾均为韵文体，还有许多风俗习惯的描述，因而篇幅更长了。

哲·曹劳异文，除序诗外，基本故事由三大部分组成：

1. 珠拉阿拉达尔汗及其儿子乌延孟根哈达逊二人与掠夺者道本哈尔父子的斗争；

2. 乌延孟根哈达逊远征求婚的故事；

3. 乌延孟根哈达逊携妻返家途中的战斗。

这里有蒙古英雄史诗传统的情节，也有后期出现的特殊情节和母题。《珠拉阿拉达尔汗》开头同《江格尔》和其他卫拉特史诗一样，是从英雄家乡的聚会和酒宴开始的。珠拉阿拉达尔汗同妻子龙女哈尔尼敦商定举办了 65 天的欢乐酒宴。可汗在酒宴期间想到自己无儿，就请孤独的老马倌阿格萨哈勒也来参加盛宴。乘阿格萨哈勒赴宴之机，骑白骏马的勇士道本哈尔前来赶走珠拉阿拉达尔汗的两种毛色的马群。得知马群失窃后，珠拉阿拉达尔汗亲自去追赶敌人，他大声喊叫让窃马贼放下马群。听到主人震天动地的声音，两批马群逃脱敌人之手，向自己的草场奔跑。接着描绘了珠拉阿拉达尔汗与道本哈尔的征战，当胜负难分之时，他们脱下盔甲跳上前去肉搏。二人搏斗了好几年，珠拉阿拉达尔汗增强了战斗意志和力量，把对方压倒在地，并且骑在身上，问他有没有可为他报仇的儿子。道本哈尔说，他只有一匹骏马。

这个故事中有一种特殊现象，它不仅描写了珠拉阿拉达尔汗与道本哈尔的战斗，而且反映了他们的儿子的斗争。在战斗中敌人的战马变成了主人的儿子（在好尔劳异文中敌人的猎狗变成三岁儿子），这是其他蒙古史诗中罕见的现象。当珠拉阿拉达尔汗骑在道本哈尔身上，拔出宝剑将杀死他时，他的白骏马突然变成了三岁小勇士，把他从勇士身下抢过去，自己与勇士肉搏。在这种危急时刻，珠拉阿拉达尔汗的银合马知道主人打不过三岁小勇士，它往家乡奔驰，去找勇士出征后他妻子生的三岁儿子巴勒乌兰，并把小勇士带到战场上来替父亲与敌人的三岁儿子战斗。两个三岁的小勇士打了多年，珠拉阿拉达尔汗的儿子终于杀死了道本哈尔的儿子，火烧敌人的白骏马祭战神。这样史诗的第一个征战故事结束。

接着，描述了珠拉阿拉达尔汗之子乌延孟根哈达逊的婚礼故事。但在希·宝音演唱的史诗《珠拉阿拉达尔汗》中原来就有两部独立的史诗，第一个叫作《珠拉阿拉达尔汗》，第二部是《乌延孟根哈达逊》，因二者的主人公有父子关系，以父子关系连接在一起成为连环型史诗，叫作《珠拉阿拉达尔汗》。

乌延孟根哈达逊的婚礼较复杂，珠拉阿拉达尔汗夫妇求子后得到了儿子，于是设宴庆祝，准备找有威望的老人起名。和其他卫拉特史诗一样，这时，突然进来一位白发老人给儿子剃胎发，替他起名叫"不可战胜的勇士乌延孟根哈达逊"，并说他的坐骑是会讲话的烟熏枣骝马，他的未婚妻是西南方呼图勒阿拉达尔汗的女儿呼布其珠顿索龙嘎。白发老人说完话突然不见了，人们认为他是神仙。

在宴会上乌延孟根哈达逊提出要远征求婚，父母说他们年老体弱不能抵抗来犯之敌，祝愿儿子早日归来，小勇士跳上战马奔向西南方。他在求婚途中遇到很多人和各种自然现象：

在一个蒙古包里，乌延孟根哈达逊见到一男一女。他们称赞乌延孟根哈达逊和其未婚妻的美丽勇敢，告诉乌延孟根哈达逊在路上会遇到一座震死人的妖山和危险的敌人。乌延孟根哈达逊向前走见到了远嫁的姐姐和姐夫呼和德尔逊，姐夫提出要和他一起去参加婚礼，并且在战斗中助他一臂之力，但遭到他谢绝。乌延孟根哈达逊走到震死人的妖山上，那座山先后强烈震动三次，他依靠坐骑的力量通过了妖山。他向前走，征服了凶暴的

敌人铁木耳呼热及其同伙库尔勒哲勃，并与他们结为弟兄。在勇士的婚礼
中没有出现岳父刁难和进行三项比赛等情节，传统的英雄婚事却被卫拉特
的风俗取代。故事里，尽管也出现了争夺未婚妻的情敌奥特根哈尔赫莫，
在争论中乌延孟根哈达逊表示可以与他决斗。听到这话对手吓得拔腿便走，
但走之前对勇士暗示说："在你回家路上，我敬你一杯酒。"对手逃走之后，
乌延孟根哈达逊走进未婚妻呼布其珠顿索龙嘎的房间中，和她玩沙益、下
象棋，戏耍15天后才去见可汗。可汗同意嫁女，并且为他们举办了盛大的
宴会。女儿女婿将离开的时候，可汗分了一部分牲畜和属民给他们，祝他
们一路平安。

　　史诗最后一部分，描绘了勇士乌延孟根哈达逊携带妻子返家途中的遭
遇。情敌奥特根哈尔赫莫逃走后伙同其他势力向乌延孟根哈达逊的家乡及
其结义弟兄家乡进攻，杀死了他的义兄弟铁木耳呼热和姐夫呼和德尔逊。
勇士带妻子回家途中救活了被害者，并与义兄弟抗爱哈尔布赫等一起彻底
消灭了奥特根哈尔赫莫及其同伙。最终乌延孟根哈达逊和弟兄们团聚在一
起，举办盛大宴会祝贺胜利。

　　如前所述，这种异文与普·好尔劳异文的内容大同小异，但在细节上
有一定区别，在普·好尔劳异文中不是敌人的白马，而是他的栗色猎狗在
地上连续打三次滚变成了道本哈尔的三岁儿子，他同珠拉阿拉达尔汗较量。
在这种异文中，敌人的三岁儿子战胜了珠拉阿拉达尔汗，企图杀害珠拉阿
拉达尔汗时其人竟刀枪不入，拴在马尾上拖走时珠拉阿拉达尔汗变成了青
铜石碑，用大火烧也烧不死，最后抓去当奴隶。后来珠拉阿拉达尔汗的儿
子经长期搏斗战胜了敌人的儿子，用自己的小黑剑结束了道本哈尔儿子的
生命，救出了父亲，消灭了道本哈尔及其妖婆。在哲·曹劳异文中没有此
类描写。这是两种异文的一个较大的区别。

　　从以上分析不难看出，蒙古国同一位艺人前后演唱的两种异文中，在
人物和情节方面大同小异。但是蒙古国异文与我国学者阿·太白异文却大
不相同。它们相似之处极少。尽管两国异文的主人公都叫珠拉阿拉达尔汗，
史诗都是以他名字命名的。但其他正反面人物的名字不同，故事内容和情
节完全不一样，它们无疑是同名不同内容的两部独立的英雄史诗。

　　阿·太白异文的情节极其复杂，描写了珠拉阿拉达尔汗、他的两个儿
子宝尔罕哈尔和宝尔芒乃以及宝尔罕哈尔的儿子等三代人的事迹。先后多
次征战，即宝尔罕哈尔杀死那林沙尔哈尔盖蟒古思、宝尔芒乃消灭蟒古思

的大肚婆及其肚皮里出来的不满 10 个月的小妖、宝尔罕哈尔打败力大无比
的库尔勒策吉蟒古思、宝尔芒乃战胜道古冷查干蟒古思、宝尔罕哈尔打败
25 头的蟒古思、宝尔芒乃杀死 15 头蟒古思以及宝尔罕哈尔的婴儿消灭道古
冷查干蟒古思的儿子奎屯哲勃等一系列征战都有一定的特点。此外，史诗
里还有无儿女的珠拉阿拉达尔汗得子的故事及其子宝尔罕哈尔的婚礼故事。

　　总之，同名不同内容的英雄史诗具有极大的区别，它们成为完全独立
的两部史诗。这种现象真实地反映了蒙古英雄史诗极其复杂的发展和演变
过程。

　　最后讲一讲受佛教影响的卫拉特多次征战型英雄史诗《汗哈冉贵》。目
前国内外已发现了这部史诗的数十种异文。它们以手抄本形式和口头演唱
形式流传，其中有长有短、有韵文体、散文体和韵散结合体。蒙古英雄史
诗早在 1000 多年前产生，当时蒙古人信仰萨满教，以萨满教世界观创作了
英雄史诗。英雄史诗歌颂了长生天（Munhe Tngri）为首的 99 个天神的功
绩。但是，自 16—17 世纪以来，藏传佛教传入到蒙古地区，喇嘛们信仰佛
教，反对萨满教天神。在这种情况下，喇嘛们将萨满观念的史诗《汗哈冉
贵》改变为反对和丑化腾格里天神的史诗，并辛辛苦苦抄写成许多手抄本
在各个蒙古部落区域散发。为了扩大手抄本《汗哈冉贵》的影响，在民间
散布说它是"蒙古英雄史诗之祖"或"蒙古英雄史诗之汗"。最早于 1937
年苏联语言学家嘎·桑杰也夫发表了一种手抄本《汗哈冉贵》，他在序言中
明确指出，这个手抄本反映了喇嘛们的观点，即腾格里天神成为人类的
敌。[1]

　　笔者曾在专著《蒙古英雄史诗源流》中较详细地分析了史诗《汗哈冉
贵》，在此恕不赘述。

# 第四节　乌梁海英雄史诗的艺术特色

　　卫拉特英雄史诗，尤其是乌梁海英雄史诗在内容、情节、结构和诗学
方面都丰富和发展了蒙古英雄史诗。

　　在情节结构方面，蒙古英雄史诗经过了三大发展阶段——起初是单篇

---

① ［苏］嘎·桑杰也夫编：《汗哈冉贵传》，苏联科学院出版社 1937 年版。

型史诗，分为婚事型单篇史诗和征战型单篇史诗；其次是串连复合型史诗，它分为两种类型，一是婚事加征战型史诗，二是两次征战型史诗；再后是长篇英雄史诗《江格尔》和《格斯尔》，属于并列复合型史诗，其各个章节同等地并列在一起，而且各个章节的情节结构与单篇型史诗或串连复合型史诗相似。

多次征战型史诗是串连复合型史诗的一种类型，在串连复合型史诗的两大情节（婚事加征战，两次征战）上增加征战次数而构成的。乌梁海多次征战型史诗反映了蒙古英雄史诗的多种发展倾向。

## （一）连环型发展史诗

《珠拉阿拉达尔汗》和《乌延孟根哈达逊》是相对独立的两部史诗，它们不仅在蒙古国乌梁海人中流传，而且在我国新疆也传诵着。但是希·宝音演唱的时候，将二者合在一起叫做《珠拉阿拉达尔汗》。因为二者的主人公珠拉阿拉达尔汗与乌延孟根哈达逊有父子关系，以父子关系连接在一起出现了连环型史诗《珠拉阿拉达尔汗》。此类史诗极少，只有埃和里特—布拉嘎特艺人伊莫格诺夫·曼舒特演唱的史诗《阿拜格斯尔胡本》如此。原来布里亚特有独立的两部史诗《奥希尔博克多》和《胡荣阿尔泰》，可是把它们以父与子关系连接起来，并挂在蒙古《格斯尔传》后面，这样三部史诗合在一起形成连环型史诗《阿拜格斯尔胡本》。

## （二）双线交叉型发展史诗

阿·太白记录的史诗《骑银合马的珠拉阿拉达尔汗》与希·宝音演唱的同名史诗的发展方式完全不同，其内容和情节极其复杂，描写了珠拉阿拉达尔汗，他的两个儿子宝尔罕哈尔和宝尔芒乃以及宝尔罕哈尔的儿子等三代人与四五个敌人的七八次征战。绝大多数蒙古英雄史诗的情节为单线型发展，即一次征战结束后，进行第二次征战，接着就是第三次征战。但是，阿·太白异文不同，其中有弟兄两名大英雄宝尔罕哈尔、宝尔芒乃分别从两条线进行征战，也就是两个勇士不是在一起同一个敌人战斗，而是各自独立地与不同敌人搏斗，两条发展线索互不关联。

## （三）　征战套征战型发展史诗

土尔扈特艺人和阿尔泰乌梁海艺人演唱的《那仁汗胡布恩》具有与众不同的结构形式。其他蒙古史诗均以一位勇士贯穿多次征战，可是在史诗《那仁汗胡布恩》里，三次征战竟有三个不同的勇士，也就是一位勇士的征战没有结束，便从中发生了第二位勇士的征战、第三位勇士的征战……也就是出现了从一次征战中引出又一次征战的方式发展的英雄史诗。额仁策唱本是以一个大征战为框架，中间插进三次小征战，最后还是以大征战的结束终止整个史诗的。朝衣苏伦唱本在大征战中插进了两次小征战。

蒙古英雄史诗，尤其是阿尔泰乌梁海史诗通过大胆的想象和虚构，将蒙古人的现实生活和争斗加以理想化，因而不断地吸引着各个时代的人民群众。史诗借用和发展了传统的神话、传说、祝词、赞词、歌谣、谚语等形式，使其语言生动、诗歌有韵律节奏，人物形象绘声绘色、情节结构曲折复杂，其细节描写尤为引人入胜。许多史诗的序诗长达五六百诗行，深入细致地描绘了古老时代、勇士的家乡、五种牲畜、宫帐、宫帐里的用品、勇士的英勇、妻子的本事和坐骑的功能等，每一项都像一首祝词和赞词。在许多乌梁海英雄史诗中，往往这样称颂勇士：

> 诞生成长
> 到踏上马镫后
> 从未丢失过
> 国土和政权
> 出生长大
> 到踩上马镫后
> 从未丢掉过
> 故乡和山川……
> 没有喝烈酒
> 烂醉的经历
> 没有与敌交锋
> 吃败仗的经历
> 以肩押骨摔跤

> 没有被摔倒的经历
> 以大拇指射箭
> 没有射空的经历……
> 对侵犯之敌
> 毫无推让之心
> 对来犯之敌
> 毫无容忍之心

这种程式化描写，反映了百发百中、百战不败的英雄人物的威望、勇气、力量、武艺和对敌人的愤怒。

对于洁白的大宫帐（蒙古包）有如下的刻画：

> 在那天窗上
> 雕刻着孔雀与雄雉玩耍
> 在那门框上
> 刻画着鹞鹰和黄鸭在飞
> 在那天窗盖上
> 画着凤凰在对叫
> 在那围墙上
> 刻着岩羊与公羊抵角……
> 在那围带上
> 画着海鹰在尖叫
> 在那顶柱上
> 刻着老虎与雄狮搏斗

通过这样理想化的描述洁白的大汗宫，从侧面烘托出汗宫主人的高大形象。

在人物形象塑造方面，史诗主要通过人物的豪言壮语和排山倒海的行动，有声有色地刻画其英雄形象。如塔林哈尔宝东看到远方来了一位英雄好汉，不但不怕反而在心里想：

> 如若强悍力壮者

若强悍力壮和我相搏斗

我将舒展脊背筋肉

我将泄漏头上的恶汗

便从那山坡上

飞奔下去迎接……

　　显而易见，该史诗通过勇士的思绪，从一个侧面来揭示其胆大无畏的乐观主义精神。

　　史诗采取艺术夸张的手法，有声有色地描绘塔林哈尔宝东的战斗行为，表现其排山倒海的英勇事迹，譬如：

两位大勇士

就地搏斗

势均力敌

不相上下……

将那小山头

粉碎在地

将那大山岳

推倒在地

草场被焚毁

变成了山坡

山坡被践踏

变成为草场

　　再如，史诗这样描述二勇士坚强的意志和宁死不屈的精神：

两大勇士

坚决果断

决无回避的心思

决无回头的想法

肩膀对肩膀

脖颈对脖颈

胸膛对胸膛

紧紧的搏斗……

从手到之处

撕下铁锹大肉块

从抓到之处

扯下手掌大肉块……

手脚的骨头

打得变成了白骨

腰背的骨头

打得歪歪扭扭

　　总之，乌梁海英雄史诗具有英雄主义、乐观主义和浪漫主义的精神，它有永恒的教育意义和现实意义，让人们为保卫家乡和建设家乡而进行宁死不屈的斗争。

# 第七章

# 埃和里特—布拉嘎特①英雄史诗

蒙古英雄史诗分为三大体系，即布里亚特体系史诗、卫拉特体系史诗和巴尔虎—喀尔喀体系史诗。埃和里特—布拉嘎特部落是俄罗斯境内布里亚特主要部落之一，其英雄史诗既古老又丰富，可以作为布里亚特英雄史诗的典范研究。

## 第一节　布里亚特社会文化背景

布里亚特人主要分布于俄罗斯境内南西伯利亚地区，西起伊尔库茨克州，中间经过布里亚特共和国，东至赤塔州。此外，在蒙古国北部和我国呼伦贝尔盟也居住着一批布里亚特人。据20世纪80年代中期的统计，俄罗斯境内布里亚特人有42.2万人。

12—13世纪的蒙古部落分为两类：森林部落和草原部落。居住在贝加尔湖附近的是森林部落，以狩猎和捕鱼为生。当然，他们有骏马、猎狗和猎鹰供狩猎使用。游牧于兴安岭到阿尔泰山之间的是草原部落，从事畜牧业，部分人兼狩猎业。草原部落住毡帐（蒙古包），森林部落住窝棚。他们有一定的手工业，也有以物换物的贸易。当时氏族社会瓦解，私有制出现，阶级分化。② 在婚姻制度方面，母系社会被父系社会替代，父系氏族实行外

---

① 有译为"埃希里特—布拉加特"，是根据俄文翻译，与布里亚特语的发音不同。
② 符·阿·库德里亚夫采夫等：《布里亚特蒙古历史》，高文德译，中国社会科学院民族研究所社会历史室，1976年。

婚姻制度。当时蒙古人，包括布里亚特人的宗教信仰是萨满教。11—12 世纪，在安加拉河附近的八河流域居住着卫拉特部落，在巴尔古津托库木地区有豁里、巴尔忽惕、秃马惕、不剌合匠、克列木匠、愧因无良哈、兀尔速惕、帖良古惕、秃剌思等部落。当时蒙古部落不是统一的整体，彼此联系薄弱，讲不同方言，文化发展水平也不同。成吉思汗统一蒙古时，于 1207 年派长子拙赤去征服了林木中的百姓。对此，《蒙古秘史》有这样的记载："兔儿年（1207），拙赤率右翼军，去征伐林木中百姓，以不合为前导。斡亦剌惕（卫拉特）的忽都合别乞率万斡亦剌惕部投降。……到达失黑失惕地方。拙赤招降了斡亦剌惕部、不里牙惕部（布里亚特）、巴儿浑部……"成吉思汗把这些百姓赐给拙赤管理。蒙古帝国灭亡后，布里亚特又恢复了部落生活。17 世纪布里亚特有许多部落，其中最大的是埃和里特、布拉嘎特、霍里和洪高道尔。近代布里亚特的基本经济是畜牧业，西部是半游牧区，东部过着游牧生活，还有一定的狩猎业和渔业。17—19 世纪，西部伊尔库茨克州和外贝加尔地区有了农业经济。过去布里亚特人信仰萨满教，萨满教对布里亚特思想文化的影响比其他蒙古地区更深。古老神话和英雄史诗是以萨满教世界观创作的。可是，17 世纪末 18 世纪初，喇嘛教传入到布里亚特地区。布里亚特物质文化和精神文化与蒙古、卡尔梅克以及西伯利亚突厥语民族具有共同性。1937 年以前布里亚特与其他蒙古部落一样使用回纥式蒙古文。因受俄罗斯和欧洲影响早，在蒙古部落中布里亚特文化最发达，在国外出现了不少知名学者：班扎洛夫·道尔吉（1822—1855）、官宝也夫·嘎拉桑（1818—1868）、策旺·扎木察莱诺（1880—1942）和宾巴·仁亲（1905—1977）等。

布里亚特口头文学既古老又丰富，从 18 世纪中叶起记录了祝词、赞词、歌谣、谚语、民间故事等，采录的古老神话和传说尤为突出，诸如：创世神话、女人传说、埃和里特—布拉嘎特祖先传说、布哈诺彦传说、贝加尔湖及其女儿安加拉河传说和美女传说。当然，其中也记录有英雄史诗。最早记录布里亚特口头文学的是俄罗斯科学院考察队的帕拉斯、莫林等人。从 19 世纪末开始，波塔宁、杭嘎洛夫等人系统地搜集了布里亚特英雄史诗。20 世纪上半叶策·扎木察莱诺、阿·鲁德涅夫和希·巴拉达也夫等记录了大量的史诗。已记录的布里亚特英雄史诗约有 300 多部，其中希·巴拉达也夫（1889—1978）个人记录的就有 100 多部。最长的史诗有《阿拜格斯尔》（22074 诗行）和《叶仁赛》（9521 诗行）。同时，发现了著名的史诗演唱艺人安加拉河流域的波得洛夫（1866—1943）、温戈艺人土谢米洛夫（1877—1945）以及瓦西列夫和德米特里也夫等人。策·扎木察莱诺于1903—1906 年间从库丁山谷的埃和里特—布拉嘎特人中记录了《阿拉木吉莫尔根》、《艾杜莱莫尔根》、《叶仁赛》、《阿拜格斯尔》、《奥希尔博克多和胡荣阿尔泰》、《哈奥希尔》（另一异文）、《布赫哈尔胡布恩》、《双豪岱莫尔根》和《阿拉坦沙盖胡布恩》等史诗。此外，1941 年巴拉达也夫记录了埃和里特—布拉嘎特史诗《哈日亚切莫尔根胡布恩》。同年，黑勒土肯在努克特区记录了史诗《赛达尔和宝衣达尔》和《汗查格图阿巴海》。

策·扎木察莱诺于 1908 年记录了外贝加尔地区（现赤塔省）史诗，1911 年记录了哈木尼干史诗，1908 年还记录了豁里艺人巴扎尔演唱的史诗《门叶勒图莫尔根》、《赫叶德尔莫尔根》、《查珠海胡布恩》、《道劳林卢嘎巴萨干》、《那木乃胡布恩》、《哲勃哲勒图莫尔根》和《铁木耳宝劳道尔》。

最早研究布里亚特史诗的是策·扎木察莱诺，接着是鲍·雅·符拉基米尔佐夫和嘎·桑杰也夫。20 世纪 50 至 70 年代出现了乌兰诺夫、沙尔格希诺娃和霍莫诺夫。嘎·桑杰也夫等人将布里亚特英雄史诗分为三大类，即埃和里特—布拉嘎特史诗、温戈史诗和豁里史诗，其中最古老、最有代表性的是埃和里特—布拉嘎特英雄史诗。

## 第二节　埃和里特—布拉嘎特巾帼英雄史诗

在布里亚特英雄史诗中，埃和里特—布拉嘎特史诗的记录、出版和研究最早，发现的史诗数量极多，篇幅很长，而且，具有古老性，能够代表早期史诗的原始面貌。在埃和里特—布拉嘎特史诗中有其他蒙古史诗中罕见的女扮男装型巾帼英雄史诗和女佣替嫁型英雄史诗。布里亚特著名学者苏联科学院通讯院士策·扎木察莱诺（1880—1942）于 1903 年 8 月 18—20日记录了艺人沙勒比克夫（男，53 岁）演唱的史诗《阿拉木吉莫尔根》（5297 诗行），1904 年 8 月 15 日搜集了伊尔库茨克州艺人宝勒达也夫说唱的史诗《艾杜莱莫尔根》（1867 或 1767 诗行），还在 1906 年 10 月 29 日记录了艺人巴尔达哈诺夫（男，27 岁）演唱的史诗《双豪岱莫尔根》（1604诗行），这三部都是巾帼英雄史诗。前两部史诗（蒙古语拼音）早在 20 世纪初在扎木察莱诺等人编辑的《蒙古民间文学范例》（1913 年、1918 年和

1931 年）中发表，扎木察莱诺俄译文（1912 年 2 月在蒙古库伦译完）于 1959 年在乌兰巴托出版。

史诗《艾杜莱莫尔根》的全称是《艾杜莱莫尔根和阿兀嘎诺干杜海》。学者 M. 霍莫诺夫、H. 沙尔克什诺娃等认为，这部史诗的性质和内容很古老。确实它与其他史诗不同，没有序诗，连出生地点、勇士的父母等都没有，只有艾杜莱莫尔根和妹妹阿兀嘎诺干二人出场，史诗开头就说：

> 从前古代时代
> 在那温暖时代
> 占据无人的大地
> 占有无主的民众
> 艾杜莱莫尔根出生
> 长到十五岁那年
> 他所占的位置
> 在四十四尊天之下。①

由此不难看出，艾杜莱莫尔根的位置在萨满教四十四天神之下，是介于神与人之间的英雄。他就是"世界第一人"，又是第一位占有民众的首领和第一位猎人。上述埃和里特—布拉嘎特的三部巾帼英雄史诗都描绘了创世时代的人类始祖。当然，将始祖放在人类生活中，反映其英雄事迹，逻辑上看来是有矛盾的。E. M. 麦列丁斯基较系统地比较了西伯利亚的阿尔泰、图瓦、哈卡斯、朔尔、雅库特（亚库梯）和布里亚特等突厥—蒙古各民族英雄史诗，发现史诗的许多主人公是孤独的人，是人类始祖。此外，他说："'孤独'的人类始祖往往还有个妹妹"，又说，"一对兄妹作为人类始祖成为西伯利亚地区突厥—蒙古诸民族史诗流传的题材，在保持着浓郁母系制古风的布里亚特人的民间创作中，这种题材更是屡见不鲜"。

史诗里说：在那和平幸福时代，为了尝尝野味，艾杜莱莫尔根骑着骏马带猎狗在阿尔泰山上寻找猎物，走了三个月，从未看到猎物而走向了回家之路。可是在途中碰到了一个黄铜眼睛的老妖婆，妖婆骗他往后看时，用神奇的月牙刀打死了他。可是，他那会说人话的骏马咬住主人的衣服将

---

① 蒙古萨满教认为天上有九十九尊天神，被分为右翼五十五天神，左翼四十四天神。

他的遗体拖回了家。妹妹阿兀嘎诺干看到哥哥被害，痛哭流涕，可是她听到骏马的话，知道在遥远西北方额真孟和汗的女儿额尔赫楚邦是哥哥的未婚妻，她会使死人复苏。为了营救哥哥，她便剪掉长发，穿上哥哥的衣服，女扮男装去娶额尔赫楚邦，走之前将哥哥的遗体放入山缝中保存。她在远征途中射杀了害死哥哥的妖婆；战胜了种种自然灾害；还打败了各种有害动物，诸如在森林中打死了黑熊、在湖边赶走了吃蛤蟆的花鸟，得到了蚂蚁汗、蛤蟆汗和花鸟的感恩，他们说遇到困难时可叫他们帮助。女勇士到达额真孟和汗家，受到了残酷折磨。她向可汗问候："岳父，您好！"可汗生气地说："谁是你岳父？"便派四名大将把她带到海岸上用铁索挂在树上。她暗中请求蛤蟆汗来帮助其脱险，接着又去向可汗问候："岳父，您好！"可汗让她分离铁盆中的三种粮食，她请求蚂蚁汗来帮助分离了粮食。此时可汗说她有福气做女婿，但又让她完成了三项危险的使命。这就是各种史诗中常见的三种征服凶禽猛兽的斗争，即活捉有三十庹长身躯的大黄狗和独角独牙独眼的黑公驼、带来凤凰的羽毛，她在未婚妻额尔赫楚邦的协助下完成了任务。

女勇士提出与额尔赫楚邦结婚时，一个伊都干（女巫）劝可汗不能把女儿嫁给另一个女人，并给她喝酒试看此人是不是女儿身。在战马的帮助下，她保住了秘密，并趁机将女巫杀死。结婚后，可汗又让她与闻名于天下的特努克毛亚摔跤，在感恩的花鸟的暗中帮助下，她打败了对手。

阿兀嘎诺干携带哥哥的妻子返家途中，先从山缝里取出哥哥的遗体，放在路边用衣服盖住，并在树上挂他的武器，留下一封书信后化为蚊子飞走了。妻子额尔赫楚邦赶来，突然发现勇士躺在路边，掀开衣服一看是具尸体，非常惊讶。她认为上当受骗了，转身便往回走。可是她听了坐骑的劝告，就返回来用红柳条鞭子在尸体上打了三下，让勇士恢复了原来面貌；她又向太阳神求勇士灵魂，一边挥舞三次手，一边呼唤三次为其招魂。突然勇士跳起来说，我怎么睡了这么久，并问她是谁。姑娘回答说是上当受骗来的。勇士看到妹妹留下的信，知道了事情的经过。于是，两个人和好，生活在了一起。他们生了两个儿子之后，妹妹回来了。他们将妹妹嫁给远方的珠如肯布赫，大家都过上了幸福生活。

史诗通过阿兀嘎诺干营救哥哥的英勇事迹，反映了她的智慧、勇气和力量，生动形象地说明女人并不比男人差，而且会挺身而出营救遇害的男人。

这是一部很古老的、具有神话色彩的英雄史诗，其中包含有不少神话、传说因素，诸如：史诗中妖婆用月牙刀打死艾杜莱莫尔根；妹妹阿兀嘎诺干女扮男装远征求婚途中打死神奇的黑熊和赶走吃蛤蟆的花鸟；到岳父家受到折磨时蚂蚁汗、蛤蟆汗给予帮助等，不是通过个人的英雄行为战胜一切，而是在感恩动物的帮助下，脱离危险并保住了女扮男装的假象。学者嘎·桑杰也夫说得对，这是从神话史诗向英雄史诗过渡的史诗。它主要是反映了女英雄与自然界斗争的婚事型英雄史诗。

《阿拉木吉莫尔根》与《艾杜莱莫尔根》相似，也是女扮男装型英雄史诗，它继承了《艾杜莱莫尔根》的传统，主人公是阿拉木吉莫尔根和妹妹阿贵娃罕，他们的对手是两个叔叔。

史诗的重要情节如下：因财产问题，两个叔叔合谋以借刀杀人之计坑害阿拉木吉莫尔根，派他去与 600 个脑袋的蟒嘎德（恶魔）搏斗；在消灭蟒嘎德回家途中，两个叔叔竟用毒酒害死了勇士；妹妹阿贵娃罕以女扮男装去娶来哥哥的未婚妻；未婚妻宝劳德胡莱使勇士阿拉木吉莫尔根死而复生；阿拉木吉莫尔根向两个叔叔报仇。

史诗演唱艺人讲述传统的史诗时，往往有增加自己时代的一些内容的习惯。所以，这部史诗中有蒙古英雄史诗传统的古老因素，也有近几百年来俄罗斯生活的影响。在描述古老时代阿拉木吉莫尔根诞生，阿贵娃罕跟着出生之后，接着用近代俄罗斯生活方式描写了他们的生活环境，即砍伐树木修建木头房和城市（城市中有四条大街、33 个胡同、300 个商店）。史诗富有神话色彩，说阿拉木吉莫尔根成为无主大地的主人，无首领的属民的汗，当上了 13 位可汗之首，成为 73 种语言民众的头领。由此可知，阿拉木吉莫尔根是世间独一无二的人，又是创造房屋的文化英雄。俄罗斯著名史诗理论家 E. M. 麦列丁斯基引用了史诗《阿拉木吉莫尔根》开头的一段，说："阿拉木吉莫尔根和他的妹妹应该是世界上最早的人。……阿拉木吉莫尔根这个世界第一人修建了世间第一处房屋，率先从事畜牧业，即显示出创造者和最初的文明人的特质。……阿拉木吉莫尔根也被描写为第一个王公。"又说，"雅库特史诗《艾尔索戈托赫》的主人公艾尔索戈托赫和阿拉木吉莫尔根一样，新建立了自己的家业。艾尔索戈托赫建起了 80 平方俄丈的硕大帐篷，它的 40 个窗户是七排松树的木料制成。里边没有炉灶、石板床等，只有他使用的武器，而这些武器也不是他自己而是铁匠切姆切尔坎—克尔比坦制造的"。①

史诗往下说，他让秘书写信分别给南边看管马群的叔叔和北边看管马群的叔叔，让他们召集属民百姓赶来马群。两个叔叔看了信后很生气，都说："本来我以为这些马群是我的，可惜没有在他小时候宰杀，发生了如此危险的后果。"两个叔叔走到一处去合谋害死侄子的诡计。接着两个人一起到他家，但受到侄子的热情款待。阿拉木吉莫尔根答应了两个叔叔的要求，去征服 600 个脑袋的蟒嘎德。阿拉木吉莫尔根不听妹妹的劝告，决定出征，走之前妹妹给他做了战袍，并送他自己的戒指，祝福他尽快胜利归来。勇士与恶魔搏斗，与其他史诗里一样正胜负难分时，听坐骑的话，先杀死了敌人的灵魂，后消灭了恶魔的肉体。从恶魔肚皮里涌现出被活吞的人群和畜群，人们祝福救命恩人。勇士又解救了吊在树上的三个年轻人，其中有后来出名的英雄双豪岱莫尔根。

战胜恶魔返回家途中，战马告诉主人，他的两个叔叔带毒酒前来，请主人千万不要上当。可是阿拉木吉莫尔根不听劝告，喝毒酒而死去。紧急时刻战马咬住主人的长袖拖着他回到了家中。阿贵娃罕看到哥哥死去，便昏倒在地，醒后抱着战马脖子痛哭一番，随即将哥哥遗体放入山缝里，女扮男装去替哥哥娶他未婚妻宝劳德胡莱，以便让哥哥起死回生。在求婚途中，她历尽了各种艰难困苦。这是西伯利亚森林部落史诗，当地有原始森林和高山大海。她化身为黑狐狸、灰狼和乌鸦越过了高山峻岭，脱离了企图砍死她的长胡须老人的屠刀和牛马般大蛤蟆的毒害，又砍死了毒蛇，救助了汗布尔古德鸟（其他史诗里是凤凰）的三个女儿，得到这个鸟的感恩越过了高山大海。

阿贵娃罕到达哥哥岳父家前后的经历较为简单，与其他史诗的主人公不同，她没有化身为骑两岁劣马的秃头儿，也没有经过三三制的考验。她变作红光满面的小伙子，人们投去了羡慕的目光。她到了达赖巴彦汗家向岳父岳母问安，并说明了来意，可汗夫妇很喜欢，准备第二天举办婚礼。可是与史诗《艾杜莱莫尔根》一样，这时有一个伊都干（女巫）劝告可汗夫妇，不能将女儿嫁给另一个女人。为了探明究竟，他们采取了两种措施，其一是让她与大地上出名的摔跤手嘎海布赫摔跤，其二让她与三位勇士一

---

① ［俄］E. M. 梅列金斯基（曾译为麦列丁斯基）：《英雄史诗的起源》，商务印书馆 2007年版，第 272—275 页。

起在海里游泳，但都没有发现她是女人。她趁机将女巫推到水里淹死了。

可汗举办了盛大宴会，将女儿女婿送走，派 600 人陪同前往。随后出现与《艾杜莱莫尔根》相同的情节。上路之后阿贵娃罕先去从山缝中取出哥哥遗体放在大路上，并给他穿上衣服。当她把武器挂在树上，留下书信后便变作母鹿走进了山林。妻子宝劳德胡莱到来很吃惊，感到上当受骗，立即往回走。但听从了战马的劝告后，就回过头来让丈夫起死回生。阿拉木吉莫尔根苏醒后，看到战马、马鞍和妹妹留的信明白了事情的经过。夫妻二人回到家乡，将那被焚毁的家乡恢复了原貌，用战马的三根尾毛作成了布满草原的牛羊马群，并设宴款待陪同妻子来的 600 名客人。送走客人之后夫妻二人谈论过去的事件，成为温暖和睦的家庭。妻子宝劳德胡莱提出找回亲爱的妹妹，阿拉木莫尔根经过长期寻找终于找到了化身为母鹿的妹妹，让她恢复了原貌。夫妻俩设宴欢迎妹妹回来，最后惩罚了两个害人的叔叔，过上了比过去更幸福美满的生活。

史诗《阿拉木吉莫尔根》借用了《艾杜莱莫尔根》的巾帼英雄形象，它的形成时代晚于后者。《阿拉木吉莫尔根》反映了氏族内部斗争。原来阿拉木吉莫尔根与两个叔叔共同占有牲畜和财产，两个叔叔以为他们管辖的牲畜是个人财产，听到将他们的畜群合并到阿拉木吉莫尔根处，便出现了矛盾。也就是说，为了争夺财产，两个叔叔毒死了侄子。实际上这反映了由氏族公有制过渡到个体所有制时代的氏族内部斗争。

第三部巾帼英雄史诗《双豪岱莫尔根》，是上两部史诗的另一种异文。三部史诗的人名不同：艾杜莱莫尔根、妹妹阿兀嘎诺干、未婚妻额金孟和汗的女儿额尔赫楚邦；阿拉木吉莫尔根、妹妹阿贵娃罕、未婚妻达赖巴彦汗的女儿宝劳德胡莱；双豪岱莫尔根、妹妹额尔黑勃奇诺干、未婚妻乌孙罗布桑汗的女儿纳木希娃罕。此外，害死勇士的坏人名字也不同。在其他方面，三部史诗上半部分的内容大同小异，这部史诗内容单薄，但都有妹妹女扮男装替哥哥娶来未婚妻，未婚妻使勇士复活的情节。这部史诗的女英雄额尔黑勃奇诺干到达乌孙罗布桑汗家之后，经过了几项考验：和其他十三名求婚者一起数北部的数千匹马和南部的数千匹马的数，她第一个数清马群数目，告诉了可汗。接着让她去带来凤凰的羽翎和黄色狂狗，以及到海里游泳，她顺利通过了这些考验。女婿带女儿返回家乡之前向可汗提出要带走珍藏的小黄狗和珍贵的黑山羊皮，可汗不得不答应，可是他们出发时属民百姓跟着迁徙，牛、羊、马群也跟着走了。

这部史诗反映了通过联姻关系建立部落联盟的实际生活。

## 第三节　女佣替嫁型英雄史诗

前三部史诗反映了女英雄的事迹，下列史诗中谴责了女佣耍花招代替公主出嫁的欺骗行动。埃和里特—布拉嘎特英雄史诗《阿拉坦沙盖》是女佣代替公主出嫁型的史诗，它有三种异文。第一种异文是著名学者策·扎木察莱诺于 1906 年 12 月 18—20 日记录的俄国布里亚特昆都伦地区哈尼铁润特也娃（绰号哈尔萨玛干）演唱的史诗《阿拉坦沙盖夫》（2951 诗行），见《布哈哈尔胡布恩》（伊玛达逊整理，布里亚特图书出版社 1972 年版）。这部史诗的人物有：勇士阿拉坦沙盖、他的哥哥诺高台莫尔根和嫂子策辰希勃西古丽、坐骑银合马、他的未婚妻西北方纳嘎台巴彦汗的女儿塔尔巴吉，还有他们神奇生长的儿子，主要敌人是 75 头蟒嘎德家族。史诗的内容极其复杂，但基本情节还是勇士的婚礼和勇士与奴役者的征战，其中有不少派生情节和插曲。史诗开头交代了屹立在沙尔塔拉地方的高大银色汗宫及其周围的牛羊马群，阿拉坦沙盖在放牧回家路上想到哥哥和嫂子结婚多年没有儿子，自己应该结婚生儿育女。阿拉坦沙盖回家反复向嫂子打听未婚妻的信息，知道塔尔巴吉是他未婚妻之后，他不听劝告向西北方出发，嫂嫂给他送去路上吃的羊肉和喂马的草。接着史诗描绘了勇士远征求婚途中的几个奇遇。史诗中不但有女佣替嫁公主的情节，还有未婚妻起死回生的情节。

勇士被暗箭射中，临死前也发暗箭射死对手吉如嘎岱莫尔根。这时勇士的银合马以妙计骗来了塔尔巴吉姑娘，让她使勇士死而复生。勇士复活后还没有看到她之前，她已往家走。阿拉坦沙盖醒过来之后去救活了对手吉如嘎岱莫尔根，二人结为忠实的朋友，并共同战斗。勇士的婚礼是经过赛马和摔跤两项考验，可汗才同意嫁女的。可是在这里出现了一种在其他蒙古英雄史诗中非常少见的现象，即女佣代替公主出嫁的情节。塔尔巴吉姑娘派女佣去看新郎阿拉坦沙盖的容貌，女佣过了三天后才回去，并欺骗公主说，她闻到新郎的臭味感到恶心，躺了三天才回来。听后，塔尔巴吉说，我不嫁给奇丑无比的男人，便穿鸟衣飞上了天空。女佣的阴谋得逞，因女儿出走可汗害怕女婿生气，赶忙听从女佣的话，把她当作塔尔巴吉嫁给了勇士。不久勇士发现了破绽，塔尔巴吉也了解了真相，夫妻二人得以团聚。勇士把女佣砍成两半，她变成了两把扫帚。

史诗下半部分描述了勇士与破坏家园并抓走哥嫂的蟒嘎德家族的战斗。阿拉坦沙盖带着妻子回家，发现东北方大黑蟒嘎德的儿子们乘机来破坏他的家乡，抓走了他的哥嫂。他立即跟踪追击敌人，即将到蟒嘎德住处时，看到敌人修建了一座桥。这时勇士变作一条大鱼啃坏了桥墩，然后恢复原貌。当勇士咒骂敌人的时候，蟒嘎德的五个儿子乘坐三驾马车前去打仗，过桥时他们一起掉入河内淹死了。上述有关敌人修建桥、乘坐三驾马车去打仗等情节，是后期在俄罗斯影响下出现的。因为史诗演唱艺人传诵传统的史诗时，往往还会加入自己时代的事物。接着描写了阿拉坦沙盖、吉如嘎岱莫尔根以及阿拉坦沙盖的大儿子巴托尔朝克图、二儿子巴格查尼杜尔嘎等两代四勇士经过艰苦奋斗先后消灭了 75、85、95 和 105 头的蟒嘎德救出被折磨成残疾人的阿拉坦沙盖哥嫂的事迹。

在这部《阿拉坦沙盖夫》里，既有蒙古英雄史诗传统的古老情节和内容，又有近代布里亚特社会生活的描写。这说明了英雄史诗是随着社会的发展而不断地处于流变形态之中。

第二种异文是 H. 沙尔克什诺娃于 20 世纪 50 年代记录、伊尔库茨克州艺人狄米特利也夫演唱的史诗《阿拉坦沙盖》（4300 诗行）。这是反映一次婚事和二次征战的英雄史诗。它的人物与扎本察莱诺异文大同小异，不同的是阿拉坦沙盖嫂子的名字诺干德丽丽（不是策辰希勃西古丽）、未婚妻父亲的名字巴彦孟和汗（不是纳嘎岱巴彦汗），其他人名相似。二者的情节结构也相近，阿拉坦沙盖打猎回家，打听未婚妻信息，嫂子告诉她是巴彦孟和汗的女儿塔尔巴吉，她会让死人复活，让穷人变富裕。阿拉坦沙盖远征，在途中与对手吉如嘎岱莫尔根搏斗，杀死此人后阿拉坦沙盖也中毒身亡。他的银合马听杜鹃的议论，知道巴彦孟和汗的女儿塔尔巴吉会起死回生，立刻跑过去运用妙计骗来塔尔巴吉，她从勇士身上迈过三次，并且三次吐口水，就让勇士复活了。她没有看到勇士的模样，便化为金鹰飞回家了。阿拉坦沙盖苏醒后，用自己的神奇石头使对手吉如嘎岱莫尔根复活，并且做了结义弟兄。阿拉坦沙盖继续往前走，到达了巴彦孟和汗家。在这里可汗没有对他进行任何考验。他向巴彦孟和汗的女儿塔尔巴吉求婚，可汗立刻应允，还热情地款待了他。此时，塔尔巴吉公主派女佣去看新郎，女佣回来骗公主说：那人长得奇丑无比，"右眼生沙盖（羊拐）大的眼眵，左眼有珠盖（黄蜂）大的眼眵"。听到女佣的话公主拍拍胸膛说，嫁给这种丑男人，不如化身为鸟飞上天空，便变成金鹰飞走了。女佣的阴谋得逞，可汗让她代替公主嫁给阿拉坦沙盖。不久，勇士发现她是个冒牌货，立即把她砍死。在此之前，公主塔尔巴吉来暗地探望勇士竟被抓住，因而得以相互了解。

下半部分描绘了两次征战。当勇士阿拉坦沙盖携带妻子到达家乡时，发现蟒嘎德的儿子们已践踏了他的家乡，抓走了哥哥和嫂子。阿拉坦沙盖前去营救哥嫂，进行了极其复杂的斗争。勇士与蟒嘎德的儿子们搏斗，感到力不从心时，结义兄弟吉如嘎岱莫尔根来协助，但仍然没能打败敌人。此时，塔尔巴吉神奇地生了两个儿子——额尔赫策勃格巴托尔和额尔赫章格巴特尔。他俩赶去战胜了敌人，救活了被打死的父亲阿拉坦沙盖，大家一起找到了被俘的诺高台莫尔根和诺干德格丽，赶着战利品回到了家乡。

接着进行第二次征战。阿拉坦沙盖和两个儿子凯旋后，发现希尔古拉金汗抓走了塔尔巴吉。阿拉坦沙盖、两个儿子、大儿子的两个儿子等三代五位勇士，经过艰苦斗争打败了敌人，带着塔尔巴吉，赶着敌人的牲畜胜利归来，过上了幸福生活。

多数蒙古英雄史诗的婚事斗争，是以勇士征服三大猛兽或在三项比赛中获得全胜而结束的；可是史诗《阿拉坦沙盖》较为特殊，勇士阿拉坦沙盖经历了远征途中被人害死、未婚妻起死回生、女佣代替公主出嫁等复杂的过程，因而，发展和丰富了蒙古史诗婚事故事的内容和情节。

这是一部流传很广的史诗。由我国呼伦贝尔盟布里亚特人策尔吉德·策德布讲述、道·乌兰夫记录的《阿拉坦沙盖夫》是一部散文体史诗。尽管它的演唱时间比扎木察莱诺异文晚七八十年，而且伊尔库茨克州离呼伦贝尔很远，但还是在大体上保留着20世纪初采录本的内容。它由阿拉坦沙盖的婚事斗争、携带妻子返回家乡途中被女恶魔杀害，以及新婚妻子生下的奇异孩儿神速长大为父亲报仇和起死回生等部分组成：从前，在沙尔达赉旁有一座高大银宫，在银宫前后布满牛羊马群，主人是阿拉坦沙盖夫，他的坐骑是天下无双的银合马。他与哥哥和嫂子一起生活，哥嫂结婚多年没有孩子。阿拉坦沙盖骑着银合马去放牧时，想起了娶媳妇生儿子继承牲畜和财富之事。阿拉坦沙盖回家向嫂子打听未婚妻信息，嫂子说他的未婚妻是西北方一位大可汗的女儿，名叫塔尔巴吉。同时，劝他不能去，因途中会遇到危险。勇士不听劝告，便骑着银合马带着弓箭向西北方出发。他走到一座高山上，看到了金光闪闪的大汗宫，汗宫前的人像草木那样多，漫山遍野是牛羊马群。在扎木察莱诺记录本中有考验情节，可是在这一异文中有一定的抢婚性质。阿拉坦沙盖向汗宫射去一支箭，射中了汗宫门，发出了雷霆般的声音，震动了大汗宫。可汗让人拔出这支箭，谁都拔不动。这时阿拉坦沙盖只用一只手拔出了箭，把它装进箭筒里。勇士走进汗宫时，可汗害怕得颤抖，看到勇士向他问好才松了一口气。可汗听到勇士来向他女儿求婚，便满口应承下来，并为他俩举办了盛大婚宴。这部史诗的重要缺陷是没有女佣替嫁的情节。当女儿离开娘家跟着丈夫去婆家时，可汗和汗后把牲畜和财产的一半作了陪嫁。在其他蒙古史诗中，姑娘出嫁要骑马或骑金黄母驼，可是在这里像近几百年的布里亚特人一样塔尔巴吉坐银轮马车走，阿拉坦沙盖骑着银合马在旁边。

史诗往下描写了勇士回家路上的遭遇。夫妻俩走了一半路程后，阿拉坦沙盖先走，让妻子按照他画的路标在后边跟着。当勇士独行的时候，75头的阿尔扎嘎尔哈尔蟒嘎德赶来，说勇士抢走了它将娶的姑娘，接着二人先用弓箭对射，后来赤手空拳肉搏。扭打了三年，勇士终于杀死敌人，焚烧其骨肉。

史诗还描写了阿拉坦沙盖被蟒嘎德的老妖婆砍死，阿拉坦沙盖的儿子神奇生长，并战胜敌人，救活父亲的英雄事迹。

此外，内蒙古乌拉特地区也记录了史诗《阿拉坦沙盖的故事》。它也描写了阿拉坦沙盖及其儿子阿拉坦巴托尔消灭多头恶魔的故事，其中有死而复生和失而复得的情节，与布里亚特史诗《阿拉坦沙盖夫》有一定的联系。当然，乌拉特史诗的民间故事化和现实化程度较大，很难看出它们的本来面目。

史诗《阿拉坦沙盖》的影响很大，它分布于呼伦贝尔地区和鄂尔多斯地区。这种现象说明了史诗《阿拉坦沙盖》的产生很早，可能在13世纪以前许多蒙古部落在一起生活的时代形成，在数百年复杂的流传过程中，出现了不同的异文。

## 第四节　埃和里特—布拉嘎特史诗的特性

埃和里特—布拉嘎特史诗具有古老性，Г. 桑杰也夫、А. 乌兰诺夫、

H. 沙尔克什诺娃、M. 霍莫诺夫等学者都指出了它的古老性特征。依据布里亚特社会生活发展的各个历史阶段的不同特点，A. 乌兰诺夫将布里亚特史诗分为三大类，即埃和里特—布拉嘎特史诗、温戈史诗和豁里史诗。埃和里特—布拉嘎特史诗的形式时代在公元 10 世纪以前，是母系制解体时期。温戈史诗反映了向畜牧业转换的时代。豁里史诗属于较晚阶段。① 桑杰也夫认为埃和里特—布拉嘎特史诗反映了全部蒙古史诗发展的最古老的阶段，是由神话史诗到英雄史诗的过渡阶段。②

在笔者看来，三部巾帼英雄史诗的形成也有前后次序，最早产生的是《艾杜莱莫尔根》，受它的影响形成了《阿拉木吉莫尔根》，在它们的传承过程中又出现了《双豪岱莫尔根》。

关于史诗的古老性，·M. 霍莫诺夫讲述了具体现象。他说《艾杜莱莫尔根》与其他布里亚特史诗不同，第一，它有古老性，第二，其中没有害人的叔叔和蟒嘎德（恶魔），也没有驱赶人家牲畜，侵占领土和百姓的情节。艾杜莱莫尔根生活在安宁、和平的幸福时代，没有描绘征战和战斗武器。

许多蒙古史诗都有长短不同的序诗，交代事情发生的时间、地点、勇士的双亲、勇士的诞生、汗宫、马群等，可是在《艾杜莱莫尔根》中缺少这一切，没有描写什么人生了艾杜莱莫尔根和阿兀嘎诺干。我们知道，英雄故事没有序诗；英雄史诗是从英雄故事脱胎而来的，因此，最初的英雄史诗也没有序诗。这部史诗说，艾杜莱莫尔根出生后，长到 15 岁那年，他所占的位置在四十四尊天神之下。这句话说明，这部史诗是萨满教控制人们心灵时代的产物。萨满教有九十九尊天神，被分为右翼五十五天神和左翼四十四天神。艾杜莱莫尔根的地位比人类高，比神灵低，处于四十四尊天神之下。萨满教认为，巫师会知道人的过去、现在和将来。所以这三部史诗中都出现了伊都干（女巫），她看出来求婚新郎不是男人，而是女扮男装的女人。在古老时代"莫尔根"一词是萨满巫师的称号。

正如学者桑杰也夫所述，这是由神话史诗向英雄史诗过渡时期的史诗。女勇士求婚途中不是以英雄行为战胜自然界和敌对势力，而往往是借助神奇动物的感恩行动而脱险和战胜困难。诸如：战胜手持月牙刀的红尖嘴妖

---

① 《豁里布里亚特史诗》（俄文），布里亚特书籍出版社1988年版。
② 转引自谢·尤·涅克留多夫《蒙古人民的英雄史诗》，内蒙古大学出版社1991年版，第29页。

婆、黑窝棚里出现的以毒茶害人的小老头、独眼独牙的黑公驼、上唇触天下唇触地的大黄狗等神话人物形象，都是借助于神奇势力和感恩的蚂蚁汗、蛤蟆汗和花鸟的协助下完成的。还有那位未婚妻额尔赫楚邦是来自神话的人物。关于布哈诺谚的传说中说，阎王的儿子娶了布哈诺谚的女儿额尔赫楚邦。

这类英雄史诗的主人公是女人，她们起着解救男人的作用。埃和里特—布拉嘎特社会已经由母系制走上了父系制，但还保留着母系制的遗迹，女人救活死了的男人，是母系社会女人当家的义务。但救活男英雄后，妹妹让位于哥哥而出走，这正好是母系制让位于父系制的象征。

埃和里特—布拉嘎特史诗有声有色地塑造了一系列女扮男装型英雄的高大形象。诸如阿拉木吉莫尔根的妹妹阿贵娃罕、艾杜莱莫尔根的妹妹阿兀嘎诺干和双豪岱莫尔根的妹妹额尔黑勃奇诺干，无不是富有神话浪漫主义和理想主义特色的女英雄形象。以阿贵娃罕为例，她是阿拉木吉莫尔根唯一的亲人、助手和保护人，史诗通过其语言和行动，深刻地反映了她心灵美好、勇敢果断、力大无比的英雄本色。在平常生活中，她为哥哥缝衣做饭，放牧牛羊马群，处处给以关心和帮助，并提醒哥哥提高警惕，别上坏人的当。当两个叔叔运用借刀杀人之计，派阿拉木吉莫尔根去与恶魔搏斗时，她劝告说：

> 哥哥，哥哥！
> 这两个叔叔，
> 不是派你去
> 享福的地方，
> 而是派你去
> 受罪的地方。

哥哥不听劝告，一定要去征服危害人类的恶魔时，她痛哭流涕，给哥哥白银戒指时说："它给您带来福气，在战场上对您有帮助。"并祝福哥哥胜利归来。

看到战马拖着哥哥遗体回来，她昏倒在地，醒过来后立即将遗体放进山缝中保存。然后女扮男装去娶哥哥的未婚妻来，使哥哥起死回生。她是神话浪漫主义特色的半人半神式女英雄。在远征求婚途中她化身为花狐狸、灰狼、乌鸦和青蛙，越过高山跨过大海。她同情弱小的动物，射死了吃凤凰三个女儿的大毒蛇，得到了凤凰的感恩。

女勇士到达赖巴彦汗家求婚时，变成了红光满面的英俊小伙子。可汗夫妇为二人举办婚礼时，有一女巫怀疑她的性别，并进行了两次考验。在考验中她展示自己的智慧和力量。在和天下有名的摔跤手摔跤时，她用一匹绸缎缠住乳房，把对手高高举起来抛到三条沟远处，对手头朝下陷入泥坑里。当很多人去用铁锹和镐头都挖不出来时，她抓住两条腿把对手拔出来扔到地上，并乘机将女巫塞进大酸奶缸里淹死了。

她在携带哥哥的未婚妻返回家乡途中，先去把哥哥遗体从山缝中取出来，用衣服盖好，并留下信件，自己化身为母鹿跑进树林中，表现得非常机智、聪慧。

这是一位高大的女英雄形象，她让世人看到女人并不比男人差，只要有机会，女人同样可以立大功。埃和里特—布拉嘎特史诗不仅成功地刻画了女扮男装型人物可歌可泣的形象，同时，塑造了勇士们的未婚妻生动的艺术形象。她们美丽、贤惠，具有特殊功能。史诗形象地描绘道：

> 达赖巴彦汗女儿
> 宝劳德胡莱，
> 能让死人复苏，
> 能让穷人富裕，
> 左脸颊上的光芒，
> 照耀左边的围墙，
> 右脸颊上的光芒，
> 照亮右边的围墙，
> 像光溜溜的竹条，
> 摇摇摆摆地走在大地上，
> 像没有云彩的太阳，
> 闪闪放光走在大地上。

这位女英雄不断帮助勇士克服困难，当其遇害时会死而复苏，在故乡遭到破坏时会重建家园。当勇士的妹妹带她来复活勇士，妹妹随即化身为母鹿跑进森林时，这位女英雄立即督促丈夫去找回亲爱的妹妹。勇士经过曲折的过程找到妹妹时，她热情欢迎，抓住妹妹的手说：

> 尚未走到幸福的地方，
> 却走到受罪的地方，
> 你幸运回到了家，
> 妹妹，你辛苦了！

说罢，设宴款待妹妹，大家一起过上了幸福生活。

　　女扮男装型英雄史诗产生的时间很早，反映了母系社会的遗迹。在新疆卫拉特人中不仅有史诗《青赫尔查干汗》，而且还有英雄故事《孤独的努台》。《青赫尔查干汗》的内容较复杂，其中有老两口求子、灰白色岩石里诞生了儿子巴门乌兰、牛大黑石头里出生了女儿巴达姆乌兰其其格。巴门乌兰在求婚途中被恶魔害死，妹妹将遗体放入山缝里，女扮男装去替哥求婚，战胜了三大猛兽和通过三项比赛后，带来三仙女让其起死回生，妹妹随后变为大白兔跑进山里。在《孤独的努台》里敌人进攻时，兄妹俩逃到山里，哥哥饿死后妹妹将其遗体放在山缝中，自己女扮男装娶哥哥的未婚妻回来，让哥哥死而复活，妹妹变作兔子躲到山中。笔者认为，这两篇作品与埃和里特—布拉嘎特史诗是同源异流文本，12—13 世纪卫拉特部落也生活在贝加尔湖以西安加拉河一带，当时女扮男装型人物的作品流传于卫拉特人和布里亚特人中间，因此，至今卫拉特人还保留着古老作品的核心内容。

　　当然，在埃和里特—布拉嘎特史诗中，除形象地描绘女英雄形象外，还塑造了一个损人利己的女佣形象，说明了人们的思想复杂，必须引以为戒。

# 第八章

# 战马英雄史诗

## 第一节 蒙古英雄史诗中的战马

在骑马民族英雄史诗中，勇士的英雄事迹是在马背上体现的。勇士离开了战马，无法完成艰巨任务，也就很难成为勇士。勇士与战马在战斗中相依为命，是时刻不能分离的唯一可靠的助手。因此，蒙古民族的陶兀里奇和江格尔奇们，一向把战马当做史诗的一种特殊艺术形象去描绘，赋予了其他人物尚未具备的性格和功能。在蒙古和突厥各民族英雄史诗中，把勇士和他的坐骑一起交代，而且往往将坐骑的名字（以毛色命名）摆在勇士名字前头。有时坐骑先出生，成为勇士即将诞生的象征。诸如骑着银合马的希林嘎拉珠巴托尔、骑着飞马的阿斯力别克、骑着豹花的班巴勒汗、骑着红沙马的萨纳拉、骑着灰沙马的芒乃汗等都是如此。马的毛色万紫千红，以毛色命名的马名也数不清到底有多少。骑马民族在这个方面的词汇极其丰富，其他民族语言中难以找到相应的名词，无法准确地翻译出来。

在《江格尔》里，战马形象具有多元多层次内容。作为战马，它有马的属性和功能，但不是普通快马，而是加以夸张和理想化的马。它还是一匹人格化的战马，和人一样有语言和意识，属于史诗的智慧型人物类型。同时，它和凡人不同，具有人类不可能具备的本领，像神话、传说中的神仙。江格尔奇们把马作为神仙看待，他们用敌人的神箭手的话赞颂阿兰扎尔战马和洪古尔道：

第一箭我瞄准洪古尔的心脏，

> 我那箭猛如霹雳迅如闪电。
>
> 阿兰扎尔猛然卧倒，
>
> 我的箭掠过洪古尔头顶飞向蓝天。
>
> 我痛恨阿兰扎尔的机敏，
>
> 又向他发了第二箭。
>
> 顿时，那马跃蹄腾空，
>
> 是我那神箭啊，我那神箭，
>
> 却射入它蹄下的泥土中。
>
> 它不是牲畜，它是稀世珍宝，
>
> 它的主人不是血肉凡人，
>
> 他是天神。①

蒙古学者嘎当巴曾说，史诗的战马原形是兽型神②，这是有可能的。《江格尔》里的马具有马的属性、人的性格和神的本领，是三位一体的艺术形象。我们在下边具体分析战马形象。

第一，《江格尔》里勇士的战马发挥了坐骑的一切功能，在它们身上集中突出地反映了蒙古马的各种优良特征和蒙古人对战马的理想。勇士的马身躯高大，外形漂亮，动作敏捷，跑得飞快，而且同勇士一样有力量、勇气和耐力，所向无阻，不达目的绝不半途而废。它们能跨过大海，飞过高山，能上天能下地。史诗这样赞美阿兰扎尔战马：

> 阿兰扎尔的身躯，
>
> 阿尔泰杭爱山方可匹敌。
>
> 阿兰扎尔的胸脯，
>
> 像雄狮一样隆起……
>
> 阿兰扎尔的脖颈八庹长，
>
> 像天鹅的脖颈一样秀丽。
>
> 阿兰扎尔的鬃毛，
>
> 像湖中的睡莲一样柔媚。

---

① 色道尔吉译：《江格尔》，人民文学出版社 1983 年版，第 499—500 页。

② 沙·嘎当巴：《蒙古民间英雄史诗》，《民间文学研究》，1988 年，第 26—63 页。

江格尔奇们通过牧马人特有的观察力和审美特点，借助想象和夸张，塑造了神奇的巨型战马形象。而且，这个形象还有动态立体感。史诗描绘战马奔腾形态如下：

> 两条前腿一蹿，
> 蹿出一日路程，
> 两条后腿一蹿，
> 蹿出一夜的路程。
> 它的下颚几乎擦着地面，
> 它的胸膛好像碰到下颚，
> 它的前腿带起疾风，
> 花草随风闪向两旁。
> 它那飞腾的样子，
> 像一个受惊的奔跑的白兔。

第二，勇士的战马起着勇士的助手和保镖作用。它与人一样有语言和意识，还有超人的智慧。勇士马的特殊作用体现在智慧方面，它们的智慧往往弥补了无经验的少年鲁莽勇士的短处。勇士处处依靠战马的力量和智慧：勇士远征要靠战马的能力；勇士参加争夺美女的"三项比赛"，是依靠战马取胜的；勇士掉在大海里，战马将长尾巴甩到海里救主人出海；当勇士遇到化装成美女的妖精和吃人的凶禽猛兽时，能依靠坐骑的本事脱险；勇士中箭身受重伤，失去知觉，从马背上昏迷欲倒，战马护持主人不落鞍，并将勇士安全带到家乡；勇士在战场上遇到生命危险的时刻，战马拯救了主人。试看，《乌兰少布西古尔征服残暴的沙尔古尔格汗之部》生动地描写了铁青马拯救洪古尔的事迹：

> 这时，钩在洪古尔左肋上的，
> 是八千个铁钩，
> 右肋上也是八千个铁钩，
> 头顶上有六千只宝剑摇晃，
> 肚子上有七十二条长枪一齐刺来，
> 洪古尔冲开阵角，

> 倒拖长枪，飞马逃走。
> "宝木巴的勇士洪古尔被人活捉，
> 这是莫大的耻辱！"
> 洪古尔一边想着一边鞭打铁青马。
> 铁青马放开四蹄猛冲，
> 八千个铁钩、六千只宝剑都被折断，
> 洪古尔逃出了枪林刀丛，遍体鳞伤。

对单枪匹马远征的勇士而言，唯独战马是他的伙伴。在这样的情况下，蒙古民间艺人们把战马加以人格化，赋予人民群众集体的力量和智慧，使它成为勇士的助手和保镖，这是非常有创意的艺术构思。

第三，史诗的作者和演唱者们，不但赋予勇士的战马以人的语言、思维和智慧，而且，把它描写成为掌握一定的战略战术的形象，使战马变成勇士的军师和参谋。勇士在远征中遇到问题，或者问坐骑，或者坐骑主动出谋划策。如在鄂利扬·奥夫拉演唱的《洪古尔的婚事之部》中，洪古尔表现得胆怯和被动。与主人相反，他的铁青马发挥了超人的聪明才智，起到了参谋作用。在扎木巴拉可汗的女儿已有未婚夫的情况下，因怕江格尔的威胁，扎木巴拉可汗答应把女儿嫁与洪古尔，让江格尔派洪古尔一人去他家。洪古尔单枪匹马去扎木巴拉可汗家途中，知道了扎木巴拉可汗的女儿参丹格日乐和天上的大力士图赫布斯举行了婚礼，并看到"新婚夫妇双双跨上骏驹，亲亲爱爱地奔向新婚的住地"。遇到这种意外事件，洪古尔犹豫不决，铁青马便教训洪古尔说：

> 你已度过了十八个春秋，
> 为娶亲离开家乡长途奔波，
> 如今和新娘还没照面，
> 你就畏惧退缩。
> 难道你不怕辱没英雄的美名。
> 纵然你在战斗中牺牲，
> 宝木巴还会抚育出你这样的英雄！

在铁青马的鼓舞和协助下，洪古尔追上了图赫布斯夫妇。洪古尔与图赫布斯搏斗，铁青马看到主人处境困厄，跑来为主人打气：

> 在残酷的战斗中，
> 你是江格尔的盾甲，
> 在艰难的旅途中，
> 你是江格尔的战马。
> 你年方十八，
> 为娶亲来到他乡，
> 怎能忍受被敌人打败的耻辱？
> 假如你被敌人打败，
> 我决不让敌人的坐骑将我追住，
> 我要拖着银缰飞走，
> 飞回江格尔的国土。

接着，它还为主人出主意，启发他战胜敌人的战术：

> 你为何不揪住他的腰带，
> 为何不用你强壮的躯体压下去，
> 压断他的脖颈，
> 压断他的腰杆。

洪古尔听从铁青马的主意，终于结果了情敌图赫布斯的性命。

洪古尔在返回宝木巴途中，迷失方向，来到了查干兆拉可汗的领地。过了一些日子，查干兆拉可汗之女格莲金娜认出洪古尔，派侍女去转达了自己的问候。洪古尔拿不定主意，又去找铁青马商量。铁青马告诉主人："俗语说，离群的一只黄羊是胆怯的。请你控制住激动的感情，这种事情说明，你以后每天都会听到一个消息。"

显然，洪古尔的铁青马形象，在各个方面都表现得非常突出。此外，在史诗中江格尔的阿兰扎尔马、萨布尔的栗色马和明彦的金银马等也都起着重要作用。比如，有一次勇士萨布尔因受到屈辱，离开江格尔去投奔锡莱依高勒三可汗。正当萨布尔心情矛盾的时候，神通广大的栗色马夜间来找主人，报告宝木巴地方遭到敌人袭击和江格尔被活捉的危急情况，劝主人返回家乡去拯救。栗色马对萨布尔说：

> 我听到了江格尔在呼救，
> 传来了他的三次呼声：
> "在这危难的时候，
> 你是我翱翔着飞来的雄鹰，
> 你是无敌的英雄，
> 铁臂力士萨布尔哟！
> 你却为小事出走了！"
> 我听到他在懊悔呜咽：
> "人中的鹰隼，
> 铁臂力士萨布尔，
> 如果你没有离去，
> 我怎能被人捆缚？"
> 为了这不幸的消息，
> 我才来把你唤醒。

听到铁青马的话，萨布尔后悔自己的鲁莽，便连夜赶回家乡，活捉了入侵的赫拉干汗，拯救了宝木巴地方，用神雨使遇难的江格尔及其勇士们复活。

在卫拉特史诗和布里亚特史诗中主人被人打死后，往往有战马保护尸体并骗来仙女或勇士的未婚妻，使主人死而复活的情节。在《阿拉坦沙盖》中，勇士阿拉坦沙盖被对手射死后，金黄战马把主人的遗体拖到山洞里，随即找来未婚妻纳嘎岱巴彦的女儿塔尔巴吉，让其起死回生。当时战马想到了一条妙计，它跑到纳嘎岱巴彦的马倌萨嘎希雅·萨穆嘎的面前变作走马轻飘飘地小步快走，讨马倌和塔尔巴吉的喜欢。马倌对塔尔巴吉姑娘说，这匹走马是上天给您派来的坐骑。塔尔巴吉反复向父亲请求，终于骑上这匹走马，但父亲为预防意外派两名勇士在两侧拖着缰绳。走马走得慢腾腾的，姑娘让两侧的人放下缰绳自己一个人骑着走，看到的人都羡慕走马。突然，走马向前飞奔，马蹄下的灰尘弥漫天空，马跑到主人的遗体旁，让塔尔巴吉下去使主人阿拉坦沙盖死而复活。姑娘说，你把我骗来，我不乐意做，先后化身为麻雀和金野鸡飞上天空。可是都被马抓回来，不得不助勇士起死回生。随后，姑娘化作金野鸡飞回了家。

## 第二节　战马英雄史诗的内容

　　蒙古英雄史诗不仅歌颂骑马勇士，也歌颂他们的坐骑。这些战马不仅具有人性，还可以与人对话，甚至充当军师角色。这类史诗主要有阿尔泰乌梁海最著名的陶兀里奇（史诗演唱艺人）和苏·朝衣苏伦（1911—1979）演唱的两种异文《阿尔嘎勒查干老人》，第一种于1958年演唱、嘎·仁钦桑布纪录出版（2180诗行），第二种由其子巴特朝伦等整理并于2007年出版（4970诗行）。

　　苏·朝衣苏伦唱本第一种异文，主人公是一匹世界上独一无二的美丽枣红马，它是勇士阿拉坦呼布奇的天配战马。战马巧妙地将铁木尔汗的爱女带给主人为妻，并且帮助主人先后两次战胜了岳父铁木尔汗的敌人。第一种异文的故事梗概：

　　阿尔嘎勒查干老人和妻子乌兰哈敦无后，一日，阿尔嘎勒查干老人跃马登山察看马群，发现马群已经由三万匹繁殖到六万匹，而且都是珊瑚色的枣红马。老人高兴之余，想到无人作继承人，不仅黯然神伤。此时，马群中发出十色光芒，老人跃马近前，发现光芒是一匹正在吃初乳的枣红马驹发出的。老人兴高采烈地回家，发现老伴生了个神奇的儿子，他的脐带剪刀剪不断，大黑剑斩不断，最后放在铁环上用大黑剑才斩断；100只羊皮才够做他的褟裸。老人举办盛宴祝贺。

　　神子阿拉坦呼布奇三岁那年，敌人哈冉贵·哈尔哈布奇勒汗赶来，要夺取三岁神马，老两口不得不答应。三岁的小英雄却说：我活着就绝不交出坐骑。敌人怒而拔剑，因他还是幼儿就没有斩下。敌人到马群套马，神马却离群逃走，敌人紧追不舍。神奇的枣红马一路飞奔，越过高山，跨过戈壁，敌人追赶不上。哈冉贵·哈尔哈布奇勒汗的哥哥阿拉坦沙图带骑兵七重包围枣红马，下令：俘获枣红马者奖牲畜和自由，放走者处死。枣红马从鼻中喷出烟雾，趁机飞过七重围兵，来到敌人马群里。

　　阿拉坦沙图的马倌阿克萨哈里看到枣红马，为了得到奖赏，他费尽力气套住了神马，装上马嚼安上马鞍。这时神马暴怒，尥蹶子跳得山崩地裂，蹦跳15天才停下。马倌试乘，神马在草原上飞飘，在森林里轻快如松鼠，不停地奔跑。马倌企图下马，神马却不干，马倌从后面下，神马用尾巴挡，马倌从前面下，神马用胸膛挡。历经几天几夜的飞奔，神马回到家乡，回到珊瑚色马群中。枣红马嘶鸣后开始说话，命阿克萨哈里给自己看管马群，马倌求饶，便老老实实地放马。观察 15 天后，神马将马群交给他看管，自己又去作战。

枣红神马跃过戈壁，越过山脉，终于在一座山坡发现哈冉贵·哈尔哈布奇勒汗和阿拉坦沙图帅大军搜寻神马。神马假寐，梦中显示，日出方向有个铁木尔汗，骑大山般的铁青马，将敌人带到他那里就可以消灭掉。梦醒后，神马发出十色光芒，敌人欣喜万分，追赶过来，神马一路向铁木尔汗方向奔驰。追赶了几年，终于到了铁木尔汗的领地。铁木尔汗以为他们是来攻打自己的，于是骑铁青马持大黑剑冲杀，将敌人砍作两截，敌阵也被冲杀，全军覆没。铁木尔汗得胜回家，碰见一匹小瘦马，可汗觉得它又像快马又像神马，但定睛看，又是普通马。铁木尔汗将小马带回，系上三重绊绳，关在三重铁屋中。

神马在铁屋中思索为主人寻妻，它梦中得知铁木尔汗的女儿呼布奇索龙嘎就是主人天配的妻子。梦醒后，神马化作小白鼠从铁屋下挖洞出去，进入金色玻璃宫殿，来到姑娘的房间，变化为金翅苍蝇进入姑娘鼻孔，托梦给她，让她到铁屋中找枣红马，带上 50 名婢女上山采野果。姑娘让父汗给她神马，在母亲的帮助下铁木尔汗不得不让她骑乘神马，同时在左右各派 50 名骑士护佑。枣红神马左跃，左侧 50 名骑士落马，神马右跃，右侧 50 名骑士落马。枣红神马回到铁木尔汗宫殿前，让他看姑娘最后一眼，然后跑得无影无踪。铁木尔汗骑铁青马追赶，却因大雪不得不返回。

枣红马带姑娘回到阿尔嘎勒查干老人家，却发现小主人阿拉坦呼布奇找自己去了，已经几年没归家。战马出发找主人，将姑娘交给老人照顾。战马找到主人时，主人刚刚灭了五大魔王，疲惫不堪，竟兴奋得晕倒了。接着，阿拉坦呼布奇骑着枣红神马，收拢了哈冉贵·哈尔哈布奇勒汗和阿拉坦沙图的臣民，返回家乡，举办盛大的婚宴。婚宴进行了 15 天，新娘呼布奇索龙嘎却痛苦起来，因为她感觉到父母被敌人抓走了。

阿拉坦呼布奇骑上枣红马来到铁木尔汗家，只看见一片废墟。他找到了岳父留下的书信和羊肉、奶茶，得知敌人骑栗色马的呼尔勒汗征服了他们。阿拉坦呼布奇找到敌人，交锋时战马鼓励主人咬紧牙关，终于战胜了呼尔勒汗。阿拉坦呼布奇带着岳父母凯旋。铁木尔汗举办 15 天庆宴，然后带着臣民和牲畜到阿拉坦呼布奇家乡，两家合并，过上幸福美满的生活。

第二种异文与第一种大同小异，但补充了许多细节，使模糊处清晰起来。

区别较大的地方在于：呼尔勒汗入侵以前，已有五大魔王（妖魔汗、饿鬼汗、夜叉汗等）前来俘获铁木尔汗，阿拉坦呼布奇骑着枣红马消灭五大魔王。此处有个插曲：阿拉坦呼布奇用大黑剑砍杀敌人，枣红马用牙咬死敌人，用铁蹄踩死敌人，可是敌人越来越多。枣红马用鼻子喷出烟雾，发现有一个一手拿月牙刀一手提佛灯的红嘴妖婆让敌人死而复生。枣红马教主人用大山般大的白箭射死妖婆，才得以消灭了五大魔王。阿拉坦呼布奇回到铁木尔汗的家乡，发现铁木尔汗已经被呼尔勒汗征服，他疲惫不堪，不知道该做什么，只得回到自己的家乡。阿拉坦呼布奇回家，发现妻子已经生了儿子并长到三岁，有白头老翁给他起名为骑栗色马的孟根呼布奇。孟根呼布奇骑栗色马经过艰苦征战消灭了呼尔勒汗，恢复了外公铁木尔汗的一切，铁木尔汗迁徙到女婿家，两家人过上幸福生活。

骑马民族经过数千年来对战马的观察和积累，有声有色地塑造了战马的动人形象。英雄史诗的战马是马、人和神三位一体的艺术形象，各个方面的特性处理得合情合理。作为战马，它有马的属性，古代蒙古人把性情暴躁的马称作"五口马"（Tavan amtai mori），也就是用五种方式反抗陌生人或敌人的马。有才华的民间艺人们运用夸张手法，突出"五口马"的特性，将战马摆在战斗中加以理想化描绘，使其英勇无比，不仅跳过大河，越过高山，跨过大戈壁，而且还越过敌人七层大军的包围圈，到敌阵中去用獠牙咬死敌人，用前腿踩死敌人，用后腿踢死敌人，帮助勇士消灭敌军。这种战马是人格化和神话化的形象，它有人的语言、思维、智慧和战略战术，尽管战马不能像勇士那样携带弓箭和宝刀杀死敌人，但运用借刀杀人之计，将敌人引诱到强有力的对手处，借别人之手消灭了敌人。机智勇敢的枣红马掌握了各种变身术，既能化身为凶禽猛兽不让马倌逃走，又能变成小白鼠挖地洞离开三层铁屋，钻到姑娘的房间托梦给她，也能变为轻飘飘地小步快走马，把美女骗到家乡嫁给主人。英雄史诗里勇士的婚礼是通过勇士艰苦斗争完成的，多亏战马运用妙计给主人带来了未婚妻。

战马英雄史诗是通过想象虚构出来的艺术形象，反映了蒙古民间史诗演唱艺人的才能和创新。战马英雄史诗《阿尔嘎拉查干老人》的形成晚于英雄人物的史诗。目前为止，它是唯一较完整的战马英雄史诗，它与故事《名望的白骒马》（Chuutiin chagagch guu）不能相提并论。

# 第三编

## 并列复合型英雄史诗

我国三大史诗都是在古老史诗传统的基础上于封建割据时代形成的。本编将集中论述蒙古长篇英雄史诗《江格尔》和《格斯尔》。我们先来具体看看《江格尔》形成时代的蒙古和卫拉特社会的历史状况。根据史书记载，在1368年元惠宗妥懽帖睦尔被赶出北京，重新回到了蒙古草原的上都。不久迫于明朝大军的武力威胁，再次迁都至应昌府，并于1370年在应昌府病卒。汗储爱猷识理答腊（Ayushirida）即汗位，为元昭宗，年号宣光。朱元璋集中兵力进攻应昌府，俘获将士8万余人，并俘虏元昭宗之子买的里八剌及后妃、宫人、诸王家属，昭宗爱猷识理答腊北走和林（Harahorum）。爱猷识理答腊汗及其他几位大汗虽然将中心都设在和林，但都分别在自己旧有领内保有汗廷。爱猷识理答腊汗曾驻阿尔泰山，脱古思贴木儿（Tugus-tumur）在呼伦贝尔一带。当时蒙古大汗没有固定的统治中心。

　　1388年，明朝发兵15万进攻在捕鱼儿海的元帝脱古思帖木儿（又称Ushal Haan），元军不备大败。脱古思帖木儿与其子前往和林途中，至土拉河遭部下也速迭儿（Yesuden）杀害。也速迭儿是阿里不哥（Arigbuhe）后裔，属于卫拉特一方。从此以后，卫拉特与东蒙古开始分裂，争夺大汗位，相互交战。1392年，也速迭儿即汗位并很快去世。其儿子恩克卓里克图（Enhezorigt）即位。第二年（1393年）额勒伯克（ELbeg）从恩克卓里克图手中夺回了大汗位。额勒伯克汗是脱古思帖木儿汗的儿子。额勒伯克汗企图团结全蒙古各部，尤其是团结和拉拢卫拉特部，将卫拉特人猛哥帖木儿（Munhtumur）封为丞相，作了亲密战友。额勒伯克汗在猛哥帖木儿的帮助下害死亲兄弟杜荣台吉（Harahuchag Duuren taiji），抢娶弟媳乌力吉图高娃白吉（Ulziit Guva Baiji）为妻。乌力吉图高娃白吉利用妙计让额勒伯克汗杀死了猛哥帖木儿丞相，为丈夫杜荣台吉报了仇。

不久，额勒伯克汗知道上了乌力吉图高娃白吉的当，为猛哥帖木儿平反，封他儿子巴图拉（又名马哈木）为丞相，让他回去统治卫拉特。可是，巴图拉丞相回到卫拉特之后，于1399年率四卫拉特大军进攻东蒙古，并杀死了额勒伯克汗。

元廷北迁初期，猛哥帖木儿统辖卫拉特部，当时卫拉特分布在札布罕河、科布多河流域及额尔齐斯河、叶尼赛河上游一带。西连蒙兀儿斯坦，东接蒙古本部，东南邻明朝。明朝洪武、永乐二帝都采用"以夷制夷"手段，竭力推动蒙古内部的争斗，扶弱抑强，使之自相剪除，从而达到驾驭蒙古的目的。① 蒙古内部以卫拉特部和阿速特部为代表的势力，为了消灭对方，也借助于明朝的力量。同时，1410—1424年间，明成祖亲率大军，连续五次征伐蒙古，史称"永乐北征"。譬如，1414年永乐以50万大军攻击本雅失里汗（Buyanshiri Haan），使其逃到卫拉特没有得到支持，反而使巴图拉（马哈木）支持德勒伯克（Delbeg）即汗位，后来又杀死了本雅失里汗。这样卫拉特与东蒙古越来越分裂，并且长期进行征战。有时卫拉特统一蒙古，有时东蒙古统一东西蒙古。1416年，巴图拉（马哈木）亡故，其子妥欢（1418—1440年在位）和妥欢之子也先统辖四卫拉特联盟，卫拉特势力逐渐强大起来，曾经一度结束了封建割据局面，统一了东西蒙古。1455年也先汗死后，统一的国家分崩离析，卫拉特势力衰落。但后来又重新活跃起来，1552年起，卫拉特与东蒙古之间发生了大战，从1608年起卫拉特与喀尔喀之间爆发了近百年之战。

此外，卫拉特、蒙兀儿斯坦与明朝之间为了争夺交通要道哈密，展开了激烈的争夺战。《准噶尔汗国史》② 描述了从1470年至1544年间卫拉特与蒙兀儿斯坦之间的多次征战。从16世纪30年代起，卫拉特与哈萨克和吉尔吉斯进行了长期战争。在他们的英雄史诗《玛纳斯》和《阿尔帕密斯》中反映了对卫拉特的战争。卫拉特英雄史诗《江格尔》也反映了卫拉特与蒙兀儿斯坦的阿黑麻汗（1496—1504年在位，绰号阿拉奇汗）的战争。

因明朝多次进攻卫拉特，在1449年阴历八月也先汗攻打大同，明英宗亲率50万大军迎战，结果明军大败，八月十五日明英宗朱祁镇在土木堡被

---

① 《蒙古族通史》编写组：《蒙古族通史》（中），民族出版社1991年版，第445—446页。
② 兹拉特金：《准噶尔汗国史》（俄文，第二版），科学出版社1983年版。

俘。但卫拉特人没有杀害明英宗，而让明廷派人来接走皇帝，可是明廷不但不接收明英宗，反而推举朱祁钰为皇帝，这就是明代宗。1450 年阴历十月，卫拉特人把明英宗送回了北京。

总之，14 世纪末至 17 世纪上半叶，蒙古族封建割据时代，四卫拉特内部有大小封建领地，外部有强大的敌人，他们造成了无尽的内讧和外战。敌人不但掠夺战败者的牲畜和财产、破坏城市和房屋，烧毁森林和草场，而且俘虏其属民百姓、强占妇女和儿童，到处造成战争恐怖、死亡、孤寡、贫穷和饥饿现象。这种痛苦和悲惨的社会状况，与原始社会末期的部落战争时代一样成为英雄史诗产生或形成的社会条件。

在这种悲惨的社会条件下，广大的卫拉特民众坚决反对封建割据和内讧，反对侵略和扩张，渴望在和平和统一的社会环境下，创建家园，过上自由、平等、幸福的生活。这就是《江格尔》形成为长篇英雄史诗的社会历史条件。

《江格尔》不是史书，但它形象地反映了蒙古—卫拉特封建割据时代形形色色的侵略者和奴役者对卫拉特人民（宝木巴地方）的进攻和压迫，像一幅生动的图画一样，再现了封建混战对社会发展和人民生活带来的严重后果，深刻地揭露了封建混战的残酷性和封建势力的暴行。《江格尔》曾这样揭露道：

> 魔鬼洗劫了宝木巴地方，
> 毁坏了江格尔的官殿，
> 一伙人驱赶江格尔的马群，
> 一伙人驱赶江格尔的人民，
> 没有留下一条母狗，
> 没有留下一个孤儿，
> 江格尔的夫人阿盖，
> 七十二位可汗的妻子，
> 捆在一条绳索上，
> 被敌人掠去。
> 巍峨的白头山被夷为平地，
> 浩瀚的宝木巴海被黄沙填满，
> 消灭了江格尔的宝木巴乐土，

毁灭了江格尔的声望。

但是，江格尔和众勇士回来，消灭了敌人，重新建设了家园。在《江格尔》里，反映了卫拉特民众的美好愿望和理想：

没有骚乱而安定，
没有孤寡而美满，
没有贫穷而富裕，
没有死亡而长生。

这种理想，表现了民众对胜利的信心和对家乡的热爱。他们最终打败了敌人，统一了美丽的家乡，开始走向和平幸福的生活。

总之，《江格尔》真实地反映了卫拉特社会现实和民众的希望。

蒙古《格斯尔》的形成和发展是复杂的。它由三大部分组成，其中北京木刻本《格斯尔》和续六章隆福寺《格斯尔》的大部分是由藏文翻译而成的。藏文《格萨尔》也是在封建战争中形成的。其主要部分"霍岭大战"描绘了格萨（斯）尔与黄畏兀尔（蒙古语叫作 Shiraigol）三可汗的争夺战。蒙古口传史诗《格斯尔》几乎没有人研究。笔者于七八年前撰写《中国大百科全书》（第二版）条目中和其他论文中第一次提出了自己的看法。笔者认为，在蒙古口头唱本中，蒙古艺人们将成吉思汗的传说和其兄弟合撒儿的传说改编成史诗，把它们的故事情节融入《格斯尔》。此外，随着《格斯尔》在蒙古地方的传播和影响，蒙古艺人们将固有的古老英雄史诗也逐渐归并到《格斯尔》中。

在蒙古《格斯尔》中，布里亚特人演唱的作品有多种异文，它们在情节上彼此相距甚远。研究这些作品的学者非常多，他们提出了多种不同的观点。谢·尤·涅克留多夫曾详细介绍和分析了学者们的观点。学术界把布里亚特文本分为温戈类与埃和里特—布拉嘎特类。温戈类异文在情节上近似蒙古书面《格斯尔》的作品，而埃和里特—布拉嘎特异文比较复杂。著名学者策·扎木察莱诺在 1906 年记录了埃和里特—布嘎拉特人伊莫格诺夫·曼舒特演唱的史诗《阿拜格斯尔胡本》，并在 1930 年出版。1941 年尼·波佩指出，布里亚特《格斯尔》这部叙事诗来源于中央亚细亚和南西伯利亚牧民和猎人共同的情节库。由于某些"古老的故事"归到了《格斯尔》名下，于是出现了作品的各种异文。他又说，埃和里特本的性质是绝对独立的，它反映了进入阶级社会之前的意识形态，不曾受到佛教影响。日本学者塔纳卡（田中）认为："在当地的传说中布里亚特史诗英雄乃是格斯尔的前辈，他们的名字后来被格斯尔的名字所取代。"① 这些学者看到了埃和里特—布拉嘎特史诗《阿拜格斯尔胡本》与其他布里亚特异文和蒙古异文的区别。在这本书中有三部曲，第一部叫《阿拜格斯尔胡本》，第二部为《奥希尔博克多胡本》，第三部叫《胡荣阿尔泰胡本》。笔者指出，实际上第一部与《格斯尔》有联系，但其他两部，在情节和人物上却与《格斯尔》毫无联系，原来就是独立的古老布里亚特英雄史诗。布里亚特史诗学家沙尔克什诺娃指出了这个重要问题，她翻译了扎本察莱诺记录出版的埃和里特—布拉嘎特史诗《阿拜格斯尔胡本》，并在序言中指出，《奥希尔博克多胡本》和《胡荣阿尔泰胡本》原来就是独立的史诗，因为它们的情节和题材近似于《格斯尔》，后来便组合到一起了。她揭示出事情的真相——这两部史诗原来就是独立的布里亚特史诗，它们有几种不同的异文，如同一位扎本察莱诺于 1918 年出版了《哈奥希尔胡本》的两种不同异文，第一个 4365 诗行，第二个是 499 诗行。在这里说的《奥希尔博克多胡本》和《胡荣阿尔泰胡本》是埃和里特—布拉嘎特部落或森林部落的狩猎型英雄史诗，只是布里亚特艺人把它们与蒙藏《格萨（斯）尔》联系起来而已。这两部英雄史诗的产生时代早于蒙古民族形成和蒙古统一。除了这两部史诗外，蒙古《格斯尔》是在封建时代形成和发展的。

---

① ［苏］谢·尤·涅克留多夫：《蒙古人民的英雄史诗》，内蒙古大学出版社 1991 年版，第 182—183、247 页。

# 第一章

## 《江格尔》的传承

### 第一节 《江格尔》传承的悠久传统

蒙古族英雄史诗《江格尔》是以主人公的名字命名的一部作品，它在数百年以前以口耳相传的方式形成于生活在阿尔泰山和额尔齐斯河一带的蒙古族卫拉特人中。至今它仍然活在中国民间，以口头传承形式广泛流传于新疆天山南北广大地区的蒙古人中，成为他们家喻户晓的英雄史诗。新疆共有12万蒙古人，他们分布在南疆的巴音郭楞蒙古自治州，北疆的博尔塔拉蒙古自治州、伊犁哈萨克自治州、塔城地区、阿尔泰地区和哈密地区的20多个县。英雄史诗《江格尔》在新疆各地的土尔扈特、厄鲁特、和硕特、乌梁海和察哈尔等各部族人中以口头形式普遍流传着，中国学者录制了民间口头流传的《江格尔》，其中共有157部长诗及异文，约20多万诗行。

笔者曾得到内蒙古鄂尔多斯地区和巴林地区演唱《江格尔》的信息和证据。1990年4月，笔者与德国卡·萨嘉斯特教授一起到鄂尔多斯的乌审旗和鄂托克旗进行考察，有人告诉我们说："鄂尔多斯曾有人讲《江格尔》。乌审旗有一位老人叫德力格尔朝克图，他直到1963—1964年还讲《江格尔传》。我14—15岁那年他去世，他常在外地，当兵去过西边许多地方。他总是跪着讲述《江格尔传》。"可见《江格尔》在鄂尔多斯有一定的流传。1991年9月，笔者陪同德国教授瓦·海希西夫妇到了内蒙古锡林浩特，在那里我们见到了说书馆的民间艺人仁钦胡尔奇，他给我们演唱了《江格尔》的一部。他是巴林右旗巴音额尔德尼苏木人，他对我们说："我属猴，1932

年生于大板以西的十家子村（嘎查）。11 岁那年我向外祖父家的一位喇嘛（外祖父的哥哥或弟弟已记不清）学习了《江格尔》。那位喇嘛名叫朝亦日格，他曾到过安多、塔尔寺和呼伦贝尔等地，1941 年回老家。他会讲述各种民间故事、《格斯尔》和《江格尔》。他讲的《江格尔》故事中给我印象较深的是'明彦活捉库尔门汗'和'洪古尔的婚礼'。"仁钦胡尔奇给我们演唱的《美男子明干（即明彦——笔者）活捉大力士库尔门汗之部》就是他向朝亦日格喇嘛学来的，当然后来他还利用《江格尔》的书进行了一定的修改和补充。这部长诗中有不少独特的情节和萨满教因素。仁钦胡尔奇说，朝亦日格喇嘛讲的时候就有这种情节。

除中国新疆外，《江格尔》曾在俄国伏尔加河下游生活的卡尔梅克人中广泛流传。17 世纪 20 年代，中国卫拉特人中的土尔扈特部首领和鄂尔勒克率部众从新疆迁徙到俄国伏尔加河下游去生活，被称为"卡尔梅克人"。和鄂尔勒克的部众把《江格尔》带到那里去演唱，因此，这部英雄史诗在卡尔梅克地区得以流传。此外，《江格尔》在蒙古国的喀尔喀人和卫拉特人中也有一定的口头流传。在俄罗斯西伯利亚的布里亚特蒙古人、突厥语族的图瓦人和阿尔泰人中，也流传着《江格尔》的个别诗篇。

总之，《江格尔》是在中国、蒙古国和俄罗斯境内的各蒙古语族民众中以口头形式传承的英雄史诗。

西方学者高度评价了《江格尔》和其他活态蒙古英雄史诗在世界史诗理论研究中的重要意义。例如，德国著名学者、蒙古英雄史诗研究专家瓦·海希西教授曾指出，在蒙古人中以及与蒙古毗邻地区的突厥人中，英雄史诗依然存在，并且经过改变以新的形式流传至今。这些蒙古英雄史诗对所谓口头流传理论的研究，可以提供活生生的对象。[①]

世界著名的希腊史诗《伊利亚特》、《奥德赛》和印度两大史诗《罗摩衍那》、《摩诃婆罗多》，早在公元前后已以文字定型，后来在民间逐渐失传。现代人难以探讨它们的产生和发展规律。可是，《江格尔》和其他蒙古英雄史诗则不同，它们在民间以口头形式传承，并通过民间艺人的记忆和演唱，从古至今活在民间。目前，学术界尚未掌握最初演唱《江格尔》的可靠资料，但却发现了 17—18 世纪以来在中国和俄国的伏尔加河下游卡尔

---

① ［德］瓦·海希西：《关于蒙古英雄史诗的结构和母题类型的一些看法》，瓦·海希西主编《亚细亚研究》丛书，第 68 卷，奥托·哈拉索维茨出版社 1979 年版。

梅克地区《江格尔》以口头形式流传的信息和传说。

　　到19世纪初，学者们开始到俄国阿斯特拉罕地区卡尔梅克人中去记录《江格尔》时，当地人们几乎到处都在演唱和传诵这部传统的英雄史诗。那个时期有不少学者和旅行家作了翔实可信的记载。卡尔梅克学者拉·布尔奇诺娃在查阅大量的报刊、书籍和档案资料的基础上，论述了他们的看法。①

　　《江格尔》的第一个记录出版者贝格曼于1802—1803年到卡尔梅克草原考察时，曾听到了江格尔奇们的演唱，并对《江格尔》演唱的印象作了记载。据他讲，卡尔梅克人普遍了解这部英雄史诗，一有机会，他们就去倾听江格尔奇的演唱。他称赞了这部作品的高度艺术性，并说一个歌手（江格尔奇）所知道的歌（《江格尔》的诗篇）一般有20部之多。江格尔奇的演唱是连续不断的，歌手只作不多一会儿的停顿，这时听众可以喝几口茶。他认为，歌手的本事在于把极端夸大的现象赋予现实的自然世界，把卡尔梅克人的生活方式和传统真实地反映在诗歌创作中，并尽可能地延长诗歌的演唱。

　　19世纪中叶，俄国著名作家果戈理和旅行家尼·斯特拉霍夫、尼·涅费季叶夫、帕·涅鲍尔辛等人都到过卡尔梅克人中，亲自将听到和看到《江格尔》演唱的情景作了记载。斯特拉霍夫说：每天晚上，猎人们都在听故事，有些故事是如此之长，需要听讲几个星期。关于这部史诗的篇幅，有的说20多部，有的说52部，足以说明篇幅很长了。

　　在民间口头传承的同时，《江格尔》还以手抄本形式流传在一些地区，但口头流传更广泛和普遍。1978年至1982年，笔者曾在新疆访问过10多位著名江格尔奇，其中尼勒克县的达尔玛和萨尔瓦、和布克赛尔县的冉皮勒、温泉县的普尔布加甫以及和静县的普尔拜和额仁策等人是传统江格尔奇的艺徒，他们都是口头演唱家。他们曾讲述自己学会演唱的经过。据达尔玛说，过去在尼勒克地区有一位著名的江格尔奇叫占巴，他会演唱《江格尔》的许多故事，还会演奏陶布舒尔琴。达尔玛在17—18岁时经常听他的演唱，从而暗中学会了《江格尔》的序诗，以及江格尔、洪古尔和双胡尔等英雄的故事。萨尔瓦的老家是吉木萨尔县，他的叔父塔日亚奇是当地

---

① 〔俄〕拉·布尔奇诺娃：《江格尔学在俄罗斯的起源》（俄文），《俄罗斯民族学史、民间文学史和人类学论文集》第9卷，科学出版社1982年版。

有名的江格尔奇,会演唱三部,一边说唱一边弹陶布舒尔琴。萨尔瓦在
13—16 岁时向叔父学唱《江格尔的儿子好汉鄂格岱·莫尔根之部》。1978
年 8 月,笔者曾访问了巴州和静县的江格尔奇额仁策,当时他才 24 岁,他
讲的是祖传的《江格尔》。他的祖父、父亲和叔父都会演唱《江格尔》,他
的祖父扎拉曾得到南部土尔扈特汗满楚克加甫的奖赏,获得"可汗的专任
江格尔奇"称号。扎拉是向另一位著名的老江格尔奇学会演唱的。额仁策
的同乡普尔拜也是向扎拉学习说唱《江格尔》的。口头演唱的江格尔奇的
记忆力特别强,他们可以连续不断地把《江格尔》的某一部演唱下去,而
且各有各的演唱曲调,有的人还会用几种不同的曲调说唱。他们演唱时最
怕被人打断,因为一旦被打断,就想不起来已经唱到哪里,就得重新开始。
他们对待史诗文本的态度也不尽相同,如冉皮勒、达尔玛等江格尔奇说,
他们讲述时可能会有被遗漏的片断,但并无自己随意删改之处。而扎拉和
胡里巴尔·巴雅尔等著名江格尔奇却常在演唱过程中结合听众情绪的需要,
增加一些符合他们要求的情节和人物,以博取听众的喜爱和尊敬。这往往
也就是江格尔奇们对英雄史诗的发展所作出的贡献。

过去在新疆曾有过各种不同的手抄本《江格尔》。有些江格尔奇识字,
他们是读手抄本学会讲述《江格尔》的。因为群众爱听口头演唱,所以这
些江格尔奇往往得把本子背得滚瓜烂熟才向群众表演。这两种江格尔奇的
区别,主要在于他们所传播和演唱的故事来源不同。

我们通过调查和分析发现,在新疆曾有过三种不同来源的《江格尔》
手抄本:

第一,前人所遗留下来的传统手抄本。经克提德加甫、巴音布里、高
来、巴图那生、拜提开·奥卡等人证实,在和布克赛尔的王府里曾收藏过
《江格尔》的手抄本。据特克斯县的江格尔奇李扎说,他的老师塔希有过 12
部《江格尔》的手抄本。他读这个本子学会了《江格尔》的序诗和《残暴
的玛拉哈布哈之部》,至今还会背诵。此外,尼勒克县的江格尔奇巴桑·哈
尔的父亲达瓦也收藏过手抄本《江格尔》12 部。巴桑·哈尔演唱的《沙尔
格日勒汗之部》,是他父亲根据这个本子教给他的。在这里所提到的《残暴
的玛拉哈布哈之部》和《沙尔格日勒汗之部》的手抄本,在国外从未发现,
这证明了它们是属于中国新疆地区所独有的传统手抄本。

第二,民间口头流传的《江格尔》的记录本。据贾木查说:喀喇沙尔
的王爷、和静的贝勒、乌苏的贝子、和硕特的阿拉坦扎萨克、昭苏的安本

等人曾让人记录过口头演唱的《江格尔》，并给他们各种奖品。过去，和布克赛尔的著名江格尔奇夏拉·那生曾记录自己演唱的八部《江格尔》，把它赠给了千户长、王府文书乌力吉图。当代江格尔奇朱乃在年轻时读过的就是这个本子，至今他还会演唱这八部。该县原六苏木旗的文书马希巴图抄录过许多部，他曾对别人说，他将把《江格尔》的 32 部都抄录成书。他的弟子布林曾保存马希巴图抄写的三部《江格尔》，可惜已在“文化大革命”期间遗失。该县的达木恰·卡塔懂蒙文和满文，他也曾记录过 10 多部《江格尔》。

第三，20 世纪 40 年代，蒙古库伦（昭苏）的宝力德去塔什干学习回国时带来了在苏联出版的 12 部《江格尔》，这样，苏联的版本也已在某些地区流传。

在这些手抄本当中，留存到今天的只有三种，即《残暴的哈尔黑纳斯之部》、《残暴的沙尔蟒古思之部》和《残暴的沙尔古尔格之部》。目前，我们还难以断定这些本子抄写的确切年代。据加·巴图那生的调查，过去，在新疆蒙古族聚居区的某些人家里，几乎都藏有两三部《江格尔》手抄本。蒙古象棋和《江格尔》手抄本已成为新疆蒙古族聚居区有文化的家庭的摆设和文明的标志。这就可见《江格尔》在新疆蒙古族人民中享有多么高的威望。

民间流传的活态史诗《江格尔》处在不断地发展和变化过程中。对《江格尔》的各种版本和异文进行比较分析后可以发现，随着时间、地点和演唱艺人的不同，《江格尔》也产生了各种不同的变化。但各个组成部分的变化程度不同，有的组成部分较为稳定，有的组成部分较易变化，我们可以把它们称为相对稳定的因素与易变性的因素，《江格尔》里相对稳定的因素主要有以下几种：

1. 江格尔、洪古尔和阿拉坦策吉等主要英雄人物的名字；

2. 英雄们的家乡阿鲁宝木巴汗国的国名；

3. 史诗的主题，宝木巴汗国的英雄们与其他汗国之间大规模的军事斗争。

因此，如果这些因素一变，英雄史诗《江格尔》就不会存在下去了。

研究《江格尔》必须注意它的活态特点，即在发展和变化过程中分析它的各个组成部分和各种不同的因素，否则，把它同作家的作品和某一具体时代的民间文学作品一样看待，就无法说明这部史诗的复杂性了。

# 第二节 《江格尔》的演唱活动

　　《江格尔》是闻名世界的蒙古族英雄史诗。在国内外搜集到的数百部蒙古语族人民的英雄史诗中，部数最多、篇幅最长、反映社会生活的深度和广度最大，并在艺术上最成熟的要数《江格尔》。它不仅成为蒙古英雄史诗的高峰，而且，它与蒙藏《格萨尔》（《格斯尔》）和柯尔克孜族《玛纳斯》一起被誉为中国三大史诗，在蒙古族文学史和中国文学史上占有重要地位。中国三大史诗可与世界著名的四大史诗——古希腊史诗《伊利亚特》和《奥德赛》、印度史诗《罗摩衍那》和《摩诃婆罗多》相媲美。《江格尔》是以民间口头形式产生，并通过演唱艺人的传诵流传至今的作品。它广泛流传于中国新疆的卫拉特蒙古民间和俄罗斯伏尔加河下游的卡尔梅克人中。在内蒙古鄂尔多斯、巴林、察哈尔等地也曾有人演唱。此外，在蒙古国的喀尔喀人和卫拉特人中也有一定的流传。俄罗斯西伯利亚的布里亚特蒙古人以及突厥语族的图瓦人和阿尔泰人中也发现了一些相关的诗篇。从流传地域和史诗里面的地名来审视，这部史诗最初形成于居住在阿尔泰山、额尔齐斯河一带的卫拉特蒙古民众中，后来随着卫拉特各部的迁徙以及卫拉特与其他部族和民族文化关系的发展，《江格尔》以辐射的方式渐渐流布到中、蒙、俄三国境内的蒙古语族人民中间，成为成功跨越欧亚大陆的著名英雄史诗。

　　学术界尚未掌握最初演唱《江格尔》的可靠资料，但却发现了17—18世纪以来在中国和俄国的伏尔加河下游卡尔梅克地区《江格尔》以口头流传的信息和传说。例如，土尔扈特部首领和鄂尔勒克生活在16世纪下半叶至17世纪上半叶。他虽于17世纪20年代率土尔扈特部由新疆迁徙到伏尔加河下游，但至今在中国新疆民间还流传着许多有关和鄂尔勒克家乡一位江格尔奇土尔巴雅尔的传说。加·巴图那生①指出：据和布克赛尔县的炯郭勒·普日拜等人说，《江格尔》曾有过72部，但还没有一个人能全部演唱。而在和鄂尔勒克西迁以前，他们家乡有老两口，男的叫土尔巴雅尔，女的叫土布森吉尔嘎拉。土尔巴雅尔在学习和背诵当时流传的《江格尔》时，

---

　　① 巴图那生的调查报告见《内蒙古大学学报》1983年第1期（蒙古文）。

每背一部便在怀里放进一块石头，后来他怀里的石头逐渐增加到 70 块，这说明他已学会了 70 部。当时的王爷听他演唱后，高兴得赐他一个专有的称号："达兰脱卜赤"（意为会演唱 70 部《江格尔》的史诗囊），并在四卫拉特的 49 旗内通报了他的事迹。

还有一个关于山头的传说也和土尔巴雅尔有关。据加·巴图那生介绍：和布克赛尔的西北部有一座名叫"江格尔拜"的山脊，据说就是那位才华出众的江格尔奇"达兰脱卜赤"土尔巴雅尔曾放牧过的地方，人们为了怀念他就起了这个山名。此外，江格尔奇朱乃向巴图那生提供的重要材料也从另一角度证实了这种传说的真实性。朱乃说：和布克赛尔十四苏木的土尔扈特人是跟随渥巴锡汗和策伯克多尔济从伏尔加河下游回归家乡的。策伯克多尔济回乡后，曾于乾隆三十六年（1771）亲往承德拜谒皇帝，并向乾隆报告了土尔扈特的"达兰脱卜赤"土尔巴雅尔的事迹。乾隆听到后正式追封土尔巴雅尔为"达兰脱卜赤"，并向各地蒙古人通报。朱乃的话与1802—1803 年贝格曼在伏尔加河下游卡尔梅克人中所听到的一个信息有着非常密切的联系。据贝格曼记载，在 1771 年，土尔扈特部返回新疆以前，居住在伏尔加河的卡尔梅克汗的手下有个叫策伯克多尔济的诺谚，在他的属民中有过一位出色的江格尔奇。策伯克多尔济诺谚常常带着那位江格尔奇到渥巴锡汗的宫里去演唱。那位有才华的江格尔奇连续数日说唱无数部《江格尔》，并得到大臣们的奖赏。1771 年，渥巴锡所属土尔扈特人由伏尔加河返回阿尔泰山一带的时候，大臣们把那位有才华的江格尔奇也带走了。[①] 由此，我们不难看出这两者之间完全可以互相印证，互相补充。说明17—18 世纪在蒙古族卫拉特社会中，演唱《江格尔》已成为人们文化生活的一个重要组成部分。据拉·布尔奇诺娃介绍，19 世纪初始，许多学者、作家记载了俄国阿斯特拉罕地区卡尔梅克人的《江格尔》演唱实况。[②] 这部史诗的第一个记录出版者贝格曼于 1802—1803 年到卡尔梅克草原考察后写道：卡尔梅克人普遍了解这部英雄史诗，一有机会，他们就去倾听江格尔奇的演唱。他称赞了史诗的高度艺术性，并说一个歌手所知道的歌一般有20 部之多。江格尔奇的演唱是连续不断的，歌手只做不多一会儿的停顿，

---

① 科契克图勒：《英雄史诗〈江格尔〉》（卡尔梅克文），苏联卡尔梅克图书出版社 1974 年版，第 43—44 页。

② 拉·布尔奇诺娃：《江格尔学在俄罗斯的起源》，见《民族文学译丛》——史诗专辑（一），内部资料，少数民族文学所编印 1983 年版。

这时听众可以喝几口茶。他认为，歌手的本事在于把极端夸大的现象赋予现实的自然世界，把卡尔梅克人的生活方式和传统真实地反映在诗歌创作中，并尽可能地延长诗歌的演唱。另外一些学者注意到《江格尔》的演唱特点，演唱有优美动听的音乐曲调，艺人边诵唱边弹陶布舒尔琴。俄国旅行家帕·涅鲍尔辛于1850—1851年就受俄罗斯地理学会的委托，到吉尔吉斯草原和阿斯特拉罕省和硕特地区卡尔梅克人中去考察，他写道：《江格尔》"整个史诗……是几首大的歌曲组成的，而这些歌曲中的每一首又都是独立的、完整的，它们的篇幅有时竟是如此之长，以致讲述它们需要花上几昼夜。《江格尔》不是以文字客观存在形式来保存，而是歌手们对子孙口头传授而世代相传"。

演唱《江格尔》是一种表演艺术。参加演唱活动时，人们不仅要倾听艺人的演唱，而且还要观看他们的表情和表演动作。江格尔奇们掌握了精湛的表演艺术技巧。俄国著名作家果戈理去卡尔梅克人中考察时看到了江格尔奇的表演，他记载："说故事的人（指江格尔奇——引者）是自己那行的行家，哪里需要，他们就在哪里伴之以歌唱、音乐和动作，哪里用得着，他们就在哪里模仿动物的叫声。"[1]

演唱《江格尔》没有特别严格的时间、地点和环境的限制，但有不少规矩和禁忌。一年四季都可以演唱《江格尔》，但主要的演唱季节和时间是在冬天的长夜里。一般情况下，白天是不能演唱的。但在特殊情况下，如汗王和大喇嘛组织演唱时，江格尔奇们就会积极演唱。有时碰到享有盛名和威望的江格尔奇光临，人们在白天也请他唱一段。江格尔奇的演唱都有一定的准备，他们习惯在大的场所，当着众多的听众演唱，而且他们的演唱不能随时停顿。江格尔奇一旦开始演唱《江格尔》的一部长诗，就必须把这部唱完，不能半途停下，听众也必须听到底。

据各地调查，过去从卫拉特和卡尔梅克的汗宫、王府、喇嘛庙和官吏们的住处直到普通牧民的蒙古包里，都有江格尔奇的演唱。在一些王府里，逢年过节常常要演唱《江格尔》。例如，在中国新疆的和布克赛尔王爷道诺洛布才登时代和奥尔洛郭加甫时代，每年从正月初三或初五开始到正月底，王、公、活佛、大喇嘛和官吏们都聚集在王府里欣赏著名的江格尔奇西西

① 转引自《卡尔梅克文学史》（俄文），第1卷，苏联卡尔梅克图书出版社1981年版。原文见《果戈理原稿》，1910年，第148页。

那·布拉尔、胡里巴尔·巴雅尔等人演唱《江格尔》，并且赏给他们马匹、骆驼、衣服和元宝。据说正月里在王府演唱《江格尔》大致有两个原因：首先是把江格尔及其英雄都看作佛的化身，认为他们具有征服蟒古思的本领，如能在正月里把江格尔奇请到王府演唱英雄史诗，就可以驱除一切作祟的妖魔鬼怪，避免全年的灾难。其次才是把演唱《江格尔》当作是一种节日的文化娱乐活动。（据加·巴图那生的调查报告）

普通群众在夏季牧场上，在夜间看守马群时，在拉骆驼队路上，在服役的兵营里，甚至在被拘押坐班房中，都把演唱和欣赏《江格尔》当作一种排除痛苦和消磨时间的良方，并通过它鼓起生活的勇气，增添奋斗的信心。汉族知识分子边垣于 1935 年去新疆参加革命工作，不久即被军阀盛世才逮捕入狱。他在狱中多次倾听同房蒙古人满金演唱《江格尔》里洪古尔的故事，变得更为坚强不屈。出狱后，他又根据记忆编写了《洪古尔》[①]。

各个地区都有不同的《江格尔》演唱习俗。据卡那拉说：在昭苏、特克斯和尼勒克的厄鲁特人中，演唱前要点香，点佛灯，并向江格尔磕头祈祷。同样，在博尔塔拉的察哈尔人中，晚上演唱前要紧闭蒙古包的天窗和门，点了香和点佛灯后才能开始。过去喇嘛们常说："如果不这样做，老天就会生气，给人们带来灾难。"北疆有一种说法：一个人不能背熟整部《江格尔》，如果全部背出来了他的寿命就会缩短。南疆巴音郭楞州一些地方也有一种说法：演唱《江格尔》的人一年比一年穷，要一辈子受苦。（以上据贾木查的调查报告）过去，在俄国境内的卡尔梅克人中也有类似的说法。据桑嘎杰耶娃说："在旧时，卡尔梅克人认为：关于江格尔的这些歌，具有一种非凡的魔力。在他们看来，在一个场次里如果演唱江格尔传的所有各章节，会带来不幸，甚至有可能招致江格尔奇的死亡。曾有过种种严格的禁忌，比方说为了开心解闷在欢乐的酒宴上或在白昼里演唱，照例是不许可的（说唱只能在晚上进行）。科特维奇想在白天听《江格尔》，为了取得鄂利扬·奥夫拉的同意，不得不与他进行长时间的磋商。结果科特维奇只听到鄂利扬·奥夫拉勉强讲述的一篇不完整的《江格尔》故事。"[②]

---

① 边垣编写：《洪古尔》，上海商务印书馆 1950 年版。
② 转引自《卡尔梅克文学》（俄文），第 1 卷，卡尔梅克图书出版社 1981 年版，第 168 页。

# 第三节　《江格尔》的国内外版本

从 19 世纪初开始，学术界最早在俄国境内的卡尔梅克人中发现了《江格尔》的诗篇。当时主要是俄国和德国的学者对此产生兴趣。他们记录了俄国的卡尔梅克人中流传的《江格尔》的一批诗篇（章节），随即进行翻译、注释和评析，并予以出版。众所周知，德国人贝格曼是第一个记录和翻译《江格尔》诗篇的学者。他于 1802—1803 年间曾到俄国阿斯特拉罕地区的卡尔梅克草原，实地考察了卡尔梅克人的生活、风俗和民间口头创作，并用德文发表了《江格尔》两部长诗的内容。

在 19 世纪中叶，喀山大学教授阿·波波夫和科瓦列夫斯基曾有过《江格尔》的手抄本。他们的学生阿·鲍勃洛夫尼科夫曾把《江格尔》的两部译成俄文发表于 1854 年，并在序言中谈到了《江格尔》和江格尔奇的一些情况。1857 年，埃德曼又把这两部由俄文译成德文发表。此后不久，喀山大学教授卡·郭尔斯顿斯基曾到阿斯特拉罕地区卡尔梅克人当中去寻找江格尔奇。他观看了江格尔奇的演唱，于 1864 年发表了"沙尔古尔格汗之部"和"哈尔黑纳斯汗之部"。这是第一次用卡尔梅克人的托忒文发表的原作。后来，阿·波兹德涅也夫教授曾多次再版过这两部作品，并将其选入大学教科书，作为学习卡尔梅克语教材。

彼得堡大学教授弗·科特维奇及其学生奥奇洛夫在搜集出版《江格尔》方面作出了重大贡献。学生时代的科特维奇于 1894 年就到了卡尔梅克地区，并翻译过"哈尔黑纳斯汗之部"，对《江格尔》产生了浓厚的兴趣。科特维奇 1908 年派他的学生奥奇洛夫回家乡阿斯特拉罕调查《江格尔》。奥奇洛夫用基利尔文字记录了著名江格尔奇鄂利扬·奥夫拉演唱的《江格尔》10 部，后经科特维奇审订，于 1910 年在彼得堡用托忒文出版。这是在江格尔学发展史上是具有划时代意义的重要事件。从此以后，各国学者才知道并承认《江格尔》是一部伟大的长篇史诗。时过 30 年，于 1940 年发掘了哈尔胡斯地区的土尔扈特江格尔奇巴桑嘎·穆克宾演唱的六部《江格尔》、大朝胡尔地区的土尔扈特江格尔奇莎瓦利·达瓦演唱的两部《江格尔》，并第一次发表了伊·波波夫在顿河卡尔梅克人中记录的一部《江格尔》。过了 1/4 世纪，到 1967 年，才有人记录了小杜尔伯特地区的巴拉达尔·那生卡演唱的一部《江格尔》。

从 19 世纪初到 1967 年，先后在卡尔梅克人中记录的《江格尔》有 30 多部，其中最重要的版本是阿·科契克夫对《江格尔》的各部作校勘，并于 1978 年在莫斯科出版的 25 部《江格尔》（卡尔梅克文），全诗长达近 3 万诗行。

苏联还出版了乌克兰、白俄罗斯、格鲁吉亚、阿塞拜疆、爱沙尼亚、哈萨克、图瓦和阿尔泰等文字的《江格尔》部分译文。

自 1901 年以来，各国学者在蒙古国境内先后记录并出版《江格尔》的近 30 种文本，其中有韵文体、散文体和韵散结合体作品。最早记录《江格尔》的是芬兰著名的比较语言学家和蒙古学家格·拉姆斯特德（汉名兰司铁）。他在进行语言和口头文学的调查过程中，于 1901 年在大库伦（现乌兰巴托）记录了《博克多·诺谚江莱汗》和《博克多·道克森江格莱汗》两个片断。格·拉姆斯特德搜集的蒙古民间文学作品，后来经过芬兰蒙古学家哈里·哈林整理，1973 年在赫尔辛基出版，这两篇《江格尔》的故事也在其中。就在和格·拉妈斯特德同一时期，蒙古著名学者策·扎木察莱诺也在大库伦搜集到喀尔喀人满乃讲述的《博克多·诺谚江莱汗》，几年后收录阿·鲁德涅夫和策·扎木察莱诺所编的《蒙古民间文学范例》，于 1908 年在俄国出版。苏联科学院院士、著名的蒙古学家鲍·雅·符拉基米尔佐夫于 1910 年记录了一位巴亦特喇嘛演唱的《江格尔》的片段，也已编入了 1926 年苏联出版的另一本《蒙古民间文学范例》中。原苏联科学院通讯院士尼·波佩在 20 世纪 20 年代记录了《江格尔》片段，并于 60 年代在德国发表。当然，其余部分主要是在 40 年代以后，由蒙古国的学者们在各地搜集的。

蒙古国学者乌·扎嘎德苏伦对他们搜集到的各部《江格尔》进行了编辑整理，于 1968 年和 1978 年先后由蒙古科学院出版社出版了《史诗江格尔》[①] 和《名扬四海的洪古尔》[②] 两本书。其中共有 25 种片段（还附有从图瓦人中记录的史诗《博克多·昌格尔汗》）。1977 年乌·扎嘎德苏伦和哲·曹劳等人记录了科布多省江格尔奇普尔布扎拉演唱的《汗苏尔之部》。此外，蒙古国学者特·杜格尔苏伦把 12 部卡尔梅克《江格尔》长诗改写成

---

① 《史诗江格尔》，蒙古科学院出版社 1968 年版。
② 《名扬四海的洪古尔》，见《民间文学研究》，第 11 卷，蒙古科学院出版社 1978 年版。

蒙古国文字于 1963 年在乌兰巴托出版。

欧洲一些国家和日本也翻译出版了《江格尔》的部分诗篇。除上述德译文《江格尔》外，尼·波佩还把蒙古学者乌·扎嘎德苏伦出版的《史诗江格尔》翻译为德文，于 1977 年发表在瓦·海希西主编的《亚细亚研究》杂志上。日本学者若松宽把 1990 年在莫斯科出版的《江格尔—卡尔梅克英雄史诗》（11 部长诗）翻译为日文，于 1995 年由平凡社出版。

《江格尔》虽然最初产生于中国新疆的蒙古族地区，而且至今仍在当地人民中普遍流传，但在中国进行科学性搜集和出版《江格尔》，却是在中华人民共和国成立后才开始的。上海商务印书馆在 1950 年即出版了边垣编写的《洪古尔》一书，1958 年由作家出版社再版。它第一次向中国各民族读者提供了《江格尔》这部长篇英雄史诗的个别故事。边垣在编写时没有擅自改动史诗的情节结构，所以《洪古尔》一书对了解《江格尔》具有一定的价值。据边垣说，他于 1935 年去新疆工作，后被军阀盛世才逮捕入狱。他的同监房有个蒙古族朋友满金。满金在狱中给同胞们演唱《江格尔》史诗里的英雄洪古尔的故事，以激励大家的革命意志。边垣暗记于心，出狱后从 1942 年开始便根据记忆把它付诸文字。满金在狱中演唱这个故事时，约 50 多岁。据说他 8 岁被送到寺庙当小喇嘛，后因不满潜逃，给商队拉骆驼，往来于新疆、张家口和乌兰巴托。他在这期间学会演唱《洪古尔》的故事。此外，中国内蒙古老学者莫尔根巴尔和铁木耳杜希两人把俄国出版的 13 部《江格尔》，由托忒蒙古文转写为回鹘式蒙古文，书名为《江格尔传》，由内蒙古人民出版社 1958 年出版，新疆人民出版社 1964 年用托忒文出版。中国学者色道尔吉把这 13 部长诗与新疆记录的两部长诗一起翻译为汉文，于 1983 年在人民文学出版社出版。

在中国，正式搜集、记录《江格尔》是从 1978 年开始的。这一年，托·巴德玛、宝音和希格二人到新疆天山南北 12 个县的蒙古族聚居地区进行了五个月的调查，他们记录的 15 部《江格尔》，先于 1980 年以托忒文在乌鲁木齐新疆人民出版社出版，后于 1982 年在呼和浩特用蒙古文出版。1978 年 7—8 月，笔者曾到新疆巴音郭楞州记录了巴桑、乌尔图那生和额仁策演唱的四部《江格尔》。后来在新疆成立了《江格尔》工作领导小组和工作组，由自治区副主席巴岱任领导小组组长。从 1980 年 3 月开始在巴岱的领导下，以巴德玛、贾木查（贾木措）为首的《江格尔》工作组深入到巴音郭楞蒙古自治州、博尔塔拉蒙古自治州、伊犁哈萨自治州和塔城地区的

20 多个县的蒙古族聚居地区进行普查。据他们统计，共录制了民间口头流传的《江格尔》187 盘盒式录音磁带（约 187 小时），其中有 157 部长诗及异文，约 20 多万诗行。

中国先后记录、出版的《江格尔》有以下几种版本：

1. 由托·巴德玛、宝音和希格等人搜集整理的 15 部《江格尔》（简称 15 部本），长达近 2 万诗行。这 15 部本是作为文学读物提供给广大读者的，与科学资料本有所不同。搜集整理者进行了不少加工，与原文有一定出入，其中有的长诗是根据多种异文改编而成的。霍尔查把这 15 部本译成了汉文，新疆人民出版社于 1988 年在乌鲁木齐出版。他使用的人名和部名与别人（如色道尔吉）有一定出入。

2. 1982—1996 年间先后分几批出版的《江格尔》托忒蒙古文资料本 1—12 卷，其中有 124 部长诗和异文。第 1—2 卷是中国民间文艺研究会新疆分会编印的内部资料（约于 1982 年印刷）。第 3—5 卷同样由中国民间文艺研究会新疆分会编，新疆人民出版社于 1985 年在乌鲁木齐出版。第 6—9 卷是由中国民间艺文家协会新疆分会、新疆古籍办公室合编，中国民间文艺出版社出版（约于 1988 年出版）。第 10—12 卷也是由上述两个单位合编，新疆人民出版社于 1993 年出版第 10 卷，于 1996 年出版第 11—12 卷。

3. 整理加工的文学读物《江格尔》1—3 卷，其中有 70 部长诗。第 1—2 卷是中国民间文艺研究会新疆分会和新疆维吾尔自治区《江格尔》工作组搜集整理，新疆人民出版社以托忒文于 1985 年出版，黑勒、丁师浩二人把其中的前 26 部译成汉文，新疆人民出版社于 1993 年在乌鲁木齐出版。

4. 内蒙古科学技术出版社于 1996 年在赤峰以经卷式版本影印了《江格尔手抄本》。书中有两种不同的手抄本，第一种书名为："博克多·额真·江格尔、道格森·沙尔·古尔格、哈尔·黑纳斯之部"。第二种书名为："博克多·额真·江格尔与哈尔·黑纳斯征战之部"。此外，还有其他一些手抄本的影印件。

需要说明的是，不仅在上述文学读物与资料本中有大量重复作品，而且在资料本中的 124 部长诗和异文中，也有近 10 部完全重复（先后两次发表）的诗篇。

5. 于 2009 年新疆科技出版社出版了玛德丽娃主编的《中国江格尔奇演唱精选本》（托忒蒙古文）。这是新疆民间文艺家协会于 20 世纪 80 年代在伊犁地区记录的史诗，其中包括 23 部《江格尔》诗篇和伊犁地区江格尔奇简介。这一版本是由录音转写为托忒文出版的，没有进行加工，是真正意义上的科学资料本。

总之，在中国、蒙古和俄罗斯三国境内近 200 年来记录、出版了《江格尔》的不同故事 200 多种，其中的绝大多数都是韵文体作品（长诗），共有 20 多万诗行。

# 第二章

# 《江格尔》的形成和故事梗概

## 第一节 《江格尔》形成的社会历史背景

　　《江格尔》是在蒙古族封建割据时期形成的长篇英雄史诗。当时，蒙古族卫拉特地区分裂为大大小小的封建领地和形形色色的小汗国，经常处于内讧和外战之中，各种战争给广大民众带来了极大的灾难和痛苦。民众对这种社会现实不满，反对封建割据和掠夺战争，向往和平统一的社会局面，怀念和赞颂为统一家乡和保卫家乡而战斗的古代英雄史诗的英雄人物。在这种社会环境和思想愿望的指导下，天才的卫拉特陶兀里奇们，为了反映封建割据时代卫拉特社会现实和民众的思想愿望，借助于本民族的古老英雄传说、中小型英雄史诗和其他材料，虚构出一个宝木巴汗国以及江格尔、洪古尔和阿拉坦策吉等为统一和保卫家乡而战斗的英雄群像，创作了长篇英雄史诗《江格尔》。

　　自从 14 世纪末起，整个蒙古社会，其中包括西蒙古卫拉特社会处于封建割据状态，不断出现内忧外患。卫拉特各部有时统一，但更多的时候却分裂成许多领地，每个封建领地几乎都成了汗国，它们之间的征战连绵不断。同时，卫拉特与周围地区，在东方与东蒙古、与明廷之间也常常发生战争。1368 年，元朝统治者被赶出北京，重新回到了蒙古草原。西蒙古卫拉特贵族们便开始不承认蒙古大可汗的统治，东西蒙古之间斗争加剧。1399 年，卫拉特封建主杀死了当时执政的蒙古大可汗额勒伯克汗，此后几百年内，东西蒙古之间爆发了一连串争夺大汗位的战争。当然，他们之间有战有和，有统一有分裂，有时东蒙古胜利，有时卫拉特胜利。到 15 世纪上半叶，妥欢（1418—1440 年在位）和他的儿子也先（1440—1455 年在位）领导卫拉特联盟时期，卫拉特势力强大起来。他们曾经一度结束了封建割据的局面，统一了东西蒙古。这是卫拉特历史上的辉煌时代。1455 年也先汗死后，统一的国家分崩离析，卫拉特一度衰落，但后来又重新活跃起来。1552 年起，卫拉特与东蒙古阿勒坦汗之间发生了大战。1608 年，卫拉特与喀尔喀又爆发了战争，持续近百年之久。在这期间，卫拉特人建立了准噶尔汗国（1635—1757），这是一个统领新疆周围几个民族的较大的汗国。它长期与周围各国和地区处于混战状态。除东蒙古外，卫拉特在东方的另一个强敌是明廷。卫拉特人常常进攻明廷，也先汗还曾于 1449 年在土木堡打败明军，俘虏了明英宗朱祁镇。

从 15 世纪 30 年代起，卫拉特斗争的重点转向西方。卫拉特与蒙兀儿斯坦、哈萨克、吉尔吉斯以及布哈拉人和诺盖人之间常常发生战争。早在 14 世纪末，卫拉特就已与蒙兀儿斯坦产生了矛盾，展开了长期的频繁战争，直到 16 世纪 30 年代才结束。兹拉特金著《准噶尔汗国史》写道："1470 年，蒙兀儿斯坦汗的部众又一次占领哈密，并袭击了卫拉特牧区，俘虏卫拉特人近万名。为了报复，卫拉特于 1472 年入侵蒙兀儿斯坦，在伊犁河畔击溃了尤努思汗（1466—1496 年在位）的军队，渡河并追击敌方到锡尔河河岸。尤努思的儿子阿黑麻汗（1496—1504 年在位）继续进行了反卫拉特斗争，由于跟卫拉特人多次交战和接触，人们给他取了个绰号叫'阿拉奇汗'（意为屠杀者或刽子手）。阿黑麻的继承人满速儿汗（1504—1544 年在位）也努力继续进行成为惯例的争夺哈密和反对卫拉特的斗争。……到 16 世纪 30 年代，蒙兀儿斯坦的军队大败卫拉特人，迫使其中许多人离开故乡牧区，向南方库库淖尔（即青海）草原地带逃窜。"[①] 除与察合台汗国后裔诸汗建立的蒙兀儿斯坦汗国进行长期斗争外，从 16 世纪 30 年代开始，卫拉特人还同哈萨克人进行了连绵 200 年的战争。曾经在一个时期，哈萨克和柯尔克孜（吉尔吉斯）的一部分都臣服于卡尔梅克（卫拉特）人。《江格尔》形象地再现了卫拉特社会的内战和外患。同时，在《江格尔》中也有历史的直接痕迹，在一些故事里提到了历史人物与历史上的地名和国名。可以说它的一些诗篇取材于卫拉特与蒙兀儿斯坦的激烈斗争。上面引用的《准噶尔汗国史》的一段话里，提到卫拉特与蒙兀儿斯坦几代人的战斗，其

---

① ［苏］兹拉特金：《准噶尔汗国史》（俄文），科学出版社 1983 年版，第 41—42 页。

中有阿拉奇汗（阿黑麻汗）屠杀卫拉特人的历史。在西蒙古卫拉特英雄史诗《额金乌兰宝东》里，有勇士的儿子聘娶阿拉奇汗女儿的故事，同样，新疆卫拉特人的《江格尔》里也出现了勇士聘娶阿拉奇汗女儿的几篇故事。诸如和静县江格尔奇李·普尔拜演唱的《洪古尔抛弃道木布汗的女儿杜布日·沙尔那钦，聘娶阿拉奇汗的女儿阿拉坦登珠叶》和博湖县布·瓦其尔演唱的《洪古尔智取葛棱·占巴拉汗的首级，聘娶阿拉奇汗的女儿》。当然，不能说这些故事描写的都是真实的历史事件，但存在着卫拉特与蒙兀儿斯坦斗争的一些痕迹。

在这种战乱不安的社会条件下，卫拉特陶兀里奇们运用蒙古古老神话、传说、故事和小型英雄史诗等口头文学材料，创作了富有浪漫主义色彩的长篇英雄史诗《江格尔》，反映了当时社会斗争和民众的思想愿望。

## 第二节　《江格尔》的继承和发展

《江格尔》是在蒙古民族古老的民间口头创作基础上形成的长篇英雄史诗，它尤其继承了蒙古英雄传说和中小型英雄史诗的优秀传统。

《江格尔》吸收和运用了许多古老传说。诸如孤儿灭蟒古思的传说、孤儿成汗王的传说、神箭手的传说、巨人的传说、飞毛腿的传说、举山大力士的传说、三仙女的传说、天鹅姑娘的传说、妖精化作美女的传说、黄铜嘴黄羊腿妖婆的传说、下界寻人的传说、地下库克达尔罕（青铁匠）的传说、驯养野生动物的文化英雄传说等，都被吸收到《江格尔》的不同诗篇中。例如：史诗的主人公江格尔和雄狮勇士萨布尔都是孤儿。江格尔刚刚两岁，蟒古思袭击他们的国土，其父母乌琼阿拉达尔汗夫妇被杀害，使江格尔成为孤儿。从 3 岁起江格尔就跨上阿兰扎尔骏马，先后征服了多种蟒古思和舒姆那斯（妖精）。江格尔刚刚 7 岁，已经英名传遍四方，被推举为宝木巴国的可汗。史诗在塑造江格尔这一艺术形象时，民间艺人们运用了传统的孤儿灭魔传说和孤儿成汗王的传说，把二者有机地集中在同一人物身上。在蒙古族民间，尤其是在卫拉特人中有多种神奇的孤儿传说。如卫拉特的《孤儿灭蟒古思》[①] 和《孤独的努台》[②]，描绘了孤儿报仇雪恨，消

---

① 《卫拉特蒙古民间故事》，内蒙古人民出版社 1986 年版。
② 《阿尔泰台吉和他的栗色骏马》，内蒙古文化出版社 1986 年版。

灭杀害其父母的蟒古思的故事。此外，在卫拉特英雄史诗《杭格勒库克巴托尔》、《北方孤独的伊尔盖》、《那仁汗胡布恩》以及准噶尔或绰罗斯的贵族起源传说中都有孤儿成汗王的传说。在卫拉特历史文献《噶旺·希拉布著史书》和《巴图尔·乌巴什·图们著四卫拉特史》中也都有这方面的记载。后一部书讲："一位猎人在无人烟的森林中狩猎，捡到躺在一棵树下的一个婴儿，把他抚养长大了。那个男孩所在的树是个管嘴状（corgi），因此给他起名为绰罗斯（coros）。树汁滴在婴儿嘴里成为养料。在他附近除了猫头鹰外，未见其他动物。由此称他是以柳树为母亲，以猫头鹰为父亲生长的男孩。因他有这种身世，以为他是上天之外甥，那些捡到他的人们待他长大后把他奉为诺颜。他的子孙成为贵族，抚养他的民众作了他的阿拉巴图（属民），他们成为准噶尔部。"①

蒙古英雄史诗分为单篇型史诗、串连复合型史诗和并列复合型诗史三大基本类型，长篇英雄史诗《江格尔》属于最后一种类型。这三大类型的史诗标志着蒙古英雄史诗的三大发展阶段。在第三发展阶段上形成的史诗《江格尔》继承和运用了它之前产生的单篇型史诗和串连复合型史诗的题材、情节、结构、母题、人物形象和艺术表现手法等方面的成就，《江格尔》的各个诗篇（章节）都是在单篇型史诗、串连复合型史诗这两类早期史诗的框架上形成的。具体来讲，包含以下几方面内容：

1. 《江格尔》继承发展了古老蒙古英雄史诗的题材和主题。《江格尔》是由 200 多部（章）相对独立的诗篇组成的，各部的题材不完全一致，但大多是战争题材。它描绘了以江格尔汗为首的 12 名雄狮大将和 6000 名勇士征服形形色色的掠夺者的事迹。除征战外，还有婚姻斗争题材的作品。《江格尔》的诗篇对传统征战题材和婚姻斗争题材都有继承与发展。

《江格尔》大约形成于 15—17 世纪蒙古族封建割据时期，当时的蒙古族史诗演唱艺人们为了反映自己时代的社会斗争，把古老的征战题材与自己时代的现实相结合，进行了改造和发挥，在蒙古史诗发展史上创造了新的征战题材，即汗国与汗国之间的征战题材。在古老的单篇型史诗和串连复合型史诗中，个人与个人之间、家庭与家庭之间斗争的形式反映的是氏族、部落征战，其战争规模不大，然而在《江格尔》中不再是这种形式的氏族复仇战和财产争夺战，而是汗国与汗国之间进行的大规模的侵略和反

---

① 《卫拉特历史文献》（蒙古文），内蒙古文化出版社 1985 年版，第 186 页。

侵略战争。《江格尔》就是这样把史诗古老的题材发展成为具有更重大社会意义的新题材。此外,《江格尔》的一些故事表现了英雄人物的婚姻斗争。各章里反映的婚俗不同,有的较古老,直接借用和改变了古老英雄史诗现成的情节,如以江格尔及其勇士的名字代替了原来的人物,有的则属于新创作。

2.《江格尔》在人物形象塑造上也有继承与创新。古老的蒙古英雄史诗的一个特点是人物较少,主要人物多属同一类型,一部史诗的几个人物往往是同辈英雄。其中常常只有一个英雄人物,或一个英雄人物带领一两名弟兄、安达或助手,他们往往是以一个家庭、一个氏族或部落代表的身份出现。《江格尔》的编创者们在借鉴古老史诗的同时,把原来的人物结构发展成为能够代表一个汗国的以江格尔汗为首的数十名勇士及其军队。古老英雄史诗的英雄人物大多属于同一勇猛型类型,其特征是忠于自己的氏族和故土,具有大无畏的勇敢精神和超人的力量。《江格尔》当然也继承了这方面的传统,创造了洪古尔、萨布尔和萨纳拉等勇将的光辉形象。但是它的人物形象显得更深刻、细腻和完整,其性格发展更曲折复杂。除了勇猛型勇士外,《江格尔》里还塑造了智谋型英雄形象和智勇双全型英雄形象,使英雄史诗的人物形象越发多彩多姿,富有变化。

《江格尔》不仅在人物形象塑造方面继承了古老史诗传统,而且直接借用了许多著名的卫拉特英雄史诗的勇士名字,把他们作为反面人物,通过江格尔及其勇士们战胜他们的事迹,更突出地烘托了宝木巴英雄们的英武非凡,说明了《江格尔》的勇士们超过任何其他史诗的英雄,即战胜了宝玛额尔德尼、汗哈冉贵和哈尔库呼勒等大名鼎鼎的勇士。

3.《江格尔》继承了古老英雄史诗的情节结构模式,它的各个诗篇是在单篇型史诗和串连复合型史诗的情节框架为核心形成的。《江格尔》有独特的情节结构,它不像荷马史诗《伊利亚特》那样,有一个统一的中心情节贯穿始终。它由许许多多相对独立的小故事组成。每个小故事都像一部有独立情节的叙事长诗,长诗与长诗之间在情节上几乎没有什么联系。《江格尔》的总体情节结构是情节上独立的200多部诗篇的并列复合体,故称为并列复合型英雄史诗。虽然没有贯穿整个史诗的中心情节,但《江格尔》的各个长诗都有一批共同的宝木巴汗国英雄人物,由他们将各自独立的所有诗篇有机地联系在一起,构成一部规模宏大的英雄史诗。

我们以托·巴德玛、宝音和希格搜集整理的《江格尔》的15章为例,由以图表的形式说明其各部长诗的情节结构与总体情节结构的关系：

以
江
格
尔
为
首
的
宝
木
巴
英
雄
群
像

1——B

2——B

3——B

4——B

5——B

6——A

7——$A_1$ + $A_2$

8——B

9——A

10——$B_1$ + $B_2$

11——$B_1$ + $B_2$ + $B_3$

12——$B_1$ + $B_2$ + $B_3$

13——$B_2$ + $A_2$

14——B

15——A

这本书的总体情节结构是在情节上相对独立的 15 部长诗的并列复合体，它们以江格尔为首的英雄群像连接在一起。可是各个长诗的情节结构都像一部单篇型史诗或串连复合型史诗，其中以一个婚事母题系列（A）为核心的有三章（第 6、9、15 章）；以两个婚事母题系列（$A_1$ + $A_2$）为核心的有一章（第 7 章）；以一个征战母题系列（B）为核心的有七章（第 1—5、8、14 章）；以婚事母题系列和征战母题系列两个（$B_2$ + $A_2$）为核心的有一章（第 13 章）；由两个或三个征战母题系列（$B_1$ + $B_2$ 或 $B_1$ + $B_2$ + $B_3$……）为核心的有三章（第 10—12 章）。不仅 15 章本的各个长诗的基本情节结构如此，而且其他各种版本中的各个长诗的基本情节也和它们一样，被归纳为四大类型（A、B、$A_2$ + $B_2$ 或 $B_1$ + $B_2$）。这四大类型同单篇型史诗的两大类型（A、B）加串连复合型史诗的两大类型（$A_2$ + $B_2$ 或 $B_1$ + $B_2$）这四大类型相一致。现将《江格尔》的四种情节类型与单篇型史诗和串连复合型史诗的情节类型比较如下：

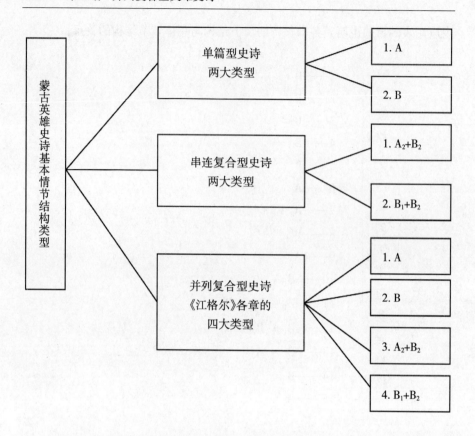

　　此表显示了蒙古各类英雄史诗基本情节的三大发展阶段。单篇型史诗是最初的、最基本的史诗形式，是由一个史诗母题系列为核心形成的。其他各种类型的英雄史诗都是以单篇型史诗为基础产生和发展的。单篇型史诗由开始产生到初具规模可能经过了数百年。串连复合型史诗是运用和改变单篇型史诗现成的母题系列，前后衔接串连两个史诗母题系列而形成的。串连复合型史诗显示出蒙古史诗的第二个发展阶段。后来，蒙古史诗进入第三个发展时期，也就是最后一个发展阶段，借用前两种史诗的组合方式出现了长篇史诗《江格尔》的各个诗篇。作为民间口头创作，《江格尔》具有变异性。它经过不同时代、不同地域、不同的陶兀里奇和江格尔奇的传诵，处于不断地发展与变异过程中，有增有减，既有进一步的发展和充实，也出现了淘汰和退化现象。

# 第三节 《江格尔》的故事梗概

　　从情节结构来考察，世界各国的长篇英雄史诗分为以故事情节为核心组成的史诗和以人物为中心形成的史诗两大类。荷马史诗《伊利亚特》属于前者，它以古希腊阿凯亚人与小亚细亚的特洛伊人争夺伊利昂城的战斗贯穿始终。中国三大史诗属于后者，它们由许多相对独立的故事构成，缺少贯穿始终的总体情节，各个诗篇是以共同的主人公有机地联系在一起的。

　　《江格尔》是由 200 余部长诗组成的一部大型史诗，除一部序诗外，其余的各部都有一个完整的故事，可以独立成篇。其大多数篇章的情节互不关联，很难找出它们的先后顺序。贯穿整部《江格尔》的是一批共同的正面英雄人物形象。《江格尔》的故事繁多，归纳起来大致有三大类长诗，即结义故事长诗、婚姻故事长诗和征战故事长诗。

　　《江格尔》的主要篇章是征战长诗。它们描绘的是以江格尔为首的英雄们降妖伏魔，痛歼掠夺者，保卫家乡宝木巴的辉煌业绩。譬如，《征服残暴的沙尔古尔格汗之部》描述得知江格尔可汗远走他方、35 位勇士先后出走时，暴戾成性、险恶凶残的沙尔古尔格汗便大举进犯宝木巴地方。雄狮洪古尔只身迎敌，在战场上不幸被擒。沙尔古尔格汗派人将其拖进幽深的地洞，投入血海，让他受尽折磨。宝木巴地方遭到空前的浩劫，百姓统统被驱赶到草木不生的沙原。江格尔漫游至青山南面，在一座宫殿里遇到一位天仙似的姑娘。他俩结为亲密的伴侣，生下一个男孩，起名少布西古尔。三日后这孩子便骑着江格尔的阿兰扎尔骏马上山去打猎。有一天打猎时，他遇上了阿拉坦策吉，老英雄让他把一支箭带给他父亲。江格尔看到这支箭，想起昔日的荣誉，非常想念家乡，立即返回宝木巴。可是这时故乡已经白骨成堆，满目荒凉。他好不容易才从一位老人那里得知洪古尔的下落。他毅然闯进地洞，到地下七层的血海里去寻找洪古尔。小英雄少布西古尔随后赶到宝木巴，召集众勇士共同对敌，除掉了沙尔古尔格汗，解救了水深火热中的乡亲。江格尔冲进魔窟将恶魔斩尽杀绝，然后取回洪古尔的遗骨，用如意神树叶使其复生。于是他俩回去与众人一道重建家园，宝木巴又像以前一样繁荣富强。又如，《战胜残暴的芒乃汗之部》描述芒乃汗派遣使者向江格尔提出五项屈辱性的条件，扬言如不应允便要大举进攻宝木巴。

洪古尔挺身而出,发誓宁可血洒清泉、骨抛荒野也不屈从。他单人冲入敌阵,夺下敌方战旗,杀死无数敌兵。但终因寡不敌众,身负重伤。这时江格尔带众将赶来助阵。萨拉纳、萨布尔受伤后,江格尔出马同芒乃汗激战。江格尔一枪将他挑起举到空中时,枪突然断了。洪古尔奋起与芒乃汗肉搏,其他英雄也赶上前来,大家同心协力,终于斩除了这个不可一世的顽敌。

　　结义故事长诗展示的是《江格尔》中的英雄们经过战场上的交锋,或者经历各种考验最终结为情同手足的盟誓弟兄的事迹。譬如,《阿拉坦策吉归顺江格尔之部》描述五岁的小英雄江格尔被大力士西克锡力克俘获后,西克锡力克发现江格尔是个命运非凡的帅才,怕他日后统治天下,便企图害死他。可是,西克锡力克的儿子五岁的洪古尔,用自己的生命保护了他。接着,西克锡力克派江格尔去抢夺老英雄阿拉坦策吉的马群。在赶回马群时,江格尔中箭不省人事,阿兰扎尔骏马将其带回西克锡力克门前。西克锡力克此时正要出猎,便叫妻子处死江格尔。洪古尔恳求母亲不要杀江格尔,并用法术治好江格尔的箭伤。于是,洪古尔和江格尔便结为最亲密的兄弟。西克锡力克多日不归,他俩出外寻找,发现西克锡力克被扣在阿拉坦策吉的牧场上。阿拉坦策吉看出洪古尔和江格尔结为一体将无敌于天下,决心归顺他们,便对西克锡力克说,江格尔岁七时就要征服世上的妖魔鬼怪,统辖 40 个可汗的领地,名扬四海,威震八方。到那时你要给他娶诺木·特古斯汗之女阿盖·莎布塔腊为妻,把自己的权力交给他。我将当他的右翼首席大将,洪古尔将当他的左翼首席大将。他会治理好家乡,让宝木巴兴旺发达,繁荣富强。后来,西克锡力克果然让江格尔掌管宝木巴的一切权力。又如,《洪古尔和萨布尔的战斗之部》描述铁臂力士萨布尔的父母临终时叮嘱他立即去投奔江格尔可汗,但萨布尔听错了双亲的遗言,竟去找沙尔蟒古思,骑着栗色骏马在荒凉的旷野中迷失了方向。此时江格尔正在宫中举行酒宴,阿拉坦策吉提醒他应当尽速降伏萨布尔。于是,江格尔便率部出发,令八千勇士冲上前去。萨布尔抢起 81 庹长的月牙斧,把勇士们打得人仰马翻。在此紧急关头,洪古尔从沉睡中醒来,跨上铁青宝驹赶到疆场,举着阴阳宝剑向萨布尔杀去。两位英雄你砍我杀,互不相让,最后洪古尔从马背上提走萨布尔,将他扔到江格尔身旁黄花旗下。江格尔亲自为其敷药,治好了萨布尔的伤口。萨布尔苏醒过来后,一连三次宣誓:"我把生命交给你高尚的洪古尔,我把力量奉献给荣耀的江格尔!"洪古尔也庄严宣誓,跟萨布尔结为兄弟。回宫后,江格尔举行盛大的宴会向他俩表示祝贺。

　　婚姻故事长诗，通过江格尔及众英雄娶亲的各种经历，展示出他们非凡的本领和高尚的品德。譬如，《洪古尔的婚事之部》描述在一次宴会上，洪古尔请求江格尔赐给他一个妻子。江格尔亲自去扎木巴拉可汗那里求婚，要为洪古尔聘娶美貌的参丹格日勒。洪古尔去迎亲时，参丹格日勒和大力士图赫布斯拜了天地。洪古尔盛怒之下杀了他们，然后跨上铁青马驰去。飞奔三个月后，洪古尔跟宝驹一起昏倒在荒野上，被三只黄头天鹅救活。他们再往前跑了三个月，大海挡住了去路。铁青马疲惫不堪，举步摇晃，洪古尔又饿又累，十分狼狈。这时突然发现翠绿的草滩，清泉汩汩流淌，鳟鱼在水中游动。于是，他们有吃有喝，立即健壮如初。洪古尔骑着宝驹继续奔驰，来到查干兆拉可汗的宫殿近旁。江格尔见洪古尔娶亲久无音信，就出外寻找，来到这里正巧与洪古尔相遇。原来查干兆拉可汗的女儿格莲金娜早已爱上洪古尔，正是她变为天鹅，又送鳟鱼拯救了心上人洪古尔。于是，江格尔为洪古尔聘娶了格莲金娜公主，一同返回故乡宝木巴。又如，《萨里亨·塔布嘎的婚事之部》描述江格尔在高耸入云的宫殿里举办宴会时，阿拉坦策吉提议请镇压四方蟒古思的英雄洪古尔来共享欢乐，江格尔便派萨里亨·塔布嘎去请。他见到洪古尔说明来意后，表示还将到太阳落的地方去娶陶尔根昭劳汗之女。出发时，洪古尔和勇士们为他送行。萨里亨·塔布嘎跨马踏上陶尔根·昭劳汗的领地后，首先击退了向他进攻的大黑种驼和白鼻梁的红色母驼，接着又战胜了阿尔海、萨尔海两位勇士，后来还打死了凶悍的道格森·哈尔。快到陶尔根·昭劳汗的宫殿时，他变成个秃头儿，让骏马变成一匹长癞的小驹。当他来到宫殿旁时，只听见陶尔根·昭劳汗正向各地求亲的勇士宣布：谁在射箭、赛马、摔跤三种比赛获得全胜，就将公主许配给他。秃头儿要求参加比赛，可汗虽不乐意，也不好拦阻。开始比赛前可汗请人占卜，占卜人预测秃头儿将要娶公主。比赛开始，射箭时，各地勇士都没有射中目标，最后让秃头儿射中；赛马时秃头儿骑着长癞的小驹获得第一名；摔跤时把来自天上、地下的各路摔跤手一个个摔到很远很远的地方。三种比赛大获全胜后，萨里亨·塔布嘎恢复了原貌。于是陶尔根·昭劳汗将最小的女儿奥特根·哈尔许配给他，为他俩举行了盛大的婚礼。

## 第四节　《江格尔》的思想内容

《江格尔》大约是在 15—17 世纪中叶蒙古族封建割据时期形成为长篇英雄史诗的作品，它深刻地反映了在封建领主混战状况下遭受战争灾难的卫拉特人民的思想和愿望。在蒙古封建割据时代，在四卫拉特内部有封建割据势力，外部有强大的掠夺者和奴役者，他们遇到了无穷无尽的内忧外患。战争对广大属民百姓来说，一方面加重了他们向领主缴纳的赋税和其他负担。另一方面遭受到外来敌人的抢劫和屠杀。战胜者不但掠夺战败领主个人的牲畜和财产，而且俘虏其属民百姓，强占妇女和财产，驱赶他们的牛羊马群，甚至烧毁他们的房屋和牧场，到处造成战争恐怖，带来死亡、孤寡和贫穷。《江格尔》表达了这种局势下人民的思想和愿望，他们对内厌恶和反对封建割据和内战，主张和平和统一；对外反对侵略的扩张，主张和平相处；在和平统一局面下，建设美好的生活。

《江格尔》通过形形色色的掠夺者和奴役者对宝木巴地方的进攻和践踏，像一幅幅生动的图画一样，再现了蒙古封建割据局面，进而揭露出封建混战对社会发展和人民生活带来的严重后果，沉痛地控诉了封建混战的残酷性和封建势力的暴行。譬如，有一次蛮横的沙尔古尔格汗乘江格尔等英雄离开家乡之机，前来洗劫宝木巴地方。对他们的暴行，史诗里有如下描绘：

> 魔鬼洗劫了宝木巴地方，毁坏了江格尔的官殿。一伙人驱赶江格尔的马群，一伙人驱赶江格尔的人民，没有留下一条母狗，没有留下一个孤儿。江格尔的夫人阿盖，七十二位可汗的妻子，捆在一条绳索上，被敌人掠去。巍峨的白头山被夷为平地，浩瀚的宝木巴海被黄沙填满，消灭了江格尔的宝木巴乐土，毁灭了江格尔的声望。西拉·胡鲁库①班师回国，临行时他又命令："把江格尔的人民全部迁移，迁到毒海和乳海之间的空地，迁到草木不生的荒凉的戈壁！"②

---

① 西拉·胡鲁库，即沙尔古尔格的另一音译。
② 色道尔吉译：《江格尔》，第 244—245 页。

　　《江格尔》是如此生动地揭露了封建战争的灾难和反动统治者的真实面目。又有一次洪古尔在战场上昏倒后，敌人沙尔古尔格汗拿出粗大的铁链，捆了洪古尔的手脚、脖颈，又将他绑在木轮车上，交给 8000 个妖怪，吩咐道："每天刀割八千回，抽打八千皮鞭。"史诗的描写蕴含着极大的认识意义，不仅在于对封建社会的揭露，而且还在于它指出了克服封建内战，争取和平统一局面的具体方法：群众拥戴的英雄人物只有同民众团结起来共同进行不屈不挠的斗争，才能消除封建割据，统一家乡和保卫家乡，创建和平幸福的生活。团结是完成统一事业的先决条件。没有一个团结一致的坚强核心，就不可能保卫乡土，实现民族和国家的统一和安宁。《江格尔》不但从正面提示了团结起来进行斗争的重要意义，而且从反面提示了不团结的严重后果。江格尔的父亲乌琼阿拉达尔汗是一个小汗国的首领，他没有注意团结其他汗国，势单力薄，因而被别人打败，使江格尔从小成为孤儿，并且做过别人的俘虏。由于江格尔长大后知人善任，重视团结，受到了许多有威望的英雄人物的拥护和支持，他们组织成强大的军事集团，统一了各部落，创建了强大的宝木巴汗国。宝木巴的英雄们是一个团结统一的典范。他们原来都是各个地区的首领，可是，他们都不计较个人的得失，为实现统一而聚集在江格尔这个有威信的首脑人物周围。他们每个人的经历有所不同，有的从小就和江格尔结成了生死与共的战友；有的主动放弃自己的汗位、财产和妻子，自愿加入江格尔的宝木巴联盟；有的则经过一番较量，看到江格尔的才能和前途，主动跟随江格尔，做了他忠实的战友。史诗还通过英雄们的誓言和行动，歌颂了他们结成战友后为实现共同的事业而精诚团结、始终不渝的高贵品质。在每次战斗中，他们总是团结一致、互相配合，表现了对统一家乡和保卫家乡的正义事业的忠诚和大无畏的英雄主义精神。史诗写道：

　　　　　　我们把生命交给刀枪，
　　　　　　把希望寄托给江格尔可汗。
　　　　　　虽然有众多的敌人聚集侵犯，
　　　　　　我们也无人后退，只是勇往直前。
　　　　　　虽然有崇山峻岭，
　　　　　　我们的坐骑没有不能攀登的顶峰。
　　　　　　不怕那咆哮的大海，波涛猛卷，

> 不怕那熊熊的火海，烈火燎原。
> 我们要正直地生活，摈斥过错，
> 死后让灵魂躲避厄运，走向天堂。①

《江格尔》不仅突出了军事将领们团结一致的精神，而且有声有色地描写了从八岁的牧童到白发苍苍的老人都团结一心，热忱支持英雄们的动人景象。因为有了这样一种团结一致的坚强的力量，他们与形形色色的内部分裂势力和外部侵略者进行不屈不挠的战斗时，才能战胜封建割据，统一家乡，保卫汗国。

史诗在深刻地揭露战争罪恶的同时，歌颂了以江格尔汗为首的洪古尔、阿拉坦策吉、萨布尔、萨纳拉等12名雄猛大将和6000名勇士为统一家乡和保卫家乡而与黑暗势力英勇顽强战斗的英勇行为。每当敌人进攻的时候，大家团结一致，以共同的力量战胜所有来犯者。例如，当宝木巴勇士们聚集在江格尔的汗宫，欢庆美好生活的时候，突然蛮横的敌人阿里亚芒古里袭击宝木巴地方，赶走了他们的18000匹血红马。在这种紧急情况下，勇士们各个都表现了勇敢无畏的精神，争先恐后地前去追击，以集体的力量活捉了这个强暴的敌人。又如，沙尔蟒古思为了"踏平富饶而美丽的宝木巴地方，抢走宝木巴地方的牛羊马群"，派大军发动进攻。这时，洪古尔表现出大无畏的英雄主义精神，他说：

> 我不怕流尽自己的鲜血，
> 我不怕摧残自己的骨骼，
> 我有矫健的铁青战马，
> 我有锋利的金黄宝刀。

说罢，他立即前去迎敌作战。洪古尔与敌将扭打起来，最终他以坚强的意志和过人的力量，战胜了顽敌。接着他又向前去突破沙尔蟒古思汗的四万卫兵，直冲进汗宫，把蟒古思汗捆绑起来拎到马背上，跨上战马，冲出敌人的层层包围。这时江格尔率大军赶来，他们一道彻底粉碎了蟒古思的兵力。

---

① 色道尔吉译：《江格尔》，人民文学出版社1983年版，第224页。

《江格尔》在统一和保卫家乡的正义斗争中充分体现了以江格尔为首的英雄们的爱国英雄主义气概和乐观主义精神。他们不仅在战斗中英勇无畏，一往无前，而且，在遇到暂时的失败，遭到残酷折磨的时候，还是表现得宁死不屈，仍然对胜利充满信心，宣称："难道我没有生死与共的战友，难道他们不会来报仇雪恨吗？"勇士们以实际行动展现出无比顽强的精神，他们即使：

> 受百年折磨也不哼一声，
> 挨六年拷打也一句话不讲。

宝本巴地方的勇士们，正是以勇敢无畏的精神、坚强的毅力和过人的力量，战胜形形色色的敌人，完成了统一家乡和保卫家乡的伟大事业。

英雄史诗《江格尔》深刻地反映了古代蒙古族民众对美好的社会生活和改造自然环境的愿望和理想，描绘出与当时黑暗社会相对立的一个理想国——宝木巴地方：

> 在江格尔的故乡，
> 神圣的宝木巴地方，
> 没有死亡，人人长生，
> 不知骚乱，处处安定，
> 没有孤寡，老幼康宁，
> 不知贫穷，家家富强，
> 这里的人们不会衰老，
> 永远像二十五岁的人一样。

不仅宝木巴地方的社会状况和人民生活如此美满，而且它的气候条件也非常理想：

> 盛夏像秋天一样凉爽，
> 隆冬跟春天一样温暖，
> 没有炎热的酷暑，
> 没有严寒的冬天，

　　时而微风习习，

　　时而细雨绵绵。

　　在这种对于理想国度饱含深情的描绘里，洋溢着蒙古族民众对家乡和祖国的爱，人们从中不难窥见《江格尔》所传达的贯穿古今的爱国主义情愫。值得指出的是，《江格尔》对宝木巴汗国的热爱，超越了民族界线和阶级界线。在这里居住着500万各民族居民，他们操70种语言，民族与民族、人与人之间和睦相处，"不分你我"，反映了蒙古族民众高尚的思想境界、博大的胸怀和远大的理想。

　　总之，英雄史诗《江格尔》具有重大的社会意义和永恒的教育意义。

# 第五节　《江格尔》的人物形象

　　《江格尔》是在古老的单篇型史诗和串连复合型史诗基础上形成和发展的长篇英雄史诗，它具有神话色彩和浪漫主义情致，其人物形象中有人、神、妖和动物，三界宇宙结构中的上界、中界和下界的生灵齐全，总数不少于300个。如同《江格尔》的整体结构一样，其人物形象也同样具有多元多层次结构。其中有不同时代的人物，也有不同来源的人物，在同一个人物形象中，又存在着不同时代的因素，这是口头创作的继承性和变异性所决定的。

　　《江格尔》是一部描绘军事斗争的长篇英雄史诗，它成功地塑造了不同类型的战斗英雄群像。主要英雄人物有宝木巴地方的首领博克多·诺谚·江格尔汗及其右翼首席英雄阿拉坦策吉、左翼首席英雄洪古尔以及其他雄狮勇士萨布尔、萨纳拉、明彦、赫吉拉干、古恩拜等。他们一个个都是军事将领、亲自参战的勇将，在屡次战斗中以实际行动表现了他们的英雄气概。这些英雄都有共同的高贵品质，他们都忠于宝木巴汗国及其汗江格尔，热爱家乡和人民，具有高度的英雄主义精神。他们为宝木巴地方的独立自主、和平昌盛，赴汤蹈火、在所不辞，献出了全部的力量和智慧。

　　《江格尔》中的每个英雄都有一种特长。比如阿拉坦策吉"智慧过人"，洪古尔"勇敢过人"，萨布尔"力大无比"，哈布图"箭法过人"，赫吉拉干是一个"雄辩家",等等。一个独立的国家或集团,是需要各方面人才的。史诗中的军事首领们扮演着不同的角色,他们大致可分为几种不同类型:江格尔是一个军事领袖,起着宝木巴的缔造者、组织者和领导者的作用;阿拉坦策吉和古恩拜是智慧人物,在宝木巴处于军师或参谋长的地位;洪古尔、萨布尔、萨纳拉是战场上冲锋陷阵的勇猛将领,是决定战争胜败的关键性人物。

其他还有掌管外交和内政事务的英雄,如雄辩家赫吉拉干是汗宫总管,负责内政。美男子明彦负责对外联络和礼宾活动。江格尔的马夫宝尔芒尼负责交通和后勤工作。这些不同类型的人物都有自己的个性,尤其是其中那些性格相近的人物也各有特征。洪古尔、萨布尔和萨纳拉都是无所畏惧的勇将,但他们之间还存在着比较明显的区别:洪古尔大公无私,但他很高傲,萨纳拉忠诚老实,萨布尔行事鲁莽。

江格尔是不同于一般封建统治者的一个理想领袖形象。在他身上体现了古代社会中那些有胆有识的领袖人物的优秀品质和人民群众对领袖的期望和要求。

蒙古谚语说:"好马在于马驹时期,好汉在于童年时代。"江格尔在童年时代就有非凡的经历。他的祖宗三代都是可汗,小时候他是一个神童。如同许多蒙古古老史诗的主人公一样,他从三岁起就建立了丰功伟业,显示出非凡的才干,得到广大民众的爱戴和拥护。对于他的童年时代,史诗有如下描述:

> 当他两岁的时候,
> 故乡被恶魔洗劫,
> 只剩他只身一人;
> 当他三岁的时候,
> 他跨上飞快的三岁赤骥,
> 冲破了三大营垒,
> 降伏了庞大的魔鬼;
> ……
> 当他七岁的时候,
> 打败了他所属的七个地方,

　　江格尔的名声倍加传扬。①

　　江格尔的形象确实具备了理想领袖应有的许多特质。年幼时他上无父兄的庇护，下无亲人的辅佐，后来"他征集了神驹般的最快的骏马，他聚结了雄狮般的最壮的好汉"，创建了强大的宝木巴，成为赫赫有名的可汗。从无依无靠的孤儿到名扬四海的英雄，他主要靠的是自己的智慧和勇敢，尤其是靠他那英明的战略战术。首先，他与勇敢无比的洪古尔和智慧过人的阿拉坦策吉结为忠实的战友。然后，他又依靠这两位大将的力量和智慧，团结了萨布尔、萨纳拉等雄狮般的勇将。接着，他采取各个击破的战术，征服了周围分散的 70 个汗国。这个过程表现了江格尔善于团结人、使用人的卓越的领导才干。江格尔心胸宽阔，不记私仇，不嫉贤妒能，善于充分发挥每个英雄的作用。他还能把反对过自己的人也团结过来，并委以重任，大胆使用。例如，洪古尔的父亲蒙根·西克锡力克曾经俘虏江格尔，并企图将其杀害。他还曾用借刀杀人的方法，派江格尔去为他驱赶著名的英雄阿拉坦策吉的马群，结果使江格尔被阿拉坦策吉的箭射中。可是，当他跟随江格尔后，不但没有受到任何歧视和排斥，而且得到江格尔的信任，成为宝木巴地方受人尊敬的长者。曾经是江格尔的敌人的阿拉坦策吉也作了江格尔的右翼首席大将，成为宝木巴的决策人之一。这种不咎既往和任人唯贤的政策，是他作为一个领导者能够取得成功的重要原因之一。江格尔能够团结人，遇事常和自己的英雄们商量，发挥大家的聪明才智，群策群力，因而能够克敌制胜。

　　宝木巴统一之后，江格尔成为一个可汗，但他没有贪图安逸，停滞不前，相反，他时刻关心保卫家乡的重大事业。他以身作则，亲自参战，不断建立新的战功。作为统帅，他在关键时刻能够身先士卒，以超人的勇气、力量和武艺击败强大的敌人。他热爱家乡，热爱自己的英雄们，不惜为之牺牲自己的一切。在英雄们遇难时，他常常亲自去拯救，甚至独自一人下到地狱般的深洞里去，战胜敌人，克服种种艰难险阻，营救战友。正因为江格尔具有这种高贵的品质，所以他在宝木巴的英雄和人民中享有崇高的威望。江格尔是为统一家乡，保卫宝木巴汗国的独立自由而战斗的领袖人物。他的行为体现了人民的愿望和要求，代表了宝木巴的英雄们和全体人

---

① 《新疆民间文学》第二集，新疆人民出版社 1982 年版，第 1—2 页。

民的利益。因而，他得到了人民的拥护和支持。作为领导者，江格尔最突出的特征是他的威信超过史诗里的任何人。史诗形象地描写了他的威信和作用。说明了如果没有江格尔，众勇士不能团结，会失去宝木巴汗国的独立自主，全体民众将遭到极大的灾难和痛苦。

当然，在江格尔身上也存在着某些缺点和错误。他曾畏惧敌人的威胁，向敌人妥协。最严重的是他有一次无缘无故地抛弃宝木巴而出走，流浪他乡，使富饶美丽的宝木巴遭到洗劫。

尽管江格尔形象上存在着一些缺陷和矛盾，但仍不失为这部史诗中一个成功的首领形象。江格尔不愧是一个较大的汗国的缔造者、组织者和领导者。他指挥着一群军事将领和数万大军。在这方面，他远远超过了其他蒙古英雄史诗中的任何一个可汗。可以说，在蒙古英雄史诗中，《江格尔》第一次塑造了一个较大汗国的杰出首领形象。

在长篇英雄史诗《江格尔》里有多种不同类型的人物形象，其中最引人入胜的莫过于具有悠久传统的勇猛型将领形象。蒙古小型英雄史诗的主人公一直都属于勇猛型人物类型。后期形成的长篇史诗《江格尔》继承和发展了蒙古小型英雄史诗的艺术传统，塑造了栩栩如生的勇猛型英雄群像。史诗把这种人物提高到文明时代的更高层次上去，从各个不同角度展开描绘了勇敢人物形像，塑造了较完整的勇猛型英雄群像。诸如雄狮勇士洪古尔、萨布尔、萨纳拉、小勇士和顺乌兰等属于这种类型的英雄人物。

宝木巴地方的左翼首席大将洪古尔是"勇敢过人"的人物，他总是左右着战事的胜败，是冲锋陷阵的勇猛将领的典型形象。史诗里这样讴歌洪古尔：

> 在那一百个国家的英雄中，
> 勇敢超群的是洪古尔，
> 在那六个国家的好汉中，
> 力量过人的是洪古尔。
> 在那阿鲁宝木巴地方，
> 洪古尔是一根闪闪的金柱；
> 在那美丽的阿尔泰地区，
> 洪古尔是人们的梦想；
> 在那四面八方的蟒古思，

洪古尔是有力的镇魔石。

这样形象地表现了洪古尔的特长和他在宝木巴地方的重要地位。洪古尔童年时是个正直、勇敢、果断、富有远见的孩子。他是江格尔的第一个朋友和救命恩人。当他的父亲蒙根西克锡力克活捉五岁的孤儿江格尔,企图将其杀害时,小小的洪古尔几次用身体掩护这个和他同岁的小英雄,他大义凛然地对父母说:"要杀死他,就把我也一起杀掉!"他终于救出无辜的江格尔,二人结成生死与共的伙伴,毕生为统一家乡、保卫家乡并肩作战。

洪古尔虽然是一个富有传奇色彩的人物,却给人们一种现实生活的真实感。他并不是一生下来就完美无缺,他的英雄性格是在斗争实践中逐步形成的。他初次到远方去娶妻时,表现得相当胆怯和鲁莽。但后来经历了一些磨炼,在建立和保卫宝木巴地方的战斗中,就逐渐具有了"勇敢过人"的英雄性格。史诗这样概括洪古尔创建宝木巴地方的功绩:

> 不怕粉身碎骨,
> 不顾皮开肉绽,
> 无畏的洪古尔英勇战斗,
> 征服了七十个可汗的领土。

在保卫家乡的屡次战斗中,充分反映了洪古尔勇敢无畏的英雄气概。在每次战役中,洪古尔总是"进攻的时候,他带头冲锋,收兵的时候,他在后面护卫"。当黑拉干汗和芒乃汗分别派遣使者前来威胁的时候,洪古尔首先起来坚决抵抗这些蛮横的掠夺者;当沙尔古尔格、哈尔黑纳斯和沙尔蟒古思等先后派大军侵犯宝木巴地方时,又是洪古尔一马当先去与凶恶的敌人搏斗;每当其他英雄们抵挡不过敌人时,总是洪古尔前去战胜强暴的对手。例如,掠夺者沙尔蟒古思汗为了"踏平富饶而美丽的地方",妄想"抢走宝木巴地方的牛羊马群",派出了凶残的大将查干侵犯宝木巴。在这个危急关头,洪古尔为保卫家乡和人民,坚定地表示:

> 我不怕流尽自己的鲜血,
> 我不怕摧残自己的骨骼,

> 我有矫健的铁青战马，
> 我有锋利的金黄宝刀。

说罢，他立即奋起迎敌，与敌将查干交锋，酣战多时，不分胜负。这时洪古尔跳上去与敌人扭打起来，并以坚强的意志和过人的力量，战胜了这个强暴的敌将。接着他又勇往直前，突破了蟒古思汗的四万卫兵，直冲进魔宫里，把那个"肩膀七丈宽，生有五大凤凰力气"的蟒古思汗捆绑起来，用一只手把他拎到马背上，然后跨上战马，又冲破了敌人的数万大军。这时正巧江格尔亲率大军赶来，他们一道粉碎了强大的侵略者。这里出现的洪古尔是一个理想化的英雄。在他身上，既有神话般的超人力量，又有现实生活中的英雄人物应有的勇气和力量。

洪古尔这个人物，不仅在战斗中英勇顽强，而且在经受残酷折磨时宁死不屈。有一次洪古尔被敌将布赫查干拴在马尾上拖走，"他那日月般光辉的面孔，被折磨得像灰土一样，他那檀香般笔直的腰背，已弯曲得像一张雕弓"。敌人把他拖去后，用尽毒刑逼他屈服，可是洪古尔一如既往不屈不挠："受百年折磨也不哼一声，挨六年拷打也一句话不讲。"洪古尔虽然壮烈牺牲，但史诗作者却借助于万能药救活了这个理想的英雄。故事结束时，勇敢的洪古尔终于征服了凶恶的敌人。

洪古尔不屈不挠的斗争精神，弥补了江格尔和阿拉坦策吉的短处。在洪古尔身上，既集中概括了古代社会现实生活中出现的爱国将领的典型性格，同时，人们又把他理想化，寄予了人民群众的热切期盼和美好愿望。在民众看来，所有的将领都应像洪古尔那样无限忠于家乡、无限忠于人民，在战斗中不但能表现无畏的英雄气概、无比的力量和高超的武艺，而且能显示百折不挠的钢铁意志和宁死不屈的刚强毅力。广大民众通过洪古尔这个人物形象，非常鲜明、生动地揭示出史诗《江格尔》的永恒主题和伟大社会意义。实际上洪古尔已成为这部以江格尔名字命名的英雄史诗的头号中心人物。他的个性鲜明，心态极有层次，在艺术上比其他人物形象都更为突出完整。

我们知道，在蒙古小型英雄史诗传统中一直保留着原始时代人们崇拜勇猛型人物的观念，但尚未注重发挥勇士的智慧。到后来，江格尔奇们克服了这种倾向，日益重视智谋在战斗中的重大作用，塑造了一批智慧型的人物形象。这些人物都有不同的职能，有的善于出谋划策，如阿拉坦策吉的"智慧过人";有的口才过人,如赫吉拉干是"和勒木尔奇"(雄辩家);有的掌握了神秘的占卜术,如古恩拜是"珠德奇诺谚"(占梦官或圆梦官)。他们相互映衬,相互补充,形成古代社会不可缺少的智囊团。实际上,他们不仅富有智慧,而且往往是勇将。从英雄史诗发展史来审视,他们无不是由单一勇猛型人物向智谋型人物过渡阶段上出现的某种意义上的智勇双全的人物形象。

这里首先要提到的是江格尔的右翼首席大将阿拉坦策吉,史诗一直是把他作为智慧人物的典型来刻画的:

> 他能牢记过去九十九年的往事,
> 他能预知未来九十九年的吉凶。
> 他掌管着七十个汗国的政教大权,
> 他能迅速裁断任何疑难案件。

阿拉坦策吉具有丰富的战斗经验,是一员身经百战的老将。他的地位和权力仅次于江格尔,起着江格尔的军师或参谋长的作用。他原是一个独立自主的地方首领。因为高瞻远瞩,当他看出江格尔的才能和未来之后,为了缔造一个强大统一的国家,毅然决定与江格尔和洪古尔合作,接受江格尔的领导。他始终对创建和保卫宝木巴的各项事业忠心耿耿。他不仅亲自参加战斗,表现出非凡的勇气、力量和高超的武艺,而且经常出谋献策,发挥了智囊作用。当敌人进攻时,他能说出来犯者的身世和力量,指出派哪些英雄迎战就能够战胜敌人。当派遣英雄们去打仗时,他能预先告诉他们在远征途中将会遇到的困难和阻力,提出突破难关的具体办法和措施。当远征的勇士们遇到危险时,他能及时派遣援军前去救助。

阿拉坦策吉形象是蒙古史诗中第一个智谋型英雄形象。他的名字直译为"金胸",其含义为"宝贵的智慧"。他是民众的智慧的化身,在他身上反映了当时的民众对智慧的理想和渴望。这个形象在蒙古英雄史诗的人物塑造中是个重要的创举,填补了智谋型英雄形象的空白。

在《江格尔》里,除了有多种类型的男子汉形象外,还塑造了一批生动、鲜活的巾帼英雄形象。在雄狮洪古尔的贤惠妻子格莲金娜、江格尔的美丽夫人阿盖莎布塔腊和协助明彦的无名姑娘身上,无不反映出富有战斗传统的蒙古女子的特征。这些妇女不仅美丽善良,具有起死回生的本领,而且更重要的是她们忠于丈夫、忠于家乡，坚决反对侵略者和奴役者。

　　《江格尔》的主要正面人物形象是一群勇士，他们贯穿整个史诗的各个章节。可是全诗没有贯穿整个史诗的反面人物形象，几乎各个章节都各不相同，反面人物形象的数目比正面人物形象多得多。蒙古英雄史诗的反面人物形象经过了三个发展阶段：在原始史诗里，最初的反面人物形象来自传说，即多头恶魔蟒古思。随后出现的反面形象是现实生活中的勇士，他们和正面勇士一样有"可汗"、"巴托尔"、"莫尔根"等称号。他们往往以单枪匹马的方式出现，有时可能带一两个兄弟或助手，他们的原型可能是氏族社会的酋长。最后一个发展阶段上产生的反面人物形象是一个较大汗国的领导者可汗，他统帅一批勇士和大军，手下还有数十小可汗和各级官吏。这类可汗的出现同封建割据时代的封建领主有关。《江格尔》的主要反面人物形象属于最后一类。宝木巴地方的敌对可汗都具备封建统治者和奴役者的一些特征，往往是凶暴的掠夺者和侵略者，他们破坏社会安定，制造混战，烧毁房室和草原，屠杀无辜的牧民百姓。

　　《江格尔》通过形形色色的掠夺者对宝木巴地方的侵略和破坏，形象地反映了分裂和战争给社会带来的极大灾难，揭露了封建领主对内压迫剥削和对外扩张、屠杀的真实面目。

# 第三章

## 蒙古《格斯尔》的独特性

### 第一节  蒙古文《格斯尔》概况

蒙古文《格斯尔》和藏文《格萨尔》有多种不同的版本和手抄本，最早于 1716 年（康熙五十五年）在北京木刻出版了蒙古文《十方圣主格斯尔可汗传》（七章），人们称其为北京木刻本。这本书的流传很广、影响很大，不仅在国内的内蒙古、新疆、青海、甘肃、辽宁、吉林、黑龙江和北京的蒙古族人民中，而且流传到蒙古国各地、俄罗斯西伯利亚的布里亚特人、图瓦人和伏尔加河下游居住的卡尔梅克人中。国际学术界最初发现和研究的正是这个北京木刻本。1776 年，俄国旅行家帕·帕拉斯在北京得到一本，并向俄罗斯和欧洲介绍了此书。俄国科学院院士、日尔曼人雅·施密特于 1839 年把北京木刻版（七章）译成德文在圣彼得堡发表。从此俄罗斯和欧洲学术界开始知道和研究《格斯尔传》。此外，还出版了贝格曼（1804）、契姆科夫斯基（1824）、道尔吉·班扎罗夫（1848）、阿·鲍勃洛夫尼科夫（1849）、格·波塔宁（1893）、阿·波兹德涅也夫（1896）、莫·汗嘎洛夫（1903）、贝·劳菲尔（1907）、鲍·雅·符拉基米尔佐夫（1920）、策·扎木察莱诺（1930）、阿·科津（1936）、李·李盖提（1953）、策·达木丁苏伦（1957）、莫·霍莫诺夫（1976）、瓦·海希西（1980，1983）和谢·尤·涅克留多夫（1984）等学者的研究成果。我国也出现了齐木道吉、却日勒扎布和乌力吉等学者的著作。

至今《格斯尔》在我国、俄罗斯和蒙古国以蒙古文出版了 10 多种版本，国内出版了汉译《格斯尔》，此外还被译成英、法、德、俄、日等文字在国外出版，受到各国学术界的赞赏，被誉为东方的《伊利亚特》，已形成了国际格斯尔学。

1956 年，内蒙古人民出版社出版了上述北京木刻本（七章），同时，第一次出版了北京隆福寺找到的续编六章《格斯尔》，人们称其为北京隆福寺本。在这两本书中有不同的 13 章《格斯尔》故事，它们成为各种蒙古文手抄本的核心部分。

目前，国内外发现的各种手抄本和木刻本有 10 多种，它们是北京木刻本、北京隆福寺本、乌素图召本、鄂尔多斯本、咱雅本、扎木察莱诺本、诺木其哈敦本、卫拉特托忒文本和图瓦本等。此外，还有一批口头演唱本，诸如芭杰演唱本、罗布桑演唱本、散布拉诺尔布演唱本和金巴扎木苏演唱本，实际上扎木察莱诺于 1906 年记录的《阿拜格斯尔胡本》原来就是口头唱本。

尽管有十几种蒙古文木刻本和手抄本，但其中流传极广、影响最大的还是北京木刻本（七章）和北京隆福寺本（六章），这 13 章作品成为其他各种手抄本的基础，以它为核心增加了一些章节或调换章节而出现了其他抄本。

这里简要介绍这 13 章的内容梗概：

北京木刻本（七章）：

第一章，霍尔穆斯塔天神秉承释迦牟尼佛的旨意，派二儿子威勒布图格奇投生人间成为岭国的格斯尔可汗。格斯尔可汗在人间铲除残暴，拯救民众的故事。

第二章，格斯尔可汗歼灭吞食众生的黑斑斓虎，为民除害的故事。

第三章，契丹国王的妃子病故，格斯尔应邀前去解除国王的悲哀，并娶国王的女儿洪高娃为妻的故事。

第四章，格斯尔可汗杀绝 12 头蟒古思家族，救出爱妻阿尔伦高娃，并在那里逗留九年的故事。

第五章，霍岭大战，这是最长、最精彩的一章。锡拉衣固勒（蒙古语原为 Shiraigol，是黄畏兀儿，过去误为锡莱河）三可汗趁格斯尔可汗出征之机入侵，杀死格斯尔的哥哥和众勇士，抢走了他的爱妻茹格慕高娃，蹂躏岭国百姓。格斯尔返回家乡，率领大军消灭锡拉衣固勒三可汗，夺回妻子的故事。

第六章，陌生的喇嘛使格斯尔可汗变成毛驴，妻子阿珠（鲁）莫尔根运用计谋救出格斯尔并使其恢复了原来面目，格斯尔战胜陌生喇嘛的故事。

第七章，当格斯尔变成毛驴时，母亲去世落入地狱。格斯尔返回后从地狱里救出母亲，并将其送到天堂过幸福生活的故事。

北京隆福寺本（继六章）

第八章，格斯尔救活了反击锡拉衣固勒三汗战役中牺牲的30名大勇士的故事。

第九章，格斯尔征服昂都拉玛汗的故事。

第十章，格斯尔和妻子阿珠（鲁）莫尔根歼灭罗布萨哈蟒古思的故事。

第十一章，格斯尔战胜有21头18支角的冉萨克汗，娶其女儿赛呼丽高娃的英雄故事。

第十二章，格斯尔可汗消灭贡布汗，夺回茹格慕高娃的英雄故事。

第十三章，格斯尔打败北方杭爱山的那钦汗的故事。

关于《格斯尔》的来源有几种说法。著名学者策·扎木察莱诺在论述采录《格斯尔》书面故事时指出："这次采录是在17世纪末由第一代转世的章嘉呼图克图阿旺罗桑曲旦（1642—1714）完成的。有学问的大喇嘛吉格吉陶瓦曾在巴德嘎尔寺（五当召）担任敦呼尔格根的老师，他掌握有敦呼尔根据的'自撰秘史'，其中写道，阿旺罗桑曲旦曾从库库淖尔（青海）的厄鲁特老人口中逐字逐句作了记录，但是由于原记录带有萨满教色彩，在发表前曾经过稍许修订，使之同佛教教义相协调，并把格斯尔临凡降世同佛陀的意旨联系在一起。这一版本是应察哈尔各教派之需而发表的。"①可是在《诺木其哈敦本》中却说："对杀死六道众生深表慈悲而撰写的经典，经虔诚的诺木其哈敦提议，由苏玛迪—嘎日迪的堪布喇嘛额尔德尼绰尔济翻译。"②

至今为止，学术界仅仅根据蒙古文《格斯尔》书面版本，谈论各种蒙古文版本之间的关系和蒙藏《格斯尔》的关系等问题，却忽略了多种庞大的口传本。

① ［苏］谢·尤·涅克留多夫：《蒙古人民的英雄史诗》，内蒙古大学出版社1990年版，第182—183页。

② 《蒙古族文学史》（第二卷），内蒙古人民出版社2000年版，第324—325页。

学术界关于蒙藏《格斯尔》的关系，有如下一致的看法：

1. 蒙古文《格斯尔》中有译文

《瞻部洲雄狮大王传》是由藏文翻译的。此外，北京木刻本的七章中至少有五章与藏文相似。

2. 蒙古文《格斯尔》中有编纂文

蒙古文《格斯尔》有的章节的内容，与藏文《格萨尔》的某些章节既有相同又有不同。这些章节是从各种不同章节中筛选、拼缀而成的，故称作编纂文。诸如降服贡布汗之章和降伏那庆汗之章等。

3. 蒙古文《格斯尔》中有独创文

藏文《格萨尔》所没有，而只有蒙古文《格斯尔》中才有的故事，乃是蒙古人用自己的智慧创作的。诸如征服昂杜尔玛汗的故事和使格斯尔变成毛驴的故事。①

近年来，国内学术界发现了有特殊才华的《格斯尔》演唱艺人，又看到了国内外有关格斯尔的材料，进一步认识到在蒙古文《格斯尔》中间，包含土生土长的蒙古内容，也就是说，在蒙古口头传承本中有十余万行诗是蒙古人运用自己民族的神话、传说和史诗等改编的作品。现在学术界有必要改变对蒙藏《格萨（斯）尔》关系的看法，必须清楚地认识到蒙古《格斯尔》中有十多万行诗是蒙古人运用本民族的故事情节创作的。

## 第二节　古老的蒙古传说故事

从16世纪末起，随着藏传佛教传入蒙古各地，《格斯尔》也被译成蒙古文于康熙五十五年（1716年）以木刻本出版，并在国内外蒙古语族人民中广为流传，甚至还传到了西伯利亚的突厥语民族图瓦人民中。1000多年来，在蒙古人民中间传承着数以百计的古老英雄史诗，用以讴歌祖先的英雄业绩。《格斯尔》与古老的蒙古史诗一起在民间流传，由于它的故事情节曲折复杂、人物形象丰富多彩、故事内容更接近于现实生活，得到了蒙古

---

① 乌力吉：《蒙藏〈格萨（斯）尔〉》的关系，见《格萨尔研究》（2），中国民间文艺出版社1986年版。

人民的喜爱和崇敬，将其看作蒙古民族的史诗，将主人公格斯尔加以神化，与将之自己的祖先成吉思汗一样看待。于是，《格斯尔》在长期流传过程中，蒙古人不断地运用自己民族的历史人物传说、英雄传说和各种故事，创作了新的英雄史诗，并把新史诗的主人公叫作格斯尔可汗。这样出现了与藏族《格萨尔》内容完全不同的独特的作品。例如，才华出众的蒙古族民间艺人金巴扎木苏演唱的《圣主格斯尔可汗》。此外，还有图瓦《凯赛尔》的一些章节。

金巴扎木苏生于1934年，内蒙古巴林右旗人，从小听同乡盲艺人诺尔布仁琴等著名的胡尔奇学唱《圣主格斯尔可汗》。他于2001—2002年拉四胡演唱了这部前人从未听说的新史诗。现已出版了《圣主格斯尔可汗》第一部①，其中包括37部（章）近九万诗行，在这之前道荣尕也整理出版了其中一部分。②

金巴扎木苏演唱的这部长诗的每一部（章）都是独特的，除《格斯尔从天而降生之部》等中有《格斯尔》的影响之外，其余都是蒙古族民间艺人自己编创的格斯尔汗的故事，我们不妨举例作简要介绍：

1. 《格斯尔从天而降生》，在这一部（章）长诗中有与蒙古文《格斯尔》相似的情节，即佛陀在西洲的莲花山洞里召见霍尔穆斯塔天神，命他铲除世上的蟒古思和妖魔鬼怪。霍尔穆斯塔天神饮酒作乐忘记了佛陀的旨意。当天宫被黑雾遮住的时候，才想起此事。这时有一位大臣出主意说，请霍尔穆斯塔天神派一名儿子下凡完成这一任务。于是霍尔穆斯塔天神的幼子特古斯朝克图下凡，降生为北方牧民桑杰的儿子。桑杰的兄弟叫邵东，他不怀好心。桑杰给儿子起名为格斯尔，并举办盛宴庆祝。从此之后，格斯尔迅速长大，突然在一夜之间出现了格斯尔的华丽的汗宫、勇士、百姓和牛羊马群，神妻阿珠莫尔根也前来与格斯尔完婚。这里的细节与过去的《格斯尔》不相同，人名和地名大多是蒙古地方的人名和地名。

2. 《肇事者伊和乌兰鄂勒尔图抢劫北方财富》，写鄂勒尔图汗（大角汗）企图占据各地，于是派出使者到处打探。使者乌鸦和狗鹫回来报告说，应该占领富饶美丽的格斯尔家乡。鄂勒尔图的妻子萨里罕沙尔出主意，让

---

① 金巴扎木苏演唱、斯钦孟和主编：《圣主格斯尔可汗》（蒙古文），内蒙古人民出版社2003年版。

② 金巴扎木苏演唱、道荣尕整理：《宝格德格斯尔汗传》，内蒙古人民出版社2000年版。

部下打扮成商人去勾结格斯尔的叔父邵东，在邵东的协助下赶走了格斯尔的马群。格斯尔的将领们战胜敌人，不仅赶回失去的马群，而且获得了敌人的马群。这时敌人派大军向格斯尔家乡进攻，格斯尔和神妻阿珠莫尔根通过激战打败了敌人，当鄂勃尔图汗化身为各种动物逃走时，格斯尔夫妇先杀死其多种灵魂，最终将其彻底消灭。在这里除出现格斯尔、阿珠莫尔根、邵东（楚通）等人名和乌鸦报信的母题外，找不到与过去的《格斯尔》相似之处。

3.《征服大石洞里的女喇嘛》，写在远方的西山洞里有一个女喇嘛，她的本领很大，远近闻名。她目中无人，因嫉妒而妄图施展各种法术伤害格斯尔。格斯尔和阿珠莫尔根一一挫败其进攻。随后，格斯尔又打扮成一位老行脚僧去见她，当场发挥神力让她放弃坏心眼，改恶从善。这是一篇独特的蒙古格斯尔故事，论述了格斯尔拯救人们弃暗投明的事迹。

在金巴扎木苏演唱的作品中，特别值得注意的是一些蒙古历史人物的传说，如把成吉思汗的兄弟哈撒儿的传说编写成了《格斯尔》的一章。2001年5月在呼和浩特召开的《格斯尔》审稿会议上，他演唱《格斯尔射死哈日雅勒奇哈喇鄂姆根（意为格斯尔射死诅咒者巫婆）的故事》。在现有的蒙古英雄史诗《格斯尔》的古今版本和口头异文中，没有过这种故事。他的演唱特别吸引我的注意，我全神贯注地倾听。他拉的四胡声音悦耳，嗓音洪亮，唱词清楚，诗歌优美，动作协调流畅，题材新颖，故事动听，让所有在场的人越听越入迷。他的演唱将人们的思路慢慢地带到蒙古族历史人物传说的境界里。

这个故事的情节并不复杂，但富有幻想性和想象力，充满生动的细节描写，诗歌具有高度协调的韵律和节奏。它描述格斯尔可汗在富饶美丽的故乡，和蒙古族牧民们一起过着和平富裕的生活。在遥远的西北方，在深山老林的山洞里，住着一个诅咒者巫婆。她仇视格斯尔，企图毁灭格斯尔家乡的一切生灵，巫婆坐在高山顶上，口念咒语，右手挥动着黑旗，向格斯尔家乡送去瘟神。瘟神一到，格斯尔草原上的草本连根倒下，成群的牛羊马驼死去，人们遭受了疾病和痛苦。在这种严重的时刻，为民除害而生的格斯尔挺身而出，带着弓箭、宝刀，跳上了神驹枣骝马，出征讨伐妖婆。他挥舞宝刀，把瘟神赶回老巫婆处。突然，格斯尔出现在巫婆面前的山顶上，巫婆接连口念咒语不生效，她便抢起身旁的大黑铁棍，从神奇的小包里甩出大黑公驼，跳上驼背去与格斯尔交锋，巫婆打不过格斯尔便逃窜。出逃时巫婆施展法术化身为各种动物。她变成雌雉飞去时，格斯尔变为凤凰追赶；雌雉变成毛驴时，格斯尔变成了灰狼，毛驴在地上打滚变成老鼠钻进洞，格斯尔藏在远处，等它出洞上山时，便拉神弓一箭射死了妖婆。和这个故事相似的英雄射死诅咒者巫婆的传说，不仅在蒙古族民间流传，而且，17世纪以来的蒙古历史文献《蒙古源流》、《水晶鉴》等都有记载。这种传说插进了成吉思汗与唐古特（西夏）王的战斗中，是同成吉思汗的兄弟神箭手哈撒儿相关。在1662年完成的《蒙古源流》中写道：

> 却说，[大军]进到唐兀[境]，把朵儿篾该城包围了三重攻打。人称咒者"哈喇·抗噶"的[唐兀]老姬，登上城楼，不停地挥动黑旗，口念咒语，（主上的）士兵和战马便一片片地倒下。速不台·把都为此向主上禀奏说："我主！大军中士兵和战马就要死光了。现在放了哈撒儿，让他来射死[那个老姬]。"主上恩准，让哈撒儿骑上主上的黑鬃黄骠快马赶来放箭，哈撒儿大王[一箭]射裂了[那个]老姬的膝盖接缝处，她摔下来死了。却说，当失都儿忽皇帝变作[花]蛇的时候，主上变作禽中之王大鹏；当[失都儿忽皇帝]变作老虎的时候，主上变作兽中之王狮子；当[失都儿忽皇帝]变作小孩儿的时候，主上变作天神之王上帝。失都儿忽皇帝不得已束手就擒。①

由此可知，《蒙古源流》记载的哈撒儿射死巫婆的传说与金巴扎木苏演唱的《格斯尔射死哈日雅勒奇哈喇鄂姆根的故事》是内容相似的作品，其情节大同小异：在西边居住着一个诅咒者哈喇鄂姆根（巫婆）；她仇视英雄，坐在高处，口念咒语，挥动黑旗；英雄的牲畜和人员便大批的倒下死去；英雄携带战斗武器，跳上神驹同巫婆搏斗；战败者逃跑时，变成各种动物，英雄变作比它更凶猛的动物追赶，最终英雄射死逃跑的敌人，为民除了害。关于哈撒儿射死哈喇鄂姆根的传说，还有在鄂尔多斯民间流传的《哈布图哈撒儿射死阿尔巴勒吉哈喇鄂姆根的传说》② 和《哈布图哈撒儿的

---

① 乌兰：《〈蒙古源流〉研究》，辽宁民族出版社2000年版，第225页。
② 《鄂尔多斯文化遗产》，《阿拉腾甘德尔》民间文学专辑，1987年版。

传说》①，等等。前者是以散文为主、诗歌为辅的传说，它的形式接近于史诗。关于成吉思汗与兄弟哈撒儿的矛盾，在 1240 年问世的《蒙古秘史》中也有所反映。后来人们根据这种题材编创了一系列传说，歌颂了神箭手哈撒儿的功绩和他对哥哥成吉思汗的忠诚。这些传说可能从 13—14 世纪起便在民间流传，因为 15—16 世纪是蒙古历史上的所谓"黑暗时期"，即缺乏这一时期的历史文献，这些传说是从 17 世纪开始才被文字记载下来的。但我们不知道，到底什么时代哈撒儿的传说与格斯尔的故事融合在一起，成为格斯尔故事。这两种作品融合的条件客观存在，二者的主题一样，都是英雄为民除害。哈撒儿（Xasar）这个人名与格斯尔（Geser 或 Gesar）名字的发音与写法相近，蒙古方言中辅音 X 与 G 可相互交替。因此，民间演唱艺人在演唱过程中有意或无意地将哈撒儿的传说改变成为格斯尔的故事。

不仅哈撒儿传说变成了《格斯尔》的一部分，而且，成吉思汗被西夏王后害死的传说也成为《格斯尔》的一部分。西伯利亚的图瓦人属于突厥语民族，但他的基本词的 60% 与蒙古语相同，图瓦人曾长期使用过蒙古文，并从蒙古文翻译过《格斯尔》，图瓦人叫《凯赛尔》。《凯赛尔》早已在图瓦民众中广为流传，他们把成吉思汗与格斯尔（凯赛尔）看作同一个人。近年来斯钦巴图博士发现了图瓦人的《阿其图凯赛尔莫尔根》一书，并作了分析和研究。② 该书中有九部长诗，其中著名艺人图勒什巴章盖于 1961 年演唱的长诗《阿其图凯赛尔莫尔根》与成吉思汗的传说有密切联系。这部长诗的核心内容如下：

凯赛尔在自己属民中发现了一位先知，他让凯赛尔收回禁止戒烟戒酒令，这样他们家乡便呈现出风调雨顺，牲畜繁荣的发展景象。凯赛尔请先知做了自己的官吏，和其他 336 名官吏一起围猎，他们看到雪上滴的猎物血。凯赛尔问先知世上有无这种雪白面孔血红脸蛋的美女，先知说西方胡格德古利汗的妻子就是如此美丽，并说那位可汗无能，只有他的七条红狗厉害，它们看到别人的帽顶露出便跑过去咬人。凯赛尔带着先知和官吏们向西进攻，走到一处美丽的地方宿营，凯赛尔称赞这个地方说，富人居住此地其乐无穷，穷人死在此地其乐无穷。336 位官吏都赞成主人的话，可是

---

① 都吉雅、高娃整理：《蒙古族民间传说故事》，民族出版社 1984 年版。
② 斯钦巴图：《图瓦〈凯赛尔〉的一些故事与成吉思汗传说》，见《〈格斯尔〉论集》，内蒙古人民出版社 2003 年版。

先知说凯赛尔知道了自己的命运，返回途中才会发现是否好地方。他们走近胡格德古利汗的家乡，那七条红狗向他们进攻。大军杀死了七条红狗，活捉了可汗。那位可汗求饶，说以牲畜、金银和爱妻换取自己的生命，或者做凯赛尔的佣人。可是凯赛尔杀死了可汗，俘获了那位雪白面孔血红脸蛋的汗后，返回来驻扎在那个"富人居住此地其乐无穷，穷人死在此地其乐无穷"的地方。夜间与夫人上床时，她剪掉了凯赛尔的生殖器，让其疼痛而死。他的官吏们带着可汗的遗体回到家乡，此时凯赛尔的三仙姑来使他复活了。

上述内容与 17 世纪以来蒙古历史文献《黄史》、《蒙古源流》和《黄金史》记载的关于成吉思汗的传说相似。斯钦巴图证明，这部长诗的情节与成吉思汗杀死西夏失都儿忽汗，抢劫他的妻子美女古儿别勒只·豁阿，美女割断可汗的生殖器，将其害死相似。《蒙古源流》中说成吉思汗"杀死了失都尔忽皇帝，主上纳了他的古尔别勒只·豁阿皇后，收服了人称'米纳黑'的唐兀国"。失都尔忽皇帝对成吉思汗说："如果你要娶我的古尔别勒只·豁阿，应当仔细搜索她的全身。"书中又说："夜里入寝后，（她）加害于主上的御体，主上因此身上感到不适，古尔别勒只·豁阿皇后趁机起身离去，跳进哈喇木连河身亡。"成吉思汗向西夏进攻途中赞美阴山下的一个美丽土地，他说：

> 国亡时可以在这里避居，
> 国安时可以在这里放牧，
> 饥饿的鹿可在这里吃饱，
> 老年人可在这里休息。

成吉思汗死后，运送他遗体的车在此地陷坑停留；失都尔忽汗向成吉思汗献牲畜、财富和美女，反而被杀害；西夏使者赞美其汗后古尔别勒只有雪白面孔血红脸蛋，因而引发成吉思汗进攻；还有那种看到人的帽顶露处便进攻咬人的红狗，等等，这些均表明两者颇多相似之处，说明这部作品是根据成吉思汗的传说改编的。

有关成吉思汗的传说和哈撒儿的传说产生于 13—14 世纪，当时藏族的《格萨尔》尚未传入蒙古地方，它们都包含了蒙古人创作的蒙古情节、蒙古历史人物、蒙古主题和蒙古素材。从 16—17 世纪开始,藏传佛教第二次传入蒙古地区,随着藏族《格萨尔》在蒙古地区广为流布,它的影响越来越大。因人们误认为格斯尔是蒙古人的祖先,将他与成吉思汗等同起来,于是格斯尔的故事传说与蒙古历史传说一起传播。大约从 19 世纪开始,有的讲述者以格斯尔可汗的名字取代成吉思汗、哈撒儿等历史人物传说,便创作了新的《格斯尔》章节。后人把他们作为格斯尔的故事看待,许多学者也分不清他们的关系。实际上以蒙古传说、故事和史诗等改编的作品不仅在情节上和人物上有区别,而且连主题也与《格斯尔》不同。蒙藏《格斯尔》的主题是"降妖伏魔,为民除害"。可是在上述《阿其图凯塞尔莫尔根》中主人公凯塞尔任意进行侵略、屠杀和抢劫,又是个好色之徒,最后被美女害死。这就是原有的蒙古历史传说的特点,其中批评了历史人物,而不是歌功颂德。

## 第三节　古老的蒙古英雄史诗

在蒙古《格斯尔》中,布里亚特人演唱的作品有多种异文,它们在情节上彼此相距甚远。研究者非常多,他们提出了多种不同的观点。谢·尤·涅克留多夫详细介绍和分析了学者们的观点。[①] 学术界把布里亚特文本分为温戈类与埃和里特—布拉嘎特类。温戈类异文在情节上近似蒙古书面《格斯尔》作品,可是埃和里特—布拉嘎特类异文比较复杂。著名学者策·扎姆察莱诺在 1906 年记录了埃和里特—布拉嘎特人伊莫格诺夫·曼舒特演唱的史诗《阿拜格斯尔胡本》,并于 1930 年将其出版。许多学者都是根据这一类异文分析的。1941 年,尼·波佩指出,布里亚特《格斯尔》这部叙事诗来源于中央亚细亚和南西伯利亚牧民和猎人共同的情节库。由于某些"古老的故事"归到了《格斯尔》名下,于是出现了作品的各种异文。[②] 又说,埃和里特本的性质是绝对独立的,它反映了进入阶级社会之前的意识形态,不曾受到佛教影响。日本学者塔纳卡(田中)说:"在当地的传说中

---

① [苏]谢·尤·涅克留多夫:《蒙古人民的英雄史诗》,蒙古大学出版社 1991 年版,第 167—168 页。

② 同上书,第 184 页。

布里亚特史诗英雄乃是格斯尔的前辈，他们的名字后来被格斯尔的名字所取代。"① 这些学者看到了埃和里特—布拉嘎特史诗《阿拜格斯尔胡本》②与其他布里亚特异文和蒙古异文的区别。但是，在这本书中有三部曲，第一部叫做《阿拜格斯尔胡本》，第二部为《奥希尔博克多》，第三部叫《胡荣阿尔泰》，人们没有说明后二者与前者有着重要区别。实际上，第一部与《格斯尔》有联系，但《奥希尔博克多》和《胡荣阿尔泰》在情节和人物上均与《格斯尔》毫无联系，原来都是独立的古老布里亚特英雄史诗。布里亚特史诗学家沙尔克什诺娃指出了这个重要问题，她俄译了扎姆察莱诺记录出版的埃和里特—布拉嘎特史诗《阿拜格斯尔胡本》，并在序言中指出：《奥希尔博克多》和《胡荣阿尔泰》原来就是独立的史诗，因为它们的情节和题材近似于格斯尔，后来就组合到一起了。③ 她指出了事实真相——这两部史诗原来就是独立的布里亚特史诗，它们有几种不同的异文。如扎木察莱诺于 1918 年出版了《哈奥希尔胡本》的两种不同异文，第一个是4365 诗行，第二个是 499 诗行。

　　布里亚特地区埃和里特—布拉嘎特部人伊莫格诺夫·曼舒特演唱本《阿拜格斯尔胡本》是一部独特的巨型史诗（22074 诗行），是描绘格斯尔及其长子奥希尔博克多、次子胡荣阿尔泰三位勇士事迹的三部曲。《奥希尔博克多》的主人公是奥希尔博克多，史诗展开描写了主人公为妻室而长期艰苦斗争的经过，故事情节分为三大部分。首先，交代了奥希尔博克多为远征娶亲而寻找坐骑的过程。父亲格斯尔让奥希尔博克多查阅决定命运的黄书，并去聘娶未婚妻。他查到未婚妻是西方远处特勃赫温都尔山上的顿吉达尔罕的女儿陶荪高罕。他的坐骑也在此山上，是宇宙九匹铁青马的最小一匹。他步行数日到此山下，这是人畜从未上去过的悬崖绝壁。在那里白骨成山，血流成河，到处都是失败致残的人。但他下决心一定要到达目的地，往山上爬手脚都磨破了。他先后变为松鼠、黄鼠狼往上爬，又磨损了爪子，最后变成山鹰飞上去，到山上他便晕倒了。他醒过来后找到长生

---

　　① ［苏］谢·尤·涅克留多夫：《蒙古人民的英雄史诗》，蒙古大学出版社 1991 年版，第247 页。

　　② 莫·霍莫诺夫翻译注释：《阿拜格斯尔胡本》（埃里利特—布拉嘎特异文），1961 年。

　　③ ［苏］谢·尤·涅克留多夫：《蒙古人民的英雄史诗》，蒙古大学出版社 1991 年版，第207 页。

水和神树叶恢复健康。他隐蔽在水边，揪住了来饮水的小铁青马的耳朵。他与马搏斗数日，最后各自羡慕对方的本事便和好。正在这时，从天上掉下来勇士的铠甲和武器，他全副武装，骑着小铁青马下山回家见父亲，讲述了经过。往下史诗描述了勇士在娶亲途中战胜自然力的英雄事迹。他闯过原始森林，渡过危害生命的大河和毒海，化作野兽和飞鸟，上特勃赫温都尔山。接着奥希尔博克多看到岳父家的汗宫，使坐骑变成两岁劣马，自己化作秃头老人去向顿吉达尔罕女儿求婚，遭到岳父的歧视和其他六位求婚者的讥笑。可是在争夺未婚妻的考验中，他以超人的智慧、力量和武艺完成了其他六个求婚者未能经受的考验，先后打死了 300 个脑袋的蟒古德海（恶魔）、500 个脑袋的恶魔及其灵魂和父母，夺回三年来被它们先后偷盗的三匹神马驹，因而得到岳父的赞赏。他携带妻子回家时，顿吉达尔罕也带着属民和牲畜迁来。格斯尔举办盛大婚宴，并完成了上天旨意，升上天空成了佛。

　　姊妹篇《胡荣阿尔泰胡本》则是反映奥希尔博克多的兄弟胡荣阿尔泰婚事斗争的史诗。第一部分的情节与上述史诗基本相似，描写了胡荣阿尔泰得到坐骑和武器的艰苦经历。在远征求婚途中，他先后同几窝大小蟒古德海多次进行英勇战斗，战胜了它们的公开进攻和暗害，并营救了被它们害的勇士希尔古勒金巴彦的儿子希如格台吉，与他结为义兄弟。胡荣阿尔泰化作骑两岁劣马的老头子去向那仁格日勒汗的女儿求婚，受到岳父和其他六位求婚者的虐待和讥笑。在这部史诗里，考验女婿的方法与上述姊妹史诗不同。首先，那仁格日勒汗让求婚者们拉大弓上弦，那张九年没有用过的大弓，六名求婚者都没有拉动，可是老头子拉大弓上弦，将它拉得圆圆的。岳父又惊讶又羡慕，让他恢复原貌并告知来意。胡荣阿尔泰恢复了原貌，岳父感到高兴，便让他进女儿的房间，和阿贵诺干高罕住在一起。接着岳父让他完成几项艰巨任务，他通过智慧和勇敢抓来了大海岸上吃人的神奇黄狗、送来了凤凰羽毛，先后杀死了向他进攻的多种蟒古德海，胜利归来。勇士在携带妻子返回老家途中又消灭了偷走他妻子的敌人嘎尼格布赫勇士，回到家受到哥哥和嫂子的欢迎，他们为新婚夫妻修建了金银宫帐，举办了盛大婚宴。

　　这两部史诗只在《奥希尔博克多》开头处出现格斯尔的名字，他让儿子奥希尔博克多查阅决定命运的黄书，去聘娶未婚妻。当奥希尔博克多娶妻返回家乡时，格斯尔举办盛大婚宴祝贺，并说他已完成了上天旨意，升上天空成了佛。开头只有 24 行诗与格斯尔有关，后头只有一二百行诗描写了格斯尔在婚宴上喝醉酒酣睡三天，空中掉下天书说，格斯尔上天时间已过两天以及他上天成佛。而在《胡荣阿尔泰》中，根本没有提到格斯尔的名字。

《奥希尔博克多》和《胡荣阿尔泰》这两部作品是纯布里亚特英雄史诗，除上述几句话外，在情节上与蒙藏《格斯尔》毫无相干，而且在两部史诗中根本没有格斯尔的 30 名大将、几位妻子和叔父等人物；相反，它们论述了"中央亚细亚和南西伯利亚牧民和猎人共同的情节"，又"是绝对独立的，它反映了进入阶级社会之前的意识形态"。

在蒙古史诗中，有影响的大史诗替代其他史诗的现象颇为常见。如在新疆的卫拉特蒙古人中有长篇史诗《江格尔》，同时也有数十部比它短的史诗。1978 年，笔者去巴音布鲁克草原调查《江格尔》时，有一位 24 岁的年轻人额仁策来说，他会演唱《江格尔》，结果他讲述了三部史诗《那仁汗胡勃恩》、《钢哈尔特勃赫》和《骑红沙马的额尔古古南哈尔》。他把史诗主人公额尔古古南哈尔与《江格尔》连接起来，说史诗的名称叫作《阿拉图杰诺谚江格莱的儿子额尔古古南哈尔》。后来笔者才知道新疆的卫拉特人，把所有的英雄史诗都叫做"江格尔"。这种现象恰好证明英雄史诗发展的一种规律性，像大鱼吃小鱼，影响大的史诗在口头传承过程中，将其他独立的史诗吸收过来，使它们成为自己的一部分。布里亚特人约有 300 多部史诗，许多史诗是 1000 多年间传承下来的珍贵的文学遗产。可是，从 18—19 世纪以来《格斯尔》在布里亚特人中流传越来越广，人们把格斯尔看作自己的祖先和神灵，修建了庙宇供奉格斯尔像，诵扬格斯尔经，并顶礼膜拜。在这种重大影响下，有的人把自己民族古老的史诗同《格斯尔》连接起来，将奥希尔博克多称作格斯尔的长子，说胡荣阿尔泰是格斯尔的次子，便出现了后来的这种奇特现象。

## 第四节　口头唱本的民族特色

蒙古民间艺人演唱的史诗《阿拜格斯尔胡本》和《圣主格斯尔可汗》

等作品与众不同，它们具有纯蒙古史诗题材、情节和人物，是蒙古人通过民族艺术库创作的珍品。《奥希尔博克多》和《胡荣阿尔泰》是居住在伊尔库茨克州布里亚特人的原始狩猎时代的史诗。蒙古史诗的古老题材有两种，一是勇士的英勇婚礼，另一是勇士与恶魔的征战。这两部史诗属于婚姻型史诗，描写了主人的婚事斗争。作品中没有任何藏族故事和细节，也没有蒙古文《格斯尔》的影响。它们是个典型的蒙古英雄史诗，其故事情节与其他蒙古史诗完全一样。两部史诗描写了原始森林和高山地带人们与自然界艰难困苦的斗争，他们突破无边无际的原始森林，渡过多种苦海和毒海，爬到悬崖绝壁上，捉拿野马作坐骑的英雄行为；与其他蒙古史诗一样，主人公化身为秃头儿骑着两岁劣马去向可汗的女儿求婚，受到岳父和其他求婚者的歧视；在两部史诗里有两种不同的考验，一是和其他蒙古史诗一样拉大黑弓上弦的考验和完成三大危险任务的考验，即勇士活捉外海岸上吃人的黄狗、杀死凤凰带来凤凰羽和杀死蟒古德海（蟒古思）；另一种考验是在蒙古民间故事和英雄史诗中常见的情节，即凤凰偷窃金胸银背马，无用的六名求婚者去守夜便睡懒觉，秃头儿则发现凤凰来偷金胸银背马，他杀死凤凰而将金胸银背马赶回来的故事；也有勇士在远征求婚途中，营救被敌人伤害的勇士，并和他结为安达的细节；两部史诗结束的时候，也和其他蒙古史诗一样，或者当勇士携带妻子返回家乡时岳父和属民百姓一起赶着牛羊马群迁移到女婿家附近，常来常往，或者在途中消灭偷盗其妻子的情敌而胜利归来。

在人物形象方面，只说格斯尔是主人公的父亲，他除了指点大儿子奥希尔博克多去找未婚妻之外，其他人物均与《格斯尔》没有任何关系。第一部史诗中的主人公是奥希尔博克多，事情发生在特勃赫温都尔山上，岳父是顿吉达尔罕，未婚妻是其女儿陶苏高罕。另一部史诗的主人公是胡荣阿尔泰，其未婚妻是那仁格日勒汗的女儿阿贵诺干杜海。这些人物都是在布里亚特生活和口头文学中常见的人物。

如前所述，《格斯尔射死哈日雅勒奇哈喇鄂姆根的故事》和《阿其图凯赛尔莫尔根》等史诗是根据关于哈撒儿的传说和成吉思汗的传说改编的作品。它们从13—14世纪开始，在国内外蒙古语族民众中广为流传，成为家喻户晓的蒙古传说。可是，把这种短小的传说改编成上千诗行的史诗，这充分体现了蒙古民间艺人的艺术才华。传说本身就带有幻想色彩和神奇性，但是民间艺人们通过浪漫主义手法,使它们成为更富有想象力和艺术魅力的长诗,而且,描绘了将那"登上城楼,不停地挥动黑旗,口念咒语"的巫婆,让她跳起来同主人公战斗的状态。在这里运用了许多魔法细节,诸如:看到主人公出现在面前,巫婆便念咒语,便抢起大黑铁棍,从小包里甩出大黑公驼,跳上驼背与格斯尔交锋。为了加强作品的幽默感,还借用了另一个传说,即关于成吉思汗与西夏皇帝搏斗的一段,说巫婆施展法术化作各种动物逃窜的时候,格斯尔变成比它们更凶残的动物去杀死巫婆。

也许有人会说,上述蒙古民间艺人演唱的不是真正的《格斯尔》或者可以说是"假"《格斯尔》,因为他们都是根据蒙古古老传说和英雄史诗改编而成的。可以肯定地说,这不是当代人改写的作品,早在俄国十月革命前的1906年策·扎木察莱诺记录的时候,著名的布里亚特艺人伊莫格诺夫·曼舒特就是这样演唱的。这种事实说明,蒙藏《格萨(斯)尔》的形成,是经过由神话、传说到史诗,由少数几章到多数章节,由分章本到分部本,由某一个民族传布到许多民族的漫长的发展过程。在漫长的发展和演变过程中,不知它吸收了多少个不同体裁的作品。

总之,蒙古民间艺人演唱的活态史诗《格斯尔》,是经过历代天才的艺人精心琢磨成为融汇蒙古语言艺术和表演艺术于一体的综合艺术珍品。作为一种综合艺术,它不仅具有精湛的蒙古诗歌的艺术特色、曲折复杂而引人入胜的故事情节和丰富生动的人物形象,而且还具有表演的旋律节奏、演唱曲调、马头琴伴奏、形体动作和面部表情等多方面的因素。史诗通过富有浪漫主义色彩的创作方法,艺术地、真实地反映了蒙古民族的社会生活、思想愿望和内外斗争。

# 第五节　蒙古英雄史诗的影响

我们知道,英雄史诗有其产生、发展和消失的规律。学术界认为,在古希腊史诗《伊利亚特》和《奥德赛》形成以前的几百年间,有关特洛伊战争的零散传说和史诗篇章靠着古希腊乐师的背诵流传下来,约于公元前9—8世纪有人(或荷马)根据那些零散的篇章以口头方式整理成为《伊利亚特》和《奥德赛》两部史诗。公元前6世纪开始出现了繁简不同的抄本。

从公元前5世纪起，每逢雅典四年一次的庆典都有朗诵这两部史诗的节目。到公元前3—前2世纪，经亚历山大城几位学者校订之后，史诗已经有了最后定本，其后内容没有多少改动。于是，口头史诗演变为书面史诗。又经过数百年，这两部史诗不再有口头艺人演唱，便一直以书面形式传世。

蒙古英雄史诗约于7世纪产生于现在的西伯利亚贝加尔湖及中央亚细亚北部地区。经过了单篇型史诗、串连复合型史诗和并列复合型史诗三大发展阶段。近代许多蒙古部落没有英雄史诗，只有三大体系里的七个中心保存了数百部英雄史诗。七个中心的史诗状况也有一定的区别。尤其是半农半牧的扎鲁特—科尔沁有两种不同叙事诗，一是著名艺人琶杰、毛依罕演唱的《阿拉坦格日勒汗的勇士阿布拉古朝伦》等短篇型史诗。它们属于喀尔喀—巴儿虎体系的史诗，但处于演变过程之中。另一类是《阿斯尔查干海青》等长篇叙事诗。这一类作品与传统的蒙古英雄史诗不同，它们具有独特的内容、风格、表现手法、诗歌语言和程式化描写。过去人们不会区分这两类样式的作品，统称其为英雄史诗。现在我们可以将其区分开来，前者叫做英雄史诗，后者按当地民众习惯称为蟒古思故事。当然，这种蟒古思故事是在英雄史诗《希林嘎拉珠巴托尔》等传统基础上产生的。① 这就是说，扎鲁特—科尔沁有处于演变过程中的英雄史诗和在英雄史诗传统上出现的新样式——蟒古思故事。

可以说，英雄史诗在扎鲁特—科尔沁部族中走向演变和消亡阶段，但又成为蟒古思故事、胡林乌力格尔（本子故事）和叙事民歌产生和发展的基础。

关于英雄史诗对蟒古思故事的影响，蟒古思故事研究专家北京大学陈岗龙教授阐释得比较清楚。② 他将这种情况与当地民众的政治经济发展情况联系起来，认为扎鲁特—科尔沁部族政治生活和游牧生活世代的终结，导致了他们部落史诗时代的终止，部落史诗在新的政治经济生活中失去了政治和社会的功能和意义。但是，这并不意味着他们英雄史诗传统完全消亡，而是在新的社会条件下，英雄史诗的政治功能转向文化功能。这就是英雄史诗的民间信仰或者说民俗的功能导致了蟒古思故事的产生。他发现蟒古

---

① 仁钦道尔吉：《蒙古英雄史诗源流》，内蒙古出版社2001年版。
② 陈岗龙：《蟒古思故事论》，北京师范大学出版社2002年版。

思故事的最初形态的起源，与在喀尔喀和巴尔虎地区广泛流传的史诗《希林嘎拉珠巴托尔》和《巴彦宝鲁老人的三个儿子》有关。

除蟒古思故事外，英雄史诗对胡林乌力格尔（本子故事）的产生和发展也产生了很大影响。中央民族大学教授朝克图撰写出版了专著《胡林乌力格尔研究》。① 他认为胡林乌力格尔是在蟒古思故事基础上产生的，并在产生初期主要以蟒古思故事演唱的方式说唱汉族历史故事。他认为，从19世纪初以来，在东蒙古胡尔奇与蟒古思奇同时存在，开始胡尔奇数量较少，蟒古思奇数量较多，后来随着胡林乌力格尔的广泛流布，蟒古思奇越来越少，胡尔奇越来越多。他认为，蟒古思故事在母题和艺术手法方面影响了胡林乌力格尔的发展。他说的蟒古思故事包括英雄史诗。

谈到英雄史诗对本子故事的影响，陈岗龙指出："在英雄史诗发达的蒙古地区，源于中原历史章回小说传统的本子故事的传播，曾经经历了一个'史诗化'的过程。这种'史诗化'具体来说就是本子故事的演唱者按照蒙古族民众接受英雄史诗传统的心理特征，对翻译过来的作品进行改编，采用传统的史诗手法讲述故事，从而引起本子故事在主题、题材和程式化描写段落诸方面的史诗化。"他还举例说明了本子故事的"史诗化"现象。

蒙古英雄史诗有1000多年的发展史，藏传佛教传入蒙古地区后，在蒙古英雄史诗的影响下产生了蟒古思故事。接着，汉族章回体小说和历史故事被翻译成蒙古文。蒙古艺人们运用传统的英雄史诗方式将其蒙古化后进行演唱，便出现了本子故事。在本子故事中既有韵文体又有散文体，其中韵文体部分是在蒙古英雄史诗、祝词、赞词和好来宝的影响下出现的。

本子故事在勇士及其战马、备马、盔甲、弓箭和刀枪方面的描绘上，无不继承和发展了英雄史诗传统。我们只举一个例子，在巴林胡尔奇贺希格宝音演唱的本子故事《在花园和公主结婚》中，称赞汉族将军龙基岗的坐骑白马有这样的描写：

> 它有启明星般的眼睛，
> 它有狼一样的耳朵，
> 它有如意宝般的额头，

---

① 朝克图：《胡林乌力格尔研究》（蒙古文），民族出版社2002年版。

它有海螺一样的鼻梁，

它有鲜花般的嘴唇，

它有珍珠般的牙齿，

……

它有花龙般的脖颈，

它有吉祥结般的胸脯，

它有老虎般的上身，

它有大象般的块头。

接着描绘战马的勇气和功能，这样写道：

越过高山峻岭，

毫无胆怯的马，

看到罕达犴（犴）和鹿，

跑上去将其踩死的马，

跨过大河和湖，

毫不退却的马，

遇到红狐狸和狼，

追上去将其砍死的马。

……

这篇本子故事直接借用了英雄史诗的马赞，当然，英雄史诗也是借用了蒙古祝词和赞词的现成材料。

总之，蒙古英雄史诗传统，在后来产生的蟒古思故事和本子故事中得以继承和发展。

蒙古文翻译的本子故事与蒙古胡尔奇说唱的故事是有区别的。也就是说，胡尔奇并不按照本子上的文字来说唱，他们或多或少总有一定的改编。笔者于20世纪80—90年代，对巴林右旗胡尔奇进行调查，并且以录音的方式记录了他们讲述的近20部本子故事。蒙古胡尔奇可以分为两大流派。第一种流派的胡尔奇有白塔子村散布拉和沙巴尔台村乌干巴雅尔等，笔者问散布拉："你是按照本子上的故事说唱的吗?"他说："难道可以创作故事吗?"笔者又问:"你是否增加了诗歌?"他说:"对诗歌来说,可能增加了一两句。"

乌干巴雅尔给笔者讲述了《五女兴唐》和《格斯尔的故事》,笔者问他:"你说唱时有没有自己增加的东西?"他答道:"没有,说唱时没增没减。"

这一流派的胡尔奇在主观上没有故意改编的想法,但难免无意中有所改编。

另一流派的胡尔奇则只运用原有故事的基本情节和人物形象,有意进行各种改编,使原故事接近蒙古牧民的生活和风俗,并在散文中增加诗歌或借用蒙古祝词、赞词、谚语和好来宝等样式,从而使汉族故事蒙古化。

著名胡尔奇琶杰把蒙古艺人分为扎鲁特流派(即牧区流派)和农业区流派,他指出扎鲁特流派胡尔奇的特征是:

1. 在说唱汉族历史故事之外,还会演唱蟒古思故事、英雄史诗、好来宝和民歌;
2. 语言优美动听,富有形象性;
3. 语言幽默风趣,善于赞美和歌颂。

农业区胡尔奇的特征是:

1. 依靠本子上的文字,讲述历史故事;
2. 故事情节紧凑,说唱顺口;
3. 语言精练,意义深刻,但形象性较差;
4. 说唱曲调多样。

这是非常合适的分类,在牧区流派中还有阿鲁科尔沁、翁牛特和巴林胡尔奇。巴林右旗的胡尔奇达木仁、金巴扎木苏、尼玛敖德斯、贺希格宝音属于第二个流派。但第二个流派中,唯独巴林胡尔奇达木仁和他的王姓师傅非常特殊。他们取材于汉族历史故事,利用历史人物姓名(如后唐皇帝李从珂及其继任石敬瑭)重新创作了后唐和鞑靼的故事《金马传》。达木仁说:我说唱的故事《金马传》和《金朝故事》是向本旗宝尔乌苏苏木的一位姓王的胡尔奇学唱的，实际上绝大多数篇幅是本人创作的。

　　总之，本子故事是在蒙古英雄史诗和蟒古思故事的传统上形成和发展的。

# 第四编

英雄史诗演唱艺人

蒙古英雄史诗分布的三大体系和七个中心都有演唱英雄史诗的人，但他们的情况各不相同。在喀尔喀—巴尔虎体系中无论男女老少都会朗诵史诗，但缺少专门演唱英雄史诗的艺人。扎鲁特—科尔沁中有艺人，他们把艺人叫作蟒古思奇和胡尔奇，这种艺人主要是演唱蟒古思故事和本子故事，附带唱一两部英雄史诗。蟒古思故事是在英雄史诗的传统上产生的，随着蟒古思故事的发展和繁荣，史诗逐渐让位，以致被人们遗忘。布里亚特体系中有过不少艺人，早在20世纪初著名学者扎木察莱诺就曾发现过一批著名艺人，诸如安加拉河流域的彼得洛夫（1866—1943）、温戈艺人土谢米洛夫（1877—1945）以及瓦西列夫和德米特里也夫等人。此外，还有能演唱近10部英雄史诗的豁里艺人巴扎尔。但我们看不到布里亚特艺人的研究资料。

在卫拉特体系的三个中心，即卡尔梅克、新疆一带的卫拉特和西蒙古卫拉特都有一大批著名的英雄史诗演唱艺人和史诗演唱世家。蒙古语把史诗叫作陶兀里，演唱史诗的艺人叫陶兀里奇，后来巨型英雄史诗《江格尔》形成后，演唱这部史诗的人被称为江格尔奇。目前，西蒙古有陶兀里奇被分为乌梁海、巴亦特和杜尔伯特的陶兀里奇。此外，卡尔梅克和新疆有江格尔奇，随着《江格尔》的广泛流布，江格尔奇取代了陶兀里奇演唱《江格尔》和其他英雄史诗。

# 第一章

## 《江格尔》演唱艺人——江格尔奇

### 第一节　江格尔奇的功能和地位

演唱英雄史诗《江格尔》的民间艺人，蒙古语叫做"江格尔奇"。在卫拉特文学艺术的发展过程中，江格尔奇具有特殊作用。他们是这部不朽的英雄史诗的保存者和传播者，同时也是《江格尔》的主要创作者。江格尔奇世世代代在民众中演唱和广泛传播《江格尔》，一方面延长了传统史诗的生命力，使它活在民间，得以保存，另一方面满足了人们的艺术享受和艺术追求。目前，在中国国内外已搜集到《江格尔》的200多种长诗及异文，这些作品都是靠江格尔奇的口传保存下来的。他们除了演唱《江格尔》外，还会演唱其他英雄史诗和叙事诗，讲述各种古老的神话、传说和民间故事。江格尔奇与整个蒙古族和突厥的史诗说唱艺人一样，都掌握了各种巧妙的方法来背诵英雄史诗。正如俄罗斯的突厥英雄史诗专家日尔蒙斯基针对吉尔吉斯的演唱艺人所说："歌手在学习演唱史诗时，不是从头到尾地记唱词，而是背人物出场的先后、情节要点、片段与事件的先后顺序以及传统性的共同之处和史诗的套语，等等。……然后，在演唱过程中创作自己的唱词，并不断加以改变，使之符合听众的思路。有时在唱词中还添入这样或那样一些新的细节甚至故事情节。当然，类似这种带有即兴性质的新的创作内容只能加在定型的、经久不变的传统的框架之中。"① 许多江格尔奇

---

① ［俄］日尔蒙斯基：《〈江格尔〉与突厥—蒙古各民族史诗创作问题》，科学出版社1980年版，第37页。

都是这样做的。

《江格尔》最初的创作和后来的不断发展，都要归功于各个时代的江格尔奇。学术界一致认为，《江格尔》从来不是也不可能是某一位文人或歌手在一个特定的时代靠个人的才智和努力所创作得出来的巨著，它只能是广大民间艺人的口头创作。而历代的江格尔奇们创造性地运用古老英雄史诗的素材，把它与自己时代的社会现实相结合，日益丰富和完善了这部巨型英雄史诗。江格尔奇的演唱可以分为两大类："一类严格遵循已固定下来的规范脚本（即口头演唱的文本——引者），偏离它们是不许可的；另一类在表演过程中即兴创作，改变了个别事件的序列，扩展或压缩情节，加进了自己的新内容。"① 新疆冉皮勒、达尔玛等江格尔奇属于前者，胡里巴尔·巴雅尔、扎拉、普尔布加甫等属于后者。

演唱《江格尔》是综合性艺术，江格尔奇是卓越的民间表演艺术家。演唱《江格尔》不仅有唱词、唱腔、表情和动作，而且还有音乐伴奏，这一切都由一个江格尔奇完成。唱词以富有旋律节奏的诗歌为主，其间还插入精练简洁的叙事散文。江格尔奇的唱法有十几种，新疆尼勒克县的江格尔奇卡那拉一人就会用四种唱腔演唱。深受群众爱戴的江格尔奇们，表演时结合自己的演唱常常编出各种吸引观众的动作。江格尔奇常用的乐器是陶布舒尔琴，他们边唱边演奏。博尔塔拉的著名江格尔奇普尔布加甫是一位多才多艺的表演艺术家。他根据情节用不同的曲调演唱，还会弹陶布舒尔，会唱歌，会朗诵祝词，又是卫拉特单人舞"毕叶勒格"精彩的表演者，江格尔奇们对蒙古族诗歌、音乐、舞蹈和表演艺术的发展作出了显著的贡献。

江格尔奇是有高度艺术造诣和丰富社会阅历的业余文艺工作者。他们有出众的才华，并且经过艰苦努力，因而掌握了《江格尔》演唱艺术。他们以高超的艺术才能在人民中赢得了很高的荣誉和地位，成为全社会尊重的人物。过去在卫拉特社会，不分牧民还是贵族都欢迎和热爱江格尔奇。普通牧民请江格尔奇到自己的蒙古包演唱，并杀羊设酒款待他们，还盛情邀请邻居一起来欣赏。不少汗、王、公、活佛都有自己专职的江格尔奇。这些贵族除了请江格尔奇在自己的府邸里演唱外，还常常组织跨地区的《江格尔》演唱活动，奖赏那些优秀的江格尔奇，赐给他们荣誉称号。据

---

① 见《卡尔梅克文学史》，第 1 卷，第 170 页。

加·巴图那生调查，在 20 世纪 30 年代，和布克赛尔的王爷与喀喇沙尔的汗曾分别组织了《江格尔》演唱比赛，和布克赛尔的著名江格尔奇胡里巴尔·巴雅尔、夏拉·那生曾得到奖赏。还有一次，在新疆迪化（今乌鲁木齐），有个督办的将军曾召集 105 个苏木的土尔扈特贵族开会，会议期间举行了《江格尔》演唱比赛，胡里巴尔·巴雅尔又一次得到奖赏，官吏们赏给他布匹、茶砖、元宝等。当时，推荐胡里巴尔·巴雅尔前来参赛的夏里万活佛一高兴，把备好鞍的走马也奖给了他。

# 第二节　国外的江格尔奇

　　数百年来，在中国、蒙古国和俄罗斯的卡尔梅克共和国各蒙古语族民众中，出现了许多才华出众的江格尔奇。目前，虽然未发现初期江格尔奇的书面资料，但在民间流传着一些江格尔奇的传说。如前所述，在 17 世纪初土尔扈特部西迁到伏尔加河以前，在新疆出现过会演唱 70 部《江格尔》的著名艺人土尔巴雅尔"达兰脱卜赤"。再如，贝格曼于 1802—1803 年间到卡尔梅克草原考察时，曾了解到 1771 年以前在伏尔加河下游的策伯克多尔济诺谚手下的一名才华出众的江格尔奇的事迹。那位江格尔奇（没有记下他的姓名）是个穷苦牧民，以演唱《江格尔》为生。他曾精彩地演唱《江格尔》的"无数部"长诗，并得到汗王贵族的奖赏。尽管那位江格尔奇于 1771 年跟着策伯克多尔济返回故乡阿尔泰山，但留在伏尔加河的卡尔梅克人继续演唱了向他学到的《江格尔》。贝格曼记录的两个故事，就是那位江格尔奇留下来的文化遗产。据卡尔梅克江格尔学家阿·科契克夫考证，《沙尔古尔格汗之部》的演唱者是小杜尔特地区阿巴哈那尔部人科津·安祖卡。他是向其表兄著名的江格尔奇布哈学唱这部长诗的。布哈的父亲桑杰、爷爷波勃拉玛都是江格尔奇，他们生活在 19 世纪上半叶到 20 世纪初。他们家族在 1757 年准噶尔汗国灭亡以前跟着著名的英雄赛音·希尔勃德格由准噶尔迁徙到伏尔加河生活。可以说，是他们把《沙尔古尔格汗之部》由准噶尔带到伏尔加河下游卡尔梅克人中间去的。

　　学术界已经掌握了 19 世纪下半叶以来在中、蒙、俄三国出现的著名江格尔奇的相关资料，其中有卡尔梅克江格尔奇鄂利扬·奥夫拉（1857—1920）、巴桑嘎·穆克宾（1878—1944）、沙瓦利·达瓦（1884—1959）；蒙古国江格尔奇朝·巴格莱、帕·古尔拉格查。

在已发现的卡尔梅克江格尔奇中，鄂利扬·奥夫拉是演唱《江格尔》部数最多的艺人。他曾于1908年给奥奇洛夫演唱了在《江格尔》的搜集和研究史上具有划时代意义的10部长诗。后来还给奥奇洛夫的老师科特维奇口述了另一部长诗的内容。可惜奥奇洛夫和科特维奇二人当时没有留下有关鄂利扬·奥夫拉的资料。他们不慎把奥夫拉和他父亲鄂利扬的名字颠倒为"奥夫拉·鄂利扬"。

鄂利扬·奥夫拉于丁巳年（1857）生于俄国阿斯特拉罕省小杜尔伯特地区的伊克布哈斯部贫苦牧民鄂利扬家，是鄂利扬膝下三个儿子中最小的一个。他的大哥叫乔依格尔，二哥叫乌图那生。当奥夫拉20岁时，父亲给他娶了一个叫查干的姑娘。查干生了三个女儿和一个儿子，于1905年去世。奥夫拉以后一直没有续弦，他的晚年是和孙子们一起度过的。奥夫拉天资聪明，又成长在优越的文化环境中。从童年时代开始，他受到了卡尔梅克民间文学的熏陶，特别是英雄史诗《江格尔》的熏陶。鄂利扬·奥夫拉出生在江格尔奇世家，他的两个叔父德勒特尔和玛尔嘎什都是著名的江格尔奇。德勒特尔是相当有文化的人，他精通托忒文和卡尔梅克文学艺术。德勒特尔和玛尔嘎什二人是向自己家族人学唱《江格尔》的。奥夫拉的父亲鄂利扬不是江格尔奇，但他的前四代人都是江格尔奇。阿·科契克夫说，前四代祖宗津铁木耳是17世纪末18世纪初演唱《江格尔》的人，由他开始他们家族代代演唱《江格尔》。鄂利扬·奥夫拉在13岁前就从两个叔父德勒特尔和玛尔嘎什那里学会了《江格尔》的10部长诗。但他生来口吃，这对他学习演唱《江格尔》是个障碍，可是他经过长期努力，终于掌握了演唱艺术。他从19世纪80年代起开始了演唱生涯，后来成为很有才华的江格尔奇。

卡尔梅克人能歌善舞，喜欢民间弹唱艺术，尊敬和爱戴民间演唱艺人江格尔奇。因此，鄂利扬·奥夫拉受到了卡尔梅克普通百姓和贵族们的尊重。他不仅在逢年过节、庙会和婚礼等场合演唱，而且有时得到贵族、大喇嘛和富人们的邀请，去他们的府邸和喇嘛庙演唱《江格尔》，得到一定的报酬，但演唱机会不多，收入少，他一生过着贫穷生活。

学者科特维奇于1910年见过鄂利扬·奥夫拉，时过30年他回忆道："他是一位真正的卡尔梅克穷人，一个破旧的蒙古包，几件寒酸的摆设，一匹两岁马，两头母牛，这便是他的全部财产。"

学者们发现和记录鄂利扬·奥夫拉演唱的《江格尔》经过①如下：卡·郭尔斯顿斯基曾于1864年发表了《江格尔》的两部长诗。他的得意门生圣彼得堡大学教授科特维奇（1872—1944）从郭尔斯顿斯基那里深受教育，对《江格尔》产生了浓厚的兴趣。1894年，他曾去卡尔梅克草原寻找江格尔奇，但他的愿望没有实现。1905年，圣彼得堡大学招收了一批卡尔梅克学生，其中两人成为科特维奇的学生。从这批学生中科特维奇于1908年获悉在阿斯特拉罕省小杜尔伯特地区有一位著名江格尔奇。在科特维奇的建议下，当年8月底他的一名高材生小杜尔伯特地区人奥奇洛夫，受俄罗斯皇家地理学会的派遣，回到阿斯特拉罕省小杜尔伯特地区进行考察。8月28日，他见到了鄂利扬·奥夫拉，请他演唱了《江格尔》的10部长诗。他记录了有关美男子明彦的一部长诗，并用留声机录下了其余九部。奥奇洛夫返回彼得堡，向俄罗斯皇家地理学会汇报时，与会者听了汇报和录音，"无不被那优美的英雄史诗《江格尔》及英雄人物所倾倒"（奥奇洛夫的话）。根据皇家地理学会的要求，奥奇洛夫再次去小杜尔伯特地区，在同年12月18日和19日两天，他用基利尔文字精确地记录了上次未来得及记录的九部长诗。他的原始记录和录音至今还保存在档案馆里。为满足在彼得堡学习的卡尔梅克学生的要求，向他们提供《江格尔》读物，科特维奇决定出版奥奇洛夫的记录稿，并让其他学生把基利尔文转写成托忒文。因校对原文的需要，科特维奇于1910年6月亲临小杜尔伯特地区，在那里逗留了一个多星期，见到了鄂利扬·奥夫拉。他请鄂利扬·奥夫拉再次演唱了那10部长诗。科特维奇听到后说，奥奇洛夫文本的准确性是无可非议的。科特维奇对文本只作了很少的改动，并标出了10部长诗的标题。他还记录了奥夫拉讲述的第11部作品。30年后，科特维奇回忆鄂利扬·奥夫拉的外貌和演唱时说：他是一位近60岁的老人，高高的个子，瘦长的身材，宽宽的肩膀，长方脸上长着一个高高的鼻子，头上有少许白发，完全是一位健壮的精力充沛的老人。

　　1908年，奥奇洛夫记录并用留声机录下了鄂利扬·奥夫拉演唱的10部长诗后，这位江格尔奇不仅在俄罗斯东方学界闻名了，而且成为整个卡尔梅克草原上的著名江格尔奇。各地卡尔梅克人纷纷邀请他去演唱《江格

---

① ［美］阿拉什·保尔曼什诺夫：《鄂利扬·奥夫拉的演唱艺术》，见德国《亚细亚研究》第73卷，1982年版。

尔》。可是在 1913 年至 1920 年间，他的儿子和孙子们在传染病中相继故去，这对他是个难以承受的打击。但 1920 年秋，他重新振作起来，徒步到许多乡村、部队中巡回演唱。当年冬天他去世后，附近地区的很多人都来参加这位伟大民间演唱艺人的葬礼。虽然鄂利扬·奥夫拉离开了人间，但后继有人，巴德玛也夫和李吉也夫等江格尔奇继承了他的演唱艺术。

在鄂利扬·奥夫拉之后，在卡尔梅克人中发现的著名江格尔奇是巴桑嘎·穆克宾（1878—1944）。他出生于哈尔胡斯地区一位贫苦的土尔扈特人家。在那个时期，他的家乡出现过江格尔奇李吉、额尔德尼等人。巴桑嘎·穆克宾从童年时代起向这些江格尔奇学唱《江格尔》。穆克宾的记忆力极强，往往听完第一次演唱，就记住了数百句唱词。到九岁那年他已经掌握了两部长诗的内容，并且能够向其他孩子讲述。过些年后，州里的一位领导人桑杰决定鉴别穆克宾的演唱艺术，事先通知有经验的人们来听，结果附近几个村的居民蜂拥而至。这次穆克宾将江格尔众勇士的英雄诗篇一连演唱了两天，因时间有限而终止。他的演唱很受欢迎，从此他赢得了真正的江格尔奇头衔。穆克宾曾说过，他要把自己的一生献给《江格尔》这部伟大英雄史诗的演唱事业。他不仅演唱《江格尔》，而且还创作了不少新诗歌，曾多次参加卡尔梅克共和国的文学艺术大会。譬如，1935 年他出席了卡尔梅克共和国第一次作家代表大会。同年，他参加了共和国民间歌手比赛大会并获奖。1939 年，他参加了江格尔奇演唱比赛，并在最杰出的表演艺术家中名列前茅。他曾荣获"卡尔梅克自治共和国人民江格尔奇"称号。

1940 年，卡尔梅克学者们记录和出版了巴桑嘎·穆克宾演唱的《江格尔》的六部长诗。除了鄂利扬·奥夫拉，在卡尔梅克江格尔奇中，他演唱的部数最多。这六部长诗与其他长诗不同，其中有许多独特的情节，为《江格尔》研究提供了新资料。据他说，在第二次世界大战前，他曾为搜集民间文学的学者们讲述大量的神话、传说、民间故事和民歌，可惜记录本在战争年代丢失了。在战争年代，为了鼓励红军指战员的战斗意志，穆克宾为将赴前线的战士们演唱过《江格尔》的英雄诗篇。

巴桑嘎·穆克宾也培养了自己的艺徒，其中的奥奇尔、亚历山大二人曾于 1939 年在《江格尔》演唱会上获奖。

沙·达瓦（1884—1959）出生在大朝胡尔土尔扈特地区的牧民家庭。

他的父亲沙瓦利爱好艺术，会演唱《江格尔》的许多部。童年时代，达瓦向父亲学习边弹奏陶布舒尔琴边演唱民歌。但父亲常年在外放牧，没有时间教他学习演唱《江格尔》。从 17 岁起，达瓦向邻居江格尔奇巴达玛·查普尔学习演唱《江格尔》，几年后他成为江格尔奇，到城镇和乡村的人家里演唱《江格尔》的许多部。达瓦不仅演唱《江格尔》，还创作了一些诗歌、民歌和赞词。1939 年他被吸收为苏联作家协会会员，同年到莫斯科参加筹备《江格尔》诞生 500 周年纪念大会，见到了著名画家瓦·阿·法弗尔斯基。法弗尔斯基创作了《江格尔》插图，达瓦对他塑造的江格尔、洪古尔、萨布尔和萨纳拉等形象提供了很大的帮助。

达瓦是天才的江格尔奇和作家，他于 1939 年在埃利斯塔市演唱了两部《江格尔》诗篇，分别是江格尔的阿兰扎尔战马被盗之部和挫败克尔门汗儿子芒古里之部。

学者阿·巴拉卡也夫于 1958 年记录了达瓦创作的诗歌，1960 年以卡尔梅克文出版，1964 年以俄文出版，译者是阿·尼克莱也夫。

达瓦的演唱，声音温柔，曲词和谐。他用优美动听的曲调刻画勇士在战斗中的行动，吸引听众的注意力，让听众感受到史诗的魅力。

江格尔奇李·帖勒塔于 1908 年出生在贫苦牧民李吉家。小时候父母去世，他给富人巴达米诺夫放牧为生。巴达米诺夫是著名的民间艺术保护人，常常请江格尔奇到家演唱，帖勒塔因此得到了旁听的机会。有一次江格尔奇巴·奥孔被请到，他会演唱鄂利扬·奥夫拉曾演唱并出版的 10 部《江格尔》。帖勒塔向奥孔学习了这 10 部《江格尔》，掌握了其演唱技巧，后来成为唯一一位能演唱鄂利扬·奥夫拉 10 部《江格尔》的艺人。十月革命后，他依然经常到牧民家、牧场和矿区演唱《江格尔》，1933 年，帖勒塔参加了卡尔梅克民间艺术大会，后来还参加了《江格尔》演唱大会，取得很大的关注。在纪念《江格尔》诞生 500 周年大会上，他演唱了两部《江格尔》。帖勒塔参加了斯大林格勒战役，还获得了奖章。1966 年，埃利斯塔举行的卡尔梅克民间艺术大会上他也表现了自己的才华。除《江格尔》外，他还演唱过有趣的传说《渥巴锡汗和俄国沙皇辩论》和《哈萨克五位汗》。他于 1967 年退休，晚年生活幸福。

卡尔梅克共和国还有一批江格尔奇，如孟和那生（1879—1944）、那孙卡（1888—?）和云登等。

过去，蒙古国的江格尔奇和演唱《江格尔》的人也不少，但学术界掌握的相关资料却不多。19 世纪末至 20 世纪中叶，在蒙古国的乌布苏诺尔、巴彦洪戈尔、戈壁阿尔泰、扎布罕、前杭爱、后杭爱、东戈壁、肯特和东方省都有过许多江格尔奇。蒙古国学者乌·扎嘎德苏伦曾提到了四五十个江格尔奇的名字，并用几句话交代了每个人的简历。①

我们采用乌·扎嘎德苏伦和其他学者提供的资料，简略介绍一些蒙古国江格尔奇的情况。

蒙古著名的陶兀里奇（蒙古国西部卫拉特人称史诗演唱艺人为陶兀里奇，陶兀里奇也演唱《江格尔》的一些篇章）朝·巴格莱是乌布苏诺尔省乌兰戈木苏木的杜尔伯特部人。这位才华出众的史诗演唱家演唱了西蒙古著名的英雄史诗《宝玛额尔德尼》和《盉腾库克铁木耳哲勃》，并在 20 世纪 40 年代演唱了《江格尔》的一部。②

陶兀里奇帕·古尔拉格查于 1902 年生于当时的赛音诺谚汗盟杭爱苏木牧民家。他在 1926 年参加蒙古军队，完成兵役义务后回家当牧民。他在青年时代，向旧察哈尔苏木人拉格查学唱史诗《岱尼库尔勒》和《海尔图哈尔》，向当地陶兀里奇劳占学习了史诗《汗哈冉贵》和《阿尔泰孙本胡》的演唱。他于 1972 年演唱了《博克多诺谚江格尔》、《达赉汗老人》和《岱尼库尔勒》等史诗，并让学者做了录音。

蒙古演唱《江格尔》的人，同时也是其他著名英雄史诗的演唱艺人。例如，戈壁阿尔泰省沙尔格苏木人桑杰，曾于 1966 年为民间文学搜集者演唱了《诺谚精日拜》，这与《江格尔》有联系。此外，他还会演唱《好汉阿日勒莫尔根》、《好汉鄂格岱英根》、《十三岁的阿特哈勒奇莫尔根》和《好汉汗哈冉贵勇士》等其他英雄史诗。又如东戈壁省赛音都贵郎苏木演唱艺人道·乃旦演唱了《乌琼占巴拉》（与《江格尔》有关），这是他约于 1920 年左右向其兄长学的。另外，蒙古科学院语言文学研究所资料库里有他演唱的英雄史诗《好汉汗哈冉贵》、《阿贵乌兰汗》和《博克多江格尔诺谚》的录音磁带。

---

① ［蒙］乌·扎嘎德苏伦编：《史诗江格尔》，蒙古科学院出版社 1968 年版。《名扬四海的洪古尔》，见《民同文学研究》第 11 卷，蒙古科学院出版社 1978 年版。

② 同上书，第 110—124 页。

科布多省宝尔干苏木土尔扈特部人玛格苏尔·普尔布扎拉是个多才多艺的民间艺人。1893 年，他生于新疆土尔扈特牧民家。他做过土尔扈特王爷的仆人。20 世纪 40 年代，他跟着土尔扈特王爷移居蒙古科布多省。他于1978 年给蒙古科学院考察队演唱了许多民歌、民间祝词、赞词、民间故事和史诗，他会弹奏西蒙古各种民间乐器。他演唱的《汗苏尔之部》是在蒙古境内记录的最完整的《江格尔》长诗之一。这部长诗同中国新疆搜集出版的《汗苏尔宝东之部》的几种异文大同小异。关于这部长诗的传唱和来源，普尔布扎拉说：

> 过去，土尔扈特的米希格道尔吉王爷听到在和布克赛尔地区有个著名江格尔奇，便派人去请他来到自己旗里演唱。王爷的使者请来了一位江格尔奇名叫布拉尔。布拉尔先后演唱了《江格尔》的八部长诗，米希格道尔吉王爷奖赏给他一匹马和能做一件蒙古袍的缎子。不少人向他学习演唱，从此在他们旗里《江格尔》流传开了。他演唱的《汗苏尔之部》就是其中的一部。这部史诗讲的是与江格尔的勇士们结义的英雄汗苏尔的事迹。①

玛·普尔布扎拉所说的和布克赛尔江格尔奇布拉尔，可能是和布克赛尔土尔扈特王爷道诺洛布才登的专职江格尔奇西西那·布拉尔。他是 19 世纪中叶到 20 世纪初和布克赛尔最著名的江格尔奇，人们说他会演唱 30 多部长诗。据说他曾被邀请到塔城地区演唱《江格尔》并得到奖赏。这些事迹与玛·普尔布扎拉的说法相符。

玛·普尔布扎拉是著名的民间诗人。他同另一人曾创作了歌舞剧《阿克萨勒》，其中歌颂了伏尔加河一位土尔扈特英雄的事迹。"阿克萨勒"是卫拉特传统民间单人舞毕叶勒格舞的一种。普尔布扎拉创作的《金黄色走马》、《苏荣胡》和《五种蓄群》等歌已成为民歌在西蒙古民间流传。

---

① ［蒙］哲·曹劳：《蒙古英雄史诗》序"关于蒙古陶兀里奇"，内蒙古教育出版社转写出版 1989 年版，第46—50 页。

## 第三节　中国的江格尔奇

　　长篇英雄史诗《江格尔》形成以前，在西蒙古卫拉特地区曾有过许多英雄史诗（陶兀里）及其演唱艺人（陶兀里奇）。在蒙古国西部地区的杜尔伯特人、巴亦特人和乌梁海人中，至今还有不少陶兀里奇。在新疆一带卫拉特人中，在原有英雄史诗演唱传统的基础上形成了长篇英雄史诗《江格尔》，而原有英雄史诗则逐渐让位于这部巨型史诗，有的竟演变为《江格尔》的组成部分。《江格尔》演唱开始成为民间史诗演唱的主体内容后，便出现了专门演唱《江格尔》的民间艺人——江格尔奇。江格尔奇在演唱《江格尔》的同时，往往也演唱其他英雄史诗，因而过去的陶兀里奇便退出了历史舞台，以至于人们把其他英雄史诗的表演也归之为《江格尔》演唱。例如，笔者于1978年去新疆和静县巴音布鲁克区，见到了24岁的江格尔奇额仁策。他答应给笔者演唱《江格尔》，结果他演唱的却是英雄史诗《那仁汗胡布恩》、《额尔古古南哈尔》和《钢哈尔特勃赫》。当地著名江格尔奇李·普尔拜也把这些史诗当做《江格尔》演唱。据说，他和额仁策都是南部土尔扈特汗满楚克加甫的专职江格尔奇扎拉的门生，在扎拉演唱的《江格尔》中，就包含这些史诗。

　　江格尔奇的出现晚于陶兀里奇，但新疆地区江格尔奇的演唱活动已有数百年历史。今天的江格尔奇们仍然继承前辈的传统，为民众演唱《江格尔》。关于早期新疆的江格尔奇，人们缺乏资料，但有一些传说和信息可以说明至迟在17世纪时新疆就出现了一批江格尔奇。

　　笔者在前边说过，卡尔梅克学者阿·科契克夫论证，《江格尔》的一部长诗《沙尔古尔格汗之部》，是杜尔伯特部的阿巴哈那尔人在1757年准噶尔汗国灭亡前夕，由新疆带到伏尔加河卡尔梅克人中去的。笔者曾于1978年、1981年和1982年间去新疆先后访问了十几位著名的江格尔奇，向他们调查了新疆地区近现代江格尔奇的事迹。我们所知道的著名江格尔奇有：曾经生活在19世纪末至20世纪初南部土尔扈特汗满楚克加甫的专职江格尔奇扎拉、和布克赛尔的王爷道诺洛布才登的专职江格尔奇西西那·布拉尔、奥尔洛郭加甫王爷的专职江格尔奇胡里巴尔·巴雅尔、王爷和活佛赏识的江格尔奇夏拉·那生、六苏木旗的扎萨克巩布加的江格尔奇阿乃·尼开、和硕特扎萨克贝子的江格尔奇苏古尔、乌苏贝子的江格尔奇嘎尔玛、尼勒克十苏木的厄鲁特江格尔奇达瓦和占巴，等等。除这些造诣较深、影响较大的民间艺人外，仅仅在自己家乡周围出名的江格尔奇为数更多。如吉木萨尔的塔日亚奇，昭苏的特格，特克斯的塔希，尼勒克的李扎、达瓦、霍黑玛与特古斯，博尔塔拉察哈尔旧营的宾拜、道尔巴、达拉达拉希，和布克赛尔的巴奔伊西、柯克、巴加·陶克陶呼、额尔赫太、额尔赫太·加甫、柯克·滚尊、达西·浩吉格尔、图门·德琴，等等。

据加·巴图那生介绍，西西那·布拉尔生活在 19 世纪中叶到 20 世纪初。当时和布克赛尔十四苏木的土尔扈特分为左、中、右三个旗。布拉尔生于中旗的贫苦牧民西西那家。他从小就背熟了《江格尔》的许多部，并演唱得非常出色，因而成为道诺洛布才登王爷的专职江格尔奇。他不仅闻名于和布克赛尔一带，而且被邀请到塔城去演唱。塔城的西·克甫都统赏给他金银和绸缎。和布克赛尔县的老人登曾听过他的演唱，他说布拉尔会背诵《江格尔》的 32 部。其他人也证实他能演唱 30 多部，被人称为"雅苏乃（祖传的）江格尔奇"。

南部土尔扈特的著名江格尔奇扎拉出生于今巴音郭楞蒙古自治州和静县巴音布鲁克草原的一个穷人家，他一直活到 20 世纪 60 年代。扎拉不识字，从小听南部土尔扈特汗宝音孟克的一位专职江格尔奇的演唱，因而学会了《江格尔》。和静县的江格尔奇扎拉的徒弟李·普尔拜曾对笔者讲，扎拉曾告诉他，在 20 世纪 30 年代有一次南部土尔扈特汗宝音孟克之子满楚克加甫汗派人来叫扎拉去见他。听到汗的召唤，扎拉吓得心里直打颤："汗为什么叫我去见他，是不是要砍头呀？"他走到汗宫，看到许多站岗的就更害怕了。门卫让他进汗官后，他向汗问好，汗让他坐下来。这时他才松了一口气，心里想："到底有什么事情叫我来呢？"汗开口说："你叫扎拉吧？听说你是一位江格尔奇，我是叫你来给我演唱《江格尔》的。"汗府的仆从给扎拉吃饭、喝茶后，又敬酒请他演唱；扎拉连续几天演唱了《江格尔》的许多部，满楚克加甫汗高兴得赏赐他价值 50 两银子的纸票和一块茶砖，并赐给他"汗的专职江格尔奇"的称号。扎拉除在汗宫演唱《江格尔》外，还经常到牧民们的蒙古包里去说唱，受到广大群众的欢迎。现在还有几位向扎拉学过演唱《江格尔》的人。和静县的年轻江格尔奇额仁策是扎拉的孙子，他从十来岁起就听祖父演唱，并记住了一些片断。此外，李·普尔拜向扎拉学过演唱，并把自己会演唱的几部教给了额仁策。扎拉演唱的

《江格尔》有增有减，李·普尔拜告诉笔者："扎拉曾说《江格尔》里有原来的话，也有后加的话，在演唱中可以自己编。扎拉会演唱《江格尔》的11部。"李·普尔拜、额仁策等人为笔者演唱了《江格尔》的头几部以及其他英雄史诗《那仁汗胡布恩》、《额尔古古南哈尔》、《钢哈尔特勃赫》等。他们讲的这些史诗都是向扎拉学来的。扎拉曾多次受到奖赏：1933年巴音布鲁克的官吏们在朱鲁图斯叫他去演唱《江格尔》，他从前一天晚上讲到第二天早晨，受到听众的称赞，官吏们赏给他骏马及价值50两银子的纸票和茶砖。

据尼勒克县当代江格尔奇巴桑·哈尔对笔者讲，他父亲达瓦是著名的江格尔奇，也是当时的一个知识分子。19世纪60年代，达瓦生于当地一个有文化的人家，活到66岁才去世。达瓦的父亲是道尔吉，道尔吉的父亲巴塔，巴塔的父亲沙尔安本，从沙尔安本开始，他们祖孙几代都有文化，家里收藏大量书籍。在那些书籍中除了多种史书外，还有《格斯尔传》和手抄本《江格尔》12部。达瓦本人也给别人抄写过17种书，其中有《格斯尔传》的"觉如之部"。达瓦是一个多才多艺的人。他会从矿石里提炼白银，用白银制作纽扣、戒指、手镯、耳坠等。所以人们称他为达瓦达尔罕（银匠）。同时，他会唱歌，也会弹陶布舒尔琴，又会占卜。巴桑·哈尔的弟弟杜格尔从他父亲那里学会了弹陶布舒尔琴和占卜术。达瓦的记忆力特强，他熟悉许多历史和文学书籍，并能全文背诵自己收藏的12部《江格尔》。他边演唱边弹陶布舒尔琴，能用多种不同的曲调和节奏，因而很吸引听众，在尼勒克的厄鲁特人中出了名。他曾应巴音布鲁克的土尔扈特千户长道尔吉拉的邀请去那里演唱《江格尔》。因演唱得出色，道尔吉拉赠给他一匹马。又有一次他被邀请到当地官吏阿扎家去，在那里连续十几天讲了一部《赡部岭》。达瓦关心后代，教儿子们演唱《江格尔》。从巴桑·哈尔22岁那年起，达瓦就让他背《江格尔》和《格斯尔传》等书。巴桑·哈尔说："我从22岁起学习演唱《江格尔》，父亲看着本子让我背，我背不出来就揪我耳朵，打我。"巴桑·哈尔不识字，但迄今还会背诵父亲教给他的《沙尔格日勒汗之部》。达瓦的二儿子杜格尔也是个多才多艺的人。他会唱歌，跳民间独舞，朗诵颂词，讲民间故事，还会弹奏和制作陶布舒尔琴。1981年9月12日，笔者曾在他家录了他弹的新疆蒙古毕叶格勒舞的12支曲子。这是在卫拉特蒙古音乐史上占重要地位而目前在民间十分罕见的蒙古族音乐遗产。

在和布克赛尔的前辈江格尔奇中，胡里巴尔·巴雅尔在新疆各地蒙古族人民中的影响最大。据加·巴图那生调查，胡里巴尔·巴雅尔生于和布克赛尔中旗大西苏木一个贫苦牧民家庭，是奥尔洛郭加甫王的专任江格尔奇，并当过苏木佐领，死于1943年。他从小就向当时和布克赛尔的"祖传江格尔奇"西西那·布拉尔学习演唱，学会了《江格尔》的20多部。西西那·布拉尔和胡里巴尔·巴雅尔都不识字，他们是口头演唱家。除演唱《江格尔》外，胡里巴尔·巴雅尔还会讲《阿尔吉·布尔吉汗传》（即《健日王传》）。关于胡里巴尔·巴雅尔演唱的特点和外号的来历，加·巴图那生说："他原名巴雅尔，他每次说《江格尔》，开头用大嗓门，然后慢慢降调，并带着手势，因而能紧紧抓住听众。他在王府说唱《江格尔》，说到高兴时，就情不自禁地离座挪身到王爷面前，喝王爷的酒，吃他的糖，王爷听得是那样的出神，忘了周围的一切。由于他是个既聪明机智而又风趣的人，所以在巴雅尔这个原名之外又得了个'胡里巴尔'（意为机智聪慧）的外号。"胡里巴尔·巴雅尔虽然是一位王爷的专任江格尔奇，但他经常到牧民家演唱《江格尔》。奥尔洛郭加甫王不仅在王府里让他演唱，而且往往把他带到外地去演唱。1926年前后，胡里巴尔·巴雅尔跟王爷到乌鲁木齐和南疆的喀喇沙尔去演唱，曾得到当地官吏的奖赏。胡里巴尔·巴雅尔是能唱会编的人，如前所述，他演唱《江格尔》时，还根据听众的爱好创作一些段落加在适当的地方。

除胡里巴尔·巴雅尔外，在和布克赛尔还有许多江格尔奇。笔者在前面提到著名的江格尔奇夏拉·那生，他会讲10部《江格尔》，曾把其中的八部整理成手抄本送给了中旗千户长乌里吉图。当代江格尔奇朱乃曾读过这个本子。江格尔奇阿乃·尼开边弹陶布舒尔琴，边用乌梁海口音演唱，他会唱12部《江格尔》和《珠拉阿拉达尔汗》等史诗；额尔赫太·加甫曾任王爷的敬酒人，他会唱13部《江格尔》，演唱时伴奏陶布舒尔琴；达西·浩吉郭尔也会说唱13部。

由于过去新疆的江格尔奇很多，因而仅会演唱三五部的人就不被当作江格尔奇；只有懂得许多部，而且演唱技巧高超的人才会被人们称作"江格尔奇"。在那些著名的江格尔奇中，只有极少数人得到上层人物的赏识，成为汗、王或一些诺谚的专职江格尔奇。

近几十年来，由于过去的那些著名的老江格尔奇先后去世，演唱《江格尔》的活动减少，又加上对江格尔奇缺乏必要的奖励和支持，所以目前已找不到特别著名的江格尔奇。但江格尔奇的传统还未中断，在新疆各地已发现八九十名会讲《江格尔》的人。根据目前情况，我们把会演唱完整的两部以上《江格尔》故事的人叫作"江格尔奇"，这种江格尔奇共发现了30多名。其中和布克塞尔县的朱乃会讲26部，冉皮勒会唱21部，乌苏县的洪古尔会演唱10部。会演唱四五部以上的有和静县李·普尔拜，和硕县的哈尔察嘎，博尔塔拉州的普尔布加甫，和布克赛尔县的加甫·尼开、宾比，精和县的门图库尔等人。

新疆的江格尔奇可分为口头学唱的和背诵手抄本的两类。冉皮勒、普尔布加甫、李·普尔拜等人继承了口头演唱传统，他们是借助口头传承的方式从老一辈江格尔奇那里学的，并长期在人民中进行演唱。他们是当代最著名的江格尔奇。

据冉皮勒自己讲，他于乙丑年（1925）出生在和布克赛尔中旗大西苏木贫苦牧民波尔来家。他自幼聪明伶俐，13岁进寺庙当喇嘛，一生过着喇嘛的独身生活。他小时候，和布克赛尔的著名江格尔奇胡里巴尔·巴雅尔、夏拉、那生和阿乃·尼开都还在世，他们经常演唱《江格尔》。他的父亲波尔来任王爷的使者，他家住在王府附近。那时奥尔洛郭加甫王的专任江格尔奇胡里巴尔·巴雅尔是他们的邻居，这样他便经常向胡里巴尔·巴雅尔学习。他从十几岁起背熟《江格尔》的许多部。他看得懂藏文经书，但不懂蒙文。尽管胡里巴尔·巴雅尔有时也教他演唱蒙文抄本的《江格尔》，但他主要还是通过多次听胡里巴尔·巴雅尔的演唱学会的。冉皮勒的青年时代，在他家乡有个叫柯克·滚尊的喇嘛也会演唱《江格尔》。冉皮勒二十五六岁时向这位喇嘛学了《江格尔》的《征服博尔托洛盖山的阿拉坦索耀汗之部》和《洪古尔的婚事之部》。据他本人回忆，其余多部他都是向胡里巴尔·巴雅尔学的。如果这样，我们通过冉皮勒的演唱可以了解到过去胡里巴尔·巴雅尔演唱的一部分《江格尔》。目前冉皮勒会演唱21部，其中多数已成书。

冉皮勒的演唱声音洪亮，唱词清楚，节奏分明。他讲的各部内容较完整，语言精练，诗歌优美动听。

普尔布加甫是一位多才多艺的江格尔奇。除演唱《江格尔》外，他还会讲述许多民间故事和笑话，边唱歌边弹陶布舒尔琴，也能跳民间独舞。他于癸亥年（1923）出生在博尔塔拉察哈尔新营的一个贫苦牧民家庭。普尔布加甫没有文化，他从小到博尔塔拉朋斯克活佛家去干活。当时，在他们家乡有过江格尔奇宾拜、道尔巴和达拉达拉希等人。宾拜是察哈尔旧营著名的江格尔奇，朋斯克活佛经常叫他到家里演唱《江格尔》。宾拜会唱《江格尔》的许多部。普尔布加甫18岁在活佛家干活时多次听到宾拜演唱，从而学会。普尔布加甫在1982年告诉笔者，他还会演唱五部，其中印成书的有《征服哈尔桑萨尔之部》、《乌兰洪古尔寻找叔父之部》和《洪古尔击败库尔勒占巴拉汗之子之部》。另外两部是《博克多诺谚江格尔和朱勒德乌兰英雄战斗之部》和《洪古尔的婚事之部》。普尔布加甫的幼年时代，达拉达拉希经常说唱《江格尔》，因为那时他很小，没有记住。此外道尔巴也会边弹琴边演唱《骑栗色马的铁臂力士萨布尔之部》，普尔布加甫也学会了其中的一部分。

普尔布加甫演唱的各部长诗情节完整，语言富于形象性，且韵律感强。他的演唱很有特色，开头嗓门高，速度快，接着善于配合情节，变幻高低声音演唱，不同人物语言有不同的音调。他的感情丰富，有时激动得跳起来做多种滑稽动作，在演唱过程中随时加进一些笑语吸引听众。

朱乃的情况与上述江格尔奇不同。他是个有文化的人，他在口头学唱的同时还从《江格尔》的手抄本中学会了许多部。朱乃的家庭是传统的江格尔奇世家，其父加甫和祖父额尔赫图都是本旗有名的江格尔奇。他们都曾受到王爷的赏识。朱乃学习过他父亲演唱的《江格尔》，同时，又背熟了和布克赛尔最有名的江格尔奇胡里巴尔·巴雅尔和夏拉·那生演唱的不少部。朱乃于丙寅年（1926）出生在和布克赛尔中旗大东苏木加甫家，其母布雅是奥尔洛郭加甫王的亲妹妹，加甫是王爷的敬酒人。因为家庭条件好，朱乃七岁时被送到王爷的文书乌力吉图千户长那里学习文化，直到14岁。因在乌力吉图家收藏着手抄本《江格尔》，而且胡里巴尔·巴雅尔、夏拉·那生等著名江格尔奇又常来演唱，使得朱乃得到了学习演唱《江格尔》的良好机会。目前，朱乃会说26部。他向胡里巴尔·巴雅尔学的有《江格尔与汗哈冉贵激战之部》、《江格尔与汗哈冉贵之子色乃汗激战之部》、《英雄和顺乌兰征服色乃汗之部》和《色乃汗归顺江格尔之部》等五部；向父亲加甫学的有《洪古尔的婚事之部》、《美男子明彦活捉强悍的库尔门汗之部》和《乌琼阿拉达尔汗的婚事之部》等；阅读手抄本学会的有八部，我们在上面已谈到这个手抄本是著名的江格尔奇夏拉·那生记录自己的演唱送给乌力吉图千户长收藏的；此外还有向江格尔奇柯克·滚尊喇嘛学的几部。朱乃是向今天的人们传授《江格尔》部数最多的一位卓有贡献的江格尔奇。

纵观近几百年来江格尔奇的情况，可以看到这样的趋势：演唱《江格尔》的活动，一代不如一代，《江格尔》的许多部渐渐被人们忘记了，江格尔奇的人数日益减少，江格尔奇们会演唱的部数也在不断减少。如果说生活在17世纪以前的江格尔奇土尔巴雅尔会演唱《江格尔》的70部，20世纪初的江格尔奇西西那·布拉尔能说唱30部，那么目前，在新疆只有朱乃和冉皮勒两人会演唱20多部。卡尔梅克江格尔奇的状况更能显示这种倾向。20世纪初，著名的江格尔奇鄂利扬·奥夫拉演唱了11部，1940年江格尔奇巴桑嘎·穆克宾讲了六部，沙瓦利·达瓦讲了两部，可是到了1967年的时候只有巴拉达尔·那生讲了残缺的一部。由此我们可以说，除了从书本上新学的人之外，现在卡尔梅克江格尔奇的传统已到了濒临绝迹的地步。古老英雄史诗随着社会文化艺术的发展而逐渐被人们遗忘，这似乎已成为一种不可避免的现象。各民族的历史，尤其是经济文化发达国家的历史几乎无一例外地说明了这一点。

中国从1978年以来，由于有关部门的重视，《江格尔》的搜集整理等工作才得以积极开展。在中央和新疆的报刊上发表了有关《江格尔》的文章，电台广播了《江格尔》若干章节，有些州和县举办了《江格尔》的演唱活动，还召开了国际学术讨论会。于是，正在被人遗忘的《江格尔》才得以在我们这个时代重放光彩，继续流传下去。在20世纪80年代，不但原来经常演唱的江格尔奇更加积极地投入了演唱传播，就连早已停讲的江格尔奇也恢复了他们的艺术青春。并且，已经有人注意到了对下一代江格尔奇的培养。例如，20世纪80—90年代尼勒克县的江格尔奇达尔玛于去世之前还教儿子学唱《江格尔》的两部。该县中学教师卡那拉原来就会演唱几部，后来他又学会了几部，并教学生演唱。新疆人民广播电台已录制了卡那拉演唱的16部，并经常播放。令人遗憾的是，2012年7月，笔者去和布克赛尔县参加卫拉特历史文化研讨会时发现，该县只有两名传统的江格尔奇朱乃、尼玛·那木苏荣。而且新疆人民广播电台也在21世纪停止了《江格尔》的播送。所以，我们提议新疆人民广播电台重新向蒙古族听众播送《江格尔》。

# 第二章

## 西蒙古陶兀里奇

### 第一节　阿尔泰乌梁海陶兀里奇

在阿尔泰乌梁海英雄史诗一章，我们已经对他们的社会文化背景作过介绍。阿尔泰乌梁海人聚集在蒙古国西部的科布多省和巴彦乌列盖省交接处的近 10 个苏木（乡），约有 21000 多人。现在的科布多省道图苏木、孟和海尔罕苏木和巴彦乌列盖省宝拉干苏木的乌梁海人中出现了许多史诗演唱世家。

阿尔泰乌梁海陶兀里奇演唱史诗有严格遵守的风俗，必须先歌颂《阿尔泰颂》（*Altai Magtaal*）。人们认为，演唱《阿尔泰颂》时，以阿尔泰山的山神阿里亚洪格尔（Alia Hongor）为首的众山神来听唱，便烧香洒酒祭祀。这样使山神们高兴后给猎人们带来丰富的猎物。还避免天灾人祸，人们会健康长寿。演唱《阿尔泰颂》时，艺人不摘帽，不调换座位，不做停顿，听众也不能喧嚷。

这种风俗表达了爱护家乡的山水、保护自然生态环境、提倡人与自然和谐相处的意思。

据哲·曹劳、巴·卡托和图雅巴托尔的研究，我来谈一谈乌梁海艺人问题。

乌梁海艺人们很好地继承了前辈艺人的演唱传统，并为下一代陶兀里奇传承自己演唱技艺，尤其是教给子女和亲朋好友们英雄史诗背诵的方式和方法。这样出现了世世代代传承的史诗演唱世家。

学术界了解到 19 世纪末 20 世纪初陶兀里奇的名单：罕巴嘎、达赖查干、巴尔古里、达木丁、沙比查干、查干诺海、达喜、巴图和吉勒格尔，等等。其中沙比查干及其儿子阿其拉岱（1881—1959）过去是乌梁海安本旗大喇嘛的沙弥纳尔（寺院属民），现巴彦乌列盖省宝拉干苏木（乡）人；阿其拉岱生于 1881 年，活了 78 岁，能演唱 10 多部史诗，1959 年逝世。曹·巴拉丹也是旧乌梁海七旗的安本旗人，现巴彦乌列盖省宝拉干苏木人，1810 年生于牧民索纳木家，他从 20 多岁起演唱许多史诗，成为有名的陶兀里奇。查干诺海是安本旗人，以狩猎为生，会演唱史诗，生活在 1860—1920 年间，著名的艺人希·宝音 27 岁那年向他学唱史诗《巴托尔哈尔占达勒巴》。巴喜也是安本旗人，他活到 70 多岁还会唱史诗，希·宝音向他学习了史诗《阿拉坦哈尔陶尔奇》。

在早期艺人中最有名的是吉勒格尔（约 1859—1935），也是安本旗人。他是猎人、摔跤手和史诗演唱家，高个子、驼背、黄脸。他有带哈达的黑色陶布舒尔琴，能用左手弹琴并优美动听地演唱英雄史诗。他们家族是多代史诗演唱世家。他有三个女儿昭克亚、奥尔勒玛和扎尔嘎勒。二女儿奥尔勒玛学会了父亲唱的史诗《珠拉阿拉达尔罕》、《乌延孟根哈达孙》、《塔林哈尔宝东》和《宝金达瓦汗》。向吉勒格尔学唱史诗的有著名艺人希·宝音、苏·朝衣苏伦、嘎·巴托尔、嘎·希林德布及其女儿奥尔勒玛。苏·朝衣苏伦回忆道："吉勒格尔演唱的声音离他几十步远都听得清爽，他有独一无二的洪亮的好嗓门。"

鲍·雅·符拉基米尔佐夫于 1911—1915 年间到蒙古考察时曾在他的家乡见到吉勒格尔，问他是怎么样学习演唱史诗的。吉勒格尔说：学习某一部史诗，先听别人的演唱，只记住史诗内容和勇士的姓名，以这些新的东西来丰富原来背诵的史诗的"共同之处"（即程式），这样汇编成新英雄史诗。

吉勒格尔的二女儿奥尔勒玛与嘎·巴托尔（约 1903—1946）结婚，她和父亲影响了嘎·巴托尔帮助其成为史诗演唱艺人。嘎·巴托尔是科布多省有名的陶兀里奇，学者哲·曹劳在小学时代曾听过他的演唱。嘎·巴托尔的儿子乌尔图那生、阿毕尔莫德二人继承了父母的演唱传统，并向伯父希林德布也学习了《巴彦查干鄂布根》、《那仁汗胡布恩》和《阿尔格勒查干鄂布根》等史诗。人民史诗演唱家阿毕尔莫德回忆伯父希林德布说，倾听伯父演唱时，好似我想象的翅膀展开，将成为像他那样的陶兀里奇。后来他开始演唱史诗，接着让我唱完同一部史诗。并指出有哪些唱错之处，遗漏哪些形象性描绘和经典诗句等问题。这样阿毕尔莫德学到了他演唱的史诗。

受到吉勒格尔的影响成长的陶兀里奇希·宝音在1893年生于科布多省宝拉干苏木牧民希呐家。希·宝音是大高个子，铁青脸，说话少，对人和蔼可亲。开始他向舅舅吉勒格尔学习史诗演唱，后又向查干诺海、达喜等艺人学习了史诗。他先后学会了《珠拉阿拉达尔汗》、《库尔勒阿拉坦杜希》、《和楚勒尔和》、《阿尔泰胡布奇》、《巴托尔哈尔占达拉巴》、《乌延孟根哈达孙》和《阿拉坦哈尔陶尔奇》等12部英雄史诗，他边弹陶布舒尔琴边演唱史诗，成为著名的陶兀里奇。希·宝音于1954年应蒙古科学院的邀请到乌兰巴托去演唱了史诗《朱拉阿拉达尔汗》和《阿拉坦哈尔陶尔奇》。普·好尔劳于1957年，仁亲桑布于1958年，到他家乡记录了希·宝音唱的英雄史诗。

希·宝音培养了一些有才华而想学习史诗的青年人，科布多省宝尔干苏木人米·伊达玛从19岁起向他学习了史诗《库尔勒阿拉坦杜希》和《阿拉坦哈尔陶尔奇》。

希·宝音运用英雄史诗的言语和诗歌形式，创作了歌颂故乡的诗歌《宝拉干家乡颂》。他不仅把传统的英雄史诗传授给后人，而且对史诗进行了艺术加工，增加形象性的新情节，因而丰富和发展了英雄史诗。

蒙古国最著名的史诗演唱家苏·朝衣苏伦（1911—1979），出生于科布多省道图苏木牧民苏和家。其父苏和生于1874年，是有名的神箭手，曾在一天之内射死七只羚羊。苏和于1912年在边境地区被土匪杀死。从小成为孤儿、受尽人间痛苦的艺人朝衣苏伦，以狩猎和为商队拉骆驼为生。青年时代，他与同乡猎人曹·达木丁一起在阿尔泰山打猎过程中向曹·达木丁学习演唱史诗《额真乌兰宝东》、《嘎拉珠哈尔库库勒》、《布赫阿拉坦努达尔玛》、《汗策辰吉如海奇》和《塔林哈尔宝东》等，并弹陶希舒尔琴，给同乡青年人演唱这些史诗。曹·达木丁约出生于1900年，朝衣苏伦尊敬他为老师。朝衣苏伦的母亲德吉德会弹陶布舒尔琴，又会拉四胡演唱民歌，她帮助儿子提高了弹琴的技术和技巧。

朝衣苏伦青年时代，知名的陶兀里奇吉勒格尔迁徙到他的家乡，他促进了朝衣苏伦演唱才华的发展。朝衣苏伦向他学到了史诗《巴彦查干鄂布根》、《库尔勒阿拉坦杜希》、《阿尔格勒查干鄂布根》、《胡德尔孟根特勃恩》和《那仁汗胡布恩》等，丰富了自己的演唱文库，成为著名的陶兀里奇。朝衣苏伦还向希·宝音学习了史诗《汗策辰吉如海奇》，希·宝音是向阿其拉岱学到的。

1958 年，朝衣苏伦应蒙古科学院的邀请到乌兰巴托演唱了 10 余部英雄史诗和 10 多篇民间故事。当时做的录音收藏在蒙古科学院语言文学研究所资料库。其中史诗《阿尔格勒查干鄂布根》和《额真乌兰宝东》被收录在1960 年出版的《蒙古民间英雄史诗》。1966 年出版的《西蒙古英雄史诗》一书中有他唱的四部史诗《那仁汗胡布恩》、《巴彦查干鄂布根》、《嘎拉珠哈尔库库勒》和《汗策辰吉如海奇》。2001 年出版了他演唱的史诗《胡德尔孟根特勃恩》和《库尔勒阿拉坦杜希》。朝衣苏伦发挥史诗演唱的才能，运用史诗的艺术创作了歌颂蒙古国的许多祝词和赞词，诸如《蒙古国颂》、《乌兰达瓦》、《故乡颂》和《永恒的政权》。1964 年，他参加第 4 届蒙古作家协会大会，会上边弹陶布舒尔琴边朗诵蒙古作家达·纳楚克道尔基的诗《我的祖国》，他的名声传遍蒙古大地。学者哲·曹劳说，朝衣苏伦的主要特点不在于背熟史诗文本，他注重掌握史诗的艺术特色、优美动听的诗句和演唱技巧，他将自己的心灵与史诗的情节和勇士们的命运连接在一起。

阿尔泰乌梁海的艺人们特别注意保护青年人学唱英雄史诗的传统。陶兀里奇色斯格尔 1952 年生于科布多省孟和海尔罕苏木。他在 1981 年向著名艺人巴·阿毕尔莫德学到了《阿尔泰颂》和《哈尔库库勒巴托尔》。1983年他参加了蒙古青年学生联欢会，1986 年又参加了全国人民艺术大会，在两次大会上均获奖。

蒙古国人民史诗演唱家巴·阿毕尔莫德（1935—1998）是科布多省孟和海尔罕苏木人，出生于牧民巴托尔家。他的家族是史诗演唱世家，爷爷是著名史诗演唱家吉勒格尔，父亲巴托尔、母亲奥尔勒玛和伯父希林德布都是陶兀里奇。他于 1946—1950 年毕业于该苏木小学，先后做过牧业合作社社员、建筑工人和商业职工，1981 年移居科布多市任艺术剧院看门人、商店服务员和市场管理员。他从小倾听当地艺人巴拉登、苏·朝衣苏伦和伯父希林德布等人的演唱，跟着他们到各户去观看表演，开启了他的才能，打下了他成为陶兀里奇的基础。朝衣苏伦最初于 23 岁时向希林德布学会了史诗《塔林哈尔宝东》，经过多次反复学习掌握了其演唱技巧，后来还学会了巴彦乌列盖省宝拉干苏木艺人巴尔登唱的史诗《宝金达瓦汗》。阿毕尔莫德先后演唱了《塔林哈尔宝东》、《巴彦查干鄂布根》、《阿尔格勒查干鄂布根》、《宝金达瓦汗》、《珠拉阿拉达尔罕》和《阿尔泰颂》等 10 余部史诗。这些史诗的录音资料，藏于蒙古科学院语言文学研究所和蒙古国立大学科布多分校资料库。

阿毕尔莫德于 1971 年参加了在乌兰巴托举行的业余文艺爱好者大会，他演唱史诗并获金质奖，此后人们了解了他的才华。他在 1981 年参加了全国文艺汇演，又荣获金质奖，1984 年他参加了国家级晚会，颂歌《阿尔泰颂》获奖。他还向演员传授了演唱史诗的方式和方法。1985 年他出席第 7 届亚洲各国民间艺术联欢会，各国广播电视台传播了他唱的史诗。阿毕尔莫德于 1997 年 8 月在乌兰巴托举行的国际中央亚细亚史诗研讨及联欢会上演唱史诗引起了各国学者和观众的注意，笔者有幸目睹了他的表演。他演唱史诗的技术很有特色，声音优雅而有力，韵律节奏和谐，正如他自己所说："史诗演唱是一种心胸的呼唤。"阿毕尔莫德于 1984 年获得"人民史诗演唱家"称号，1991 年荣获国家奖金。

阿毕尔莫德注意史诗演唱的传承问题。他教给了当地人雅布干、达喜、宝劳德、策楞达瓦和桑道尔吉等人演唱史诗。其子道尔吉帕拉玛也在中央亚细亚史诗研讨会上表演了史诗演唱。

阿毕尔莫德的哥哥乌尔图那生也是一个陶兀里奇，他于 1927 年出生在科布多省孟和海尔罕苏木巴托尔家，1946—1947 年服兵役后回家当牧民和经营管理员，1990 年退休。在 10 多岁时他向父亲学到了史诗《塔林哈尔宝东》。乌梁海人认为，父母应当教孩子演唱自己掌握的史诗，因此他们家族成为史诗演唱世家。乌尔图那生会唱《阿尔泰颂》、《宝金达瓦汗》、《巴彦查干鄂布根》等史诗。他为了培养青年学生，在道图苏木中学教陶布舒尔琴课。

学者哲·曹劳说，乌梁海人认为，演唱史诗时陶布舒尔琴具有神圣性。对待陶布舒尔琴有过一定的规矩，请艺人到家演唱史诗的人家到艺人家，得到艺人同意后，用干净布将陶布舒尔琴裹起来先带到家安放在高处。艺人来到时送给他布匹、砖茶和旱烟等，并用白布包住陶布舒尔琴头交给艺人。演唱结束后，将琴挂在高处，三五天之内任何人不能动它，最后家主将琴送还陶兀里奇家。

哲·曹劳又说，1972 年 12 月在科布多省海尔罕苏木的招待所，巴·阿毕尔莫德给他演唱了史诗《塔林哈尔宝东》（13000 余诗行），并解释关于"宝东"的意思，说乌梁海一批史诗的主人公有五个宝东。五个宝东是五种神仙，诸如：大地的主人是塔林哈尔宝东，山岭的主人是青和尔查干宝东，星辰的主人是腾格里呼和宝东，海洋的主人是达赖沙尔宝东，他们的首领是额真乌兰宝东。关于五个宝东有五种不同内容的英雄史诗。蒙古语"宝东"一词，直意为野猪，转意为神仙。

当地民众出现以下情况时，便请艺人到家演唱史诗《塔林哈尔宝东》：年轻夫妇祈求子女；家庭有儿女不长命；祈求避免天灾人祸和传染病。

乌梁海人认为，请艺人演唱史诗《塔林哈尔宝东》的威力超过喇嘛们连续三次念《金光经》。

## 第二节　巴亦特陶兀里奇

巴亦特是很古老的蒙古部落之一，现居住在蒙古国乌布苏省呼海山和塔斯河一带。史诗研究者巴·卡托也是巴亦特人。据他说公元前 3 世纪匈奴冒顿单于征服了居住在黄河河套一带的"巴彦"部落，这就是巴亦特的祖先。8—10 世纪巴亦特人游牧于色楞格河流域，到了 13 世纪，成吉思汗在统一蒙古的过程中巴亦特部成为主要力量之一。当时巴亦特部居住于肯特山以南地域。16 世纪，巴图蒙克汗的第五个儿子统治扎鲁特、巴林、洪吉拉特和巴亦特等部。17 世纪，巴亦特部为准格尔汗国服务，其首领策辰策勒莫格被称为神箭手。1753 年，不满准格尔汗国的达瓦奇诺谚，以杜尔伯特部三位策楞诺谚为首的杜尔伯特部和巴亦特部从额尔齐斯河一带迁徙到了现蒙古国西部地区。18 世纪 80 年代把巴亦特分为 10 个旗，被称为十部巴亦特。

俄国旅行家波塔宁于 1883 年出版的《西北蒙古》一书中提到他曾见到巴亦特史诗演唱艺人萨日孙。

巴亦特陶兀里奇一代代向前辈艺人学习演唱的传统。巴亦特人尊重陶兀里奇，有请他们到贵族家庭中去演唱的习俗。19 世纪下半叶 20 世纪上半叶的艺人中最出名的要数玛·帕尔臣（1855—1921），据说他的家族是史诗演唱世家。在他之前的巴亦特艺人有色斯楞、关其格、沙尔巴和扎拉等。帕尔臣向色斯楞学习了史诗《宝玛额尔德尼》，色斯楞是向艺人关其格学唱的。1910 年，俄国学者阿·布尔杜克夫记下了帕尔臣所讲的关其格学习《宝玛额尔德尼》的传说，关其格小时候在那林河流域放羊，突然看见一位巨人出现在他面前，巨人从嘴里往外喷火，他骑着一条巨龙。巨人与关其格对话：

> 小伙子，你愿意学唱史诗吗？
> ——愿意。
> 我教你演唱史诗，你给我什么？
> ——我给你什么呀？
> 你给我那只带彩带的大青山羊吧。
> ——那么，你就要那只大青山羊吧。
> 说了一声"好"，巨人拍了关其格的肩膀。

　　小关其格便学会了演唱《宝玛额尔德尼》，可是，巨人不见了，他骑来的巨龙也不见了，只看见一条狼正在吃大青山羊肉。

　　这里说的带彩带（翁衮）的羊是神羊，主人奉献给神仙的羊。这种翁衮羊不是主人的了，它属于神，只有神才会占有这种牲畜。在这里形象地说明了吃青山羊肉的狼是神仙的化身，神教给小关其格演唱英雄史诗。

　　著名蒙古学家苏联科学院院士鲍·雅·符拉基米尔佐夫约于1911—1915年间访问了艺人帕尔臣，记录了他讲的许多英雄史诗，以及帕尔臣的传记。此后学术界了解到帕尔臣是著名的史诗演唱家。符拉基米尔佐夫与帕尔臣多次谈话，帕尔臣讲述了自己生活和学唱史诗的经过。帕尔臣于1855年生在巴亦特贵族家庭，巴亦特扎萨诺谚图门巴雅尔是他的祖父。他小时候在家放羊，10岁到寺庙做小喇嘛。9岁那年学习了史诗《额尔格勒图尔格勒》，这部史诗给他带来了深刻的影响。他很快又学到了别的一些史诗。他在寺院做小喇嘛时，著名的陶兀里奇色斯楞来唱史诗。他演唱的史诗《宝玛额尔德尼》感动了帕尔臣。帕尔臣很快跟他学到了这部史诗，并向喇嘛们演唱。帕尔臣到13—14岁时，色斯楞让他去演唱《宝玛额尔德尼》。帕尔臣唱得非常好，色斯楞感动得流泪，并向他献哈达说，你是接我班的孩子，我演唱的史诗不会同我一起结束。从此以后，帕尔臣被称为"陶兀里奇"。

　　不久帕尔臣应邀到贝子诺谚的府邸里过冬并演唱史诗。贝子诺谚是有文化的人，他喜爱民族历史、文化和英雄史诗。小帕尔臣聪明能干，而且记忆力好，能很快背熟史诗，又出身于贵族家庭，他引起了官吏们的关注。他从贝子诺谚处学到了卫拉特文化、英雄史诗和史诗的结构、诗歌艺术方面的知识。在贝子家看到抄本记住了史诗《汗哈冉贵》。帕尔臣离开贝子家时，贝子送给他各种礼物，并献哈达祝贺他成为好陶兀里奇来演唱家乡的英雄史诗。

　　帕尔臣回到寺院但没有成为喇嘛，由于各种原因他离开了寺院。听说艺人沙尔巴会演唱史诗《单库尔勒》，帕尔臣就住在他家，白天给他打柴火，夜里反复听他演唱，七天之内学到了这部史诗。陶兀里奇帕尔臣出了名，巴亦特和杜尔伯特的官吏们冬天邀请他到家里演唱英雄史诗，送给他大量的礼物。有时帕尔臣接收几匹马和绸缎衣服，但他是爱花钱的人，很快就花光了，仍然过着贫困生活。

　　帕尔臣离开寺院后，回家乡娶了妻子道利高尔，并生了儿子扎米扬。他先后做了各种营生，诸如和别人一起赶牛羊马群到城镇做买卖、追捕犯人并参加审判案件、当兵参加战斗等。在兵营的时候，有一位杜尔伯特人演唱史诗《宝玛额尔德尼》水平不够，他抢过陶布舒尔琴，自己以洪亮的歌声弹唱这部史诗，受到士兵们的热烈欢迎。他曾应学者符拉基米尔佐夫的要求，编创了反映新一代战争题材的英雄史诗。

　　俄罗斯另一位学者阿·布尔杜克夫在蒙古乌布苏省生活近 30 年，他于1896 年第一次见到帕尔臣。帕尔臣当时和其他人一起在地里干活，带着铁锹经过他们帐篷。过了两年他才知道了帕尔臣是个有名的陶兀里奇。1908年，阿·布尔杜克夫向彼得堡大学教授科特维奇报告了帕尔臣的情况，1909 年，他们请文书玛扎尔记录帕尔臣演唱的史诗《宝玛额尔德尼》，寄给了科特维奇。1911 年开始，年轻学者鲍·雅·符拉基米尔佐夫记录了帕尔臣演唱的全部英雄史诗和卫拉特民间文学。符拉基米尔佐夫写道：在蒙古一些部落中有专门演唱英雄史诗的艺人，所以史诗作品不仅完整地存在，而且在古老的基础上产生着新的史诗。帕尔臣看得懂托忒蒙古文，在贝子查克德尔加甫家过冬的时候，看手抄本记住了史诗《汗哈冉贵》，后来向扎拉桑台吉学习了史诗《黑根灰屯呼和铁木尔哲勒》，向乌梁海人格冷学了史诗《道格森青格勒》，又向丹达尔学到了《汗青格勒》，向叔父桑加学了史诗《布尔古特哈尔》。

　　阿·布尔杜克夫又说，我在蒙古期间听人说，倾听史诗演唱有趣而有意义。史诗歌颂当山神以人的形象存在的时候建立的丰功伟业，不仅观众来听唱，山神也来听英雄史诗演唱，卫拉特人说，听完史诗演唱后，山神对人有好感，冬天带来温暖，避免人和牲畜的疾病，让人们过着幸福生活。

　　帕尔臣于 1921 年 2 月 20 日逝世，但他唱的史诗由他的子孙奥·巴图以及朝·哈尔查嘎、奥·策德布和顿·普尔拜等人继承，他们继续弹唱优美动听的英雄史诗。

巴亦特史诗演唱艺人巴·达尔玛（1876—1934）出生于牧民巴达尔胡家。童年时代他学习过托忒蒙古文，他家藏有许多手抄本史诗。他当过木匠和油漆工，从小学到了《宝玛额尔德尼》、《达赖沙尔宝东》、《胡鲁格额尔德尼》、《单库尔勒》、《江格尔》（一部）和《汗哈冉贵》等史诗。他边弹陶布舒尔琴，边演唱史诗，很好地掌握了史诗演唱技巧，成为有名的艺人，从牧民到巴亦特诺谚都请他到家唱英雄史诗。

奥·巴图在1899年出生于牧民奥布海家，他父亲在寺院做木柴活，死于1913年。他在15岁以前在家干活，其父死后接班在寺院里锯木柴并为喇嘛们做饭烧茶为生。在寺院里干活时期，他听伯父巴·达尔玛演唱过史诗，这激发了他成为陶兀里奇的愿望。经过努力，他学会了弹陶布舒尔琴并开始演唱史诗序诗和颂歌，接着向伯父学会演唱《宝玛额尔德尼》、《达赖沙尔宝东》和《胡鲁格额尔德尼》等史诗，为小喇嘛们演唱。他20多岁便被称为陶兀里奇，常在寺院和官吏们家演唱英雄史诗。蒙古革命后，他成为合作社社员，过上了富裕生活，养育了近10个子女。1948年，他应邀参加了第一次蒙古作家代表大会，在大会上他编写新诗，号召大家为创作革命文学艺术而奋斗。符拉基米尔佐夫院士在他的家乡会见奥·巴图，记录了他唱的史诗序诗和颂词，说他的语言很古老，与卫拉特方言和书面语不同，有的无法理解。后来学者哲·曹劳去见奥·巴图，问清楚那些无法理解的部分。巴图说："并不是所有史诗都这样演唱，也不是每个艺人都理解这些话，史诗中专门尊崇的部分才这样唱。"曹劳说，这种难以理解的部分在他唱的《宝玛额尔德尼》中出现。这种语言很像鄂尔多斯的成吉思汗祭祀中的"腾格里语言"（上天之语）那样传统的语言。1967年，蒙古科学院语言文学研究所记录了巴图演唱的英雄史诗，尤其最重要的是全文录音了序诗和结尾部分。

巴亦特艺人旦·罗布桑于1892年生于乌布苏省牧民旦皮勒家。他会演唱史诗《宝玛额尔德尼》、《达赖沙尔宝东》、《江格尔》（一部）和《汗哈冉贵》。哲·曹劳1967年记录了罗布桑唱的史诗《汗哈冉贵》。他演唱的这部史诗前面有颂词，后面有祝词。内容是汗哈冉贵刚生下腾格里天神想打死他，又企图活捉都未成功，他长大结婚后，天神之子额尔赫木哈尔为了抢汗哈冉贵的妻子，与他多次征战而失败。旦·罗布桑说，巴亦特人称《汗哈冉贵》为"史诗之父"，夏季不能演唱，因汗哈冉贵与天神三次打仗尚未失败。笔者在前面说过，黄教喇嘛们为了反对萨满教的天神而创作佛教内容的史诗《汗哈冉贵》，为了推介《汗哈冉贵》为具有佛教内容的史诗典范，故意将它称作"史诗之汗"或"史诗之父"。

帕尔臣的子孙朝·哈尔查嘎（1903—1971）生于乌布苏省塔斯苏木牧民朝伦家。他们的家族是史诗演唱世家，他的父亲朝伦、朝伦的父亲阿布岱、妹妹杜岱都是陶兀里奇。前辈格勒格、曹纳木和昭纳木都是史诗演唱艺人。朝伦与恩和结婚，生了两个儿子哈尔查嘎和贺什格、女儿杜岱。

哈尔查嘎是聪明有才干的孩子，向著名艺人昭希莱和父亲朝伦学了史诗《汗哈冉贵》、《宝玛额尔德尼》和《好汉胡鲁格额尔德尼》，并能弹琴演唱，被称为陶兀里奇。他的妹妹杜岱是少见的女艺人，她生于1906年。

巴亦特人有一种习俗，每年腊月二十九、三十都要请艺人来唱英雄史诗，以为这样会驱逐邪恶，让新的一年平安无事。朝伦请来艺人昭希莱，他们两个人对唱英雄史诗，哈尔查嘎和杜岱向他们学习了演唱。父亲教导子女说，演唱史诗的人应当被史诗情节所感动，并真实地承认为事实才会唱好。

杜岱给少年儿童唱史诗，很少为成年人演唱，可是在1982年参加国家艺术节时看到别人唱史诗，她也边弹陶布舒尔琴边演唱史诗，获到观众的好评。她演唱的史诗《汗哈冉贵》、《好汉胡鲁格额尔德尼》和《宝玛额尔德尼》的录音藏在蒙古国立大学科布多省分校资料库里。

此外，还有巴亦特陶兀里奇曹·昭恩迪（1903—1979）、奥·策德布（1915—1975）、仁·拉哈巴（1918—1998）、哈·占布拉（1929—?）和普尔拜（1933—1992）等人，他们相互学习史诗，并给学术界演唱了不少史诗，有录音传世。

## 第三节　杜尔伯特陶兀里奇

学者巴·卡托介绍和研究过杜尔伯特史诗和艺人。杜尔伯特人居住在乌布苏省哈尔黑拉、土尔根河和布赫牧林等地，也有史诗演唱传统。他们演唱的英雄史诗在内容、情节、主题和形象方面与邻居巴亦特以及乌梁海的史诗不同。杜尔伯特人演唱的《道图孟都尔汗》、《汗青格勒巴托尔》、《哈森查干汗》、《库库勒岱莫尔根》、《额真博克多查干汗》和《歌唱阿尔泰》(*Altai Hailah*) 等史诗，在巴亦特和乌梁海人中没有流传。

杜尔伯特人中曾出现过的著名史诗演唱艺人，早期有萨日散（色斯楞）、巴嘎莱、那米郎、沙尔胡本、昭诺洛布和古鲁格等，晚期有昭道巴、海恩占、达米亚、米吉德和尼玛等。

俄国旅行家波塔宁于 1883 年出版的《西北蒙古》一书中发表了萨日散（色斯楞）演唱的史诗《三岁的莫黑莱巴托尔》。此外，他还发表了萨日散讲述的《查干达尔》和有关好汉的传说。当时萨日散年近 60 岁，他会蒙古文，能拉胡琴唱故事。波塔宁请他记录自己唱的史诗《好汉……》，但没有写成。巴亦特著名艺人帕尔臣最早向萨日散（色斯楞）学习了史诗演唱。如前所述，帕尔臣在寺庙当小喇嘛期间跟他学会了《宝玛额尔德尼》，并得到他的赞扬。

那米郎在 1911 年出生于乌布苏省土尔根苏木牧民鄂拜家。其父鄂拜会蒙古文和藏文，是一位猎人。那米郎 10 岁去寺庙当了小喇嘛，从喇嘛们处学习了《歌唱阿尔泰》、《格斯尔》和《汗哈冉贵》等史诗，成为演唱艺人。1932 年，寺庙被取缔，他回家乡做过牧民、木匠和建筑工人，并在省文化厅当过演员。1950 年，他在文艺晚会上朗诵祝词得到好评。蒙古著名学者宾·仁亲、策·达木丁苏伦和哲·曹劳都见过那米郎，并于 1962 年邀他到乌兰巴托工作了半个月，讲述民间文学作品，学者们录制了他的说唱。

艺人昭道巴（1910—1986），出生在乌布苏省贫苦牧民查嘎岱家，小时候到寺院当小喇嘛，向喇嘛们学到了民间故事、传说和史诗。他离开寺院后做了牧民，还当过工厂的经理等，于 1970 年退休。他向舅舅沙尔恩学习了史诗《宝玛额尔德尼》、《汗莫克莱》和《博克多查干汗》，又向土吉格学史诗《单库尔勒》。1967 年，他应邀到乌兰巴托演唱史诗和故事，学者们做了录音。苏联学者阿·昆德雅洛夫于 1980 和 1983 年两次与他见面，先后用 35 天录制了他演唱的史诗。1982 年昭道巴参加全国文艺汇演，他演唱的史诗获得了金质奖，1983 年他在乌布苏省文艺汇演中又得了金质奖。

昭·达米亚（1930—1994）出生在乌布苏省萨黑勒苏木牧民昭诺洛布家。1944 年小学毕业后，给富人放羊，1954 年成为牧业合作社社员。其父以洪亮的声音歌唱史诗和故事，他向父亲学习了《歌唱阿尔泰》。学者策尔勒记录了这部史诗，并在省里发表。1968 年学者沙·嘎旦巴和达·策仁索德那木把这部史诗收录《民间文学范本》中。达米亚几次参加全国文艺汇演并得了奖。

　　另一位著名的陶兀里奇是古·海恩占，他于 1915 年生于乌布苏省乌兰固木市古鲁格家。其父古鲁格旧时曾给富人放羊，革命后从事畜牧业，也做过铁匠、木匠等。八岁的海恩占被送到寺院当小喇嘛，但他不愿意，离开寺院后到当地蒙古文会所学习了一年半，考试时得了第一名，当了两年文书。他 16—18 岁起种地、赶车和在驿站工作，在这期间他向父亲和当地人学习了演唱史诗《汗青格勒》、《道图孟都尔汗》、《哈森查干汗》、《库库勒岱莫尔根汗》、《库尔勒哈尔巴托尔》和《歌唱阿尔泰》，在演唱时他弹唱陶布舒尔琴。1933 年，海恩占在省畜牧学校学习，毕业后做了畜医，1939 年，参军在苏赫巴托省当军医。1940 年以后，民间文学考察队录制了他唱的史诗《哈森查干汗》、《库库勒岱莫尔根汗》和《库尔勒哈尔巴托尔》以及传说和祝词。

　　卡托认为，海恩占并不注重背诵史诗，他为了掌握蒙古史诗的独特性、艺术语言和演唱技巧而不断努力。同时，他演唱时会把自己的心里话与史诗的情节和人物命运紧密地联系在一起。

　　海恩占不仅演唱史诗，而且还会歌颂婚礼祝词、蒙古包祝词、客人祝词和羊毛毡祝词等。他演唱的史诗富有神话传说特色，有的像鬼怪小说，如蟒古思化身为灰狐狸害人、蟒古思的老婆死后变成干马粪害死勇士的战马等情节，在其他史诗中比较罕见。

　　总之，西蒙古有数十部很长的英雄史诗，有些史诗长达一万诗行左右，这些重要史诗是经过史诗演唱世家和演唱艺人们一代代的口头传唱留存下来的。西蒙古也有许多著名的史诗演唱家，尤其是苏·朝依苏伦、巴·阿毕尔莫德和帕尔臣，他们都是伟大的演唱艺人。通过对西蒙古艺人的研究，可以清楚地了解到英雄史诗的产生和发展规律，同时还可以看到演唱艺人的生长环境、生活条件、培养教育、天赋和才华以及自身的努力等方面的问题。

# "江格尔学"图书目录

## 一、《江格尔》文本和译文

### （一）国外出版的文本

1. 《乌巴什·洪台吉传、民间史诗〈江格尔〉和〈僵尸鬼故事〉》，卡·郭尔斯顿斯基编，圣彼得堡，1964 年，第 8—74 页有《江格尔》的《沙尔古尔格之部》和《哈尔黑纳斯之部》，托忒文。

2. 《卡尔梅克文选》——人民子弟学校高年级读物，阿·波兹德涅也夫编，圣彼得堡，第一版 1892 年，第二版 1907 年，第三版 1915 年，书中有上述卡·郭尔斯顿斯基发表的两部长诗，托忒文。

3. 《蒙古民间文学范例》，第 1 辑，扎木察莱诺、阿·鲁德涅夫编，圣彼得堡，1908 年，书中有在蒙古记录的《博克多诺谚江格尔汗》。

4. 《塔克珠拉汗的后裔、唐苏克宝木巴汗之孙、乌琼·阿拉达尔汗之子孤儿江格尔传十部》，弗·科特维奇编，圣彼得堡，1910 年，这是鄂利扬·奥夫拉演唱的 10 部长诗，托忒文。

5. 《江格尔——卡尔梅克英雄长诗》，阿·波兹德涅也夫编，圣彼得堡，1911 年，书中除有上述《沙尔古尔格之部》和《哈尔黑纳斯之部》外，还有《沙尔蟒古思之部》，托忒文。

6. 《蒙古民间创作范例》，西北蒙古，鲍·雅·符拉基米尔佐夫编，列宁格勒，1926 年，第 99—105 页有《江格尔》一部。

7. 《喀尔喀蒙古民间文学作品》，尼·波佩搜集，列宁格勒，1932 年，第 94—104 页有《博克多诺谚江格尔汗》。

8.《江格尔》，10 部长诗，埃利斯塔，卡尔梅克出版社，1935 年，拉丁字母拼写本。

9.《江格尔》——《沙尔古尔格之部》和《哈尔黑纳斯之部》，埃利斯塔，卡尔梅克出版社，1936 年，拉丁字母拼写本。

10. 巴桑嘎·穆克宾演唱的《江格尔》，新发现的六部长诗，埃利斯塔，卡尔梅克出版社，1940 年。

12.《江格尔》——阿日格乌兰洪古尔之部，埃利斯塔，卡尔梅克出版社，1940 年。

13.《卡尔梅克民间文学》，埃利斯塔，卡尔梅克出版社，1941 年，书中有巴桑嘎·穆克宾的六部长诗和沙瓦利·达瓦的两部长诗。

14.《蒙古文学范例一百篇》，策·达木丁苏伦编，乌兰巴托，1959 年，书中收录《阿里亚·芒古里之部》和《江格尔》的序诗，蒙古文。

15.《江格尔——卡尔梅克人民的英雄史诗》，巴·巴桑戈夫转写为韵文体，莫斯科，东方文学出版社，1960 年，鄂利扬·奥夫拉演唱的 10 部外，还有《沙尔古尔格之部》和《哈尔黑纳斯之部》，卡尔梅克文。

16.《卡尔梅克诗歌集》，埃利斯塔，卡尔梅克出版社，1962 年，书中有《江格尔》的两部长诗，卡尔梅克文。

17.《江格尔》，特·杜格尔苏伦译，策·达木丁苏伦校，乌兰巴托，国家出版事业局，1963 年，巴·巴桑戈夫转写的 12 部长诗。

18.《亚细亚研究》，第 11 卷，波恩大学瓦·海希西编，威斯巴登，1963 年，书中有宾·仁亲记录的《少年博克多·诺谚江格莱汗》。

19.《亚细亚研究》，第 15 卷，波恩大学瓦·海希西编，威斯巴登，1965 年，内有《博克多江格尔传》。

20.《江格尔》，江格尔奇巴桑嘎·穆克宾演唱，阿·科契克夫作序，埃利斯塔，卡尔梅克图书出版社，1967 年。

21.《喀尔喀民间史诗》，普·好尔劳校，乌兰巴托，科学院出版社，1967 年，书中有《博克多诺谚江格尔》，斯拉夫式蒙古文。

22.《史诗〈江格尔〉》，乌·扎嘎德苏伦作序和注释，乌兰巴托，科学院出版社，1968 年。

23.《江格尔——卡尔梅克英雄史诗》，埃利斯塔，卡尔梅克图书出版社，1973 年，内有《三小勇士之部》。

24.《卡尔梅克语言、文学、历史研究所学报》，第 11 卷，埃利斯塔，1973 年，收录图瓦故事史诗《博克多昌格尔汗》。

25.《北部蒙古民间故事》，拉姆斯特德记录，哈里·哈林编，赫尔辛基，1973 年，拉丁字母拼写本，其中有蒙古国记录的《江格尔》两部。

26.《〈江格尔〉的类型学和艺术特点》，埃利斯塔，共和国印刷厂，1978 年，书中有散皮勒登德布记录的《博克多诺谚江格莱汗》。

27.《民间文学研究》，第 8 卷，乌兰巴托，科学院出版社，1978 年，内有乌·扎嘎德苏伦编辑、作序和注释的《名扬四海的洪古尔》。

28.《江格尔——卡尔梅克英雄史诗》，上下卷，25 部长诗，阿·科契克夫整理，格·米哈伊洛夫校，莫斯科，科学出版社，1978 年，卡尔梅克文。

29.《蒙古民间英雄史诗》——蒙古民间文学丛书之二，哲·曹劳整理汇编，乌兰巴托，国家出版社，1982 年，书中有《汗苏尔之部》。

30.《蒙古人民的叙事诗歌》，史诗研究，埃利斯塔，1982 年，书中收录上述《汗苏尔之部》。

31.《江格尔——卡尔梅克英雄史诗》，第 1 卷，埃利斯塔，卡尔梅克图书出版社，1985 年，内有 12 部长诗（鄂利扬·奥夫拉演唱的 10 部及沙尔古尔格之部和哈尔黑纳斯之部），卡尔梅克文。

32.《江格尔——卡尔梅克英雄史诗》，第 2 卷，埃利斯塔，卡尔梅克图书出版社，1990 年，内有 16 部长诗（阿·科契克夫整理的 25 部长诗中的前五部，洪古尔和萨布尔征服道格森占巴拉汗的七勇士之部，鄂利扬·奥夫拉补充讲述的第 11 部，巴桑嘎·穆克宾演唱的六部，莎瓦利·达瓦演唱的两部以及巴拉达尔·那生卡演唱的一部），卡尔梅克文。

33.《江格尔——卡尔梅克英雄史诗》，巴·巴桑戈夫改写为韵文体，弗·法弗尔斯基绘画，第三版，埃利斯塔，卡尔梅克图书出版社，1990 年，卡尔梅克文。

## （二）国外译文

34.《1802—1803 年卡尔梅克游牧记》，贝格曼著，里加，1804 年，第二部分；1805 年，第四部分，有《江格尔》的两个故事，德文。

35.《1854 年俄罗斯地理学会通报》，圣彼得堡，1855 年，第 12 卷，第5册，第104—128页，有阿·鲍勃洛夫尼科夫俄译《江格尔——卡尔梅克民间故事》。埃尔德曼把它译成德文1857年发表在一种德文刊物上。

36.《卡尔梅克史诗〈江格尔〉》，弗·扎克鲁特金编，罗斯托夫，罗斯托夫省图书出版社，1940年。

37.《江格尔传——卡尔梅克英雄史诗》，绪论、翻译（俄译）和注释，谢·科津，土尔扈特异文四部，莫斯科—列宁格勒，苏联科学院出版社，1940年。

38.《江格尔——卡尔梅克民间史诗》，斯·李甫金俄译，弗·法弗尔斯基绘画，斯·玛尔沙克、巴·巴桑戈夫校，莫斯科，文学出版社，1940年，第1—388页。后来在埃利斯塔多次出版。

39.《江格尔——卡尔梅克民间史诗》，斯·李甫金俄译，弗·法弗尔斯基绘画，叶·莫卓利科夫编，莫斯科，文学出版社，1940年，第1—136页。

40.《亚细亚研究》，第50卷，瓦·海希西编，威斯巴登，奥托·哈拉索维茨，1976年，尼·波佩译《史诗〈江格尔〉》。

41.《亚细亚研究》，第89卷，瓦·海希西编，威斯巴登，奥托·哈拉索维茨，1985年，尼·波佩译《江格尔》。

42.《卡尔梅克人民的英雄史诗》，巴桑嘎·穆克宾演唱的六部长诗，尼·比特克耶夫俄译并写了《巴桑嘎·穆克宾与他的叙事才能》一文，埃利斯塔，卡尔梅克图书出版社，1988年。

43.《苏联各民族史诗丛书》之一——《江格尔——卡尔梅克英雄史诗》，莫斯科，科学出版社，1990年，书中有11部长诗，即鄂利扬·奥夫拉演唱的10部外，还有一部新发现的长诗《洪古尔和萨布尔征服道格森·占巴拉汗的七勇士之部》（这是在列宁格勒档案馆发现的19世纪中叶的手抄本），尼·比特克耶夫、鄂·奥瓦洛夫等俄译，卡尔梅克原文与俄译文。

44.《江格尔——蒙古英雄叙事诗》，东洋文库591，若松宽译，东京，平凡社，1995年。内容同上（若松宽根据上述尼·比特克耶夫、鄂·奥瓦洛夫等俄译的11部长诗日译），日文。

45. 在1940年纪念《江格尔》问世500周年时，苏联一些加盟共和国和自治共和国也翻译出版了《江格尔》的若干长诗。例如，乌克兰文《〈江格尔〉诗歌选》（基辅）、格鲁吉亚文《〈江格尔〉——卡尔梅克史诗》（第比利斯）、哈萨克文《〈江格尔〉——卡尔梅克民间史诗》（阿拉木图）、阿塞拜疆文《江格尔》的第三部诗歌《勇士萨纳拉的功绩》（巴库），等等。

## （三）中国出版的文本和译文

46.《洪古尔》，边垣编写，上海，商务印书馆，1950年。北京，作家出版社，1958年，第二版。

47.《江格尔传》，弗·法弗尔斯基绘画，莫尔根巴特尔、图木尔杜希由托忒文转写为回鹘式蒙古文，呼和浩特，内蒙古人民出版社，1958年。本书中有鄂利扬·奥夫拉演唱的10部长诗和阿·波兹德涅也夫于1911年出版的三部长诗。

48.《江格尔传》，乌鲁木齐，新疆人民出版社，1964年，内容同上，哈斯克拜作序，托忒文。

49.《江格尔》，托·巴德玛、宝音和希格搜集整理，乌鲁木齐，新疆人民出版社，1980年，15部长诗，托忒文。

50.《江格尔》（上、下），回鹘式蒙古文，宝音和希格、托·巴德玛搜集整理，呼和浩特，内蒙古人民出版社，1982年，内容同上，有宝音和希格的整理说明。

51.《江格尔——蒙古族民间史诗》，色道尔吉译，北京，人民文学出版社，1983年。书中收录15部长诗，即1958年内蒙古人民出版社出版的13部长诗和托·巴德玛、宝音和希格搜集出版的两部长诗（《哈尔黑纳斯之部》的前一个部分，即有关萨布尔的诗篇译者没有用，却运用了新疆的一种异文）。

52.《江格尔》——托忒蒙古文资料本（1、2），中国民间文艺研究会新疆维吾尔自治区分会编，内部印，无出版社名和出版年月。

53.《江格尔》——托忒蒙古文资料本（3、4、5），编者同上，乌鲁木齐，新疆人民出版社，1985年。

54.《江格尔》——托忒蒙古文资料本（6、7、8、9），中国民间文艺家协会新疆分会、新疆维吾尔自治区民族古籍办公室合编，中国民间文艺出版社出版发行，无出版年月。

55.《江格尔》（一），托忒蒙古文，文学读本，中国民间文艺研究会新疆分会整理，乌鲁木齐，新疆人民出版社，1985年，内有30部长诗。

56.《江格尔》（二），托忒蒙古文，文学读本，中国民间文艺研究会新疆分会整理，乌鲁木齐，新疆人民出版社，1987 年，内有 30 部长诗。

57.《江格尔》，霍尔查译，乌鲁木齐，新疆人民出版社，1988 年。这是托·巴德玛、宝音和希格搜集出版的 15 部长诗的译文。

58.《江格尔》（一），回鹘式蒙古文，呼和浩特，内蒙古人民出版社，1988 年，格日勒图、特·那木吉拉转写注释，内容同新疆人民出版社于 1985 年出版的《江格尔》（一）。

59.《江格尔》（二），格日勒图转写注释，内容同新疆人民出版社于 1987 年出版的《江格尔》（二），1989 年，在其他方面同上。

60.《蒙古英雄史诗》——《蒙古民间文学丛书》之二，［蒙］哲·曹劳编，扎嘎尔、太平转写为回鹘式蒙古文，内蒙古教育出版社，1989 年。

61.《史诗〈江格尔〉》，［蒙］乌·扎嘎德苏伦作序、注释，金淑英转写为回鹘式蒙古文，呼和浩特，内蒙古教育出版社，1991 年。

62.《江格尔》——汉文全译本，第 1、2 册，黑勒、丁师浩译，浩·巴岱校订，乌鲁木齐，新疆人民出版社，1993 年。

63.《江格尔》——托忒蒙古文资料本（10、11、12），中国民间文艺家协会新疆分会，新疆维吾尔自治区民族古籍办公室合编，新疆人民出版社于 1993 年出版第十卷，于 1996 年出版第 11、12 卷。

64.《江格尔》（三），回鹘式蒙古文，文学读本，中国民间文艺家协会新疆分会整理，赤峰，内蒙古科技出版社，1996 年，内有 10 部长诗。

65.《江格尔手抄本》，内蒙古民族古籍办等编，赤峰，内蒙古科学技术出版社，1996 年。

66. 冉皮勒《江格尔》，塔亚采录解说，［日］千叶大学，1999 年。

67. 新译注释《江格尔》，贾木查，新疆大学出版社，2005 年。

68.《中国江格尔奇演唱精选本》，托忒蒙古文，玛德丽娃主编，乌鲁木齐，新疆科技出版社，2009 年。

69. 库尔喀喇乌苏土尔扈特《江格尔》，塔亚搜集，内蒙古人民出版社，2011 年。

## 二、《江格尔》研究著作

70.《蒙古——卫拉特英雄史诗》，鲍·雅·符拉基米尔佐夫翻译、作序和注释，彼得堡—莫斯科，国家出版社，1923 年，俄文。

71.《关于汗哈冉贵的蒙古故事》，嘎·桑杰也夫编辑、作序，1937 年，东方学研究所成果，第 22 卷，俄文。

72.《江格尔传——卡尔梅克英雄史诗》，谢·科津作序，莫斯科—列宁格勒，苏联科学院出版社，1940 年，俄文。

73.《〈格斯尔传〉的历史根源》，策·达木丁苏伦著，莫斯科，科学出版社，1957 年，俄文。

74.《论〈江格尔〉》——卡尔梅克民间史诗问世 500 周年纪念会资料汇编，阿·苏赛耶夫编，埃利斯塔，卡尔梅克图书出版社，1963 年，这是1940 年在埃利斯塔举行的第八届苏联作家大会的部分发言，其中有阿·法捷耶夫的开幕词等，俄文。

75.《论〈江格尔〉——卫拉特—卡尔梅克英雄史诗》，鲍·雅·符拉基米尔佐夫著，阿·科契克夫、格·米哈伊洛夫编，埃利斯塔，卡尔梅克图书出版社，1967 年，俄文。

76.《江格尔奇》，尼·桑嘎杰耶娃，埃利斯塔，卡尔梅克图书出版社，1967 年，俄文。

77.《伟大的〈江格尔〉演唱艺人鄂利扬·奥夫拉与江格尔研究》——纪念鄂利扬·奥夫拉诞辰 110 周年学术讨论会资料，埃利斯塔，1969 年，共和国印刷厂，会议于 1967 年召开，俄文。

78.《阿尔泰学与蒙古学研究问题》——1972 年 3 月 17—19 日在埃利斯塔举行的全苏联学术讨论会资料，第一辑，文学、民间文学与历史，埃利斯塔，1974 年，俄文。

79.《阿尔泰学与蒙古学研究问题》，同上，第二辑，语言学，莫斯科，科学出版社，1975 年。

80.《英雄史诗〈江格尔〉》，科契克·图勒（阿·科契克夫）著，埃利斯塔，卡尔梅克图书出版社，1974 年，卡尔梅克文。

81.《英雄史诗〈江格尔〉研究》，阿·科契克夫著，埃利斯塔，卡尔梅克图书出版社，1976 年，俄文。

82.《史涛〈江格尔〉的语言学研究试论》，鲍·托达耶娃著，埃利斯塔，卡尔梅克图书出版社，1976 年，俄文。

83.《〈江格尔〉的起源和诗学问题》，格·米哈伊洛夫、阿·科契克夫等编，卡尔梅克语言、文学、历史研究所通讯，第 14 辑，埃利斯塔，

1976 年，俄文。

84.《史诗〈江格尔〉里的残暴的哈尔黑纳斯败北长诗》，鄂·奥瓦洛夫，埃利斯塔，卡尔梅克图书出版社，1977 年，俄文。

85.《〈江格尔〉的类型学与艺术特色》，鄂·奥瓦洛夫等编，埃利斯塔，共和国印刷厂，1978 年，多人论文集，俄文。

86.《〈江格尔〉与突厥—蒙古各民族叙事创作问题》，1978 年 5 月 17—19 日于埃利斯塔举行的全苏联学术讨论会论文提要，埃利斯塔，1978 年，俄文。

87.《〈江格尔〉与突厥—蒙古各民族叙事创作问题》，莫斯科，科学出版社，1980 年，俄文。

88.《江格尔奇的诗歌艺术》，尼·比特克耶夫著，埃利斯塔，卡尔梅克图书出版社，1982 年。

89.《蒙古人民的叙事诗歌》，史诗研究，尼·比特克耶夫编，多人论文集，埃利斯塔，共和国印刷厂，1982 年。

90.《江格尔奇们》，尼·比特克耶夫著，埃利斯塔，卡尔梅克图书出版社，1983 年。

91.《论〈江格尔〉》（一、二），1982 年新疆维吾尔自治区第一次《江格尔》学术讨论会论文汇编，中国民间文艺研究会新疆分会编，乌鲁木齐，新疆人民出版社，1986 年，托忒文。还有汉文版，内容同上。

92.《史诗〈江格尔〉各种异文的类型学问题》，鄂·奥瓦洛夫，埃利斯塔，卡尔梅克图书出版社，1987 年。

93.《英雄史诗〈江格尔〉》，仁钦道尔吉著，刘魁立主编《中国民间文化丛书》之一，浙江教育出版社，1990 年。

94.《江格尔》，尼·比特克耶夫、鲍·德勒德诺娃著，埃利斯塔，卡尔梅克图书出版社，1990 年。

95.《卡尔梅克英雄史诗〈江格尔〉》，各地异文的类型学问题，尼·比特克耶夫著，埃利斯塔，卡尔梅克图书出版社，1990 年。

96.《〈江格尔〉与叙事创作问题》，1990 年 8 月 22—24 日在埃利斯塔举行的国际学术讨论会论文提要，埃利斯塔，1990 年，俄文。

97.《中国史诗研究》（一），中国史诗研究编委会编，乌鲁木齐，新疆人民出版社，1991 年。

98.《英雄史诗〈江格尔〉》，阿·科契克夫著，莫斯科，科学出版社，

1992 年，俄文。

99.《江格尔史诗研究》，敖·扎嘎尔著，呼和浩特，内蒙古教育出版社，1993 年，蒙古文。

100.《〈江格尔〉论》，仁钦道尔吉著，呼和浩特，内蒙古大学出版社，1994 年。

101.《十三章〈江格尔〉审美意识》，格日乐著，内蒙古教育出版社，1994 年，蒙古文。

102.《英雄史诗〈江格尔〉》，仁钦道尔吉著，刘魁立主编《中国民间文化丛书》之一，浙江教育出版社，1995 年，第二版（修订版）。

103.《江格尔黄四国》，金峰著，海拉尔，内蒙古文化出版社，1996 年，蒙古文。

104.《史诗〈江格尔〉探渊》，贾木查著，乌鲁木齐，新疆人民出版社，1996 年。

105.《史诗〈江格尔〉探渊》，贾木查著，乌鲁木齐，新疆人民出版社，1997 年，托忒蒙文。

106.《史诗〈江格尔〉与蒙古文化》，萨仁格日勒著，呼和浩特，内蒙古人民出版社，1998 年，蒙古文。

107.《卫拉特英雄史诗研究》，丹碧等著，新疆人民出版社，2006 年。

108. 中国社会科学院文库·文学语言研究系列《江格尔论》，仁钦道尔吉著，方志出版社，2007 年。

109.《江格尔》论文集（上、下），新疆维吾尔自治区民间文艺家协会编，新疆科技出版社，2009 年。

说明：此目录没有收录国内外各种期刊和报纸上刊载的文章和资料以及辞书条目。

# 参考书目

## 一、中国书目

1. 策·达木丁苏伦由古蒙古语译为现代蒙古语,谢再善译,《蒙古秘史》,中华书局,北京,1956 年。

2. 甘珠尔扎布编,纳·赛音朝克图校,《英雄古那干》,内蒙古人民出版社,呼和浩特,1956 年,蒙古文。

3. 《宝玛额尔德尼》,内蒙古人民出版社,呼和浩特,1956 年,蒙古文。

4. 策·达木丁苏伦:《蒙古文学史》,内蒙古人民出版社,呼和浩特,1957 年,蒙古文。

5. 哈·丹比扎拉僧编选,《骑牛的狼》,内蒙古人民出版社,呼和浩特,1959 年,蒙古文。

6. 内蒙古语言文学研究所编,《蒙古民间故事》,内蒙古人民出版社,呼和浩特,1959 年,蒙古文。

7. 乌兰巴图、额尔根巴雅尔等搜集,《达斡尔民间故事》,内蒙古人民出版社,呼和浩特,1960 年,蒙古文。

8. 蒙古语言文学研究所编,《英雄史诗集》,内蒙古人民出版社,呼和浩特,1960 年,蒙古文。

9. 铁木耳苏伦编,《汗哈冉贵传》,内蒙古人民出版社,呼和浩特,1962 年,蒙古文。

10. 《英雄仁沁莫尔根》,内蒙古人民出版社,呼和浩特,1962 年,蒙古文。

11. 中国科学院内蒙古分院语言文学研究所编，《蒙古族民间故事集》，上海文艺出版社，上海，1962 年。

12. 内蒙古语言文学研究所编，《蒙古族文学资料汇编》（内部），第三卷，英雄史诗（一），蒙古文。

13. 内蒙古语言文学研究所编，《蒙古族文学资料汇编》（内部），第四卷，英雄史诗（二），蒙古文。

14. 内蒙古语言文学研究所编，《蒙古族文学资料汇编》，第二辑，英雄史诗卷（一），内部资料，1963 年。

15. 中国民间文艺研究会研究部编，《民间文学参考资料》，第九辑，内部参考，1964 年。（该书中有马昌仪等翻译的俄罗斯著名学者弗·普洛普、弗·日尔蒙斯基、叶·麦列丁斯基、瓦·嘎察克等人的史诗理论研究论文。）

16. 仁钦道尔吉搜集整理，《英雄希林嘎拉珠》，黑龙江人民出版社，海拉尔，1978 年，蒙古文。

17. 仁钦道尔吉、祁连休搜集整理，《民间文学资料》，第一集，蒙古族英雄史诗专辑（内部），文学研究所各民族民间文学组编，1978 年。

18. 符·阿·库德里亚采夫、格·恩·鲁缅采夫等：《布里亚特蒙古史》，高文德译，上下册，中国社会科学院民族研究所社会历史室，1978 年。

19. 鲍·雅·符拉基米尔佐夫：《蒙古社会制度史》，刘荣峻译，中国社会科学院民族研究所社会历史室，1978 年。

20. 仁钦道尔吉搜集，仁钦道尔吉、尼玛整理，《蒙古族民间故事》，辽宁人民出版社，赤峰，1979 年，蒙古文。

21. 孟志东编，《达斡尔族民间故事选》，上海文艺出版社，上海，1979 年。

22. 波·特古斯整理，《阿斯尔查干海青》，内蒙古人民出版社，呼和浩特，1980 年，蒙古文。

23. 中国民间文艺研究会内蒙分会、伊克昭盟蒙古语文办公室合编，《鄂尔多斯民间故事》（内部），1980 年，蒙古文。

24. 阿·太白整理，《祖乐阿拉达尔罕传》，新疆人民出版社，乌鲁木齐，1980 年，托忒蒙古文。民族出版社于 1982 年在北京以蒙古文出版。

25. 中国民间文艺研究会上海分会、上海文艺出版社编，《中国民间文学论文选》（1949—1979），中，上海文艺出版社，上海，1980 年。

26. 齐木道吉、梁一儒、赵永铣等编写，《蒙古族文学简史》，内蒙古人民出版社，呼和浩特，1981 年。

27. 满都胡编著，《蒙古民间文学简编》，内蒙古教育出版社，呼和浩特，1981 年，蒙古文。

28. 萨囊彻辰：《蒙古源流》，道润梯步译校，内蒙古人民出版社，呼和浩特，1981 年。

29. 仁钦道尔吉、道尼日布扎木苏搜集整理，《那仁汗传》，民族出版社，北京，1981 年，蒙古文。

30. 托·巴德玛、道尔巴整理，《那仁汗克布恩》，新疆人民出版社，乌鲁木齐，1981 年，托忒蒙古文。

31. 《爱说闲话的麻雀》，新疆人民出版社，乌鲁木齐，1981 年，托忒蒙古文。

32. 《国王选儿媳》，新疆人民出版社，乌鲁木齐，1981 年，托忒蒙古文。

33. 乌盟民族宗教事务处等编辑出版，《乌兰察布民间文学》（第一集），内蒙古师范大学印刷厂，印刷时间不详，蒙古文。

34. 巴拉吉尼玛口述，道荣尕整理，《英雄道喜巴拉图》，民族出版社，北京，1982 年，蒙古文。

35. 《小喇嘛降妖》，蒙古族民间故事选，本社编，春风文艺出版社，沈阳，1982 年。

36. 前郭尔罗斯蒙古族自治县文化馆、前郭尔罗斯蒙古族自治县民间文艺研究会编辑，《蒙古族民间故事》，前郭尔罗斯蒙古族自治县印刷厂，1982 年。

37. 阿·莫斯太厄搜集整理，《阿尔扎波尔扎罕》——鄂尔多斯民间文学（上、下），民族出版社，北京，1982 年，蒙古文。这是根据比利时传教士阿·莫斯太厄（田清波）于 1937 年在北京出版的《鄂尔多斯民间文学》的译音本转写出版的。

38. 琶杰：《琶杰作品选》，乌·苏古拉编，内蒙古人民出版社，呼和浩特，1983 年，蒙古文。

39. 拉施特主编，余大钧、周建奇译，《史集》，第一卷，商务印书馆，北京，1983 年。

40. 孟志东编，额尔根巴雅尔等译，《达斡尔族民间故事选》，内蒙古人民出版社，呼和浩特，1983 年，蒙古文。

41. 道荣尕、特·乌日根等整理，《阿拉坦舒胡尔图汗》，民族出版社，北京，1983 年，蒙古文。

42. 毛星主编，《中国少数民族文学》（1—3 卷），湖南人民出版社，长沙，1983 年。

43. 中国社会科学院少数民族文学研究所编，《民族文学译丛》——史诗专辑（一），北京，1983 年，内部资料。

44. 中国社会科学院少数民族文学研究所编，《民族文学译丛》——史诗专辑（二），北京，1984 年，内部资料。

45. 五院校合编，《蒙古文学史》，内蒙古教育出版社，呼和浩特，1984 年，蒙古文。

46. 巴·布林贝赫：《心声寻觅者的札记》，内蒙古人民出版社，呼和浩特，1984 年，蒙古文。

47. 都吉雅、高娃整理，《蒙古族民间童话故事》，民族出版社，北京，1984 年，蒙古文。

48. 拉喜、道布钦整理，《肃北蒙古民间故事》，内蒙古文化出版社，海拉尔，1984 年，蒙古文。

49. 芭杰、尼·巴图孟和整理，达·布道海选编，《英俊的巴塔尔》，民族出版社，北京，1985 年，蒙古文。

50. 莫日根泰、陶格腾巴雅尔编译，《朝凯莫日根》，内蒙古文化出版社，海拉尔，1985 年，蒙古文。

51. 《萨楚来莫日根汗》——巴尔虎民间故事．朋斯格旺吉拉等搜集整理，内蒙古文化出版社，海拉尔，1986 年，蒙古文。

52. 《阿鲁科尔沁旗民间文学集》，阿鲁科尔沁文化馆编，天山印刷厂，内部资料，1986 年（无出版社）。

53. 尼玛、门德搜集整理，《阿拉泰台吉与他的栗色骏马》，内蒙古文化出版社，赤峰市蒙文印刷厂印刷，1986 年，蒙古文。

54. 郝苏民搜集整理，《卫拉特蒙古民间故事》，内蒙古人民出版社，呼和浩特，1986 年，蒙古文。

55. 才布西格、萨仁格日勒整理，《青海蒙古族民间故事集》，民族出版社，北京，1986 年，蒙古文。

56. 海西州文化局、海西州民语办编辑出版（内部），《德德蒙古民间，文学精华集》（1—3 册），1986 年，蒙古文。

57. ［蒙古］那仁图雅整理，照日格图转写，《没有手的姑娘》，民族出版社，北京，1986 年。

58. 仁钦道尔吉：《蒙古民间文学论文集》，民族出版社，北京，1986年，蒙古文。

59. 仁钦道尔吉编，《策·达木丁苏伦文学研究论文集》，内蒙古文化出版社，海拉尔，1987 年，蒙古文。

60. 波·少布编，《杜尔伯特传说》，黑龙江民族研究所出版，杜尔伯特蒙文印刷厂印刷，1987 年。

61. 格日勒玛等整理，《卫拉特蒙古史诗选》，斯钦孟和、曹都米德、由托忒文转写为蒙古文民族出版社，北京，1987 年。

62. 斯钦孟和收集整理，《巴彦乌兰汗——新疆蒙古族民间故事》，内蒙古教育出版社，通辽教育印刷厂印刷，1987 年，蒙古文。

63. 伊盟民间文艺研究会、阿拉腾甘德尔编辑部编辑出版，《鄂尔多斯文化遗产》，1987 年，蒙古文。

64. 《英雄史诗》，新疆人民出版社，乌鲁木齐，1987 年，托忒蒙古文。

65. 色楞口述，瓦尔特·海希西、弗罗尼卡·法依特、尼玛搜集整理，《阿拉坦嘎拉巴汗》，内蒙古文化出版社，赤峰市蒙文印刷厂印刷，1988 年，蒙古文。

66. 仁钦道尔吉、且布尔加甫搜集整理，《吉如嘎岱莫尔根》——伊犁、塔城蒙古民间故事，内蒙古文化出版社，赤峰市蒙文印刷厂印刷，1988 年，蒙古文。

67. 道·乌兰夫搜集整理，《阿拉坦沙盖》——布里亚特民间故事，内蒙古文化出版社，海拉尔，1988 年，蒙古文。

68. 巴·布林贝赫、宝音和西格编，《蒙古族英雄史诗选》（上、下），内蒙古人民出版社，赤峰市第一印刷厂印刷，1988 年，蒙古文。

69. 《鄂尔多斯文化遗产》（4），《阿拉腾甘德尔》民俗民间文学专辑，鄂尔多斯报社印刷厂，1989 年，蒙古文。

70. 《鄂尔多斯民间故事》，内蒙古人民出版社，呼和浩特，1989 年。

71. 其木德编，《科尔沁民间故事》，内蒙古少年儿童出版社，通辽，1989 年，蒙古文。

72. ［意］图齐、［德］海希西：《西藏和蒙古的宗教》，耿昇译，王尧校订，天津古籍出版社，天津，1989年。

73. ［蒙］哲·曹劳编，扎嘎尔、太平转写为回鹘式蒙古文，《蒙古英雄史诗》——《蒙古民间文学丛书》之二，内蒙古教育出版社，锡林郭勒盟印刷厂，1989年。

74. 宝音和西格、特古斯巴雅尔编著，《蒙古民间文学概论》，内蒙古大学出版社，呼和浩特，1990年，蒙古文。

75. 仁钦道尔吉、郎樱编，《阿尔泰语系民族叙事文学与萨满文化》，内蒙古大学出版社，呼和浩特，1990年。

76. 纳·才仁巴力搜集整理，《英雄黑旋风》，内蒙古文化出版社，海拉尔，1990年，蒙古文。

77. 波·少布搜集，张亚光译，《杜尔伯特传说》，黑龙江民族研究所出版，杜尔伯特蒙文印刷厂印刷，1990年，蒙古文。

78. 昭乌达译书社编译，《蒙古族民间故事选》，辽宁民族出版社，1990年。

79. 桑布拉诺日布、王欣：《蒙古族说书艺人小传》，辽沈书社，沈阳，1990年。

80. 却吉嘎瓦、桑布拉敖日布、陶·青柏等整理，《宝迪嘎拉布汗》，民族出版社，北京，1990年，蒙古文。

81. 莫纳编辑，《阿斯尔莫日根汗的故事——乌拉特民间故事》，内蒙古文化出版社，海拉尔，1991年，蒙古文。

82. 中国史诗研究编委会编，《中国史诗研究》（一），新疆人民出版社，乌鲁木齐，1991年。

83. 郎樱：《〈玛纳斯〉论析》，内蒙古大学出版社，呼和浩特，1991年。

84. 刘亚湖：《原始叙事性艺术的结晶——原始性史诗研究》，内蒙古大学出版社，呼和浩特，1991年。

85. 谢·尤·涅克留多夫：《蒙古人民的英雄史诗》，徐昌汉、高文风、张积智译，内蒙古大学出版社，呼和浩特，1991年。

86. 希日布扎木苏口述，乌云格日勒、博·巴彦都楞整理，《英雄阿勇干散迪尔》，民族出版社，北京，1992年。

87. 娜日斯采录整理，《达斡尔民间故事百篇》，内蒙古文化出版社，海拉尔，1992年。

88. 查干莲花、阿尔彬巴雅尔、照日格图等整理编辑，《鄂尔多斯民间故事》，内蒙古人民出版社，呼和浩特，1992 年，蒙古文。

89. 道·那顺、照日格巴图等搜集整理，《珠玛与佐嘎》——翁牛特民间故事，内蒙古文化出版社，1993 年，蒙古文。

90. 罗卜桑丹津著，色道尔吉译，《蒙古黄金史》，蒙古学出版社，呼和浩特，1993 年。

91. 仁钦道尔吉、乌恩奇、其木道尔吉编，《丰碑》——献给海希西教授 80 寿辰，内蒙古文化出版社，海拉尔，1993 年，蒙古文。

92. 巴·苏和、呼日勒沙著，《科尔沁文学概要》，民族出版社，北京，1993 年，蒙古文。

93. 内蒙古社会科学院文学研究所《蒙古族文学》编写组，《蒙古族文学史》（一），辽宁人民出版社，浦阳，1994 年。

94. 仁钦道尔吉著，《〈江格尔〉论》，内蒙古大学出版社，呼和浩特，1994 年。

95. 达米仁加甫搜集整理，《哈尔阿让嘎》，新疆人民出版社，乌鲁木齐，1994 年，蒙古文。

96. 陶克涛胡、拉斯格玛搜集整理，《勇士布扎拉岱汗与捲鬃马》，内蒙古文化出版社，海拉尔，1995 年，蒙古文。

97. 旦布尔加甫、乌兰托娅整理，《萨丽与萨德格》——乌苏蒙古故事，民族出版社，北京，1996 年，蒙古文。

98. 巴·布林贝赫著，《蒙古英雄史诗的诗学》，内蒙古教育出版社，呼和浩特，1997 年，蒙古文。

99. 张炯、邓绍基、樊骏主编，《中华文学通史》，第二卷，华艺出版社，北京，1997 年。

100. 斯·窦布青搜集整理，《肃北蒙古族英雄史诗》，民族出版社，1998 年。

101. 祁连休、程蔷主编，《中华民间文学史》，河北教育出版社，石家庄，1999 年。

102. 斯钦巴图：《〈江格尔〉与蒙古族宗教文化》，内蒙古大学出版社，1999 年。

103. 《阿尔帕梅斯》（哈萨克英雄史诗），王景生、胡南译，民族出版社，2000 年。

104. 金巴扎木苏演唱，道荣尕整理，《宝格德格斯尔汗传》，内蒙古人民出版社，呼和浩特，2000 年。

105. 陈岗龙整理，《蒙古英雄史诗锡林嘎拉珠巴图尔》，内蒙古人民出版社，呼和浩特，2000 年。

106. 陈岗龙：《蒙古民间文学比较研究》，北京大学出版社，2001 年。

107. 浩斯巴雅尔等整理，《鄂尔多斯史诗》，民族出版社，2002 年。

108. 仁钦道尔吉：《蒙古英雄史诗源流》，内蒙古大学出版社，呼和浩特，2001 年。

109. 阿地力·朱玛吐尔地、托汗·依莎克：《居素普·玛玛依评传》，内蒙古大学出版社，2002 年。

110. 朝克图：《胡仁乌力格尔研究》，民族出版社，2002 年。

111. 朝克图、陈岗龙：《琶杰研究》，内蒙古文化出版社，海拉尔，2002 年。

112. 陈岗龙：《蟒古思故事论》（汉文），北京师范大学出版社，2003 年。

113. 色·扎木苏主编，《翁牛特民间故事》，内蒙古文化出版社，海拉尔，2003 年。

114. 九月：《蒙古英雄史诗中考验婚的文化解读》，内蒙古人民出版社，呼和浩特，2005 年。

115. 黄宝生：《〈摩诃婆罗多〉导读》，中国社会科学出版社，2005 年。

116. 阿地里·居玛吐尔地：《〈玛纳斯〉史诗歌手研究》，民族出版社，2006 年。

117. 朝克图：《毛依罕研究》，内蒙古文化出版社，海拉尔，2006 年。

118. 旦布尔加甫：《卫拉特英雄故事研究》，民族出版社，2006 年。

119. 额尔敦高娃：《蒙古英雄史诗的女性形象文化学研究》，内蒙古人民出版社，呼和浩特，2006 年。

120. 斯钦巴图：《蒙古史诗——从程式到隐喻》，民族出版社，2006 年。

121. ［俄］E. M. 梅列金斯基：《英雄史诗的起源》，王亚民等译，商务印书馆，2007 年。

122. 仁钦道尔吉：《蒙古英雄史诗论》，台湾唐山出版社，2007 年。

123. 《巴林民间故事与传说》，纳·宝音贺西格编，内蒙古教育出版社，2007 年。

124. 黄中祥：《哈萨克英雄史诗与草原文化》，中央编译出版社，2007 年。

125. 仁钦道尔吉、朝戈金、旦布尔加甫、斯钦巴图编,《蒙古英雄史诗大系》,4 卷本,民族出版社,2007—2009 年。

126. 达·巴图等:《蒙古民间故事新探》,民族出版社,2009 年。

127. 仁钦道尔吉编著,《萨满诗歌与艺人传》,民族出版社,2010 年。

128. 阿拉腾嘎达苏:《乌拉特英雄史诗研究》,内蒙古人民出版社,呼和浩特,2010 年。

129. 格日勒编著,《蒙古英雄史诗研究概况》,民族出版社,2011 年。

130. 仁钦道尔吉:《蒙古口头文学论集》,社会科学文献出版社,2011 年。

131. [德] 卡尔·赖西尔:《突厥语民族口头史诗:传统、形式和诗歌结构》,阿地里·居玛吐尔地译,中国社会科学出版社,2011 年。

# 二、俄罗斯、蒙古国书目

1. 扎木察莱诺、鲁德涅夫编:《蒙古民间创作范例》第 1 册,喀尔喀方言,圣彼得堡,1908 年。

2. 扎木察莱诺搜集:《布里亚特民间口头创作——埃和里特—布拉嘎特叙事创作》,见《蒙古各部落民间创作范例》,文本,第一卷第 1 册,圣彼得堡,1913 年。

3. 扎木察莱诺:《关于蒙古英雄史诗笔记》,见《蒙古各部落民间创作范例》,文本,第一卷,布里亚特民间口头创作,第 3 册,埃和里特—布拉嘎特叙事创作《哈奥希尔胡本》,彼得堡,1918 年。

4. 鲍·雅·符拉基米尔佐夫:《蒙古—卫拉特英雄史诗》,彼得堡—莫斯科,1923 年。

5. 鲍·雅·符拉基米尔佐夫编:《蒙古民间创作范例—西北蒙古》,列宁格勒,1926 年。

6. 尼·波佩记录:《喀尔喀蒙古民间文学作品》,北部喀尔喀方言,见《蒙古民间创作范例》第三卷,列宁格勒,1932 年。

7. 鲍·雅·符拉基米尔佐夫:《蒙古社会制度——蒙古游牧封建主义》,列宁格勒,1934 年。

8. 尼·波佩:《喀尔喀蒙古英雄史诗》,莫斯科—列宁格勒,1937 年。

9. 桑杰也夫:《关于汗哈冉贵的蒙古故事》,莫斯科—列宁格勒,1937 年。

10. 策·策登扎布整理改写：《宝玛额尔德尼——西蒙古人民的史诗》，乌兰巴托，1947 年。

11. 科津：《蒙古人民的史诗》，莫斯科—列宁格勒，1948 年。

12. 巴嘎也娃整理、拉哈姆苏伦校：《民间文学集》，乌兰巴托，1949 年。

13. 《奥曹道尔莫尔根——布里亚特蒙古民间文学》，乌兰—乌德，1956 年。

14. 《史诗集》，布里亚特蒙古图书出版社，乌兰—乌德，1956 年。

15. 策·达木丁苏伦：《格斯尔传的历史渊源》，莫斯科，1957 年。

16. 策·达木丁苏伦：《蒙古文学概况》第一卷，13 - 16 世纪，乌兰巴托，1957 年。

17. 那达米德整理，乌力吉胡塔嘎编：《蒙古民间故事》，乌兰巴托，1957 年。

18. 达喜道尔基、古尔仁亲整理：《民间文学》，乌兰巴托，1958 年。

19. 扎木察莱诺 译、宾·仁亲编：埃和里特—布拉嘎特史诗《十五岁的艾杜莱莫尔根和姐姐阿古高罕》、《阿拉木吉莫尔根胡本和妹妹阿贵高罕杜海》，乌兰巴托，1959 年《民间文学研究》第一卷第 2 册。

20. 仁亲编：《蒙古故事》，乌兰巴托，1959 年，《民间文学研究》第一卷第 1 册。

21. 仁亲：《蒙古民间文学中的本子故事体裁》，乌兰巴托，1959 年。

22. 达·策仁索德那木：《希林嘎拉珠巴托尔夫史诗》，见《星火》1959 年第 4 期。

23. 巴拉达叶夫编：《布里亚特民间口头文学选》，乌兰—乌德，1960 年。

24. 格列勃涅夫：《图瓦英雄史诗》，东方文学出版社，莫斯科，1960 年。

25. 仁亲桑布整理：《蒙古英雄史诗》，乌兰巴托，1960 年。

26. 日尔蒙斯基、柯诺诺夫整理，巴托尔德译：《库尔阔特祖爷书》，苏联科学院出版社，莫斯科—列宁格勒，1962 年。

27. 普郝夫：《雅库特英雄史诗奥隆霍——基本形象》，苏联科学院出版社，莫斯科，1962 年。

28. 麦列丁斯基：《英雄史诗的起源—早期形式和古老文献》，东方文学出版社，莫斯科，1963 年。

29. 阿·乌兰诺夫：《布里亚特英雄史诗》，乌兰—乌德，布里亚特图书出版社，1963 年。

30. 仁亲桑布：《蒙古史诗的分期问题》，见《蒙古学研究的一些问题》，科学院通讯，1964 年。

31. 乌·扎嘎德苏伦整理，曹·罗布桑旺丹编：《蒙古英雄史诗原理》，科学院出版社，乌兰巴托，1966 年。

32. 哲·曹劳、乌·扎嘎德苏伦整理：《西蒙古英雄史诗》，乌兰巴托，1966 年。

33. 班迪整理：《蒙古民间故事》，乌兰巴托，1966 年。

34. A．B．布尔杜克夫：《卫拉特和卡尔梅克史诗演唱艺人》，见《蒙古英雄史诗原理》，1966 年。

35. T．A．布尔杜克娃：《卫拉特著名陶兀里奇帕尔臣》，见《蒙古英雄史诗原理》，1966 年。

36. 乌·扎嘎德苏伦：《陶兀里奇帕尔臣的生平与创作》，见《蒙古英雄史诗原理》，1966 年。

37. 仁亲：《我国人民的史诗》，见《蒙古英雄史诗原理》，1966 年。

38. 米哈亦洛夫：《关于蒙古人民的英雄史诗的演变》，见《蒙古语言文学的一些问题》，乌兰巴托，1967 年。

39. 普·好尔劳编：《喀尔喀人民的史诗》，乌兰巴托，1967 年。

40. 沙尔克什诺娃：《布里亚特英雄史诗》，伊尔库茨克，1968 年。

41. 霍莫诺夫整理、翻译、注释：《叶仁赛》，乌兰—乌德，1968 年。

42. 乌·扎嘎德苏伦序、注释、编选：《史诗〈江格尔〉》，乌兰巴托，1968 年。

43. 普·好尔劳：《蒙古史诗研究中的一些问题》，见《民间文学研究》第六卷，乌兰巴托，1968 年。

44. 乌·扎嘎德苏伦整理、好尔劳校：《蒙古民间故事》，乌兰巴托，1969 年。

45. 米哈亦洛夫：《蒙古文学遗产》，莫斯科，1969 年。

46. 巴拉达叶夫记录整理：《阿拉坦道兀来莫尔根—叙事长诗》，乌兰 -乌德，1970 年。

47. 扎木察莱诺记录，玛达逊整理：《布赫哈尔胡本》，史诗集，乌兰 -乌德，1972 年。

48. 乌·扎嘎德苏伦序：《民间文学研究》第七卷第 10 册，乌兰巴托，1972 年。

49. 弗·日尔蒙斯基:《突厥英雄史诗》,科学出版社,列宁格勒,1974 年。

50. 罗布桑巴拉丹:《关于托武文汗哈冉贵》,见《民间文学研究》第十卷第 6 册,1977 年。

51. 谢·尤·涅克留多夫:《东蒙古叙事传统中的关于格斯尔的故事》,见《第三届国际蒙古学家大会》,乌兰巴托,1977 年。

52. 《第三届国际蒙古学家大会》第二卷,乌兰巴托,1977 年。

53. 达·策仁索德那木:《胡琴的旋律与史诗》,《语言文学研究》第 12 卷第 16 册,乌兰巴托,1977 年。

54. 嘎当巴、策仁索德那木编:《蒙古民间文学范例》,乌兰巴托,1967 年;第二版,乌兰巴托,1978 年。

55. 阿·科·克夫:《关于陶兀里—乌利格尔型史诗》,见《〈江格尔〉的类型学和艺术特色》,1978 年。

56. 霍莫诺夫整理、翻译、注释:《艾杜莱莫尔根》,布里亚特蒙古图书出版社,乌兰—乌德,1979 年。

57. 《〈江格尔〉与突厥—蒙古各民族史诗创作问题》(全苏学术会议资料汇编,埃利斯塔,1978 年 3 月 17—19 日),莫斯科,1980 年。

58. 库兹米娜:《布里亚特人民英雄史诗中的妇女形象》,新西伯利亚,1980 年。

59. 谢·尤·涅克留多夫:《蒙古人民的史诗与民间文学的相互联系问题》,见《蒙古文学关系》,科学出版社,莫斯科,1981 年。

60. 《蒙古文学关系》,科学出版社,莫斯科,1981 年。

61. 谢·尤·涅克留多夫、昭·铁木耳策仁:《关于格斯尔的蒙古故事》,新记录稿,莫斯科,1982 年。

62. 穆特列叶娃:《蒙古人民的故事史诗和卡尔梅克史诗〈江格尔〉里的英雄特异诞生母题》,见《蒙古人民的叙事诗歌》,1982 年。

63. 哲·曹劳整理、序、注释:《蒙古人民的英雄史诗》,乌兰巴托,1982 年。

64. 达·策仁索德那木整理、序、注释,阿·罗布桑登德布校:《蒙古民间故事》,乌兰巴托,1982 年。

65. 谢·尤·涅克留多夫:《蒙古人民的英雄史诗》,科学出版社,莫斯科,1984 年。

66. 苏拉扎克夫:《阿尔泰英雄史诗》,莫斯科,科学出版社,1985 年。

67. 《第四届国际蒙古学家大会》第二卷，乌兰巴托，1985 年。

68. 杜嘎尔尼玛叶夫编：《布里亚特文学历史文献》，乌兰—乌德，布里亚特图书出版社，1986 年。

69. 哲·曹劳整理、序、注释：《十三匹骏马之歌》，国家出版社，乌兰巴托，1987 年。

70. 达·策仁索德那木：《关于蒙古史诗研究问题》，《民间文学研究》第十六卷第 1 册，乌兰巴托，1987 年。

71. 沙尔克什诺娃：《布里亚特英雄叙事诗歌》，伊尔库茨克，伊尔库茨克大学出版社，1987 年。

72. 纳木吉洛娃序、整理、翻译、注释：《霍里布里亚特史诗》，乌兰—乌德、布里亚特图书出版社，1988 年。

73. 娜仁托娅：《蒙古史诗统计》《民间文学研究》第十八卷，科学院出版社，乌兰巴托，1988 年。

74. 达·策仁索德那木：《蒙古史诗中的神话概念》，《民间文学研究》第十八卷，乌兰巴托，1988 年。

75. 嘎当巴：《蒙古英雄史诗》，《民间文学研究》第 18 卷第 1 册，乌兰巴托，1988 年。

76. 嘎当巴、散皮勒登德布：《蒙古民间文学》，乌兰巴托，1988 年。

77. 杜拉玛：《蒙古神话形象》，国家出版社，乌兰巴托，1989 年。

78. 高木宝因：《埃和里特—布拉嘎特史诗》，乌兰—乌德，1990 年。

79. 巴·卡托整理：《土尔扈特、扎哈沁人民的史诗和故事》，科布多，1991 年。

80. 娜仁托娅整理、散皮勒登德布校：《喀尔喀人民的史诗》，国家出版社，乌兰巴托，1991 年。

81. 《第五届国际蒙古学家大会》第二卷，乌兰巴托，1992 年。

82. 图雅巴特尔：《阿尔泰乌梁海英雄史诗及其来源和特征》，乌利盖，1995 年。

83. 巴·卡托整理：《杜尔伯特人民的史诗》，乌兰巴托，1996 年。

84. 旦布尔加甫记录整理：《卫拉特英雄史诗》，乌兰巴托，1997 年。

85. 巴·卡托：《蒙古史诗的特征》，乌兰巴托，1997 年。

86. 巴图巴雅尔、伊喜道尔吉、朋苏格整理：《蒙古学论文集》，毕拉院士 70 寿辰纪念，国际蒙古学协会，蒙古科学院历史研究所，乌兰巴托，

1998 年。

87. 巴·卡托编:《阿尔泰乌梁海史诗》,科布多省政府印,乌兰巴托,2001 年。

88. 朝·达赖:《卫拉特蒙古史》第一卷,蒙古科学院历史研究所,乌兰巴托,2002 年。

89. 哈·散皮勒登德布、特·巴雅斯嘎蓝编:《一百五十五岁的老劳莫尔根汗》,蒙古科学院语言文学研究所,乌兰巴托,2003 年。

90. 巴·卡托:《蒙古史诗形象》,孟赫乌苏格出版社,乌兰巴托,2004 年。

91.《民间文学研究》,蒙古科学院语言文学研究所,乌兰巴托,2006 年。

92. 哲·曹劳、嘎·钢陶克陶胡编:《十三位诺颜的声音》,布里亚特民间文学集成,乌兰巴托,2007 年。

93.《民间文学研究》,蒙古科学院语言义学研究所,乌兰巴托,2009 年。

94. 哲·曹劳、哲·恩毕喜编:《卫拉特蒙古英雄史诗》,蒙古科学院游牧文明研究所,乌兰巴托,2011 年。

# 三、西方国家书目

1. Antoine Mostaert（1881 – 1971） – C. I. C. M. Missionary and Scholar, Volume One Papers, Edited by Klauss Sagaster, Ferdinand Verbiest Foundation, K. U. Leuven, 1999.

2. Bawden C. R. The Repertory of a Blind Mongolian Storyteller.

—Fragen der mongolischen Heldendichtung, 1981.

3. Bawden C. R. Arban gurban sang—A Buddhist Element in the Mongolian Epics?

—Fragen der mongolischen Heldendichtung, 1981.

4. DIE MONGOLISCHEN EPEN – Bezüge, Sinndeutung und überlieferung, Herausgegeben von Walther Heissig, Otto Harrassowitz, Wiesbaden, 1979.（AF. Bd 68）

5. DOCUMENTA BARBARORUM

—Festschrift für Walther Heissig zum 70. Geburtstag, Herausgegeben von Klaus Sagaster und Michael Weiers, Otto Harrassowitz, Wiesbaden, 1983.

6. FRAGEN DER MONGOLISCHEN HELDENDICHTUNG, Teil I

—Vorträge des 2. Epensymposium des Sonderforschungsbereichs 12, Bonn 1979, Herausgegeben von Walther Heissig, Otto Harrassowitz, Wiesbaden, 1981.

7. FRAGEN DER MONGOLISCHEN HELDENDICHTUNG, Teil II

—Vorträge des 3. Epensymposium des Sonderforschungsbereichs 12, Bonn 1980, Herausgegeben von Walther Heissig, Otto Harrassowitz, Wiesbaden, 1982.

8. FRAGEN DER MONGOLISCHEN HELDENDICHTUNG, Teil III

—Vorträge des 4. Epensymposium des Sonderforschungsbereichs 12, Bonn 1983, Herausgegeben von Walther Heissig, Otto Harrassowitz, Wiesbaden, 1985.

9. FRAGEN DER MONGOLISCHEN HELDENDICHTUNG, Teil IV

—Vorträge des 5. Epensymposium des Sonderforschungsbereichs 12, Bonn 1985, Herausgegeben von Walther Heissig, Otto Harrassowitz, Wiesbaden, 1987.

10. FRAGEN DER MONGOLISCHEN HELDENDICHTUNG, Teil V

—Vorträge des 6. Epensymposium des Sonderforschungsbereichs 12, Bonn 1988, Herausgegeben von Walther Heissig, Otto Harrassowitz, Wiesbaden, 1992.

11. Hamayon R. : TRICKS AND TURNS OF LEGITIMATE PERPETUATION OR TAKING THE BURYAT ÜLIGER LITERALLY, AS 《MODEL》

—Fragen der mongolischen Heldendichtung, 1981.

12. HamayonR. : TRICKS AND TURNS OF LEGITIMATE PERPETUATION ( II )

—Fragen der mongolischen Heldendichtung, 1981.

13. Heissig W. : GESCHICHTE DER MONGOLISCHEN LITERATUR. Bd 1 – 2, Wiesbaden, 1972.

14. Heissig W. : ZUR FRAGE DER INDIVIDUELLEN IDIOMATIK DER RHAPSODEN: ERZÄHLUNG; WIE DER MENSCHENFRESSER UNTËRDUCKT WURDE. Eine Ependichtung des ostmongolischen S?ngers Pajai (1902 – 1960).

—ZAS. Bd 6, 1972.

15. Heissig W. : EINE GESER-EPOS VARIANTE AUS TSCHACHAR:

—Gal md qagan. ——ZAS. Bd 11, 1977.

16. Heissig W. : DIE MONGOLISCHEN HELDENEPEN ——Struktur und Motive. Opladen, 1979.

( Rheinisch – Westfische Akademie der Wissenschaften. Vorträge, G237 )

17. Heissig W. ; GEDANKEN DES ZU EINER STRUKTURELLEN EPOS.

—Die MOTIV – TYPOLOGIE mongolischen Epen, 1979. MONGOLISCHEN

18. Heissig W. ; MONGOLISCHEN EPEN Ⅷ. Übersetzung von sechs ostmongolischen Epen. Wiesbaden, 1979.

19. Heissig W. ; WIEDERBELEBEN UND HEILEN ALS MOTIVE IM MONGOLISCHEN EPOS;

—Fragen der mongolische Heldendichtung, 1981.

20. Heissig W. ; BEMERKUNGEN ZU MONGOLISCHEN EPEN AUS DEM BARGHA – GEBIET.

—ZAS. Bd 15, 1981.

21. Heissig W. ; FELSGEBURT (PETROGENESE) UND BERGKULT.

—Fragen der mongolische Heldendichtung, 1982.

22. Heissig W. ; TSAKHAR – MCHEN – NACH AUFZEICHNUNGEN AUS DEM JAHRE 1938/39, beschrieben und eingeleitet, Otto Harrassowitz, wiesbaden, 1985.

23. Heissig W. ; ERZÄHLSTOFFE REZENTER MONGOLISCHEN HELDENDICHTUNG, Teil I, Teil Ⅱ, Otto Harrassowitz, wiesbaden, 1988.

24. Heissig W. ; "SI LIYANG" Varianten und Motiv-Trnsformationen eines mongolischen Spielmannsliedes, Mit mongolischen Text-Transkriptenvon J. Rincin dorji, Harrassowitz, wiesbaden, 1996.

25. Heissig W. ; HELDEN MÄRCHEN VERSUS HELDENEPOS?

—Strukturelle Fragen zur Entwicklung altaischer Heldenmärchen, Westdeutscher Verlag, 1991.

26. JULA ALDAR QAGAN UND UYAN MÖNGGUN QADAGASUN, Aufnahme von Pürevijn Chorloo, übersetzt und bearbeitet von Klaus Koppe, Mongolische Epen Ⅻ, Harrassowitz Verlag, 1992.

27. Kara G. ; CHANTS D'UN BARDE MONGOL, Akademiai Kiado, Budapest, 1970.

28. Lörincz L. ; DIE UND MYTHISCHE HINTERGRUND EPEN.

—DER BURJATISCHEN MONGOLISCHEN

Die mongolischen Epen, 1979.

29. Lörincz L. ; MONGOLISCHE MÄRCHENTYPEN. Budapest, 1979.

30. Nekliudov S. Ju. und Tömörceren Z. :

MONGOLISCHE ERZÄHLUNGEN ER GESER, Otto Harrassowitz, Wiesba-den, 1985. (AF. Bd 92)

31. OIRATISCHE EPEN

—5 Epen aus Sinkiang, ü bersetzt und Kommentiert von Klaus Koppe, Mon-golische Epen XIII. Harrassowitz Verlag, 1993 (AF, Bd 127) .

32. Poppe N. : DAS MONGOLISCHE HELDENEPOS:

—ZAS. Bd 2. 1968.

33. Poppe N. : DIE MONGOLISCHE HELDENSAGE KHILEN GALDZU:

—ZAS. Bd 6. 1972

34. Poppe N. : MONGOLISCHE EPEN I. Übersetzung der Sammlung: B. Rintchen. Folklore mongol. Livre deuxieme. Wiesbaden, 1975. (AF. Bd42)

35. Poppe N. : MONGOLISCHE EPEN II. Übersetzung der Sammlung: B. Rintchen. Folklore mongol. Livre troisieme. Wiesbaden, 1975. (AF. Bd43)

36. Poppe N. : MONGOLISCHE EPEN III. Übersetzung der Sammlung: G. Rincinsambuu. Mongol ardyn baatarlag tuul's. Wiesbaden, 1975. (AF. Bd 47)

37. Poppe N. : MONGOLISCHE EPEN IV. Übersetzung der Sammlung: P. Xorloo. Xalx ardyn tuul'. Wiesbaden, 1975. (AF. Bd 48)

38. Poppe N. : MONGOLISCHE EPEN V. Übersetzung der Sammlung: U. Zagdsüren. Zangaryn tuul's. Wiesbaden, 1977. (AF. Bd 50)

39. Poppe N. : MONGOLISCHE EPEN VI. bersetzung der Sammlung: C. Z. Zamcarano. Büzü Xara Xübüün. Ül' gernüüd. Wiesbaden, 1977. (AF. Bd 53)

40. Poppe N. : DAS MONGOLISCHE HELDENEPOS DZALUDAI MER-GEN: ——ZAS. Bd 12. 1978.

41. Poppe N. : TSONGOL FOLKLORE: Translation of the collection: the Language and Collective Farm Poetry of the Buriat Mongol of the Selenga Region. Wiesbaden, 1978 (AF. Bd 58)

42. Poppe N. : ZUR ERFORSCHUNG DER MONGOLISCHEN

bersetzung der Sammlung: C. Z. Zamcarano. Büzü Xara Xübüün. Ül' gernüüd. Wiesbaden, 1977. (AF.

43. EPENMOTIVE. ——Die mongolischen Epen. 1979.

44. Poppe N. : THE HEROIC EPIC OF THE KHALKHA MONGJLS. 2nd ed.
Bloomington, 1979.

44. Poppe N. : MONGOLISCHE EPEN IX. Übersetzung der Sammlung:

C. Z. Zamcarano. Proizvedenija narodnoi slovesnosti mongol'skich plemen. T. I.
Wiesbaden, 1980. (AF. Bd 65)

45. Poppe N. : DIE SCHWANENJUNGFRAUEN IN DER EPISCHEN DICH-
TUNG DER MONGOLEN.

—Fragen der mongolischeN Heldendichtung, 1981.

46. Poppe N. : INTRODUCTION TO MONGOLIAN COMPARATIVE STUD-
IES, Suomalais – Ugrilainen Seura, Helsinki, 1987.

47. Ramstedt G. J. : NORDMONGOLISCHE VOLKSDICHTUNG. Bearbeitet,
ersetzf und herausgegcben von H. Halen. Bd 1—2. Helsinki, 1973 – 74 (MS-
FOu Vol. 153, 156) .

48. Reichl K. : TURKIC ORAL EPIC POETRY

—Traditions, Forms, Poetic Structure, Garland Publishing Inc. New York &
London, 1992.

49. Rintchin: LES MATERIAUX POUR LETUDE DU CHAMANISME MON-
GOL. 1. Sources litteraires. Recueillis par Rintchin. Wiesbaden, 1959.

50. Rintchin: FOLKLORE MONGOL, recueillis par Rintchin. Livres 1—
5. Wiesbaden, 1960, 1963, 1964, 1965, 1972 (AF. Bd 7, 11, 12, 15, 30) .

51. Rintchen B. : DIE SEELE IN DEN SCHAMANISTISCHEN VORSTEL-
LUNGEN DER MONGOLEN.

—Sprache, Geschichte und Kultur der altaischen V? lker. Protokollband der
XII. Tagung der PIAC 1969 in Berlin. Hrsg. G. Hazai, P. Zieme. B. 1974 (Schrift-
en zur Geschichten und Kultur des Alten Orients. Bd 5) .

52. Sagaster K. : DAS MONGOLISCHE EPOS KHÜWEI BUIDAR KHÜ. Eine
symbolkundliche Untersuchung.

—CAJ. Vol. XXI, 3—4, 1977.

53. Sagaster K. : DAS HELDENLIED VON ALTAI TSEMBEL XÜ: Eine
symbolkundliche Untersuchung.

—Studia orientalia. Helsinki, 1977

(FOS. Vol. 47) .

54. Sagaster K. ：ON THE SYMBOLISM IN THE MONGOLIAN GESER EPIC. 1977.

55. Sagaster K. ：BEMERKUNGEN ZUM BEGRIFT "GUT" IM ALTURKISCHEN；

MONGOLISCHEN UND TIBETISCHEN.

—Die mongolischen Epen, 1979.

56. Sagaster K. ：ZUR ZAHLENSYMBOLIK IM MONGOLISCHEN EPOS.

—Fragen der mongolischen Heldendichtung, 1981.

57. Veit V. ：SIREGETU – YIN MERGEN QAGAN, ein Epos aus der Inneren Mongolei.

—ZAS. Bd 6, 1972.

58. Veit V. ：MONGOLISCHE EPEN II. Übersetzung von drei s ü dmongolischen Epen, Wiesbaden, 1977 （AF. Bd 54）.

59. Veit V. ：DER BEGRIFT "BAGATUR" （HELD）DES MONGOLISCHEN EPOS ALS TOPOS IN BIOGRAPHIEN NATIONALHELDEN.

—Die mongolischen Epen, 1979.

# 仁钦道尔吉学术著作目录

## 一、专著、资料

1. 仁钦道尔吉著:《蒙古民间文学论文选》,民族出版社,1986 年,蒙古文。

2. 仁钦道尔吉著:《英雄史诗〈江格尔〉》,刘魁立主编《中国民间文化丛书》之一,浙江教育出版社,1990 年,杭州,10.5 万字。

3. 仁钦道尔吉著:《〈江格尔〉论》,内蒙古大学出版社,1994 年,呼和浩特,31 万字。

4.《英雄史诗〈江格尔〉》,第二版,浙江教育出版社,1996 年,杭州,15.5 万字。

5.《〈江格尔〉论》,修订版,内蒙古大学出版社,1999 年,呼和浩特,33.4 万字。

6. 仁钦道尔吉著:《蒙古英雄史诗源流》,内蒙古大学出版社,2001 年,呼和浩特,30.2 万字。

7. 仁钦道尔吉著:《蒙古英雄史诗论》,台湾,唐山出版社,2007 年。

8. 仁钦道尔吉搜集整理:史诗集《英雄希林嘎拉珠》,黑龙江人民出版社,1978 年,蒙古文。

9. 仁钦道尔吉编:《蒙古族谚语》,辽宁人民出版社,1978 年,蒙古文。

10.《蒙古族英雄史诗专辑》(民间文学资料,第一集),仁钦道尔吉、祁连休、丁守璞译,文学研究所各民族民间文学组印,内部资料,1978 年。

11. 仁钦道尔吉搜集:《蒙古族民间故事》,辽宁人民出版社,1979 年,蒙古文。

12—16. 仁钦道尔吉、道尼日扎木苏、丁守璞编：《蒙古民歌一千首》，蒙古文，1 至 5 卷，1001 首民歌带曲谱，200 万字。

第一卷反帝反封建民歌，第 1—506 页，内蒙古人民出版社，1979 年；

第二卷生活歌，第 507—1118 页，内蒙古人民出版社，1981 年；

第三卷风俗歌，第 1119—1806 页，内蒙古少年儿童出版社，1983 年；

第四卷情歌，第 1807—2364 页，内蒙古少年儿童出版社，1984 年；

第五卷讽刺歌，第 2365—2876 页，内蒙古少年儿童出版社，1984 年。

17. 仁钦道尔吉、道尼日扎木苏搜集整理：英雄史诗选《那仁汗传》，民族出版社，1981 年，蒙古文。

18. 仁钦道尔吉编选：《达木丁苏伦文学研究论文选》，内蒙古文化出版社，1987 年，蒙古文。

19. 仁钦道尔吉、旦布尔加甫搜集整理：伊犁、塔城蒙古族民间故事选《吉如嘎岱莫尔根》，内蒙古文化出版社，1987 年，蒙古文。

20. 仁钦道尔吉、郎樱编：《阿尔泰语系民族叙事文学与萨满文化》，内蒙古大学出版社，1990 年。

21. 仁钦道尔吉、乌恩奇、其木道尔吉编：论文集《丰碑》，内蒙古文化出版社，1993 年，蒙古文。

22.《民族文学译丛》，英雄史诗专辑（一），除两篇外，其他论文主要是仁钦道尔吉精选和组织人翻译，少数民族文学所印，内部资料，1983 年。

23.《民族文学译丛》，英雄史诗专辑（二），同上，1984 年。

24. 蒙古族说书故事《西凉》，与瓦·海西希合作，德国哈拉索维茨出版社，威斯巴登，1996 年，德文和蒙古文。

25. 仁钦道尔吉主编、朝戈金、旦布尔加甫、斯钦巴图副主编《蒙古英雄史诗大系》，四大卷，民族出版社，2007—2009 年。

26. 仁钦道尔吉编著：《萨满文化与艺人研究》，民族出版社，2010 年，蒙古文。

27. 仁钦道尔吉著：《蒙古口头文学论集》，社会科学文献出版社，2011 年。

# 二、国家项目、集体项目

1. 国家"六五"重点项目"《格萨（斯）尔》的搜集、整理和出版"课题牵头人之一，圆满地完成了计划。原计划出版 10 本书，实际上蒙文、藏文《格萨（斯）尔》出版了 30 多卷。

2. 国家"七五"重点项目"中国少数民族史诗研究"课题牵头人，按计划完成了五本研究著作和一本译著，其中谢·尤·涅克留多夫著《蒙古人民的英雄史诗》，徐昌汉等译，刘魁立、仁钦道尔吉校。

3. 毛星主编《中国少数民族文学》，1—3 卷，湖南人民出版社，1983年，仁钦道尔吉负责编选蒙古、达斡尔、鄂温克、鄂伦春、赫哲五个民族文学。

4.《中国大百科全书》的条目：

《外国文学》卷里，编写了蒙古人民共和国文学的全部条目（共 24条）；

《中国文学》卷里，编写了"江格尔"条（大条，与祁连休）；

《戏剧》卷里，编写了"蒙古人民共和国戏剧"条（中条）。

5. 张炯、邓绍基、樊骏主编《中华文学通史》（1997 年）中，编写了《早期蒙古族诗歌》和《蒙古族英雄史诗〈江格尔〉》两章。

6. 祁连休、程蔷主编《中华民间文学史》（1999 年）中编写了《英雄史诗的形成和发展》、《早期蒙古英雄史诗》和《江格尔》等章节。

7. 仁钦道尔吉、郎樱主编《中国史诗研究》丛书，1—7 卷，内蒙古大学出版社，1999—2001 年。

# 三、蒙古文发表的论文等

《Nöruge》daguu – yin tuhai

—《Monggol hele zohiol tüühe》（MHZT）1959—2, 28—48 tala.

《Monggol un Nigucha tobchiyan》—u helen dü urtu egeshig egushu nöhuchel bürildügsen ni——MHZT, 1960—4, 30—40 tala.

Heühed un aman zohiol un tuhai tobchi temdeglel

— 《Öbur Monggol un edür un Sonin》（ÖMES），1962. 2. 25.

Bargu arad un aman zohiol un tuhai sula temdeglel

—ÖMES，1962. 10. 24. ba28

Utaha zohiol un öb un tuhai Jiang Ching un gajigu onol yi shigumjilehuni（Radnabazar nereber），

—Öbür Monggol un yehe surgaguli yin erdem shinjilegen u setgül（ÖMYSESS），1977 – 2，28 – 38 tala.

《Shilin galjagu bagatur》，un Oroshil，1—25 tala.

《Janggar》 tuuli dahi Honggor un düri

— 《Monggol hele bichig》，1981—4，63 – 75 tala.

Arag Ulagan Honggor

— 《Shinjiang un öder un sonin》，töd üseg，1978. 9. 29.

Monggol uliger ün jarim asagudal du

— 《Monggol arad un aman zohiol un ügülel un tegübüri》（MAAZÜT，1986），134 – 145 tala.

《Monggol arad un minggan daguu》，yin Oroshil，I，1—9 tala.

Bargu arad un bagatarlig tuuli yin egüsül，högjil bolon hubiral un tuhai

— 《Monggol hele utha zohiol》（MHUZ），1981—1，74—92 tala.

Bargu，Oirad un bagaturlig tuuli yin neitelig ba öbermiche shinji yin tuhai

— 《Naran han u tuguji》 yin Dagaldugulul，160—182 tala.

Bargu yin tuuli higed Oirat un tuuli yin neitelig shinji ba öbermiche onchalig

—ÖMUBDSESS，1983—2，30—49 tala.

《Janggar》 un sudulul un toimu——MHUZ，1984—2，60—77 tala.

Shinjiang un 《Janggar》 higed Janggarchid

—ÖMBYSESS，1984—2，23—46 tala.

Shinjiang un 《Janggar》 higed Janggarchid un tuhai

— 《Ur un cholmon》，tod üseg，1984—2，12—33 tala.

Monggol tuuli yin ehilen egüsügsen anghan u nutagi haihu ni

— 《Öbur Monggol un neigem un shinjileha uhagan》，1985—4，54—74 tala.

Monggol tuuli yin üile yabudal un baigulumji yin högjil

—ÖMYSESS，1986—1，1—16 tala.

《Janggar》un tarhagsan, heblegulugsen higed sudulugsan toim

— 《〈Janggar〉un tuhai ügülehü ni》(2), tod üseg, 1986, 577—617 tala.

Monggol züir üge yin uchir——MAAZÜT, 111—133 tala.

Monggol tuuli yin hebshil un sudulul un toimu——MAAZÜT, 418—438 tala.

《Janggar》un gol ujel sanaga——MAAZÜT, 329—346 tala.

《Janggar》un gol bagatur ud un düri——MAAZÜT, 347—372 tala.

《C. Damdinsüren un uran zohiol un ügulel ud》un, Oroshil, 1—7 tala.

《Janggar》higed Monggol arad un bagaturlig un tuuli yin öb ulamjilal

—MHUZ, 1987—3, 4—16 tala.

D. Nacagdorji yin 70 nasun u oi du

— 《Oyon tülhigür》, 1987—3.

《Jirgugadai mergen》u, Oroshil, 1—23 tala.

《Janggar》un egüsügsen chag üye yin tuhai

—ÖMYSESS; 1988—2, 1—17 tala.

Dumdadu ulus dahi monggol bagaturlig un tuuli yin tuhai

—MHUZ; 1989—1, 30—40

Dumdadu ulas un altai ijagur heleten nügüd ün bagaturlig un tuuli, bagaturlig un üliger un doturahi bagatur higed manggus un düri

—ÖMBYSESS; 1990—1, 1—9 tala.

《Janggar》un egüsügsen chag üye yin tuhai dahin ügülehü ni

—MHUZ, 1991—2, 66—82 tala.

《Monggol un nigucha tobchiyan》u monggol bichig ün bar heblel üd

— 《Monggol un sudulul》, 1992—1; 《Monggol un nigucha tobchiyan u sudulgan》, 1992, 544—554 tala.

Dumdadu ulus un Monggol un sudulul un toimu

— 《Monggol un sudulul》, 1992—3, 118—128 tala.

Monggol sudulul un gadagadu yin jitgülten

—ÖMES, 1993. 11. 3

《Janggar》un doturahi böge mörgöl un ba burhan shashin u element

— 《Gabia jitgül un durashal》, 1993, 220—246 tala.

《Janggar》un tuul bolon Mongol arad un bagaturlig un tuuli yin öb ulamjilal,

— 《Janggar》un tuhai ügüleh ni (4), 1994, Ürümchi.

《Janggar》un tuul un chag üye yin tuhai dahin ügüleh ni

— 《Janggar》un tuhai ügüleh ni (5), 1994, Ürümchi.

《Janggar》un egüsüggsen chag üye yin tuhai,

— 《Janggar》un tuhai ügüleh ni (3), 1995, Ürümchi.

《Bujagar bugurul moritai Bujaldai han》(1995) nom un Emünehi uge.

Monggol soyol un garmagai jitgülten Dorongga

—ÖMES, 1996. 9. 22.

Odo üye yin Bagarin u abiasutu hugurchid——ÖMES, 1997. 12. 7.

Olon ulus un monggolchi erdemted un VII yene hural higed töb asia yin tuuli yin simposium

—MHUZ, 1997—6, 88—91 tala.

《Janggar》higed《Manas》un neitelig shinji yin tuhai

—MHUZ, 1998—2, 54—59 tala.

Bonn hotana bolugsan Monggol bagaturlig un tuuli yin hural ud

—ÖMES, hedun udara.

《Naran han u tuguji》, Rinchindorji, Dongrobjamsu temdeglebe

— 《Jirim un uran zohiol》, 1979—5.

《Ganggang hara tebhe》, Rinchindorji, Dongrobjamsu temdeglebe

— 《Jirim un uran zohiol》, 1981—4.

《Ergigüü yin Gunan Hara》, Rinchindorji, Dongrobjamsu temdeglebe

— 《Jirim un uran zohiol》, 1980—3


《Halimag Janggar – un oroshil》, UHH, Beijing, 2002, 4—9 tala. 《Janggar》, —— 《Mongol sudlaliin nebterhei toli》(utha zohiol), UMAHH, 2002, Hoh Hot, 882—891 tala.

Hailaar tahi negdügeer dundad surguuliin nayan jiliin oid, 《Ergüne Hun》, 2003, 29—32 tala.

Bargu arad un bagatarlig tuuli yin egüsül, högjil bolon hubiral un tuhai,

— 《Surgan hümüjil jigan surgalt yin ögülel un tegübüri》, 2003, 356—387 tala.

# 四、汉文发表的论文等

《蒙古人民共和国文学现状》，0.7 万字

——《现代文艺理论译丛》，1965 年。

《必须批判江青关于文学遗产的谬论》

——《内蒙古文艺》，1977 年第 6 期，第 76—80 页。

《评〈江格尔〉里的洪古尔形象》

——《文学评论》，1978 年第 2 期，第 91—97 页。

上述论文选入《中国民间文学论文集》（1949—1979），上、中、下册，
上海文艺出版社，1979 年，中册，第 372—388 页。

《评小说〈阿里玛斯之歌〉》，与杨志杰、章楚民

——《人民日报》，1978 年 2 月 5 日。

《大力发展和繁荣少数民族文学事业》

——第三次中国作家代表大会上的发言，摘要发表于《草原》，1980 年
第 3 期。

上述文章全文见《开辟社会主义文艺繁荣的新时期》一书，四川人民
出版社，1980 年，成都，第 206—221 页。

《论巴尔虎英雄史诗的产生、发展和演变》

——《文学遗产》，1981 年第 1 期，第 21—32 页。

《〈江格尔〉在国内外的流传、搜集、出版和研究概况》

——《蒙古学资料与情报》，1982 年第 4 期，第 1—11 页。

上述论文见《论〈江格尔〉》一书，新疆人民出版社，1988 年，乌鲁
木齐。

《略论〈江格尔〉的主题和人物》

——《民族文学研究》创刊号，1983 年，第 62—71 页。

《光辉的诗篇，不朽的作品——蒙古族英雄史诗〈江格尔〉》，与祁连休，

——《民族团结》，1984 年第 4 期，第 34—35 页。

《蒙古史诗类型研究现状》

——《蒙古学资料与情报》，1985 年第 1 期，第 30—34 页。

《印度史诗〈罗摩衍那〉与蒙古族民间文学》

——《民间文学》，1985 年第 3 期，第 52—53 页。

《关于蒙古英雄史诗的类型研究（修改稿）》

——《民族文学研究》，1985 年第 4 期，第 98—104 页。

《巴尔虎英雄史诗和卫拉特英雄史诗的共性与特性》

——《中国少数民族文学论文集》，第四集，中国民间文艺出版社，1986 年，北京，第 216—233 页。

《〈江格尔〉研究概况》

——《民族文学研究》，1986 年第 3 期，第 26—35 页。

《印度文学对蒙古族文学的影响》

——《印度文学研究集刊》第 2 辑，上海译文出版社，1986 年，第 220—229 页。

《蒙古族英雄史诗〈江格尔〉》，与祁连休

——《百科知识》，1987 年第 2 期，第 34—35 页。

《论新疆的〈江格尔〉和江格尔奇》

——《民族文学研究》，1987 年第 6 期，第 23—26 页。

《〈江格尔〉与蒙古族英雄史诗传统》

——《文学遗产》，1988 年第 5 期，第 110—116 页。

上述论文摘要发表于《新疆社会科学》，1988 年第 5 期，第 65—69 页。

《蒙古英雄史诗情节结构的发展》

——《民族文学研究》，1989 年第 5 期，第 11—19 页。

上述论文选入《中国史诗研究》，第 119—136 页，新疆人民出版社，1991 年，乌鲁木齐。

《关于中国阿尔泰语系民族英雄史诗、英雄故事的一些共性》

——《民族文学研究》，1989 年第 6 期，第 21—26 页。

《蒙古现代文学奠基人策·达木丁苏伦传略》

——《外国名作家辞典》（1989 年）

《〈中国少数民族史诗研究丛书〉前言》

——《原始叙事性艺术的结晶》等书（1991 年）

《再论〈江格尔〉的产生时代》

——《民族文学研究》，1991 年第 2 期，第 3—8 页。

《关于国际"江格尔学"的形成》

——《中国民间文艺的新时代》，敦煌文艺出版社，1991 年。

《关于中国蒙古族英雄史诗》

——《民族文学研究》，1992 年第 1 期，第 20—26 页。

《略论〈玛纳斯〉与〈江格尔〉的共性》

——《民族文学研究》，1995.1。

《关于〈江格尔〉的形成与发展》

——《民族文学研究》，1996.3。

《关于 1961 年中国少数民族文学史讨论会》

——《中国少数民族文学史编写工作资料汇编》，少数民族文学所编，1987 年，北京，内部资料。

《关于〈格斯尔〉的搜集出版工作》

——《〈格萨尔〉会议资料汇编》，《格萨尔》办公室编，1986 年，北京。

《关于第七届国际蒙古学家大会、国际中央亚细亚史诗研讨及演唱会》

——《民族文学研究》，1998.1。

《蒙古—突厥英雄史诗情节结构类型的形成与发展》

——《民族文学研究》，2000 年第 1 期，第 17—26 页。

《文学研究动态报道多篇》

——《世界文学》，文学所《文学研究动态》和少数民族文学所《少数民族文学研究动态》。

《蒙古族故事（4 篇）》，仁钦道尔吉、祁连休搜集整理翻译

——《民间文学》，1962 年第 6 期，第 3—21 页。

《阿拉坦嘎鲁》（蒙古族英雄史诗），仁钦道尔吉、祁连休记录翻译整理

——《民间文学》，1979 年第 6 期，第 20—38 页。

《蒙古古代文学研究概况》

——《中国民族学会通讯》，第 37 期，第 1—9 页，台北，1999 年 4 月 25 日出版。

《世界诗歌名著——蒙古英雄史诗〈江格尔〉》

——《蒙藏之友》，第 70 期，第 20—25 页，台北，2000 年 9 月 1 日

出版。

《〈江格尔〉论》简介

——首届国家社会科学基金项目优秀成果评奖《获奖成果简介》，中国社会科学出版社，2000 年。

《关于〈江格尔〉的形成与发展》

——《民族文学论丛》，内蒙古大学出版社，呼和浩特，2000 年。

《江格尔永远的故乡：宝木巴》

——《中国民族》，2001 年第 3 期，第 21—23 页。

《萨满教与蒙古英雄史诗》

——《民族文学研究》，2001 年第 4 期，第 3—7 页。

《〈格斯尔〉文本的一项重大发现》

——《民族文学研究》，2002 年第 1 期，第 3—6 页。

《关于〈江格尔〉的形成与发展》

——《二十世纪中国民俗学经典（史诗歌谣卷）》，社会科学文献出版社，2002 年，第 342—359 页。

《论巴尔虎英雄史诗的产生、发展和演变》

——《文学研究所学术文选》（2），中国社会科学出版社，2003 年，第 21—41 页。

《蒙古英雄史诗的勇士及其类型的发展》

——《东方文学研究》集刊（1），湖南文艺出版社，2003 年，长沙，第 216—245 页。

《评校勘新译史诗〈江格尔〉》

——《民族文学研究》，2007 年第 6 期。

《我的学术研究道路》

——《西部蒙古论坛》，2011 – 3。

# 五、国外发表的著作

Zur Entstehung, Entwicklung und Wandlung der Heldenepen aus der Bergu—Region

— 《Asiatische Forschungen》，Band 73，Wiesbaden，1981.

Bargu – yin tooli bolun oirad – un tooli – yin neitelig sinji ba obermice onc-alig-un tuqai

— 《Documenta Barbarorum》, Wiesbaden, 1983.

Über den "Janggar" in Sinkiang und die Janggarsänger

— 《Asiatische Forschungen》, Band 91, Wiesbaden, 1985.

Die Entwicklung des Sujetaufbaus des mongolischen Epos

— 《Asiatische Forschungen》, Band 101, Wiesbaden, 1987.

"Janggar" und die Mongolischen Heldenepen

— 《Gedanke und Wirkung Festschrift zum 90. Geburtstag von Nikolavs Poppe》, Wiesbaden, 1989.

Über die Manggus——und Heldengestalt in der Heldendichtung und Marchen der altaischen Völker in China

— 《Asiatische Forschungen》, Band 120, Wiesbaden, 1992.

МОНГОЛЫН НУУЦ ТОВЧОО——НЫ МОНГОЛ БИЧГИИН БАР ХЭВЛЭЛҮҮД

—The IAMS Bulletin, 1990, No. 2

Rinchindorji, Nasanurtu;

Mongolian studies in china

—The IAMS Bulletin, 1991, No. 1 (7)

Mongol studies in China

—The IAMS Bulletin, 1992, No. 1, 2

Дундад улс дахь монгол судлалын тойм

—The IAMS Bulletin, 1992, No. 1, 2

Дундад улс дахь монгол ундэстний баатарлаг Туулийн тухай

—Fifth International Congress 5 of Mongolists, 2, УЛААНБААТАР, 1992.

ЖАНГАР——ЫН ҮҮССЭН ЦАГ ҮЕИЙН ТУХАЙ, 《ҮНЭН》, 1990. 12. 20

ОЛОН УЛСЫН МОНГОЛ СУДЛАЛЫН НЭГЭН ТОМ ТОЛООЛОГЧ

—The IAMS Bulletin, 1990, No. 2

АЛДАРТ ЭРДЭМТНИЙ ҮНЭТ ОВ, ГАВЪЯАТ ҮЙЛС

— 《УТГА ЗОХОИОЛ》, 1990. 12. 21 .

《ЖАНГАР》 ——ЫН БУЙ БОЛСОН ҮНДЭСТНИЙ СОЁЛЫН ЭХ СУРВАЛЖ

— 《ЦОГ》 , 1991-2.

ЖАНГАР——ЫН ҮҮССЭН ЦАГ ҮЕИЙН ТУХАЙ

《Mongolica》, An International Annual of Mongol StudiesVol. 6 (27), 1995

Odo uyein Baarnii avyast huurchid

—Seventh International Congress of Mongolists, 1997.

List of publication by Prof. Rinchindorji

—The IAMS Bulletin, 1998, No. 1 (21)

《Janggar》 ba 《Manas》 —iin niitleg shinj

—70th Birthday of Academician Sh. Bira, 1998.

Ordos Heroic Epics

—Antoine Mostaert (1881—1971), edited by K. Sagaster.

C. I. C. M. Missionary and Scholar

Ferdinand Verbiest FoundationK. U. Leuven, 1999.

Walther Heissig

"SI LIYANG"

—Varianten und Motiv – Transformationen eines mongolischen Spiel-mannsliedes

Mit mongolischen Text – Transkripten von J. Rinchindorji

Harrassowitz Verlag, Wiesbaden, 1996

About Forming and Development of Structural Types of Mongol – Turkie Heroic Eposes

— 《Olonkho in the context of epic tradition of the peoples of the world》, Yakutsk, 2000.

《Mongolian——Turkic Epics: Typological Formation and Development》,

— 《ORAL TRADITION》, Volume 16, October 2001, Editor John Miles Foley , P381—401. 《Хасарын домог Гэсэр ийн нэг булег болсон нь》《Одоо уеийн Баарины авьясм хуургид》

— 《MONGOLICA》, VOL. 12 (33), 2002, P203—213.

《О формировании и развитии структурных тип Монголо——тюркских героигеских эпосов》

— 《BULLETIN》 The IAMS News Information on Mongol Studies, 2003, №1 (31), P80—84.

About the A. Mostaert's book "Folklore of Ordos",

—The International Symposium "Mongol Studies in Low Countries : Antoine Mostaert's Heritage". (2004, Ulaanbaatar) .

# 后　记

　　《蒙古英雄史诗发展史》是中国社会科学院文学研究所院级重点项目多卷本《中国民间文学史》之史诗卷的一部分。草稿于 2005 年交给了文学所，这套丛书至今尚未出版。2012 年，笔者对原稿进行了重大修改，补充了许多章节。笔者于 1960 年到文学所工作，50 多年来一直研究英雄史诗，尤其 1980 年以来专攻蒙古英雄史诗和相关史诗。本书运用的资料较多，笔者搜集到了中、蒙、俄（卡尔梅克共和国）三国的全部《江格尔》文本（210 多部），掌握了国内外出版的其他中小型英雄史诗近 300 部。笔者还到内蒙古和新疆进行了田野调查，记录了 20 余部史诗，阅读了蒙古史诗《格斯尔》，还参阅了突厥语族史诗、南方史诗和藏族《格萨尔》，以此为基础进行了分析和研究。

　　研究中，笔者参考了俄罗斯和欧美学者的史诗研究成果，尤其是采用了德国著名学者瓦·海希西的"结构母题论"，以此为基础建立了自己独特的体系。

　　笔者的学术工作得到了国内外学者的热情支持和帮助。他们为笔者提供了大量的资料，特此对德国的瓦·海希西和卡·萨嘉斯特、俄罗斯的李福清和涅克留多夫、蒙古国的策·达木丁苏伦和达·策仁索德那木以及美国的阿·保尔曼什诺夫等著名学者表示感谢！

　　笔者学术成果的取得是与工作单位诸君和家庭的支持分不开的。祁连休教授是笔者的知心朋友，1962 年，他和笔者到呼伦贝尔盟巴尔虎地区进行田野调查，此后 50 年来我们一直合作，我们一起采录民间文学、翻译史诗和故事、撰写论文、编纂书籍。笔者向他学习汉语，把他看作笔者的汉语老师。《蒙古英雄史诗发展史》初稿完成后，作为丛书主编的老祁慎重通读书稿，并指出了许多问题，提高了书稿质量，在此对他深表谢意！

　　《蒙古英雄史诗发展史》是本人50多年工作的成果之一，尽管尽了很大努力，但不免有缺点和不足，谨请同行和读者指教。

2012 年 10 月 20 日